ECLIPSE

Tome II

CREATION

ECLIPSE

Création

BONNIAUD JULIE

2021, Bonniaud Julie_ Tous droits réservés

« Le Code de la propriété intellectuelle et artistique n'autorisant, aux termes des alinéas 2 et 3 de l'article L.122-5, d'une part, que les « copies ou reproductions strictement réservées à l'usage privé du copiste et non destinées à une utilisation collective » et, d'autre part, que les analyses et les courtes citations dans un but d'exemple et d'illustration, « toute représentation ou reproduction intégrale, ou partielle, faite sans le consentement de l'auteur ou de ses ayants droit ou ayants cause, est illicite » (alinéa 1er de l'article L. 122-4). Cette représentation ou reproduction, par quelque procédé que ce soit, constituerait donc une contrefaçon sanctionnée par les articles 425 et suivants du Code pénal. »

Avertissement

Certains passages contiennent de la violence et un peu d'érotisme, ce livre ne convient pas aux mineurs de moins de douze ans.

Ce livre ne serait pas ce qu'il est sans une femme merveilleuse, merci Joëlle pour ton temps, ta patience et ton amour…

La persévérance, la détermination et l'espoir sont l'existence même de ce livre…

Les personnages :

Meute du Japon :

– **Glenn**, alpha, loup : **Shugo**, capacité : arts martiaux.
– **Amy**, compagne de Glenn, louve : **inconnue**, capacité : peut copier deux capacités de tout type.
– **Cheyn**, jumeau de Lili, loup : **Yowi**, capacité : peut réaliser tout ce qui lit.
– **Lili**, jumelle de Cheyn, louve : **Luna**, capacité : L'art et la création.
– **Jylo**, adopté par Glenn, loup : **Vif**, capacité : Une deuxième personnalité dans son corps.

Meute du Moyen-Orient :

– **Afzal**, alpha, mort dans l'affrontement contre Glenn la meute du Japon.
– **Ghassan**, bras droit, mort dans l'affrontement contre Glenn la meute du Japon.
– **Matëus**, compagnon de Lili, loup : **Arssa**, capacité : Manipulation de la terre. Rejoint la meute du Japon.
– **Hanahita**, louve : **Hazia**. Aucune capacité. Rejoint la meute du Japon.
– **Zal**, loup : **Zoann**. Aucune capacité. Rejoint la meute du Japon.
– **Isabelle**, louve : **Thynka**. Capacité : Envoi des décharges. Rejoint la meute du Japon.

Humains :

– **Mats**, père adoptif d'Amy, mort en protégeant sa fille.
– **Mariko**, meilleure amie d'Amy.

Chyru, amoureux d'Amy, mort en la protégeant durant la confrontation de meute.
- **Koji**, père de Chyru.

Meute ? :

- **Luna**, mère d'Amy, louve : **inconnue**, capacité : soigneuse.

Meute de la Chine :

- Père Amy, nom : **inconnu**, loup : **inconnu**, capacité : peut copier une capacité de type physique.
- **Ineasse**, frère de Glenn, loup : **Varko**, capacité : manipulation de la pluie. Mort par Glenn.
- **Toan**, père de Glenn, loup : **inconnu**, capacité : aspire l'énergie avec contact jusqu'à la mort.
- **Alaia**, mère de Glenn, loup : **inconnu**, capacité : peut rendre fou avec son regard pendant cinq minutes.

Les nouveaux personnages et leurs informations sont en dernière page, attention à lire en fin du tome ou dans le doute d'un personnage.

PROLOGUE

Tout était calme, une nuit comme toutes les autres. On reprenait nos forces après une journée intense lorsqu'un homme hurla et nous réveilla en sursaut.

C'était une intrusion, nous étions confiants dans le déroulement de cette attaque. Mais rien ne nous avait préparés à ce qu'on allait vivre !

La peur m'inondait entièrement. Tout est allé si vite, ces visages familiers, ces appels à l'aide. Le sang, les corps sans vie recouvraient le sol. La belle plage paradisiaque était devenue un véritable enfer.

À ce moment précis, j'ai couru aussi vite que mes jambes me le permettaient. Elles avaient besoin de moi ! Il fallait que j'arrive à temps, je n'avais pas le droit d'hésiter.

Tout à coup, un cri d'effroi me glaça le sang, je me précipitai en direction de ces hurlements sans réfléchir.

Lorsque j'ai eu franchi le seuil, je n'ai pu que regarder, impuissante, le spectacle macabre. Ses yeux me fixèrent encore quand sa tête me tapa les pieds. Le plancher marron clair buvait le liquide qui s'écoulait de son petit corps-mort devenant marron rougeâtre. J'étais arrivée trop tard !

La folie et la tristesse s'emparèrent de moi, je ne voulus qu'une seule chose : « tuer ».

1. LE MOYEN-ORIENT

*N*ous approchons enfin de la Turquie après trois mois d'expédition et de recherche de meutes. Nous avons eu la chance d'en trouver, mais aucun de leurs membres ne souhaitait nous suivre par peur de l'homme à la balafre. Durant ces trois mois, j'ai réussi à me souvenir de plusieurs choses de mon passé. Je me rappelle de certaines personnes, surtout de cet homme, "mon père", son regard noir rempli de haine et sa détermination à tout contrôler. J'avais peur de lui, je me cachais toujours derrière cette femme, "ma mère". C'est étrange maintenant de savoir qui ils sont. Pourquoi ma mère avait-elle caché que j'étais leur fille à tous les deux ? Était-elle à ce point effrayée que je devienne comme lui ou avait-elle peur, plutôt, qu'il décide de me tuer ?

J'ai hâte de pouvoir la retrouver pour qu'elle puisse répondre à toutes mes questions. Grâce à ces souvenirs, j'arrive aussi à me remémorer certaines odeurs de notre ancienne meute et j'ai mis mon odorat en alerte pour trouver n'importe quelle trace. Ça devient obsessionnel de les trouver et de les tuer. Depuis le décès de mon père, je n'ai pas réussi à faire mon deuil, je sais que je n'y arriverai qu'une fois que ce monstre sera mort de mes propres griffes.

Ma noirceur intérieure s'accentue de jour en jour et j'ai l'impression que ma meute ne me comprend pas.

Isabelle est très gentille. Malgré son manque d'hygiène quotidien, nous nous sommes rapprochées durant ce voyage. Lili a réussi à enlever la crasse de son visage pâle, elle a des magnifiques cils longs naturels, ce qui agrandit ses yeux ronds et rend son regard affectueux. Elle m'apporte beaucoup de bien-être grâce à sa capacité, elle me fait des massages en faisant passer de l'électricité entre ses doigts. Mais des douleurs reviennent sans cesse au niveau de mes jambes et mes bras. Glenn pense que cela pourrait venir de ma louve, elle doit marcher continuellement et cela me déclencherait des courbatures.

CHAPITRE 1

Encore une chose qui ne me rassure pas du tout. Je prends conscience que s'il lui arrivait malheur, je pourrai en mourir d'un coup sans savoir pourquoi.

Lors de notre départ, nous avons enlevé tous les pièges de Lili. Nous avons trouvé plusieurs armes enterrées tout autour de notre demeure. Au moins cela nous a permis de répondre à une de nos questions ; où Chyru a trouvé l'arme qu'il avait le jour de sa mort.
Glenn a dû vendre sa voiture et sa moto, ce qui m'a fait un petit pincement au cœur.
Nous avons pris un peu d'argent sur nous et il a mis le reste dans un coffre enterré sous la maison.

Ces trois mois ont été pénibles pour moi, c'est sans doute parce que c'est la première fois que je voyage de la sorte. Mais ce sont ces refus à répétition qui m'ont rendue négative. Pourquoi les autres meutes refusent-elles de se battre ? Pourquoi se laissent-elles mourir sans rien dire et surtout comment font-elles pour accepter de voir leurs enfants périr devant leurs yeux sans bouger le petit doigt ? Toutes ces meutes m'écœurent !
Mais je ne baisserai pas les bras, avec ou sans eux, j'irai jusqu'au bout de mon objectif même si je dois y rester. Je ne pourrai pas vivre toute ma vie avec cette haine et cette envie de vengeance qui me rongent de l'intérieur. Je préférerai encore rejoindre mon père.

Lili et Matëus préparent leur cérémonie, elle aura dix-huit ans dans quelques semaines, et le moins que l'on puisse dire, c'est qu'elle est surexcitée, son rêve se réalise enfin. Pour son frère jumeau, c'est un peu plus dur, même si Zal et Isabelle essayent de le rassurer. Eux aussi n'ont pas encore trouvé leurs compagnons malgré leur âge avancé, Zal va sur ses vingt-six ans et Isabelle vient d'avoir vingt-quatre ans. Et même si Cheyn sait au fond de lui qu'ils ont raison, il ne peut s'empêcher d'avoir peur de ne pas trouver sa moitié avant d'atteindre leur âge.

Hanahita est toujours aussi bornée, étrangement, bien plus avec moi qu'avec les autres. Je pense qu'elle n'a pas digéré notre dernière conversation au Japon en lui faisant rappeler avec mépris, que si elle était toujours en vie c'était grâce à Matëus. Il me semble que je n'ai jamais rencontré une personne aussi rancunière qu'elle. En revanche, elle et Jylo s'entendent à merveille, ils ne se lâchent plus un instant. Les autres s'amusent à les taquiner, surtout Cheyn, il s'en donne à cœur joie. J'ai compris avec le temps que ce dernier adore embêter son monde, mais il ne le fait pas méchamment, et surtout ça l'aide à ne plus penser à ses soucis.

Glenn est devenu bien plus fort et encore plus sûr de lui dans son rôle de chef. Je l'admire toujours autant, il essaie toujours de trouver les mots justes même si parfois il est assez maladroit, « c'était plus le rôle de mon père ». Néanmoins on remarque qu'il a pris exemple sur lui, ce qui me rend encore plus fière de l'homme qui m'a adoptée ; c'était un homme incroyable.

Ma cérémonie se rapproche aussi, je ne suis pas du tout prête, mais j'espère que dans trois mois je le serai. Comme mon père ne peut plus être présent, j'aimerais que ma mère y soit ; j'espère que Glenn comprendra si je repousse la date jusqu'à ce qu'elle soit parmi nous.

On ne peut pas dire que notre meute soit au meilleur de sa forme. Nous avons tous nos préoccupations, mais celle que nous avons tous en commun : c'est Jylo. Nous avons peur que son mauvais côté prenne le dessus à tout moment, sans que l'on ne puisse rien y faire, à part le neutraliser. Même s'il ne le montre pas, Jylo reste méfiant envers nous.
Nous avons tous changé depuis le combat, nous sommes bien plus confiants et un peu plus matures. Nous ressemblons plus à des guerriers qu'à une bande de gamins.

– Nous y sommes, nous voilà en Turquie, à Uzumziyaret Hill, nous annonce Zal, en nous montrant de la main des montagnes à perte de vue.
Nous restons tous sans voix devant cette merveille. Le soleil se couche, ses rayons orangés reflètent sur les endroits rocheux et les petits cours d'eau.
– C'est magnifique l'endroit où vous vivez.
– Merci Glenn, mais ne vous attendez pas à une demeure comme la vôtre. Nous vivons comme la plupart des meutes, à la belle étoile, explique Isabelle en me fixant.
J'ai compris qu'elle le précisait surtout pour moi, car tout au long du trajet je n'ai cessé de me plaindre sur le manque d'un bon lit douillet.
– Ah oui, et, un dernier petit détail avant de les rejoindre. Nous chassons les humains, donc ne vous amusez pas à le leur interdire sinon, vous ne serez plus les bienvenus, rajoute Hanahita avec un petit sourire narquois.

– Nous le savons et nous ne nous permettrons pas d'apporter un jugement. Par contre vous, vous faites partie de ma meute, donc vous ne mangerez pas un morceau d'humain. C'est bien clair ? ordonne Glenn sèchement.

– Oui ! répondent les trois en chœur.

– Yowi, Yowi ?

– Qu'est ce qui se passe Cheyn ?

– Je ne sais pas, Yowi n'est plus là !

– Je viens de partir, ne vous inquiétez pas, c'est pour une bonne nouvelle. Mon instinct me guide enfin pour trouver ma louve !

– Mais c'est super, je vais enfin trouver ma femme ! se réjouit Cheyn.

– Oui, je te dirai de me rejoindre une fois arrivé à destination.

– Très bien.

– Félicitations, Cheyn ! Tu vois, cela ne servait à rien de te faire du souci, s'exclame Matëus.

Ils sont tous heureux pour lui.

– Il n'y a que moi qui réalise que ça veut peut-être dire qu'il ne reviendra plus s'il n'arrive pas à battre le chef, me soucié-je.

– Merci de ton enthousiasme pour moi, Amy, ça me touche, ironise Cheyn.

– Ce n'est pas ce que je voulais dire.

– On sait, ma chérie. Tu n'as pas tort, mais fais confiance à notre frère. Il a continué à s'endurcir et faire des combats pendant ces derniers mois. Il a toutes les chances de ramener sa femme dans notre meute.

– Merci Glenn, ta confiance me touche. Eh oui, Amy, je vais en faire de la pâtée de leur chef. Et puis, si je ne reviens pas, qui vous embêterez du matin au soir ?

– C'est vrai qu'il n'y a pas meilleur que toi pour faire ce boulot.

On se met tous à rire à cœur joie.

– C'est parti, Hanahita, Zal, Matëus et Isabelle, on vous suit, enchaîne Glenn.

– Non, notre meute change tout le temps d'endroit, c'est à Hazia, Zoann, Arssa et Thynka de jouer jusqu'à ce qu'on commence aussi à sentir leurs odeurs, rectifie Matëus.

– Parfait, on vous suit les loups.

– Avec plaisir, répond Thynka.

Nous repartons derrière les loups à vitesse modérée. C'est aberrant, bien que nos sens soient surdéveloppés, on n'arrive pas à la cheville de nos loups, on ne serait rien sans eux. La preuve, moi, je stagne depuis notre combat contre Afzal. Heureusement que ma capacité à copier m'aide à être plus forte. Le seul inconvénient, c'est que je dois tout le temps faire attention pour ne pas toucher Jylo. Je ne voudrais pas revivre ce cauchemar une deuxième fois. Je suis la seule à comprendre ce qu'il endure pour retenir cette force obscure tous les jours, toutes les minutes et toutes les secondes. Je l'estime énormément pour ce qu'il supporte.

– C'est bon, je sens leurs odeurs, s'excite Hanahita.
– Doucement, Amy ne peut te suivre aussi vite, prévient mon compagnon.
Elle ralentit aussitôt.

Bien après tout le monde, je commence aussi à renifler leurs arômes. Une senteur familière survient, une sorte de parfum d'agrumes.
– Glenn, tu ne reconnais pas une odeur ?
– Non, à part celles de ceux qui étaient venus nous attaquer.
– Non, plutôt un parfum beaucoup plus ancien.
– Tu insinues qui s'agit celle de quelqu'un de notre ancienne meute ?
– Oui je pense, mais pourquoi tu ne la reconnaîtrais pas ?
– Peut-être que c'est celle de l'homme qui est venu vous attaquer avec Cheyn au Japon.
– Non, ce n'est pas la sienne.
– Cheyn, Lili vous sentez une odeur familière à part celles de ceux que nous avions affrontés au Japon ?
Ils se regardent sans vraiment comprendre la question de Glenn.
– Non !
– Non plus, répond-elle.
– Tu es la seule ma chérie à reconnaître une odeur familière, je ne sais pas pourquoi ? Cependant nous allons rester sur nos gardes au cas où un membre de notre ancienne meute soit venu ici.
– Très bien !
Nous y sommes enfin et le parfum est encore plus présent.
– Salut la famille, c'est nous ! s'exclame Hanahita.
Une femme d'un certain âge, sort de derrière un arbre. Elle est assez petite, ses cheveux sont attachés en chignon, ses habits sont larges, style baba cool.
– Oh, ma petite Hanahita, Isabelle et Zal, vous êtes revenus ! Oh, même toi, Matëus ! Je ne pensais pas te revoir un jour. Et tous les autres, qui sont-ils ?
– Ce n'est rien Mamie, c'est notre nouvelle meute, ils ne vous feront aucun mal, répond Isabelle.

CHAPITRE 1

Mamie ? Quel surnom étrange pour une femme qui ne doit pas dépasser la quarantaine.

Elle se rapproche en nous sentant chacun notre tour. Une fois son inspection terminée, elle nous sourit.

– Bienvenue dans notre petite meute, mon prince.

Elle s'incline devant mon compagnon.

– Non, relevez-vous, je ne suis plus le prince.

D'un coup, je vois une toute petite bouille derrière un autre tronc. Le regard de Mamie croise le mien et dit :

– Lilou, je ne t'avais pas dit de rester cachée !

– Pardon, Mamie, répond la petite.

– Allez, viens te présenter.

Elle arrive tout doucement avec sa petite louve à ses côtés.

– Bonjour.

Elle s'incline et se sauve dans les bras d'Isabelle. Elle porte un petit short rose et un débardeur noir. Sa coupe au carré arrondit son petit visage tout sale.

– Où sont les autres ? s'inquiète Zal.

– Ils sont partis en chasse, ils ne tarderont pas à revenir.

J'imagine au fond de moi, les humains qu'ils sont en train de tuer à cet instant. Je baisse les yeux, écœurée.

– Il y a un souci, petite ? me demande Mamie intriguée.

D'un coup tout le monde me fixe, même la petite qui joue avec les cheveux gras d'Isabelle.

– Non du tout, pourquoi dites-vous cela ? répondis-je.

– C'est ton regard qui a changé.

– **Ma chérie, je sais à quoi tu songes, mais essaie d'être plus discrète. N'oublie pas pourquoi on est venu ici, ne gâche pas ta chance d'en savoir plus sur ta mère,** me reprend Glenn.

– Ce n'est rien, juste un petit coup de fatigue. On marche depuis tellement longtemps, mentis-je en baissant les yeux.

– Pardon, où sont donc passées mes bonnes manières ? Suivez-moi.

Ils tournent tous le regard vers cette dame, sauf Glenn qui me sourit avec mélancolie.

Nous la suivons jusqu'à un petit camp de fortune. Il y a juste deux ou trois bâches posées au sol. Isabelle pose Lilou par terre, qui part jouer avec des petites poupées faites de chiffon et de paille.

– Venez vous asseoir autour de moi, nous accueille Mamie en écartant les bras pour que nous nous installions autour d'elle.

Elle se met en position de tailleur sur une bâche verte, nous posons nos sacs de randonneurs dans un endroit et faisons de même.

– Pourrait-on avoir de l'eau, Mamie ? demande Hanahita gentiment.

– Bien entendu, quelqu'un souhaiterait du thé ?

Nous levons tous la main, sauf Hanahita. Mamie se lève et se dirige au milieu du camp, prend quelques brindilles et allume un feu, quand ça devient de la braise, elle pose une casserole d'eau au centre et la remplit de feuilles. Ensuite, elle apporte de l'eau dans une cruche et l'offre à Hanahita.

– Alors qu'est-ce qui vous amène ici ? demande-t-elle.

Hanahita s'essuie la bouche avec la manche de son petit chemisier bleu marine et lui répond :

– Nous sommes là pour trouver des informations sur la mère d'Amy.

– Qui est sa mère ?

– C'est la soigneuse, répond Matëus calmement.

– C'est une légende cette femme, tout le monde la connaît, mais personne ne la voit.

– Vous ne vous souvenez pas quand elle est venue sauver votre ancien chef, Afzal ? demande Glenn en attrapant la tasse qu'elle lui tend.

– Non, elle n'est jamais venue ici, je m'en serai souvenue.

Nous fixons Hanahita, elle hausse les épaules et rajoute :

– Je vous avais prévenus.

– J'ai bien peur que vous ne soyez venus pour rien, vous aurez peut-être dû demander cette information à Afzal avant de le tuer.

Je lorgne Matëus.

– Ne me regarde pas comme ça, je ne le savais pas. Et puis de toute façon, il ne t'aurait rien dit, se défend-il.

– C'est vrai, cette crapule ne nous manque pas du tout, nous vivons bien mieux sans lui et sans Ghassan. Je vous remercie de nous avoir libérés de leur emprise.

– Mamie, il nous a sauvés ! réplique Hanahita outrée.

– Non, ma petite, tu étais tellement naïve, en fait vous l'étiez tous. Mais pour votre défense, je dirai qu'ils étaient des grands manipulateurs. Même toi, Matëus, tu n'y as vu que du feu jusqu'à ce qu'ils aient essayé de te faire disparaître. Tu étais devenu un danger pour eux, ils avaient peur que tu finisses par ouvrir les yeux et que tu reviennes pour les massacrer. Ils ont donc pris les devants.

– Je ne comprends rien de ce que tu essaies de nous faire comprendre, Mamie, s'indigne Hanahita.

– Pourtant c'est simple. Ils ont décidé de vous récupérer, afin que vous soyez à leurs côtés pour se venger de la famille royale. Ils se foutaient complètement de vous. Vous n'étiez que des boucliers, ils ne ressentaient rien à votre égard.

– Je ne te crois pas ! s'emporte l'ado.

– Hanahita, écoute Mamie elle a raison, Afzal a voulu m'éliminer et Ghassan t'a forcée à venir avec eux pour nous affronter. Tu ne t'es pas demandé pourquoi tu étais venue ?

– Tu dis n'importe quoi Matëus, c'est moi qui tenais à venir.

– Tu en es sûre ?

Hanahita bouge les yeux de droite à gauche.

– Vous n'êtes que des menteurs ! crie-t-elle.

– Elle se lève et part en courant dans la forêt avec sa louve, Hazia.

– Attends, Hanahita !

– Jylo, non, laisse-la ! Elle a besoin de temps pour accepter la vérité.

– Mais Glenn, ce n'est pas prudent de la laisser seule.

– Ne t'inquiète pas petit, elle ne craint rien ici et ma louve la suit, rassure la vieille dame.

Sa louve ? Je ne l'avais même pas vu, et pourquoi nous parle-t-elle comme à des enfants ; cela me fatigue.

– Est-ce qu'il y a d'autres meutes ici ? demande Lili.

– Dans cette forêt non, charmante demoiselle. Matëus, ta femme est exquise.

– Merci, vous me gênez, répond-elle.

– Non, ne le sois pas. Mais comment se fait-il que tu ne sois pas encore enceinte ?

Lili devient toute rouge, c'est la première fois que je la vois aussi gênée. Je n'ai pas pu retenir un petit rire.

– Mamie, elle n'a pas encore l'âge, répond Matëus aussi gêné que sa femme.

– Et c'est pour quand ?

– Dans deux semaines environ.

– C'est merveilleux, finalement vous n'êtes pas venus pour rien. Matëus, tu pourras le célébrer avec ton ancienne meute, c'est faramineux.

– Oui, c'est vrai, Mamie.

Faramineux ? Quelle surprise d'entendre ce genre de mot, son langage est assez ancien. C'est peut-être pour cette raison qu'ils la surnomment tous Mamie.

– Et toi, mon grand gaillard, où est ton loup ?

Cheyn retient un petit sourire moqueur. J'avoue que pour lui ça doit être encore plus difficile que pour moi de ne pas se moquer d'elle. Il gratte sa cicatrice à la gorge et répond tout fier :

– Je m'appelle Cheyn. Il est parti rejoindre sa louve juste avant qu'on arrive ici.

– Oh, c'est une fantastique nouvelle ! dit-elle en se frottant les mains. Et toi, ma mignonne ?

– Moi, c'est Amy, je n'ai pas encore rencontré ma louve.

– Je crains de ne pas te comprendre.

– C'est simple, Mamie, elle…

– Non, Zal ! le coupé-je.

– Qu'est ce qui se passe, Amy ? me demande Isabelle.

– Je n'ai pas confiance en elle, et je pense qu'on devrait arrêter de raconter nos histoires.

– Ma chérie, ça ne va pas ! Elle nous a accueillis et partage son camp avec nous.

– Et alors, on dirait un interrogatoire avec toutes ces questions.

– Hé ! Comment tu parles de notre Mamie ? s'oppose ma sœur.

– Je trouve étrange, Isabelle, que tu l'appelles "Mamie" alors qu'elle ne doit pas avoir quinze ans de plus que toi.

Subitement, Mamie se met à éclater de rire.

– Bah, alors les jeunes, vous ne les avez pas prévenus ?

– Non, ça nous paraît tellement évident pour nous qu'on a oublié, répond Matëus.

Ils se mettent à rire ensemble. Alors que Cheyn, Glenn, Lili, Jylo et moi, nous nous regardons sans rien comprendre.

– Oh, maman, nous avons des invités ! Regarde sur qui on est tombé en rentrant, nous coupe une femme, accompagnée d'un homme.

Hanahita sort derrière celui-ci. Ils ont tous le même style vestimentaire. Je les reconnais tout de suite, ce sont des membres qui nous ont attaqués. Sans doute à cause des circonstances, je n'avais pas fait attention la dernière fois, la femme a une particularité, une tache de naissance qui entoure l'œil droit. Quant à l'homme, c'est le même que dans mes souvenirs, grand et très mince.

Maman ? Mais c'est quoi cette histoire, elles ont à peu près le même âge.

– Oui, vous vous connaissez déjà, pas besoin de faire les présentations.

– En effet, dit Glenn paisible.

– Vous êtes revenus pour nous tuer ? s'affole la femme.

– Non du tout, ils sont venus demander si on avait rencontré la mère de cette jeune fille.

– Fais attention à ce que tu dis maman, c'est la fille de l'homme à la balafre.

– Ah bon, vous me l'aviez caché ? questionne-t-elle en me fixant droit dans les yeux.

— Pourquoi cela vous pose un problème ?! demandé-je sèchement.
— Amy, arrêtes ça ! me rétorque Glenn.
— Ce n'est pas un détail anodin, poursuit Mamie.
— Que veux-tu dire par là ? continué-je sur la défensive.
— Jeune fille, je ne te permets pas de me tutoyer, même si tu es la fille de l'homme le plus fort dans ce monde.
— Tu nous caches bien qu'une personne de leur meute est venue ici, et tu oses parler d'un détail anodin pour nous.

Je remarque les yeux rouges de leurs loups et leurs poils foncés, ce qui me met hors de moi.

— Pourquoi vous ne vous bouffez pas entre vous, au lieu de vous attaquer à des humains !
— Nous ne sommes pas des cannibales, mais d'où elle sort celle-là ? répond Mamie en se levant.

Je me lève aussi, la femme se met entre sa soi-disant mère et moi.

— Amy, ça suffit maintenant ! m'ordonne Glenn.
— Parce que manger des humains ce n'est pas être cannibale ?
— Bon, je crois qu'il est temps de partir, ma mère a été assez gentille de vous avoir offert son hospitalité.
— Ta mère, mais vous avez presque le même âge ! Vous êtes tous fous dans cette meute ou quoi ?! m'énervé-je.
— Là, tu as dépassé la limite, rage la femme.

Ils se mettent tous les trois face à moi, Cheyn et Jylo se mettent à mes côtés.

— Stop ! Je vous ordonne de tous vous calmer ! exige Glenn plus sèchement.

Soudain un énorme poids lourd invisible s'appuie sur nos épaules, on se retrouve tous un genou à terre. Cette sensation est déroutante, je n'ai jamais senti un poids aussi lourd. Glenn se trouve debout entre nous.

— Pardon, mon prince, dit Mamie, presque écrasée par cette force invisible.
— Vous êtes calmés, nous pouvons mettre les choses à plat et repartir à zéro ?
— Tout ce que vous souhaitez, mon prince, répond difficilement la femme.

Ses cheveux noirs lui couvrent tout le visage. J'essaye de relever la tête péniblement et constate qu'on est tous neutralisés, même la petite Lilou qui est couchée sur le ventre. Mais d'où vient cette force en Glenn, il ne l'a jamais utilisée jusqu'à maintenant et pour quelle raison ? Il pourrait tous les soumettre à ses pieds et les obliger à nous suivre, alors pourquoi ne l'a-t-il jamais fait ?

— Relevez-vous !

D'un coup cette puissance disparaît et nous arrivons à nous lever.

— Bon, mettons les choses au clair. Je pense qu'on vous a déjà démontré notre confiance en vous laissant la vie sauve, maintenant c'est à vous de la prouver, dit mon fiancé.

— Oui tu as raison, excuse-nous. Nous n'aurions pas dû nous emporter de la sorte, dit Mamie paisiblement.

Elle fait un geste de la main pour que tout le monde s'asseye autour d'elle. Nous prenons tous place, chacun de son côté. Lilou court dans les bras de la femme. Leurs loups partent dans les bois et les nôtres restent près de leurs maîtres.

— Déjà, laissez-moi éclaircir le malentendu et pourquoi on m'appelle Mamie. Je suis la mère de Nina et la grand-mère de Lilou, je suis la plus ancienne ici. Je sais, je ne fais pas mon âge. C'est ma capacité, je vieillis deux fois moins vite que vous. J'ai l'aspect d'une femme d'une trentaine d'années, mais en réalité j'en ai le double. Malheureusement ma capacité à sauter une génération, ma fille ne l'a pas, cependant ma petite fille, oui. On dirait qu'elle a environ cinq ans, mais elle va en réalité sur ses onze ans. Cela choquera de plus en plus dans le temps parce que bientôt, d'apparence, ma fille sera plus vieille que moi et ressemblera à la grand-mère de Lilou et moi à sa mère.

En effet, maintenant ça paraît beaucoup plus logique, je me sens stupide de les avoir pris pour des fous au lieu de chercher une autre explication.

— Je crois qu'il est temps de t'excuser, ma chérie.

— Non pas encore, je n'ai toujours pas confiance en eux.

Les capacités sont assez égoïstes. Je les percevais toujours comme un avantage, mais là, ça me fait entrevoir les mauvais côtés de certaines aptitudes.

— Et pour cette personne qui est venue ici, qui était-elle ? demande Glenn.

— La petite Amy a bien raison. C'est bien une jeune femme de la meute de son père, un peu plus jeune que vous, qui est venu à notre rencontre pour nous demander des renseignements sur vous. Ils entendent des rumeurs comme quoi, vous essayez de recruter du monde pour fonder une armée afin de les vaincre.

— Cette rumeur est bien réelle.

Ils se fixent estomaqués par les paroles de Glenn.

– Et c'est nous les fous ! se met à rire le mari de Nina, ce qui creuse encore plus son visage allongé.

– Que voulait-elle ? demande Matëus sans prêter attention à la remarque du mari.

– Elle voulait savoir si vous étiez déjà passés. Quand nous avions certifié que non, elle avait du mal à le croire. Donc elle nous a mis en garde et nous a demandé de la prévenir le jour où ça arriverait.

– C'est pour ça votre présumée chasse, en réalité, vous êtes allés la prévenir, m'emporté-je.

– Non, pas du tout Amy, vous avez nos compagnons avec vous. Nous ne les trahirons pas, et ne les mettrons pas en danger, répond Nina rapidement.

– Pour qui vous nous prenez ? rajoute son mari.

– Pour des lâches ! balancé-je.

– Ma chérie, ne recommence pas.

– Glenn, elle a raison ! Jusqu'à maintenant aucune meute n'a voulu venir avec nous, malgré ce qu'elles endurent à cause de cet enfoiré.

– Merci Cheyn, au moins un qui a les yeux ouverts, rajouté-je.

La tension remonte de plus belle.

– Pourtant, je peux compter parmi votre meute quatre membres de la nôtre qui ont rejoint d'eux-mêmes votre cause, se défend Mamie. Il ne reste plus que nous quatre. Désolée de vous décevoir, mais entre une vieille, une enfant et un couple sans aucune capacité particulière, je ne pense pas qu'on pourra plus vous aider. Et puis, continue-t-elle après une grande inspiration. Ma mignonne et mon gaillard, ne faites pas une généralité, nous ne sommes pas tous des lâches. C'est juste parce que vous n'avez montré aucune preuve de votre force et de votre courage qu'ils refusent tous de vous suivre. Parce que cet enfoiré, comme dit si bien ce gaillard, lui, on s'est de quoi il est capable et ce n'est pas parce que tu es sa fille que tu pourras lui tenir tête. N'oubliez pas que ça fait dix-huit ans que l'on vit sous ses ordres. Ce n'est donc pas une bande de gamins qui arrivent sur leurs grands chevaux qui donnera envie aux gens de vouloir la rejoindre et risquer leur vie.

Mamie a raison, son expérience nous fait ouvrir les yeux.

– Vu comme ça, c'est vrai qu'on ne tient pas la route, dit Lili en baissant les yeux au sol.

– Attention je n'ai pas dit que votre projet est nul et dérisoire, mais plutôt la façon que vous employez pour le mettre en application n'est pas forcément la bonne.

– Que nous suggères-tu, Mamie ?

– Alors là, mon Zal, je ne sais pas, laissez-moi réfléchir quelques jours peut-être qu'une idée fusera.

– Merci, Madame, dit Lili reconnaissante.

– Non, ma charmante demoiselle, appelez-moi tous Mamie et, maintenant que les choses sont claires entre nous, on peut se tutoyer.

Elle nous fait à tous un magnifique sourire.

– Tu viens de nous dire qu'il ne reste que vous, où sont les autres ?

– Mon Matëus, ça ne va pas te plaire. Mais quand cette jeune femme est venue, elle nous a proposé de se joindre à elle. Par peur, les autres l'ont suivie et ils ont rejoint la meute de l'homme à la balafre.

– Quelle bande de traîtres, répond Matëus dégoûté.

– Sais-tu où est partie cette fille ? me renseigné-je.

– Amy, qu'est-ce que tu veux faire ? se soucie Glenn.

– Je pourrai te montrer la direction où elle est partie si tu le souhaites, me répond Nina en tenant toujours sa fille dans les bras.

– Merci.

– Amy, ne fais pas de bêtises, nous n'avons pas besoin de nous mettre en danger pour rien.

– En danger de quoi Matëus, je veux juste comprendre où elle a pu partir.

– Et si tu tombes sur elle, que vas-tu faire ? continue-t-il à me questionner.

– L'interroger sur ma mère.

– Et si elle ne te dit rien ?

– Je la tue sans hésiter.

Ils me dévisagent tous comme si j'étais un monstre.

– Quoi ! On n'est pas censé tuer tous ceux qui sont avec cette ordure ?

– Il y en a qui sont de son côté par peur pour leur vie ou celle de leur famille. Avant de vouloir les décimer, il serait peut-être préférable d'essayer de les comprendre et de…

– Pour qu'ils aient le temps de nous massacrer ? coupé-je Matëus. Quand nous avons dû nous défendre contre Afzal, il n'a pas essayé de nous comprendre et vous non plus ! Alors pourquoi devons-nous le faire pour les autres ?

– Ma chérie, tu entends ce que tu dis ?

– Oui et j'attends votre réponse, allez-y, répondez-moi !

Cheyn bien entendu approuve mes paroles, il me le fait savoir en pointant son pouce vers le haut.

– Parce que nous sommes différents, ma chérie.

– Oui, Amy, si nous faisons pareil, nous ne valons pas mieux qu'eux, nous aussi nous serons des ordures, rajoute Matëus.

– Vous me faites rire tous les deux ! On verra si vous tiendrez toujours le même discours lorsqu'un de vos proches sera tué sous vos yeux, sans pouvoir faire quelque chose.

– Amy, nous comprenons ta souffrance…

– Non, Lili tu ne la comprends pas. Ce n'est pas parce que tu as cru un jour que Matëus allait mourir que ça te donne le droit de compatir à ma tristesse. J'ai perdu Chyru, ensuite mon père et j'ai aussi abandonné Mariko, puis… Zut ! J'ai besoin d'être seule.

Sur ce, je me lève et pars dans l'épaisse végétation.

– Je ne savais pas que tu le vivais aussi mal. Je suis là, si tu as besoin de me parler, ma belle.

– Non, je veux juste être seule et tranquille, s'il te plaît.

– Bien entendu, je voulais juste que tu le saches, tu n'as pas à vivre ça toute seule.

– Pourtant ça fait des mois que c'est le cas.

– C'est toi qui te renfermes de plus en plus.

– Laisse-moi, maintenant.

– Très bien.

Je me promène sans but dans cette forêt en essayant de calmer ma souffrance et mes nerfs. J'ai été vraiment surprise par Matëus, je pensais qu'il serait d'accord avec moi. Lui qui n'arrêtait pas de dire qu'on était trop gentil, trop enfantin et maintenant que je tiens un discours justifié, il me contredit. Je pense qu'il veut juste être tranquille pour pouvoir faire sa cérémonie. Puis comme il sait qu'il va avoir un enfant par la suite, il préfère rester en retrait de tout ça. Cela s'annonce mal pour la guerre. Je continue à me balader jusqu'au milieu de la nuit.

Quand je reviens sur le camp, tout le monde dort, sauf Glenn qui m'attend sans doute depuis des heures.

– Ça va mieux ? me demande-t-il doucement.

– Oui pour le moment.

Ne préférant pas utiliser notre énergie pour rien en télépathie, nous chuchotons pour ne pas réveiller les autres.

– Ma chérie, tu sais que dans cette meute, je suis celui qui comprend le mieux la souffrance que tu endures.

– Justement alors pourquoi tu ne réagis pas ? Pourquoi tu ne te bats pas pour qu'on puisse se venger ?

– Exactement pour ça ! Je comprends ton envie de vengeance, mais ce n'est pas la bonne raison pour créer une armée. Regarde où ça a amené Afzal, ça devrait te servir d'exemple.

– Finalement, tu ne me comprends pas.

– Réponds juste à cette question.

– Laquelle ?
– Pour quelle raison veux-tu créer une armée ?
– Pour tuer cet homme néfaste.
– Très bien, et si ton père était à tes côtés pour quelle raison le ferais-tu ?
– Pour, pour… la même raison. Je ne saisis pas où tu veux en venir ?
– Réfléchis et tu arriveras peut-être à me répondre.

Il se couche en me tournant le dos. Je m'allonge et fixe les feuilles qui bougent sous un léger vent. Je réfléchis à ce qu'il a essayé de me faire comprendre sans succès, je finis par m'endormir.

Quand je me réveille, il fait encore nuit, Shugo est contre moi.
– Bonjour, Shugo.
– **Bonjour Amy, j'attendais que tu te réveilles pour qu'on aille chasser ensemble, ça te dit ?**
– Oui, avec plaisir.

Je reste surprise de sa proposition, mais il doit avoir une bonne raison. Je scrute autour de moi et vois toutes les filles choyer Lilou, et les hommes discuter entre eux.
– **Viens, suis-moi.**

Nous partons tous les deux, quand on est assez loin pour que les autres ne nous entendent pas, j'interroge Shugo :
– Pourquoi cette proposition spontanée ?
– **Cela te surprend autant que ça ?**
– Oui, assez.
– **Pourtant avant, on passait beaucoup plus de temps ensemble et cela te paraissait normal.**
– Ça y est, j'ai compris, c'est Glenn qui t'a demandé de me parler.
– **Non, tu te trompes au contraire. Je voulais comprendre jusqu'où ta haine pourrait t'emmener.**
– Toi aussi tu t'y mets ! m'agacé-je en m'arrêtant net pour le fixer d'un regard mauvais.
– **Tu nous mets tous en danger à chaque fois que tu sens une odeur de notre ancienne meute, et que tu te mets à la pourchasser sans percevoir le danger qui peut nous entourer.**
– C'est bon, tu pourras faire ta commission auprès de Glenn, tu as bien transmis son message.
– **Je ne viens pas de sa part, je m'inquiète pour toi comme tout le monde. Ils s'interrogent sur toi.**

– Ah bon, et sur quoi ils s'interrogent ?
– **Ils se demandent si le côté obscur de ton père n'a pas déteint sur toi.**
– Cet homme n'est pas mon père et je vous remercie de vos inquiétudes, mais il n'en est rien. Sur ce, je dois aller voir Nina.
– **Attends, Amy !**

Je m'en vais, sans diverger plus longtemps et me dirige vers Nina, les poings fermés. Pendant le trajet, je souffle pour me calmer, afin de parler à cette dernière correctement.

– Bonjour Nina, pourrais-tu me montrer l'endroit où elle est partie, s'il te plaît ?

Elle regarde Glenn et hésite.

– Je ne sais pas si...
– Je ne ferai rien qui pourrait mettre en danger quelqu'un, je te le promets. Je veux juste savoir où elle s'est dirigée.
– Très bien, suis-moi.
– Merci.

Glenn baisse les yeux en expirant. Nous marchons vingt bonnes minutes quand elle s'arrête. Le soleil commence à transpercer les arbres.

– C'est par là qu'elle est partie.

Je regarde à l'horizon.

– Qu'y a-t-il dans cette direction ?
– C'est de là que vous êtes arrivés.
– Pourquoi nous ne l'avons pas sentie alors ?
– Sans doute qu'elle a pris un autre chemin que le vôtre, tout simplement.

Son odeur était encore présente, j'avais envie de la suivre, mais je me doutais que toute ma meute me talonnerait encore une fois.

– Tu as eu tes réponses ?

Je remarque immédiatement de la peur dans ses yeux.

– C'est de moi que tu as peur ?
– Non, je ne suis pas effrayée, sourit-elle mal à l'aise.
– Arrête, même moi qui n'ai pas toutes mes facultés, je la sens.
– C'est juste que je veux protéger ma mère et Lilou, ne nous embarques pas dans tes recherches de meurtre.
– Très bien, rentrons, alors.

Soudainement, je ressens son soulagement.

Quand nous arrivons au camp, Mamie discute avec Lili et Matëus de leur cérémonie.

– Alors, mon Matëus, qui choisiras-tu comme témoin ?
– Je n'avais pas encore réfléchi à cela.

– Moi, j'ai déjà choisi, Amy sera ma demoiselle d'honneur, répond Lili toute contente.

Du fait de mon éloignement de tout le monde, je reste surprise de son choix.

– C'est bien ma charmante demoiselle, mais toi, Matëus il faudrait t'activer un peu, c'est pour bientôt.

– Mamie ne commence pas à me mettre la pression.

On se met tous à rire, même moi, étonnamment.

– Et moi, Lili, je ne peux pas être ta demoiselle d'honneur ? Je sais qu'on ne se connaît que depuis hier, mais ça me ferait très plaisir.

Pour la première fois, j'entends réellement la petite voix de Lilou et en effet, elle ne parle pas du tout comme une enfant de cinq ans. C'est assez déstabilisant.

– Je peux lui laisser ma place, dis-je avec plaisir.

– Ne dis pas de sottises, ma mignonne. Si Lili est d'accord, elle peut vous avoir toutes les deux.

– Avec grand plaisir, répond ma sœur sans réfléchir plus d'une seconde.

Lilou court dans les bras de Lili et lui fait un câlin.

– Merci, Lili.

– Il n'y a pas de quoi.

Ma sœur continue à partager toutes les idées qu'elle souhaiterait pour sa journée. J'essaie aussi d'y mettre du mien, mais savoir qui est cette fille ainsi que son odeur ne lâchent pas mon esprit. À chaque fois que je pars pour en découvrir plus, je me sens épiée par quelqu'un, et je ne suis pas du genre parano. Donc, je suis certaine que Glenn a dû donner l'ordre à tout le monde de me surveiller à tour de rôle. Un moment j'aperçois Arssa s'éloigner de la meute, je décide de le suivre. Il part à quelques kilomètres du camp.

– **Amy pourquoi me suis-tu ?** m'interroge le loup en s'immobilisant et en se retournant.

– Ah, tu m'as repérée.

– **Ça fait un moment que je t'ai flairée.**

– Je me demandais pourquoi tu partais seul ?

– **Toute cette histoire de cérémonie, c'est un peu trop pour moi, Matëus est tellement stressé que j'en ai du mal à respirer.**

– À ce point, il ne le montre pas du tout.

– **Oui, il est beaucoup plus discret que toi.**

– Comment ça ? froncé-je des sourcils.

– **On peut tous lire sur ton visage que tu n'attends qu'une chose, c'est de suivre la piste de cette fille.**

– Tu crois que j'ai tort ?
– **Je n'ai pas trop mon mot à dire.**
– Je te le demande.
– **Je comprends ton point de vue, mais je comprends aussi les autres.**
– Tu ne m'aides pas.
– **Tu veux que je t'aide ou que je te dise ce que tu veux entendre ?**
– Je veux savoir sincèrement ce que tu en penses.
– **Très bien, je pense que tu es aveuglée par ta haine et ça empire chaque jour, mais tu as raison d'être sur tes gardes avec tout le monde. Si tu avais toute ta tête, je serais d'accord avec toi pour suivre cette piste. Cependant, comme ce n'est pas le cas, je suis d'accord avec les autres.**
– Matëus raisonne comme toi ?
– **Oui, il n'est pas du tout contre toi et il est d'accord avec tes arguments, sauf que tu mets la meute en péril.**
– N'importe quoi, je ne mets en danger personne ! m'énervé-je.
– **Donc j'avais raison, j'aurais dû te dire juste ce que tu voulais entendre.**
– C'est d'avoir retrouvé ton ancienne meute qui te rend aussi arrogant et confiant ?!
– **Pardon ce n'était pas mon intention.**

Je le laisse tout seul et rentre au camp. À la nuit tombée, on se souhaite bonne nuit et nous nous couchons.

Je me réveille au milieu d'une forêt de bambous, je me lève sans réaliser où je me trouve. J'entends derrière moi un bambou craquer sous les pieds ou les pattes de quelqu'un. Je me retourne instinctivement, j'observe, lorsque je vois soudain plusieurs bambous s'écarter les uns après les autres en se rapprochant de moi. Je recule au fur et à mesure que cette chose s'approche sans pouvoir détourner les yeux d'elle. D'un coup, un énorme loup, tout noir avec des yeux rouges, bondit à un mètre de moi. Sa gueule est deux fois plus grosse que ma tête, ses crocs tranchants luisent. Il peut me bouffer en deux crocs s'il le souhaite. Je ne le lâche pas du regard, la bave commence à couler de sa gueule. Je comprends qu'il me trouve à son goût. Je prends mon courage à deux mains et le questionne :

– Qui es-tu ?

– **Tu dois le savoir.**

Son timbre rauque résonne dans ma tête et me glace encore plus le sang.

– Que me veux-tu ?

– **Ça aussi tu le sais.**

Je recule à tâtons pour ne pas trébucher. Oh oui, je sais ce qu'il me veut : me bouffer !

– Tu ne me terrifies pas du tout.

– **Tant mieux.**

Mais qu'est-ce qu'il attend pour me sauter dessus ?

– Tu devrais me laisser tranquille et partir.

– **Et pour quelle raison ferai-je ça ?**

– Parce que je sais me défendre.

– **Je n'en doute pas. Je sais, que tu es forte et puissante, Amy.**

– Tu me connais ?

– **Oui bien entendu, tu ne me reconnais pas ?**

– Non, qui es-tu ?

– **Je…**

Instantanément un autre craquement se fait entendre, nous scrutons l'endroit tous les deux. Le même scénario se reproduit, les bambous s'écartent et quelque chose se rapproche.

– **Sauve-toi, Amy !**

– Mais pourquoi et qui es-tu ?

– **SAUVE-TOI VITE !** me crie-t-il en me bondissant dessus.

2. LA CÉRÉMONIE

Je me réveille en sursaut, le souffle encore court et le cœur qui tambourine rapidement dans ma poitrine. J'observe les autres, ils dorment tous encore. J'en profite pour aller retrouver le début de la piste de cette fille. J'arrive à l'endroit où je me trouvais avec Nina plutôt dans la matinée. Je ferme les yeux puis me métamorphose et j'engage le pistage. Je saute des rochers, je cours entre les arbres, je passe des petits ruisseaux. Son odeur est assez faible, je suis obligée de m'interrompre à plusieurs reprises pour ne pas me tromper. Le temps joue contre moi, ma meute peut se réveiller à n'importe quel instant et m'empêchera de continuer ma traque. Je suis à la frontière de la Syrie. En effet, elle est bien partie du côté par lequel on est arrivé, mais par une autre route. Gênée par différentes odeurs, je ferme les yeux et tourne en rond pour reprendre la piste.

– Amy !
– Matëus ? Tu m'as suivie ?
– Oui, tu comptes aller jusqu'où comme ça ?
– Je veux savoir qui est cette fille, tu n'es pas curieux, toi ?
– Curieux de quoi, Amy ?
– De ce qu'elle sait sur nous, ou si elle a des informations sur ma mère, par exemple.
– Déjà, si elle avait des infos sur ta mère, ce serait ton père qui s'en occuperait. Puis pour notre sujet, je m'en fiche pour le moment.
– Ben voyons, Monsieur Matëus est trop pris par sa cérémonie, tout le reste n'a plus aucune importance, dis-je en levant les yeux au ciel.
– C'est vraiment ce que tu penses de moi, Amy ?
– Oui, je ne vois pas ce que ça pourrait être d'autre.
– Ça m'attriste de voir à quel point tu m'estimes, tu te trompes complètement.
– Alors, pourquoi tu n'es plus aussi combatif qu'il y a quatre mois ?

CHAPITRE 2

– Tout simplement parce que nos vies ne sont plus en danger immédiat. Alors, j'essaie de vivre quelques moments de bonheur, parce que je sais que plus tard, on ne pourra plus le faire pendant une longue période ou peut-être même jamais pour certains d'entre nous. Alors mince, Amy, reprends-toi ! Redeviens celle que tu étais avant de perdre ton père, sinon, on va tous mourir et pour rien.

Je baisse les yeux et pince les lèvres.

– J'ai peur que toi aussi tu ne me comprennes pas, je ne peux plus être la même, mon père n'est plus là.

– Mais tu crois que tu es la seule ! Mes parents, ma grande sœur et mon petit frère qui n'était encore qu'un bébé ont aussi été tués sous mes yeux. Arrête de te plaindre de ton triste sort, arrête de t'en prendre à ceux qui t'aiment. On est là pour t'aider dans ta douleur, imagine juste une seconde que tu pourrais être toute seule pour vivre ça.

– C'est un peu ce que je fais.

– Non ! C'est toi qui fais en sorte de le vivre seule. On te tend la main depuis plus de trois mois, mais à chaque fois, tu nous tournes le dos. Je comprends que tu veuilles te venger, puisque moi aussi je souhaite tuer les parents de Glenn. Néanmoins, si je tenais le même discours que toi, j'aurais dû tuer aussi Glenn et tous ceux qu'ils l'entourent.

Je souffle un grand coup, ses paroles sont justes. Il me regarde et attend une réaction de ma part.

– J'ai besoin de réfléchir à tes paroles comme à celles de Glenn.

– Que t'a-t-il dit ?

– Il m'a demandé si mes raisons pour faire la guerre auraient été les mêmes si mon père était toujours à mes côtés.

– Tu lui as répondu quoi ?

– Que oui !

– Tu en es sûre ? Je vais te le dire différemment ; est-ce que tes motivations pour créer une armée seraient les mêmes si ton père était encore parmi nous ?

Je réfléchis un petit instant et commence à comprendre la tournure de cette question.

– Bien sûr que non, je serai moins assoiffée de vengeance et le prendrai avec moins de pression.

– Ton but est le même, mais pas pour les mêmes raisons. Au départ, c'était pour vaincre le mal et permettre à tout le monde de vivre en paix, sans avoir de crainte. Mais maintenant, c'est juste pour te venger, il n'y a plus que ça dans ta tête et tu n'arriveras à rien. Tu perdras et tu mourras ! Seulement avant ça, tu verras tes proches mourir un par un par ta faute.

– Je pense avoir compris, c'est bon. J'essayerai de voir les choses différemment, mais si j'ai une chance de pouvoir me rapprocher de mon but en trouvant une piste, je ne passerai pas à côté.

– Très bien, mais là, ta piste est partie depuis des jours, tu décides quoi ?

– On rentre, je voulais m'assurer que Nina ne nous mentait pas, et que cette fille ne se trouvait pas dans les parages.

– Allez dépêchons-nous, les autres s'inquiètent.

Nous repartons, je laisse Matëus passer devant. Je me doute que Glenn va encore me faire une leçon de morale sur mon comportement. Finalement, je me suis peut-être trompée au sujet de Matëus, il m'a ouvert les yeux sur quelques détails. Cependant cela ne changera pas mon envie de vengeance. La discussion avec lui m'a fait du bien, c'est la première fois qu'il parlait de lui et de son passé. Je ne peux même pas imaginer à quel point il a dû souffrir de voir tous les gens qu'il aimait mourir, et pourtant, ça n'affecte pas son jugement. Il a une force en lui qui me dépasse largement, j'ai encore beaucoup de choses à apprendre de Matëus.

Quand nous débarquons au camp j'aperçois Mamie, Nina et Isabelle faire des gestes et des déplacements très lents.

– Tu devrais en faire avec elles, ça t'aidera à te contrôler, me dit Matëus en voyant ma tête interloquée.

– Mais qu'est-ce que c'est ?

– C'est du tai-chi, tu ne connais pas ?

– Ah si, j'en ai vu dans les films. Je ne crois pas que ce soit fait pour moi.

– C'est en essayant que tu le sauras.

– Et Glenn, je présume qu'il veut discuter de ma petite excursion.

– Non, je lui parlerai, il ne t'embêtera pas avec ça.

– Merci.

– Ne me remercie pas et va essayer le tai-chi.

Je lui fais un sourire en inclinant la tête et me dirige vers les filles.

– Bonjour !

Elles ne me répondent pas, Mamie me fait juste un geste de la main pour que je prenne place à côté d'elle. Je recopie les enchaînements qui sont assez simples grâce à la capacité de Glenn que je possède. Je prends conscience petit à petit du bienfait de ce sport. Mes muscles se détendent et, pour la première fois, j'arrive à penser à autre chose que la vengeance. Je ferme les yeux et exécute les mouvements sereinement. J'écoute le chant des oiseaux, le vent passer entre les feuilles des arbres, les petits

CHAPITRE 2

animaux qui viennent nous voir par curiosité sans trop s'approcher. J'inspire et expire lentement, je me sens seule, dans ma bulle, plus rien n'existe à part la nature et moi. Après ça, la journée se déroule normalement, sans accrocs ni disputes.

Les jours passent dans la même ambiance, je pratique tous les matins mon tai-chi toute seule dans la forêt. Une pratique qui m'aide à me détendre pour la journée. Les préparations continuent, Lili essaye comme elle peut de fabriquer des robes avec des vêtements qu'ils ont volés sur les étendoirs. Cette dernière vit dans un conte de fée.

Matëus a enfin choisi son témoin ou plutôt ses deux témoins : Glenn et Zal. Quant à Cheyn, il tourne de plus en plus en rond en attendant que Yowi lui dise qu'il est enfin arrivé. Sa sœur insiste pour qu'il reste au moins jusqu'à sa cérémonie. Comme réponse, elle a droit à un clin d'œil, évidemment il le fait exprès pour la taquiner et ça marche.

Nous continuons à nous entraîner, enfin pour ma part surtout avec Glenn et Matëus pour progresser. Quant à Isabelle, je l'aide à apprendre le combat rapproché.

Nous sommes actuellement en plein combat toutes les deux, sa louve Thynka s'entraîne avec Shugo. Elle paraît petite à ses côtés, elle a les poils courts. Je n'arrive pas très bien à déterminer sa couleur à cause de la tonne de poussières qu'elle porte. Je crois qu'elle est marron clair, mais elle ressort grisonnante. Le bout de sa queue est noir et ses yeux sont de la couleur de son pelage d'origine.

Pour la énième fois, je couche ma sœur au sol.

– Ça suffit Amy, on arrête ! Ça ne sert à rien, je suis une combattante à distance. Je ne comprends pas pourquoi je dois apprendre à me battre ? Vous serez là pour me protéger.

– Tout simplement parce que tous ceux qui ont des capacités comme la tienne, à distance, pensent de la même manière et ceux comme Glenn le savent. De ce fait, on vous attaquera en premier. Tu as bien vu, lorsqu'on vous a attaqués, nous t'avons neutralisée la première. Si tu avais su te défendre, tu aurais pu changer la donne sur notre stratégie. Tu nous aurais surpris et ébranlés.

– Mais ce n'est pas dans mes aptitudes, je n'arriverai pas au niveau de Glenn.

– Tu te trompes, Matëus possède une capacité à distance, pourtant, il a appris à se battre au combat rapproché. C'est sûr qu'il n'est pas aussi bon que Glenn ou moi, mais il a assimilé pour s'en servir et corriger ses faiblesses grâce à sa capacité et de ce fait, il est devenu bien plus fort que nous.

– C'est vrai, mais il s'est entraîné depuis tout petit pour arriver à ce niveau.

– Je ne te demande pas de devenir aussi forte que lui ou ceux qui se battent en combat rapproché, mais que tu puisses au moins surprendre nos ennemis. Tu viens de me donner une idée ! Tu arrives à mettre de l'électricité entre tes doigts pour me masser, donc tu pourrais aussi arriver à l'utiliser pour te défendre.

– Ce n'est pas la même chose, je me concentre longtemps avant d'oser poser mes mains sur toi. Pendant un combat, je n'aurai pas ce temps-là.

– Justement, on va travailler sur ça.

Elle souffle en se relevant et secoue son pantacourt noir rempli de poussière. Je la reconnais bien, Isabelle est du genre à ne pas trop forcer, elle est un peu fainéante. On est toujours obligé de la bousculer sur tout. Shugo est au même stade que moi avec Thynka, il la secoue aussi.

– **Tu as une patience énorme Amy, mais je crois que moi j'arrive à bout avec Thynka.**

– **Non, n'abandonne pas, quand elles verront comme elles ont progressé, ce sont elles qui en redemanderont.**

– **Je l'espère sincèrement.**

– Alors, Amy, comment je procède ? me dit-elle sans aucune motivation.

– Ce n'est plus de mon ressort, c'est à Matëus de t'expliquer.

– Quoi ?

– **Matëus, on a besoin de toi.**

– **J'arrive tout de suite,** me répond-il.

– Oui, c'est lui qui pourra t'entraîner au mieux sur ta capacité.

– Je n'apprécie pas trop de m'entraîner avec lui, il est dur.

– Précisément, c'est ce dont tu as besoin.

– Je suis là, en quoi je peux vous aider les filles ? intervient notre frère.

– Tu l'as déjà appelé ? me dit ma sœur, surprise.

– Oui.

Elle lève les yeux en l'air, ce qui me fait sourire.

– J'attends, Amy, s'impatiente Matëus.

– Isabelle a vraiment du mal à s'améliorer au combat rapproché, est-ce que tu pourrais l'aider à utiliser sa capacité comme bouclier ?

– Pas mal, très bonne idée ! Oui, je peux tenter, si elle y met du sien.
On la regarde tous les deux.
– Ok, je ferai de mon mieux, dit-elle d'un ton désinvolte.
– **Ah ok, tu fais tout pour me motiver à continuer l'entraînement avec Thynka, mais toi, tu te décharges d'Isabelle avec Matëus.**
Je n'ai pu m'empêcher de pouffer, les deux me regardent étrangement.
– **Courage Shugo, tu vas y arriver.**
– **Mouais, merci,** râle-t-il.
Je les laisse s'entraîner sans moi et me dirige vers mon sac. Je prends mon album photo et m'installe sur une bâche allongée sur le ventre. J'ai du mal à retenir mes larmes quand j'observe les photos que mon père avait prises de nous. Certaines me font sourire, surtout celles qu'ils prenaient de lui, en selfie avec nous derrière. Il ne regardait pas l'objectif et grimaçait de peur de se faire surprendre. Je nous revois dans ces moments, il a été vraiment discret, on ne s'en était pas aperçu.
– Ça va, ma chérie ? m'interrompt Glenn.
– Oui, je regardais juste les photos que mon père avait prises de nous.
– C'est vrai, il avait bien joué. Il a eu raison de les faire, ça nous laisse de magnifiques souvenirs.
– Oui, dis-je en soupirant de tristesse.
Je m'assois près de Glenn et ferme mon album. Il me serre contre lui et dépose un baiser sur ma joue.
– Je me suis rendu compte de ton changement depuis quelques jours, tu es plus détendue.
– C'est grâce au tai-chi, je suis ravie de connaître ce sport.
– Tant mieux, cela me rassure.
– De ce que j'ai pu comprendre, tu n'es pas le seul que ça rassure.
– Ma Chérie, ne…
– Non, c'est bon, Glenn, je sais et je vous comprends.
Il me fait un grand sourire.
– Par contre, tu peux m'expliquer ce que tu as fait le jour de notre arrivée ici.
– Je ne saisis pas, qu'est-ce que j'ai fait ?
– Quand on s'est retrouvé tous au sol sans pouvoir bouger le petit doigt.
– C'est le pouvoir de la royauté, seuls les rois et les princes peuvent s'en servir.
– C'est génial, plus besoin de se battre, alors.
– Non, ça ne marche que pour ceux qui me considèrent comme leur prince. Quand Mamie a dit « bienvenue prince », j'ai su que je pourrais

l'utiliser si les choses tournaient mal, et quand l'occasion s'en est présentée, je l'ai testé. Puis quand ils se sont tous retrouvés au sol, j'ai compris que je pouvais leur faire confiance.

– Pourquoi, tu ne m'en avais jamais parlé ?

– Parce que je ne suis plus le prince depuis dix-huit ans, donc je ne pensais pas un jour tomber sur des gens qui me considèrent encore comme tel.

– Ça redonne espoir.

– Oui, c'est sûr.

– Alors, en plus de créer une armée, il faut aussi qu'ils croient en toi et non en ce monstre.

– C'est ça.

– Cela complique les choses.

– Non, parce qu'au moins quand ils seront avec nous, on saura qu'ils sont loyaux.

– C'est vrai, pas de mauvaise surprise.

– Amy, c'est l'heure de l'essayage, nous coupe Lili toujours autant excitée.

– Lili, tu ne veux pas faire essayer Lilou d'abord ?

– C'est fait.

La petite débarque les mains sur les hanches et fait son défilé, une petite robe avec un volant dégradé de plusieurs roses. Lili l'a coiffée d'un chignon avec un petit ruban assorti à la robe.

– Alors je ne suis pas la plus belle ? demande-t-elle de sa petite voix.

– Oh, si ! répond son père.

– Il ne te manque pas les chaussures ? interroge Cheyn étonné.

– Non, je ne veux pas de chaussures.

On se met tous à rire. Vexée par nos moqueries, elle croise les bras et part en boudant.

– Amy ? insiste Lili.

– Je te fais confiance, je suis sûre qu'elle m'ira à merveille.

– Ne fais pas ta timide, rigole Cheyn.

– Ne te fais pas prier, rajoute Glenn.

– Merci les gars pour votre soutien, bougonné-je.

Ils se mettent à rire deux fois plus.

– Alors, tu viens.

– Écoute Lili, je n'aime pas trop les essayages et en plus il n'y a plus de surprise, j'ai la même que Lilou.

– Pas vraiment. C'est la même couleur, mais pour toi, elle sera un peu plus adulte.

CHAPITRE 2

Je lève les yeux en l'air, cette phrase accentue mon angoisse par rapport à la robe qu'elle a pu me réserver. Elle me fixe avec des yeux de chien battu.

– Bon d'accord, craqué-je.

Elle saute sur place, m'attrape la main et me tire pour que j'avance plus vite. Nous nous cachons derrière un tronc et elle me tend la robe rose. Je l'attrape en faisant une grimace.

– Amy, mets-y un peu du tien, tu sais que ça me fait plaisir.
– Oui, mais le rose, ce n'est pas vraiment ma couleur préférée.
– Pourtant je suis sûre qu'elle ira très bien avec ton teint.
– Lili, on a toutes presque le même teint. Tu n'as pas trouvé mieux ?
– Allez, on ne va pas y passer toute la journée.

Je souffle et m'exécute. En effet la robe n'est pas la même que la petite. Elle suit mes formes avec un décolleté plongeant puis s'arrête juste au niveau de mes genoux. Elle aurait presque pu me plaire si elle n'avait pas toutes ces nuances de rose.

– Tu es magnifique Amy, je suis trop heureuse.
– Donc c'est bon, je peux l'enlever ?
– Non, j'ai besoin de l'avis des autres.
– Hors de question ! Ils me verront le jour de ta cérémonie.
– S'il te plaît, ma sœur.
– Non, ça ne marche pas, Lili.

Je suis déjà en train de la retirer.

– Dommage.

Elle me fait une petite moue, mais je ne craquerai pas cette fois-ci. Je lui rends la robe et me rhabille. Quand je reviens, ils me regardent tous interloqués.

– Bah, elle est où la robe, elle ne t'allait pas ? demande Glenn.
– Si, elle lui allait très bien, cependant elle tient à vous faire la surprise le jour de la cérémonie, explique ma sœur qui me suit.
– C'est nul, j'étais curieux de la voir.
– Si tu es aussi curieux que ça, Cheyn, tu n'as qu'à rester pour la cérémonie et tu pourras te moquer autant que tu le souhaites, lui dis-je.

Il se met à éclater de rire.

– Je suis sûre que vous allez être magnifiques, nous dit Mamie, je la gratifie d'un sourire.
– Et toi, Lili, ta robe, elle en est où ? demande Nina.
– Je ne l'ai pas encore finie, il me manque quelques détails.
– Lesquels ? On pourrait te les trouver.
– Tu es très gentille, Mamie. J'ai besoin de paillettes.
– Pas de problème, j'irai t'en chercher demain, répond Nina.

– Où allez-vous chercher toutes ces choses ?
– Toujours aussi méfiante, Amy. Nous allons les voler et avant que tu ne montes sur tes grands chevaux en disant que c'est mal, je préfère t'avertir qu'on a toujours vécu de la sorte et on le vit très bien.
– Je n'ai rien à vous dire, vous êtes ici chez vous.
Tous surpris, ils me fixent en se demandant où est passée la vraie Amy. Avant qu'ils ne me posent la question, je me lève.
– Je vais voir comment Matëus et Isabelle s'en sortent.
Je m'esquive sans faire attention à leurs yeux interrogatifs. J'arrive devant Shugo et Thynka et je vois une légère progression.
– C'est mieux Thynka.
– **Merci, Amy.**
– **Oui, merci Amy**, râle Shugo.
– Oui, bravo à toi aussi ! Tu vois, tu ne fais pas tout ça pour rien, elle s'améliore.
– **On va s'arrêter là pour aujourd'hui, on reprendra demain**, dit-il à l'intention de Thynka.
– **D'accord, Shugo.**
Elle part fière des progrès qu'elle a réussi à faire.
– **C'est dur Amy, elle a encore beaucoup d'efforts à faire pour arriver à un niveau correct.**
– Tu t'en sors bien Shugo, rappelle-toi avec moi c'était difficile aussi, je n'ai pas tout appris en quelques jours.
– **Oui, mais toi tu avais une bonne excuse, et je suis sûr que ta louve doit mieux savoir se battre qu'elle. Je ne comprends pas comment elle fait pour être toujours en vie.**
– Tu es un peu dur.
– **Non Amy, Shugo à raison et je saisis son manque de patience**, répond Arssa apparu de nulle part.
– Arssa, tu es encore plus dur que Shugo, ce n'est pas à toi qu'il faut demander d'entraîner des débutants comme Thynka.
– **Tu te trompes, ce qui est horripilant avec Thynka ou sa maîtresse Isabelle, c'est qu'elles ont toujours compté sur les autres pour se défendre.**
– Oui, mais elles essayent de progresser.
– **Essayer n'est pas suffisant à l'heure d'aujourd'hui.**
– Tu proposes quoi, qu'on les laisse tomber ?
– **Non, mais de ne les féliciter que lorsqu'elles auront réellement progressé.**
– C'est pour les motiver.
– **Elles n'ont pas besoin de ça, fais-moi confiance.**
– Très bien, je ne dirai plus rien, lui répondis-je un peu vexée.

CHAPITRE 2

Ils me font signe de la tête puis je pars voir Matëus et Isabelle. Je suis surprise de voir Isabelle assise en tailleur les yeux fermés. Matëus est à ses côtés et lui tourne autour. Je ne me rapproche pas pour ne pas les déranger. Subitement Matëus lui donne un coup de poing sur l'épaule, elle tombe au sol.

– Matëus, mais tu es malade, pourquoi tu l'as frappée ?! crié-je en me précipitant vers eux.

– Je l'entraîne.

– À quoi ?! À la frapper le plus fort possible ?

– Mais non, viens essayer.

– Mais ça ne va pas ! Je ne vais pas la taper alors qu'elle ne se défend pas.

– Amy essaye, tu vas comprendre, me dit Isabelle.

Elle se rassoit en tailleur et ferme les yeux. Je me rapproche d'elle en regardant Matëus, lorsqu'il me fait signe de la tête de la frapper. En hésitant, je ne la cogne pas trop fort sur l'autre épaule. Je ressens un court-jus le long de mon bras et remarque que mon coup ne l'a pas complètement touchée, que c'est juste la puissance qui l'a fait reculer.

– C'est impressionnant, expliquez-moi.

– C'est simple, j'ai réussi à lui apprendre à s'entourer de son don. Elle est entourée complètement d'électricité. Cependant elle met encore trop de temps pour faire ressortir ce don, et il n'est pas assez puissant pour que l'ennemi soit blessé ou étourdi.

– Sensationnel ! Il lui faut encore du temps, mais c'est une très bonne défense, m'exclamé-je réjouis.

– Quand elle arrivera à le faire spontanément, c'est sûr, elle pourra même se battre avec.

– Tu avais raison Amy, Matëus est le meilleur pour m'entraîner.

Je lui tape dans les mains et prends son don avec.

– Tu crois Matëus que moi aussi, je pourrai y arriver ?

– Bien sûr, Amy, vous pourrez vous entraîner toutes les deux.

– Ça me paraît une très bonne idée, mais ensuite, je voudrais aussi me servir de ton don.

– Tu as trouvé un nouvel objectif ? me demande-t-il.

– C'est bien ça, j'aimerais savoir utiliser les dons de mes frères et sœurs aussi bien qu'eux, sinon à quoi me serviront-ils ?

– Très bien, ce sera avec plaisir.

– Je vous laisse continuer, je vais aller voir Jylo et Hanahita, ça fait un moment qu'on ne les a pas vus.

– À tout à l'heure Amy, me dit Isabelle.

Je me métamorphose pour trouver leurs traces. Au bout de dix minutes, je tombe sur eux. Ils sont en train de s'affronter, j'adore leur style de combat. La rapidité de Jylo, la fluidité et la souplesse de Hanahita leurs donnent bien un style à eux. Jylo attrape Hanahita par derrière, il lui tient fermement le cou. Elle se baisse, plie les jambes puis attrape son bras qui est autour de son cou et réussi à le tirer par-dessus elle. Jylo tombe sur le dos, elle lui fait une clé de bras au sol, il tape par terre pour la stopper. Elle l'aide à se relever, je suis impressionnée de la différence entre elle et Isabelle, elles n'ont pas du tout le même niveau.

– Belle contre-attaque, Hanahita, la félicité-je.
– Ah, merci.

Elle frotte son pantalon noir en me répondant sans me regarder.

– C'est vrai, bien joué, je ne m'y attendais pas du tout.
– Merci, Jylo !

En revanche lui a droit à un sublime sourire.

– Je viens vous chercher, on ne vous a pas vus de la journée.
– Oui, on ne va pas tarder à rentrer.
– D'accord Jylo, alors à tout de suite.
– Ouais à toute, répond Hanahita d'un ton méprisant.

Je fais demi-tour et retourne là où je me sens un peu mieux accueillie. Il faudra vraiment que j'aie une discussion avec elle pour qu'on éclaircisse ce malaise, avant que je ne finisse par craquer et que je lui mette la baffe qu'elle mérite depuis un moment.

Quand je reviens au camp Isabelle et Matëus s'y trouvent aussi.

– L'entraînement est fini pour aujourd'hui ?
– Oui, ça prend énormément d'énergie à Isabelle, je ne veux pas la vider.
– Oui, je n'en doute pas.

Nous discutons tranquillement tous ensemble, Jylo et Hanahita nous rejoignent à la tombée de la nuit. Nous nous couchons tous en même temps assez épuisés pour certains d'entre nous.

Je m'éveille pour la seconde fois dans cette forêt de bambous qui me paraît subitement bien plus familière que la dernière fois. Je suis seule, je me déplace entre les bambous en évitant de faire trop de bruit pour ne pas me faire remarquer. Soudain, je ressens quelque chose derrière

moi, je me retourne et me retrouve encore face à face avec ce loup énorme et tout noir. Je fais un bond en arrière.
- Je suis encore en train de rêver ? demandé-je.
- **Oui et non !**

Sa voix est moins rauque et moins menaçante.
- Pourquoi je me retrouve toujours dans cet endroit ?
- **Tu ne reconnais pas ce lieu ?**
- Il me semble familier, mais je n'arrive pas en m'en souvenir.
- **Comme pour moi, tu ne sais toujours pas qui je suis ?**
- Non, tu ne veux pas me faire de mal ?
- **Non, surtout pas.**
- Alors pourquoi ton apparence est aussi menaçante ?
- **Parce qu'on n'est pas seuls dans ce rêve ?**
- Je ne comprends rien, qui d'autre est là ?
- **Le mal en personne.**

Je me rapproche de ce loup, je lui tourne autour et remarque qu'il s'agit d'une louve.
- Tu es une louve ?
- **Oui, bien entendu !**
- Et si tu me disais qui tu es.
- **La prochaine fois, on nous écoute.**

Je cherche autour de moi, mais je ne vois que des bambous à perte de vue. Elle fait un signe de sa grosse tête vers ma droite. Je me concentre le plus que je peux et finis par remarquer une énorme ombre.
- Qui est-ce ?
- **Le mal, sauve-toi Amy.**
- Encore, mais je ne peux pas t'aider ?
- **Non, ce n'est pas encore le moment, mais bientôt. Allez oust !**
- De quoi parles-tu ?
- **FILE DE LA !** me hurle-t-elle en plongeant sur moi.

Je me réveille encore en sursaut, cette fois-ci, je réveille Glenn.
- Ça ne va pas ?
- J'ai fait un rêve très étrange.
- Raconte-le moi.

Il m'attrape la main et me la serre fermement pour arrêter mes tremblements et calmer mon souffle.
- La prochaine fois quand j'en saurai un peu plus.
- Comment ça ?

– Laisse, même moi je ne comprends rien.
Je l'embrasse tendrement sur les lèvres.
– Je vais faire mon tai-chi.
– Tu veux que je t'accompagne ?
– C'est gentil, mais non. J'ai besoin d'être toute seule.
– Très bien.
– Désolée de t'avoir réveillé aussi tôt.
– Il n'y a pas de mal, j'ai du boulot aussi pour préparer la cérémonie, plus que deux jours, ça passe trop vite.
– Par contre, il faudrait qu'on discute pour savoir où on ira après, ici on n'a plus rien à apprendre.
– Pas de problèmes.

Je pars faire mon tai-chi, mais j'ai beaucoup plus de difficultés à me concentrer. Je suis perdue dans mon rêve de cette nuit. Je décide de partir sur la hauteur des arbres pour regarder le soleil se lever. C'est magnifique, tout s'éveille au fur et à mesure que les rayons du soleil touchent les montagnes. Les petits animaux nocturnes se cachent pour laisser place aux animaux diurnes. Mon esprit repense à cette louve, comment me connaît-elle ? Est-ce mon imagination ou existe-t-elle réellement ? Et pourquoi cet environnement me paraît-il aussi familier ?

Quand le soleil est bien levé, je décide de rentrer sans avoir de réponse à mes questions. En arrivant au camp, je reste estomaquée, tout a changé, les bâches sont attachées en hauteur des arbres en ligne qui font un chemin d'ombre. Des troncs d'arbres morts sont posés comme des sortes de banc. Mamie installe des fleurs longues et blanches avec des touches de rose au centre des bouquets.

– C'est impressionnant, on dirait que je me suis absentée pendant des jours.
– Tu tombes bien, Amy, viens m'aider à faire des couronnes de fleurs.
– Mamie, je ne sais pas faire ça.
– Je vais t'apprendre.
– On va dormir où du coup ? demande Cheyn en cherchant son sac.
– Ne te fais pas de souci, Nina et son mari sont partis chercher d'autres bâches et des emplettes pour Lili.
– J'espère que ma femme n'en fera pas autant.
– En parlant de ça, tu as des nouvelles de Yowi ? l'interrogé-je.
– Oui, depuis hier.
– Et tu es toujours là !?
– Oui, mais ne dis rien à ma sœur.
– Promis et où se trouve ta femme ?

– En Australie.
– Ah oui ! Ce n'est pas la porte à côté.
– Non, j'irai juste après la cérémonie.
– Tu as prévenu Glenn.
– Oui, je lui en ai parlé tout à l'heure.
– Amy, tu veux bien m'aider.
– Avec plaisir, Mamie.

Cheyn part chasser avec Arssa. Je m'assois sur un tronc avec Mamie, elle m'explique comment fabriquer les couronnes de fleurs. Je m'applique du mieux que je peux, lorsque nous entendons Matëus s'énerver après Zal.

– Non ! Je ne peux pas t'entraîner, je m'occupe déjà d'Isabelle.
– Tu peux trouver le temps pour moi aussi.

Ils arrivent tous les deux devant nous.

– Je t'ai dit que je ne peux pas, entraîne-toi avec Amy.
– Non, jamais !

Apparemment il n'y a pas que Hanahita qui a un souci avec moi.

– Et pour quelle raison, tu ne veux pas ? C'est celle qui t'aidera le mieux, elle peut t'entraîner contre n'importe quelle capacité où tu aimerais progresser.
– Parce que c'est une femme !

Je reste étonnée de sa réponse, j'avais remarqué son côté macho, néanmoins je ne pensais pas que c'était à ce point.

– Tu n'as pas changé Zal, mon pauvre petit, répond Mamie pas du tout surprise de sa réponse.
– Une femme ne peut pas apprendre ce genre de chose à un homme, explique Zal.
– Ah, et elle peut t'apprendre quoi ?
– Non, Amy, laisse tomber, sa réponse ne va pas te plaire, me conseille Matëus.
– Je souhaite le savoir. Alors, Zal répond.
– Elle t'apprend à faire à manger et prendre soin des enfants.

Je n'ai pas pu m'empêcher d'exploser de rire.

– Je crois qu'on ne doit pas avoir le même souvenir de la bataille qu'on a faite au Japon, commenté-je.
– Pourquoi tu me dis ça ?
– Parce que mon cher Zal, celle qui t'a mis au tapis ce jour-là est ma sœur Lili, ricané-je.

Mamie explose de rire à son tour, Matëus étouffe un rire derrière sa main.

– Bon, Zal, tu n'as pas le choix, si tu veux progresser, tu t'entraîneras d'abord avec Amy, si elle le veut bien, conclut Matëus.
– Oh oui, avec plaisir, dis-je en souriant.
– Je me débrouillerai tout seul !

Il part, vexé, nous, on continue à rire. Je pense que son côté macho vient de sa petite taille pour un homme. Il doit se sentir obligé de prouver continuellement la différence entre une femme et un homme pour montrer sa virilité. Il fait plus attention à sa personne qu'Isabelle, il se rase les cheveux de très près, et je n'ai jamais vu un cheveu plus long que les autres. Même sa barbe est très bien soignée, il se fait un collier qui part des pattes.

Matëus repart entraîner Isabelle. Glenn nous rejoint et s'assoit à côté de nous.

– C'est du beau travail ce que tu as fait, le félicité-je.
– Ce n'est pas grand-chose puis Mamie et Lilou m'ont bien aidée.
– Je profite qu'on soit tous les trois pour vous poser des petites questions, nous coupe Mamie.
– Oui, on t'écoute.
– Si vous arrivez à gagner cette guerre, que ferez-vous une fois roi et reine ?
– Une famille, répondis-je sans réfléchir.

Mamie me sourit.

– Je voulais parler des lois, vous en avez qui vous tiennent à cœur ?
– Oui, je passerai l'interdiction de manger les humains, répond Glenn.
– Pardon ?!
– Quoi, cela te dérange ? lui demandé-je étonnée de sa réaction.
– Évidemment et je pense que je ne serai pas la seule. Je ne crois pas que ce soit une bonne idée, c'est un trop gros changement.
– L'homme qui m'a élevée était un humain, moi non plus, je ne pourrai pas accepter de continuer à fermer les yeux sur ça.
– Que ferez-vous si certains désobéissent ?
– Je leur donnerai trois avertissements en les punissant puis, si après ça ils recommencent, ils mourront, répond Glenn sèchement.
– Je ne crois pas que cela amènerait un réel changement si tu réagis comme ça. Juste, je te préviens que cela me choque.
– Je comprends Mamie, mais je le ferai, je suis comme Amy, nous ne sommes pas des monstres et nous devons apprendre à vivre parmi les humains au lieu de les tuer.
– Ils ne nous accepteront jamais, dit-elle fermement.

– Peut-être, mais rien ne nous empêche de vivre parmi eux sans qu'ils sachent qui on est réellement.
– Mamie, Mamie ! Regarde j'ai trouvé plein d'autres fleurs.
– Bien jouer Lilou, je pense que ça suffira, merci.
– De rien, Mamie.

Notre conversation s'arrête là. Nina et son mari reviennent et apportent à Lili les accessoires qu'elle avait demandés. Je m'éclipse pour aller voir tous les autres s'entraîner, laissant les couronnes ou les bouquets de fleurs à Mamie, Lilou et Nina. J'observe Shugo et Thynka puis Matëus et Isabelle. Elle commence à secouer Matëus avec son bouclier d'électricité. Je reste un instant avec eux, pour essayer de créer moi aussi ce bouclier, ce qui est vraiment très difficile et me prends beaucoup d'énergie. Isabelle me stupéfait, elle a bien plus d'énergie que moi, ça vient peut-être du fait qu'auparavant elle mangeait des humains, ou que je n'ai pas ma louve à mes côtés. Épuisée, je les laisse continuer sans moi et je pars voir Jylo et Hanahita. Ils s'entraînent sérieusement, je suis toujours admirative de leur style. Jylo se défend plutôt bien, lorsque soudain je vois Hazia, la louve de Hanahita s'introduire dans le combat et sauter sur Jylo. Vif sort de nulle part, bondit sur Hazia et la bloque au sol. Le combat devient spectaculaire, Hanahita donne un coup de pied à Vif en esquivant un coup de poing de Jylo. Vif recule de quelques mètres, toutes les deux leur font face. Hazia a un pelage distinct des autres, couleur crème avec des rayures noires sur ses flancs. Elle jette un regard complice à sa maîtresse, ses yeux rouges d'origine commencent à tourner d'une couleur violette. Elles se mettent à courir, Hanahita monte sur sa louve. Quand subitement Hazia s'arrête net, Hanahita est projetée dans les airs, s'agrippe à Jylo et le fait tomber au sol. Brusquement Hanahita est propulsée violemment par Vif. Soudain, le combat devient trop sérieux. Hanahita percute un arbre violemment, j'entends ses os se briser, elle lâche un hurlement de douleur. Je m'interpose, face à Vif et Jylo. Leurs yeux ont changé du rouge sang au bordeaux.

– Hanahita, comment vas-tu ? m'inquiété-je.
– Ça peut aller, mais que leur arrivent-ils ?

Elle se relève difficilement.

– Ne viens pas, reste en arrière, ce n'est plus Jylo.

Mon frère me sourit et penche la tête sur le côté.

– Ça faisait longtemps qu'on ne s'était pas battu, tu m'avais manqué, dit-il.

Sa voix n'est plus la même.

– J'appelle les autres ! panique l'adolescente.

– Non, Hanahita ! Il faut que Hazia s'occupe de Vif, je m'occupe de Jylo. **Mais attention Vif est bien plus fort que ta louve. Il faut juste qu'elle l'occupe le temps que je retrouve Jylo.**

– D'accord. Hazia tu sais ce que tu dois faire.

Hazia éloigne Vif, maintenant c'est à moi de jouer. Il faut que je le raisonne le plus vite possible avant que Hazia ne soit blessée ou pire.

– Ça me flatte que tu te rappelles de moi, Jylo.

– Je ne suis pas, Jylo ! Arrête de m'appeler comme ça !

– Comment doit-on t'appeler ?

– Je n'ai pas de nom, je te laisse choisir.

Je réfléchis un moment et une idée me survient :

– Lojy ?

– Lojy, oui j'aime bien, cela me va beaucoup mieux.

– Peux-tu laisser revenir Jylo ?

– Non, pourquoi ? Il est faible et lent comparé à moi.

– Oui, mais toi, tu nous veux du mal.

– **Dépêche-toi Amy, je ne pourrai pas tenir longtemps.**

– **Je fais ce que je peux, Hazia. Hanahita, ta louve a besoin de toi.**

– **Mais, Jylo ?**

– **Je m'occupe de lui.**

– Vous parlez entre vous, vous comploter sur mon dos ?!

Sa voix devient de plus en plus grave et méchante.

– Lojy, pourquoi es-tu si méchant et sombre ?

– Parce que je suis l'inverse de Jylo, plus il devient gentil et plus je deviens méchant, c'est logique.

– Et ton but c'est quoi, de tous nous tuer ?

– Ce n'est pas un but, mais juste une envie.

Il s'esclaffe, je ne sais pas du tout comment faire, il faut que j'arrive à le neutraliser en l'assommant.

Instantanément, il disparaît de ma vue et réapparaît derrière moi. Il me donne un gros coup de poing dans les côtes, je les entends craquer. Je hurle de douleur.

– J'adore entendre ce genre de cris, confesse-t-il avec un sourire pervers.

Je serre les dents.

– Alors, c'est la dernière fois que tu m'entendras.

Je l'attrape par les épaules et lui mets un coup de boule, puis agrippe sa tête de mes deux mains en lui écrasant mon genou en pleine face. Il arrive à me repousser sans que je ne puisse réagir, sa rapidité est trop élevée, mes yeux n'arrivent pas à le suivre. Il m'enchaîne de plusieurs coups, je serre les dents pour ne pas crier.

– Tu es forte Amy, mais pas encore assez.
– Je n'ai pas dit mon dernier mot, craché-je.

Je ferme les yeux, me concentre sur le don que j'ai pris à Isabelle et arrive à m'entourer d'un bouclier électrique. Je ressens l'intérieur de mon crâne bouillir, comme si un étau me l'écrasait. Au moment où il m'attaque, je laisse échapper un hurlement, je ne sens pas son coup, mais il se fait propulser à dix mètres. Je le fixe, il ne se relève pas.

– **C'est bon Amy, tu as réussi,** m'informe Hanahita.
– **Su-super…**

Je tombe dans les pommes.

À mon réveil, je suis allongée sur une bâche, Glenn est à mes côtés.
– Ma chérie ?
– Ça va, Glenn, le rassuré-je.

Quand je veux me relever, je grimace, mes côtes et mon bras me font terriblement mal.
– Reste, allongée.
– Jylo, comment va-t-il ?
– Il va bien.
– Et Hanahita ?
– Elle aussi, pourquoi ne m'as-tu pas appelé ?
– Tu ne serais pas arrivé à temps, je devais agir tout de suite.
– Il aurait pu te tuer !
– Il est où ?
– Il est allongé lui aussi, tu lui as mis une sacrée décharge.
– Il faut que quelqu'un qui possède une capacité me touche.
– C'est fait, c'est Matëus qui t'a portée jusqu'ici et moi je t'ai touchée ensuite.
– J'ai perdu connaissance longtemps ?

Je vois que la nuit est déjà tombée, cela me fait comprendre que des heures sont passées, en espérant que ce ne soit pas des jours.
– Non juste la journée, cependant tu vas mettre quelque temps à te remettre de tes blessures.
– Mince, Lili.
– Je pense que demain soir, tu arriveras à mettre ta magnifique robe et être à ses côtés.

– Eh oui sœurette, c'est loupé si tu as fait ça pour éviter que je me moque de toi dans ta belle robe, me dit Cheyn qui vient de nous rejoindre.

Je me mets à rigoler, ce qui me fait souffrir immédiatement.

– Cheyn ne me fait pas rire.
– Plus sérieusement, que s'est-il passé, ma chérie ?
– Jylo s'entraînait avec Hanahita, mais Hazia est intervenue et donc Vif aussi. Tout allait bien jusqu'à ce que Jylo perde le contrôle, cependant je ne pourrai pas te dire si c'est Jylo qu'il l'a perdu en premier ou Vif.
– Hanahita m'a dit que tu as parlé avec lui.
– Oui, c'était très étrange, ce n'est plus du tout Jylo, il m'a avoué qu'il n'avait pas de nom et il a souhaité que je lui en donne un. Je l'ai nommé Lojy. Il se souvenait de notre dernier affrontement. On aurait dit qu'il n'attendait que ça, sortir pour pouvoir continuer notre dernier combat.
– Il ne t'a dit que ça ?
– Non, il tue par envie comme un caprice.
– La prochaine fois, appelle du renfort, s'il te plaît.
– Très bien, seulement si tu me promets de ne jamais vouloir l'exterminer.
– Ma belle…
– Non, Glenn ! Ce n'est pas la faute de Jylo, il ne faut pas lui en vouloir, je sais de quoi je parle.
– Ok. Repose-toi, il faut que tu reprennes des forces pour demain.
– Oui.

Je ferme les yeux et tombe dans le sommeil immédiatement.

Je me réveille le lendemain, j'arrive à me mettre debout, mais j'ai toujours des douleurs aux côtes. Tout le monde est déjà debout à s'activer pour finir les dernières préparations.

– Ma chérie, comment tu vas ?
– Mieux, Glenn.
– Salut, Amy.
– Bonjour, Hanahita.

C'est bien la première fois qu'elle me dit bonjour.

– Je souhaite te remercier pour Jylo et de m'avoir aidée.
– De rien, c'est normal, il est où ?
– Il a honte de nous avoir fait du mal, depuis son réveil, il s'exclut, m'informe Hanahita.

CHAPITRE 2

– Je vais aller le voir.

Je ne leur laisse pas le temps de répondre, je pars sur sa piste et le retrouve pas très loin du camp. Il est assis sur un rocher à contempler le vide avec Vif.

– Jylo, tu vas mieux ?

– C'est plutôt à moi de te demander ça, répond-il avec regret.

Vif se lève et part de son côté pour me laisser la place.

– Qu'est-ce qui s'est passé, pourquoi as-tu perdu le contrôle ?

– Je ne sais pas, c'est Vif qui l'a perdu en premier et je n'ai pas pu retenir cette force. Je suis tellement désolé.

– Tu n'as pas à l'être, ce n'était pas toi.

Il souffle un coup, prend son visage entre ses mains.

– J'aurai pu vous tuer.

– Non, on sera toujours là pour t'aider avec ça. Allez ça suffit, lève-toi, on doit se préparer pour la cérémonie. Tu ne voudrais pas me louper en robe couleur rose bonbon.

Il se met à rire et se lève.

– Tu as raison, Lili mérite une belle cérémonie, offrons-lui ça.

Nous rejoignons le groupe.

Les heures passent, on est tous habillés pour le grand jour. Finalement Cheyn est assez déçu, la robe me va plutôt bien, il ne trouve rien à redire et n'a pas pu se moquer. On est tous là, Lilou et moi-même sommes debout à attendre Lili. Quant à Glenn et Zal, ils sont en face de nous, leurs loups à leurs pieds. Le reste de la meute est assis sur les troncs. Matëus fait son entrée, il est très élégant, porte un smoking noir avec une chemise blanche. Il se place à côté de ses témoins, il est stressé, on peut le lire sur son visage, ce qui ne lui ressemble pas du tout. Tous les autres loups se tiennent au centre de la marche face à face, c'est très joli à voir. Arssa est droit comme un piquet au côté de son maître. Nous attendons tous l'arrivée de la reine du jour. Je vois Glenn parler au creux de l'oreille de Matëus, ils rigolent et ce dernier se détend légèrement. D'un coup, la voilà, personne n'avait vu sa robe et nous restons tous scotchés de sa beauté. Une robe en dégradé de blanc du plus clair au plus foncé, elle scintille de paillettes. Sa traîne est très longue, c'est vraiment une robe de princesse. Elle s'est fait un chignon digne d'une star hollywoodienne. Elle se met face à son futur mari et Luna face à Arssa.

– Tu es ravissante, lui dit Matëus admiratif.

– Tu n'es pas mal non plus, répond Lili émoustillée.

Ils se sourient mutuellement. La cérémonie de loup n'est pas comme notre mariage, il n'y a pas de prêtre pour les bénir, et bien entendu il n'y a pas non plus de papiers à signer. Ils se prennent les mains et chacun leur tour, font leurs discours en se jurant un amour éternel. Ils s'échangent leurs bagues et s'embrassent. Arssa et Luna se font un câlin. Soudain, tous les loups hurlent à la mort en même temps, cela dure plusieurs minutes, on peut entendre des loups d'autres meutes hurler aussi. Ça y est, leur union est faite. Nous passons la soirée à parler, rigoler et boire tous ensemble. Cheyn annonce à tout le monde qu'il part rejoindre Yowi. Après avoir serré toute la meute dans ses bras, il s'évapore dans la nuit. Il va terriblement me manquer, j'espère qu'il nous rejoindra rapidement.

À la fin de la célébration, Mamie tient à parler à Glenn, Matëus, Lili et moi. Nous nous éloignons pour être un peu plus au calme.

– Mes chers enfants, j'ai réfléchi pendant toute la durée où vous avez été parmi nous, et je sais où vous pourrez vous renseigner pour ta mère, Amy. Afzal était proche d'une meute, ils pourront peut-être vous renseigner. Ils vivent en Italie.

– Merci beaucoup, Mamie.

– Il n'y a pas de quoi ma mignonne, si cela peut vous aider c'est avec joie. Vous êtes des bons petits, j'espère que vous arriverez au bout. En revanche Glenn, je ne suis pas d'accord avec toi pour cette loi, réfléchis-y encore un peu.

– Promis Mamie. Nous partirons demain.

– Nous pourrons faire notre lune de miel en Italie, s'exclame Lili.

Elle saute dans les bras de Matëus. Elle est rayonnante, j'espère que je serai comme elle le jour de ma cérémonie. Je n'ai pas pu m'empêcher de faire tourner ma bague autour de mon doigt en songeant que Glenn ne m'avait toujours pas dit où il l'avait trouvée.

Nous clôturons cette soirée en allant tous nous coucher. Je m'allonge contre Glenn.

– Tu crois qu'on sera bien reçus dans cette meute ? lui demandé-je soucieuse de devoir encore se battre.

– Tout dépend l'entente qu'ils avaient avec Afzal.

– C'est ce qui m'inquiète.

– On verra quand on y sera, ne te fais pas du mauvais sang. Nous sommes bien plus forts même en l'absence de Cheyn.

– Tu as sans doute raison.

Je baille et la douleur de mes côtes se réveille.

– Dormons, demain on a de la route. Bonne nuit, ma belle.

– Bonne nuit, Glenn.

Il me dépose un baiser sur le front puis je m'endors contre lui.

3. L'ITALIE

Je me lève bien avant tout le monde, je pars faire mon tai-chi qui est devenu un vrai rituel. Mes côtes sont encore un peu douloureuses, ce qui m'empêche de faire certaines positions correctement. Après une heure de détente, je retourne vers les autres, ils sont tous debout.

Ce qui m'a marquée le plus dans cette meute, c'est qu'ils n'ont aucune complicité avec leurs loups, je les ai à peine aperçus dans le camp. Ils ont passé le plus clair de leur temps dans la montagne, je me demande même s'ils communiquent entre eux. En tout cas, ils n'ont rien échangé avec nous, je suis surprise de constater la différence avec Hanahita, Zal, Isabelle et surtout Matëus. C'est peut-être pour cette raison qu'ils ont voulu rester avec nous.

Je m'approche de Glenn occupé à jouer avec Shugo.

– Glenn, je vais aller chasser, tu viens avec moi ?

– Oui, c'est une bonne idée de reprendre des forces avant de prendre la route.

– Super !

Nous ne partons que tous les deux, nous nous mettons en chasse et tombons sur des chèvres sauvages. Je réussis maintenant à me nourrir sans trop me tacher. Puis après être rassasiés, nous allons nous balader, ça faisait longtemps qu'on n'a pas pu partager de moments ensemble. Celui-ci est un privilège alors autant ne pas le gâcher.

– Ça me fait plaisir qu'on se retrouve un peu tous les deux.

– Moi aussi ma chérie, c'est vrai que ces derniers temps, ça devient rare.

Il me prend la main tout en avançant à travers cette végétation dense.

– Je suis heureuse pour Lili et Matëus.

– Oui, un peu de joie et de bonheur ne nous font pas de mal. Il y a quelque chose qui me taraude depuis notre discussion avec Mamie.

– Par rapport à notre loi ?

– Oui, mais pas que ça.

Je m'arrête et le fixe curieusement.

– Quand elle nous a posé la question : « Que fera-t-on une fois reine et roi ? » Ta réponse a été : fondée une famille.

– Oui !

Je ne comprenais pas où il voulait en venir, je ne le lâche pas du regard.

– Dans deux mois environ, tu auras dix-huit ans, donc on aura notre cérémonie, seulement toi, tu parles d'avoir une famille après toute cette guerre.

– Oui Glenn, déjà pour notre cérémonie je pensais que mon père serait là pour la célébrer avec nous, dis-je en ne pouvant m'empêcher de baisser les yeux pour cacher ma peine. Malheureusement, ce n'est plus le cas, donc j'espère que tu comprendras que je voudrais que ma mère soit présente pour moi pour ce grand jour.

– Évidemment.

– Ensuite pour fonder notre famille, je ne me vois pas avec des enfants au milieu de cette guerre. Je veux avoir toutes mes facultés et ne pas m'inquiéter le jour J, s'ils sont en sécurité ou pas. Quand ce monstre apprendra que je suis sa fille, je ne sais pas comment il pourra réagir. Rien ne me garantit qu'il n'essayera pas par tous les moyens de m'anéantir et s'il n'arrive pas à m'atteindre, il s'attaquera aux personnes que j'aime le plus au monde.

Il me serre un peu plus fort la main et m'attrape l'autre.

– Ma chérie, j'attendrai le temps qu'il faudra pour faire notre cérémonie, car je comprends tout à fait ton choix et je n'irai pas à ton encontre. Je resterai à tout jamais à tes côtés.

– Même si je me perds et que j'emprunte la mauvaise route ?

– Encore plus, je serai là pour t'aider à te remettre sur le bon chemin. Je sais qui tu es Amy, tu es une personne avec un grand cœur, tu te donnes à cent pour cent dans tous les domaines. J'ai une confiance aveugle en toi.

– Tu as de la chance parce que moi, je ne sais pas encore qui je suis. Tu dis que tu as confiance en moi, pourtant tu doutes de moi ces derniers temps.

– Non, c'est faux ! Ce sont les autres qui doutent et qui ont peur. Tu as un pouvoir énorme, quand ta louve sera à tes côtés, tu seras bien plus forte que n'importe lequel d'entre nous. Dernièrement, tes agissements leur font croire que tu deviens obscure, ils se questionnent sur toi et c'est normal. Même si tu ne veux pas l'admettre tu es la fille de cet homme cruel, qui tue sans pitié. Du coup toute ta vie, les gens auront peur que tu sois comme lui, et même avec toutes les preuves de gentillesse et d'amour, ils continueront à douter, mais pas moi. Je serai là pour rassurer les gens et leur montrer que tu es tout le contraire de lui. Leur rappeler aussi que tu n'es pas juste la fille d'un monstre, mais aussi la fille de celle qui a sauvé des milliers d'entre nous.

Je baisse les yeux, songeuse, est-ce que je pourrai vivre toute ma vie en voyant toujours des doutes dans leurs yeux à mon sujet ?

– J'ai tellement honte d'être sa fille.

– Je comprends, seulement ma chérie, tu devrais plutôt dire ; je suis fière d'être la fille de la soigneuse. Montre ta fierté d'être sa fille à elle au lieu de montrer l'écœurement au sujet de ton père.

– Je ne peux pas faire semblant, son sang à lui aussi coule dans mes veines. Que je le veuille ou non une part de lui est en moi. Et cette part, à quel point est-elle importante ? Est-ce que ça s'arrête juste sur son don ou au fond de moi, suis-je aussi cruelle que lui ?

– Tu n'es pas comme lui, ma chérie.

– Comment peux-tu le savoir ? Je ne ressens aucun remords d'avoir tué l'homme et le loup de Ghassan pendant notre combat. Cela ne m'empêche pas de dormir et je ne pense même pas à eux, pourtant c'étaient des êtres vivants.

– Tu as défendu ta meute. Où est le mal dans tout ça ?

– Qui te dit que nous sommes bien les gentils dans l'histoire, peut-être qu'Afzal pensait que c'était lui, le gentil ?

– Tu vois bien que non, même Mamie nous a remerciés de les avoir débarrassés d'eux. Il les exploitait et mettait leur vie en danger pour se protéger.

– Nous faisons pareil.

– Non, nous leur demandons de l'aide pour pouvoir tuer un homme qui aime faire le mal autour de lui, on ne les force aucunement. On joint nos forces pour réussir à l'anéantir. Ce n'est pas personnel, nous avons tous nos raisons. Je comprends la peur que tu ressens, celle qui te fait croire que tu es seule parce que tu as perdu le seul être qui t'a soutenue, élevée et comprise, mais ce n'est pas le cas. Je serai toujours là pour te soutenir et te rassurer. Il n'y aura que la mort qui pourra m'arracher à toi, et elle a intérêt à s'accrocher parce que je ne me laisserai pas mourir facilement.

Mes larmes coulent toutes seules sur mes joues, il me lâche la main pour essuyer l'une d'elles. Il me sourit tendrement et me serre dans ses bras, ma tête posée sur sa poitrine, écoutant son cœur, apaise immédiatement mes angoisses.

– Merci, Glenn.

Il recule, attrape doucement ma nuque et me dépose un baiser sur mes lèvres.

– Je sais qu'on aimerait continuer ce moment, mais on doit retrouver les autres. Nous avons de la route et peut-être des nouveaux amis nous attendent là-bas.

– Oui, en espérant que ce ne soit pas des ennemis.

Il lève ses épaules comme signe de réponse, puis nous retournons au camp quand nous sentons une odeur de brûlé. Quand nous arrivons, on entend Lilou crier sur sa mère avec la robe de la cérémonie dans les mains.

– Mais que se passe-t-il et pourquoi ça sent aussi fort le brûlé ? demande Glenn.

– Comme vous partez aujourd'hui, nous ne voulons prendre aucun risque, nous brûlons donc tout ce qui a votre odeur.

– Vous êtes obligés, même pour la robe ? Lilou y tient vraiment.

– Oui, Lili, ça vous paraît cruel, mais si cette fille revient et qu'elle sent votre odeur, on ne sait pas ce qu'elle serait capable de faire.

Le timbre de voix de Mamie est très angoissé, ce qui me fait comprendre qu'ils vont sans doute être en danger après notre départ. Je décide de parler à Lilou pour lui faire entendre raison.

– Lilou, laisse faire ta mère. C'est pour votre sécurité qu'elle fait ça et Lili pourra t'en refaire plein de robes quand toute cette histoire sera finie.

Lilou regarde Lili qui lui fait un hochement de la tête pour confirmer ce que je venais de lui dire.

– Et si vous mourez ?

Sa réponse me glace le sang, je reste sans voix devant elle.

– Lilou c'est sûr, on ne peut pas te promettre que ce ne sera pas le cas, tu n'es plus une enfant malgré ton apparence. Néanmoins on fera tout pour survivre et Lili tiendra parole, répond Matëus calmement en la tenant par les épaules.

Elle apporte elle-même la robe jusqu'au feu et la jette sans hésiter dedans. Puis elle se dirige vers Lili, lui tend son petit doigt.

– Promis ?

Lili l'attrape avec le sien.

– Promis !

Nous sommes enfin prêts à partir, Mamie nous donne les coordonnées de la meute en Italie. Nous les serrons fort dans nos bras et les remercions de leur hospitalité. Mamie nous fait promettre de repasser de temps en temps leur faire un coucou. Lilou pleure légèrement quand elle embrasse Isabelle, et, sans nous retourner, nous voilà de nouveau sur la route, direction la réserve naturelle régionale d'Adelasia. Nous allons mettre un peu plus d'une journée pour nous y rendre, nous allons passer par Istanbul puis la Grèce et arriver en Albanie. Nous allons devoir traverser la mer Adriatique pour atterrir en Italie. La route se passe dans le calme, Cheyn laisse un énorme vide. Jylo va mieux, il est redevenu bon ami avec Hanahita. Zal et son loup Zoann continuent de temps en temps à s'entraîner dans leur coin, mais ils ne progressent pas du tout. Zoann est brun acajou, les pointes des oreilles et la truffe noire. Comme son maître, il n'est pas très grand, mais tout en muscle. Lui aussi, ses yeux changent de couleur et deviennent orange.

Le bouclier d'Isabelle est devenu bien plus puissant, puis à la différence de moi, elle reste debout et peut le reproduire plusieurs fois avant d'atteindre sa limite.

Après une marche intensive, nous faisons une pause, j'en profite pour contacter Cheyn :
– Cheyn, tu m'entends ?
– Oui clairement, je vous manque déjà ?
– Tu n'as pas idée.
Il rit tellement fort, que cela résonne dans tout mon crâne.
– Vous êtes partis ?
– Oui, et toi comment se passe la route ?
– Difficile, l'odeur de cette fille et d'autres de notre ancienne meute sont un peu partout, je fais beaucoup de détours.
– Tu n'aurais pas dû partir seul, m'inquiété-je tout de suite.
– Si, c'est un périple qu'on fait seul, ne te fais pas de soucis, je serai de retour avant même que tu ne t'ennuies de moi.
– Très bien, on reste en contact.
– Ça marche.
En réalité, je m'ennuie déjà de lui, c'est tellement calme sans sa présence. Je ne me pensais pas aussi attachée à Cheyn. Quand je les fixe un par un et que j'imagine qu'ils disparaissent, je remarque qu'ils ont tous une place importante pour moi, même ce macho de Zal. Malgré ce côté, c'est un homme assez discret, très respectueux envers tout le monde. Cependant j'espère qu'il fera l'effort de mettre ce défaut de côté, qu'il me demandera de l'aide pour son entraînement parce que Matëus n'a pas l'intention de changer d'avis, et il a grandement besoin d'un coup de pouce.

Après une longue et fatigante route, nous arrivons à la mer Adriatique. La première fois que j'ai dû traverser une mer, j'ai eu une peur bleue de ne pas y arriver ou de me faire attaquer par des animaux marins.

CHAPITRE 3

Cependant tout s'était bien passé. La température de l'eau ne nous dérange aucunement et nous sommes autant à l'aise sur terre que dans les eaux. Le plus dérangeant, ce sont toutes nos affaires qu'on doit faire sécher à chaque reprise. On garde nos sachets étanches pour nos objets les plus importants, comme mon album et mon téléphone par exemple. Même si j'ai jeté la puce de mon portable quand on est parti du Japon, il conserve des souvenirs que je ne peux pas jeter, les photos de Glenn ou de mon père, son numéro de téléphone, même si c'est ridicule puisqu'il ne me servirait à rien, mais c'est une preuve de son vivant. Et puis, je n'arrive pas à l'effacer, ce serait comme si je supprimais une partie de lui.

Tout en traversant cette mer tranquille, mes pensées s'échappent sur mon ancienne vie au Japon. Je me demande comment se porte Mariko, comment se passent ses études ? Est-ce qu'elle réussira à pardonner ma disparition soudaine ? Avec son copain, ont-ils réussi à dire enfin la vérité sur leur relation à leurs proches ? Je songe aussi au travail de mon père, comment ont-ils réagi quand ils se sont rendu compte de sa disparition ? Et à son cher collègue Koji, est-ce qu'il va se remettre de la mort de son fils ? Je ressens une pointe de culpabilité, sa vie ne sera plus jamais comme avant, et s'il ne se remettait jamais de sa mort ? Qu'il en vienne à faire une bêtise par ma faute, est-ce que je finirai par me le pardonner ?

Nous arrivons enfin de l'autre côté en fin de journée, nous nous installons dans une des nombreuses réserves qui se trouve au bord de la mer. Le paysage est splendide, néanmoins, je ne suis pas surprise, car j'étais déjà venue dans cette réserve avec mon père. À cette époque, je n'avais que dix ans, ce qui me fait un énorme pincement au cœur.

Nous faisons un petit feu pour ne pas attirer l'attention, nous sortons nos affaires trempées du sac et nous les étalons sur des troncs autour des braises. On ressemble de plus en plus à des vagabonds, ce qui me déclenche une énorme rancœur envers mon père biologique et à ses sous-fifres. Ils vivent paisiblement en chine dans un endroit bien caché et bien installé, alors que nous, pour l'instant, on se cache d'eux et on cherche des renforts pour les anéantir. Quand je finis d'installer mes affaires, je décide de partir me promener dans les endroits où j'allais avec mon père. Je pars sur la plage, le soleil couchant sur la mer donne une couleur jaune orange. Les bois morts flottent sur le bord de l'eau, recouverts d'algues vertes. Je marche sur un sable mélangé avec de petits morceaux d'algues et de coquillages. Je fais un bond de presque huit ans en arrière et me revois avec mon père ramasser les coquillages avec lui. Un sourire mélancolique sur les lèvres, je me baisse et ramasse quelques coquillages, je m'amuse à les faire tourner entre mes doigts tout en contemplant ce majestueux coucher de soleil. Ce que j'ai pu constater durant mon voyage, c'est que dans chaque pays le coucher ou lever de soleil est unique, aucun ne se ressemble.

– C'est magnifique, n'est-ce pas ?
– Lili, sursauté-je. Ça fait longtemps que tu es là ?
– Assez pour remarquer ta tristesse.

Je baisse les yeux, gênée.

– Je suis déjà venue ici avec mon père quand j'avais dix ans. Les souvenirs me font du bien, néanmoins ils me laissent un arrière-goût amer. J'ai du mal à réaliser que je ne le verrai plus jamais, qu'il ne sera plus là pour me guider.

– C'est faux Amy, il est toujours avec nous et il sera toujours là pour te guider. C'est sûr, qu'il n'est pas là physiquement, cependant il sera là tant qu'il restera dans nos cœurs à nous tous.

– C'est facile de dire ça, mais moi, j'ai besoin de lui physiquement, de le serrer dans mes bras, de l'entendre rire ou de l'entendre se mettre en colère. Je commence à oublier des détails de lui et je ne veux rien perdre, c'est tellement dur. Je suis en colère, on me l'a arraché gratuitement.

– Ta colère est justifiée, si ça peut t'aider, parle-nous de lui et de tout ce que vous aviez vécu ensemble.

– C'est gentil de ta part, cependant ces moments ne sont qu'entre nous et je n'ai pas du tout envie d'en parler.

Je prends les coquillages et les lance de toutes mes forces dans la mer. Elle comprend tout de suite qu'elle ne peut pas m'aider dans ma souffrance.

– Très bien comme tu veux Amy, en tout cas sache que je suis là.
– Merci, dis-je en souriant.

Elle s'en va rejoindre les autres en me laissant seule avec mes souvenirs. Comment peut-elle me comprendre ? Elle vit en ce moment dans un nuage fantastique et je ne veux pas gâcher ses instants de bonheur. Je m'assois et écris le prénom de mon père dans le sable puis inscris aussi le mien en ajoutant « fière d'être ta fille ». Glenn arrive à ce moment, je me relève, il lit ce que je viens d'écrire.

– Tu devrais l'écrire sur quelque chose de moins éphémère.
– Pour quelle raison, cela n'intéresse personne de savoir qui il était.
– Tu te trompes, tout le monde se posera la question. Qui est cet homme, qui a la chance d'avoir une fille qui l'aime autant et le partage au monde ?

– Oui pourquoi pas, c'est une bonne idée, je le graverai sur chaque arbre ou chaque roche de toutes nos destinations.

Un sourire se dessine sur mon visage. Je respire un grand coup puis expire profondément comme pour essayer d'expulser la tristesse qui me ronge depuis des mois. Mais peine perdue, cette boule dans l'estomac ne me lâche pas.

La nuit tombe, Glenn m'attrape la main.

– On rejoint les autres ?

– Oui, allons-y.

Ils étaient déjà tous couchés leurs loups à leurs côtés. Lili s'endort dans les bras de Matëus, un sourire accroché aux lèvres. Zal ronfle déjà, Isabelle a mis un pull sur sa tête pour moins l'entendre. Jylo et Hanahita discutent, il lui fait découvrir tous les jeux vidéo avec lesquels il a joué. Glenn s'installe au côté de Shugo qui incline la tête quand il me voit, je lui réponds par un sourire. Je m'allonge et Glenn me prend dans ses bras, dès que je ferme les yeux, je m'endors instantanément.

Je me retrouve encore dans cette forêt de bambou, je tourne sur moi-même en cherchant la louve en restant méfiante de l'ombre mauvaise que j'avais aperçu la dernière fois.

– Où es-tu ? demandé-je en chuchotant.

Aucune réponse, je le répète plus fort. Toujours aucun signe, alors j'insiste encore plus fort.

– **Chut, ne crie pas aussi fort.**

Elle sort de nulle part, je sursaute sur place.

– Tu m'as fait peur, d'où viens-tu ?

– **Quelle question, comme toi.**

– De mon imagination ?

– **Mais non, j'existe réellement.**

– Désolée, mais je ne comprends plus rien, toi aussi tu rêves et tu atterris ici ?

– **Oui, tu as enfin compris.**

– Mais c'est impossible, comment pourrait-on rêver de la même chose au même moment et se retrouver dans le même rêve ? Ça n'existe pas.

– **Les loups qui parlent non plus et pourtant ça ne te choque pas.**

– Bien sûr que si, vous existez.

– **Alors pourquoi trouverais-tu cela impossible ?**

– Je trouve ça complètement fou, mais qui es-tu pour qu'on rêve ensemble ?

– **Tu peux le deviner.**

Sa voix devient plus roque et plus rapide, je ressens d'un coup une tension.

– Pourquoi ne pas me le dire ?

– Je te l'ai déjà expliqué, on nous écoute. Il est temps que tu te réveilles.

– Non, pas maintenant, m'énervé-je.

– Si, il le faut avant que le mal ne te voie et n'apprenne qui tu es !

– Mais qui est-il ?

– Ça aussi tu dois le savoir.

– Est-ce un homme ?

– Pas vraiment, allez ça suffit, va-t'en !

– Je ne veux pas ! dis-je en tapant du pied, comme une gamine.

Elle me court droit dessus la gueule ouverte.

– PARS VITE !

Je me réveille en sursaut une fois de plus. Je me lève discrètement pour ne réveiller personne.

– Encore un cauchemar, ma chérie ?

– Mince, je t'ai encore réveillé. Oui, soupiré-je.

Il se lève aussi et nous partons marcher au bord de la plage.

– Raconte-moi ce qui se passe dans ton rêve.

– Tu vas me prendre pour une dingue.

Il me fixe surpris de ma réponse.

– Mais, non, m'encourage-t-il.

– Je rêve d'une énorme louve toute noire. Au début, j'ai cru que c'était un loup tellement sa voix était rauque. J'ai compris dans mon deuxième rêve que c'était une louve.

– Comment ça, ton deuxième rêve ? Tu as rêvé d'elle combien de fois ?

– Trois fois en tout.

– Mais ça se passe toujours pareil ?

– Non, c'est ça qui est fou, je discute avec elle, on a des vraies conversations.

– C'est ton imagination qui invente tout ça.

– Justement elle m'a dit que non, qu'on faisait un rêve en commun.

Il fait une grimace avec sa bouche.

– Amy...

– Je t'ai dit que tu ne me croirais pas, le coupé-je.

– C'est un peu tiré par les cheveux ton histoire. Et qui est cette louve ?

– Je ne sais pas, elle m'a dit que je devrais le savoir.
– Elle te connaît ?
– Apparemment oui. Mais il y a quelqu'un d'autre, je ne l'ai jamais vraiment vu. La louve a peur de cette chose et me raconte sans cesse que c'est le mal en personne et que je devrais aussi savoir qui il est.
– C'est peut-être ton subconscient qui travaille la nuit, puis il fait ressortir tes désirs et tes peurs.
– Ça paraît tellement réel et l'environnement est familier. Je me retrouve toujours dans une forêt de bambous.
– Une forêt de bambous, dis-tu ?
– Oui, pourquoi ça te parle ?
– Évidemment, c'est la forêt Hei Zhu Gou en Chine, c'est de là qu'on vient.
– Maintenant que tu me le dis, ça me revient, mais bien sûr ! C'est pour ça que ça me paraissait aussi familier.
– Tu vois ma chérie, ce sont juste des souvenirs de ton passé qui refont surface.

Je fronce les sourcils, nous sommes assis sur le sable à regarder le lever du soleil.

– Tu as sans doute raison.

Mais j'ai vraiment un doute, c'est tellement réel, je préfère ne pas insister pour ne pas l'inquiéter sur mon état mental.

– Tu peux me parler de cet endroit, lui demandé-je.
– Oui, avec plaisir, c'est un lieu magnifique et tranquille. Notre peuple a toujours régné là-bas, les humains ont une peur terrible de ce lieu. Les personnes qui y pénètrent n'en ressortent pas, donc ils en ont conclu que ce lieu est hanté. En réalité, c'est notre ancienne meute qui se charge de les faire disparaître. Au début, juste ils se nourrissaient puis ils ont compris que les humains ont beaucoup de croyances, alors, ils ont joué avec ça et depuis ils vivent tranquilles. Avec mon frère, on jouait beaucoup à travers les bambous, j'ai des bons souvenirs dans ce lieu. J'ai hâte de revivre là-bas et je suis sûr que tu aimeras cet endroit.
– Donc tous les lieux qui ont mauvaise réputation comme soi-disant hanté, c'est faux, tout cela vient de vous ?
– Pas tous les endroits, mais les lieux comme les forêts, les îles, oui c'est souvent nous qui en sommes à l'origine.
– La forêt de Blair Witch ?
– Oui, c'est bien nous, sourit-il.
– Je n'y crois pas, donc tout ce temps durant mon enfance, j'avais peur des sorcières et en réalité, c'était de vous ?
– Oui, et tu en fais partie aussi.

– C'est incroyable que les humains ne connaissent pas notre existence après tout ce temps.

– Certains ont des doutes, ils ont déjà trouvé des crânes de loups gigantesques, des endroits reculés où on vivait par le passé et ils n'en connaissent toujours pas l'origine. Mais ça devient compliqué, les humains sont toujours plus nombreux et la technologie évolue rapidement. On aura de plus en plus de mal à se cacher.

– Espérons qu'ils nous accepteront le jour où ils nous découvriront.

– J'ai peur que ce ne soit pas le cas. On tue des humains depuis des décennies, je ne pense pas qu'ils nous pardonneront, ils essayeront plus tôt de nous neutraliser.

– Alors pourvu qu'ils ne nous retrouvent jamais, sinon il risque d'y avoir une guerre entre eux et nous.

– Voilà l'importance de continuer à vivre cachés parmi eux et de ne plus leur faire de mal.

Je m'allonge sur le sable les bras derrière ma tête et regarde le ciel rosé.

– Je comprends mieux à présent tes angoisses.

Il s'allonge à moitié au-dessus de moi et me sourit.

– Je suis tellement heureux que tu sois à mes côtés.

– Et moi donc.

On s'embrasse passionnément jusqu'à ce qu'on entende un bruit de pas derrière nous.

– Désolée de vous déranger, mais nous sommes prêts à reprendre la route.

– Très bien Isabelle, on arrive, répond Glenn très naturellement.

Elle repart d'où elle venait. Gênée, je me relève puis secoue mon pantalon large et gris en tendant la main à Glenn pour l'aider à se relever. Nous reprenons le chemin du camp main dans la main.

– Vas-y Glenn, j'arrive.

– Que fais-tu ?

– Une dernière chose à faire avant de partir.

À l'instant où je dis ça, je me métamorphose et sors mes griffes. Il comprend et me laisse seule. Je grave sur plusieurs troncs d'arbres ; "Mats, fière d'être ta fille, Amy", assez gros et à hauteur d'homme pour que tout le monde puisse le voir. Je fixe cet endroit une dernière fois avant de rejoindre ma meute.

Glenn avait rangé mes affaires dans mon sac, tout le monde m'attendait. Je mets mon sac sur le dos et nous repartons, il ne nous reste qu'une heure ou deux avant d'arriver à notre destination.

CHAPITRE 3

À chaque traversée de ville ou de village, les regards sont toujours les mêmes, j'ai l'impression qu'on transporte la peste ou le choléra avec nous. Même si nos loups sont aussi petits que des chiens, les gens en ont peur et se méfient. Je comprends leur ressenti, néanmoins c'est assez difficile à supporter. C'est pour cela que Glenn nous fait faire des détours par moments. Ça nous rajoute des kilomètres, mais nous risquons moins de problèmes.

Je marche seule derrière tout le monde, je ne sens aucune odeur ennemie. Je pense que la fille qui est allée voir la meute en Turquie n'est pas encore venue ici. Mamie n'a pas dû parler de cet endroit.

– Amy pardon de te déranger dans tes pensées, est-ce que tu aurais quelques minutes à m'accorder ? Surtout fais comme si de rien n'était.

Je regarde discrètement Zoann le loup de Zal, il marche à ses côtés. Je ne comprends pas pourquoi il se cache pour me parler ? Il ne me regarde même pas.

– Oui, je t'écoute.

– Je sais que mon maître peut être pénible avec son côté macho, mais on a vraiment besoin de toi pour nous entraîner.

– Je l'ai remarqué, seulement il ne veut pas de mon aide, comment veux-tu que je fasse pour le faire changer d'avis ?

– Ne lui laisse pas le choix, tu es la princesse, donne-lui l'ordre de s'entraîner avec toi. Il ne le dira pas, mais en réalité ça l'arrangerait. J'ai peur que si tu ne fais pas ça, nous mourions dans un combat.

– Tu es sûr qu'il le souhaite ?

– Bien entendu, seulement il est trop fier pour l'avouer et comme ça, je pourrai aussi m'entraîner avec Arssa.

– Tu vas à l'encontre de ton maître !

– Non, je nous sauve la vie et il voudrait que tu l'obliges, ça lui éviterait de te le demander.

– Pourquoi te cacher pour me parler ?

– Parce qu'il n'aime pas que je parle aux autres personnes, pour lui c'est du complot.

– C'est débile.

– Un peu oui.

Il se met à rire, c'est la première fois que je parle réellement avec Zoann, je le trouve très sympathique et ouvert. Je suis ravie qu'il ait pris l'initiative de me dire tout ça.

– Très bien, je prends note. Merci Zoann d'avoir été honnête et d'avoir pris le risque de me parler malgré ce que pense ton maître.

– Non, merci à toi Amy.

Il se retourne légèrement et ferme les yeux discrètement, personne n'a remarqué notre échange. Lorsque Zal le lorgne d'un coup, Zoann baisse la tête et mon frère me regarde ensuite, je lui fais un sourire. Il fronce les sourcils et se retourne vers le chemin.

– En effet, il est méfiant, ton maître.
– C'est normal après ce qu'ils nous ont fait endurer Ghassan et Afzal, il doute de vos vraies valeurs.
– Et toi, non ?
– Non, je ressens qu'on peut vous faire confiance, je crois en votre meute. Laisse-lui un peu de temps.
– Oui, ne t'en fais pas.
– Merci.
– Arrêtez-vous tous ! nous ordonne Shugo.
– Que se passe-t-il ? s'inquiète Glenn.
– **Nous sommes suivis,** répond Arssa en alerte.

Nous sentons autour de nous à la recherche d'une odeur. On vient de passer au sud d'un petit village appeler Veirera. Nous ne sommes plus très loin de notre destination. Nous nous métamorphosons et découvrons quatre silhouettes cachées derrière des arbres.

– Nous savons que vous êtes là, montrez-vous ! ordonne Glenn d'une intonation calme, néanmoins stricte.

Deux hommes et deux loups sortent de leur planque. Leurs loups sont grands, sombres et minces. Leurs yeux rouges nous scrutent sans clignement. Quant à eux, les deux hommes sont habillés de couleurs sombres et sales. Ils sont assez minces, même limite maigre.

– Qui êtes-vous et où allez-vous ? commence à questionner l'un d'eux.

Sa voix est menaçante et légèrement grave.

– Nous sommes à la recherche d'une meute qui ne vivrait pas loin d'ici, répond Glenn plus calmement.
– Et où se trouve cette meute ?
– Nous ne vous le dirons pas, on ne veut pas les mettre en danger.

Ils se regardent entre eux, celui qui a parlé avec nous se gratte fortement la tête et grimace.

– Il n'y a que nous qui vivons ici.

Leurs loups se déplacent devant eux, en garde, les nôtres font de même.

– Nous ne sommes pas là pour nous battre, on veut juste retrouver cette meute, explique Glenn.
– Purée, ça vous arracherait la gueule de nous dire qui vous cherchez à la fin ?

Nous restons tous surpris du répondant de l'autre homme.

– C'est une meute qui était en lien avec Afzal, répond mon fiancé.

D'un coup, leurs loups s'assoient.

– Ben voilà, ce n'était pas compliqué. C'est bien nous et qu'est-ce que vous nous voulez ?

Nos loups se calment aussi et se remettent à côté de leurs maîtres.

– Nous venons chercher des renseignements et aussi chercher des alliés pour notre combat.

– De quel combat parles-tu ?

– Nous voulons tuer l'homme à la balafre, avoue Glenn.

Ils se mettent à exploser de rire bruyamment.

– Bande de débiles que vous êtes ! balance l'homme arrogant.

– Pardon !! répondis-je énervée de son insulte.

– Excusez mon frère, il parle de façon familière, mais ce n'est pas méchant. Qui êtes-vous pour croire que vous avez la moindre chance contre lui ?

– Je suis sa fille !

D'un coup leurs loups se relèvent et montrent leurs crocs.

– Vous nous prenez pour des fous pour conspirer avec la fille du roi !

– Ce n'est pas le roi, il a volé le trône, répond Glenn sur ses gardes.

– On n'en a rien à foutre, dégagez de là ! On ne veut pas d'ennuis avec eux.

– Je me demande ce qu'Afzal pouvait trouver de courageux dans cette meute, balance Matëus innocemment.

– Afzal vous a dit ça, sur nous ?

– Oui, avant qu'on le tue ! continue Matëus.

Ils se fixent surpris. Je me demande si c'était judicieux que Matëus leur disent ça.

– Vous avez réussi à tuer Afzal ?

– Oui, on était même déçu de vaincre Ghassan et lui avec autant de facilité, se vente Matëus.

Leurs loups se poussent sur le côté, puis ils se dirigent tous les deux vers nous.

– Moi, c'est Tobias et voilà mon frère Oscar.

Ils nous serrent la main chacun leur tour, quant à moi je laisse leurs mains en suspens dans le vide. Tobias fait mine de rien, mais pour Oscar n'ayant pas apprécié le vent qu'il s'est pris, il me regarde méchamment. Puis nous nous présentons aussi.

– Pourquoi ce revirement de situation ? questionne Lili.

– Vous nous avez débarrassés du pire emmerdeur et profiteur. Nous vous sommes reconnaissants.

– Venez, on vous emmène chez nous, on sera mieux pour discuter.

On se fixe tous dubitatifs. Ils passent devant et leurs loups restent derrière nous.

— Vous vous souvenez de ce que Mamie nous a dit, il faut faire ses preuves pour que les gens sachent ce que nous valons, chuchote Matëus.

— Oui, bien sûr, mais comment pouvais-tu savoir qu'ils seraient de notre côté après leur avoir avoué qu'on a tué Afzal ? lui demandé-je.

— Leur façon d'être, Afzal ne s'intéresserait pas à ce genre de personnes sauf s'il profitait d'eux, donc j'en ai déduit qu'ils seraient contents de connaître sa mort.

— Bien joué !

— Merci Glenn, mais c'est juste de la logique et surtout, je connaissais très bien Afzal.

Nous arrivons dans leur petit endroit bien caché par des branchages. Ils dorment à même le sol, un brasier encore légèrement allumé au centre éclaire une cabane pittoresque. Nous entrons à l'intérieur, l'odeur est insoutenable. Il y a des ossements au sol entourés de mouches et de larves. Je ne peux m'empêcher de mettre la main devant ma bouche et mon nez pour pouvoir respirer. Nous nous dévisageons tous gênés par l'odeur.

C'est le pire endroit où l'on s'est rendu jusqu'à maintenant.

— Ça ne vous dérange pas si on parle plutôt dehors ? leur proposé-je.

— Pourquoi c'est trop crade pour notre princesse ?! me retourne Oscar.

— Non, ce n'est pas ce qu'elle voulait dire, c'est qu'on se sent un peu à l'étroit, calme Glenn.

— Les loups peuvent attendre dehors, on sera moins écrasé les uns sur les autres.

Glenn est beaucoup trop gentil si Cheyn était là, il ne se serait pas gêné pour dire la vérité. Les loups ne se sont pas fait prier, ils étaient déjà tous dehors.

— Bon, écoutez, l'odeur est intenable, alors si on peut discuter dehors, ça nous arrangerait.

Toute ma meute me regarde avec des gros yeux.

— Bah, il fallait le dire avant, sourit Oscar.

Nous ressortons tous, je prends une grosse bouffée d'air. Nous nous asseyons par terre.

— Alors on vous écoute, expliquez-nous ce qui vous amène ici, demande Tobias.

C'est fou la différence de langage entre lui et Oscar.

– Est-ce que vous avez entendu parler de la soigneuse ? commencé-je.
– C'est possible, pourquoi ?
– C'est ma mère, on a besoin de la retrouver.
– Drôle de mélange entre ta mère et ton père, rajoute Oscar en se grattant les parties.

Quelle drôle d'énergumène cet homme.

– Très bien, vu que vous nous avez débarrassés d'Afzal, on va vous aider. Je sais où me renseigner, mais ça peut prendre un peu de temps. Donc, restez ici, faites comme chez vous, demain je partirai à la pêche aux infos, Oscar restera avec vous.
– Je viens avec toi, propose Glenn.

Je le fixe, étonnée qu'il songe à nous laisser seuls ici.

– Non, tu es leur chef, tu dois rester.

J'acquiesce en disant oui avec la tête.

– J'irai avec lui.
– Non Isabelle, je ne pense pas que…
– Si, c'est une très bonne idée, interrompt Tobias. Là où je vais, il vaut mieux que je sois accompagné d'une femme, cela sera moins suspect et j'aurai plus de réponses.

Glenn hésite un moment, puis finit par accepter à défaut de ne pas avoir une autre suggestion.

– Bon, ce n'est pas que je m'ennuie, mais vous nous avez coupés dans notre chasse. J'ai la dalle vous venez avec nous ? coupe Oscar.

Nous refusons tous poliment en sachant ce qu'ils vont chasser.

– Très bien, nous revenons dans quelques heures.

Ils partent avec leurs loups. Glenn va parler à Isabelle pour la mettre en garde. J'en profite pour aller voir Zal.

– Comment avance ton entraînement ?
– Ça peut aller, merci de t'en soucier.

Zoann me fixe avec ses grands yeux pleins d'espoir.

– Tu voudrais que demain on s'entraîne ensemble, du fait qu'on n'aura rien d'autre à faire ?
– Non, merci, tu n'es pas celle avec qui je veux m'entraîner.

Je souffle un bon coup, quelle tête de mule.

– Tant pis, comme tu voudras.

Zoann baisse la tête, déprimé.

– **Ne te fais pas de soucis Zoann, je n'ai pas dit mon dernier mot.**

Je m'éloigne d'eux et pars voir Jylo, il est en pleine conversation avec Hanahita.

– Dites-moi, vous ne les trouvez pas un peu bizarres, ces deux-là ? les coupé-je.

– On dirait que ça fait un moment qu'ils ne sont que tous les deux, me répond Hanahita.

– Moi, ce que je trouve le plus étrange, c'est qu'ils ont bien la trentaine et qu'ils sont seuls.

– C'est vrai, ce que tu dis Jylo, pourquoi n'ont-ils pas encore de femme ? me rendis-je compte.

– Ça ne me rassure pas qu'Isabelle parte toute seule demain.

– Nous non plus, Hanahita, mais on n'a pas vraiment le choix et maintenant avec son bouclier d'électricité, elle peut se défendre toute seule. Je pense qu'elle veut se prouver quelque chose.

– Amy, désolée de te couper, mais je pense que si tu ne veux pas dormir dans leur tanière, il faudrait qu'on trouve de quoi nous installer pour la nuit, me dit Lili venant nous rejoindre.

– Oui tu as raison, allons chercher des branches, ça nous fera un bon lit, répond Hanahita.

– Oh, oui ! Quel magnifique lit, rétorqué-je avec ironie.

Ils se mettent tous à rire, nous laissons Glenn et Isabelle discuter puis nous partons à la recherche de branches.

Une fois que nos couchages de fortune sont faits, quelques heures plus tard Tobias et Oscar reviennent avec leurs loups. J'essaie de ne pas songer à ce qu'ils ont pu attaquer dans leur partie de chasse.

– Vous préférez dormir dehors ? demande Oscar.

– Oui, répond Lili.

– Purée, vous n'avez pas peur que les bestioles vous fassent chier !

J'étouffe un rire, il y a dix fois plus de mouches dans sa cabane que dehors. Je suis déjà fatiguée d'Oscar, je ne sais pas combien de temps je pourrai tenir avant de m'énerver. Je pense que je vais doubler la durée de ma séance de tai-chi par jour.

Oscar reste encore un peu avec nous et part se coucher au grand bonheur de tous. Nous sommes tous assis autour du feu dans le calme. Je finis par poser les questions que tout le monde se pose en silence.

– Pourquoi vous n'avez pas de femmes avec vous ? demandé-je.

– Parce qu'Afzal les a tués et nos enfants aussi.

Nous restons tous choqués d'apprendre une telle chose.

– Pourquoi ? continué-je.

– Il les avait prises ainsi que nos enfants, Ghassan avait retourné leurs cerveaux. Nous ne pouvions plus rien faire, sinon, il les aurait tous tuer. Mais un jour, il est revenu nous annoncer qu'ils s'étaient fait attaquer et que presque toutes les femmes et les enfants étaient morts, les nôtres en faisaient partie.

Il nous dit tout ça d'une traite, sa voix est dure et ne tremble pas une seule fois.

— Mais pourquoi ne vous êtes-vous pas vengés ? demande Lili intriguée.

— Nous ne faisions pas le poids, soupire-t-il. Depuis nous vivons avec la peur qu'il vienne aussi nous chercher et qu'il se serve de nous comme de la chair à canon.

Nous étions tous désolés pour eux, même si Oscar est vulgaire et lourd, il ne mérite pas ça.

— Pourquoi n'êtes-vous pas partis rejoindre une autre meute ? demande Matëus.

— Non, on a nos habitudes et Oscar est assez spécial, il n'y en a pas beaucoup qui pourrait le supporter. On n'est pas extraordinaire, nous n'avons aucune capacité et nous ne sommes pas très forts au combat, on n'apportera rien à personne.

— Donc, vous ne vouliez pas nous suivre ? insiste Glenn.

— Non, je peux juste vous trouver des infos.

— C'est déjà grandiose, c'est bien plus que les autres qu'on a rencontrés, balancé-je le plus naturellement.

Glenn me fronce les sourcils.

— Merci, Amy. Bon, les jeunes, je vais aller rejoindre mon frère. Isabelle et moi, nous partons à la première heure demain matin.

— D'accord, je serai prête.

Les yeux de Tobias sont tirés par la fatigue, la lumière du feu creuse encore plus son visage amaigri. Il nous salue de la tête et rentre dans sa cabane. Nous faisons de même, au bout de cinq minutes, Zal ronfle déjà. Il a une facilité à s'endormir partout, je l'envie, c'est peut-être cela sa capacité. Je suis allongée sur le côté face à Glenn.

— J'avais raison, me sort-il d'un coup.

Je fronce légèrement les sourcils.

— De quoi parles-tu, Glenn ?

— Afzal et Ghassan, c'était bien eux les méchants.

Je lui souris et lui caresse le visage.

— Oui tu avais raison.

Il m'embrasse sur le front.

— Bonne nuit, ma belle.

— Bonne nuit, Glenn.

Je me tourne, dos à lui et il me prend dans ses bras. Je ferme les yeux en essayant de trouver le sommeil, seulement de nombreux souvenirs me reviennent. Mon père, tous les déménagements qu'on a pu faire et dont je me plaignais sans cesse. Cependant, à côté de ces déplacements actuels, c'était de la rigolade. Au moins, je dormais dans un lit confortable et surtout je me sentais en sécurité. C'est sûr, je ne me plaindrai plus parce qu'il y a toujours pire que la situation dans laquelle on se trouve. Je pense aussi à Mariko, la seule amie que j'ai réellement eue dans ma vie. J'ai le sentiment de l'avoir abandonnée sans rien lui dire. Je ne regrette en rien ma vie d'aujourd'hui, mais les sacrifices sont durs à oublier. Je finis par m'endormir avec le souvenir de Mariko et de Nilo au parc en train de manger des sucreries.

Soudain au milieu de la nuit, je me réveille avec la sensation qu'on m'observe. À l'instant où j'ouvre les yeux, je sursaute.

– Jylo, mais qu'est-ce que tu fous là ?

Il continue à m'observer sans rien dire. Il est assis en tailleur juste devant moi, il me donne l'impression que son regard me traverse.

– Jylo, pourquoi me regardes-tu comme ça, qu'est-ce qu'il y a ?

Je le fixe droit dans les yeux, le peu de braise qui reste éclaire légèrement ses pupilles et je remarque que ce n'est pas Jylo, mais Lojy !

– Lojy ?

Je prononce son nom avec peur dans un léger murmure. Il me fait un grand sourire démoniaque.

– Oui, je croyais que tu n'allais pas me reconnaître.

– Que fais-tu là ?

– J'ai juste une chose à te dévoiler. Comme tu m'as donné un prénom et que tu m'as défendu auprès de la meute, je voudrai te remercier.

Je regarde autour de moi, tout le monde dormait à poings fermés, même les loups ne l'ont pas entendu se lever et se déplacer.

– Je t'écoute.

Je reste hésitante en sachant qu'il peut m'attaquer à tout moment, je n'ai aucune confiance en lui.

– Les rêves que tu fais ne sont pas de ton imagination, ils sont bien réels.

– Mais comment sais-tu ça, j'en ai parlé qu'à Glenn ?

Son sourire est toujours accroché à ses lèvres.

– Je t'entends la nuit, tu parles à haute voix.

– Tu veux dire que toutes les nuits quand Jylo est inconscient, tu prends sa place ?

– Ce n'est pas ça la bonne question. Tu devrais me demander, qui est cette louve à qui tu parles dans tes rêves.

– Qui est-elle ?

– Je te donne un indice, seulement ce sera le seul. La prochaine fois que tu la vois, demande-lui de prendre sa véritable apparence et tu la reconnaîtras.

– Pourquoi elle ne ressemble pas à ça en réalité ?

– Pas vraiment.

– Je ne comprends rien.

– Fais ce que je te dis et tu comprendras, bonne nuit, Amy.

– Non, attends !

Il se lève et repart se coucher. Il ne fait aucun bruit en se déplaçant, on pourrait même se demander s'il touche le sol. Quelques minutes plus tard, j'entends Jylo respirer fort et comprends que Lojy n'est plus là. Je réfléchis à tout ce qu'il vient de me dire, mais la seule chose qui me vient à l'esprit, c'est que Lojy aurait pu tous nous tuer depuis longtemps, cependant il n'en a rien fait, pourquoi ?

Quand je referme les yeux, je revois son regard mauvais me percer jusqu'à l'âme et me donner des sueurs froides. Est-ce que je dois en parler à la meute ou le garder pour moi ?

J'ai peur que les autres deviennent paranos et qu'ils ne souhaitent qu'une chose, c'est le départ de Jylo. Je décide de ne pas en parler, et de le surveiller chaque nuit, pour savoir ce qu'il peut faire et surtout pour vérifier qu'il ne touche personne de la meute. Je n'arrive plus à m'endormir, je reste couchée à le fixer pendant des heures de peur que Lojy refasse surface.

4. CONFIDENCES

Je me réveille en sursaut au moment où j'entends des bruits de pas. Ce ne sont qu'Isabelle et Tobias qui s'en vont. Sans m'en être rendue compte, je m'étais endormie en fixant Jylo. J'observe Thynka et Hazia, les louves d'Isa et Hanahita se fixent droit dans les yeux, je comprends qu'elles discutent entre elles. Ensuite Thynka s'approche de Hazia et colle sa tête contre la sienne puis s'en va. Je n'avais pas remarqué qu'elles étaient aussi proches toutes les deux, et saisis que tous les loups doivent communiquer autant que nous sans qu'on n'y prête attention. Après leur départ, je me lève doucement pour ne pas réveiller Zal et Jylo qui dorment encore. Les autres se lèvent aussi, réveillés pour les mêmes raisons que moi. J'embrasse furtivement Glenn et pars faire mon tai-chi.

J'ai remarqué que nos nuits ont beaucoup changé, avant trois heures de sommeil nous suffisait largement. Mais depuis qu'on n'arrête pas de voyager et de dormir à la belle étoile, nos nuits se sont rallongées. Maintenant nous dormons presque le double de temps. Glenn a une théorie : notre corps a probablement besoin de plus de sommeil. En effet, nous utilisons beaucoup plus d'énergie depuis que nous nous déplaçons et nous entraînons tous les jours, ce qui est logique. J'ai beaucoup de mal à me vider l'esprit pendant le tai-chi, Lojy revient sans cesse avec plein de questions. Pourquoi a-t-il pris le risque de percer son secret pour m'aider à répondre à certaines de mes interrogations ? Est-ce qu'il se joue de moi ? Ou voulait-il me montrer qu'il pourrait s'il le souhaitait tous nous tuer pendant qu'on dormait ?

Il me rend folle, je ne sais plus quoi penser de lui. Je souffle un bon coup et abandonne mon sport pour ce matin, impossible de me concentrer. Je retourne vers la cabane, Oscar est debout et a réveillé tous ceux qui dormaient encore, bien entendu. On est tous épuisés de lui et ça ne fait que depuis hier qu'on est là. J'espère que ça ne finira pas mal entre nous.

– Hé, salut ! me dit Oscar en levant sa main.

Au moins il a la politesse de dire bonjour le matin.
- Bonjour Oscar, bien dormi ?
- Ça allait jusqu'à ce que cet abruti de frangin me réveille et toi ?

Je n'ai pu m'empêcher de fixer Jylo qui a encore les yeux à moitié endormis.
- Oui, ça va merci.
- Pourquoi vos loups sont différents du mien ou celui de Tobias ? demande-il d'un coup.
- Que veux-tu dire ? répond Matëus.
- Bah oui, c'est bien la première fois que j'aperçois des loups aussi clairs et qui n'ont pas les yeux rouges.

On se regarde tous sans savoir comment lui expliquer, sans qu'il réagisse étrangement. Il attend impatiemment une réponse.
- Nous ne mangeons que des animaux, pas d'humains, lui explique Glenn le plus direct possible.
- Quoi !!! Mais comment faites-vous ? Ils sont tellement délicieux.

Je n'ai pas pu m'empêcher de tirer une grimace de dégoût.
- C'est quoi cette gueule, tu vas me dire que tu n'aimes pas leur goût !
- Je n'ai jamais mangé d'humain de toute ma vie et je n'ai pas du tout envie de connaître leur goût ! répondis-je assez sèchement.
- Mais pourquoi tu t'énerves, si vous êtes coincés à ce niveau-là, dites-le et je n'en parlerai plus !
- C'est exactement ça ! répliqué-je aussi sèchement que tout à l'heure.
- Très bien, mais baisse d'un ton, gamine ! Je n'accepterai pas qu'on me parle comme ça chez moi, dit-il aussi sèchement que moi.

Je me déplace vers lui et son loup se met entre nous.
- Tu ne sais pas te défendre sans ton loup ? le défié-je.
- Amy, ça suffit ! m'ordonne Glenn.

Toute ma meute me regarde. Je recule et fais un sourire narquois à Oscar.

- On est là pour retrouver ta mère, alors calme-toi ! Si tu lui fais du mal, son frère ne nous dira rien du tout.

- Je veux bien, mais sérieusement Glenn, cet homme est insupportable.

- Peu importe, nous sommes chez lui, donc prends sur toi.

Je souffle un coup et m'éloigne de lui. À passer des journées comme ça, je crois que je vais finir par le tuer. Son loup est bien entendu comme lui, nos loups s'en plaignent, il est bruyant, grossier, intrusif. Bref, si ce n'est pas moi qui craque, ce sera un de nos loups.

– Nous avons quelque chose à vous annoncer, Matëus et moi-même, déclare Lili tout excitée.

Oh non, pourvu qu'ils ne nous laissent pas tomber, pas maintenant !
– On t'écoute, Lili, répond Glenn.
– Nous partons en lune de miel pour une semaine. Nous profitons que tout soit calme, enfin presque, dit-elle en me fixant avec insistance.
– Si vous avez besoin de nous, n'hésitez pas, rajoute Matëus.
– Ça ira, partez tranquilles, on ne vous dérangera pas. On arrivera à se débrouiller tout seuls, répond Glenn.

Je roule des yeux. Ils nous serrent tous les deux dans leurs bras et partent avec leur loup. Du coup, je prends le don de Lili et de Matëus, ce qui est super pour moi, je pourrai m'exercer sur la capacité de mon frère.

Je remarque Zal et Zoann qui partent de leur côté, juste après le départ du couple. Je décide de les suivre. Ils commencent à s'entraîner, leur combat est mou et sans aucune envie.

– Vous faites quoi ? leur demandé-je en les interrompant.
– On s'entraîne, ça ne se voit pas ? me sourit-il d'un air narquois.
– Non, pas du tout, ce n'est pas un combat, on dirait une partie de touche-touche.

Il rigole nerveusement.

– Excuse-moi, Amy ?
– Oui tu peux t'excuser avec un combat aussi médiocre.

Il fronce les sourcils.

– Si tu es énervée contre Oscar, va-t'en prendre à lui, mais pas à moi.
– C'est de vous voir combattre de cette façon qui m'irrite ! Même des louveteaux se débrouillent mieux que vous, me moqué-je.

Ses yeux deviennent complètement rouges et il me bondit dessus. Je l'esquive de justesse. Zoann reste de côté et n'intervient pas. Je me métamorphose aussi, il me charge une fois de plus, je l'esquive encore. Je saute en arrière, puis me concentre et réussis à soulever légèrement la terre, mais impossible de la diriger. Le don de Matëus est bien plus difficile que je ne le pensais. Zal en profite et me donne un coup sur l'épaule qui m'envoie au sol. Je me relève immédiatement, je lui attrape le bras puis le fais tourner sur lui-même et je lui mets une droite. Le bruit de nos impacts retentit jusqu'aux oreilles de nos compagnons. Ils se mettent autour de nous sans comprendre ce qui se déroule devant eux. Zal, énervé que j'ai réussi à le cogner, revient à la charge. Il saute en l'air pour m'attaquer en hauteur, je saute aussi vers lui, il me donne un coup de pied dans le ventre, ce qui me coupe le souffle et m'envoie au sol. Je me relève en toussant.

– Alors, c'est toujours un combat médiocre ! fanfaronne-t-il.

Je comprends que je n'arrive pas à lui tenir tête du fait que je n'ai plus le don de Glenn.

– C'est que le début, c'est l'échauffement pour moi, le nargué-je en souriant.

Je me précipite vers Glenn qui ne sait pas quoi penser de ce qui se passe.

– Je t'emprunte ton don.

Je lui touche la main et lui fais un sourire, il se détend et comprend enfin mon intention. Je me remets face à Zal.

– Alors, tu n'attaques plus ? lui balance Jylo.

Encore plus énervé, Zal me fonce dessus. Je me déplace au dernier moment, puis l'attrape par le cou et le couche au sol, la tête la première. Il se relève immédiatement et essaie de m'enchaîner, mais je bloque tous ses coups et le contre-attaque à chaque reprise. Il n'arrive plus à me toucher. Épuisé, il s'arrête et me fixe méchamment.

– C'est bon, maintenant on peut s'entraîner ensemble ! Je t'ai assez prouvé que je peux t'aider à t'améliorer, proposé-je en souriant gentiment.

En colère, il se retourne et part seul de son côté.

– **Bien essayé,** me dit Zoann déçu que son maître n'ait pas pris l'occasion de continuer à s'entraîner avec moi.

– **Laisse-lui le temps de digérer la défaite contre une femme.**

Il baisse la tête pour me dire oui et part rejoindre son maître.

– Ma chérie, tu m'as fait peur sur le moment. Je croyais que tu avais pété un plomb et que tu t'en prenais à Zal.

– Non, Zoann m'a demandé un service, j'ai essayé, mais je ne sais pas si c'était la bonne solution.

– Tu lui as mis une bonne raclée, rigole Jylo.

– Moi, je trouve que c'était juste de l'humiliation gratuite, conteste Hanahita.

– Non, je n'ai pas fait ça pour l'humilier, mais pour qu'il comprenne que les femmes aussi peuvent lui apprendre des choses.

– Tu aurais dû juste parler avec lui pour comprendre pourquoi il réagit comme ça avec les femmes au lieu de faire ce genre de chose ! me dit-elle méchamment.

– Désolée, je ne suis pas Matëus, balancé-je excédée par son attitude.

– Oui, je l'ai remarqué ! me rétorque-t-elle sèchement.

Puis elle part aussi de son côté, Jylo lève les épaules et la suit.

– Décidément, je n'arrive vraiment pas à les comprendre, soufflé-je désespérée.

– Ne t'en veux pas, ma chérie, tu as essayé, ça aurait pu marcher.
– Oui, seulement ce n'est pas le cas.

Je souffle une seconde fois et aperçois Oscar nous épier derrière un tronc d'arbre. Il part à l'instant où il remarque que je l'ai vu.

– Glenn, tu devrais peut-être t'entraîner avec lui, et Shugo avec Zoann.
– Ça n'arrangera pas son problème, il faut qu'il arrête de sous-estimer les femmes parce qu'il risque de se faire tuer par l'une d'elles. Ma chérie n'oublie pas le talent que tu as, discuter et compatir pour les gens.
– Oui, mais le souci, c'est la compassion que je n'ai plus, je suis trop en colère.
– Peut-être que Zal t'aidera à retrouver ça.

J'expire un coup.

– Je peux aller chasser seule avec Shugo, tu n'as pas besoin de lui ?
– Allez-y, je crois qu'il est avec Vif.
– Merci.

Je lui attrape la main et lui fais un sourire puis pars en courant.

– **Shugo, tu viens chasser avec moi ?**
– **Oui, avec plaisir.**

Il me rejoint immédiatement, nous partons loin de notre camp de fortune.

– **Ça fait plaisir de passer un petit moment avec toi.**
– Oui, à moi aussi, Shugo.
– **Comment vas-tu, tu as l'air un peu mieux que ces derniers mois.**
– Difficile à dire. Pour être honnête, je ressens que le moindre problème peut me faire exploser.
– **Quelque chose te tracasse ?** me demande-t-il en remarquant mon air embêté.
– J'ai un conseil à te demander, cependant il faut que ça reste entre nous et que tu ne me poses aucune question.
– **D'accord.**
– Si tu savais quelque chose sur quelqu'un de la meute que personne ne sait, même pas la personne concernée et qu'il pourrait y avoir un danger, tu le dirais ?
– **Oui,** me répond-il sans hésiter.
– Même si tu n'es pas sûr qu'il représente un danger ? Et de plus en sachant que si tu parles, ça pourrait tout changer pour cette personne.
– **Effectivement, c'est délicat. Je ferai mon enquête pour être sûr avant d'en discuter.**
– Merci, Shugo et encore une chose, tu aurais des informations sur Zoann ou Zal qui expliqueraient leur façon de réagir ?

— **Non, pas du tout. Tu demandes au mauvais loup, il faut voir ça avec Arssa.**
— Oui, mais je ne vais pas attendre qu'il rentre de sa lune de miel.
— **Parle avec Zal et Zoann.**
— Tu n'es pas le loup de Glenn pour rien, toi.

On se met à rire ensemble puis nous commençons notre chasse, nous tombons sur un lapin. Je le laisse à Shugo et pars chasser ailleurs. J'arrive à mon tour à en trouver un.

— Alors c'est vrai, vous ne bouffez que des animaux ?

Je sursaute et me retourne, concentrée sur ma chasse, je n'avais pas senti qu'Oscar me suivait.

— Pourquoi m'espionnes-tu depuis ce matin ?
— Tu es bizarre.

J'étouffe un rire, j'ai failli m'étrangler avec un morceau de ma proie.

— Pourquoi, suis-je bizarre ?
— Tu n'as pas de louve, elle est où ?
— Justement je ne sais pas, c'est une des raisons de notre présence.
— Et tu vis sans ta louve depuis quand ?
— Depuis toujours à ce que je sache.
— Tu ne l'as jamais vue ?
— Pas que je me souvienne.
— C'est bien ce que je disais, tu es bizarre, dit-il en partant.

Il s'est regardé, c'est l'hôpital qui se fout de la charité. Je n'arrive même pas à finir mon lapin, il a réussi à me couper l'appétit. Je rejoins Shugo et lui envoie mon reste, il le rattrape au vol.

— **Merci.**
— **Il n'y a pas de quoi,** dis-je d'un ton agacé.

Je continue à marcher le long de la forêt en réfléchissant à propos de Lojy. Comment pourrais-je arriver à rester éveillée toute la nuit pour le surveiller ?

Je m'arrête devant un petit ruisseau, me rince les mains et bois quelques gorgées. Ça aussi, c'est un avantage, on peut boire n'importe où comme les animaux. Je me passe de l'eau fraîche sur le visage puis m'assois au bord de la rive.

— **Cheyn tu m'entends ?**
— Oui très bien, comment vas-tu ?
— **Ça va, mais nous sommes tombés dans une meute de fous, enfin si on peut appeler ça une meute, ils ne sont que deux.**
— Qu'est ce qui se passe ?
— **Ils sont très étranges, Isabelle est partie avec l'un d'eux pour aller chercher des infos sur ma mère.**
— Elle est partie toute seule ?

– Oui, mais ne t'inquiète pas, elle a beaucoup progressé.
– Espérons-le.
– Où es-tu, tu arrives bientôt ?
– Je prends le bain, s'esclaffe-t-il.
– De quoi ?
– Je suis dans la mer de Timor. Ce n'est pas loin du nord de l'Australie.
– Tu y es presque, j'espère que tu n'auras pas d'ennuis avec le chef.
– Arrête de t'inquiéter pour moi, tu sais bien qu'il n'y a pas plus balèze que ton frère.

Il se remet à rire de toutes ses forces, ce qui me fait froncer les sourcils et me donne mal à la tête.

– D'accord, tiens-nous au courant.
– Ça marche, à plus tard sœurette.

Quand je reviens à moi, tout est calme, j'entends juste l'eau couler et les oiseaux siffler. Plus détendue, je me lève et décide d'aller parler à Zal. Je me métamorphose et commence à pister son odeur. Je la suis sans difficulté, il a une senteur d'herbe fraîchement coupée. Je constate qu'il est parti très loin de l'endroit où on séjourne. Au bout d'une trentaine de kilomètres, je commence à m'inquiéter.

– Zoann où êtes-vous ?
– ...

Aucune réponse, mais mince qu'est-ce qui se passe ?!
– Zal, Zoann ?
– ...
– Zoann, réponds-moi, c'est un ordre !
– Amy ce n'est pas moi, Zal ne veut pas que je te réponde.
– Vous êtes où ?
– Zal, il...
– Il, quoi ?
– Fuis !

Je cours encore plus vite, mais je sais que je n'arriverai pas à les rattraper. Réfléchis Amy, réfléchis, vite.

– Zal, je t'ordonne de t'arrêter et de me parler !
– Laisse-moi tranquille !
– Non, tu pars où comme ça ?
– Je retourne dans mon ancienne meute.
– Mais, pourquoi ?
– ...
– Zoann dis-moi que vous vous êtes arrêtés.
– Oui.

CHAPITRE 4

Ouf, je continue à courir le plus vite possible, avant qu'il ne décide de passer outre mes ordres. Ma crainte qu'il s'en aille est tellement forte que je n'arrive même pas à faire attention où je mets les pieds. Deux ou trois fois, j'ai trébuché, quelque chose qui ne m'était plus arrivé depuis longtemps. Au bout d'un long moment, je finis par lui tomber dessus, il est de dos et Zoann me fait face. Ils ne sont plus très loin d'un petit village. Je le vois prêt à bondir pour partir.

– Zal, stop !
– Qu'est-ce que tu me veux ?

Il s'immobilise sans se retourner.

– Pourquoi fuis-tu ?
– Je ne fuis pas, je vais là où est ma place.
– C'est ici ta place.

Il se met à rire fortement.

– Je ne crois pas ! Hanahita oui, elle s'entend à merveille avec Jylo et Isabelle commence aussi à s'intégrer. Mais moi, je ne comprends pas ce que je vous apporte si ce n'est le fait de me faire humilier par tes soins.

Il se retourne enfin face à moi. Son regard est froid et décidé.

– Non ce n'est pas ce que je voulais, tu es important pour nous aussi, tu es notre frère.
– Pourquoi as-tu fait ça, alors ?
– Pour t'aider, mais tu ne veux pas de mon aide. Alors, je n'ai trouvé que ça pour te montrer et te prouver que bien que je sois une femme, je peux te battre.
– Je n'ai pas voulu te faire du mal, c'est tout.

En plus d'être macho, il est de mauvaise foi, je décide de faire semblant de le croire.

– C'est gentil de ta part. Cependant pourquoi penses-tu que les femmes sont inférieures aux hommes ?
– Parce que c'est le cas !

J'inspire profondément pour ne pas craquer et devenir agressive.

– Il y a autre chose, pourquoi ne pas me le dire ?

Il hésite à me dire la réelle raison, il se frotte sa barbe et gratte la terre avec son pied.

– Très bien.

Il se dirige vers moi et s'appuie contre un arbre, son regard est devenu plus doux. En attendant, Zoann fait le guet au cas où des humains arriveraient.

– J'avais une sœur aînée qui était douée en tout, au combat, en stratégie, elle réussissait tout ce qu'elle entreprenait. Que ça pouvait être exacerbant par moments. Mais en réalité, je voulais être comme elle, devenir aussi fort qu'elle. Elle était mon modèle et mon idole.

Je suivais son histoire avec beaucoup d'intérêt.

– Alors que s'est-il passé ?

– Elle a perdu...

Je fronce les sourcils.

– Que veux-tu dire ?

– Elle a trouvé plus fort qu'elle. Elle se croyait invulnérable, seulement un homme l'a tuée avec une facilité déconcertante. Je n'ai jamais été autant déçu de toute ma vie. Ensuite quand votre ancienne meute est venue tuer presque tout mon clan, les femmes se sont sauvées et elles se sont fait massacrer sans se battre. Elles m'ont écœuré. Depuis, je ne fais plus confiance aux femmes pour défendre leurs meutes ou, encore pire, leurs enfants.

– Comment as-tu fait pour t'en sortir ?

– Ma mère m'a caché sous des montagnes de linge qui appartenait à tout le monde, puis elle est partie se faire tuer sans se défendre comme toutes les autres.

Je reste choquée qu'il n'ait pas saisi ce qu'ont fait ces femmes pour les sauver.

– Tu n'as vraiment rien compris ! Ce qu'elles ont accompli est d'une force et d'un courage inégalables.

– Se faire tuer sans se battre !

Il se met à rire à pleines dents.

– Non, idiot ! Elles se sont sacrifiées pour sauver leurs enfants. Elles vous ont cachés puis ont emmené l'ennemi loin de vous. Elles savaient qu'elles ne feraient pas le poids face à eux. Elles n'ont donc même pas essayé de se défendre en ayant peur de lutter, de finir par craquer en jetant un dernier coup d'œil vers vous pour s'assurer que vous étiez en sécurité et de divulguer ainsi votre planque.

Il ne dit plus rien en retenant ses larmes, il déglutit avec difficulté. Il réalise petit à petit l'erreur contenue dans ces propos et les horreurs qu'il a pu dire au sujet de sa mère. Il s'accroupit, met les mains autour de son visage. Je fixe Zoann.

– Je crois que c'est le moment de le laisser seul, fais attention à ton maître et préviens-moi s'il essaie encore de fuir.

– Oui Amy, mais je pense que cela ne sera plus le cas, merci.

Je hoche la tête puis me dirige vers Zal qui a le visage entre ses jambes, je lui touche légèrement l'épaule et le laisse.

– Attends Amy, où sont les autres ? me demande-t-il en relevant la tête.

– Je n'ai rien dit à la meute.
– Pourquoi ?
– Parce que ça arrive à tout le monde d'être perdu, même au plus fort.

Je lui fais un clin d'œil et pars rejoindre notre repaire. Je suis contente que Zal ait pu se confier, je pourrai enfin le comprendre en espérant qu'il ne verra plus les choses de la même manière à partir d'aujourd'hui.

La nuit tombe vite, malheureusement, je n'ai toujours pas trouvé le moyen de rester éveillée toute la nuit pour surveiller Lojy. Zal nous rejoint sans un mot et, avec Zoann, ils partent directement se coucher. J'explique à Glenn notre conversation sans divulguer ce que Zal a réussi à me confier. Nous nous couchons aussi, enfin un peu de calme quand Oscar s'endort dans sa tanière. Glenn se serre contre moi. Au bout d'une heure tout le monde dort. Je reste éveillée à fixer Jylo, cependant mes paupières commencent à être lourdes et mes yeux à me brûler de fatigue. Je les ferme juste quelques secondes pour les reposer.

Lorsque je les réouvre, je me retrouve dans la forêt de bambous. Je comprends que j'ai dû m'assoupir sans me rendre compte. J'essaie de me réveiller, mais impossible. Subitement les bambous en face de moi commencent à bouger et à s'écarter. Je reste immobile sans savoir qui allait apparaître devant moi. Mon cœur commence à s'emballer au fur et à mesure que ça se rapproche. Quand d'un coup, on attrape l'arrière de mon tee-shirt. J'ai eu juste le temps de laisser échapper un cri de peur.

– **Chut, il va nous entendre.**

Soulagée, je découvre que ce n'est que la louve. On se met à courir loin de cette chose. Une fois à l'abri, je reprends mon souffle.

– **Comment vas-tu Amy ?**
– Je vais bien, mais je ne devrais pas être là, il faut que je me réveille.
– **Tu ne veux pas me parler ?**
– Je ne sais toujours pas qui tu es ?
– **Un effort Amy, tu peux trouver.**

Instantanément, je me rappelle des paroles de Lojy.

– **Montre-moi ta véritable apparence.**

Elle recule légèrement.

– Je ne peux pas, pas ici. Ce serait trop dangereux.
– Je m'en fiche, je veux la voir.
– Très bien, si tu le souhaites.

Elle ferme ses yeux rouges puis je remarque le noir de son pelage remonter à partir de ses pattes et laisser un blanc pur à sa place. C'est impressionnant, on dirait qu'elle enlève un pull noir et qu'un pull blanc le remplace. Maintenant toutes ses pattes sont blanches et la couleur noire continue à remonter. Il me semble que la fourrure sombre rentre dans la partie centrale de son dos.

– Amy, réveille-toi !

La louve devient floue et pourquoi j'entends la voix d'Oscar dans mon rêve ?

– Allez, lève-toi ! me secoue-t-il.

J'ouvre les yeux et au lieu de voir la louve me montrer son apparence, je vois la tête d'Oscar à cinq centimètres de mon visage. Je sursaute en arrière. En plus de son haleine affreuse, son visage est sale et il sent la transpiration. L'odeur me donne un renvoi que je retiens, l'acidité me brûle toute la gorge.

– Dégage, tu sens mauvais, pourquoi me réveilles-tu ? râlé-je.

J'observe autour de moi, tout le monde dormait encore sauf Jylo.

– Où est Jylo ?

– Justement, c'est pour ça que je te réveille. Je suis parti pisser et je suis tombé sur lui. Il m'a fait une de ces peurs, je ne l'ai ni entendu, ni senti. Je lui parlais, mais il ne me répondait pas, il est passé à côté de moi comme si je n'existais pas et son regard était étrange. On aurait dit qu'il était possédé. Du coup, quand je suis revenu et je t'ai entendue parler, je suis venu te le dire, mais j'ai compris que tu parlais dans ton sommeil. Vous avez tous un grain dans votre meute, vous faites flipper !

Je me lève, prête à partir à la recherche de Lojy.

– Il est parti de quel côté ?

– Par là-bas.

À peine me montre-t-il l'endroit que je pars à toute vitesse sans même le remercier. Je métamorphose et renifle son odeur, une senteur de métal désagréable, ce qui me rappelle l'effluve qu'on suivait avec Cheyn et Yowi quand Jylo s'était enfui au Japon. Je m'en souviens comme si c'était hier, parce que cette odeur prenait le dessus sur celle de Jylo et que j'avais eu terriblement peur qu'il n'ait été tué par le propriétaire de cette senteur. Maintenant, je comprends mieux comment il avait réussi à nous berner aussi facilement. L'odeur devient de plus en plus forte, je me rapproche de lui. Heureusement qu'Oscar n'a réveillé que moi. Plus l'effluve est fort et plus mon cœur s'emballe, est-ce que je vais devoir encore l'affronter ? Est-ce qu'il essayera de me tuer ?

Je finis par lui tomber dessus, il est assis sur un rocher, une jambe pliée en me fixant, c'est comme s'il m'attendait.

– Salut, Amy.
– Lojy ?
– Oui, c'est bien moi ! Alors, tu as pu découvrir qui est cette louve ?
– Non, par ta faute.

Il lève un sourcil, surpris de ma réponse.

– Ce n'est pas ma faute si ce porc est venu te réveiller en plein échange avec elle. Ce qu'il peut m'énerver, j'ai beaucoup hésité.
– Hésiter ?
– Oui, le tuer ou pas, après je me suis ravisé.
– Pour quelle raison ?
– Pour toi !
– Deviens-tu gentil, Lojy ?

Il s'esclaffe puis se lève du rocher.

– Non, pas du tout, mais sache que s'ils sont encore tous en vie, c'est grâce à toi.
– Comment ça ?
– Je vais te confier un petit secret. C'est toi qui as réussi à me faire sortir de Jylo, je peux enfin me balader la nuit et sortir aussi parfois la journée quand Jylo perd le contrôle.
– Mais, comment j'ai fait ?
– Ta sensibilité envers Jylo, il a ressenti pour la première fois l'amour d'une mère, et moi, ça m'a rendu plus fort. Comme je te l'ai expliqué, plus il est gentil et plus je deviens méchant.

Il se rapproche de moi, son regard est terrifiant et sombre.

– C'est pour ça que tu m'as aidée la nuit dernière ?
– Je ne t'ai pas aidée, j'ai horreur de me sentir redevable, maintenant ce n'est plus le cas. Mais ne t'inquiète pas, je ne ferai aucun mal à la meute. J'ai compris que j'existe grâce à toi alors, je ne prendrai pas le risque d'éloigner Jylo de la meute et disparaître peut-être par la suite.
– Donc, j'ai du pouvoir sur toi !

Il se met à rire d'un ton moqueur puis d'un coup il s'arrête et reprend son visage sévère.

– Ne crois pas ça !

On me plaque au sol brutalement et j'entends un grognement puis je sens un souffle chaud à mon oreille. Quand j'essaye de voir qui me tient, une énorme patte me plaque la tête dans l'herbe. Je ne peux plus bouger du tout.

– Juste un détail, ne l'oublie pas, j'ai toujours un coup d'avance sur vous ! Donc, ne t'amuse pas à faire la maligne, tu pourrais le regretter.

Lorsque le loup me lâche, je me relève rapidement, mais ils ont déjà disparu. Je regarde autour de moi, il n'y a plus âme qui vive, je me retrouve toute seule. Je respire profondément en secouant mes habits remplis de poussière. Déjà je peux être soulagée, il ne s'attaquera à personne qui pourrait être notre allié et même s'il prétend le contraire, maintenant je connais sa faiblesse. Mais dois-je en parler à quelqu'un d'autre, à Glenn par exemple ? À qui pourrais-je demander conseil sans qu'il ne répète tout par crainte ?

Je repars me coucher, Jylo dort comme un bébé, Vif à ses côtés. Oscar m'attend assis à côté du feu, je n'ai pas du tout envie de lui expliquer ce qui s'est passé. Je fais semblant de ne pas faire attention à lui et pars vers ma couchette.

– Amy, dis-moi ce qui est arrivé ? chuchote-t-il.

– Ça ne te regarde pas, retourne te coucher Oscar, lui dis-je crûment.

– Il en est hors de question, votre meute est dangereuse, je vais rappeler mon frère et vous allez partir d'ici.

Je me relève face à lui et cette fois, son loup n'est pas là, ce que je trouve étrange.

– Où est ton loup ?

– Parti faire un tour, pourquoi, en quoi ça te dérange ?

– Ce qui me gêne, c'est que je me suis fait attaquer tout à l'heure dans les bois par un loup et le tien n'est pas là !

– Qu'est-ce que tu insinues, petite peste ?

Je sens la fureur pénétrer dans tout mon corps, l'envie de le tuer est bien là.

– **Amy, non !**

– **Shugo !**

– **Oui, arrête ! Pense à ta mère, ne fais pas de bêtises.**

– **Son loup m'a attaquée et je ne dois rien dire.**

Oscar nous observe échanger avec Shugo sans savoir de quoi on discute.

– **Tu as vu son loup t'attaquer ?**

– **Non, mais c'est le seul qui n'est plus là, donc il ne faut pas être stupide pour le comprendre.**

– **Tu ne peux pas accuser sans savoir.**

Je fixe Oscar de mes yeux rouges, toujours prête à lui bondir dessus.

– **Ne me force pas à réveiller mon maître.**

Je regarde Glenn qui dort tranquillement, mais mes nerfs ne redescendent pas.

– **Tu devrais le réveiller, alors !**

À l'instant où je dis ça, je saute sur Oscar, l'attrape au col et le pousse de toutes mes forces avec les pieds, il recule de quelques mètres. Tout le monde se réveille en sursaut, Shugo se met entre moi et Oscar. Ce dernier, lui fonce droit dessus, son loup sort de nulle part, bondit sur Shugo et essaye de lui mordre le cou. Glenn intervient pour aider Shugo et donne un coup de pied au loup d'Oscar.

– STOP ! crie Glenn d'un ton sévère, tout le monde s'immobilise.

– Je veux que vous vous cassiez de chez moi, tout de suite ! hurle Oscar en postillonnant de partout.

– Attends, calme-toi, parlons tous ensemble, qu'est-ce qui s'est passé ? demande Glenn.

– C'est ta copine la furie, elle cache des choses et ça ne me plaît pas !

Glenn me regarde curieux et attend une réponse de ma part.

– Je n'ai rien à dire et surtout pas à lui, ça ne le regarde pas.

– Vous voyez que je ne mens pas, renchérit Oscar.

– Ma chérie, c'est quoi cette histoire ?

J'observe tout le monde surtout Jylo qui me regarde de ses yeux innocents.

– Je ne dirai rien ! réfuté-je en croisant les bras.

– Alors, cassez-vous d'ici ! gueule Oscar en me montrant du doigt.

– Attends, Oscar laisse nous la nuit pour nous reposer, demain on en reparlera plus tranquillement.

Hanahita m'observe toujours avec ce regard méprisant comme si tout était ma faute. Je n'en peux plus et décide de partir dans l'obscurité de la forêt. Aucun d'eux ne me retient, je m'isole assez loin pour ne plus les entendre. Je réfléchis à tout ce qui s'est passé. Je m'en veux légèrement. À cause de ma bêtise, Tobias ne voudra peut-être plus rien nous dire.

Je sens l'odeur de Zal venir à moi.

– Amy, on peut discuter ?

– Oui.

Même si au fond de moi, je n'en ai vraiment pas envie, mais peut-être que ça me calmera.

– C'est quoi le problème avec Oscar ?

– Il a voulu se mêler de ce qui ne le regarde pas.

– Mais que nous caches-tu ?

– Ne le prends pas mal, seulement ce n'est pas à toi que j'en parlerai.

– Pourquoi ?

Je ressens tout de suite à son ton qu'il le prend assez fâcheusement.

– Parce que tu es une personne qui se fie à ce que tu vois et ne réfléchis pas plus loin.

– Très bien, maugrée-t-il.

Il part piqué par ma franchise, mais il a raison. Il faut que j'en parle à quelqu'un qui pourrait m'aider et me conseiller. Shugo, non, il a son rôle de chef de loups, il serait obligé d'en parler à tout le monde. Vif, ce n'est même pas la peine d'y penser, il me reste Hazia et Zoann. Le choix n'est pas difficile, avec Hazia il n'y a pas encore de lien entre nous, je suppose que cela vient de sa maîtresse. J'aurai aimé contacter Arssa, mais je m'en voudrais de les déranger dans leur lune de miel, je décide donc d'en parler à Zoann.

- Zoann, peux-tu me rejoindre ?
- Oui, je vais essayer.
- Merci !

Il vient au bout d'une vingtaine de minutes, au moins cela m'a permis de trouver les mots justes pour tout lui expliquer.

- **Désolé du temps, mais mon maître ne voulait pas que je m'en aille tant que les tensions n'étaient pas redescendues.**
- Ce n'est pas grave, ça va mieux alors ?
- Oui, Oscar est parti se coucher, Glenn a réussi à le calmer, il s'est très bien débrouillé.
- Tant mieux, c'est vrai qu'il est bon négociateur.
- **Tu voulais me parler de quelque chose, Amy ?**
- Oui, mais je voudrais que ça reste entre nous, s'il te plaît.
- **Ça ne sera pas difficile étant donné que mon maître souhaite que je ne parle à personne à part lui.**

Je trouve ça complètement stupide, mais je pense finalement que ça va me servir, je peux lui faire confiance. Je décide de communiquer par télépathie pour être sûre que personne n'entende notre conversation.

- **Tu es au courant que Jylo a deux personnalités ?**
- Oui, vaguement.
- Quand nous étions au Moyen-Orient, Jylo avait perdu le contrôle et je me suis trouvée en face de sa deuxième personnalité. Il a souhaité que je lui donne un nom, je l'ai appelé Lojy puis nous avons combattu. Depuis qu'on est arrivé ici, j'ai découvert que Lojy devient conscient toutes les nuits. Ce soir, j'ai pu parler avec lui et il m'a avoué que, grâce à moi, il ne fera aucun mal à personne.
- Pourquoi grâce à toi ?
- Parce qu'il affirme que c'est moi qui l'ai rendu vivant.
- Je ne comprends pas quel est le rapport de tout ça avec Oscar ?
- Cette nuit, c'est lui qui m'a prévenue pour Jylo et il a voulu savoir ce qui lui arrivait, pourquoi il était aussi différent ? Comme tu as pu le comprendre, je n'ai pas voulu le lui raconter.
- Pourquoi ne pas en parler aux autres ?
- Parce que ça va créer une panique au sein de la meute et j'ai peur qu'ils décident de l'exclure de notre tribu.
- Je comprends tes craintes, mais je constate aussi le peu de confiance que tu as dans la meute. Tu n'es pas forcée d'en parler à tout le monde, mais au moins à Glenn, il a le droit et le pouvoir de

savoir. Puis, si Glenn décide de l'exiler, tu as ton mot à dire et si vous n'arrivez pas à vous entendre, faites un vote avec tout le monde.

– Tu vois comme c'est risqué. Imagine que les votes tournent en faveur de Glenn, je ne pourrai plus rien faire pour Jylo.

– Je sais que c'est dur de prendre une telle décision, cependant, mettras-tu en péril la connaissance d'informations sur le lieu où se trouve ta mère pour lui ?

– Bien sûr que non !

– Pourtant, c'est ce qui se passe. Personne ne comprend ce qui est en train de t'arriver et pourquoi tu réagis comme ça. Parles-en à Glenn avant qu'il ne soit trop tard pour toi.

– Merci Zoann, finalement j'ai choisi le bon loup pour en parler, tu m'as ouvert les yeux.

– De rien Amy, ne m'en veux pas, mais je dois repartir avant que mon maître ne s'aperçoive de ma longue absence.

Je le caresse sur la tête entre les deux oreilles et il part précipitamment. Je prends encore un peu de temps pour moi et pars les rejoindre, décidée à parler à Glenn de toute cette histoire. À mon arrivée, il n'y a que Glenn, assis à m'attendre. Tous les autres sont retournés dormir. Lorsque Glenn me remarque, il se lève et m'invite à s'asseoir à ses côtés, ce que je fais naturellement.

– Tu as décidé de me parler de ce que tu caches à tout le monde ?

– Oui, j'ai bien réfléchi avec un bon ami et il m'a persuadée de t'en parler. C'est au sujet de Jylo.

Je lui explique toute l'histoire par télépathie, il ne me coupe aucunement en faisant sa tête d'inquiet.

– **Comment as-tu pu me cacher tout ça sur Lojy, tu te rends compte s'il avait tué quelqu'un...**

– Oui, mais ce n'est pas le cas.

Je baisse la tête, j'ai peur de la décision qu'il prendra envers notre petit frère, bien que je prenne sa défense. Il réfléchit un long moment, il souffle un bon coup et finit par me dire :

– Très bien, comme il ne montre aucun danger pour quiconque de notre meute et pour ceux qui nous entourent, je décide qu'on n'en parle à personne.

– Et pour Oscar ?

– Je lui expliquerai le don de Jylo sans rentrer dans les détails en espérant qu'il se contentera de ça.

– Tu penses qu'on devrait en parler à Jylo ?

— Pas pour le moment, j'ai peur qu'il le vive mal puis qu'il s'empêche de dormir et qu'il perde le contrôle la journée avec n'importe qui. Il serait encore plus dangereux.

Je ressens enfin un soulagement.

— Merci pour Jylo.

— Je suis déçu, ma chérie. Je pensais qu'on ne se cacherait rien.

— Je suis désolée, j'avais peur que tu exiles Jylo.

— Peut-être que toi tu as oublié la promesse que je t'ai faite au Japon, mais moi non.

Honteuse, je baisse les yeux et soupire.

— Vraiment, désolée.

— Ce n'est rien, on fait tous des erreurs.

Il me sourit, son visage tamisé par les flammes du bûcher le rend encore plus craquant.

— Pour revenir à ton rêve, peut-être faudrait-il le prendre un peu plus au sérieux que je ne le pensais. Je me demande qui est cette louve et l'autre personne malsaine qui est dedans. J'espère que tu me le diras et surtout fais attention à toi.

— Tu penses que je peux me blesser dans le rêve et que ça peut se répercuter sur la réalité ?

— Je ne peux pas savoir, c'est ce qui m'inquiète.

— Promis, je te dirai tout.

Il m'embrasse tendrement sur mes lèvres, ce qui fait ressortir cette flamme chaude que je n'avais plus ressentie depuis un petit moment. Je lui attrape les cheveux et notre baiser se transforme en embrassades ardentes qu'on finit par contrôler, car il y a un peu trop de spectateurs. Nous allons nous coucher, mais je fixe toujours Jylo au moins pendant deux heures jusqu'à ce que la fatigue me gagne.

Le lendemain, on se réveille sur une tension assez forte qui vient d'Oscar. Glenn le prend à part et discute avec lui. Quelques minutes plus tard, ils reviennent.

— Bon, Oscar est d'accord pour qu'on reste jusqu'à ce que son frère et Isabelle reviennent.

Oscar me jette un regard méchant et part avec son loup.

CHAPITRE 4

Les jours suivants se passent dans la même routine. Zal a accepté de s'entraîner avec moi. Le plus heureux, c'est Zoann qui peut enfin s'entraîner avec Shugo. Pour ma part, j'essaie d'utiliser le don de Matëus, mais c'est très difficile. Je pense que je n'aurai pas le choix que d'attendre son retour pour avoir d'autres explications afin de réussir à m'en servir correctement. À tour de rôle, Glenn et moi surveillons Lojy toutes les nuits, ce qui nous épuise chaque jour qui passe. Il ne fait pas grand-chose à part se promener dans les bois, il n'échange avec plus personne. Ce qui est impressionnant, c'est que, malgré Lojy, Jylo ne ressent aucune fatigue la journée. Oscar et moi, nous ne nous parlons plus du tout, ce qui nous va parfaitement. Par contre Hanahita continue à me regarder d'un air méprisant, ce qui me rappelle beaucoup Lili au début de notre rencontre. Aujourd'hui, je décide d'aller lui en toucher deux mots.

– Hanahita est-ce qu'on pourrait discuter toutes les deux ?

– Pour quelle raison ?

Elle me répond avec une intonation agacée afin de me faire comprendre que je la dérange dans sa partie de jeu avec Jylo, Vif et Hasia.

– Ça ne durera pas longtemps, insisté-je.

Je lui fais un geste de la main pour qu'elle m'accompagne. Elle souffle et me suit en traînant des pieds. Une fois assez loin je me retourne face à elle.

– Peux-tu me dire ce que tu as contre moi depuis le début ?

– Et pourquoi cela serait contre toi ?

– Je ne comprends pas ?

– Il y en a toujours pour toi, Amy par ci, Amy part là. Et nous, on doit suivre sans rien dire et en plus supporter tes changements d'humeur.

Je reste pantoise devant ces paroles.

– Je suis désolée que tu le ressentes comme ça…

– Non tu ne l'es pas ! me coupe-t-elle. Partout où on passe tu fais ton bordel. Il faut toujours que tu te fasses remarquer, mais surtout on ne doit pas s'opposer à la princesse !

– Je pense que ton attitude est un peu exagérée, tu me donnes l'impression d'être jalouse.

Elle se met à rigoler.

– Jalouse de toi, surtout pas ! Je n'aimerais pas être à ta place et avoir un père aussi monstrueux que le tien.

– Fais attention à tes propos, ne dépasse pas la limite ! m'irrité-je.

– Tu vois, c'est bien ce que je disais, on ne peut rien te dire !

Je souffle un coup et réfléchis. Je pourrai envoyer cette gamine sur les roses ou essayer encore d'arranger la situation pour que les choses se passent mieux dans la meute.

– Bon, Hanahita, j'aimerais qu'on reparte à zéro toutes les deux pour mieux s'entendre.

Elle hausse les épaules comme réponse.

– Déjà, on a un point commun, lui dis-je, pleine de bonne volonté.

– Ah bon, lequel ?

– Jylo, on est toutes les deux inquiètes pour lui et on aimerait l'aider encore plus qu'on ne le fait déjà.

– Oui, c'est vrai.

– Je pense, ce qui vous rapproche tous les deux, c'est le fait que vous n'ayez pas spécialement connu vos parents.

Elle me regarde, surprise que je connaisse un peu son passé.

– En effet, on se comprend à la différence des autres.

Enfin son ton devient plus souple et amical.

– Je suis triste pour toi que tu n'aies pas pu vivre avec tes parents, mais j'aimerais devenir ta grande sœur.

Elle fixe le sol, je n'arrive pas à discerner ses émotions. Quand elle relève les yeux, je peux lire une grande tristesse.

– Je ne sais pas, il me faut du temps pour croire en toi.

– Je comprends et je te laisse tout le temps qu'il te faut.

– Merci. Une dernière chose, comment sais-tu à quel âge j'ai perdu mes parents ?

– Zal m'a dit que lorsque votre meute s'est fait attaquer, il était encore jeune, j'en ai donc conclu que toi, tu devais être un bébé.

– Oui je n'avais que deux ans, mes parents m'ont cachée dans un tronc d'arbre avant de se faire tuer. Je n'ai aucun souvenir réel de ce moment, mais ça ne veut pas dire que je ne suis pas en colère.

– Oui, c'est normal et encore vraiment désolée pour toute ta souffrance.

Elle me gratifie d'un sourire et s'en va. Je ne sais pas quoi penser de cette conversation, est-ce que son mépris envers moi changera ? En tout cas je suis ravie qu'elle se soit un peu confiée.

Je passe le reste de la journée avec Glenn et Shugo, nous allons chasser ensemble, nous essayons de prendre des nouvelles de Cheyn, mais sans succès, ce qui nous rajoute un souci. J'espère qu'il ne s'est pas fait battre par le chef et qu'on le reverra. Glenn a essayé de me rassurer en me disant qu'il faisait peut-être exprès de ne pas nous répondre pour ne pas se trahir auprès de leur chef, comme il l'avait fait avec Matëus. À la nuit tombée, nous partons tous nous coucher. Glenn fait la première ronde pour guetter Jylo. En sachant que Lojy est maintenant bien surveillé, je m'endors plus rapidement et plus sereinement.

CHAPITRE 4

Je m'éveille enfin dans le lieu des bambous, ça faisait plusieurs nuits que j'espérais réapparaître ici. Je tourne autour de moi quand je remarque quelque chose de noir. Je m'accroupis au sol et observe, ne sachant pas si c'est la louve. Quand il se rapproche, je me rends compte que c'est un loup. J'allais pour sortir de ma cachette jusqu'à ce qu'il tourne les yeux vers moi. Je m'enterre encore plus dans le sol, il a une balafre à l'œil droit. Je n'y crois pas, alors, le mal dont la louve me parlait depuis le début est le loup de mon père ! Mais que fait-il là, pourquoi nous retrouvons-nous tous les trois ici ?

Il renifle le sol tout en se rapprochant de moi. La terreur me submerge, j'essaie de contrôler ma peur afin qu'il ne la sente pas, mais je n'y arrive pas. Il m'a sentie ! Il se rapproche de plus en plus, il va me découvrir, c'est juste une question de temps. Je cligne fortement des paupières pour essayer de me réveiller avant qu'il ne me découvre. Au moment où il est tout proche, un craquement de bambou se fait entendre plus loin. Il se retourne et part en courant. Je souffle de soulagement, la main posée sur ma poitrine, mon cœur bat encore la chamade.

– **Amy, viens là.**

Je sursaute sur place, la louve se trouve à quelques mètres de moi. Je me retourne une dernière fois pour vérifier que l'autre loup n'est plus là et pars en courant avec la louve.

– Tu aurais pu me dire que le mal, était le loup de mon père ! lui dis-je d'un ton énervé.

– **Non, c'était à toi de le découvrir.**

– Remontre-moi ton apparence !

Je ne veux pas perdre du temps et que Glenn me réveille pour surveiller Jylo.

– **D'accord, Amy.**

Le même scénario se répète, elle ferme les yeux et tous ses poils noirs remontent jusqu'à son dos. Il ne reste plus qu'un trait noir du museau à la queue et en deux secondes elle est toute blanche. À l'instant où elle ouvre les yeux, je la reconnais tout de suite, elle a de magnifique yeux bleu dragée. Je lui saute dessus et la serre fort contre moi.

– Tu es ma…

– **Oui, Amy,** me coupe-t-elle.

– Tu es époustouflante.

Je tourne autour d'elle en sautillant sur place. J'ai du mal à croire qu'enfin je discute avec ma louve.

– Merci.
– Mais comment ça se fait que tu changes de couleur ?
– **La colère, la haine, le danger font ressortir la couleur de mon côté paternel.**
– C'est stupéfiant.
– **Contente que je te plaise.**
– J'ai hâte de te voir en vrai, où êtes-vous ?
– **Je ne peux pas te le dire, c'est trop dangereux.**
– Mince, comment faire pour se retrouver si on ne peut pas en parler ?
– **Ne t'inquiète pas, on y arrivera.**
– Tu pourras passer un message à ma mère ?
– **Oui, mais ne dis rien qui pourrait te trahir.**
– Dis-lui que nous la cherchons et que je suis au courant de tout.
– **Très bien, ce sera transmis, il est temps que tu partes.**
Je la vois s'éloigner.
– Tenshi !
– **Quoi ?**
– C'est ton prénom Tenshi, ça veut dire ange.
– **Je sais, merci, c'est un prénom magnifique, je le porterai avec fierté.**

Je me redresse d'un coup sur notre petit camp, Glenn me dévisage.
– Tu as rêvé de la louve ?
– Oui, c'est ma louve, Glenn ! m'exclamé-je le plus doucement possible.
– Ce n'est pas vrai !?
Il me fixe incrédule.
– Je suis aux anges, j'ai enfin rencontré ma louve.
Je lui explique tout mon rêve, mais il reste bloqué sur le loup de mon père. Je le rassure en lui disant qu'il ne peut rien m'arriver, ça ne reste qu'un rêve. Avant de s'endormir, il m'explique que Lojy s'est promené autour du camp. Je regarde fixement Jylo en espérant pour une fois parler à Lojy, mais il ne se manifeste plus.

CHÀPITRE 4

Le lendemain matin, Oscar nous annonce qu'il a eu des nouvelles de son frère, ils sont sur le chemin du retour avec des informations qui pourraient nous intéresser. Mais Isabelle et Thynka ne vont pas bien. La louve aurait mangé quelque chose qui l'aurait empoisonnée. Ils seront là dans vingt-quatre heures. Tobias les porte toutes les deux. Nous sommes tous sous le choc de cette nouvelle.

5. LE MAL D'ISABELLE

Nous essayons tous de renter en communication avec Isabelle ou Thynka, mais aucune des deux ne répond.

– Qu'est-ce qu'elles ont exactement ? demande Hanahita angoissée.
– On pense que Thynka a mangé quelque chose qui l'a rendu malade.
– Où sont-ils ? questionne Glenn inquiet.

Oscar lève les épaules en guise de réponse, Glenn se concentre et essaye de rentrer en communication avec Tobias, c'est le seul qui a assez d'énergie et de force pour y arriver. Glenn m'a toujours scotchée par la source d'énergie qu'il possède, on dirait qu'elle est inépuisable. Nous sommes tous impatients et le fixons en espérant une réponse.

– Il ne me répond pas !

Le rouge de ses yeux s'amplifie avec sa colère. Il se rapproche d'Oscar.

– Dis-moi où sont-ils, immédiatement !
– Je ne peux pas, désolé.

Glenn respire profondément, sa fureur augmente et sa voix devient plus rauque. Il attrape Oscar par le col, son fauve intervient, mais tous nos loups l'entourent, ce dernier est pris au piège et n'ose plus bouger.

– Je ne te le redemanderai qu'une seule et dernière fois ! Parce que si tu ne me le dis pas et que notre sœur meurt par votre faute avant qu'elle n'arrive ici, je vous tuerai tous les deux !
– Et vous n'aurez aucune information.

Oscar continue à défier Glenn sans se rendre compte de quoi il est capable. Jusqu'à maintenant, il a été très calme et conciliant, cependant il suffit qu'il y ait un de ses frères ou une de ses sœurs en danger, ce n'est plus le même. Glenn me fixe et je comprends tout de suite ce qu'il attend de moi.

– On se fiche des informations si l'une ou l'un de nous doit y rester. Alors à ta place, je dirai à Glenn où ils sont avant qu'il ne t'arrache immédiatement la tête.

CHAPITRE 5

Oscar me fixe dubitatif puis tourne les yeux vers Glenn qui se trouve à quelques centimètres de son visage.

– Très bien, je vais le dire, mais qu'à toi.

Il ferme les yeux, Glenn le relâche de suite puis se dirige vers moi, il me dépose un baiser sur le front.

– Je reviens avec Isabelle et Thynka le plus vite possible. Shugo avec moi !

Ils disparaissent en quelques secondes. On tourne tous en rond, inquiets en attendant qu'ils reviennent.

Le temps tourne à l'orage, la chaleur de ces dernières semaines nous promet une grosse tempête. J'imagine Isabelle et Thynka malades sur le sol trempé, sous les bourrasques et les grosses averses. Ceci n'est pas envisageable, il faut faire quelque chose !

– Oscar, nous avons besoin de votre abri, dis-je.

– Je ne crois pas !

– Tu laisserais une femme et une louve malades dehors avec la tempête qui arrive ?

On le dévisage tous de la tête aux pieds avec mépris. Il réfléchit et hésite un petit moment, ce qui pour nous est bien trop long pour prendre une décision comme celle-ci.

– Ok, mais il n'y aura qu'elle et sa louve qui pourront se mettre à l'abri.

– Oui, c'est tout ce que je te demande et aussi de nettoyer pour leur faire une place.

Il souffle, néanmoins il accepte et nous fait signe de la main pour nous donner le champ libre. Hanahita et Jylo partent chercher de nombreuses branches avant qu'il ne se mette à pleuvoir. Quant à Zal et moi, nous débarrassons les saletés. On jette les os dehors, nous nous dépêchons, nous entendons l'orage se rapprocher de plus en plus. Jylo me passe les branches et les affaires d'Isabelle. Nous finissons juste à temps. Hanahita reste à l'intérieur pour s'occuper du feu le temps qu'ils arrivent. C'est une fois à l'extérieur de la cabane que je me rends compte que les ossements qui se trouvaient à l'intérieur ne sont autres que des os humains. Je n'arrive plus à détacher mon regard de cette scène macabre, la rage me gagne.

– Amy, ne reste pas là, je vais m'en occuper, va faire un tour si tu veux, me dit Zal gentiment.

Comme je ne réagis pas, mon frère me tire par l'épaule doucement, ce qui m'oblige à tourner les yeux vers lui.

– Oui, tu as raison, merci, répondis-je toujours très écœurée.

Je pars en jetant un dernier coup d'œil vers les ossements et aperçois Zoann les prendre dans sa gueule, ce qui me déclenche un haut-le-cœur et une grimace.

Ça y est, l'averse commence, le vent s'amplifie. J'espère que Glenn sera de retour avant que la tempête arrive sur nous. Les branches des arbres se tordent dans tous les sens à cause des bourrasques. Il n'y a plus un oiseau dans le ciel, même les animaux sont partis se mettre à l'abri. La tempête risque d'être énorme, c'est la première fois que je vais traverser ça sans être à l'abri entre quatre murs.
– Amy !
– Lili, Matëus, je suis contente de vous voir !
– Nous sommes rentrés dès qu'on a appris pour la tempête.

Ils sont déjà trempés, Luna a les poils qui rebiquent dans tous les sens.
– Venez, on rejoint les autres au camp, mais je dois vous prévenir d'une chose en même temps.
– Que se passe-t-il ? m'interroge Matëus déjà inquiet.
– Isabelle et Thynka sont très malades, Glenn est parti aider Tobias pour les transporter jusqu'ici.

Nous avançons dans un rythme accéléré en même temps.
– Elles ont quoi, exactement ? demande Lili.
– Thynka aurait ingurgité quelque chose qui les aurait rendues souffrantes.

Nous arrivons au camp, Zal et Jylo se sont mis à l'abri sous des branches d'arbre. Quand ils me voient arriver avec Matëus et Lili, ils sont heureux de les revoir, même les loups partent se renifler entre eux. La pluie continue à s'intensifier et bien que nous soyons à l'abri sous les branches, nous sommes tous mouillés. Seules Hanahita et sa louve Hazia sont protégées dans la cabane avec Oscar.
– Ils sont où au juste ? s'impatiente Lili.
– On ne sait pas, Oscar ne l'a dit qu'à Glenn, répond Jylo en cherchant avec insistance dans son sac.
– Ça fait longtemps qu'il est parti avec Shugo ? demande Matëus.
– Trois bonnes heures, annonce Jylo en jetant son sac au sol, énervé. Personne n'aurait vu mon pull noir à capuche avec des cordons rouges, nous interroge-t-il.

On se regarde tous.
– Non, Jylo, répond Zal.
– Tu as l'air ailleurs, Amy, remarque Lili.
– Oui un peu, ce n'est rien. Je m'inquiète pour Isabelle et Thynka.

CHAPITRE 5

– Tu es sûre que c'est ça qui te perturbe ?
– Oui !

En réalité, je repense à ma louve, j'étais tellement heureuse de l'avoir vue que je voulais annoncer cette super nouvelle à tous en pensant que ça leur redonnerait espoir. Mais maintenant avec ce qui se passe pour notre sœur, je n'ose plus. C'est fou comme on peut se sentir heureuse un moment et quelques secondes plus tard triste et déprimée. J'essaie de changer de sujet.

– Et votre lune de miel s'est-elle bien déroulée ?
– Oui, mais ce n'est peut-être pas le moment de parler de ça, me répond-elle gênée en me faisant une grimace.
– Si, au contraire, comme ça, on pense à autre chose et on arrêtera de s'impatienter sur l'arrivée de Glenn avec notre sœur, dit Zal.

Lili est étonnée de sa réponse. C'est vrai qu'elle va se rendre compte de son changement, un peu plus ouvert et plus à l'écoute des autres. Bon, il reste quand même Zal, toujours râleur et un peu parano.

– D'accord, alors nous avons passé quelques jours en Toscane. Nous avons voyagé en montgolfière au lever du soleil. Ensuite, on a visité la région de Chianti et on est allé faire les boutiques.
– Avec vos loups ? répondis-je, surprise.

Ils se mettent tous à rigoler.

– Ton ignorance nous fera toujours rire, Amy. Mais non, nos loups sont restés entre eux, à l'écart de la civilisation.
– Vous avez dû vous régaler, sourit Jylo

Lili regarde Matëus avec des yeux illuminés, ils se sourient amoureusement.

– Oh oui, Jylo, répond Matëus en prenant la main de sa femme qui rougit instantanément.

Malheureusement ce petit moment agréable ne dure pas, très vite nous repensons à Isabelle et Thynka. Nous reprenons notre visage fermé et inquiet. Le vent et la pluie deviennent de plus en plus intenses, le sol est complètement imbibé. La canicule avait rendu la terre aride et trop sèche pour absorber toute cette pluie. Nous sommes en début d'après-midi, pourtant on se croirait le soir tellement que les nuages noirs assombrissent le temps. On peut voir les éclairs danser dans le ciel qui se rapprochent dangereusement de nous. Où pourrons-nous dormir maintenant ? Tout est trempé, même nos affaires dans les sacs commencent à être imbibées. J'ai dû mettre mon portable et mon album dans leur sac de protection seulement le temps que je le fasse, la pluie les a humidifiés. J'espère que mes photos ne seront pas trop abîmées.

– Nous avons un problème ! nous crie Hanahita en sortant de la cabane.

– Qu'est ce qui se passe ? Répond Matëus.

– Oh, vous êtes revenus, super !! s'exclame-t-elle. C'est la cabane, l'eau s'infiltre, il n'y a pas assez de branches, le feu est en danger.

– Allons chercher d'autres branches, Hanahita continue de protéger le feu, ordonné-je.

Elle ne réagit pas à mes paroles, mais quand Matëus lui fait un signe de la tête, elle exécute ce que je viens de lui dire.

Nous nous dépêchons, Matëus reste devant la cabane et installe les branches qu'on lui apporte, en les croisant. Nous arrivons à réduire l'eau qui y pénètre, mais nous ne nous pouvons pas faire plus, la cabane ne pourrait pas supporter plus de poids. Heureusement qu'ils ont eu l'intelligence de l'installer sur une pente, ce qui empêche l'eau de s'y introduire par le sol pour le moment. Le tonnerre gronde et les éclairs dansent au-dessus de nous, la fureur du vent est impressionnante. Nous n'avons plus aucun abri et je ne suis pas rassurée de rester près des arbres quand je constate comme ils se plient.

– Faut qu'on se trouve un endroit où s'abriter nous aussi.

– Et où on va pouvoir trouver ça, Jylo ?

On est obligé de parler plus fort pour réussir à s'entendre. Tous nos sens aiguisés ne nous servent à rien avec cette tempête. Nous sommes complètement perdus comme nos loups qui se sont couchés au sol.

– Je ne sais pas Amy, mais c'est dangereux de rester à découvert entre tous ces arbres, prend peur Lili.

– On ne peut pas s'en aller tant qu'Isabelle et Thynka ne sont pas revenues, m'opposé-je.

– Elle a raison Lili, nous devons rester là à les attendre, répond Matëus fermement.

En attendant, je fouille dans le sac de Glenn qui avait emporté une bâche de la Turquie.

– Tiens Matëus, est-ce que ça pourrait nous protéger ?

Je lui envoie, il la rattrape au vol.

– Oui, il nous faudrait de la corde pour l'accrocher solidement afin d'éviter qu'elle s'envole.

J'en ai une dans mon sac, mais elle est beaucoup trop grosse pour ce genre de tâche. Je lève les mains en l'air pour lui faire comprendre que nous n'en avons pas. Jylo se met à souffler.

– Tenez !

Oscar m'envoie une bobine de corde, surprise de sa gentillesse, je n'ai pas su lui répondre.

CHAPITRE 5

– Merci, Oscar, répond Jylo, enfin content de pouvoir améliorer notre situation.

Matëus et Jylo se mettent immédiatement à l'attacher, ils penchent légèrement la bâche vers l'arrière et la tendent au maximum en faisant attention de ne pas la déchirer. On se serre tous, les uns contre les autres, avec nos loups. Heureusement que Glenn avait pris la plus grande bâche qu'il y avait. Même si l'eau entre par les côtés, nous nous sentons un peu plus à l'abri, grâce aussi aux arbustes qui nous protègent.

– Savez-vous combien de temps va durer cette tempête ?

– Je ne sais pas si c'est une bonne idée de vous le dire, Amy.

– Maintenant c'est encore pire Lili, crache donc le morceau, s'affole Zal.

– D'accord, comme vous voulez. C'est la plus grosse tempête jamais vue ici, elle durera trois jours environ.

Nous fermons tous les paupières, dépités, même les loups mettent leurs pattes sur leurs yeux.

– J'espère au moins que ça n'empirera pas.

Lili et Matëus se fixent. Au moment où ils allaient parler, je lève le bras et leur dis non de la tête. À leurs regards, j'ai compris que la tempête n'est pas encore à son maximum. Jylo est assis en tailleur à moitié allongé sur Vif.

– Jylo, va remplacer Hanahita pour surveiller le feu, lui suggéré-je.

– Non, elle est au moins à l'abri dans la cabane.

– C'est gentil, mais on a tous le droit d'y être un peu, donc vas-y, insisté-je.

– Non, je lui laisse mon tour.

Nous lui sourions et au final nous lui avons tous laissé notre place.

En fin d'après-midi, Glenn arrive suivi de près par Tobias, tous les deux complètement trempés. Glenn avait mis son pull sur le visage d'Isabelle pour la protéger d'une pluie de plus en plus forte. Tobias porte Thynka et partent tous les deux les déposer dans la cabane. Nous sommes tous à l'entrée à regarder comment elles se portent ; elles sont inconscientes.

Je remarque Tobias et Oscar se fixer longtemps et me doute qu'ils communiquent entre eux par télépathie. Oscar fait un hochement de la tête à son frère et se penche vers Thynka.

– Sortez tous ! ordonne Oscar.

Mon fiancé fronce les sourcils, étonné par la demande de celui-ci.

– Non, je reste près d'elle.

– Glenn, casse-toi d'ici, maintenant !

Il se relève face à Oscar en le défiant.

— Glenn, s'il te plaît, si tu veux qu'elles s'en sortent, écoute mon frère, calme Tobias en lui posant la main sur son épaule.

— Comment ça ?

— Je vais vous expliquer dehors, viens.

Tobias montre la sortie, Glenn regarde Isabelle en hésitant et finit par l'écouter.

Nous nous retrouvons tous sous la bâche, Tobias au centre.

— Oscar a étudié la médecine « parallèle », il peut trouver ce qu'elles ont et les sauver avec des plantes.

On se fixe tous béats ; Oscar sait faire ça ?

— Pourquoi il nous aide ? Depuis que tu es parti, il ne voulait qu'une chose, c'est qu'on dégage.

— Oui, il m'a expliqué tout ce qui s'est passé, Amy. Tout simplement, parce que c'est son rôle, il a appris cette discipline pour aider les gens, c'est donc son devoir.

— Tu es sûr qu'il sait ce qu'il fait ?

— Oui Hanahita, il l'ausculte et nous dira quelle plante pourra la soulager.

— Et toi, tu n'as rien vu ? demande Matëus.

— Non, je les avais prévenues surtout de ne rien accepter de ce qu'on leur donne, Thynka a dû craquer.

— Je trouve ça bizarre ! doute Zal.

— Bizarre ou pas, c'est la vérité ce que je vous raconte.

Je le regarde droit dans les yeux, il a l'air sincère. Néanmoins, je comprends les doutes de Zal parce que nous avons tous les mêmes.

— Où étiez-vous ? demande Glenn.

— Je ne peux pas vous le dire.

— Ah bon et pour quelle raison ? perd patience Matëus excédé par ses réponses.

— Parce que ce sont des meutes qui se cachent et qui ont peur du roi.

— Ce sont peut-être des jeunes qui se sont sauvés comme nous, ça pourrait nous aider si tu nous dis où les trouver.

J'arrive à voir une lueur d'espoir dans les yeux de Glenn quand il prononce cette phrase.

— Navré, je ne les trahirai pas.

— Bon sang, tu vois bien qu'on ne leur fera aucun mal, bien au contraire ! répond Lili agacée.

— Je sais bien que vous êtes de bonne foi, mais ils me font confiance et grâce à ça, je peux vous donner des informations.

CHAPITRE 5

Glenn baisse les yeux désespéré et frustré qu'il ne veuille pas cracher le morceau.

– Dis-nous les informations que tu sais, lui demandé-je.

– Très bien, ta mère a été vue en Amérique du Sud en Patagonie.

– En Patagonie ? répété-je surprise.

– Oui.

– Tu es sûr de cette info ? demande Glenn.

– Oui, elle est allée soigner une meute qui s'y trouve.

Glenn ferme les yeux, les autres les lèvent au ciel.

– Ce n'est pas la porte à côté, rajoute Jylo.

Combien de temps encore nous allons devoir courir après elle et ma louve ?

– Je pensais que cette info vous ferait plaisir.

Nous restons tous sans voix à réfléchir, est-ce qu'on devrait suivre cette piste ?

– Oui, merci Tobias, c'est juste qu'on ne pensait pas devoir partir aussi loin. Déjà, attendons qu'Oscar nous dise le verdict pour Isabelle et Thynka après on envisagera.

– D'accord Glenn, je vais aller voir où il en est.

Nous ne disons plus rien, nous sommes dévastés d'apprendre que ma mère soit allée aussi loin. Des doutes sont semés dans l'esprit de tout le monde. Nous n'en pouvons plus d'être dans l'incertitude de la retrouver un jour.

– Qu'est-ce qu'on va faire, Glenn ? demande Hanahita.

Mon compagnon tourne les yeux vers moi.

– Nous allons déjà attendre qu'Isabelle et sa louve aillent mieux, après, nous irons en Patagonie.

– Je sais que c'est important qu'on retrouve la mère d'Amy, cependant à chaque fois on la loupe, on va continuer jusqu'où comme ça ? questionne Hanahita.

Tout le monde fixe Glenn.

– Je n'ai obligé personne, ceux qui ne veulent pas nous suivre peuvent faire marche arrière et rester ici ! s'irrite-t-il.

Il les regarde tous et attend une réponse, honteux, ils baissent les yeux sauf Matëus.

– Ne soit pas aussi remonté, c'est normal qu'ils se posent des questions et qu'ils se démotivent. Nous n'avons rien trouvé de concret depuis des mois, explique Matëus.

– Nous savons depuis le début que ça allait être difficile, nous ne sommes pas partis faire du camping en famille !

— Oui, mais si on avait au moins une petite chose qui pourrait nous dire qu'on avance, ça nous aiderait, rajoute-t-il.

Glenn allait répondre quand je le devance.

— J'ai rencontré ma louve !

Tous me dévisagent surpris.

— Où et quand ? me demande Lili méfiante.

— Dans un rêve.

— Mais c'est vraiment n'importe quoi ! répond Zal en rigolant.

— Écoutez-la ! ordonne Glenn.

— Cela fait plusieurs nuits que je rêve d'elle, mais ce n'est pas vraiment un rêve. C'est comme si j'étais propulsée dans une autre dimension dans laquelle on arrive à se voir et à communiquer toutes les deux.

— Si c'est vrai, pourquoi tu ne lui as pas demandé où elle était ?

— Parce qu'on n'est pas toutes seules Zal, le loup de mon père y est aussi et écoute nos conversations.

Il se met à ricaner encore plus, Hanahita rejoint ses rires. Les autres me regardent comme une folle.

— Je ne sais pas pourquoi, mais moi je te crois.

— Tu rigoles Jylo, comment peux-tu croire une histoire pareille ?

— Hanahita, je connais Amy et ce n'est ni une menteuse ni une folle. Donc si elle dit qu'elle a réellement rencontré sa louve de cette façon, c'est que c'est vrai.

Je lui souris pour le remercier.

— C'est juste, je te crois aussi et c'est une magnifique nouvelle, ajoute Lili.

Matëus prend la main de sa femme et penche la tête de haut en bas pour me faire comprendre qu'il est d'accord.

— Je n'ai jamais entendu dire qu'on puisse communiquer de cette façon avec son loup.

— Zal, personne ne t'oblige à la croire et à continuer à nous suivre, balance Jylo.

Zal fixe un petit moment Hanahita et hoche la tête.

— Hanahita fait confiance à Jylo et elle veut continuer à vous suivre donc je poursuis. Je ne la laisserai pas toute seule avec vous si jamais Isabelle ne s'en remet pas.

Hanahita secoue la tête en soufflant et tape l'air avec sa main.

— Quelle excuse pourrie tu as trouvé, Zal ! se moque-t-elle de notre frère.

On se met tous à rire, Zal, vexé nous tourne le dos en se mettant face à son loup. Je m'imagine tout ce qu'il peut dire à Zoann sur nous, ce qui me fait sourire au fond de moi.

CHAPITRE 5

– C'est bon ! On sait ce qu'elle a ! dit Tobias en courant vers nous.

Il se met à l'abri sous la bâche et se secoue comme un chien.

– Alors ? demande Hanahita inquiète en se rongeant les ongles.

– C'est une intoxication alimentaire.

– Quoi ? Il est sûr ? interroge Zal surpris qui est revenu vers nous.

– Oui, Thynka a dû manger quelque chose qui les a empoisonnées.

– Comment les soigner ? s'impatiente Glenn.

– Je vous aurais dit d'aller acheter des médicaments. Mais avec cette tempête tout doit être fermé. On doit trouver des plantes, Oscar m'a fait une liste.

Je prends la liste qu'il me tend, il lui faut du gingembre, du citron, de l'ail, de la menthe, du radis noir et du romarin.

– Mais où veux-tu qu'on trouve tout ça ? le regardé-je interloquée.

– Je connais un producteur ou deux, on devrait aller voir.

– Mais, eux aussi doivent se protéger de la tempête.

– Oui, mais on n'a pas besoin de le leur demander.

– Tu veux qu'on les vole ?

– Non, nous, on va les voler, toi tu restes ici. Oscar a besoin de toi.

– Besoin de moi ?

Surprise qu'Oscar me demande plutôt qu'un autre de la meute.

– Oui, va le voir.

Il donne les explications à la meute et fait deux groupes. Glenn m'embrasse tendrement.

– Faites attention à vous.

– Ne t'inquiète pas ma chérie, on reste en communication.

Il me fait son magnifique sourire et ils partent tous en un battement de paupière. Je pars voir Oscar dans la cabane, soulagée d'être à l'abri du vent et de la pluie.

– Ton frère m'a dit que tu as besoin de moi ?

– Oui ta mère a le don de soin ?

– Oui et... ?

– Peut-être que tu l'as hérité.

– Non, désolé de te décevoir, mais j'ai pris le don de mon géniteur.

Je fixe ma sœur et sa louve allongées, j'entends leurs respirations sifflantes et leurs difficultés à reprendre de l'oxygène.

– Tu as déjà essayé de soigner une personne ?

– Non.

– Alors vas-y, on n'a rien à perdre.

– Si, de la désillusion.

Il me montre Thynka de la main, je m'approche d'elle et m'accroupis près de sa gueule.

– Je ne sais même pas comment m'y prendre !
– Laisse ton instinct prendre le dessus.
– Facile à dire, marmonné-je.

Je ferme les yeux et me concentre sur mes mains. Je les pose sur son ventre sans la toucher, en faisant des petits cercles.

– Tu sens quelque chose ? s'impatiente-t-il.
– Oui, que j'ai l'air débile à essayer un don que je n'ai pas !

Je me relève frustrée.

– Essaye encore ! m'ordonne-t-il.
– Non, c'est une perte de temps, je devrais être avec les autres à trouver les plantes que tu as demandées !
– Putain, tu es vraiment une tête de mule !
– Tu n'imagines même pas à quel point ! lui crié-je dessus.
– Je me demande comment les autres peuvent supporter une chieuse comme toi ! s'énerve-t-il aussi.

La colère m'envahit, je sens la chaleur qui part de ma poitrine puis se répartir le long de mon corps.

– C'est toi qui as demandé que je reste !
– Je n'aurai pas dû !

Je vais pour sortir de la cabane :

– Où tu vas ? me relance-t-il.
– Je me casse ! Je ne peux plus voir ta tronche !
– C'est ça dégage, de toute façon, tu ne sers à rien !

J'ai envie de lui sauter dessus et de lui arracher la tête, mais son loup est là, à me surveiller. Puis surtout, c'est le seul qui peut aider ma sœur, je serre les poings et sors avec précipitation de la cabane en me réfugiant sous la bâche. J'ouvre mon sac et cherche mon k-way pour m'y asseoir, mais il est introuvable, ce qui déclenche encore plus mon énervement. Je pose mes fesses sur le sol trempé.

– De toute façon au point où j'en suis, marmonné-je.

En ruminant, je commence à m'acharner sur l'ongle de mon pouce, une manie qui étrangement a commencé depuis que j'ai rencontré Oscar.

Cette journée est interminable entre la tempête qui se déchaîne sans aucune faiblesse depuis des heures, Isabelle et Thynka qui ne reprennent pas conscience puis surtout tout le monde a une mission sauf moi. Comme d'habitude, je me sens inutile. Je me lève et décide d'aller revoir Isa et sa louve en me forçant de ne pas faire attention à Oscar. À peine, je franchis l'entrée, il se retourne vers moi et me jette un regard noir puis se remet à ses occupations. Je m'approche de ma sœur, m'accroupis et lui attrape la main.

– Isa, ils sont tous partis chercher des remèdes pour te soigner, alors tiens le coup.

Je pousse une mèche de cheveux qui est restée collée sur sa joue droite. Son corps est bouillant de fièvre pourtant elle frissonne par moments. Je lui remonte les vestes qui lui servent de couverture.

– Elle est brûlante, Oscar !
– Je sais, tiens, mets-lui ça sur le front.

Il me donne des rondelles de pomme de terre.

– Tu te fous de moi ! lui balancé-je avec un sourire moqueur accroché aux lèvres.

– Non du tout, pour l'instant on n'a pas les plantes que j'ai demandées, je ne prends pas le risque de les réveiller et qu'elles vomissent partout. Elles sont déjà énormément déshydratées, donc fais ce que je te dis.

Je regarde ces fichues rondelles de pomme de terre, je ne comprends pas en quoi cela pourrait les soulager. Mais ne connaissant rien du tout au remède de grand-mère, je l'écoute et les dépose sur leurs fronts à toutes les deux.

– Dans quinze minutes, tu les enlèveras.

Je hoche la tête pour lui dire oui. Il continue à farfouiller des plantes dans ses affaires, il les renifle les unes après les autres. À certaines, il coupe des feuilles et les jette dans des petits récipients contenant de l'eau chaude. Il s'immobilise un instant, je comprends qu'une personne de notre meute est rentrée en contact avec lui.

– Il y a un souci ? m'inquiété-je tout de suite, en me relevant pour lui faire face.

– Non pourquoi veux-tu qu'il y ait des problèmes ?
– À ta tête, on aurait dit que c'était le cas.
– Ma tronche, elle est toujours pareille, elle ne change jamais.

Il se met à rire aux éclats, même s'il n'a pas tort à son sujet, cela ne me fait pas rigoler. Il n'a pas répondu à ma question.

– Alors ? insisté-je.
– Ils arrivent, ils ont trouvé tout ce dont j'avais besoin. Je vais les réveiller maintenant.
– Comment ?
– Avec ça ?

Il tient un petit flacon entre ses doigts, je le fixe en levant mes sourcils, les yeux surpris.

– Et c'est quoi ?
– Regarde.

Il s'accroupit près de Thynka en approchant le flacon vers la truffe. Elles ouvrent les yeux en même temps.

– Ça a marché !
– Bien sûr que ça marche, c'est du sel de pâmoison. Ils l'utilisaient beaucoup à l'époque des rois pour les demoiselles qui perdaient souvent connaissance à cause de leurs corsets trop serrés pour elles.

Je me précipite vers Isabelle, je n'écoutais même plus Oscar.

– Comment te sens-tu ?
– J'ai mal au ventre, j'ai envie de vomir.
– Tiens, déjà, essaye de boire ça, propose Oscar.

Il lui soulève doucement la tête et lui fait boire un liquide légèrement blanchi en lui enlevant les rondelles de pomme de terre.

– Amy fait pareil pour Thynka, il faut qu'elle en boive aussi, ça va les réhydrater.

Je prends un petit bol et le pose juste à côté de la gueule de Thynka, elle boit goulûment.

– Non, Thynka doucement, sinon tu vas vomir ! lui crie Oscar.

Il a à peine fini sa phrase qu'elles se mettent à vomir tout le liquide qu'elles ont bu.

– Putain Amy, tu ne peux pas m'aider correctement, merde ! rage-t-il.
– Je ne savais pas qu'elle devait boire doucement, tu ne me l'as pas précisé, lui crié-je dessus.
– Tu n'as jamais vu quelqu'un pris par une crise de foie ou de gastro ou une intoxication, il ne faut pas être con !

Il monte le ton aussi.

– Mais qu'est-ce qui se passe ? On vous entend gueuler à trois kilomètres, même avec cette foutue tempête, dit Tobias.

Enfin, ils sont de retour.

– C'est ton frère, il est insupportable ! La prochaine fois un conseil, ne me laisse plus jamais seule avec lui sinon, tu le retrouveras la tête en moins !
– C'est bon Amy, je prends le relais.

Je sors comme une furie de la cabane et m'abrite avec les autres sous la bâche.

– Ça va, Amy ? me demande gentiment, Jylo.
– Non, vite qu'elles se rétablissent et qu'on s'en aille d'ici, je ne peux plus supporter Oscar, c'est un vrai…

Je retiens mon dernier mot, pas besoin de le prononcer pour qu'ils le comprennent tous.

– Oui, vous n'éprouvez aucune sympathie l'un envers l'autre, rajoute Matëus calmement, ce qui m'irrite encore plus.
– Ah bon, tu viens de le remarquer, cela se voit tant que ça ! lui répondis-je avec sarcasme.

CHAPITRE 5

– Ça va, ne t'en prends pas à lui, il n'y est pour rien, défend Hanahita. J'allais l'envoyer promener quand Glenn nous coupe.

– Bon, ça suffit ! Il vaudrait mieux discuter de l'odeur qu'on a flairé que de vos petites querelles.

Son visage est sévère, je saisis que la senteur dont il parle est vraiment inquiétante.

– De quelle odeur, parles-tu ?

– Au départ, elle était presque imperceptible à cause de la tempête, cependant j'ai pu la reconnaître. C'est la fille qui est sur nos traces, j'ai ressenti cet effluve d'agrume jusqu'à m'en irriter le nez.

– Tu l'as sentie proche d'ici ? m'affolé-je tout de suite.

– Non, il y a au moins cent bornes qui nous séparent, pour l'instant nous ne craignons rien grâce à la tempête. Nos odeurs s'estompent, elle ne pourra pas remonter notre piste.

– Pourquoi a-t-on peur de cette fille ? Elle est toute seule, tuons-la et nous aurons la paix.

Nous regardons tous Zal, incrédules, pendant quelques secondes on aurait dit Cheyn qui parlait.

– Non, c'est beaucoup trop risqué, rien ne nous dit qu'elle n'est pas seule même si on ne sent aucune autre senteur. Elle pourrait être avec une personne dont la capacité tromperait nos flairs.

– Je suis tout à fait d'accord avec toi, Glenn. Pour l'instant nous sommes en sécurité. Mais quand cette tempête sera finie, on le sera aussi !

– Toujours en train de paniquer Zal, calme-toi, essaie d'apaiser Matëus.

– Comment, il doit se calmer ? Il a raison, allons l'attaquer et prenons-la par surprise, s'impose Hanahita.

– Ne dis pas n'importe quoi ! Tu n'es qu'une gamine, tu y connais quoi en stratégie ?! perd patience Matëus.

– Je ne suis peut-être qu'une gamine, mais en tout cas, je suis consciente que si on reste ici à ne rien faire, on sera tous morts ! rajoute Hanahita rageuse.

Glenn se pince le nez en fronçant les sourcils.

– Il suffit que ça aille mal pour que vous doutiez de moi, tous les deux !

Zal et Hanahita se fixent confus sans répondre.

– Je vous le demande une dernière fois, vous voulez continuer à me suivre ou pas ?

Hanahita se perd dans les yeux de Jylo, inquiet qu'elle décide de s'en aller. Zal met les deux mains sur son visage en soufflant ce qui lui fait gonfler les joues. Nous attendons tous leurs réponses.

– Oui, bien entendu ! répond Zal.

Il lui a suffi de quelques secondes pour se rendre compte de la tristesse de Hanahita s'il la sépare de Jylo.

– Donc, faites-moi confiance et arrêtez de douter de moi, nous avons un peu plus de quarante-huit heures pour trouver une idée. Et je vous garantis que ce ne sera pas une partie de plaisir pendant toutes ces longues heures entre la pluie, le vent et les orages. Donc, armez-vous de patience.

Notre moral est au plus bas, nos loups sont couchés sur le sol trempé par l'abondance de pluie. Nous nous asseyons chacun de notre côté, mais il n'y a pas assez d'espace pour nous isoler réellement. Je me rends compte que cette tempête nous sauve pour le moment, même si nous ne pouvons ni nous reposer, ni dormir, ni même nous nourrir. En effet nous devons subir et compte tenu de notre entente à ce jour, je me doute que plus les heures avanceront plus nous serons à cran. Ce n'est que le début des conflits entre nous...

Tobias nous rejoint au bout d'une bonne heure.

– Bonne nouvelle, Oscar a réussi à leur faire boire du gingembre pour les vomissements et les douleurs intestinales. Ensuite, il leur a fait une tisane de thym, de fleurs de tilleul et de fleurs de camomille pour la fièvre. Elles se sont endormies sans rien rejeter.

– Où a-t-il eu tous ces ingrédients, on ne lui a pas ramené tout ça ? interroge Jylo.

– Il a toujours une réserve. Ça arrive vite d'avoir de la fièvre, une plaie qui cicatrise mal par exemple.

Je reste béate, moi qui pensais qu'on était presque invulnérable.

– Je ne pensais pas qu'on pouvait tomber malade, dis-je.

– C'est assez rare, cependant lorsqu'on vit dans des environnements comme le nôtre ça peut arriver. Il suffit que ton loup se fasse une plaie et qu'il mette un certain temps à cicatriser, ici cela peut nous être fatal.

C'est vrai, notre plus grande faiblesse, c'est notre loup, je comprends la chance d'avoir une louve qui se trouve avec la meilleure soigneuse de tous les temps. Sans le savoir, je suis peut-être passée à côté de la mort à plusieurs reprises.

– Combien de temps leur faut-il pour se remettre sur pied ? demande Matëus.

– Difficile à dire, mon frère pense qu'il va leur falloir environ trois semaines.

CHAPITRE 5

– Trois semaines ?! Ce n'est pas possible, elle nous aura déjà retrouvés, s'affole Hanahita.
– De qui elle parle ? demande Tobias inquiet en fixant Glenn.
– D'une fille qui est avec l'homme à la balafre, elle est sur notre piste.
– Vous avez oublié de nous le dire ! répond-il effrayé.
– Nous cherchons une solution pour qu'elle ne nous trouve pas.
– Et cela devrait me rassurer, Glenn ! Une fois que vous serez partis, elle nous trouvera mon frère et moi et nous tuera après nous avoir torturés afin de nous soutirer des informations.
– On ne partira pas tant qu'on n'aura pas trouvé une solution pour qu'il ne vous arrive rien.
– Mon frère avait raison, on n'aurait pas dû vous aider !

D'un coup, Matëus se rapproche en se plaçant entre les deux hommes tournant le dos à Glenn et faisant face à Tobias.

– Grâce à nous, vous n'aurez plus de problèmes avec Afzal et par la même occasion, on a vengé votre famille, tu l'as peut-être oublié ?

Sa voix est stricte et calme en même temps, il le fixe sans un seul battement de paupière.

– Non pas du tout, excusez-moi, je me suis emporté un peu vite, lui répondit-il en baissant les yeux au sol.

Il fait un pas en arrière nous regardant furtivement et part à toute hâte dans la cabane.

– Ils font une belle paire de lâches, c'est deux-là, rajoute Lili en se moquant d'eux.

Nous essayons de nous installer comme on peut pour passer notre première nuit sous la tempête. Zal a posé sa tête sur Zoann et s'est endormi instantanément. Jylo et Hanahita sont assis par terre appuyés dos à dos, leur tête posée sur leurs épaules. Matëus en bon gentleman s'est couché au sol pour que Lili s'allonge à moitié sur lui afin de la protéger du mieux possible du sol mouillé. Quant à mon chéri, il prend au sérieux son rôle de chef et patrouille avec Shugo tout autour de nous. Assise les jambes en tailleur, je m'appuie le dos contre un arbre. Je fixe la cabane en réfléchissant à une solution pour cette fille et sans m'en rendre compte, je m'assoupis.

Un coup de tonnerre me réveille en sursaut, quand j'ouvre les yeux j'aperçois Hanahita s'énerver en fouillant son sac et l'absence de Jylo.

– Où est Jylo ? lui chuchoté-je pour ne pas réveiller les autres.
– Je n'en sais rien, il est peut-être allé faire un tour.

Elle continue à mettre toutes ses affaires par terre.

– Depuis quand est-il parti ? insisté-je.
– Mais je n'en sais rien, je t'ai dit ! Lâche-le un peu, en plus il n'est pas tout seul, Vif est avec lui !

Je me lève, le cou et le dos en vrac, j'ai dû m'assoupir pendant bien des heures.

– Hanahita ! Est-ce qu'il était déjà parti quand tu t'es réveillée ?

Elle pose son sac et me fixe en soufflant.

– Oui, il n'était déjà plus là ! C'est quoi ton problème à la fin d'être toujours derrière lui ? s'énerve-t-elle.

– Ça ne te regarde pas ! répondis-je sèchement.

– Toujours des secrets et après on nous dit d'avoir confiance en vous !

Elle retourne fouiller son sac en marmonnant.

– Glenn, Shugo, vous avez Jylo en vue, il n'est plus au camp ?

– Oui ma chérie, ne t'inquiète pas, c'est Lojy qui a pris le contrôle. Mais comme les autres nuits, il ne fait rien à part tourner en rond.

– Et Vif ?

– C'est moi qui le suis Amy, il fait pareil que Lojy, mais à l'opposé, me rassure Shugo.

– Très bien. Appelez-moi si vous avez besoin.

Je suis rassurée, cependant je me demande pourquoi presque toutes les nuits, il s'amuse à tourner sans but. Je me reconcentre sur Hanahita. Je m'approche d'elle et m'accroupis en prenant ses affaires dans mes mains pour qu'elles ne baignent plus dans la mare.

– Hanahita qu'est ce qui se passe ?
– Rien ! Laisse tomber !

Je respire profondément pour contrôler mon agacement.

– Je suis là aussi pour t'aider, alors dis-moi ce qui te tourmente au point de te mettre dans un état d'affolement.

Elle se retourne pour me faire face, elle se pince les lèvres en expirant.

– Ok, j'avais un foulard qui appartenait à ma mère dans mon sac, je ne le trouve plus. C'était le seul souvenir qui me restait d'elle et comme une idiote, je l'ai perdu.

Les larmes lui montent aux yeux, elle crispe la mâchoire pour se retenir.

– On va aller le chercher, je vais t'aider.
– Ah bon, et où ça ?! Tu peux me dire où je l'ai perdu ?! dit-elle sarcastique.
– C'est quand la dernière fois que tu l'as vu ?
– Tu veux m'aider ?

Je lui incline la tête pour lui dire oui.

CHAPITRE 5

– Alors, lâche-moi ! me balance-t-elle avec rage.

Elle se lève en m'arrachant ses affaires des bras agressivement et s'en va. Je souffle et commence à mordiller l'ongle de mon pouce.

– **Ne lui en veux pas, s'il te plaît ?**

Hazia me fait face.

– Oh, tu parles ?

– **Oui, je n'aime pas parler pour ne rien dire et je n'ai confiance qu'en ma maîtresse.**

– Je te comprends, mais tu pourrais me dire pourquoi elle m'en veut autant ?

– **Ton père a décimé sa famille, même si elle maintient qu'elle ne s'en rappelle plus, c'est faux. Elle a vu sa mère mourir devant ses yeux pendant que son père les suppliait à genoux de l'épargner. Puis quand elle trouve enfin une nouvelle famille, vous la tuez encore et c'est à cause de toi.**

– C'est faux, ce n'est pas ma faute, je n'y suis pour rien dans toutes ces histoires.

– **Peut-être, seulement, juste un instant, mets-toi à sa place. Tu arriverais à être la meilleure amie de la personne qui est en lien avec les horreurs de ta vie ?**

– Avec énormément de temps, si je vois qu'elle n'y est finalement pour rien, oui !

– **Donc ne lui en veut pas et laisse-lui du temps pour te faire confiance.**

– Très bien, alors explique-moi juste pourquoi vous avez deux versions différentes sur ce qui vous est arrivé le jour où mon père a attaqué ?

– **Laisse-moi deviner, elle t'a raconté qu'elle était cachée dans un tronc d'arbre.**

– Oui.

– **En fait, c'est l'histoire d'Isabelle, elle a eu la chance de ne pas voir ce massacre, mais ma maîtresse n'a pas eu cette aubaine. On était aux premières loges pour assister aux arrachages de tête, que ce soit celle de notre mère ou de notre père.**

– Mais où étiez-vous ?

– **Dans la cheminée, la suie a camouflé notre odeur, mais n'a pas caché les images ni les cris de peur et de souffrance. Tu penses qu'on peut oublier ce genre de scène, même à deux ans ?**

– Non, pas du tout.

– **Donc sois patiente avec elle.**

On incline la tête chacune pour finir la conversation. Je suis étonnée de son initiative de venir me parler tout en restant choquée de ce qu'elles ont pu vivre toutes les deux. Il faut vraiment stopper toutes ces horreurs en espérant que ce ne soit pas trop tard, que les gens aient encore envie et le courage de se battre.

J'attends que Lojy et Vif partent se coucher pour me mettre à la recherche du foulard de Hanahita. Après des heures de prospection aux alentours de notre camp, je décide de me mettre un peu à l'abri, lorsque j'entends Lili se fâcher contre son mari.

– Lili, pourquoi tu t'énerves ? lui demandé-je.

Ils sont tous autour sans rien dire, même Glenn est trop épuisé pour rentrer dans leur querelle amoureuse.

– Matëus a perdu mon petit gilet bleu.

– Mais je te répète que ce n'est pas moi, tu n'as qu'à faire plus attention à tes affaires, s'explique-t-il.

Tout d'un coup, tout se met en place dans ma tête. On a tous perdu un vêtement et, comme par hasard, ce sont des affaires fétiches, des effets personnels qu'on utilise très souvent. Je sors de l'abri et me mets à hurler :

– OSCAR, sors de là !

Tout le monde me regarde en pensant que j'ai encore pété un boulon.

– Oui Amy, qu'est ce qui se passe encore ? Je suis un peu occupé à sauver ta sœur.

– Espèce de petite merde ! l'insulté-je.

– Quoi !! répond-il ahuri.

Il se tient à l'entrée de la cabane à l'abri de la pluie. D'un coup, je lui lâche une décharge sans interruption, il se met à hurler de douleur. Son loup se met à ses côtés et je lui inflige la même sentence. Les deux se tiennent devant moi et subissent un courant sans répit. Tobias sort de la forêt en me sautant dessus en même temps que son loup. Grâce au bouclier électrique qui entoure tout mon corps, ils se font éjecter à plusieurs mètres, ce qui leur fait perdre connaissance. Une lueur bleue m'irradie tout entière.

– Amy, je t'en prie, arrête, me supplie mon fiancé

Glenn me tourne autour en faisant attention de ne pas me toucher.

– Pourquoi tu fais ça, sale peste ?! s'énerve Oscar.

– Tu me demandes pourquoi ! Où sont nos affaires ?

– De quelles affaires, tu parles espèce de folle ?!

– Arrête de faire l'innocent, on a tous des effets personnels qui ont mystérieusement disparus.

– Mais, je n'en sais rien moi !

J'augmente la décharge, il se met à crier encore plus fort.

CHAPITRE 5

– Arrête de mentir ! Le soir où on s'est battu, ton loup n'était plus là, où était-il ?
– Chassé ! répond-il avec difficulté.
La bave lui coule le long de son menton, il s'accroupit au sol plié par la torture que je lui inflige.
– Menteur, il est parti donner nos affaires à cette fille ! C'est comme ça qu'elle réussit à nous trouver.
– Mais de quelle fille tu parles, bordel ?! demande-t-il complètement perdu.
– Ma chérie arrête, tu vas les tuer !
J'entends à peine les mots de Glenn.
– Réponds, dis-nous la vérité ! continué-je en m'acharnant.
– Mais, c'est la vérité, merde ! se défend-il.
– **Amy, ça suffit, arrête !**
– Sors de ma tête, Matëus !!
Je lui hurle dessus sans le regarder, mais je comprends que j'ai réussi à le faire sortir par la force de mon esprit en apercevant Lili s'inquiéter pour lui.
– Glenn, elle est trop puissante, elle va le tuer ! dit Matëus horrifié.
– Que s'est-il passé ?
– Elle m'a rejeté avec sa force mentale, je n'ai jamais vu ça.
– Amy, je t'ordonne d'arrêter tout de suite !
– Mais, vous ne voyez pas qu'il nous a trahis ! hurlé-je incomprise.
– On ne le sait pas, dit Glenn en s'efforçant à me calmer.
Oscar essaie de se lever, je lui inflige encore une plus grosse décharge qui le maintient au sol.
– Merde, arrêtez-la !!! gueule Oscar.
D'un coup, j'entends une petite voix faible derrière lui.
– Amy calme-toi, tu vas tous nous blesser.
– Isabelle !
Elle se soutient, debout, en s'appuyant sur les planches de l'entrée de la cabane.
– Ce don que je te prête, n'est pas fait pour tuer celui qui me sauve la vie.
– Il nous a trahis !
– Amy, réfléchis. Tu crois qu'il s'embêterait à me sauver la vie pour nous trahir ensuite.
Ma décharge diminue au fur et à mesure qu'elle me parle.
– Je, je…
– Jylo, non ! crie Hanahita.

J'ai juste le temps de le voir me foncer dessus pour m'efforcer à enlever mon bouclier que j'en perds le contrôle. Des décharges s'échappent de mon corps. Je fixe Jylo qui prend une électrocution de plein fouet, cependant il se relève directement et me serre fort dans ses bras.

– C'est moi Lojy, si tu ne te calmes pas, tu vas tous nous atomiser. C'est moi qui ai pris les affaires ! m'avoue-t-il.

Ses paroles sont à peine perceptibles, juste assez pour que je sois la seule à les entendre, je perds connaissance complètement vidée de mon énergie.

6. UN NOUVEL ALLIÉ

J'ouvre les yeux difficilement, la lueur du soleil m'éblouit.
– Le soleil ?! La tempête est finie ? dis-je surprise.
Quand j'arrive enfin à les ouvrir complètement, je saisis tout de suite où je suis. Allongée sur le dos, les bras écartés, le regard dirigé vers le ciel et tout autour de moi, des bambous verts à perte de vue. Je m'assieds péniblement, courbaturée. Mes souvenirs me reviennent petit à petit, Oscar ensuite Isabelle... Jylo. Non ! Ce n'était pas lui, mais Lojy ! Mince, il faut que je revienne, que je me réveille ! Je me mets une gifle, je me pince, je me secoue la tête, mais rien n'y fait.

C'est lorsque j'entends un craquement sur ma droite que je me souviens du danger qu'il y a ici. Je m'éloigne en essayant d'être la plus silencieuse possible. Au bout de quinze minutes de marche non-stop, je remarque que tout est identique, les bambous sont tous les mêmes. Il n'y a pas un endroit, un repère qui pourrait me dire si j'avance ou si je tourne en rond depuis tout à l'heure. L'angoisse me serre la poitrine, mon souffle s'accélère et j'ai de plus en plus de mal à trouver mon oxygène. Je fais une crise de panique, ma claustrophobie prend le dessus. Des pensées négatives encombrent mon esprit sans que je puisse les contrôler : et si j'étais dans le coma et que je devais y rester tout le reste de mon existence ? Ou, si j'avais pris la capacité de Jylo quand il m'a prise dans ses bras et qu'une personne me possède sans qu'aucun membre de ma meute ne s'en aperçoive ?

Je me laisse tomber à genoux sur le sol, les mains accrochées à ma poitrine, le souffle court, le regard affolé à chercher autour de moi une issue qui n'existe pas.

– Amy, calme-toi !
– Tenshi ?

Je m'assieds en posant les mains au sol, je ressens la terre humide entre mes doigts.

CHAPITRE 6

– **Tu n'es plus toute seule, respire profondément et calme ta respiration,** m'aide-t-elle.

Juste savoir qu'elle est à mes côtés, je me sens rassurée et commence à maîtriser ma panique.

– Comment as-tu su que j'étais là ?

– **J'ai ressenti ta colère, ton angoisse et ta peur, mais je n'étais pas sûre de te trouver ici.**

Je me lève prudemment, j'ai toujours la tête qui tourne à cause de mon hyperventilation de tout à l'heure.

C'est la première fois que je viens ici en plein jour, le soleil reflète la couleur des bambous d'où cette impression d'étouffement et de me sentir prise au piège.

– Cet endroit est complètement différent la journée. On aperçoit les bambous avec une plus grande distance, ça donne l'impression qu'il est impossible de sortir d'ici.

Je regarde tout autour de moi et je ressens la panique me revenir.

– **Amy, regarde-moi, tu n'es plus toute seule, je suis là. Concentre-toi sur ma présence.**

Les éclats des rayons de soleil qui percent à certains endroits, font briller intensivement sa fourrure noire. Ses yeux rouges me fixent attentivement, elle est encore plus impressionnante de jour que de nuit. Le battement de mon cœur ralentit pour atteindre un rythme régulier.

– Merci, ça va mieux, dis-je en reprenant mon souffle.

– **Que fais-tu ici en pleine journée ?**

Je réfléchis en essayant de remettre en place les évènements avant de me retrouver ici. Je me tape le front avec la paume de la main.

– J'ai fait une terrible erreur, j'ai failli tuer Os…

– **Non, ne dis pas de nom !** me coupe ma louve.

– Ah, oui, mince. Un nouveau membre de la meute.

– **Que s'est-il passé ?**

Elle essaie d'adoucir sa voix rauque le plus qu'elle peut.

– Nous traversons un moment compliqué, le temps n'est pas au beau fixe et la fatigue nous rend tous nerveux. Petit à petit, je me suis rendu compte que nous avions tous perdu des effets personnels. Après mûre réflexion, je me suis aperçue qu'on ne les a pas égarés, mais qu'on nous les avait volés. En réfléchissant, j'en ai conclu que ça ne pouvait être que cet homme.

– **Pourquoi avoir conclu que c'était lui ?**

– Parce que je n'ai aucune confiance en lui. Depuis le début l'entente entre nous est électrique. C'est un lâche, donc j'étais persuadée qu'il nous avait trahis.

– **Ce n'était pas le cas ?**

– Non, je me suis complètement trompée. J'ai mis ma meute en péril, surtout l'une de mes sœurs qui a besoin de ses soins pour guérir. J'ai peur que par ma faute, il ne veuille plus l'aider.

– Mais si ce n'était pas lui, qui d'autre aurait pu faire ça ?

– C'est l'un de mes frères.

– Pourquoi ?

– Si je le savais. Il est spécial, il a un don hors du commun.

– Explique-moi, me demande Tenshi curieuse.

Elle s'assoit face à moi pour écouter mon histoire.

– Il a la faculté d'avoir deux personnalités, seulement mon frère ne contrôle pas du tout son don. Il n'y a aucun contact entre eux et ils sont comme le yin et le yang. Au début, la deuxième personnalité attaquait tout ce qui bougeait. Il se manifestait très rarement, mais tout a changé depuis peu. Il apparaît presque toutes les nuits et il me semble que maintenant, il peut le faire quand il le souhaite. Il m'a garanti qu'il ne nous voulait aucun mal, il a besoin de nous, plus particulièrement de moi pour continuer à vivre.

– Pour quelle raison, surtout de toi ?

– Il m'a expliqué que j'ai créé un lien entre mon frère et moi, ce qui l'a rendu plus fort.

– Quel lien ?

– L'amour d'une mère. Comme c'est son opposé, plus mon frère est gentil et rempli d'amour, plus lui devient fort et en colère.

– Ce n'est pas très rassurant de te savoir avec une bombe à retardement, me répond ma louve soucieuse.

– Pourras-tu demander à ma mère si elle connaît ce don et s'il y a une façon pour que mon frère puisse le contrôler ?

– Bien sûr.

Je me frotte les yeux qui me brûlent d'un coup en me sentant complètement vidée.

– J'ai hâte de vous trouver.

– Et moi donc Amy.

D'un coup, un grognement se fait entendre juste derrière Tenshi, elle se relève instantanément.

– Il faut que tu partes !

– Comment a-t-il su qu'on était là ?

– Peu importe, je sens son odeur, ce qui veut dire qu'il nous sent aussi. Il faut que tu t'en ailles maintenant !

– Non, affrontons-le ! On est toutes les deux, on a l'avantage, puis ce n'est pas réel ici.

– On ne sait pas ce qui peut se produire, on pourrait mourir ici et ne jamais se réveiller dans notre monde.

CHAPITRE 6

J'entends les bambous craquer sous les pattes du loup et je commence à le sentir. Sous la peur, je n'avais pas fait attention la dernière fois, il dégage une odeur de terre et de sang.

Tenshi me saute dessus comme elle fait à chaque reprise pour me réveiller. Seulement cette fois-ci, je prends tout son poids sur mon corps sans me sortir de cette dimension. On se regarde toutes les deux effarées.

– **Mais pourquoi ça n'a pas marché ? Pourquoi es-tu toujours là ?** s'affole-t-elle.

– Je ne sais pas.

Elle se retire pour que je puisse me relever. Je me remets debout en tapotant mes vêtements.

– **Enfin, je vous trouve !**

Sa voix est terriblement effrayante, son intonation sinistre et enjouée me pénètre dans toute la tête. La terreur me submerge instantanément.

– **Je ne sais pas pourquoi, je me retrouve ici avec vous. Néanmoins si j'ai la chance de m'amuser en vous tuant, cela me convient très bien.**

Je ne bouge plus, je suis pétrifiée... Il est encore plus énorme que ma louve. Son seul œil rouge me scrute sans me lâcher une seconde. Tenshi se met entre nous, elle paraît tellement petite et menue comparée à lui, pourtant, elle doit avoir la même taille que Shugo.

– **Va-t'en !** me crie ma louve.

– Non je ne peux pas te laisser seule face à lui, c'est un monstre comparé à toi.

– **Ne crois pas ça et cours !** m'ordonne-t-elle avec assurance.

Sa voix est devenue encore plus grave et agressive.

Brusquement, elle plante ses griffes dans la terre. J'ai l'impression que sa taille évolue, je l'observe plus attentivement.

Non ! Ce n'est pas une impression, elle grandit et grossit pour arriver à la même taille que le fauve devant elle. Vu le regard du loup, il ne s'attendait pas non plus à cela.

– **Tu as bien changé depuis que tu t'es enfuie avec la femme de mon maître. Qui êtes-vous toutes les deux ?**

– Tu n'as pas à le savoir ! réplique-t-elle.

– **Je finirai par être au courant une fois que je t'aurai torturée. Ta maîtresse me dira tout ce que je veux savoir sous la souffrance.**

– Tu rêves ! finis-je, enfin par lui dire.

– **Qu'est-ce que je t'ai dit, sauve-toi !** s'emporte Tenshi.

– **Ça ne sert à rien qu'elle se sauve puisque toi, je t'aurai**, répond-il sûr de lui.

– **Déjà, il faudrait que tu arrives à me toucher !** réplique ma louve sans trembler.

Dans un seul mouvement, il lui bondit dessus avec une rapidité déroutante par rapport à sa corpulence. Ma louve l'esquive très facilement, je suis impressionnée, elle est aussi rapide que lui.

Le combat commence, je ne sais pas comment l'aider, nous n'avons aucune complicité pour le combat. J'ai la fâcheuse impression de ne servir à rien. Ils enchaînent des coups de griffes, des sauts et ils essayent chacun leur tour de s'attraper au niveau de la gorge. D'un coup le regard de mon ennemi se pose sur moi et je saisis son intention, mais bien trop tard. Tenshi l'esquive et il en profite pour sauter sur moi.

– **Zolta ! Non !** crie ma louve impuissante.

C'est la première fois que j'entends le nom de son père, je me rends compte que je ne connais pas non plus le nom du mien.

Je ne ferme pas les yeux, je trouve enfin le courage au fond de moi. Si Tenshi arrive à se battre sans pitié contre son père, je peux moi aussi trouver le courage de lui tenir tête. Je recule plus vite que lui en mettant un coup de poing dans sa gueule, avec une telle précipitation qu'il ne l'a même pas vu arriver.

– **Mais d'où te vient cette vitesse ?** me demande ma louve aussi surprise que moi.

Je réfléchis un instant et me rappelle la dernière personne qui m'a touchée avant de venir ici. Je ne prends pas le risque de lui répondre afin que Zolta ne découvre pas qui on est.

Il nous fait face, je peux voir la haine à travers tout son corps. Il faut qu'on se dépêche de mettre fin à ce combat avant que je ne perde le contrôle.

– **J'ai changé d'avis, finalement je m'en fous de qui vous pouvez être ! Je veux juste vous tuer !**

Sa voix est toujours enjouée, il aime ce qui se passe et cela l'amuse, il prend plaisir.

– **Il faut que tu te réveilles, maintenant ! Pourquoi, on n'arrive pas à te faire repartir ?** s'inquiète Tenshi de plus en plus.

– Je pense que c'est dû au fait que j'ai perdu connaissance.

Elle se fixe sur moi quelques secondes et oublie notre adversaire.

– Attention ! l'alerté-je.

Zolta se jette sur elle, ce dernier profite de son moment de déconcentration pour lui mettre un coup de griffe en pleine gueule. Au même instant, Tenshi se met à couiner et moi à hurler. Je pose ma main sur mon œil blessé, du sang s'écoule entre mes doigts. Impossible pour moi d'y voir de ce côté-là. On recule toutes les deux désarçonnées et mal en point.

Le fauve se lèche la patte qui est remplie du sang de ma louve.

CHAPITRE 6

– **Ton sang a un goût familier, je t'ai déjà blessée ?**
– **Il faut qu'on parte au plus vite,** angoisse Tenshi.
– **Vous ne partirez nulle part !** intercepte-t-il notre communication.
– **Je sais comment partir,** lui dis-je rapidement.
– **Alors vas-y, fais ce qu'il faut !** m'encourage-t-elle.

Je cours dans sa direction de la même façon qu'elle l'a eue fait pour moi et lui saute dessus.

– RÉVEILLE-TOI ! hurlé-je.

Elle disparaît instantanément. En revanche, pour moi rien n'a changé, je suis toujours là en face de lui.

– **Alors, ça se jouera entre toi et moi.**

Il se met à rire d'une tonalité presque diabolique, c'est presque le même que celui de mon géniteur.

J'espérais en la réveillant que je la suivrai au même instant.

– Tu ne me fais pas peur ! lui dis-je d'une voix peu assurée.
– **Pourtant ce n'est pas ce que je sens.**

Moi aussi, je peux ressentir ma peur depuis que ma louve est partie, je ne tiendrai pas tête face à ce monstre toute seule. Va-t-il me torturer pour savoir qui je suis ?

Je recule d'un pas puis d'un deuxième, soudain il bondit sur moi en hurlant :

– **TU VAS SOUFFRIR !**

Je ferme les yeux et attends le coup qui m'arrachera la tête.

Au bout de quelques secondes, il ne se passe toujours rien.

– Ma chérie, réveille-toi, je t'en prie.
– Mais qu'est-ce qui se passe ?
– Je ne sais pas, Lili.

J'ouvre les yeux doucement et retrouve l'orage, l'averse et le vent. Mais quelque chose cloche, mon œil gauche me fais terriblement souffrir.

– J'ai mal, me plaignis-je
– Amy, enfin ! Tu es avec nous. Tu es blessée, ne touche pas, Oscar essaie de trouver des plantes pour nettoyer ta plaie, m'explique Lili.
– Oscar m'aide ? dis-je étonnée.
– Oui, comme je te l'ai déjà dit, c'est son devoir, me répond Tobias.
– Garde les yeux fermés, ajoute Lili.
– Explique-nous comment tu t'es fait cette blessure, ma chérie.
– J'étais avec ma louve, on s'est fait attaquer par Zolta.
– Zolta ! Tu es sûre que c'était bien lui ? demande Lili.

– Oui, c'est comme ça que Tenshi l'a appelé.
– Qui sont Zolta et Tenshi ?
– Jylo, c'est bien toi ?
– Ben oui, qui veux-tu que ce soit ? me répond-il en riant.

Alors Lojy est reparti, ce n'est pas aujourd'hui que je vais savoir pourquoi il nous a volé nos affaires.

– Zolta est le loup de ton père et Tenshi je suppose que c'est ta louve ? m'interroge mon Chéri.
– Oui, tu supposes bien.

Je n'ai pas besoin de le voir pour savoir qu'il me sourit amoureusement.

– Alors tu as appelé ta louve Tenshi ? s'émerveille Lili
– Oui, j'ai eu l'idée le jour où j'ai su que j'avais une louve.
– Shugo Tenshi* ! C'est une super idée.
– Merci, Jylo.

J'essaie de me relever avec les yeux fermés. Ma tête commence à tourner à une vitesse incroyable, à tel point que cela me donne l'impression d'être sur un manège à sensation forte et me déclenche une envie de vomir.

– Reste allongée, ma chérie.

Pas besoin qu'il me le dise une deuxième fois, je laisse retomber ma tête brutalement. Ma blessure à l'œil me fait horriblement souffrir, bien plus que dans mon rêve. Soudain, je sens une pâte froide se poser sur ma paupière en entourant le contour de mon œil, ce qui me fait frémir de douleur. J'attrape la main violemment de la personne qui me fait encore plus de mal.

– Laisse-moi faire, c'est juste un pansement à base de plantes, ça t'aidera à cicatriser et à ce que la plaie ne s'infecte pas.
– Oscar, je suis vraiment désolée du mal que je t'ai fait.

Il ne me répond pas et continue à me soigner.

– Oscar ! insisté-je.
– Arrête de bouger, tu m'empêches de bien mettre la pâte. Tu garderas une putain de sale cicatrice, néanmoins ton œil n'est pas touché.
– Je respire profondément, rassurée de cette nouvelle, mais la culpabilité envers Oscar me ronge. Il me couvre l'œil avec quelque chose qui, vu la texture que je ressens, me semble être une feuille. Maintenant qu'il est protégé, j'ouvre mon œil droit doucement. Oscar se trouve à quelques centimètres de mon visage avec un air sévère. Sa figure montre encore les séquelles de mon attaque.

■■■

* Shugo Tenshi : ange gardien en japonais.

CHAPITRE 6

— Merci, Oscar, dis-je, gênée.

Il se relève et tourne les talons, sans décrocher un seul mot. Glenn, Lili et Jylo se trouvent à mes côtés, les visages inquiets. Je me relève difficilement en touchant mon pansement qui est bien une feuille. Je m'assieds péniblement, ma tête tourne encore beaucoup.

— Vas-y doucement, tu as perdu beaucoup d'énergie, s'inquiète Lili.

— Ça va merci. Comment vont les autres, je n'ai blessé personne ?

— Non, ne t'en fais pas. Matëus en a profité pour emmener Hanahita et Zal chercher à manger.

— Glenn, je suis tellement navrée de ce que j'ai fait, à cause de moi, on aurait tous pu y rester, dis-je en me morfondant.

— J'avoue que là, tu as fait fort ! Mais ne t'en fais pas, on sait que tu as réagi de cette façon pour protéger notre meute, répond Glenn.

— J'ai attaqué la mauvaise personne et la seule qui peut sauver Isabelle. Je n'ai pas réfléchi aux conséquences que mes actes pouvaient entraîner.

— Arrête de te flageller, tu as fait une erreur de jugement, ça peut arriver à tout le monde, me rassure Lili.

— Merci de ton soutien.

Elle me fait un léger sourire pour me remonter le moral. J'essaie de me relever pour aller m'excuser auprès de nos hôtes, mais Glenn pose une main sur mon épaule pour me stopper.

— Repose-toi encore un peu.

— Je voudrais aller voir Tobias et Oscar pour m'excuser.

C'est encore un peu tôt, laisse redescendre leur colère envers toi. Sinon tu risques de tomber sur deux murs et ça ne servira à rien, m'explique Glenn compatissant.

Je souffle. Moi, attendre ! Je n'aime pas ça, surtout quand la culpabilité me ronge de l'intérieur. La vie en communauté est vraiment compliquée. Pourtant c'était mon rêve d'avoir une grande famille, maintenant que je l'ai, je devrais être contente ! Quelle idiote je fais, j'ai qu'une seule envie, celle de me cacher dans un trou de souris.

Je me rallonge et contemple la bâche qui fait des légères vagues sous la force du vent. Je réfléchis à Lojy, pourquoi a-t-il pris nos affaires ? Est-ce un traître, est-ce qu'il complote avec la fille qui nous recherche ?

Sans m'en rendre compte, il n'y avait plus personne autour de moi, ils sont tous partis. Même si Lili a essayé de me rassurer, je ressens l'amertume de tout le monde même de Glenn. En même temps comment leur en vouloir, j'aurais pu tuer toute la meute avec mes conneries. Si seulement mon père était encore près de moi, je n'aurai jamais réagi de cette façon. Il aurait su me calmer et me faire réfléchir. Il m'aurait dit : « Ma puce, ce n'est pas parce qu'Oscar est différent de nous et grossier que cela fait de lui un traître. Cherche des preuves avant de l'accuser. » Bien évidemment il aurait eu raison, comme d'habitude. Étrangement cela me fait sourire, son absence est lourde à supporter. Il y en a un autre qui me manque, celui qui arrivait à détendre toujours l'atmosphère, j'aurai eu vraiment besoin de lui.

– **Cheyn, tu m'entends ?** espéré-je d'avoir de ses nouvelles.

Aucune réponse, heureusement que sa sœur jumelle est là, ce qui nous prouve qu'il va bien et qu'il est en bonne santé, sinon, on serait tous mort d'inquiétude.

Au bout d'une bonne heure, je ne peux plus attendre, il faut que je parle à Oscar. Je me lève quand soudain, j'entends un claquement de langue derrière moi.

– Jylo ?
– Non, c'est moi.
– Lojy !
– Chut, suis-moi.

Je le talonne dans la végétation, au bout de quelques kilomètres, il s'arrête et se tourne face à moi. Vif est à ses côtés, enfin plutôt son corps parce que vu le bordeaux qui ressort de ses pupilles, j'ai compris qu'ils avaient tous les deux changés.

– Comment ça se fait que tu es là, toi ? lui demandé-je.

Je reste méfiante de la tournure que cela pourrait prendre surtout pour Vif qui devient complètement sauvage quand il est dans cet état.

– Je ne suis pas là pour te faire du mal, juste pour t'expliquer.
– Comment fais-tu pour prendre possession de Jylo la journée ?
– Je n'ai pas beaucoup de temps, alors arrête avec tes questions de merde ! me rétorque-t-il.

Tout d'un coup sa voix est devenue plus autoritaire, je ne réponds pas et attends de voir ce qu'il a à me dire.

– Les affaires, je les ai prises pour vous aider. Presque toutes les nuits, je les disperse à plusieurs endroits pour tromper la fille qui nous suit.
– Tu nous aides maintenant, laisse-moi rire, ironisé-je
– Je ne vous aide pas, je me sauve la vie. Si elle vous trouve dans les jours à venir, on sera tous morts.
– Tu sais qui elle est ?
– On s'en fout de qui elle est, tout ce que je sais, c'est que pour l'instant, on ne fait pas le poids.

Il fronce les sourcils et maintient sa tête comme s'il luttait pour rester conscient.

– Qu'est ce qui te fait dire qu'on ne pourra pas la battre ?
– Fais-moi confiance, c'est tout !
– Te faire confiance à toi, jamais !
– Pourtant tu n'auras pas le choix !

Brusquement Vif se secoue la gueule dans tous les sens puis ses yeux virent au jaune et au même instant Jylo revient à lui.

– Qu'est-ce que je fais là ? Et pourquoi tu es avec moi au milieu de cette pampa et sous la pluie ? dit-il, troublé.

Mince, je ne sais pas quoi lui répondre. Je joue la carte de la feinte en espérant que ça marche.

– Bah, Jylo, on est parti chasser tous les trois et d'un coup tu t'es arrêté. Tu avais senti l'odeur d'un animal.
– Ah bon ? Je ne m'en souviens pas, répond-il effaré.
– Tu commences déjà à avoir de l'Alzheimer à ton âge, c'est inquiétant.

Je me mets à rigoler, il se gratte la tête en souriant.

– Oui tu as raison, ça craint.

Ouf, cela a marché, cependant Vif n'est pas aussi crédule et me fixe sans relâche.

– Allez, rentrons, les autres vont finir par s'inquiéter, lui dis-je.
– D'accord.

Nous repartons tranquillement.

– **Qu'est-ce que tu caches à mon maître ?** m'interroge Vif sans perdre de temps.
– **Rien du tout,** répondis-je le plus innocemment.
– **Tu peux peut-être réussir à faire gober cette histoire à mon maître, mais moi, je n'y crois pas du tout.**
– **Tu veux protéger Jylo ?**
– **Évidemment.**
– **Alors, arrête avec tes questions et on en reparlera quand on pourra répondre aux siennes,** dis-je pour clôturer la conversation.
– **Très bien,** me répond-il vexé.

Ça risque de devenir de plus en plus dur de réussir à cacher Lojy. Ils vont tous finir par s'apercevoir des absences de Jylo et surtout, lui-même risque peu à peu de se rendre compte que sa mémoire lui fait défaut. Il faut vraiment que je parle à Glenn des nouvelles que Lojy m'a annoncé. Est-ce que je peux vraiment lui faire confiance ? Est-ce qu'il m'a dit la vérité, fait-il ça pour nous aider ? Est-ce qu'il pourrait devenir un nouvel allié ?

Purée, tellement de questions sans réponse, ça me donne une migraine horrible en plus de la douleur de mon œil.

– Je vous dis qu'elle est juste partie faire un tour, elle va revenir !
Que se passe-t-il encore ? Glenn s'énerve après Oscar.
– Ah, te voilà ! m'agresse Oscar en me fonçant dessus.
Son visage est déformé par la colère.
– Oui, qu'est-ce qui se passe ?
– Tu étais où ? me demande-t-il.
– Je suis partie faire un tour avec Jylo.
– Ne te fous pas de ma gueule, qui nous dit que ce n'est pas toi la traître !
– Pardon ?
Je me mets à rire nerveusement, mais lorsque je vois toute ma meute autour de moi qui m'observe avec des regards accusateurs, je commence à prendre ces accusations au sérieux.
– Jylo, elle était avec toi ? interroge Oscar.
– Heuu… Oui je crois, hésite-t-il.
– Comment ça, tu crois ? insiste-t-il.
– Glenn, c'est quoi cette embrouille ?! m'inquiété-je.
– Oscar était venu te soigner et il a trouvé le foulard de Hanahita dans ton sac.
– Quoi ? Sale bâtard, tu as fouillé mon sac ! le fusillé-je du regard.
– Non, je n'en ai pas eu besoin, son foulard dépassait de tes affaires. Alors qu'est-ce que tu as à dire ?
– Absolument rien du tout, je ne sais pas pourquoi il était dans mes effets personnels. C'est quelqu'un qui l'a mis dedans, me justifié-je.
Il se met à rire à pleines dents.
– Tu n'as pas trouvé mieux que cette excuse bidon ?!
– Ce n'est pas une excuse, c'est la vérité.
– Jylo, tu étais avec Amy ? demande Hanahita.
– Bien sûr que j'étais avec lui, quelle question ! répondis-je à la place de mon petit frère.
– On demande à Jylo, pas à toi ! rajoute Zal agressivement.
– Non, mais c'est une blague, à quoi vous jouez, c'est la tempête qui vous rend tous idiots !? m'énervé-je.
– Jylo, répond nous ! dit Tobias strictement.
Mon petit frère me fixe, embêté, il ne sait plus quoi répondre.
– Jylo ? insiste Matëus.
– Je ne sais pas, je me rappelle juste que je me suis retrouvé d'un coup avec Amy au milieu de nulle part.
– Voilà, c'est bien ce que je pensais, c'est elle la traître ! rajoute Oscar en me montrant de son index et en fixant toute ma meute.
– Glenn, s'il te plaît, dis-leur que je n'y suis pour rien.

– Elle a raison, comment pouvez-vous croire qu'Amy soit pour quelque chose là-dedans ? Vous vous rendez compte de ce que vous insinuez ? me défend mon compagnon.

– Elle m'a bien attaqué et ensuite assommé mon frère, rajoute Oscar.

– Oui, à cause d'une erreur de jugement donc, ne faites pas comme elle, ne soyez pas aussi stupide.

– Heu… Glenn tu es en train de me défendre là, parce que ce n'est pas l'impression que tu donnes ?

– Il a raison, comment pouvez-vous accuser ma sœur ? C'est grâce à elle, en partie que nous sommes tous en vie. Elle ne nous trahirait jamais, rajoute Lili.

– Alors que faisait le foulard de Hanahita dans son sac ? demande Oscar.

– Je ne sais pas, elle dit peut-être vrai, quelqu'un essaie de la piéger, continue-t-elle.

– Ah bon et qui ça ? balance Oscar sûr de lui.

– Une personne qui voudrait se venger d'avoir pris une sacrée raclée par elle ! balance Lili d'un trait.

Oscar ne sait plus quoi dire. Tiens, prends-toi ça dans les dents, pensé-je en retenant un petit sourire.

– Je demande que quelqu'un la surveille constamment, le temps qu'on sache qui est le traître, impose Tobias.

– Tu rêves, je n'accepterai pas qu'une personne épie mes faits et gestes, refusé-je catégoriquement.

– C'est ça ou vous partez tout de suite d'ici !

– Tobias, tu ne peux pas faire ça, Isabelle est encore trop faible pour faire un long voyage, temporise Glenn.

– À toi de voir, il y a aucune négociation possible.

Glenn me fixe, passe la main dans ses cheveux qui ont bien poussé depuis notre départ du Japon et se mord la lèvre du bas indécis.

– Très bien, on fera comme ça et c'est moi qui la surveillerai.

– Glenn, c'est du…

– Amy, s'il te plaît, ne complique pas plus les choses, me coupe-t-il.

Je serre les dents, une envie de mettre une bonne droite à Oscar me démange. Finalement, je n'ai plus aucune culpabilité envers lui, je regrette même de ne pas lui avoir envoyé des décharges encore plus puissantes.

– Très bien, cependant, au moindre problème d'un de ta meute, vous dégagez ! exige Tobias.

– Marché, conclu !

Glenn et Tobias se serrent la main pour conclure leur marché, je n'ai pas pu m'empêcher de lever les yeux au ciel. Oscar me fixe avec un petit sourire satisfait. Il ne perd rien pour attendre ! On verra qui sourira le dernier quand cette fille nous aura retrouvés, il fera moins le malin. Cela dit, je me demande vraiment qui a pu me piéger en mettant le foulard d'Hanahita dans mes affaires. Est-ce que ça pourrait venir de Lojy ? Pour quelle raison, aurait-il fait cela ?

Glenn redit les règles au groupe pour qu'il n'y ait plus de problèmes. Lorsqu'il termine, je repars dans un coin sous la bâche pour être un peu seule. Le manque de place m'empêche réellement de m'isoler et je ressens les regards insistants de certains de la meute dans mon dos. Heureusement que Tobias et Oscar ont leur cabane parce que je crois que ça fait longtemps que je les aurai tués.

– Ma chérie à quoi penses-tu ?

– Tu aurais pu prendre un peu plus ma défense tout à l'heure, tu sais très bien que ce n'est pas moi qui ai pris le foulard.

– Oui bien sûr que je le sais, cependant je ne pouvais rien dire. Ne le prends pas mal, mais il vaut mieux qu'ils croient que c'est toi qui aies volé leurs affaires. Ça les rend moins paranos et en attendant ils ne s'entre-tuent pas.

Je fronce les sourcils. Je conçois pourquoi il a fait ça. Seulement, il fallait que ça tombe encore sur moi.

– Oui, mais maintenant ils se méfient tous de moi.

– Tu as les épaules assez fortes pour endurer ça. En plus ils ont toujours été méfiants envers toi, cela ne te changera pas.

– Ce n'est pas faux, seulement cela ne les aidera pas à me faire confiance.

– Je ne laisse pas tomber l'histoire comme ça, je fais mon enquête de mon côté. Je trouverai la personne qui s'est amusée à te faire ce coup, je te le promets.

– En parlant de ça, commencé-je, **les affaires, c'est Lojy qui les a prises,** continué-je en télépathie en regardant autour de nous pour être sûre que personne ne se doute de notre conversation silencieuse.

– **Pour quelle raison, il a fait ça ?**

Je répète tout ce que Lojy m'avait raconté.

– **Donc, il a finalement choisi son camp.**

Un sourire se dessine sur son visage.

– Non, ne pense pas ça, ce n'est pas aussi simple. Il fait cela juste pour son intérêt, en nous sauvant, il se préserve aussi.

– Ce n'est pas grave, l'essentiel c'est qu'il soit de notre côté.

– Oui, pour l'instant.

CHAPITRE 6

Je suis plus méfiante que lui. Je jette un œil sur la meute, ils sont tous occupés et ne nous prêtent pas attention.

— **De quoi as-tu peur ?** me demande-t-il en sentant le doute au son de ma voix.

— **Le jour ou Jylo rencontrera sa moitié, Lojy n'aura plus besoin de nous. L'amour qu'il aura pour elle sera suffisant pour le faire exister. Et là, je ne sais pas comment on fera pour ne pas se faire trucider par ses griffes.**

— Il faut espérer qu'on trouve ta mère avant que cela n'arrive.

— Mouais.

— Tu n'as pas l'air convaincue ?

— Non du tout, si nous trouvons ma mère trop tard ou si elle ne peut pas l'aider comme nous l'espérons, on fera quoi ?

— On verra le moment venu. Pour l'instant, il nous aide donc profitons-en.

— Et si c'était lui qui avait mis le foulard dans mon sac pour avoir une personne de moins à le surveiller ?

— Ça ne servirait à rien puisque je suis toujours là pour veiller.

— Tout seul ! Tu rigoles, tu ne pourras pas tenir. Il faut en parler aux autres.

— Je ne pense pas que ce soit une bonne idée, ils sont déjà assez paranos comme ça.

— Alors au moins à Matëus pour qu'il t'aide.

— Tu as oublié sa réaction au Japon quand Vif s'est attaqué à Luna.

— **Dommage que Cheyn ne soit pas là**, marmonné-je. **Lui, il nous aurait aidés.**

— Tu n'as toujours pas de nouvelles non plus ?

Je lui dis non de la tête en soufflant d'inquiétude. Il me serre dans ses bras, ce qui me fait tout de suite un bien fou.

— **Ça va aller, on trouvera une solution**, me rassure-t-il.

— J'espère.

Il me fait un petit sourire et me donne un baiser sur le front. Puis il me laisse à mes pensées sinistres. J'observe ma meute, un par un pour essayer de trouver la personne la plus appropriée pour aider Glenn avec Lojy. Mon regard s'arrête sur Hanahita, c'est un choix assez étrange vu notre mésentente. Toutefois, qui est le plus attaché à Jylo, mis à part moi ?

— **Hanahita, il faut qu'on parle toutes les deux.**

Elle se fige, se tourne vers moi avec un regard noir.

— **Non merci, je n'ai vraiment pas envie de te parler !** répond-elle agressivement.

– Hanahita, c'est à propos de Jylo.
– Je m'en fiche, fous-moi la paix !
– Je croyais que tu voulais tout savoir. Je t'en donne l'opportunité, insisté-je.

Elle hésite un petit moment et finit par venir vers moi avec sa louve Hazia qui ne la quitte presque jamais.

– Je t'écoute !
– Pas ici, il y a trop de curieux.

Elle regarde tous les autres, ils nous scrutent pour savoir si cela va mal finir entre nous.

– Très bien, je te suis, capitule-t-elle.

Je me lève au moment où Tobias sort de la cabane, il me lorgne scrupuleusement. Je lui fais un signe de la tête vers Hanahita pour lui montrer que je ne pars pas toute seule. Il continue sa route sans protester.

Ça m'agace d'en arriver là, devoir être collée et me justifier à chaque déplacement.

Une fois loin de toute oreille indiscrète, je lui raconte toute l'histoire sur Jylo et Lojy. Elle m'écoute sérieusement sans me couper une seule fois, puis elle laisse passer un silence interminable. Je n'arrive toujours pas à lire les émotions sur son visage.

– Alors, tu veux bien nous aider ?
– Comment pouvez-vous cacher ce genre de chose à la meute ? s'énerve-t-elle.

Ok, bon là, elle est en colère pourtant, on ne le voit pas sur son visage. Peut-être juste ses yeux qui pourraient la trahir, néanmoins elle m'a toujours regardée de cette façon.

– On n'a pas le choix pour la sécurité de Jylo, je pensais que tu serais celle qui comprendrait le mieux notre choix.
– Non, pas s'il met en danger notre sécurité à nous.
– Il n'attaquera personne ! J'espérais m'adresser à la bonne personne, j'ai dû me tromper, dis-je en partant.
– Non, attends ! Je veux bien vous aider, mais à une seule condition.
– Je t'écoute, répondis-je méfiante.
– Si ça devient dangereux pour la meute, vous en parlez à tout le monde et surtout vous ne me mettez pas au milieu de vos histoires.
– Quelle bravoure, lui dis-je ironiquement.
– Quand vous l'annoncerez, ils vont tous mal réagir, surtout Jylo et du coup, il ira voir qui, pour se confier si nous sommes toutes les deux dans l'histoire ?
– C'est vrai, néanmoins ça t'arrange bien.

– Je me fous complètement de ce que tu peux penser de moi ! Si j'accepte de vous aider c'est pour Jylo, surtout pas pour toi, me dit-elle froidement.

– Ce n'est pas moi qui ai pris ton foulard, je pense que c'est Lojy, me justifié-je en pensant qu'elle m'en veut pour cela.

– Et, alors ! Mon amertume envers toi ne vient pas de là.

– Parle, crie, mais dis ton problème une bonne fois pour toutes ! dis-je en perdant patience.

– Non, j'en parlerai quand moi je le souhaiterai et pas parce que madame l'a décidé.

D'un coup, nous entendons un bruit sur notre droite qui nous stoppe dans notre conversation.

– C'est Lili, qu'est-ce qu'elle fout là, toute seule sous la pluie ? dit doucement Hanahita.

Nous l'observons sans un bruit, elle ne nous a pas encore repérées. Celle-ci regarde autour d'elle, se penche et se met à vomir.

– Dégueu, tu crois qu'elle a choppé la même chose qu'Isabelle ? chuchota-t-elle.

– Rentre, je vais la voir.

Elle lève un sourcil, surprise.

– Non, je veux savoir ce qu'elle a.

– Maintenant, tu veux rester à mes côtés ?!

– Surtout pas, je me casse et puis je m'en fiche en vrai !

– N'en parle à personne.

– Je viens de te dire que je m'en tape royalement, dit-elle avec arrogance.

Elle tourne les talons et part dans le sens opposé de celui de Lili. Je me rapproche d'elle doucement. Au moment où elle me sent ou m'entend, elle se redresse rapidement et s'essuie la bouche.

– Tu es malade ? lui demandé-je.

– Non, ça va, merci.

Elle regarde autour de nous pour vérifier que je suis bien seule d'un air inquiet.

– Je suis seule, oui, la rassuré-je. Tu peux me dire ce qui ne va pas, il faut en parler à Oscar si tu as choppé la même chose qu'Isabelle.

Je savais très bien que ce qu'avait notre sœur n'était pas contagieux, mais je lui laisse le choix de me dire la vérité ou pas.

– Non, surtout pas, il ne faut pas en parler, me supplie-elle en prenant mes mains dans les siennes avec des yeux larmoyants. Pour l'instant, il faut que tu le gardes pour toi.

Encore un secret décidément, je n'ai pas fini de cacher des choses. J'hésite, ne sachant pas si je serai prête à mentir encore une fois à Glenn qui risque de m'en vouloir quand il le découvrira.

– Amy ?

Elle me sort de mes pensées.

– Oui, seulement je peux en parler au moins à Glenn, il ne dira rien à personne. Je ne peux pas lui mentir.

Cette fois, c'est elle qui se perd dans ses réflexions. Quelques minutes sans un mot, elle finit par accepter et à m'avouer son secret :

– Très bien, cependant, tu lui diras de ne même pas m'en parler et de continuer à faire semblant, comme si de rien était.

– Pas de problème, lui répondis-je avec empressement.

Elle respire profondément en me fixant droit dans les yeux.

– Je suis enceinte.

Je reste sans voix quelques secondes.

– Tu…es enceinte ! crié-je.

– Chut, doucement Amy.

Dans l'euphorie, je n'avais pas fait attention que ma voix avait augmenté de volume.

– C'est une super nouvelle, pourquoi vouloir la cacher ?

– Parce que ce n'est pas le moment d'en parler avec tout ce qui se passe. Isabelle puis le traître qui est peut-être dans notre meute et toi et Glenn qui êtes sous tension.

J'avais très envie de lui dire pour Jylo, mais je me résigne quand je revois la scène du Japon. Glenn avait raison, en plus maintenant qu'elle est enceinte, elle risque d'avoir doublement peur pour sa sécurité et ne parlons pas de Matëus.

– Matëus est au courant ?

– Oui bien sûr, je ne peux rien lui cacher.

– Bon sang, du coup, c'est pour quand ?

– Demain ça fera une semaine donc encore sept semaines.

– Sept semaines ! Tu rigoles ! dis-je surprise.

– Non, on accouche au bout de deux mois comme nos louves.

– Mais alors ma mère n'était pas enceinte de huit mois quand elle a rencontré mon père !

– Non, elle a dû lui dire ça à cause de son ventre.

– Tu veux dire que bientôt on va pouvoir le remarquer sur toi.

– Oui, seulement j'espère qu'on sera déjà partis d'ici.

Elle me fait un léger sourire.

– Félicitations, tu seras une bonne maman.

– Je n'en suis pas aussi sûre, mais merci.

– Pourquoi dis-tu cela ?

– J'ai été élevée par une mère monstrueuse et je n'ai rien connu d'autre, j'ai donc peur de faire pareil.

– Justement, non ! Tu sais que c'était mal, tu auras juste à faire l'inverse de ce qu'elle a fait avec toi.

– Oui cela à l'air simple, vu comme ça.

Elle me tire vers elle et me serre fort dans ses bras. Quand elle me relâche, je lui souris tendrement.

– Allez, on devrait rejoindre les autres, avant qu'ils ne pensent que je complote contre eux.

– Ne sois pas bête, tu es avec moi, ils ne pourront pas penser ça.

– Si, ils vont dire que je t'ai ralliée à ma cause. Et cette pluie m'agace, je ne la supporte plus. On n'a rien vraiment mangé depuis deux jours, et nous sommes tous éreintés, vivement que cela s'arrête.

– Oui, normalement demain, ce sera déjà plus calme.

Nous rentrons tranquillement quand j'entends encore Oscar râler sur Hanahita.

– Elle était avec toi tout à l'heure, elle est où maintenant ?

– Laisse-la tranquille, j'étais avec Lili ! défendis-je l'ado.

Il se retourne face à moi.

– Tu ne dois pas être seule, il est où ton chef ?

– Mon chef comme tu dis cherche un truc à manger parce que si on attendait après toi, on serait tous morts de faim !

– Je m'occupe déjà de votre sœur, ce n'est pas assez pour toi ?! me balance-t-il du tac au tac.

Ne sachant pas quoi lui répondre, je hausse les épaules en guise de réponse et change de sujet.

– Pourquoi me cherchais-tu ? À part pour me fliquer bien sûr !

– Je dois changer ton pansement à l'œil.

– Non, tu ne me toucheras plus !

– Ça pourrait s'infecter et je peux diminuer ta cicatrice en la soignant correctement.

– Je prends le risque de l'infection et je me fous de la cicatrice que ça laissera !

– Comme tu voudras, ne viens pas te plaindre, plus tard.

– Cela ne risque pas et surtout pas à toi !

Il repart dans la cabane, les autres continuent à me lorgner d'un mauvais œil, même Hanahita alors que je viens de la défendre. Il n'y a que Jylo et Lili qui me font un sourire timide. Je souffle un bon coup et retourne me coucher dans mon coin.

La journée passe doucement, tous font des va-et-vient pour trouver de la nourriture et surveiller si cette fameuse fille ne trouve pas notre repère. J'ai annoncé la bonne nouvelle de Lili à Glenn, il était très heureux pour eux, cependant comme moi, il pense que cela sera difficile d'élever un enfant en plein milieu d'une guerre.

Nous partons tous nous coucher, sauf Hanahita qui prend le premier tour de garde pour surveiller Jylo prétextant aux autres qu'elle va chercher de la nourriture avec Hazia. Je m'endors encore avec difficulté à cause de ce temps pourri. J'y arrive enfin quand le tonnerre se calme.

– Réveillez-vous ! Vite, debout tout le monde ! Allez, il faut partir !

J'ouvre mon seul œil valide, je ne comprends pas ce qui se passe, au début, si ce n'est que la pluie s'est arrêtée. Je fixe le ciel et je vois des centaines d'oiseaux voler à l'opposé de nous et des animaux partir dans tous les sens, on n'en avait pas vu depuis deux jours. Je saisis qu'il y a un grave problème, Glenn se lève, je fais de même. On est tous à se regarder bêtement.

– Je vous dis qu'il faut déguerpir d'ici. Maintenant ! dit Jylo apeuré.

– Qu'est ce qui se passe, Jylo ? Demande Matëus nerveusement.

– Je ne suis pas Jylo et je vous dis de vous bouger, le feu arrive droit sur nous !

Oscar et Tobias nous rejoignent affolés. Tout le monde scrute notre frère et tous comprennent qu'ils ont affaire à Lojy. Je fixe méchamment Hanahita qui s'était endormie, du coup, il s'est retrouvé sans surveillance.

– Attends Lojy, d'où il sort le feu ? demande Zal méfiant.

– Non, mais vous vous foutez de ma gueule ! Je vous dis qu'il faut qu'on parte tout de suite, on va être piégés.

Les loups commencent à tourner en rond en grognant. Ils sentent le danger arriver sur nous.

– Isabelle ne peut pas encore marcher, elle n'a pas assez de force, annonce Oscar.

On regarde tous Glenn et attend ses ordres pour agir.

– Très bien, Je vais porter Isabelle et Matëus tu porteras Thynka. Les loups devant avec Lojy, vous êtes les plus rapides. Trouvez-nous un chemin pour nous sortir de cet enfer, ordonne Glenn rapidement.

CHAPITRE 6

Nous partons tous en courant et bien entendu, je suis encore la dernière, bien que Glenn et Matëus portent un poids supplémentaire. À chaque fois, ils doivent ralentir pour m'attendre. Nous dépassons les animaux qui fuient aussi des flammes, nous avons tous le même regard, la peur et la panique. J'entends Lojy hurler de nous dépêcher, j'arrive à voir le feu se rapprocher de nous à une vitesse hallucinante. Subitement, Glenn et Matëus accélèrent sans plus faire attention à moi. Je ne dis rien et essaie de les suivre comme je peux, jusqu'à ce que je finisse par les perdre de vue. Je me concentre sur mon odorat pour les suivre, seulement la fumée se propage, je ne sens plus que l'odeur du bois brûlé. Ma panique monte de plus en plus, je ne sais plus où je dois aller. Je ralentis sans me rendre compte et aperçois les animaux me dépasser. J'essaie de communiquer avec ma meute, mais comme d'habitude la peur m'en empêche.

– **Amy où es-tu ?** s'inquiète mon chéri.

Impossible de lui répondre, je commence à voir les flammes se rapprocher dangereusement de moi.

– **Amy, bordel, réponds !**

Cette fois-ci, c'est Lojy, je ferme les yeux et me concentre un instant. Je puise toute l'énergie que j'ai en moi, seulement je n'y arrive toujours pas. Le feu m'entoure, un arbre en flamme tombe à quelques mètres de moi. Ça y est, je suis coincée et perdue, je ne peux plus rien faire. Je ne peux même pas dire un dernier mot à l'homme de ma vie. Je m'assois au sol pour mieux respirer. Je saisis que j'ai de très grands risques de mourir, juste j'espère au fond de moi que ce sera d'asphyxie à cause de la fumée, plutôt que de brûler vive.

7. LA FORCE DE LA NATURE

Je suis allongée au sol, le souffle court. La fumée m'empêche de plus en plus de respirer. Je sens mes poumons brûler. Je n'arrête pas de tousser, je me mets à quatre pattes, attrape mon sac à dos et sors un tee-shirt, je le déchire puis l'arrose avec ma gourde. Ensuite, je l'entoure autour de ma bouche les mains tremblantes en l'attachant derrière ma tête et en m'arrachant plusieurs de mes cheveux au passage.

– **Ma chérie, je t'en prie réponds-moi, où es-tu ?** s'inquiète Glenn.

Sa voix est désemparée et paniquée, mais impossible pour moi de lui répondre. Je remets mon sac sur le dos et commence à avancer à quatre pattes. Le feu est tout autour de moi, il fait une chaleur étouffante. J'y vois de moins en moins, ma transpiration brûle mon œil valide qui devient de plus en plus sec. J'avance doucement en essayant de trouver un endroit avec le moins de flammes possibles. J'entends les arbres exploser sous la température extrême du feu. Je suis en plein milieu de l'enfer, les braises volent tout autour de moi en me brûlant à certains endroits de ma peau qui est à nu. J'ai de plus en plus chaud, je m'allonge au sol et continue à avancer en rampant. La terre est encore humide de ces trois jours de pluie. Je ne vois presque plus rien. N'ayant plus le choix, j'enlève doucement mon pansement en évitant de toucher mon œil avec mes doigts recouverts de terre. Je réussis à le décoller en douceur et j'ouvre ma paupière avec précaution. Étrangement, je ne ressens aucune douleur.

Je n'ai jamais vraiment eu peur du feu, pourtant là, mon cœur bat la chamade, je me sens prise au piège. Les arbres tombent un par un tout autour de moi. Les animaux qui n'ont pas réussi à s'enfuir sont allongés sur le sol, la respiration saccadée. Je ne peux m'empêcher de les fixer et de penser que bientôt je serai comme eux. Je ne sais même pas si j'arrive à avancer, tout est sombre et lumineux en même temps.

CHAPITRE 7

Je ne dois pas abandonner, j'ai cette volonté de vengeance à tenir, coûte que coûte.

– Bordel Amy, tu peux essayer de faire un putain d'effort et nous dire où on peut te trouver, s'irrite Lojy.

Sacré Lojy pour la première fois j'entends de la panique dans sa voix. Je pourrai presque croire qu'il s'inquiète pour moi, seulement il sait qu'il est perdu si je meurs.

Je vois un peu mieux grâce à mon autre œil et ma respiration est un peu plus facile. Je décide de me relever et de courir le plus vite possible en m'éloignant des flammes. Je ne sais pas du tout si je me rapproche de ma meute ou si je m'en éloigne. Pour l'instant, je cherche juste à m'échapper de ce chaos et de cette chaleur atroce. En espérant que je puisse arriver à reprendre la communication avec les autres. Mes poumons me font horriblement souffrir et m'obligent à m'arrêter quelques instants pour reprendre mon souffle. J'essaie de me concentrer et rentrer en communication avec Glenn en fermant les paupières.

– Tiens, t'es qui toi ?

Je sursaute en me retournant. Je la regarde de la tête aux pieds, elle fait de même.

– Je t'ai posé une question, tu es muette ? insiste-t-elle.

C'est elle la fille qui terrorise tout le monde ? Mais ce n'est qu'une gamine ! Ses yeux rouges menaçants ne me lâchent pas, j'observe autour d'elle. Il n'y a personne d'autre même pas sa louve. En analysant, je remarque qu'elle fait le même poids et la même taille que moi, je pourrai la défier s'il le fallait.

– Personne ! lui répondis-je crûment.

– Es-tu avec la meute d'un certain Glenn ?

Maintenant j'en suis sûre, c'est bien elle ! Est-elle là pour faire un repérage ou nous anéantir ? Je ne pense pas qu'elle soit venue ici toute seule, surtout que mon géniteur a bien constaté notre nombre et de quoi nous étions capables. Je préfère la jouer finement.

– Je ne connais pas de Glenn !

– Que fais-tu là ?

– Je cherchais des plantes pour soigner mon œil. Comme tu peux le constater, je me suis blessée.

Elle se rapproche pour mieux l'analyser, elle repousse sa mèche qui lui tombe sur son œil gauche afin d'y voir plus clair. À ce moment, je remarque que son regard me paraît familier, j'ai l'impression de la connaître.

– Tu te fous de moi ? Ton œil est cicatrisé depuis longtemps.

Je me permets de le toucher et en effet aucune douleur, pas de croûte. Il ne reste que des cicatrices que je ressens au bout de mes doigts.
– Non, je viens d'enlever mon pansement.
Lorsqu'elle remarque que je suis aussi surprise qu'elle, elle recule de quelque pas. Sa mèche se remet spontanément devant son œil, sous son carré plongeant je remarque que ses cheveux sont rasés à ras avec un tatouage qui descend le long de sa nuque, impossible de visualiser de quoi il s'agit.
– Où est ta louve ?
– Et la tienne ? retourné-je sa question.
Je la vois se concentrer un instant et je comprends tout de suite qu'elle n'est pas seule. Matëus avait raison, il faut que je me sorte d'ici avant qu'elle fasse rappliquer les autres ou sinon je serai perdue.
– Qui es-tu, pour la deuxième fois ? demande-t-elle plus strictement.
– Je suis une louve solitaire, donc fous moi la paix ! répondis-je sans ciller.
– Non, je ne crois pas, me dit-elle avec beaucoup d'assurance.
Mince je pense qu'elle sait qui je suis et avec qui je suis. Son regard est beaucoup plus sûr, une personne de son côté a dû l'en informer.
Les flammes continuent à tout brûler sur leur passage, je ne peux fuir que vers un seul endroit et elle le sait. Je m'apprête à l'affronter quand soudain un énorme arbre en feu tombe droit sur nous, on saute chacune de notre côté. L'arbre nous sépare, impossible pour elle de venir me rejoindre sauf, si elle veut souffrir de brûlures.
– Enfin te voilà ! s'exclame Lojy.
– Hanahita, Lojy ?
– On est arrivé juste à temps, on dirait, dit Hanahita en regardant la fille.
Je ne suis pas surprise que Lojy vienne me sauver, il n'a pas vraiment le choix. Cependant de voir Hanahita être à ses côtés, j'ai du mal à y croire.
– Oui, comment avez-vous fait pour me retrouver dans tout ce bordel ?
– Ça n'a pas été simple au début, mais quand on a trouvé tes traces, il n'y avait plus qu'à les suivre, m'explique Lojy.
Hanahita s'avance près de la fille pour la dévisager.
– Alors c'est toi qui effraies toutes les meutes ? lui demande-t-elle.
– Oui et elles ont raison d'avoir peur. Vous aussi vous me craindrez bientôt.
Hanahita se met à exploser de rire.

CHAPITRE 7

– Même pas en rêve, c'est toi qui nous supplieras de ne pas arracher ta petite tête.

– Tu peux rire maintenant, mais vous rigolerez moins quand vous apprendrez ce qu'on a fait ? dit-elle avec un petit sourire de complaisance.

– Qu'est-ce que vous avez fait ? lui crie-je dessus.

Elle me tourne le dos et part droit dans les flammes. Elle nous laisse avec cette interrogation qui nous inquiète.

– Les filles, il faudrait peut-être rejoindre les autres.

Lojy se maintient la tête avec ses deux mains.

– C'est Jylo qui essaie de revenir ? lui demandé-je.

– Oui, ça devient donc urgent de partir d'ici.

– Jylo est tout à fait capable de nous ramener aussi, provoque Hanahita.

– Non, gamine, désolé de te décevoir, mais Jylo a la phobie du feu. Donc si vous ne voulez pas avoir un hystérique à ma place, bougez-vous les miches.

Je ne savais pas qu'il avait peur du feu, il ne m'en avait jamais parlé. Est-ce vrai ?

Nous repartons dans un rythme soutenu pour moi.

– Tu as prévenu les autres ? lui demandé-je inquiète.

– Oui bien sûr, ils nous attendent après la montagne. Ils se rapprochent de la frontière de la France.

– Pourquoi être parti aussi loin ?

– Parce que nous ne savons pas jusqu'où le feu va s'étendre et le nombre de pompiers qu'il va y avoir.

– En parlant de ça d'où sort ce feu ?

– C'est un éclair qui a frappé dans la réserve, juste après que la pluie s'est arrêtée.

– Comme par hasard, me méfié-je.

Il ne répond pas à ma provocation et Hanahita est complètement absente depuis qu'elle a vu cette fille.

– Hanahita, tu vas bien ?

Elle met un certain temps avant de me répondre.

– Heu, oui, ça va.

Puis elle se remet à fixer le vide avec toujours la même expression sur le visage.

– Je voudrais te remercier d'être venue me chercher.

– Je suis venue pour Jylo, enfin, Lojy. C'est ma faute s'il s'est retrouvé sans surveillance cette nuit.

– Ce n'est pas faux. Elle me fixe d'un coup en fronçant les sourcils. Cependant, c'était peut-être une responsabilité un peu trop compliquée pour toi.

– Au moins maintenant tout le monde est au courant, se défend-elle.

– Oui, à part la personne concernée.

– Vous arrêtez de parler de moi comme si je n'étais pas là ! râle Lojy.

Soudain, il s'immobilise et se maintient la tête de toutes ses forces.

– Ah non ! Ce n'est pas le moment de nous lâcher ! le bousculé-je.

D'un coup, nous entendons un bruit sourd ronronnant pas loin de nous.

– C'est quoi ce truc ? demande ma sœur apeurée.

– Ce sont les canadairs, faut qu'on parte le plus loin possible, lui répondis-je en reconnaissant tout de suite le moteur des avions.

Brusquement, on me soulève et on part à une vitesse incroyable. Lojy me porte sans m'avoir demandé mon avis. Instinctivement, je cherche Hanahita derrière, je la vois qui essaye difficilement de nous talonner, on s'éloigne de plus en plus d'elle.

– Lojy, arrête-toi ! Hanahita n'arrive pas à nous suivre.

– Je m'en fous, il faut qu'on avance, tant pis pour elle ! me dit-il sans aucune pitié.

– Quoi ?! Il faut l'attendre !

– Non !

Je le tape de toutes mes forces pour qu'il me lâche. Il resserre ses bras autour de moi pour me coincer contre son torse.

– Lâche-moi ! hurlé-je.

– Je t'ai dit non ! Je ne te laisserai pas mourir pour elle !

– Jylo l'aime beaucoup ! Si elle meurt, sa colère sera tellement forte que tu pourras dire adieu à tes virées nocturnes.

Il stoppe direct, ça me décolle de lui, au point que s'il ne m'avait pas tenue, je me serais envolée à une centaine de mètres.

– Si on meurt ce sera ta faute ! Tu sais l'effet que ça fait, de recevoir des litres d'eau lâchés à des kilomètres de hauteur sur la tronche ?!

– Non, pourquoi toi oui ?

Il me pose par terre en soufflant, puis regarde autour de lui.

– Là ! s'exclame-t-il en me montrant du menton un endroit.

Il m'attrape et court droit sous des grandes roches.

– Reste bien en dessous, je retourne chercher Hanahita. S'ils lâchent l'eau et que je ne suis pas revenu, tu pourras continuer sans nous.

Il repart tout de suite sans perdre de temps. Je me terre le plus possible sous les roches. J'entends plusieurs canadairs se rapprocher

CHAPITRE 7

progressivement. J'en profite pour essayer de parler à Glenn. Je visualise son visage, ses lèvres avec son petit sourire, son regard ténébreux.

– Glenn, tu m'entends ?
– Enfin, oui comment tu vas, tu es blessée ?
– Non, ça va. Nous sommes toujours autour des flammes et les canadairs tournent pour essayer d'éteindre le feu.
– Vous êtes où, je viens vous chercher ?
– Non, Lojy m'a mise à l'abri. Il est reparti chercher Hanahita. Vous êtes à quel endroit ?
– Nous nous dirigeons vers le parc naturel régional des alpes liguriennes, c'est à la frontière de la France.
– Très bien, on se rejoint là-bas. Comment vont Isabelle et Thynka ?
– Elles vont bien, juste fatiguées.
– À tout à l'heure, Glenn.
– Fais attention à toi, ma chérie.
– **Oui, ne t'en fais pas.** Au moment que j'allais couper la communication, une question me revient. **Attends ! J'ai oublié de te demander, Jylo a vraiment la phobie du feu ?**
– **Oui, c'est vrai. Il ne faut surtout pas qu'il reprenne conscience sinon vous devrez l'assommer pour réussir à avancer.**
– Merci, je t'aime.
– Moi aussi, à très vite ma chérie.

Enfin j'ai pu l'entendre, sa voix m'a fait un bien fou malgré mon angoisse.

Je me demande vraiment pourquoi Lojy met tant de temps pour revenir. Soudain, j'aperçois un canadair non loin de notre position, s'il vous plaît, qu'il n'ait déjà plus d'eau. Je ne le lâche pas des yeux, il se trouve face à moi, jusqu'à ce que j'aperçoive ses trappes commencer à s'ouvrir.

– **Lojy où es-tu ? Il va tout lâcher !**
– **On arrive !**

Je l'aperçois avec Hanahita dans ses bras, le canadair est juste derrière eux.

– **Plus vite !** l'encouragé-je

L'eau commence à tomber en ligne droite en plein sur nous. Lojy accélère encore, il y est presque.

– **Tu vas y arriver !**

Je hurle le plus fort possible pour le pousser dans ses derniers retranchements. L'eau tombe derrière lui et se rapproche très vite. J'entends la puissance de l'eau s'écraser au sol, ils n'auront aucune chance de survivre à ça, leurs têtes exploseront sous cette force.

– Dépêche-toi Lojy, tu es mou je te croyais plus rapide que ça.
– Espèce de… Tu vas voir si je suis mou !

Il se met à hurler en utilisant toute l'énergie qui lui reste pour réussir à me rejoindre à la seconde où l'eau nous tombe dessus. On est tous les trois appuyés sur la paroi rocheuse. Je fixe Lojy avec beaucoup d'admiration, juste à ce moment-là ses yeux se ferment et il se laisse tomber en arrière, je le rattrape juste à temps. Hanahita me regarde avec peur.

– On va faire comment pour sortir d'ici s'il ne reprend pas conscience ?

– On va le porter à tour de rôle, mais pour l'instant, on doit attendre ici, le temps qu'il fasse bientôt nuit. Les canadairs partiront, on aura plus de chance.

– Et le feu, il est toujours là, s'il se rapproche de nous, on sera coincé entre ces rochers.

Elle parlait avec précipitation en paniquant.

– Calme-toi, on va sortir d'ici je te le promets, la rassuré-je.
– Ne fais pas de promesse que tu ne pourras pas tenir !
– Justement, je la tiendrai !

Elle baisse les yeux sur Jylo et lui caresse la joue en lui chuchotant quelque chose à l'oreille. Je m'assieds en me collant sur la paroi et ferme les yeux. Si j'avais pu choisir mes compagnons dans cette galère, c'est sûr que je ne les aurai pas choisis, eux. Cela étant, ça aurait pu être pire, à la place de Lojy, j'aurai pu avoir Oscar et on serait tous déjà morts. Je n'ai pu m'empêcher de sourire en imaginant la tête qu'il doit avoir à cette heure-ci, lui qui n'aime pas changer ses habitudes. Là, il est servi.

– C'est quoi qui te fait sourire ?

J'ouvre les yeux et vois Hanahita m'observer comme si j'étais une folle. Je la comprends, comment arriver à rire dans cette situation ?

– J'imaginais la tête d'Oscar. Comme il doit embêter son monde de ne plus avoir sa cabane et nous maudire de tous ces malheurs.

Je me mets à exploser de rire, Hanahita n'a pu s'empêcher de rigoler aussi. On expulse nos nerfs des dernières quarante-huit heures avec un fou rire jusqu'à en pleurer.

Les canadairs continuent à passer et à nous arroser presque toutes les trente minutes. Au moins le feu se disperse moins vite, mais il continue quand même à progresser vers nous.

Au bout de trois heures d'attente, nous n'avons plus le choix, nous devons partir. Les craintes de Hanahita se réalisent et nous nous retrouvons coincées entre les rochers et le feu.

– Qu'est-ce qu'on fait maintenant ? me balance-t-elle avec une pointe de reproche.

Je regarde autour de nous et j'en conclus qu'on n'a pas le choix.

– On va escalader, lui ordonné-je.

– Non, je ne crois pas !

– On n'a pas d'autre solution.

– Et comment on fait avec Jylo ?

Je fouille dans mon sac et attrape la grosse corde que j'ai prise en partant du Japon.

– Que fais-tu avec une telle corde dans ton sac ?

– C'est mon père, il m'a toujours conseillée de prendre une corde, un couteau suisse, une torche, des piles, un briquet, une couverture de survie et une trousse de soin le jour où je ferai une randonnée. Cependant je n'ai pas trouvé les deux dernières choses chez Glenn.

– Trop fort ton père, dit-elle avec admiration.

– Oui, il était toujours de bon conseil, dis-je avec un petit sourire triste. Tu m'attaches Jylo sur le dos, s'il te plaît.

– Tu veux vraiment escalader ça ? me questionne-t-elle paniquée.

– Oui à moins que tu préfères griller sur place.

– Et si un canadair passe à ce moment-là ?

Elle m'attache de toutes ses forces Jylo sur le dos, et, lorsque je croise son regard, pour la première fois, je vois son visage défiguré par la peur. Je lui attrape les mains.

– Au prochain canadair, on a trente minutes pour monter et courir le plus loin possible.

– Je, je… ne crois pas y arriver.

– Ne me dis pas que tu as le vertige ?

Elle serre ses mains entre les miennes et me dit oui de la tête.

Super, alors, un qui peut se réveiller avec la phobie du feu et maintenant Hanahita qui a le vertige. J'entends le canadair s'approcher, c'est pour bientôt, je dois rassurer Hanahita au plus vite.

– Je ne te laisserai pas tomber, je passerai devant et tu me suivras. Essaye d'imaginer à ce moment que tu te trouves dans un autre endroit, puis surtout ne regarde jamais en bas.

– Facile à dire, grimace-t-elle.

Je la tire vers moi et la serre dans mes bras.

– Tu es ma petite sœur, je te protégerai.

Je la relâche et elle me fixe avec un regard déterminé.

– Très bien.

On attend, plaquées à la roche. Après que le canadair a lâché son eau, nous commençons notre ascension. Heureusement pour nous, ce n'est pas très haut, quinze mètres environ. Nous avons pu faire un bond de trois mètres du sol, ce qui va nous soulager sur le reste à parcourir.

Nous avançons plutôt bien, malgré la difficulté, de la roche qui est glissante à cause de l'eau et le poids mort de Jylo sur mon dos. Hanahita réussit à avancer aussi rapidement que moi malgré sa peur et bien qu'elle porte mon sac à dos.

Nous sommes au trois-quarts de l'escalade et ça ne fait que dix minutes qu'on grimpe. Nous aurons largement le temps de nous sauver de la cible des canadairs. Lorsque soudain Hanahita m'appelle d'une voix apeurée. Je me tourne pour la regarder.

– Qu'est ce qui se passe ?
– Je n'arrive plus à bouger.
– On y est presque, encore un petit effort.
– Je ne peux pas, je suis complètement pétrifiée.

Sa voix tremble autant que ses jambes et ses bras.

– Écoute-moi, je vais déposer Jylo et ensuite, je t'envoie la corde.
– D'accord, mais fais vite.

Elle m'implore presque en me disant ça. J'accélère jusqu'en haut, une fois bien arrivée, je dépose Jylo délicatement au sol. Je regarde sur mon portable, ça fait déjà vingt minutes. Je lance la corde à ma petite sœur.

– Vite, Hanahita attrape la corde.

Elle la regarde sans bouger, elle est collée complètement à la paroi.

– Je ne vais pas y arriver, me dit-elle presque en pleurant.
– Si, juste tu l'attrapes et je te hisse jusqu'en haut, fais-moi confiance.

Elle me fixe avec hésitation.

– Hanahita, le prochain canadair ne va pas tarder, vas-y attrape-la ! lui crié-je dessus.

– D'accord, je vais le faire, tiens-la bien.
– Oui !

Au moment où elle va l'attraper, un morceau de roche se dérobe sous ses doigts, je la vois dégringoler avec les yeux paniqués. Sans réfléchir et sans savoir si une chute aussi grande peut nous tuer, je saute dans le vide, la tête la première, les bras collés à mon corps. Je fonce droit sur elle. À l'instant où je la dépasse, je sors mes griffes, les plante dans la roche, cela déclenche un bruit strident au point de m'en faire mal au tympan. Au moment précis où elle passe à côté de moi, je lui attrape la main. Je sens la tension dans mes bras, on dirait qu'ils vont s'arracher de mon torse, j'en hurle de douleur.

C'est bon, je la tiens et je ne la lâcherai pas.

– Allez, grimpe sur mon dos, dépêche-toi, je ne vais pas tenir longtemps.

CHAPITRE 7

– Ton œil ! me dit-elle en grimpant comme un petit singe.
– Quoi, mon œil ?
– Tes trois cicatrices, elles sont de couleur rouge sang.

Je ne lui réponds pas et monte le plus vite possible avant de ne plus avoir de force non plus. Une fois en sécurité tous les trois en haut, je peux apercevoir le canadair s'approcher, nos soucis ne sont pas encore finis. Sans hésiter, Hanahita échange mon sac contre Jylo, je l'attrape en abandonnant la corde puis nous courrons le plus vite possible. Je n'ai plus de force, je sens mes jambes trembler de fatigue et je ralentis malgré l'envie de fuir le plus loin possible.

– Ici Amy, on sera hors du lâcher d'eau.
– Oui, j'arrive, je te suis.

Elle se retourne et se met à courir plus vite, je l'aperçois s'éloigner de moi. Je fixe son dos qui me distance progressivement, c'est là que je saisis que ce n'est pas elle qui court plus vite, mais que c'est moi qui ralentis de plus en plus jusqu'à ce que mes jambes me lâchent complètement. Je suis allongée sur le dos et je vois le canadair lâcher l'eau tout en se rapprochant de moi. Je ferme les yeux et espère qu'il ne m'atteindra pas. Quand soudain, je ressens qu'on m'attrape le bras et me tire.

– Allez, debout ! Ce n'est pas le moment de faire ta feignante, s'énerve ma petite sœur.

J'ai envie de rire de ses paroles, seulement je n'ai même plus la force de faire monter mes lèvres vers le haut. J'ai juste un son incompréhensible qui sort de ma bouche. Je m'appuie de tout mon poids sur Hanahita et celle-ci réussit enfin à nous mettre en sécurité. On est allongé et épuisé de toute cette journée. Heureusement nos loups ne sont pas venus avec nous, on aurait été bien plus embêté pour escalader.

– Nous allons nous reposer jusqu'à la nuit tombée, lui proposé-je.
– Avec plaisir, je ne pourrai plus bouger un petit doigt.

Je tourne le visage vers elle. Celle-ci me sourit pour la première fois depuis qu'on se connaît. Finalement, c'est peut-être bien qu'elle soit venue.

– Dors, je prends le premier tour de garde, dis-je avec compassion.
– Tu en es sûre, tu as assez de force, vu l'énergie que tu as donnée pour me sauver de cette chute ? s'inquiète-t-elle.
– Oui ça va aller.

Je m'assieds et repense à ce qu'elle m'a dit sur mon œil, je le touche doucement.

– Tu ne l'as pas encore vu ? me surprend-elle.

Elle me montre ma cicatrice de l'index.

– Non, elle est si grande que ça ?

— Tu as trois marques de griffes qui partent du haut de ton sourcil jusqu'à deux doigts sous ton œil. Le plus bizarre, c'est qu'elles se sont illuminées tout à l'heure quand tu as utilisé ton énergie.

— Rien n'est normal avec moi, je commence à en avoir l'habitude, dis-je en riant.

— Ça fait comme un portable qui n'a plus de batterie, au moins on pourra savoir quand tu es vide, rigole-t-elle.

Je n'ai pas pu m'empêcher de pouffer de sa bêtise. Lorsque nos rires cessent, elle finit par s'endormir.

Enfin un peu de calme. Heureusement Jylo dort toujours, seulement quand il va se réveiller, il faudra tout lui expliquer. Quelle angoisse de savoir par avance qu'il va terriblement m'en vouloir.

— Ma chérie, comment vous allez ? me sort Glenn de mes pensées.

— Ça va. Nous nous reposons un peu, puis nous repartons à la tombée de la nuit.

— Vif m'a averti que son maître ne répondait plus et il a senti une grande fatigue venant de lui.

— Lojy a utilisé toute son énergie pour nous sauver, il s'est évanoui. Je redoute le moment où Jylo se réveillera.

— Je comprends tes craintes. Ne t'en fais pas, il comprendra pourquoi on lui a caché la situation.

— J'espère, je m'en voudrais qu'il fasse une bêtise par ma faute.

— Ne dis pas n'importe quoi. Tu n'y es pour rien et quelle bêtise veux-tu qu'il fasse ?

— Qu'il se sente trahi et qu'il nous quitte, répondis-je d'une voix désemparée.

— Il nous aime trop pour ça. Il lui faudra juste un peu de temps.

— Pourvu que tu aies raison. Comment se portent les autres ?

— Tout le monde va bien, Hazia est un peu sur les nerfs depuis que sa maîtresse n'est plus là.

— Je crois que c'est la première fois qu'elles se séparent.

— Oui, effectivement.

— Je te dis à dans quelques heures.

Je décide de couper la communication pour garder de l'énergie.

— J'ai hâte de pouvoir te serrer dans mes bras. Fais attention à toi, ma chérie.

— Promis.

La discussion avec Glenn m'a finalement vidée complètement. Je m'appuie contre un arbre en regardant Jylo dormir paisiblement. Sans m'en rendre compte, je sombre dans un sommeil lourd.

CHAPITRE 7

– Qu'est-ce qu'on fout ici et pourquoi il y a du feu partout ?!

Je me réveille en sursaut, la nuit est déjà bien entamée. Jylo complètement paniqué, nous regarde et attend une réponse.

– Jylo, calme-toi ! essayé-je de le rassurer.

– Comment me calmer ? Dis-moi ce qui se passe, bordel ! Pourquoi je suis ici et avec vous deux seulement, où sont Vif et tous les autres ?

– Nous avons dû nous séparer. Un feu de forêt nous a surpris hier tôt dans la matinée, lui répondis-je avec une voix calme.

Il se frotte le visage et tourne en rond. Le vent se lève et souffle droit dans notre direction.

– Amy, tu ne m'as pas dit comment je me suis retrouvé ici, et où nous sommes exactement ?

Hanahita se lève doucement et se rapproche de Jylo pour essayer de lui attraper les mains, cependant il recule et la repousse d'un geste violent.

– Jylo, je t'expliquerai tout sur la route, nous devons nous en aller. Le vent est en train de se lever, le feu va se propager sur nous.

– Non ! Explique-moi, maintenant !

Hanahita me fixe et me fait signe de la tête pour me pousser à lui dire la vérité.

– Comme tu voudras, soufflé-je avant de me lancer en me rapprochant de lui. Lojy reprend le contrôle presque toutes les nuits quand tu dors et il nous a aidés à fuir du feu et de la fille qui nous suivait.

Il recule et regarde dans tous les sens, complètement déboussolé par ce qu'il vient d'entendre.

– Je ne peux pas croire que tu aies pu me cacher ça !

Il se met à hurler sur moi, son visage est sévère, c'est la première fois que je le vois autant en colère.

– J'ai fait ça pour te protéger, lui expliqué-je gentiment.

– Depuis combien de temps ça dure ?

– Ce n'est pas très important, on doit y aller.

– Pas important ! Pas important, Amy !

Il se met à gueuler encore plus fort.

– Ce n'est pas ce qu'elle a voulu dire, c'est juste qu'on doit partir, m'aide Hanahita.

– Et toi aussi tu étais au courant ?

Hanahita me regarde prête à lui dire la vérité.

– Non, elle l'a su en même temps que le reste de la meute quand Lojy est venu nous avertir pour le feu, répondis-je avant elle.

Elle me regarde surprise, mais pleine de compassion. Finalement elle n'avait pas tort, vaut mieux qu'il ne sache pas qu'elle était au courant, ça le ferait souffrir encore plus. Il baisse les yeux, déconcerté par tout ça, Hanahita arrive à lui attraper une main et le regarde avec un petit sourire mélancolique.

– Viens, nous devons partir rejoindre les autres.

Elle lui dit d'une voix douce et tendre. Il expire et me fixe méchamment.

– D'accord, partons.

Nous courons à un bon rythme sans un mot, Jylo se tient en arrière, je lui jette des petits regards discrets. Son visage est fermé par la colère et il est plongé dans ses pensées. Je savais qu'il allait mal réagir, seulement de le voir aussi triste, cela me brise.

Au bout de deux heures non-stop à courir entre les villages pour éviter de nous faire remarquer avec notre physique à faire peur, je propose de faire une pause, le feu a l'air assez loin de nous. Vu notre fatigue, nous progressons assez lentement. Nous nous arrêtons à un endroit à l'abri, rempli de végétation, caché des humains, mais pas très loin d'un petit village. Je commence à avoir mal au ventre et je comprends que c'est la faim qui me torture l'estomac. J'observe mes compagnons et vu leur teint, bien plus pâle que d'habitude, je saisis qu'ils ont aussi besoin de manger.

– Nous devons chasser, on n'a rien vraiment mangé depuis des jours.

– Je m'en occupe, dit Hanahita avec un plein d'enthousiasme.

Elle part avant même que je n'aie le temps d'objecter. Jylo s'assoit et fixe le vide. Je m'accroupis proche de lui.

– Si tu veux me poser des questions, on a tout le temps maintenant.

Il souffle et me tourne le dos.

– Je suis désolée, si je t'ai déçu, ce n'était pas mon attention.

– Déçu, si ce n'était que ça. Tu m'as trahi !

Il se retourne face à moi, les sourcils froncés, le regard noir.

– Non, je t'ai protégé.

– En me mentant et en me cachant la vérité.

– Oui, mais Lojy représentait moins un danger de cette façon. Si je t'en avais parlé, tu aurais fait quoi ? Tu te serais empêché de dormir et là, il aurait été plus dangereux.

– Pas forcément, me répond-il de mauvaise foi.

CHAPITRE 7

— Si, tu le sais. Pendant un combat, il aurait surgi et il s'en serait donné à cœur joie.

— J'ai un monstre au fond de moi qui se balade la nuit et tu n'as rien trouvé de mieux que de me le cacher !

Son ton monte au fur et à mesure. J'essaie de rester calme pour ne pas envenimer la situation.

— Il n'est pas si monstrueux que ça, il nous a aidés et nous a sauvés Hanahita et moi.

— Tu as vite oublié qu'il a tué Chyru et a blessé Hanahita !

— Merci de me rappeler sa mort ! craqué-je en hurlant aussi. Tu es mature quand ça touche les autres, mais quand c'est pour toi tu es un vrai gamin ! Tu crois que tu es le seul à souffrir ici ou à être mal ? Hanahita a failli mourir il y a à peine quelques heures, Lili est enceinte, Isabelle et Thynka sont gravement malades ! Puis moi, j'ai perdu mon père et on me considère comme une traître au sein même de notre meute. Alors, merde Jylo ! Finalement je me demande si Lojy n'est pas moins chiant que toi à vivre et à supporter !

D'un coup, je reçois un truc ferme et chaud en plein dans la figure. Je regarde par terre et constate que c'est un lapin. Quand je vois d'où vient le projectile, Hanahita me fusille du regard.

— Tu es folle ou quoi ? l'agressé-je.

— Non, tu remontais dans mon estime Amy ! Mais là, tu as fait fort avec de telles paroles.

Je reste muette, je tourne les talons en ramassant le lapin. J'avais trop faim pour faire la fière et le laisser. Puis je pars manger énervée de mon côté en les laissant tous les deux. Je croque dedans tout en repensant à notre dispute. Je reconnais que j'ai été conne de lui avoir dit ça. Cependant, il m'a mise hors de moi en remuant le couteau dans la plaie avec le souvenir atroce de Chyru. J'ai assez de mal à enlever cette scène qui se répète en boucle dans mes pensées.

Je fixe le petit village pour essayer de me détendre. Les lumières s'éteignent les unes après les autres à chaque minute qui passe. Je regarde mon téléphone, il est presque minuit, nous repartirons dans trente minutes, le temps de digérer avant de reprendre la route. Je ferme les yeux pour me reposer un peu, après avoir bien mangé. Mais la culpabilité me ronge et la conversation tourne en rond dans mon esprit, jusqu'à ce que je me rende compte d'un détail qui ne m'avait pas frappé jusqu'à maintenant. Je rouvre les yeux en grand, inquiète, Lojy m'a portée pourtant, je n'ai pas pris son don. Ou, va-t-il peut-être se déclencher plus tard ?! Avec ça dans la tête, impossible pour moi de me reposer.

Le vent se lève et double d'intensité, nous avons même le droit à de sacrées rafales. Tant pis pour le repos, je dois les bouger, ils se reposeront plus loin, quand soudain, j'entends des cris de villageois. Je me lève pour mieux regarder et aperçois les flammes ravager le village. Jylo et Hanahita me rejoignent.

– Il faut partir vite ! me crie Hanahita affolée.

Sans déconner, tu as eu cette idée toute seule, pensé-je. J'ai dû me mordre la langue pour ne pas le dire à haute voix.

On se remet à courir, bien entendu les rafales ne nous aident pas, avec ma poisse nous les prenons en pleine face. Je trouve étrange que le feu se soit propagé jusqu'ici, je nous pensais enfin à l'abri.

– On croirait que le feu nous suit, dit d'un coup Hanahita.

– Étrangement, je songeais à la même chose. Si c'est un coup de la nature, je vais finir par me demander si elle ne nous en veut pas.

– On n'avance pas assez vite ! Le vent amène des braises jusqu'à nous, rajoute Jylo d'une toute petite voix.

Je le regarde et constate de la peur dans ses yeux.

– On va y arriver, lui dis-je d'une voix sereine pour le rassurer.

Nous continuons notre course, mais Jylo a raison. Le vent souffle maintenant dans tous les sens et nous apporte des braises qui déclenchent d'autres foyers autour de nous. Subitement, je n'entends plus que moi et une autre personne courir, je me retourne et m'arrête brusquement, Hanahita me rentre dedans.

– Pourquoi, tu t'arrêtes d'un coup ? s'étonne-t-elle.

– Jylo, il est où ?

Elle se met à le chercher des yeux tout comme moi.

– Jylo ? l'appelé-je.

Comme réponse, j'entends un léger murmure. Nous nous dirigeons au plus vite vers lui. On le retrouve accroupi, la tête entre ses genoux.

– Lève-toi ! lui ordonné-je.

– Je ne peux pas, il y a du feu partout.

Hanahita lui attrape le bras et le tire pour le mettre debout. Il est complètement tétanisé, les yeux fermés. Je me rapproche à quelques centimètres de son visage.

– Ouvre les yeux, lui dis-je d'un ton doux et rassurant.

– Non !

– Jylo, ouvre tes yeux ! ordonné-je plus strictement.

Il les ouvre doucement, à l'instant où il allait regarder autour de nous, je lui crie :

CHAPITRE 7

— Non ! Ne regarde que moi ! Tout va bien se passer. Nous allons nous remettre à courir, tu gardes les yeux sur moi, et ne détourne surtout pas ton regard.

Il me dit oui de la tête.

— Tu es prête ? demandé-je à ma sœur.

Hanahita lui prend la main et je pars devant. Je jette des petits coups d'œil pour voir s'ils suivent. Nous arrivons à avancer plus vite que tout à l'heure, le lapin nous a vraiment fait du bien. On arrive encore à se sauver in extremis du feu. Mais nous sommes complètement perdus, avec l'angoisse, je n'ai pas prêté attention à la direction qu'on a pris.

— Hanahita, c'est par où ?

— Je ne sais pas, j'ai perdu le fil avec le feu et il y a trop de végétation.

— Les maisons qu'on a vues, comment ça s'appelait ?

— Molini... Quelque chose de ce genre, me répond-elle.

Je contacte Glenn et lui explique à peu près où on est. Quand je refais surface, Jylo et Hanahita en ont profité pour s'asseoir et se reposer.

— Bonne nouvelle, nous ne sommes plus très loin d'eux, il faut suivre le cours d'eau, dis-je en leur montrant du doigt.

— Enfin et cette fois-ci on a mis une bonne distance avec ce feu, se réjouit-elle.

— Oui, nous ne devrions plus être embêtés. Faisons une dernière pause avant la ligne droite.

Jylo ne parle plus depuis sa crise de panique. Je fais signe discrètement à Hanahita de nous laisser seuls.

— **Ok, seulement ne sois pas trop dure avec lui**, m'avertit-elle.

Je hoche la tête pour lui dire oui.

— Tu te sens un peu mieux ? commencé-je gentiment.

— Pas du tout, j'ai fait n'importe quoi !

— Tu as la phobie du feu, ce n'est pas ta faute.

— Je ne parle pas que de ça, j'ai été stupide de t'en vouloir. Tu as agi pour le bien de tout le monde. C'est vrai ce que tu as dit tout à l'heure, sur le coup, je n'ai pensé qu'à moi.

— Moi aussi, je suis désolée. Je ne le pensais pas quand je t'ai dit que Lojy serait moins chiant que toi.

— J'ai peur qu'il prenne le dessus sur moi ou qu'il blesse quelqu'un.

Ses yeux brillent de larmes qu'il essaye de dissimuler.

— On fera tout pour que ça n'arrive pas, on va trouver ma mère et elle nous aidera.

Il souffle, désespéré.

— Comment il est ?

Cette question me surprend sur l'instant, je m'assieds en face de lui.

– Il est le contraire de toi, mesquin, arrogant, parfois grossier. Il aime se battre, il n'a aucune empathie. On dirait qu'il se fiche de tout le monde, qu'il ne ressent rien à part la colère.

– C'est un démon !

– Il est aussi très fort et encore plus rapide que toi.

– Pourquoi vous a-t-il sauvés s'il s'en fout de tout le monde ?

Je lui explique toute l'histoire, il n'en perd pas une miette. Hanahita est venue nous rejoindre sans un bruit.

– Alors c'est juste par intérêt qu'il a fait tout ça ?

– Oui.

Il se reperd dans ses pensées, nous décidons de le laisser tranquille et nous nous éloignons.

– Alors comme ça Lili est enceinte !

– Oui, grimacé-je embêtée. Normalement, je n'aurai pas dû le dire, ça m'a échappé avec la colère. Si tu peux garder ça pour toi.

– Oui, je simulerai la surprise quand ils l'annonceront.

Elle me fait un clin d'œil complice. Je commence vraiment à l'apprécier, je comprends pourquoi Jylo l'aime bien. Ce n'est peut-être pas une peste, finalement. C'est sûr que je ne regrette pas de l'avoir sauvée. Je lui fais un sourire amical.

– Merci de n'avoir rien dit à Jylo, me dit-elle spontanément.

– C'est toi qui avais raison la dernière fois. Il n'a pas besoin de savoir que tu étais au courant aussi, ça l'aurait encore plus blessé.

– Certes, cependant, vu comment je me suis comportée avec toi depuis le début, tu aurais pu te venger.

– Même si mon père est un monstre, j'essaie de ne pas être comme lui. Je ne vois pas ce que j'aurais à gagner en disant cela à Jylo, à part de le voir souffrir encore plus.

– C'est vrai, en tout cas merci pour tout.

Je hoche la tête pour accepter ses remerciements, elle repart voir Jylo.

Je profite d'être seule pour graver sur un arbre avec mes griffes « Mats fière d'être ta fille, Amy ». Puis je caresse du bout des doigts la gravure en repensant à mon père. Il me manque terriblement, la tristesse me submerge, une larme roule le long de ma joue droite. Je l'essuie, et m'interdis de réagir comme ça dorénavant. Je ne veux pas que la tristesse prenne le dessus sur ma haine, il faut que je reste en colère pour réussir à le venger. Quand j'entends un bruit de pas derrière moi, je me retourne prête à affronter…

– Amy, calme-toi, ce n'est que nous, me dit Jylo.

Je baisse mes mains qui étaient en garde devant moi.

CHÂPITRE 7

– Je pensais que c'était la fille. Il y a un problème ? leur demandé-je en voyant leurs visages fermés.

– Hanahita m'a expliqué comment Lojy vous a sauvées. Tu peux m'expliquer comment cela se fait qu'il t'ait portée et que tu n'aies pas mon don ?

– Bonne question, je ne sais pas trop. Je m'en suis rendue compte un peu plus tôt dans la nuit. Néanmoins, ce n'est pas la première fois, lorsque j'ai attaqué Oscar, c'est lui qui m'a arrêtée, pourtant dans mon rêve, je n'avais pris que votre vitesse, mais pas le côté sombre.

– Tu crois que c'est lui qui arrive à faire ça ? demande Hanahita qui tient la main de Jylo.

– Il sait beaucoup plus de choses que nous, ça c'est sûr. Comme cette fille qui nous suit à la trace, je suis sûre qu'il sait qui elle est.

– Tu ne lui as pas demandé ? me questionne Jylo.

– Évidemment, seulement il m'a juste dit de la fuir parce qu'on ne fait pas le poids face à elle.

– Rien d'autre ! insiste-t-il.

Je lève les épaules en lui disant non de la tête.

– Si seulement je pouvais rentrer dans sa tête ça nous aiderait bien. Pourquoi lui, arrive à tout voir et tout entendre ? Alors que moi, c'est comme si je rentrais dans un coma !

– Je ne sais pas, cependant ce que tu dis me rappelle que moi aussi lorsque ça m'était arrivé, je pouvais voir et entendre tout ce que mon corps faisait. Il doit te bloquer, je ne vois pas d'autre explication.

– Comment je dois faire pour que moi aussi j'arrive à le bloquer ?

– J'espère que ma mère pourra nous répondre. J'attends de pouvoir rêver de ma louve pour qu'elle puisse déjà me dire si elle connaît ce don.

– Alors vite, rejoignons les autres, et peut-être que tu rêveras d'elle quand tu te sentiras en sécurité, dit Hanahita pleine d'entrain.

Nous repartons tous les trois, remontés à bloc et au bout d'une bonne heure, nous arrivons enfin. Tout le monde nous saute dessus sauf Tobias et Oscar qui font une gueule de deux mètres de long.

– Cachez votre joie ! Nous aussi, on est ravi de vous revoir, leur balancé-je en passant à côté d'eux.

Glenn vient me serrer fort dans ses bras, nous nous embrassons chaleureusement même goulûment. Lili se racle la gorge pour nous faire comprendre qu'on n'est pas seul, ce qui nous fait rire. Isabelle arrive à se tenir debout avec Thynka, elles se soutiennent mutuellement. Je pars les prendre dans mes bras aussi. Nous sommes tous heureux de nous retrouver enfin, Hazia ne décolle plus Hanahita et Vif s'amuse avec Jylo.

– Bon quand vous aurez fini votre petite fête de retrouvailles, peut-être qu'on pourra parler, nous casse Oscar, toujours avec son ton arrogant.

– Étrangement, tu ne m'avais pas manqué, toi ! lui dis-je irritée.

– Rassure-toi, toi non plus ! Ça m'a même fait un peu de vacances, dommage que ça a été aussi court ! répond-il avec un sourire narquois.

Je vais finir par me le faire celui-là, je serre les dents et les poings. Glenn me maintient par l'épaule pour calmer mon envie de le dégommer. Mon chéri me sourit tendrement puis se retourne face à Oscar et lui met une droite en plein sur l'arcade, la force le couche au sol.

– Dans ta gueule ! hurlé-je en souriant comme une psychopathe.

Oscar se relève, étonné du coup qu'il vient de prendre. Il regarde Glenn plein de haine. Tobias aussi surpris que lui ne réagit pas non plus.

– Dégagez ! On ne veut plus de vous, ordonne mon fiancé. J'aurai dû faire ça depuis longtemps !

Oscar ouvre la bouche pour répondre, mais rien ne sort et il la referme. Ils se regardent avec Tobias et sans un mot ils partent avec leurs loups. Lorsqu'ils sont assez loin, Oscar nous balance :

– Tu paieras ça un jour, Glenn !

On se met tous à rire.

– Purée que ça soulage depuis le temps que je voulais lui en mettre une à celui-là, rigole Glenn.

Et nous nous remettons tous à rire, même Isabelle se joint à nous.

– Bon, je vais chasser avec Lili, on vous ramène un vrai festin. Ensuite vous avez bien mérité tous les trois une bonne journée de repos, nous dit Matëus, heureux de nous avoir retrouvés.

Nous le remercions d'un sourire et ils disparaissent.

Une heure après, nous avons tous un morceau de viande fraîche devant nous. Nous racontons toutes nos péripéties ; la fille, Lojy, le feu, Hanahita tombée du rocher et ma cicatrice qu'ils sont tous venus voir à tour de rôle.

Le soleil a commencé à se lever quand nous décidons de dormir un peu. Glenn a décrété que nous commencerons notre chemin en direction de la Patagonie après qu'on se soit reposés, personne n'a objecté. Bizarrement ces événements nous ont encore plus soudés et remis en confiance.

8. CHEMINEMENT VERS UNE NOUVELLE TERRE

Première partie

À notre réveil, le soleil est déjà assez bas. Glenn décide de reporter notre voyage au lendemain à l'aube pour que nous puissions nous reposer encore, vu la longue route qu'on aura à faire. Il prend plusieurs cartes de différents pays et commence à tracer le chemin par où nous allons passer. Nous le laissons tranquille en lui faisant une confiance aveugle, même Zal commence à offrir sa confiance à Glenn. Je pense que cela doit venir de ce que Hanahita a raconté à toute la meute. Comment je l'ai sauvée d'une chute mortelle et comment, ni Glenn ni moi, n'avons laissé personne à l'arrière. Son regard envers nous a changé, il est moins dur avec un éclat d'espoir que je n'avais jamais vu depuis notre rencontre.

Je décide d'aller faire un brin de toilette dans la rivière, Fora di taggia. C'est Isabelle qui m'a appris le nom du cours d'eau qu'on avait suivi pour réussir à les retrouver. J'arrive au bord de la rive sur des rochers noirs imposants et lisses. J'observe autour de moi et me déshabille. Sans hésiter une seconde, je saute à pieds joints. L'eau m'arrive jusqu'aux genoux, je m'allonge sur le dos en savourant l'eau fraîche enlevant toute la crasse de ces derniers jours. Je passe à plusieurs reprises de l'eau sur mon visage jusqu'à ce qu'elle devienne enfin claire entre mes mains. Je profite du coucher de soleil qui reflète sur la rivière pour m'en servir de miroir. Je me penche pour regarder mes cicatrices, les trois marques de griffes qui traversent mon œil gauche. Je les suis délicatement avec mes trois doigts et subitement un flash me survient. Je revois mon père avec sa balafre à l'œil, cette image me saisit à la gorge. Notre ressemblance

CHAPITRE 8

physique devient malgré moi une évidence et je comprends mieux la haine dans les yeux des gens quand ils me voient. Malheureusement, ces cicatrices ne m'aideront pas.

Je m'allonge sur une roche plate et me laisse sécher naturellement par les derniers rayons de soleil. La température est encore assez élevée pour un mois de septembre, nous devons atteindre les vingt-cinq degrés. Une fois lassée de faire le lézard, je me rhabille avec des fringues propres. Je lave mes anciens habits puis les pose sur le bord et les laisse sécher. Je profite en attendant pour faire un peu de tai-chi, ce qui a le mérite de me détendre tout de suite. Savoir qu'Oscar n'est plus là m'aide aussi à me calmer deux fois plus vite.

Quand le soleil passe derrière les arbres, je récupère mes habits encore humides et rejoins ma meute. Zal s'occupe d'allumer le feu, Glenn est assis par terre avec Shugo entouré de cartes. Lili, Matëus avec Luna et Arssa restent proches d'Isabelle et Thynka en essayant de répondre à leur moindre désir. Quant aux jeunes, ils sont partis avec leurs loups chasser pour nous tous. Je pose mes fringues sur un tronc proche du feu et rejoins Glenn.

– Tu arrives à trouver la bonne route ?

– Oui, mais ça risque d'être un très long voyage.

Il ne peut s'empêcher de fixer sa sœur Lili et Luna.

– Tu penses qu'on arrivera à temps avant qu'elles accouchent ?

– Normalement oui, en espérant qu'Isabelle et Thynka se rétablissent le long du voyage et pas l'inverse. Sinon, Lili et Luna devront accoucher en pleine nature.

Je prends les cartes posées au sol et je vois que la première étape est d'arriver en Espagne en trois jours. Je fais les gros yeux en la reposant.

– Tu es sûr de toi, en trois jours c'est faisable avec Isabelle et moi, angoissé-je.

– Oui, même s'il le faut au besoin, nous porterons à tour de rôle Isabelle et Thynka, et nous ne dormirons que quatre heures par nuit.

Je fronce les sourcils, pour moi cela a l'air impossible, je souffle en me frottant la tempe droite, il m'attrape la main.

– On n'a pas le choix. Il faut un endroit sécurisant pour Lili et Luna, si jamais l'accouchement se complique. Et en sachant que cette fille nous suit toujours, je suis encore plus inquiet pour elles.

– Tu penses qu'on va mettre combien de temps pour arriver jusqu'à destination ?

– Je n'ai pas encore fini de calculer, j'en suis à Port Gentil en Afrique. Je cherche un moyen pour traverser l'Atlantique parce que la distance est trop longue même pour nous. Nous devons nous reposer, on ne peut pas nager pendant trois jours.

– Oui, surtout avec moi.

Je baisse les yeux vers nos mains, je suis consciente que je ralentis toute la meute.

– Ne dis pas ça, ma chérie. Pour nous aussi, c'est infaisable.

– Oui seulement, il faut voir la vérité, je ralentis beaucoup notre progression.

– C'est vrai qu'aujourd'hui tu es plus lente que nous, cependant lorsque tu ne feras plus qu'un avec ta louve, tu nous surpasseras tous.

Il fait un coup de pression avec sa main contre la mienne. Je relève les yeux vers lui, son sourire me fait immédiatement fondre.

– Merci, Glenn.

Je me penche vers lui et l'embrasse amoureusement.

– À table !!! crie notre petit frère.

– Cette phrase m'avait manqué, Jylo, lui dis-je en souriant.

On se met tous à rire quand on voit les yeux innocents du gamin. Ils nous ont ramené un vrai festin, ils portent deux gros sangliers sur leurs épaules.

– Vous n'avez pas fait semblant tous les quatre, dit Matëus en voyant les énormes bêtes.

Jylo lui répond en levant son pouce avec un sourire fier. On partage en treize morceaux égaux, nous mangeons tous assez rapidement. Après nous nous regroupons autour du feu en parlant de la future route que nous devons bientôt parcourir. Glenn préfère ne rien nous dire pour le moment, il attend d'avoir fini le trajet pour nous en communiquer plus.

– Humm... se gratte la gorge Matëus pour attirer notre attention. Nous avons une grande nouvelle à vous annoncer Lili et moi.

Enfin, ils sont prêts à dire leur secret. À ce que je sache, il n'y aura plus aucune confidence entre nous après leur annonce. On a tous les yeux rivés sur Matëus et Lili qui se tiennent par la taille avec un sourire jusqu'aux oreilles.

– Je suis enceinte ! avoue Lili les yeux brillants.

Hanahita se lève en hurlant « félicitations » en me faisant un clin d'œil pas discret du tout. Je n'ai pas pu m'empêcher de sourire en la voyant faire son petit manège. Même si on est tous heureux pour eux, nous sommes aussi tous inquiets. Nous parlons une bonne partie de la nuit de leur futur enfant, s'ils ont déjà réfléchi à un prénom pour un garçon ou une fille, de quelle capacité elle ou il pourra hériter, etc...

En attendant, Glenn finit de tracer notre route.

CHAPITRE 8

Lorsqu'il termine, nous partons tous nous coucher, il nous expliquera tout demain matin.

Maintenant que tout le monde est au courant pour Lojy, nous tournons à tour de rôle pour le surveiller, de ce fait, Glenn et moi nous pouvons enfin dormir plus de trois heures d'affilée. Malheureusement ce n'est pas pour cette nuit que je retrouverai Tenshi. Depuis notre affrontement avec Zolta nous ne nous sommes plus revues. Est-ce que ça pourrait venir de ma mère, inquiète, et qui l'empêcherai de dormir la nuit pour qu'il ne lui arrive plus rien ? Pour ma part cela m'embête énormément, j'aurai bien voulu savoir si ma mère connaît la capacité de Jylo et si elle peut l'aider.

Nous nous levons en même temps que le soleil. Quel plaisir de voir Isabelle et Thynka debout et partir se dégourdir les pattes.

– Alors Lojy a fait des siennes ? demande Jylo.

On se regarde tous pour savoir si l'un d'entre nous a eu affaire à lui.

– Non, rien du tout, répond Matëus pour tout le monde.

– Depuis qu'on est rentré, il ne s'est plus manifesté, c'est étrange.

– Il doit récupérer après l'effort qu'il a dû faire pour nous sauver Hanahita et moi.

– Sans doute, me répond-il peu convaincu.

Il hausse les épaules et commence à ranger ses affaires dans son sac, nous l'imitons tous. Une fois toute la meute prête à prendre la route, Glenn nous rassemble pour nous expliquer les dernières directives.

– Alors, on va avoir un très long trajet à faire comme vous le saviez, néanmoins on ne part pas faire du tourisme. Il ne faudra pas traîner si on souhaite que Lili et Luna accouchent dans un endroit sécurisé.

On n'a pas pu s'empêcher de les fixer.

– J'ai fait des étapes, continue-t-il, où on pourra dormir une nuit entière pour reprendre des forces afin de pouvoir bien reprendre la route pour la prochaine étape. J'ai calculé le temps qu'on mettra pour aller jusqu'en Patagonie. Si tout se passe bien, il nous faudra trente-huit à quarante jours.

J'observe Lili et Matëus qui comptent entre eux pour additionner les jours depuis qu'elle est enceinte.

– Lili, ça te laisse une semaine une fois arrivée à destination pour accoucher.

– Oui, c'est parfait ! En espérant qu'on trouve vite la meute et que le courant passe bien entre nous, répond Matëus inquiet en touchant le ventre de sa femme.

Quant à Arssa il pose sa tête sur Luna.

– En effet, répond mon fiancé.

– Notre première étape, c'est quoi ? enchaîne Zal.

– C'est l'Espagne, on en a pour trois jours en ne se reposant que quatre heures par nuit.

– Je ne pense pas que j'arriverai à suivre un tel rythme avec Thynka, ajoute Isabelle d'une petite voix en regardant sa louve.

– J'y ai pensé, on vous portera à tour de rôle s'il le faut, rassure Glenn.

– Il vaut peut-être mieux qu'on reste là et quand ça ira mieux on vous rejoindra, suggère-t-elle.

– Ah, non ! Si tu restes là, moi aussi ! hurle Zal énervé.

– Personne ne reste ici ! Nous sommes une meute et nous ne laisserons personne derrière et encore moins une personne souffrante, s'oppose mon compagnon.

– Je ne veux pas vous ralentir et mettre en danger Lili, Luna et leurs bébés.

Lili se décolle de Matëus et se rapproche d'Isabelle.

– Si Glenn dit que c'est possible alors c'est que ça l'est ! On part tous ensemble où on reste tous ici, mais quoiqu'il arrive, on reste unis.

Lili fait un sublime sourire à Isabelle.

– Bon, on fait quoi encore ici ?! ironise Zal.

– En route ! crie Jylo enthousiaste en dirigeant le bras dans une direction.

– Oui, mais c'est plutôt part là, l'Espagne, se moque Matëus en lui tournant le bras dans le sens opposé.

– On ne peut pas être bon en tout, réplique Jylo avec assurance.

– **Si on se perd un jour laisse-moi te montrer le chemin, s'il te plaît,** dit Vif dans la tête de tout le monde.

On voit Jylo faire des grimaces à son loup, on se met tous à rire. Il n'y a pas photo, Vif est bien plus mature que son maître.

Nous prenons la direction du sud de la France, nos loups ont réduit leur taille en sortant de la réserve. Malgré ça, nous ne sommes pas trop rassurés. Comme nous devons passer à proximité de grandes villes, nous devons ralentir l'allure afin de ne pas trop attirer l'attention sur nous, ce qui est difficile avec nos six loups.

Après une journée de marche sans pause, nous arrivons dans une ville qui se nomme Arles. Nous n'avons pas pu éviter de passer par là. Les

CHAPITRE 8

gens, ont des regards assez mauvais, nous avançons avec des pas dynamiques pour sortir de cette ville assez rapidement. Isabelle et Thynka sont forcées aussi de marcher pour éviter d'attirer encore plus l'attention et de se faire arrêter par les forces de l'ordre. Nous essayons d'être le plus naturel possible, mais avec des loups. Au bout d'une bonne demi-heure nous sortons de la ville sans gros problème. Mais plusieurs fois, des personnes sont venues nous demander si c'étaient de vrais loups. Je leur répondais que non et nous tracions notre chemin sans nous retourner. Heureusement que je parle français, grâce à cela les gens paraissent moins soupçonneux. Dès qu'on a pu couper par les champs ou les terres non habitées, on a essayé de rattraper notre retard en accélérant notre course. J'ai été obligée d'accepter qu'on me porte moi aussi pour aller plus vite. Lorsqu'on arrive à deux étangs, Glenn prend la décision de s'arrêter.

– Nous allons nous reposer, ici.

– Tu en es sûr ? s'inquiète Zal.

– Oui, on n'a pas trop le choix. On a mis beaucoup plus de temps que prévu, donc on repart dans deux heures au lieu de quatre.

– Isabelle et Thynka ne tiendront pas, elles ont besoin de plus de repos, conteste Zal.

– On continuera à les porter, elles tiendront le coup.

– Tu serais prêt à tuer une de tes sœurs pour qu'une autre soit en sécurité ?

Je remarque les muscles de la mâchoire de Glenn se serrer lorsque Zal lâche cette bombe.

– Glenn, il n'a pas tout à fait tort. Tu ne le ressens pas, mais nous entre loups, on ressent la souffrance de l'autre et même si elles ne disent rien, je sens que Thynka est très faible. Elle a besoin de plus de deux heures.

Glenn hésite, Shugo n'a parlé qu'à nous deux.

– On pourra rattraper notre retard sur d'autres jours, lui dis-je calmement pour apaiser la tension qui règne entre Zal et lui.

– Oui, Glenn ne t'en fait pas. On prend la décision de dormir les quatre heures comme tu l'avais dit. Puis si on n'y arrive pas on en prendra la responsabilité, rajoute Matëus.

– Très bien, alors faisons comme ça, bougonne-t-il en ne lâchant pas Zal des yeux.

Je comprends tout de suite qu'il veut lui faire comprendre que le chef c'est lui et que la prochaine fois, il devra faire attention à sa façon de lui parler. Seulement Zal n'est pas du genre à baisser les yeux facilement, du coup ça devient un défi. Shugo est en face de Zoann, ils ne se quittent plus des yeux. On peut entendre un grognement sortir de leurs poitrines, et voir leurs poils se hérisser.

– C'est ma place que tu veux ? commence à gronder Glenn entre ses dents.

Quand j'ai voulu intervenir, Matëus me stoppe et je remarque que tous les autres partent de leur côté sans réagir devant cette situation.

– **C'est normal ce qui se passe Amy. Glenn sera toujours obligé de montrer qui est le chef. Il a ressenti en Zal un trop-plein d'assurance et une envie de prendre sa place**, m'explique Arssa.

– Il va devoir se battre ?

– **Non pas forcément et connaissant Zoann, il va calmer son maître.**

Dès qu'Arssa finit sa phrase, Zal baisse les yeux et part avec Zoann dans son coin.

– Ne vous éloignez pas trop !

– Oui, mon roi, répond Zal avec mépris.

Il suffit qu'il y ait un peu de tension pour qu'il commence à mal réagir.

– Le stress et la fatigue ne leur vont pas, dis-je avec reproche.

– Non, mais il est comme ça. On le sait depuis le temps, me répond Glenn.

– C'est sûr, mais c'est dur d'avoir confiance en lui.

– Ne te fais pas de souci ma chérie. Il a mauvais caractère, mais il est loyal et respectueux. Il ne fera rien à notre encontre et Matëus le surveille de près avec Arssa. Allons-nous coucher, ne perdons pas une minute de plus.

J'observe autour de nous, ils sont déjà tous allongés, prêts à dormir. Exceptionnellement personne ne surveillera Jylo cette nuit en espérant que Lojy ne se manifestera pas et ne fera pas de bêtises.

🐾 🐾 🐾

– Ma chérie, réveille-toi !

– Quoi, déjà ?

– Oui, désolé.

J'avais mis plus d'une heure à m'endormir, j'ai l'impression que je venais à peine de fermer les yeux.

– J'ai un truc énorme à vous dire ! s'écrie Lili, elle secoue tous ceux qui comme moi traînent pour se réveiller.

– Qu'est ce qui se passe Lili ? demandé-je grognon.

CHAPITRE 8

– Je ne me suis pas couché là, moi, hier ? déclare Jylo.

Nous regardons tous notre frère en oubliant instantanément ce que Lili voulait nous dire.

– Lojy a dû se promener cette nuit, dit Jylo d'un ton agacé.

Ce qui me surprend, c'est que Lojy a toujours bien fait attention à se recoucher à l'endroit où Jylo s'était endormi. À mon avis, il l'a fait exprès pour nous narguer.

– Hé, oh ! Vous m'écoutez ?!

Notre sœur attire l'attention. On se retourne tous vers Lili qui est toujours surexcitée.

– Oui, pardon, qu'est-ce qui te met dans un tel état dès notre réveil, bougonné-je encore fatiguée.

– J'ai vu Cheyn !

D'un seul coup tout le monde s'immobilise, et tous arrêtent ce qu'ils étaient en train de faire.

– Comment ça ? interroge Matëus surpris.

– Cela doit être la même chose qu'Amy avec sa louve. Je me suis trouvée en plein milieu de Hei Zhu Gou, où se situe notre ancienne meute et Cheyn est sorti de nulle part.

– Il va bien ? demande Glenn tout de suite.

– Oui, il va même très bien. Il m'a expliqué qu'il ne communiquait plus avec nous sous l'ordre du chef de la meute de sa future femme. Apparemment c'est un chef qui est assez pacifiste et qui refuse de se battre contre lui. Il le laisse partir avec sa femme à une condition, qu'ils célèbrent leur relation là-bas.

– Ça, c'est une bonne nouvelle, lui dis-je.

– Oui, mais j'aurai voulu être présente pour la célébration de mon frère jumeau.

– Déjà, tu sais qu'il ne risque plus rien, ça devrait te rassurer, apaise Matëus.

– Bien sûr, soupire-t-elle en baissant le visage, déçue.

– Et du coup, c'est pour quand ? lui demandé-je.

– C'est la mauvaise nouvelle, sa femme aura dix-huit ans dans six mois environ.

– Quoi !!! Je crie bien plus fort que je ne l'aurais cru.

Ils me fixent tous surpris de ma réaction. Je baisse d'un ton et continue :

– Tu veux dire qu'on ne le verra pas encore pendant six mois et en plus on ne peut plus communiquer avec lui.

– C'est ça, répond-elle dépitée.

La nouvelle nous assomme tous. Bien sûr, on est ravis qu'il soit en bonne santé et qu'il n'ait pas besoin de se battre pour réussir à partir avec sa femme pour nous rejoindre. Cependant, ne plus le revoir, ni communiquer pendant tout ce temps nous donne un coup au moral. D'autant plus qu'il est l'un des plus costaud et coriace de notre groupe et qu'on a besoin de quelqu'un comme lui au plus vite.

– Bon, allez, on fera avec ! Continuons la route, on doit avancer, nous coupe Glenn de notre déprime générale.

Nous prenons nos sacs et repartons sur la route. Isabelle et Thynka vont un peu mieux, le repos leur a vraiment fait du bien.

Quelques heures plus tard, nous passons enfin la frontière de l'Italie. Nous n'avons encore presque rien mangé depuis que nous sommes partis d'Italie et cela joue sur nos nerfs. Pour Zal, Hanahita, Isabelle et Matëus, cela commence à être très compliqué. Comme on croise beaucoup d'humains, la faim leur donne envie de leur sauter dessus. Leurs loups tiennent de moins en moins en place, on entend même par moments des légers grognements qu'ils n'arrivent plus à contrôler.

– **Nous devons manger !** nous balance Arssa durement et assez agressif.

– Oui, quand on sera arrivé à destination, répond Glenn plus posément.

– **Non ! Maintenant !** agresse Arssa.

Nous dévisageons le loup surpris de l'intonation qui ressemble à un ordre.

– Arssa ! Tu te calmes tout de suite et tu attendras comme tout le monde ! dit Glenn en montant légèrement le timbre de sa voix.

– **Non ! Cela ne sera pas possible, à ta place je prendrai mes avertissements au sérieux,** insiste le loup.

– Glenn, il essaie de te prévenir d'un possible débordement de la part de l'un de nous quatre, défend Matëus.

– Tu ne sais plus contrôler ton loup ?! répond mon fiancé perdant patience.

– Tu ne comprends pas. Vous avez l'habitude de vivre parmi les humains, mais pas nos loups. Ils ont de plus en plus de mal à rester aussi petits et ne résisteront pas encore longtemps avant de sauter sur un humain. Que ça soit un homme, une femme ou même un enfant, explique notre frère.

J'observe Hazia, Thynka, Zoann et Arssa, ils ont un comportement très nerveux et agressif. Ils ne tiennent plus en place, ils tournent en ronds, font des petits bonds sur place. C'est comme s'ils essayaient de

CHAPITRE 8

vider un trop-plein d'énergie. Glenn fait comme moi et les observe aussi chacun leur tour. Le plus nerveux est Zoann, il ne peut communiquer qu'avec son maître et cela ne doit pas l'aider à se détendre.

– **Zoann, tu tiens le coup ?** me soucié-je.

– **Non ! J'ai faim !** répond-il énervé.

Je fais attention à ne pas le regarder pour que Zal ne se doute de rien.

– **On va s'arrêter…**

– **Ce n'est pas le moment de me parler,** me coupe-t-il. **J'ai besoin de me concentrer pour ne pas bouffer quelqu'un, il y a trop de monde ici.**

Mince, je pensais l'aider en lui parlant. Pour une fois, j'ose prendre les commandes en voyant le danger que Glenn prend à la légère. Je lui arrache la carte des mains assez rapidement, surpris, il ne bouge pas.

– **Désolée, mon chéri. Cependant, j'ai l'impression que tu ne vois pas l'urgence. Nous devons sortir de cette ville.** Je regarde sur la carte pour lire comment elle s'appelle. **Nous devons sortir de Figueras et nous arrêter au parc naturel de la zona Volcànica de la Garrotxa.**

Un silence de quelques secondes, puis ils se mettent tous à éclater de rire.

– **Pourquoi riez-vous ?**

– **Ma chérie, ton accent espagnol est horrible.**

Ils se remettent tous à rigoler, je ne sais pas trop comment le prendre. J'hésite entre l'énervement car ils se moquent tous de moi et l'envie de rejoindre leur rire.

– **Bon, allez c'est parti pour le parc, ce sera notre deuxième arrêt. Demain, nous devrons arriver à destination, il ne nous reste que quelques heures.**

Une fois arrivés au parc sans que personne n'ait bouffé quelqu'un, nous admirons le paysage, c'est impressionnant à voir. Il y a des habitations sur une gigantesque falaise qui surplombent la végétation et un étang qui me donne envie de faire un plongeon pour me rafraîchir. Nous essayons de trouver un endroit reculé afin d'éviter les randonneurs ou les promeneurs.

À la tombée de la nuit, les loups retrouvent leurs tailles initiales en s'étirant de toute leur longueur. Certains se frottent même au sol, contents de se laisser enfin aller. Les deux gamins sont partis chasser avec leurs loups pour toute la meute. Glenn a pris cette décision pour ne pas nous voir tous courir dans tous les sens et nous faire repérer.

Ce soir nous n'allumerons pas de feu car il y a trop d'habitations cela attirerait trop l'attention. Lorsque Jylo revient avec Hanahita, ils sont assez déçus de leur chasse. Ils n'ont pu attraper qu'une dizaine de lapins.

– Désolé, mais il y a trop d'humains ici pour que les animaux s'installent. On n'a ramené que ça, dit Jylo dépité.

– C'est très bien, en plus vous avez été très rapides, complimente Glenn.

– Oui, et la prochaine fois, ils iront tout seuls. Je n'arrivais pas à les suivre, dit Hanahita en faisant semblant d'être essoufflée.

Nous en rigolons puis nous partageons les lapins à part égale. Je remarque tout de suite que tous donnent une plus grosse quantité à leurs loups. Leurs liens sont extraordinaires, ils donneraient leur vie pour sauver l'autre et ça marche des deux sens. Pourtant les loups ont le choix, ils peuvent réussir à vivre sans nous.

– **Shugo, pourquoi êtes-vous si loyaux envers vos maîtres ?**

Il mange tranquillement aux pieds de Glenn quand je lui pose la question, il tourne sa grosse tête vers moi.

– **Je ne comprends pas ta question ?**

– **Je trouve cela étrange que vous acceptiez les moindres caprices de vos maîtres, quitte à donner votre vie en sachant que vous pouvez vivre sans eux.**

– **Nos vies sans eux ne seraient pas comme elles sont actuellement. Notre force, notre intelligence, nos capacités, sont perdues à l'instant où nos maîtres meurent.**

– **Mais, c'est vous qui donnez toutes ces facultés ?**

– Oui, cependant l'un ne vit pas sans l'autre, c'est un équilibre.

Je lui fais un sourire et le laisse finir de manger tranquillement, il n'y a que Glenn qui a remarqué notre échange.

– Ça va, ma chérie ?

– Oui très bien, répondis-je joyeusement.

Il me regarde, interloqué de cette joie soudaine dans ma voix.

C'est vrai que je me sens mieux que ces derniers mois. Je ne sais pas si ça vient du fait qu'on se rapproche de ma mère ou le fait que j'ai rencontré ma louve, peut-être aussi parce que j'ai cru que j'allais mourir carbonisée ou étouffée par la fumée.

Je ressens moins de haine même si elle peut revenir dix fois plus forte si les choses tournent mal pour l'un d'entre nous.

– Allez, tout le monde finit de manger. Nous devons dormir, dans quatre heures, je vous réveille, nous secoue Glenn.

Nous nous couchons tous sans riposter. Le temps avance trop vite, le ventre de Lili commence à grossir et elle a de plus en plus de mal à le cacher sous son gilet orange.

CHAPITRE 8

– Debout ! Nous réveille mon chéri sans délicatesse.

Je sursaute au réveil de Glenn. On se lève, sans dire un mot. Nous avons tous une tête fatiguée. Le pire c'est Isabelle et Lili, elles ont des cernes énormes, on pourrait presque croire qu'elles ont deux yeux au beurre noir. De plus, leur teint pâle n'aide pas à les atténuer.

– Finissez de vous préparer, je vais remplir nos gourdes. **Shugo, ma chérie, venez avec moi.**

Je prends les gourdes de l'autre moitié de la meute et nous allons vers le point d'eau. Sur le chemin nous ne croisons personne. Nous restons silencieux, je me demande pourquoi Glenn m'a demandé d'aller avec lui par télépathie ?

Une fois arrivée, je ne lui laisse pas le temps de se baisser vers le lac que je l'interroge :

– **Pourquoi nous demander de venir avec toi en douce ?**

On commence à remplir les gourdes et Shugo fait semblant de boire de l'eau.

– **On est toujours suivis,** me répond-il calmement.

Je regarde Shugo avec des gros yeux.

– **Les autres ne le savent pas ?**

– **Tous les loups le savent, cependant je leur ai donné l'ordre de ne rien dire à leur maître pour le moment.**

– **C'est pour ça que depuis le début, ils sont silencieux. En fait ils sont sur leurs gardes ?**

– **Oui, ma chérie.**

– **C'est aussi pour cela que tu ne voulais pas qu'on se repose quatre heures ?**

– **Oui, à chaque arrêt qu'on fait, ils nous rattrapent un peu plus.**

– **Mais qui ça ?**

– **Amy, la fille, qui veux-tu d'autre !?** me répond Shugo.

La façon dont il me parle me donne l'impression d'être la plus bête de ce monde. En même temps, c'était stupide de ma part d'avoir posé cette question. C'est vrai, mise à part elle qui peut nous suivre depuis le début ?!

– **Cette fille, j'ai la sensation de la connaître,** leur dis-je d'un coup.

Les deux s'immobilisent en me dévisageant, je me racle la gorge pour les faire réagir tout en continuant à remplir les gourdes.

– **Tu l'as déjà rencontrée ?** me demande Shugo, en parlant encore plus doucement dans ma tête comme si on pouvait nous entendre.

– Je ne sais pas, son odeur m'est familière et ses yeux me rappellent quelqu'un.

– **Tu es bien la seule dans la meute à connaître son odeur. Continue à réfléchir, peut-être cela te reviendra en même temps que des brides de ta mémoire.**

Nous nous relevons, les gourdes toutes pleines, j'allume mon téléphone en marchant vers notre meute. Je le vois clignoter, plus qu'une barre de batterie et c'est ma dernière recharge d'urgence. Je l'éteins en râlant doucement pour ne pas attirer l'attention. J'aperçois quand même les oreilles de Shugo s'orienter vers moi.

Lorsqu'on arrive, j'observe tous les loups, ils ne montrent rien à leurs maîtres, ils sont assez calmes. Ils remarquent que je les fixe les uns après les autres.

– **Glenn et Shugo te l'ont dit !** me dit Hazia sèchement.

C'est tellement rare qu'elle me parle, qu'à chaque fois je suis surprise de sa voix dans ma tête. Tous les autres attendent ma réponse.

– **Oui, ils m'ont avertie du danger qui nous suit.**

– **Donc nous pouvons le dire à nos maîtres !** réplique Arssa.

– **Non, surtout pas !**

– **Pour quelle raison ?** me demande Thynka gentiment.

– **Certains de vos maîtres réagiront bien, cependant d'autres feront n'importe quoi.**

– **Tu insinues que nos maîtres sont trop débiles pour bien réagir ?** me balance Hazia

– **Non, je n'ai pas dit ça. Mais la peur peut amener des mauvaises décisions ou des mauvaises réactions. On veut juste éviter des prises de tête entre nous, cela ne nous aidera pas à avancer.**

– **Elle a raison ! Regardez déjà comment vous, vous réagissez et pourtant nous sommes plus sages et réfléchis que nos maîtres,** rajoute Shugo.

Tous les loups se fixent un moment.

– **Très bien. On ne dira rien,** nous dit Vif avec un hochement de tête vers le bas et tous les autres font de même.

Nous continuons notre route d'un pas beaucoup plus soutenu. Certains loups aident Lili ou Isabelle en les portant sur leur dos dans des endroits reculés.

En fin de journée nous arrivons à notre première étape. On a dû dépasser le parc naturel de Los Calares del Mundo y de la Sima qui est magnifique. Des cascades bleu turquoise, le seul hic il y a beaucoup trop de

CHAPITRE 8

visiteurs. Glenn a plutôt visé une forêt à quelques kilomètres plus loin, un endroit appelé la Platera.

Nous nous installons pas loin d'un ruisseau ou d'une rivière. Si je ne savais pas qu'on nous suivait, je me sentirai en sécurité ici.

– Voici notre première étape achevée. Allez chasser, mais pas loin et en groupe, puis profitons de faire une vraie nuit de huit heures maximums.

Tous les visages se détendent enfin, je peux même voir un petit sourire en coin sur les lèvres de Zal.

Glenn ne dit rien de plus, je remarque qu'il est embêté et concentré. Je comprends qu'il est en pleine communication télépathique. Je suis la seule en m'en apercevoir, j'essaie pour la première fois d'intercepter la conversation qu'il a avec quelqu'un de la meute.

– **Comment faisons-nous pour nous reposer et faire des rondes pour surveiller nos fesses par rapport à cette fille et guetter Lojy en même temps ?** demande Arssa.

– **Ne vous inquiétez pas, reposez-vous. Shugo et moi-même, on fera le guet.**

– **Toi et Shugo ? Pendant que nous nous dormons tranquillement, il en est hors de question !** s'oppose Luna.

– **C'est un ordre, vous n'avez pas le choix !**

Un énorme mal de tête m'oblige à couper le contact entre Glenn et les loups. Apparemment il n'y a que Luna qui s'opposait aux ordres de Glenn. Les autres n'ont pas osé se dresser contre lui ou cela les arrangeait bien. Leur conversation se termine quelques instants après que j'ai perdu la connexion.

On se sépare en deux groupes, Zal, Isabelle, Hanahita et Jylo partent vers le nord. Quant à Lili, Matëus, Glenn et moi, nous partons vers le sud pour chasser et dégourdir un peu nos facultés. Les plus heureux sont les loups, ils courent à toute vitesse dans tous les sens. Nous décidons de laisser Lili et Matëus ensemble et nous partons de notre côté.

– Alors on arrive à s'incruster dans les conversations maintenant ! dit Glenn.

Il me sort ça d'un coup avec un petit sourire.

– Comment le sais-tu ?

– Je t'ai ressentie dans ma tête, c'est bien de réussir à faire ça, cependant il faut le réaliser avec plus de discrétion.

– Oups, grillée, grimacé-je.

Il se met à rigoler, je le dévisage. Son rire m'avait manqué depuis notre départ d'Italie.

– Ça me manque de rigoler et de nous amuser, avoué-je.

– Moi aussi, seulement, je n'ai pas le choix d'être dur avec tout le monde. Il faut qu'on soit sérieux et rapides sur notre déplacement, nous n'avons pas le droit à l'erreur surtout quand nous traversons des zones avec des humains.

– Oui, je comprends, mais n'oublie pas que tu n'es pas seul dans cette histoire, on est là aussi pour s'entraider.

– Bien sûr, dit-il en se rapprochant de moi et en me prenant la main. Pour l'instant je suis celui qui a le plus d'énergie et qui récupère le plus vite, je peux donc me permettre de faire tout ça. Je ne ferai plus les mêmes erreurs qu'avant, ne t'en fais pas. Si j'ai besoin d'aide, je le demanderai.

Je lui souris et caresse son visage, c'est vrai que c'est lui qui a l'air le plus en forme dans notre meute.

– Je suis heureuse de l'entendre.

Il m'embrasse tendrement puis nous collons notre front l'un contre l'autre.

– Je t'aime tant et je trouve que cette cicatrice te rajoute du charme.

Il recule et caresse doucement mes marques. Je ressens un frisson me parcourir tout le corps.

– Je ressemble un peu plus à mon père avec ça, dis-je en baissant les yeux.

Il relève mon menton avec son pouce et son index jusqu'à ce que mon regard se pose sur le sien.

– Tu ne lui ressembles pas du tout, lui, sa cicatrice le rend encore plus monstrueux, quant à toi elles t'embellissent. Elles te donnent même un physique de guerrière.

Il me sourit amoureusement et m'embrasse sur le front.

– Tu as peut-être raison.

– Tu as oublié, dans cette meute on est deux à avoir toujours raison, Jylo et moi.

Je n'ai pas pu m'empêcher de rire en me rappelant quand Jylo m'avait sorti cette même phrase.

Nous rejoignons toute la meute à notre point de repos. On a tous le ventre plein et nous nous couchons pour faire une vraie nuit. Je m'endors en regardant Glenn faire la première ronde pendant que Shugo se repose avant de prendre le relais. Puis mes paupières se ferment lentement.

CHAPITRE 8

Je tiens la main d'une femme, je relève les yeux, elle est grande et me sourit tendrement.

J'entends des enfants courir, plusieurs louveteaux sont aussi à leurs côtés. Des petites maisons faites en bambou sont implantées un peu partout. Un garçon plus grand que moi me bouscule et je tombe sur les fesses.

– Aïe, tu m'as fait mal ! râlé-je.

– Désolé, dit-il avec un sourire.

Il me tend la main pour m'aider à me relever. Je lui tire la langue et me relève toute seule.

– Mon petit Glenn, tu devrais faire plus attention quand tu joues, lui dit la dame d'un ton doux en lui souriant tendrement.

– Luna ! Lâche cette petite, elle ne sert à rien ! hurle un homme gigantesque avec une cicatrice à l'œil.

Tout de suite, je me sens terrifiée. Son loup horrible est à ses pieds, il ne fait que grogner sur tous les enfants qui passent à côté de lui. Glenn se sauve à toute vitesse avec son louveteau. La dame lâche ma main et part vers cet homme.

– Tu aurais dû la laisser crever dans cette forêt, c'est une bouche à nourrir en plus et qui n'a aucun talent.

– Ne dis pas ça, on ne le sait pas encore.

– Psss !

Je me retourne et aperçois une fille plus grande que moi, elle est pleine de bleus sur le visage. Je me dirige vers elle avec méfiance.

– Coucou petite, je suis Lili et toi ?

– Heu... Moi ?

– Oui, comment tu t'appelles ?

– C'est Amy !

– Tu viens d'où ? Je ne t'ai jamais vue dans le coin.

– Je ne sais pas, je ne me rappelle plus.

Ma voix est toute petite et j'articule très mal, je dois avoir à peine un an.

– Ta louve est bizarre.

– Pourquoi ?

Je fixe ma louve qui est toute petite à côté de la sienne.

– Elle est très claire.

– Et ce n'est pas bien ?

– Je ne sais pas, mais c'est bizarre.

– Amy ! Amy !

Je me réveille en sursaut, Glenn me fixe.

– Tu dormais profondément, j'ai eu du mal à te réveiller.

Je me mets à sourire lorsque je me souviens de lui quand il était petit.

– J'ai rêvé de nous, de notre meute lorsque nous étions enfants.

– Ah oui ! Et tu te souviens de quoi ?

– Que tu m'as bousculée et que tu m'as fait tomber. Tu as voulu m'aider à me relever, mais je t'ai tiré la langue et je me suis relevée toute seule.

– Tu étais déjà têtue, dit-il en riant.

– Tu ne t'en souviens pas ?

– Non, j'ai oublié tous les souvenirs relatifs à ton sujet.

Je remarque Lili prendre Matëus dans les bras, je la revois petite avec des bleus sur tout le visage, je prends soudain un air triste sans m'en rendre compte.

– Tu as vu Lili aussi ? devine-t-il.

– Oui, elle était gentille avec moi, enfin je crois, cependant je me méfiais d'elle. Elle souffrait tellement que même si j'étais qu'une toute petite fille, je restais sur mes gardes.

– Oui, elle a eu une enfance horrible dans notre ancienne meute. Tu as vu quelqu'un d'autre ?

– Oui, mon père. J'avais peur de lui, il parlait à ma mère et lui disait que je ne servais à rien, que je n'avais aucune capacité. Le plus étrange, c'est que je ne savais pas qu'ils étaient mes parents, mon père disait à ma mère qu'elle m'avait trouvée dans une forêt. Ma louve était à mes côtés aussi. On a donc passé un petit moment ensemble, alors pourquoi suis-je aussi faible ?

– Ta mère a dû cacher ton existence depuis ta naissance pour te protéger, ça confirme ce que ton père t'a dit au Japon quand il est venu nous attaquer. Et pour ta louve c'est sans doute parce que vous avez été séparées juste avant que tu aies tes facultés et ensuite on t'a effacé la mémoire pour que tu ne te souviennes pas à quel monde tu appartiens.

– Tu en es sûr, c'est peut-être aussi que je suis faible de nature. Tout le monde pense que je serai la plus forte en retrouvant ma louve. Mais, c'est peut-être faux, et on se trompe depuis le début, puis…

– Oh ! Stop ! Il respire profondément et me fait un geste pour que je fasse pareil. Ma chérie, calme-toi, on ne sait rien du tout, on va donc arrêter d'avoir des espoirs ou de se faire du mouron. On attendra qu'on trouve ta louve pour avoir toutes les réponses.

– Alors, vite qu'on la retrouve parce que ces questions vont me rendre folle.

CHAPITRE 8

– Bon, écoutez-moi tous, la deuxième étape est le Maroc, nous devons y arriver en deux jours et demi. Isabelle, Thynka comment vous vous sentez ?

– En pleine forme Glenn, on vous suivra sans souci.

– Isabelle, je ne demande à personne de faire le fort. Oscar nous avait dit que tu en aurais pour trois semaines pour récupérer et là, ça ne fait que quinze jours.

– Peut-être que j'en aurai eu pour trois semaines si j'étais une petite nature comme Oscar. Mais il n'a pas pensé qu'il parlait de la sœur du roi.

– Bien balancé Isa ! lui dis-je en lui tapant dans la main.

Toute la meute se met à rire.

– Très bien, c'est bon, la récré est terminée ! Préparez vos affaires, on part dans quelques minutes.

Il prend la carte et je remarque qu'il change l'itinéraire.

– Tu changes de trajet ? demandé-je surprise.

– Oui, je voulais qu'on nage le moins possible de l'Italie au Maroc, cependant nous avons perdu trop de temps. Et comme Isabelle et Thynka ont l'air vraiment en forme, autant en profiter.

– Et puis surtout, on risque de se faire moins remarquer et on pourra aller plus vite.

– C'est ça.

Je le regarde et je saisis qu'il ne me dit pas tout sur sa décision d'avoir changé le trajet. Ne préférant pas insister, je le laisse me l'avouer quand il voudra.

Nous partons dans un rythme beaucoup plus rapide que les trois derniers jours, le repos nous a fait énormément de bien. Isabelle et Thynka ne nous ont pas menti, elles tiennent bien la cadence sans faillir une seule fois. On profite de ce long trajet pour discuter un peu plus entre nous. J'apprends à mieux connaître Hanahita et on s'entend de mieux en mieux, elle est plutôt cool. Avec Jylo, elle me permet de vraiment me sentir détendue, ils se ressemblent pas mal tous les deux. Hazia ne parle toujours pas, cependant c'est sa nature, elle n'aime pas échanger avec les hommes. Zal reste toujours assez solitaire avec Zoann, néanmoins il râle beaucoup moins.

L'environnement change complètement au sud de l'Italie, la végétation laisse place à des plaines assez désertiques. Nous n'avons aucune ombre, le soleil tape toute la journée. Heureusement qu'on est en septembre, la température a bien baissé depuis l'Italie.

En fin de journée nous arrivons dans un endroit où la végétation est beaucoup plus dense, nous en profitons pour y camper.

Nous avons pris le rythme, on n'a plus besoin que Glenn nous dicte ce qu'on doit faire.

Le lendemain, nous arrivons assez rapidement à la mer. En milieu de journée, nous nous retrouvons de l'autre côté, au Maroc dans la Forêt Trifa.

Glenn, tracassé et hésitant, partage ses craintes avec nous.

– Je ne vois pas d'endroit après celui-ci où l'on pourrait réellement se reposer jusqu'à la prochaine étape. Alors, je vous laisse le choix, soit on s'arrête maintenant, soit vous prenez le risque de dormir dans des endroits désertiques. Je m'adresse surtout à nos loups.

Les loups se parlent entre eux sans nous faire participer à leur conversation.

– **On continue, nous arriverons à nous contenir,** répond Shugo pour tous les autres.

– Alors, c'est reparti !

N'arrivant plus à avancer, nous nous arrêtons à la tombée de la nuit. La traversée de la mer nous a pris bien plus d'énergie que l'on pensait. Seuls Glenn et Shugo restent assez en forme et pourraient réussir à continuer s'ils le souhaitaient.

On arrive à trouver quelques arbres pas loin d'un salon de thé. Nous nous cachons sans prendre de risque, bien évidemment les loups gardent leurs tailles de chien. Nous nous allongeons tout près les uns des autres.

– **Shugo est-ce que la fille nous suit encore ?** lui demandé-je.

– **On ne la sent plus depuis qu'on a traversé la mer.**

– **Alors c'était pour cela aussi !**

– **De quoi ?**

– **Non rien, bonne nuit, Shugo.**

– **Bonne nuit, Amy.**

Je viens de comprendre pourquoi Glenn nous a fait traverser la mer plus tôt. La distance était beaucoup plus longue et nous a fait perdre notre odeur.

– Bravo Glenn, tu as vraiment le potentiel pour être le roi.

Il me regarde surpris de mon compliment.

– Merci ma chérie, mais je ne comprends pas de quoi tu parles.

CHAPITRE 8

– J'ai compris pourquoi tu nous as fait passer la mer plus vite que prévu.
– Oui, pour l'instant ça a marché, cela nous a fait gagner du temps.
Je l'embrasse fière de lui et m'endors dans ses bras.

Quatre heures plus tard, c'est reparti pour un tour. Nous devons impérativement arriver à destination aujourd'hui. Glenn nous dit vers quoi nous nous dirigeons, cela motive les loups comme jamais. Nous allons au parc national de Tazekka, un endroit de liberté pour eux, alors c'est avec un pas déterminé qu'on repart.

La route nous a paru très longue et plus dure, cela venait peut-être de la fatigue. Glenn et Shugo surprenaient tout le monde par leur incroyable endurance.

Lorsque nous voyons au loin les montagnes verdoyantes, nous accélérons notre cadence sans le remarquer, nous puisons toutes nos forces pour y arriver.

Nous atteignons le parc avant la nuit, tous enfin heureux, les loups reprennent leur taille et sautent partout. Comme à chaque endroit, nous allons chasser et nous nous offrons des animaux carnivores pour reprendre encore plus de force. Pour la première fois de ma vie, je chasse un léopard. Glenn m'a aidée à l'attraper et nous l'avons partagé avec Shugo. Son goût était exquis, bien meilleur que les lapins ou les sangliers. Chaque bouchée me déclenchait des frissons dans tout le corps et une sensation de puissance remplissait tous mes muscles.

Nous nous regroupons pour dormir, mon fiancé et son loup seront encore les seuls pour surveiller.

J'ai peur, je suis toute seule dans une minuscule cabane de bambous. La voix d'un enfant hurle à perdre haleine, je passe ma petite tête à travers un vieux rideau qui sert de porte. Je vois le petit garçon, je le connais, mais impossible de me souvenir de son prénom. L'homme à la balafre tire l'enfant par le bras et prend son louveteau sous son autre bras sans faire aucun effort. Le garçon qui doit avoir deux ans de plus que moi essaie de se dégager de toutes ses forces, mais en vain. Des adultes hurlent en suppliant de le laisser, je comprends que ça doit être

ses parents. Je les suis du regard pour savoir où cet homme amène le petit garçon lorsqu'il se retourne vers moi. Son regard noir rempli de haine me tétanise sur le moment et je recule en tombant à la renverse sur les fesses. Je tremble de partout, mais malgré la peur, la curiosité est bien plus forte. Je prends mon courage à deux mains et retourne regarder à travers un petit trou du rideau marron. Je les perds de vue lorsqu'ils passent derrière une espèce de butte. Je décide de les suivre discrètement. Une fois dehors, je cherche ma louve partout.

– Hé, tu es où ? demandé-je en chuchotant.

Pas une ombre de présence, même les parents du garçon sont rentrés en pleurant. Je n'ose pas l'appeler encore une fois donc j'abandonne, j'ai hâte de pouvoir discuter avec elle par la pensée. J'hésite puis je me lance vers cet homme, je veux savoir ce qu'il va faire du petit. Je les suis facilement grâce aux cris de l'enfant, et, quand je les aperçois enfin, ils rentrent dans sa cabane. C'est la plus grande et la plus jolie, parce qu'il se nomme le roi, ici. Je ne sais pas ce que ça signifie, cependant j'ai remarqué qu'il a la permission de faire ce qu'il veut et personne n'a le droit de lui dire quelque chose. Je cherche un endroit où je pourrai voir à travers les bambous de la cabane. Soudain, je n'entends plus les cris du garçon. Je vois enfin un jour, néanmoins, il est trop haut pour moi. Alors, je prends de l'élan et saute puis je m'agrippe aux bambous sans faire de bruit. Fière de moi, j'arrive juste au niveau du petit trou. Je dois fermer mon œil gauche pour réussir à bien voir à l'intérieur de la cabane. Le petit garçon et son loup sont allongés au sol, ils ne bougent plus. L'homme s'approche du loup et lui donne de grosses gifles pour les réveiller. Il relâche le loup et attrape l'enfant par le col, il est à plus d'un mètre du sol. Il lui chuchote quelque chose à l'oreille, je n'arrive pas à l'entendre, mais la réaction du garçon qui essaie de se débattre me fait comprendre qu'il n'est pas d'accord avec ce qu'il lui a dit. L'homme souffle, déçu de la réponse, hausse les épaules, puis il le fixe durement avec un sourire au coin des lèvres et en une seconde, il arrache la tête du garçon. Un cri d'horreur m'échappe, mais qui n'échappe pas à l'oreille du monstre. Je me laisse tomber au sol, mon cœur bat à toute vitesse. Je sais que je ne peux pas fuir, il me rattraperait aussitôt et me tuerait comme ce pauvre garçon.

– Psss !

Je cherche partout la personne qui m'appelle.

– Viens vite ! chuchote une personne.

Je vois une ombre au milieu de la forêt de bambous, je cours la rejoindre.

– Madame, Luna !

– Oui, on doit partir maintenant.

CHAPITRE 8

– Ma louve, je ne sais pas où elle est.
– Ne t'inquiète pas, elle est déjà en sécurité.
Elle me tend la main avec un sourire rassurant. Je me retourne une dernière fois vers mon village et ce monstre qui doit déjà me chercher.

– Amy, ma chérie, debout c'est l'heure.
Je me lève, la respiration haletante, et trempée de sueur.
– C'est horrible, je l'ai vu !
– Tu as vu quoi ?
Il m'attrape la main quand il remarque mes tremblements.
– Ce monstre enlevait les enfants à leurs parents et les tuait s'ils n'acceptaient pas ce qu'il leur proposait.
– Il leur proposait quoi ?
– Je n'ai pas entendu, mais le garçon lui a dit non et il lui a arraché la tête sans aucune pitié.
Il me serre fort dans ses bras.
– C'est fini, calme-toi, essaie-t-il de m'apaiser.
– Non justement, il continue peut-être de le faire.
– On va l'arrêter, je te le promets.
Il me relâche et me pose un baiser sur le front.
– Préparez-vous pour la troisième étape, s'adresse-t-il à tout le monde. Cette fois, nous avons dix jours avant d'arriver au Nigeria.
Personne ne réplique et nous l'écoutons tout de suite. Toujours horrifiée par mon rêve, je range mes affaires machinalement. Je ne voulais pas me souvenir de ça.
– On s'arrêtera un peu plus loin pour se nettoyer tous un peu parce que certains sentent le fennec, continue Glenn.
Certains en rigolent, d'autres le prennent mal, pour ma part je suis heureuse de pouvoir me rafraîchir autant le corps que l'esprit.

Au bout de vingt minutes, on saute tous dans l'eau sans réfléchir. Elle est un peu fraîche, mais agréable. Nous trouvons même le temps de jouer avec nos loups dans l'eau, un petit moment de détente qui me change les idées et efface la peur liée à mes souvenirs. Mon chéri avait même planifié ce moment depuis notre départ en Italie.

Au bout d'une bonne heure, nous reprenons la route, tous propres et en forme. Direction le Nigeria.

9. CHEMINEMENT VERS UNE NOUVELLE TERRE

Deuxième partie

Cela fait déjà cinq jours que nous avons quitté le Maroc. Nous sommes tous assez épuisés à part Glenn et Shugo qui ont de plus en plus d'énergie. Nous allons franchir la frontière du Niger, nous arrivons à la moitié de notre étape. Ce qui nous paraît le plus étrange depuis le début, c'est que l'on sent beaucoup d'odeurs de meutes, mais nous n'en croisons aucune. On se demande s'ils nous évitent et, si oui, pourquoi ?

Nous décidons de nous arrêter pour la nuit dans le parc national culturel de l'Ahaggar. Tout est désertique et rocheux, il n'y a pas d'arbres, pas d'ombre à part les montagnes de roche qui laissent leurs silhouettes derrière elles une fois que le soleil passe à l'arrière. Ce genre de paysage est assez triste, on a plus l'habitude des forêts et des grands espaces verts. En revanche, Zal adore, il est émerveillé depuis qu'on est entré dans le désert. Le seul souci, c'est que la nourriture est beaucoup plus difficile à trouver. Nous chassons beaucoup de fennecs, de gazelles et de chacals, mais le plus dur est de chasser sans se faire remarquer avec si peu de végétation. Nous sommes à la merci de tous les regards qui peuvent traîner. Nous laissons nos loups s'en charger sans reprendre leur forme naturelle. J'ai hâte de sortir de ces territoires, la fatigue me rend assez nerveuse et impatiente.

– Installons-nous ici, on ne pourra pas trouver mieux. Shugo et Arssa, c'est à votre tour d'aller chasser. Surtout gardez votre petite taille et pas d'imprudence.

– **Puis-je aller avec eux ?** demande gentiment Luna

CHAPITRE 9

– Non, tu dois te ménager. Les jours passent et ton accouchement se rapproche. À partir de maintenant, tu seras dispensée de chasse.

– Très bien, Glenn.

Nous nous installons à même le sable, j'aperçois les autres loups creuser puis s'allonger dans leur trou.

– Luna, pourquoi faites-vous ça ? demandé-je.

– Pour la fraîcheur, plus tu creuses et plus le sable est frais.

– Super ! Bonne idée ! m'exclamé-je.

D'un coup, je vois tout le monde faire la même chose, Matëus creuse pour lui et sa femme. Je prends exemple sur lui et fais de même pour Glenn et moi afin de l'aider puisqu'il est déjà occupé à vérifier la carte. Une fois terminé, j'enlève mes chaussures et mes chaussettes discrètement afin de sentir un peu d'air. Pourvu que certains ne fassent pas comme moi où on finira tous intoxiqués.

Nous sommes tous allongés en attendant le repas, le soleil se couche derrière les montagnes et nous laisse une lumière orangée. Shugo et Arssa reviennent au bout d'une longue heure avec une maigre quantité de viande. Nous faisons tous la grimace, néanmoins c'est mieux que rien. Nous partageons tous, à part égale. Une fois le repas fini, nous avons encore faim.

La petite nuit de quatre heures risque d'être dure, cependant personne ne se plaint et nous allons nous coucher sauf Glenn qui se relaie avec Shugo pour monter la garde.

Quand j'ouvre les yeux, je n'arrive pas à y croire. Ça y est, enfin je suis dans la forêt de bambous. L'espoir me quitté peu à peu de retrouver cet endroit. Je regarde tout autour de moi. La fraîcheur et l'humidité me font du bien. Surtout voir du vert partout me remplit de joie. Le sourire au bout des lèvres, je me mets à courir comme une enfant à travers cette forêt.

– Amy !

– Enfin, Tenshi !

Je lui cours dessus et la serre fort dans mes bras.

– Comment tu vas depuis la dernière fois ?

– Très bien, mon œil a bien cicatrisé. J'imagine que c'est grâce à ma mère.

— Oui, elle m'a soignée dès qu'elle a pu, mais cela nous a laissé trois belles cicatrices. Je suis désolée, c'est ma faute. Je me suis laissé déconcentrer, une erreur qui ne pardonne pas.

— Ce n'est pas grave, ne t'excuse pas. Dis-moi plutôt si ma mère t'a parlé de mon frère.

— **Oui, elle est tombée sur un être comme ça. Elle m'a dit de te mettre en garde, il peut se retourner à tout moment contre vous.**

— C'est bien ce que je pensais et on peut faire quelque chose ?

— **Oui, nous retrouver le plus vite possible ou, si vous n'avez pas le choix, l'abandonner.**

— Jamais ! me braqué-je tout de suite.

— **Amy, s'il te plaît fait attention à toi. Il peut vraiment être dangereux.**

— On vous retrouvera le plus vite possible. On est en route sur une piste où vous êtes allés. On finira par vous tomber dessus, j'en suis sûre.

— **J'ai tellement hâte que tu sois à mes côtés pour pouvoir te protéger.**

— Moi aussi.

Soudain un bruit de pas lourd se fait entendre non loin de nous. Je souffle, je comprends qu'il est temps de nous séparer encore une fois.

— **Amy...**

— Je sais Tenshi, à très vite. Surtout dit à ma mère d'éviter de bouger si elle peut, on est sur votre piste.

— **Bien entendu, elle essaie de moins se déplacer et de rester le plus longtemps possible au même endroit depuis qu'elle sait que vous êtes à notre recherche.**

Les larmes aux yeux, je la serre fort.

Je me réveille dans les bras de Glenn. Je soulève légèrement la tête et remarque que Jylo n'est plus là.

— Shugo, tu sais où est Jylo ?

— Oui, ne t'en fais pas, il se promène sur les roches au-dessus de vous. Repose-toi tu as encore une heure devant toi.

— Très bien, merci.

N'arrivant plus à dormir, je me lève discrètement et me dirige vers les roches les plus proches et grave ma phrase sur la paroi. Une fois mon art achevé, je prends ma gourde et bois quelques gorgées. Obligée de me limiter, sachant qu'on n'a pas encore fini de traverser le désert, nous devons faire attention à nos réserves d'eau qui diminuent très rapidement entre nous et les loups. Il faudra vraiment qu'on trouve de l'eau au plus vite. Heureusement le sang des animaux nous désaltère, sinon on n'aurait déjà plus rien.

Lorsque tout le monde est debout et prêt, nous repartons. Il y a de moins en moins de bla-bla entre nous, nous économisons notre énergie pour le trajet. Le ventre de Lili grossit jour après jour, c'est impressionnant, mais il la fait ralentir, Luna pour l'instant arrive à nous suivre plus facilement que sa maîtresse. Matëus porte sa femme dès qu'il ressent sa fatigue. Jylo ne supporte toujours pas les sorties nocturnes de Lojy, à chaque réveil, il demande à mon fiancé et à Shugo ce qu'il a pu causer. Ça doit être vraiment difficile d'accepter de ne rien pouvoir faire quand un autre prend le contrôle de son corps. J'aurais voulu avoir de bonnes nouvelles à lui dire, comme ce n'est pas le cas, j'ai préféré ne parler à personne de mon entrevue avec Tenshi.

Notre rythme a beaucoup ralenti depuis nos trois premiers jours, le manque de sommeil, de nourriture et d'eau nous handicape. Bizarrement Glenn n'a pas l'air tendu.

– Tu n'es pas inquiet de notre ralentissement ? lui demandé-je.

– Non, je l'avais compté dans notre temps, répond-il tranquillement.

Je le fixe, surprise qu'il soit si calculateur. À ce point, c'est ahurissant.

– Ah, oui ! Même ça, tu l'avais planifié !

Il me sourit et m'attrape la main.

– Tu me fais rire, j'arrive tout le temps à te surprendre.

Je lui rends son sourire et le regarde avec admiration.

– Je me doutais qu'on allait diminuer le nombre de kilomètres parcourus chaque jour à cause de notre fatigue, du coup j'avais rapproché nos arrêts.

– Et, où est-il le prochain ?

Il me montre la carte et pose son doigt sur le massif de l'aïr.

– On aura même le droit d'avoir un peu de végétation et ce qui veut dire de l'eau.

– Oh ! Super ! On va pouvoir se rafraîchir, hurlé-je de joie.

Tous les yeux et les oreilles se sont braqués sur nous. Et d'un coup nous avançons plus vite pour rejoindre ce paradis.

Au bout de quelques heures, nous y parvenons enfin. En premier, nous cherchons de l'eau et tombons sur un petit ruisseau. Ce n'est pas aujourd'hui que je pourrai prendre un bain, cependant nous pouvons au moins nous rincer le visage et remplir nos gourdes. On se trouve un petit coin avec un brin de végétation. Les loups attendent la tombée de la nuit pour prendre enfin leur forme gigantesque et ils partent tous chasser. La bonne humeur s'installe, on se permet même de faire un feu et de se regrouper autour. Les loups reviennent avec un fennec chacun dans la gueule. Il n'y a que Shugo et Arssa qui se sont acharnés à en attraper deux pour que Luna et moi, nous en ayons un entier.

— **Merci, Shugo.**
— **De rien, je n'ai pas envie que Tenshi me tire les oreilles quand je la verrai.**

J'éclate de rire avec lui sans que personne ne comprenne.

— **Par contre nous avons senti des odeurs à proximité, il doit y avoir une meute dans les alentours,** nous dit Arssa d'un ton sérieux qui calme mes rires tout de suite.

— OK, on surveillera cela avec Shugo cette nuit.

Lorsqu'on finit de manger, nous allons tous nous coucher avec méfiance.

— *Vous m'amenez où, Madame Luna ?*
— *En sécurité ! Ne te fais pas de souci, mon ange.*

Je lui fais un sourire peu rassurant. Je tiens sa main de toutes mes petites forces, je ne dépasse même pas sa taille. Je cherche partout ma louve, mais je ne vois que des bambous et un homme nous suit de près. Son visage est sévère, avec une barbe de trois jours, ses sourcils noirs bien dessinés sont froncés et se touchent. Il est encore plus grand que Madame Luna, je ne l'ai jamais vu dans le village. Lorsqu'il remarque que je l'observe, il détend son visage et me fait un clin d'œil, je détourne tout de suite les yeux.

— *Où est ma louve ?*
— *Elle est avec un ami.*
— *Mais pourquoi elle n'est pas avec moi ?*

Elle s'arrête brusquement, se baisse devant moi pour se mettre à mon niveau et m'attrape les épaules.

— *Écoute-moi bien mon ange, tu es en danger. Tu vas venir avec moi chez un homme très gentil. Tu verras, tout va bien se passer.*

Je peux voir ses yeux se remplir de larmes quand elle se détourne de moi et on repart aussi vite. Je la suis sans savoir où je vais et si un jour, je pourrais revoir ma louve. J'essaie de me concentrer pour arriver à communiquer avec elle, mais l'homme m'attrape par la taille en me soulevant.

— *Non, arrête ça tout de suite, gamine, me dit-il sèchement.*
— *Mais, je veux retrouver ma louve.*

CHAPITRE 9

Je me mets à chouiner, il me berce doucement en essayant de calmer mes pleurs.

– **Debout réveillez-vous !!!**
J'ouvre les yeux en panique, le cœur affolé.
– Quoi ? Qu'est ce qui se passe, Shugo ?
Nous sommes tous en alerte à regarder autour de nous.
– **La meute qu'on a sentie se rapproche.**
On se métamorphose et nous repérons une grosse source de chaleur qui arrive droit vers nous. Nous sommes tous prêts au cas où il y aurait un affrontement. Inquiète, je regarde ma meute un par un et remarque l'absence de Jylo. Merde, où est-il ? Ce n'est quand même pas lui qui les aurait fait venir ici ? J'essaie de contacter Glenn ou Shugo en télépathie, mais impossible, mon blocage est toujours présent ! Je ne veux pas le dire de vive voix et prendre le risque qu'on nous entende, cela pourrait être dangereux pour Jylo. La meute se rapproche, ils se déplacent dans un rythme détendu. Combien sont-ils ? Est-ce qu'ils viennent nous attaquer ? Ils restent groupés pour nous tromper sur leur nombre. On ne devrait plus tarder à les voir, on fixe tous le même endroit. Vif cherche son maître des yeux. Quand il croise mon regard, je lui fais non de la tête, discrètement. Puis, je lui fais un signe de la main, en conséquence, il comprend qu'il doit se placer à mes côtés, se faisant ainsi passer pour mon loup. Avec un peu de chance, ils ne vont pas remarquer tout de suite que ce n'est pas une femelle. Vif m'écoute et se met devant moi pour me protéger comme il l'aurait fait pour Jylo. Glenn vient de comprendre, nos regards se croisent et il me fait un hochement de la tête pour me faire saisir qu'il a percuté.

Ça y est les voilà, ils sont quatre, en espérant qu'ils soient tous là. Il y a deux femmes et deux hommes. Ils sont juste habillés de peau d'animaux pour cacher leurs parties intimes. Ils ont tous entre seize et vingt ans, pas plus. D'un côté, ça me rassure, ils ne doivent pas avoir une énorme expérience du combat, cependant, d'un autre côté, c'est justement leur jeunesse qui m'effraie, où sont les adultes ? Ils se rapprochent en ne montrant aucune agressivité. Lorsqu'ils arrivent à cinquante mètres de nous, ils s'immobilisent tous en même temps. Leurs loups sont presque tous de la même couleur marron sablée avec des taches noires. Leurs yeux rouges nous fixent les uns après les autres. Ils sont très minces et hauts sur patte, je suppose qu'ils doivent courir aussi vite que Vif.

– Que faites-vous ici ?

C'est le plus âgé des quatre qui prend la parole. Il est assez sec, il n'a pas une once de gras. Je le scrute de la tête aux pieds, un détail me saute aux yeux tout de suite. Aucun d'eux ne porte de chaussures, comment font-ils pour ne pas se brûler les plantes des pieds ? Il n'a pas un poil sur le corps, avec le climat d'ici, sa peau est bronzée. Ses cheveux noirs sont attachés en queue-de-cheval. Bien qu'il soit jeune, de son regard ressort une assurance remarquable.

– Nous ne sommes que de passage, dit Glenn calmement.

– Ici, c'est chez nous, il n'y a pas assez de ressources pour deux meutes, donc dégagez.

– Comme je viens de te le dire, nous ne sommes que de passage. Nous nous reposons et dans deux heures nous serons repartis.

Le jeune homme regarde sa meute quelques secondes.

– Non, vous partez, maintenant ! ordonne-t-il.

– S'il vous plaît, notre sœur est enceinte, elle a besoin de repos, dit-il en montrant Lili d'un geste de la main.

Tous les regards se posent sur elle.

– On s'en fout ! Partez !

Son ton devient mordant et menaçant, ils prennent une posture d'attaque.

Glenn souffle un coup en levant les yeux au ciel.

– Écoutez, vous ne faites pas le poids, donc évitons des blessés pour rien et laissez-nous encore nos deux heures de repos, ensuite nous partirons.

– Ah, tu crois ça ?! dit-il d'un ton mesquin.

Il fait un sourire de vainqueur et lève la main en l'air. Surpris, nous regardons autour de nous pour chercher quelqu'un d'autre qui se cacherait, lorsqu'un homme d'une trentaine années sort de derrière un rocher sur notre gauche. Mais, au lieu de nous sauter dessus, il baisse les yeux en faisant une grimace.

– C'est lui votre arme secrète ?! rigole mon frère.

Je reconnais tout de suite la voix de Lojy, il sort derrière l'homme en tenant sous son bras le loup de ce dernier, prêt à lui arracher la tête.

– Comment... où... et..., essaie d'articuler le jeune homme complètement pris au dépourvu.

– Ferme ta bouche, branleur, tu nous as pris pour des débutants ? crache Lojy.

– Non, justement, on sait qui vous êtes et on ne veut pas avoir affaire à vous. C'est pour ça qu'on vous demande de partir, dit la jeune femme aux côtés de l'homme.

CHAPITRE 9

— Je pense que vous avez mal entendu ce qu'a dit Glenn. On se repose les deux heures qui nous restent et après on partira. C'est bon pour tout le monde ?!

Lojy serre encore plus fort la tête du loup, ce qui lui fait sortir un couinement.

— OK, c'est bon, faites comme bon vous semble, on se casse.

— Attendez ! Comment savez-vous qui nous sommes ? demande Matëus.

Ils hésitent, mais en voyant leur frère toujours en mauvaise posture, ils finissent par répondre.

— Vous êtes la meute qui veut faire la guerre à l'homme à la balafre et vous voulez installer une loi nous interdisant de manger des humains. Tout le monde est au courant de votre identité et on fait en sorte de vous éviter. On ne veut pas mourir parce qu'on a eu le malheur de croiser votre route.

— Qui vous a raconté ça ? demande Glenn.

— Personne et tout le monde, répond le jeune homme.

— C'est bon, vous pouvez relâcher notre chef et nous laisser partir ? dit la jeune femme.

Glenn fixe Lojy, mais le souci avec notre frère, c'est qu'il aime jouer avec la vie et la mort des gens. Son sourire de sadique monte jusqu'aux oreilles et je comprends qu'il a envie de le tuer.

— Lojy, arrête ça ! ordonne Glenn, prêt à agir s'il le faut, même si nous savons tous qu'il est bien plus rapide que n'importe lequel d'entre nous.

D'un coup, Lojy fait un geste violent et pousse le loup par terre. Nous retenons tous notre souffle, jusqu'à ce qu'on remarque que le maître est toujours debout. Lojy se met à ricaner en se tenant les côtes.

— Si vous aviez tous vu vos têtes, c'est à se plier de rire, rajoute-t-il en continuant à rigoler.

Le chef et son loup rejoignent leur meute, la queue entre les jambes, puis ils partent de leur côté. La tension redescend tout de suite, Lojy a toujours le sourire aux lèvres. Nous le regardons avec méfiance, c'est la deuxième fois qu'il nous sauve.

— Bah, alors, c'est quoi ces têtes ? dit-il.

— Lojy ! s'exclame Glenn. C'est la dernière fois que tu t'amuses à faire ça !

— Sinon quoi ? provoque-t-il.

Les yeux de Lojy sont pétillants, il est ravi de se confronter à un nouveau défi.

— Rien ne m'empêche de te mettre une raclée !

Les dents de Glenn grincent sous les nerfs.

– Je ne pense pas que tu prendras le risque de blesser Jylo. Et, me dire merci cela vous arracherait la gueule ? Si je compte, ça fait deux fois que je vous sauve les miches.

– Tu ne nous as pas sauvés, on avait largement l'avantage sur eux, rétorque Matëus.

– Ah, ah, ah, si tu le penses, tant mieux pour toi Monsieur le manipulateur.

Je ressens la rage de Matëus monter aussi comme celle de tout le monde. Je me dirige vers Lojy les poings fermés.

– J'espère que tu me pardonneras, Jylo, chuchoté-je face à Lojy.

Mon petit frère me scrute sans comprendre ma phrase et d'un geste sec, je lui mets une droite. Ne s'attendant pas à ça, il se la prend en pleine mâchoire, ce qui le couche au sol. À l'instant où il relève le visage vers moi pour se rebeller, je lui mets un gros coup de pied pour l'assommer.

Toute ma meute me regarde, stupéfiée par mon geste.

– Quoi !? Ne me dites pas que ce n'est pas ce que vous vouliez tous faire ? leur dis-je en écartant les bras.

– Si, néanmoins, il y a une montagne entre y penser et le faire, me répond Hanahita.

– Vous n'avez pas compris qu'il vous provoque et plus vous rentrez dans son jeu, plus il jubile. J'ai fait ce qui devait être fait, c'est tout !

Je ne le montre pas, mais au fond de moi, je m'en veux énormément. J'espère que Jylo ne m'en voudra pas, cependant j'ai fait ça pour le sauver. Si la meute se rend compte que Lojy n'écoute pas Glenn, ils vont vouloir se débarrasser de lui. Il faut leur montrer qu'on a le contrôle sur Lojy. Nous attendons que Jylo reprenne connaissance pour pouvoir reprendre la route. Ne pouvant plus dormir, nous sommes tous restés à discuter de ce que le jeune homme nous a annoncé. Maintenant on sait pourquoi nous ne croisons aucune meute, ce qui ne va pas nous faciliter la tâche pour trouver des alliés. Je remarque que Zal rumine, quelque chose le ronge, mais il préfère le garder pour lui et Zoann.

À son réveil Jylo se frotte la mâchoire et il saisit que Lojy avait fait encore des siennes. Nous lui racontons en lui expliquant qu'il avait réussi à empêcher un combat. Entendre aussi du positif pourrait le soulager légèrement.

Nous repartons à une allure encore plus lente du fait que nous n'avions pas pu nous reposer correctement à cause de la meute.

CHAPITRE 9

Trois jours plus tard, nous voilà enfin au Nigeria. On s'est arrêté pour une bonne nuit de sommeil à Pandam Wild Life Park. Enfin, nous avons atteint la végétation et laissons le désert derrière nous. Cet espace vert immense nous permet la possibilité de nous laisser aller. J'ai même eu la chance de découvrir une quantité d'eau suffisante pour me laver et finalement tout le monde en a profité, même Isabelle. C'est dire à quel point on en avait besoin. Après avoir partagé un zèbre, Glenn nous explique notre prochaine étape.

– Maintenant nous devons aller à Yaoundé, il y en a pour trois jours.

– Ouf, on pourra vite se reposer après, se rassure Isabelle.

– Oui, sourit mon chéri.

Je jette un coup d'œil à Lili et Luna, elles sont fatiguées, mais ne se plaignent pas le moins du monde, bien au contraire.

– Bon, allons-nous coucher et profiter de cette longue nuit, Shugo et moi nous surveillerons.

– Tu ne veux pas un peu de soutien ? lui proposé-je.

– Non, ça ira ma chérie, repose-toi et tu rêveras peut-être de ta louve pour avoir des réponses à propos de Jylo.

Je n'ai pas pu me retenir de baisser les yeux avant de répondre.

– Croisons les doigts, lui mentis-je.

J'essaie de sourire malgré ma gêne d'avoir dit ce bobard.

Une fois toute la meute endormie, j'observe Jylo en me faisant du mouron.

– **Tu as menti, dis-moi ce que tu nous caches**, affirme Vif.

Je sursaute à sa voix.

– **Comment as-tu su ?**

– **Tout le monde l'a compris, c'est juste par peur de savoir la vérité qu'ils ne t'ont rien dit.**

– **Pourquoi toi, tu veux en savoir plus ?**

– **Mon maître est en danger, je veux savoir pourquoi afin de le protéger.**

J'hésite à lui dire la vérité, il est couché aux pieds de son maître, ses yeux jaunes me fixent attendant une réponse.

– **J'ai revu ma louve, ma mère connaît le don de Jylo.**

Il soulève son énorme tête.

– **C'est une bonne nouvelle, alors pourquoi la caches-tu ?**

– Parce qu'elle m'a aussi prévenue du danger de son don, il n'y a qu'elle qui peut faire quelque chose. Si Lojy devient incontrôlable, elle nous conseille de l'abandonner avant qu'il ne nous fasse du mal.

Un silence s'installe pendant de longues secondes, il couche sa tête et la tourne vers son maître.

– Très bien, merci de m'avoir dit la vérité. Je sais à quoi m'attendre.
– Attends, je n'ai jamais dit qu'on allait faire ça.
– Ne t'en fais pas, tu n'auras pas besoin d'en arriver là.
– Que... que veux-tu dire ?
– ...
– Vif ?
– ...

Il ne me répondra plus, j'ai eu du mal à trouver le sommeil après cette conversation qui m'a laissée avec beaucoup de questions.

Les deux jours se déroulent très bien, la nuit nous la passons à Kashimbila Game Réserve. C'est le nirvana, des arbres et encore des arbres, de partout à perte de vue. Le paysage est magnifique, nous devons quand même faire attention, beaucoup d'Africains s'y trouvent avec leurs enfants. Lorsque nous sommes tous dans les bras de Morphée, Shugo nous réveille :

– Vite, c'est Lojy !

Je fais un soubresaut et me lève en un seul mouvement. Glenn est à mes côtés, les yeux aux aguets. Shugo n'a alerté que nous.

– **Qu'est ce qui se passe encore ?** demande Glenn blasé.
– **Il s'attaque à un homme.**

Nous nous regardons effarés.

– **On arrive !**

Quelques minutes plus tard, nous découvrons Lojy qui tient un homme de forte corpulence par le col.

– Lojy, pose-le ! ordonne mon compagnon.
– C'est un connard de braconnier !
– Lâche-le, c'est un ordre !
– Tu sais où tu peux te le mettre ton ordre ! Je ne suis pas un de tes larbins !

On peut voir la peur sortir par les yeux exorbités de l'homme toujours suspendu par le col.

– Lojy… commence mon fiancé.

– Attends ! lui coupé-je la parole. Laisse-moi lui parler, dis-je en me rapprochant de mon frère. Je comprends que tu défends les animaux, finalement, c'est une preuve que tu as cœur.

Il détourne son attention vers moi et relâche immédiatement l'homme. Ce dernier en profite pour fuir le plus loin possible. Lojy passe près de nous sans même un regard.

– Ne joue pas trop à la maligne avec moi, me murmure-t-il dans le creux de l'oreille sans freiner son élan.

Je sens immédiatement un frisson glacial. Puis il part vers notre camp. Glenn se pince l'arête du nez.

– Qu'est-ce qu'on va faire de lui ? s'interroge-t-il en se retournant face à moi.

– On ne peut rien faire, il faut qu'on rejoigne ma mère au plus vite.

– Tu as encore réussi à le contenir, mais qu'arrivera-t-il lorsque cela ne sera plus le cas ?

– On trouvera ! Je prends la main de mon compagnon. Je t'en supplie Glenn, on ne doit pas l'abandonner.

Mes yeux larmoyants fixent les siens. Il resserre ses doigts autour des miens.

– Très bien, accepte-t-il en me souriant tendrement et déposant un baiser sur mon front. Allons dormir, nous aurons tout le temps d'y réfléchir.

Depuis cet incident, nous sommes arrivés au Port-Gentil, sans d'autres ennuis de la part de Lojy. Nous voilà devant la mer, prêts à la traverser jusqu'à Georgetown. On nagera de nuit pour être moins repérables par les bateaux. La longueur qui nous attend est assez longue, Glenn a pu trouver un endroit de secours pour se reposer si besoin à San Antonio de Palé. Cependant, une fois cette petite île dépassée, nous n'aurons plus d'échappatoires.

À minuit, nous voilà dans les eaux de l'Océan Atlantique, l'angoisse se lit sur tous les visages. Les loups prennent leur rôle de garde du corps en nous soutenant dans les moments de fatigue. Les courants sont assez forts par endroits, ce qui me déclenche de sacrées montées d'adrénaline. Je pensais que j'aurai pu nager tranquillement plongée dans mes pensées comme les dernières fois, mais la concentration nécessaire pour garder la tête hors des vagues m'empêche de rêver.

Après des heures interminables, nous touchons enfin terre à Georgetown, tous vidés et épuisés. Allongés sur la plage comme des naufragés, en étoile de mer, nous reprenons notre souffle.
– On a réussi, youpi ! crie Jylo en levant le poing en l'air comme un vainqueur.
– Ne perdons pas de temps, nous devons trouver un endroit pour récupérer, nous dit Glenn.
– Attends, laisse-nous respirer un peu, répond Matëus tout en s'assurant que Lili va bien.
Mon fiancé hoche la tête pour accepter sa demande.

Nous partons à la recherche de l'endroit Green Mountain National Park, le soleil est presque au zénith, la température doit frôler les vingt-huit degrés. Le paysage est complètement différent, la faune nous couvre de palmiers, bananiers et de bambous. Je ressens l'humidité dans l'air et entends des cascades couler autour de nous.
Peu après midi, nous trouvons notre petit coin, bien à l'ombre sous la végétation. Encore une bonne nuit de sommeil et nous reprenons l'autre côté de la traversée. Plus que seize jours environ pour arriver à notre destination finale en espérant que ma mère et ma louve s'y trouveront. Ici aussi, il y a des odeurs de loups, je n'aurai jamais cru qu'ils étaient aussi nombreux à vivre parmi les humains.

Nous dormons nos huit heures et retournons dans les eaux à la tombée de la nuit. Le temps change et tourne à l'orage, ce qui ne nous rassure pas. On a déjà eu beaucoup de mal à l'aller par temps calme afin de réussir à avancer à contre-courant. Mais, nous n'avons pas le choix, nous devons mettre Lili et Luna à l'abri au plus vite. On prend tous une grande inspiration et nous nous jetons à l'eau, pour le coup, on ne peut pas dire mieux.
– Restez proches de vos loups quoi qu'il arrive, c'est possible que les courants et les vagues deviennent dangereux. Si nous sommes séparés on se rejoint à Area de Relevante Interesse Ecologico.
Mon compagnon nous montre l'endroit sur la carte avant de la ranger dans son sac étanche.

CHAPITRE 9

— Bon, bah on y va ou pas ? nous dit Jylo, pressé de passer cette épreuve, comme nous tous.

Nous plongeons la tête la première dans ces eaux aussi sombres que les ténèbres. Malgré les vagues qui deviennent de plus en plus grosses, les premières heures se passent plutôt bien. Nous entendons l'orage se rapprocher derrière nous. Les gouttes commencent à tomber, on peut lire la panique dans nos yeux.

— Restez bien avec votre loup et surtout ne paniquez pas, hurle Glenn par-dessus l'averse et le tonnerre.

Nous ne répondons même pas. Shugo vient à mes côtés, je regarde Glenn qui me fait un léger sourire. Les vagues, le vent, l'averse, le tonnerre, tout augmente en force tout à un coup. Sans nous rendre compte, nous commençons à être dispersés et n'arrivons pas à nous rapprocher. Je me retrouve seule avec Shugo qui m'aide à me tenir hors de l'eau et à avancer. Je commence à boire la tasse, parfois les vagues doivent dépasser les quatre mètres.

— Shugo tu es sûr qu'on va dans la bonne direction ?

Je crie aussi fort que je peux.

— **Oui, fais-moi confiance, nous ne sommes plus très loin.**

— Où sont les autres ?

— **Utilise tes yeux !**

J'essaie de me concentrer pour utiliser mes pouvoirs, mais comme d'habitude l'angoisse me laisse dépourvue de mes facultés. Ne voulant pas embêter Shugo dans cet instant compliqué, je préfère me taire et prendre mon mal en patience. Je m'inquiète pour Glenn, c'est le seul à ne pas avoir de loup comme soutien et s'il perd connaissance ou même Shugo, comment ferai-je pour retrouver la terre ferme au milieu de cette tempête ? De nombreuses interrogations augmentent mes craintes.

— **Amy, calme-toi dans une heure tout au plus, nous serons sur terre.**

— Oui, j'essaie.

Il faut que j'y arrive, je dois me concentrer pour ne pas déranger mon sauveur et lui cacher les odeurs à cause de mes angoisses. Entre les vagues, je prends de grandes inspirations et ferme les yeux en laissant tout le contrôle à Shugo. Le tonnerre me fait sursauter, j'arrive à percevoir la lumière des éclairs à travers mes paupières closes. Ma tête passe sous les eaux à chaque énorme masse qui déferle sur nous pour nous enfoncer au fond, dans l'obscurité de l'Océan, mais, à chaque fois, Shugo arrive à nous refaire remonter à la surface. S'il n'était pas là, je serai déjà au fond des flots, parmi les poissons.

— **On y est !**

J'ouvre les yeux et découvre les côtes de l'Amérique du Sud, un sourire s'accroche à mes lèvres. Nous sommes sauvés !

Une fois sur la plage, je reste un moment à quatre pattes, la tête face au sol, les mains accrochées au sable mouillé à reprendre mon souffle.

– Amy regarde un peu plus loin, Jylo et Vif.

Je tourne le visage vers la droite en me relevant et cours vers mon petit frère.

– Tu vas bien ?

– Oui, grâce à Vif.

Mon cœur bat encore la chamade, mes membres tremblent d'effroi et d'efforts. On peut voir nos loups essoufflés et épuisés.

Au bout de dix minutes, Lili et Luna nous rejoignent aussi très affaiblies.

– Merci, Luna tu m'as sauvée, se réjouit Lili.

Celle-ci la prend dans ses bras et s'allonge sur le sable.

– J'ai cru qu'on allait y rester ! me dit-elle.

– Et moi donc.

– Les autres ne sont pas encore là ?

– Non ! répond Jylo en regardant l'horizon.

Nous attendons avec impatience l'arrivée des autres sous les torrents de pluie qui ne faiblissent pas. Nous préférons ne pas rentrer en communication avec eux pour ne pas les déconcentrer ou leur prendre l'énergie dont ils ont besoin. Je ne peux pas m'abstenir de penser à Glenn au milieu de ces eaux déchaînées, sans loup pour le soutenir.

Les minutes passent et ils arrivent les uns après les autres. Hanahita avec Hazia, cette dernière ne tenait plus sur ses pattes. Zal avec Zoann autant harassés l'un comme l'autre, Matëus avec Arssa utilisent leurs dernières forces pour rejoindre leurs compagnes. Lorsque je vois le visage exténué de Matëus, je prends soudain conscience que Glenn est encore plus en danger que je ne l'imaginais. Je me ronge tous les ongles à plus en avoir tout en fixant la mer sombre. Cela fait déjà au moins une heure que Shugo et moi sommes arrivés sur la plage, je ne peux plus attendre.

– **Glenn, tu m'entends ?**

– …

– **Glenn je t'en prie, réponds-moi !**

– …

– Shugo, dis-moi qu'il est toujours vivant.

– **Bien sûr Amy, sinon j'aurai repris mon côté sauvage.**

– Pourquoi, il ne répond pas ?

– **Je ne sais pas, il économise peut-être son énergie ?**

CHAPITRE 9

– Tu ne ressens pas s'il est blessé ?
– **Tu sais bien Amy que ça ne marche que dans l'autre sens.**
– Oui, mais votre lien pourrait t'aider à ressentir s'il lui est arrivé quelque chose ! m'énervé-je.

Matëus pose sa main sur mon épaule.

– Calme-toi, ça ne sert à rien de t'en prendre à Shugo. Je détourne mes yeux remplis de larmes vers lui. N'oublie pas qui est Glenn, il va s'en sortir, m'apaise-t-il en me souriant tendrement.

Je regarde tous les autres et ils me font tous signe de la tête pour me rassurer.

Après deux heures d'attente sans nouvelles de Glenn, je prends la décision de nous replier à notre lieu de rendez-vous en espérant le retrouver là-bas. Il faut que je sois forte, c'est à moi de reprendre les ordres et les emmener à bon port. Nous marchons sans décrocher un mot, Shugo reste à mes pieds. Je m'en veux de m'être emportée contre lui, cependant tant qu'on n'a pas trouvé Glenn, je n'ai ni l'envie ni la force de m'excuser auprès de lui.

Lorsque nous arrivons à Area de Relevante Interesse Ecologico, je reprends la direction de la plage avec Shugo. Sous mes directives, les autres s'occupent du campement. Nous longeons la plage sans dire un mot. La pluie s'est calmée et l'aube commence à éclairer le ciel. Soudain, je distingue une forme allongée face contre sable. Shugo et moi, nous nous précipitons vers cet homme, je reconnais Glenn tout de suite. Mon cœur va exploser dans ma poitrine, je le retourne et pose ma tête sur son torse pour m'assurer qu'il respire.

– **Amy pas besoin de faire ça ! Tu vois bien que je suis là, c'est qu'il est toujours vivant.**
– On ne sait jamais ! lui répondis-je encore paniquée.

Je le secoue doucement, voyant qu'il ne réagit pas, je recommence bien plus fort, enfin, il ouvre les yeux.

– Ça va ? le questionné-je sans lui laisser le temps de se ressaisir.
– Oui, je suis juste très fatigué. Je ne sais même pas comment je suis arrivé ici.

Je l'aide à se soulever et mon fiancé monte sur le dos de Shugo. On retourne vers les autres, Glenn s'est endormi sur son loup. Matëus vient le porter et le poser sur le sol près du feu. Ils avaient déjà tout éparpillé nos affaires pour qu'elles sèchent. Lili se rapproche de son frère inconscient, lui touche le front et lui prend la main.

– Son sac, vous ne l'avez pas trouvé ? me demande Lili soucieuse.

– Je n'ai pas vraiment cherché ça, mais plutôt ton frère ! J'ai trouvé cela plus important, râlé-je
– Les cartes sont à l'intérieur et il faut le changer, m'explique-t-elle.
– Laisse ! Hanahita et moi, nous allons le chercher, propose Jylo.
– Très bien, mais ne traînez pas. Le soleil se lève, les gens ne vont pas tarder à se rassembler sur les plages. Vos loups restent ici, leur ordonné-je.

Hanahita s'immobilise sur mon dernier ordre. Elle hésite en fixant Hazia et décide finalement de suivre Jylo.

Une fois le sac retrouvé, qui n'était pas très loin de son propriétaire, nous dormons une bonne partie de la journée. Glenn a fini par se remettre rapidement de sa dépense excessive d'énergie, qu'il a dû utiliser pour réussir à sortir de l'Océan. Nous nous préparons pour la dernière étape jusqu'au parc national Bernado O'higgins. On en aura pour quinze jours, ce sera notre plus long trajet, nous devrons traverser toute l'Amérique du Sud.

Cinq jours plus tard, nous sommes presque en Bolivie. Glenn a repris toute son énergie, quant à nous, c'est tout l'inverse, on sent nos forces faiblir progressivement. Nous passons notre cinquième nuit dans la Reserva Rios Blanco y Negro. Je commence à avoir des difficultés à me rappeler les jours de la semaine et même les mois depuis que je n'ai plus de batterie sur mon téléphone. Je crois qu'on arrive en octobre, cependant il fait encore plus chaud que lorsqu'on est parti d'Italie. Je n'en peux plus de cette chaleur, de ce soleil qui nous tape dessus en permanence, de sentir la transpiration et supporter aussi les odeurs des autres. Je me bats avec Isabelle pour qu'elle prenne un bain à chaque fois que c'est possible, malgré ça, j'ai l'impression qu'on sent tous le putois. Mon sac pèse de plus en plus lourd. Quant aux loups, ils ont juste du mal dans les lieux habités, mais dès qu'ils sont dans la forêt, ils reprennent force et vitalité. À notre grand soulagement, Lojy ne s'est plus manifesté depuis le braconnier. Lili et Luna sont énormes, elles sont tout près de l'accouchement, ce qui nous stresse encore plus. La plupart du temps, les garçons tournent pour la porter, même Jylo se met à les aider. C'est celui qui a le plus changé physiquement depuis notre départ, il a grandi et a énormément minci. Le petit gamin se transforme en homme, ses épaules sont devenues carrées, son torse a pris en masse, tout ceci lui va très bien. Il a aussi changé de look, en décidant de se laisser pousser les cheveux sur le dessus et de raser tout le tour. Zal a pris tout le nécessaire pour le voyage, rasoir électrique pour cheveux et barbe avec une trentaine de piles. Ce dernier doit être mieux équipé que Lili.

Les dix jours suivants se sont déroulés de façon identique qu'au début de notre voyage. Nous avons senti d'autres meutes, mais comme d'habitude nous n'en avons pas vu une seule. Pourvu que la tribu vers laquelle nous nous dirigeons nous acceptera.

Lorsque nous y sommes enfin, nous tournons en rond depuis des heures sans trouver leur camp. Est-ce que la rumeur nous concernant est arrivée jusqu'ici et de ce fait ils nous évitent aussi ?
– Purée, eux aussi nous esquivent ! angoisse Zal.
– On va les trouver, répond Glenn calmement.
– Oui, mais il faudrait se dépêcher, elles peuvent accoucher à n'importe quel moment, se soucie Matëus.
– Je sais.
Le calme de Glenn me surprend, il ne s'affole pas et reste concentré sur ses cinq sens.

Le paysage n'est plus du tout le même, des roches et de la glace partout, comment peut-on cacher une meute ici ? L'air est frais, on ne doit pas dépasser les quinze degrés, ce qui nous va très bien. Les touristes sont habillés chaudement, de nous voir tourner en rond avec des loups et une femme enceinte prête à exploser, ils nous lorgnent avec méfiance. Nos vêtements et nos têtes ne doivent pas aider non plus, on doit vraiment faire peur. Nous devons les trouver au plus vite avant d'attirer l'attention de mauvaises personnes, ce qui va finir par nous porter préjudice.

La nuit tombe, la température chute et les gens disparaissent petit à petit.
– On va les chercher combien de temps encore ? Si cela se trouve, ils ne sont plus là ? s'impatiente l'adolescente.
– Si, utilise ton odorat et tes yeux, ils sont encore là. Je vois des faibles sources chaudes en dessous de nos pieds.
– Ce sont peut-être des mammifères marins que tu vois ? lui répondis-je.

– Non, ma chérie, ce sont eux, me certifie-t-il avec assurance.
– Là, regardez ! nous crie Hanahita pleine de joie.

On se retourne et nous apercevons un homme et son loup nous fixer au loin. Glenn salue de la main, l'étranger se rapproche doucement de nous. Quand il est juste à quelques mètres, je suis surprise d'apercevoir les yeux orange de son loup.

– Glenn, tu vois ce que je vois ? dis-je.
– Oui, c'est rassurant.
– Ils ne mangent pas d'hommes ! s'exclame Jylo.
– Bonsoir, nous ne vous voulons aucun mal. On veut juste discuter avec vous.

Son loup court vers nous, les nôtres se mettent en défense. Pour finir, il se met à ralentir et s'assoit face à nous.

– Bonsoir à vous tous, tous les loups qui ne mangent pas d'hommes sont les bienvenus. Suivez-nous s'il vous plaît.
– Merci de cet accueil surprenant, on vous suit, accepte Glenn.

C'est bien la première fois qu'un loup vient nous parler avant son maître. Une fois proche de l'homme, il nous fait un hochement de tête. Il est assez jeune, pas loin de l'âge de Glenn et du mien, son regard est sympathique et mystérieux. Plutôt mignon, assez propre, les cheveux bien coiffés en arrière. Sa démarche est plutôt posée et assurée. Une aura paisible se dégage de lui, il ne dit pas un mot tout le long du chemin, ne demande pas qui nous sommes, pourquoi on est là, etc... Comme s'il ressentait l'urgence pour nous d'être à l'abri et de nous reposer. Nous passons en dessous d'un énorme rocher recouvert de glace qui nous amène dans un couloir sombre et étroit. Nous le suivons pendant au moins dix mètres en descendant toujours plus bas.

– Et si c'est un piège ? panique Zal.
– Tu ne sais pas ce que tu veux à la fin ! Tu voulais les trouver et maintenant qu'il nous amène chez eux, tu as envie de faire demi-tour ? rétorque Isabelle avec le sourire.
– Non, mais on ne sait pas où il nous emmène.
– On verra bien et détend toi un peu, répond-elle.

Pour la seconde fois, je suis d'accord avec lui. Je ne me sens pas du tout à l'aise dans cet endroit enterré et aussi étroit.

Lorsque soudain, nous restons tous scotchés en découvrant le lieu que nous avons devant nous.

10. UN NOUVEAU SOUFFLE D'ESPOIR

Nous restons tous sans voix pendant plusieurs secondes à observer ce lieu magnifique. Une lueur bleutée qui nous irradie descend du plafond fait de glace. Les rayons de soleil passent à travers le plafonnier qui éclaire une grande salle creusée dans la roche même. Plusieurs ouvertures s'orientent vers une multitude de couloirs, cela s'apparente à un labyrinthe sans fin. Des regards nous fixent, intrigués par notre présence dans leur territoire. Certains sont assis sur des bancs faits en pierre et des enfants jouent sur des sculptures de loup. D'autres sont assis sur une grande table en pierre les uns face aux autres. Un homme se lève et se dirige vers nous, il fixe un instant le jeune homme qui nous a amenés jusqu'ici.

– Bonjour à vous, étranger !

Son timbre de voix est amical et doux, il se rapproche pour nous serrer la main. Arrivé à moi, il me la tend, ne sachant pas s'il a un don ou non, je la laisse en suspens. Gênée, je la fixe sans savoir quoi faire.

– Bonjour, ne le prenez pas mal. Mais elle ne peut pas, elle a un don assez spécial, prévient Glenn.

L'homme rabaisse sa main en fronçant les sourcils avec un regard curieux puis finit par me faire un signe de la tête. Je lui souris méfiante en faisant de même.

– Qui est le chef dans votre meute ? demande-t-il.

– C'est moi, et vous ? répond Glenn.

– C'est moi-même, je me prénomme Jeff. C'est moi qui m'occupe de tout ici. D'où venez-vous comme ça ?

– Nous venons d'Italie.

J'observe cet homme d'une trentaine d'années, ses cheveux noirs rasés façon militaire, ses habits impeccables, ses attitudes vraiment

CHAPITRE 10

humaines me donnent l'impression d'avoir affaire à un hominidé, s'il n'avait pas cette lueur rouge dans les yeux, je ne l'aurai pas cru des nôtres.

– Ça fait un très long trajet, mon frère Alexander m'a dit que vous êtes venus pour nous rencontrer.

– Oui, nous avons des questions à vous poser.

D'un coup Lili et Luna s'évanouissent, Matëus a juste le temps de rattraper Lili avant qu'elle ne tape la tête sur le bord d'une pierre.

– Par tous les dieux des loups ! Jeff, tu n'as pas vu qu'ils sont tous épuisés et en plus cette femme est enceinte ?! relève une femme qui vient de nous rejoindre.

L'homme regarde la femme d'un air penaud sans rien rajouter.

– Où sont passées tes bonnes manières !? poursuit-elle. Venez, suivez-moi, je vous emmène vers des chambres pour vous reposer. On discutera après, nous avons tout le temps pour ça.

Matëus porte Lili, Glenn porte Luna puis nous suivons la femme dans un des couloirs. Nous nous enfonçons dans la pénombre. Plus nous avançons et moins il y a de lumière naturelle. Elle s'arrête devant une ouverture qui donne sur une pièce obscure et stérile avec juste une sorte de lit fait en pierre. Quand Isabelle l'observe, elle se met à éclater de rire.

– Bon, Amy, ce ne sera pas aujourd'hui que tu auras ton petit lit douillet.

Ils se mettent tous à rigoler, la femme d'une trentaine d'années nous regarde embarrassée.

– Cela ne vous convient pas ? demande-elle d'une voix douce.

– Si, c'est très bien. Bien mieux que là où on a dormi ces derniers temps, la rassuré-je tout de suite.

Isabelle et Thynka rentrent dans cette pièce qui a plus l'aspect d'une grotte que d'une chambre. La suivante est identique, sauf qu'il y a un grand lit pour deux personnes. Nous laissons Jylo, Hanahita et leurs loups s'y installer. L'adolescente me fait un clin d'œil en passant devant moi.

– Je reste avec lui pour le surveiller et cette fois-ci je ne ferai pas la même erreur, on tournera avec Hazia.

– Je te fais confiance.

On se sourit puis elle part rejoindre Jylo qui est déjà allongé sur la pierre les bras derrière la tête. Nous continuons, c'est au tour de Zal qui rentre sans un mot dans une nouvelle cavité. Ensuite, Matëus qui allonge doucement Lili et mon fiancé dépose Luna au sol près de sa maîtresse. Et pour finir Glenn et moi.

– Les chambres sont dans le noir le plus total. Il n'y a que l'espace commun, certains endroits des couloirs et la salle d'eau qui sont éclairés par le soleil, nous explique la femme d'une seule traite.
– Une salle d'eau ?!
Je hurle presque tellement cela me remplit de joie.
– Oui et j'avoue que vous en avez tous bien besoin.
Ça franchise me plaît, je lui souris et hoche la tête pour confirmer.
– Tout d'abord, reposez-vous, après nous discuterons tranquillement de votre venue.

Son visage rond et son sourire accueillant me rassurent. Elle n'attend pas de réponse et tourne les talons immédiatement en nous laissant seuls.

J'ouvre mon sac à dos et prends ma veste qui servira de coussin. Je m'allonge doucement au côté de mon chéri. La pierre est froide et dure, j'aurais bien rajouté quelques feuillages. Cette pensée me fait sourire, c'est sûr qu'on est bien loin d'un bon matelas.
– Tu es bien ma chérie ?
– Oui, si on oublie la rudesse de notre nouvelle couchette.

Il passe son bras sous ma tête, je me blottis contre lui et en quelques secondes, je m'effondre dans la noirceur du sommeil.

À mon réveil, Glenn n'est plus à mes côtés. Tout en me levant, je m'étire le plus fort possible pour essayer de réveiller toutes les parties de mon corps endolori à cause de ce bloc de pierre qui nous sert de lit.

Je décide qu'après avoir pris un bon bain, j'irai chercher des feuillages pour nous faire un cocon. Je sors de la chambre et cherche la salle d'eau. Je rencontre d'autres couloirs, je continue toujours sur le même. Ils font tous la même taille, ils se ressemblent tous, je n'ai aucun repère. Cela fait dix minutes que j'avance sans rencontrer quelqu'un et sans savoir où je suis. Petit à petit mon cerveau commence à comprendre que je me trouve à plusieurs mètres sous terre. Mon souffle s'accélère, une crise de panique s'installe en moi. Je m'arrête, ferme les yeux en essayant de calmer ma respiration. Instinctivement, je mets les mains sur ma poitrine, je lutte contre les larmes en serrant la mâchoire pour éviter de pleurnicher comme une gamine. Je respire de plus en plus fort, ce qui fait écho dans tous les couloirs. Mes jambes tremblantes ne me soutiennent plus, je me laisse tomber sur les genoux, les mains au sol. Je me retrouve à quatre pattes, suffocante, la colère m'emplit.

– Merde !!! crié-je.
– **Calme-toi, plus tu t'énerves et plus ta crise empirera.**

Je tourne le visage vers le loup, son regard est plein d'amour et de tendresse.

– Tu... es... le... loup... de...
– **Chut, reprends ton souffle et on parlera.**

Le fait de le savoir à mes côtés me permet de me sentir tout de suite rassurée, bien que je ne le connaisse que depuis hier, il dégage une sensation apaisante comme son maître. Il doit avoir la même taille que Arssa, son pelage se confond avec la pierre, un gris très clair avec un trait noir qui passe entre ses yeux orange jusqu'en haut de son crâne. Peu à peu j'arrive à reprendre le contrôle, je m'assieds contre la paroi fraîche le temps que ma tête arrête de tourner.

– Merci beaucoup, heureusement que tu es passé par là.
– **De rien. Tu as du mal à contrôler ta phobie à ce que je vois.**
– Si, ça va, je faisais semblant.

Le loup rit bruyamment dans mon esprit.

– **Ça a l'air d'aller mieux.**
– Oui, merci.

On se fixe quelques secondes sans rien dire, je me concentre sur mon souffle. Quand je me sens mieux, je commence à l'interroger pour en savoir plus sur lui.

– Comment ça se fait que ce soit toi qui aies engagé la conversation à la place de ton maître ?
– **Il n'est pas bavard, il parle seulement quand il a quelque chose à dire.**
– Il va bien s'entendre avec Hazia, mais ils se feront vite chier tous les deux à se regarder dans le blanc des yeux.

Le loup se remet à ricaner

– **Tu es drôle, j'apprécie.**
– Il n'y en a pas beaucoup qui aime mes sarcasmes. Tu es vraiment différent d'Alexander.
– **C'est dommage, moi j'adore ! Oui, comme il ne parle presque pas, j'ai appris à parler aux gens à sa place. Du coup, je suis plus ouvert que lui.**
– C'est quand même étrange. C'est bien la première fois que je rencontre un loup aussi libre, à tel point que, même son maître, préfère que ce soit lui qui engage les conversations.
– **Toi aussi tu es étrange, tu n'as pas de louve à tes côtés.**
– Justement c'est pour cela qu'on est ici. On expliquera tout à ton chef.
– **Kiba !**

Je sursaute sur la voix autoritaire. Le loup se lève et se dirige vers Alexander. Je scrute le jeune homme de la tête aux pieds curieusement. Je ne l'ai ni entendu ni senti arriver derrière nous. Je me relève, lui non plus ne me lâche pas du regard puis, sans un geste, il se retourne et s'en va avec son loup.

– Heuuu, attends, elle est où, la salle d'eau ?

Il continue à s'éloigner en m'ignorant totalement.

– Merci de ton aide, surtout ne t'embête pas, je vais me débrouiller, râlé-je.

D'un coup, il s'immobilise quelques secondes comme s'il s'était mis en arrêt sur image. Merde, il a beugué ou quoi ? Soudain d'un mouvement brusque, il monte son bras, m'indique la direction du couloir qui est à sa droite et il repart. Je prends l'accès qu'il vient de me montrer et commence à entendre de l'eau couler. Je me précipite vers ce son mélodieux qui résonne à mes oreilles, tout en cogitant sur Alexander. Il est vraiment bizarre ce type, néanmoins il ne ressort de lui aucune agressivité bien au contraire, dès que lui ou son loup se trouve proche de moi, je ressens de la sérénité.

Après avoir suivi plusieurs boyaux, je finis par tomber sur leur salle d'eau. J'ai du mal à croire ce que mes yeux observent, une grande pièce avec des mini-cascades qui tombent dans de nombreux bassins. En me promenant tout autour, je constate que la glace qui vient de la surface fond en pénétrant et s'écoule naturellement dans cette cavité. J'observe cette pièce fantastique, les reflets du soleil et les éclaboussures d'eau laissent des lueurs de petits arcs-en-ciel aux abords des bassins. Je m'amuse à faire passer ma main comme pour essayer de les attraper. Soudain, j'entends des murmures assez éloignés de ma position, je me rapproche et découvre juste deux têtes brunes qui dépassent d'un bain. Elles se retournent en même temps.

– Oh, Amy ! Tu nous as fait peur, me dit surprise Hanahita, la main posée sur sa poitrine.

– Désolée, ce n'était pas mon intention.

– Tu nous rejoins, me propose Lili bien plus détendue maintenant qu'elle a vu que ce n'était que moi.

– Oui avec plaisir, dis-je tout en enlevant mes habits rapidement et en sautant à pieds joints dans l'eau.

– La vache ! Elle est gelée ! crié-je, le souffle coupé.

Elles s'esclaffent en voyant ma tête sortir des flots congelés.

– Amy, tu t'attendais à quoi ? C'est de la glace fondue, rit Lili en m'éclaboussant le visage.

– Eh ! Tu ne perds rien pour attendre, gloussé-je en lui lançant une vague d'eau.

Hanahita prend sa défense et elles m'arrosent ensemble. Elles me jettent une telle quantité d'eau que je ne peux plus riposter.

– Ce n'est pas juste là ! râlé-je.

Elles éclatent de rire, ce qui fait écho dans toute la cavité.

Isabelle nous rejoint au bout d'un petit moment, nous nous détendons en riant, en discutant de tout et de rien. Ce petit instant nous fait oublier la dure réalité qui nous menace dans un futur proche. Une fois toute la crasse disparue, nous rejoignons les hommes de la meute qui se trouvent face à face sur la table en pierre dans la salle commune. Grâce à Lili nous sommes arrivées à bon port. Direct, elle a pris ses repères grâce aux odeurs de nos compagnons. Nous nous asseyons à leur côté, les loups sont tous allongés pas loin.

– Les filles, vous vous êtes fait une beauté, nous dit Matëus, en prenant sa femme dans ses bras.

– Oui quel bonheur, ça nous a bien revigorées, rajouté-je.

– À votre tour les gars parce que vous sentez la sueur jusqu'à l'extérieur de la grotte, balance Hanahita pliée de rire de sa connerie.

Quand je remarque la tête des garçons, je ne peux m'empêcher de pouffer avec elle. Glenn me sourit tendrement. Sans un mot, ils partent, certains amusés par la remarque de l'ado et d'autres vexés, ce qui me fait d'autant plus rire. Une fois qu'ils ont quitté la pièce, je me lève à mon tour et prends la direction de la sortie.

– Où vas-tu ? me questionne Lili inquiète.

– Je vais juste chercher des branchages à mettre sur la pierre qui nous sert de lit.

Elles se dévisagent toutes.

– Bonne idée, on vient avec toi.

– Lili, non, tu devrais rester ici, la stoppé-je en mettant ma main en avant.

– Mais, j'ai le dos en compote.

– On en prendra aussi pour toi, répond Isabelle radieuse.

Lili se rassoit avec une moue déçue.

– Je reste avec elle, il vaut mieux rester groupés, se soucie Hanahita.

Je hoche la tête comme réponse. Cette gamine me surprend de jour en jour, elle devient de plus en plus mature et sérieuse.

Nous prenons le couloir de la sortie. Arrivées à l'entrée, nous tombons sur un jeune homme droit comme un piquet. Ses yeux noirs avec le léger cercle rouge nous fixent sans cligner des paupières.

– Où allez-vous, Mesdames ?

Sa voix est calme et légère, limite chantonnante.

– Nous allons chercher du feuillage, lui répondis-je en le dévisageant.

Son allure est très rock'n'roll, une chemise pourpre épouse ses muscles et un pantalon blanc, pattes d'eph, retombe sur ses belles chaussures noires vernies. Ce qui me surprend le plus, c'est sa coupe de cheveux, une énorme banane du genre Elvis.

– Pour en faire quoi, Madame ?

Isabelle se met à pouffer en voyant ma tête se décomposer. Madame ! Mais, il croit que j'ai quel âge ?

– Mademoiselle, le reprends-je gentiment. Nous allons nous en servir pour nous faire un lit plus douillet.

– Très bien, Madame, mais ne vous éloignez pas.

Ma sœur rit encore plus fort en se tenant les côtes. Je le détaille en me demandant s'il ne se fout pas de moi, seulement son visage ne trahit pas une seule seconde son sérieux.

– Nous n'irons pas loin, Elvis, râlé-je en sortant avec Isabelle qui n'arrête pas de rigoler.

Lorsque nous arrivons à l'extérieur, on ne prononce plus un mot. Le paysage est tout simplement splendide. Nous grimpons une falaise pour admirer de plus haut ce décor époustouflant. Au fond des montagnes recouvertes de neige, des ruisseaux bleus étincelants qui traversent les terres parfois désertiques et d'autres garnies de végétation. Nous restons un long moment à contempler ce panorama sorti tout droit d'un tableau, une pensée me traverse l'esprit. Et si nous restions vivre ici, tout est tellement calme et beau, pourquoi nous éloigner d'un tel paradis ?

– Alors Madame, où allons-nous chercher nos branches ? s'esclaffe Isabelle.

Je lui souris maladroitement, toujours dans mes questionnements, je plonge mes yeux dans les siens. Non, nous devons continuer pour venger mon père et toutes les autres âmes. Je ne dois pas me relâcher, une guerre nous attend, ce n'est juste qu'une question de temps avant que cette fille ne nous retrouve.

– Amy, tu es avec moi ? s'inquiète ma sœur en voyant que je la regarde sans donner de réponse.

– Oui, excuse-moi, j'étais dans mes pensées. Allons par-là, en lui montrant de l'index un endroit plein de végétation.

– C'est parti !

Elle saute du bord de la falaise haute de cent cinquante mètres au moins en freinant sa chute avec ses griffes contre la paroi au dernier moment. Au moins elle, elle n'a pas le vertige. Je jette un dernier coup d'œil à l'horizon et saute aussi à mon tour. J'amortis ma chute un peu plus tard qu'Isa ce qui crée un choc assez fort sur tous mes muscles.

– Fais attention, on est fort, mais pas au point de se sortir indemne d'une chute directe d'une trop grande hauteur, me dit-elle en se dirigeant vers les arbres.

– Oui, j'apprends encore jusqu'où vont nos limites. Mais ça ne nous tuerait pas si nous chutions de trop haut ?

– Non et oui. Tout dépend de ta chute. Tu peux juste te casser tous les os et attendre qu'ils se reconsolident, avec une douleur horrible. Mais si tu t'écrases la tête au point qu'elle ne puisse pas se reconstruire, tu y passes. Donc, je te conseille de ne pas trop t'amuser à vouloir tester tes limites.

– Comment savoir ce dont je suis capable, sans essayer ?

– Ton instinct, écoute-le ! C'est lui qui te dira ce que ton corps peut supporter.

– Il n'y a pas une notice qui te dise : attention à une telle hauteur, tu vas souffrir, ou même mourir, si tu ne te rattrapes pas.

Elle explose de rire en posant la main sur mon épaule.

– Non, Amy, nous sommes tous différents, comme les humains, mais en plus fort.

– Alors, j'ai un souci !

Elle s'arrête de rigoler instantanément quand elle remarque le sérieux de ma voix.

– Pourquoi ?

– Mon instinct ne me dit rien du tout.

Elle reste interloquée par mes paroles.

– Si, tu dois bien avoir cette petite voix intérieure qui te dit : fais ça ou pas.

– Non, pas du tout.

Nous arrivons devant les arbres et juste avant d'arracher quelques branches, Isabelle me fixe anxieuse.

– Alors, comment sais-tu si ce que tu fais est bien ou mal ?

– Je me remets en question tout le temps et Glenn m'aide aussi à apaiser mes doutes.

– Tu te rends compte que ton pè... que l'homme à la balafre est mauvais ? se reprend-elle de justesse.

– Oui, évidemment, il tue des innocents, des enfants. Je ne suis pas non plus une psychopathe, lui dis-je détendue en me tapotant la tempe du bout de mon doigt.

– D'accord, mais si la personne ne tue pas, tu arriverais à voir si elle a de bonnes ou de mauvaises intentions vis-à-vis de toi ?

Je cherche des yeux une réponse, comme si elle pouvait être écrite dans le paysage.

— Toi, tu es une bonne personne.

— Qu'est ce qui te fais croire cela ?

— C'est simple, tu es à mes côtés et tu veux nous aider à arrêter l'autre sadique.

— Donc, tu ne te bases que sur les faits, tu n'as vraiment pas cette petite voix au fond de toi qui t'aide à peser le pour et le contre.

— Et cela pose un problème ?

— Un peu, tu n'as aucune limite, rien ne te fait peur.

— Si, j'ai une peur.

— Laquelle ?

Je soupire et ne réponds pas à sa question, ma sœur fronce les sourcils et commence à récolter le feuillage puis je fais de même. Tout au long du ramassage, elle ne me pose plus de questions et me scrute avec un air alarmé. Je n'aurai peut-être pas dû lui dire tout ça, je comprends très bien son attitude. Comment faire confiance à une personne qui ne peut pas savoir si ce qu'elle fait est bien ou mal ? Et qui n'a aucune limite puisque son satané instinct est en panne depuis sa naissance.

Une fois que nous rentrons avec une montagne de branches, je remarque des traces de pas aux abords des arbres où on se situait. Serait-il possible que quelqu'un nous ait surveillées sans qu'on l'entende ou le sente ?

Au moment où nous passons devant le garde de l'entrée, il nous regarde abasourdi en découvrant tous nos branchages.

— Tu nous as suivis ? lui demandé-je sèchement.

— Non, Madame, ma place est de surveiller l'entrée. Je ne peux pas quitter mon poste.

— Et ton loup, où est-il ?

— Dehors, à faire des tours de surveillance, Madame.

— Arrête de m'appeler, Madame ! On a presque le même âge, Elvis !

Isabelle se remet à rire.

— Qui est Elvis, Madame ?

— Aaaah !!! m'énervé-je. Laisse tomber ! Est-ce qu'il y a une autre personne qui est sortie après nous ?

— Oui, Madame, il y a Alexander et son loup Kiba.

Alors, ce serait eux qui nous ont écoutés et surveillés.

— Merci, Elvis.

Le jeune homme me fixe sans comprendre pourquoi je lui ai attribué ce surnom. Isa n'a fait que rire tout le long de notre conversation, au moins, cela lui a changé les idées par rapport à notre dernier échange.

CHAPITRE 10

On installe les branchages sur tous nos lits, même celui de Zal, bien que nous sachions qu'il pourrait dormir sur un lit avec des pointes de clous sans être dérangé.

Puis nous retournons dans la salle commune. Il y a beaucoup plus de monde que tout à l'heure, je croise de jeunes ados, des enfants, des personnes âgées. Ils sont bien une vingtaine, tout âge confondu. Lorsque mon regard se perd dans les yeux de tous leurs loups et que j'aperçois plusieurs couleurs, mais pas de rouge sang, cela me redonne espoir. Dommage que mon père ne soit pas là pour le voir, il serait tellement heureux et en sécurité parmi eux. Je m'assieds, proche de Glenn.

– C'est quoi ce sourire ? me demande-t-il tendrement.

– J'imaginais que mon père était avec nous et qu'il rencontrait toutes ces personnes qui sont comme notre meute. Il aurait été tellement heureux.

Il me caresse la joue affectueusement et me sourit. Le chef Jeff nous sort de notre moment mélancolique et s'installe en face de nous, entre Matëus et Zal.

– Pouvons-nous discuter entre chefs ? demande-t-il en nous scrutant.

– Je ne cache rien à mes frères et sœurs, répond Glenn sans hésiter.

Jeff regarde autour de lui. Deux ados sont autour de nous et observent Jylo et Hanahita.

– Les jeunes, allez à leur rencontre si vous le souhaitez, cela sera plus intéressant que des discussions que vous connaissez déjà, leur propose Glenn gentiment.

Il n'a pas eu besoin d'insister plus qu'ils étaient déjà partis avec eux. Plus personne ne fait attention à nous, ils sont tous à leurs occupations sauf Alexander qui se maintient debout les bras croisés et fixe mon fiancé.

– Bon, commençons. Pourquoi être venu à notre rencontre ?

– Nous cherchons une femme, la guérisseuse, Luna, informe Glenn.

– Luna ! Nous la connaissons de nom, néanmoins elle n'est jamais venue ici.

Glenn soupire. Cependant, je remarque étrangement qu'il ne regarde pas son interlocuteur, on dirait qu'il s'adresse à la personne derrière lui, à Alexander.

– Tu es sûr que personne ici ne connaît cette femme ? insiste-t-il avec espoir.

– Si, il y avait notre ancien chef, il venait de la même meute.

D'un coup, Jeff fronce les sourcils et se perd dans ses pensées. Je me concentre pour essayer d'entendre qui lui parle par télépathie. Mais impossible, je me suis juste créé un mal de tronche.

– **Glenn, quelqu'un lui a parlé par télépathie,** le sollicité-je.

– Oui, mon amour, je sais, mais c'était déjà trop tard quand j'ai essayé d'intercepter leur discussion. Qui était cet homme ? rajoute Glenn impatient.

– C'était Shan.

Le visage de mon fiancé se décompose à l'instant où Jeff prononce ce prénom.

– Qu'est-ce qu'il y a Glenn, tu le connais ? s'inquiète Matëus.

Lili aussi a réagi en mettant les mains sur sa bouche, quant à Zal et Isabelle, ils ne bronchent pas et écoutent tout.

– Oui, je le connais, où est-il ?

– Il...il est mort, répond Jeff difficilement.

Glenn lâche un juron en serrant ses poings.

– Glenn, qui était cet homme ? me soucié-je en voyant sa réaction.

– Celui que j'ai cherché pendant presque toute ma vie.

– L'homme qui pouvait t'expliquer l'origine réelle des capacités ? demandé-je en comprenant tout de suite l'identité de cet homme.

– Celui-là même, ma chérie. Il tape du poing sur la table, il était ici depuis tout ce temps ! Je n'aurai pas dû abandonner, fulmine-t-il.

– Tu ne pouvais pas le deviner, lui dis-je d'une voix réconfortante en lui attrapant le poing.

– Votre régime alimentaire vient de lui ? demande Lili laissant le temps à Glenn de se remettre de ses émotions.

– Oui, c'est la première chose qu'il nous a imposé.

– Quand est-il mort ? interroge mon homme froidement.

– Il y a un peu moins d'un an.

On peut ressentir la tristesse dans la voix de Jeff, il devait beaucoup l'apprécier.

– Qui l'a tué ?

Tout en posant cette question, Glenn retire doucement sa main de la mienne et fait craquer les os de ses doigts.

– C'est une jeune fille, nous ne la connaissons pas.

On se fixe tous les yeux exorbités.

– Cette fille, vous l'avez vue le tuer ? Quelqu'un était avec lui ? À quoi ressemble-t-elle ?

Jeff me dévisage, interloqué de l'enchaînement rapide de mes questions.

– Oui, Alexander était là.

Tous nos yeux convergent sur le témoin, appuyé contre la roche les bras croisés sur la poitrine. Il lève un sourcil, ce qui nous fait comprendre qu'il ne nous dira rien. Je me reconcentre sur Jeff qui souffle à ce moment.

CHAPITRE 10

– Raconte-nous comment cela s'est passé.

Il tape des doigts nerveusement sur la table en pierre, il donne l'impression de réfléchir.

– Je ne sais rien du tout. Alexander et Kiba n'ont pas voulu nous en dire plus.

– Tu es le chef, ils doivent te rendre des comptes, dit Matëus ne le croyant pas du tout.

Ce qui me semble le plus étrange c'est qu'Alexander nous écoute et ne réagit pas le moins du monde. On pourrait presque le confondre à une statue de pierre.

– Je ne force personne, lorsqu'ils auront envie de se confier à moi, ils seront où me trouver.

– Foutaise, balance Zal.

Toujours égal à lui-même, ce sacré Zal. Quant à Glenn, il continue à fixer le muet en fronçant les sourcils.

– Sachez que nous connaissons peut-être cette fille et on pourrait s'entraider, suggère mon fiancé.

Quand je pose mon regard sur mon homme, je le vois légèrement sourire, il a l'air tout d'un coup plus détendu, à l'inverse de nous.

– Explique-moi où tu veux en venir.

Glenn lui raconte toute notre histoire, de nos origines jusqu'à aujourd'hui, sans oublier de dire qui sont mes parents. Le chef blêmit par moment même s'il essaye de camoufler sa peur, on peut la sentir à plein nez. Quant au muet, il ne bronche toujours pas, aucune expression ne se dégage de sa tronche. Même Matëus qui est très observateur est complètement perdu, je peux remarquer la frustration sur le visage de mon frère.

– D'accord, c'est une histoire assez délicate, cependant je ne comprends pas comment on peut s'entraider ?

– Je te propose la vengeance de votre ancien chef, à condition que des membres de votre meute y participent.

Pour une fois, nous avons assez d'arguments pour les convaincre de nous rejoindre. Je ne lâche pas des yeux Jeff, remplie d'espoir. Il frotte son épaisse barbe noire en faisant une grimace avec sa bouche qu'on ne distingue presque pas à cause de sa pilosité.

– Je vais réfléchir sérieusement à ta suggestion.

– Bien sûr réfléchir, sourit mon fiancé, je dirai plutôt en discuter, enchaîne-t-il du tac au tac en faisant un clin d'œil au chef.

Dans l'ombre, Alexander se redresse et sourit puis tourne les talons. Je ne comprends pas très bien où mon compagnon veut en venir et vu les têtes dubitatives de mes frères et sœurs, je ne suis pas la seule. Jeff, se relève en inclinant la tête et nous laisse aussi.

– Je ne sais pas vous, mais moi j'ai une faim de loup et si on partait chasser tous les six avec nos loups. On discutera de l'entrevue après.

Lili n'a pas fini sa phrase que nos loups sont déjà devant l'entrée du couloir de sortie. On se relève en riant, Lili vient s'accrocher à mon bras, elle a de plus en plus de mal à se déplacer. Quand nous sortons, je fais un coucou de la main à Elvis en rigolant avec Isabelle. Mon chéri ne comprend pas mon attitude, cependant il ne la relève pas, tant qu'il me voit souriante, c'est l'essentiel. Quand on sent l'air frais sur notre visage, Lili, d'un coup me tord le bras.

– Aïe, Lili tu vas me le péter ! me plaignis-je.

Luna se couche au sol et se met à gémir, ma sœur s'accroupit au même instant en me tordant encore plus le membre.

– Le bébé, il arrive ! lâche-t-elle en hurlant de souffrance.

Matëus lui fonce dessus et Arssa tourne autour de Luna. Zal va pour l'attraper.

– Oh, non ! Tu ne la touches pas ! C'est Glenn qui la porte.

On reste pantois devant l'agressivité de Lili face à notre frère. Pourquoi elle réagit comme ça, malgré tout le temps passé ensemble, elle ne lui fait toujours pas confiance ? En tout cas, pas assez pour lui laisser sa louve entre ses bras. Glenn passe à côté de Zal qui ne bouge plus depuis que Lili l'a recadré. Nous rentrons tous rapidement dans la grotte, Elvis nous reluque comme des fous.

– Je voulais manger moi, râle Lili. J'ai faim ! s'énerve-t-elle.

Ses hurlements et ses sautes d'humeur nous font comprendre quand elle a des contractions. Luna se tord dans les bras de Glenn et gémit.

– Ça va aller Luna, calme-toi, essaie d'apaiser mon homme.
– **Ne me dis pas de me calmer, tu sais ce que j'endure ?!**

Bon ok, il vaut mieux ne rien leur dire. On ne relève pas et nous continuons à rechercher la femme de Jeff.

– Elle est où celle-là ! s'énerve Lili.
– On va la trouver, ma princesse.
– Aaaaah, dépêche-toi !!! hurle-t-elle.

D'un coup la femme surgit d'un couloir en courant.

– Vite ! Suivez-moi !
– Ça fait une heure qu'on te cherche et maintenant tu nous dis vite !
– Ma princesse, ne t'énerve pas sur elle !
– Ce n'est pas grave, j'en ai entendu d'autres au moment des accouchements, répond la femme calmement.
– C'est rassurant, vous avez déjà pratiqué, dit Matëus.

CHAPITRE 10

– Non, mais tu es sérieux, tu crois que c'est le moment de lui demander son curriculum vitae ! rugit Lili.

Je n'ai pas pu m'empêcher de pouffer discrètement.

La femme rentre dans une pièce imbibée de lumière naturelle. Elle laisse passer Matëus et Glenn puis nous barre la route. Ils les déposent côte à côte sur une pierre très large.

– Allez, dehors !

Glenn sort sans rien dire, Matëus embrasse sa femme sur le front en lui chuchotant un mot à l'oreille et la laisse entre les mains de la femme. À l'instant où il sort de la pièce, nous devons nous pousser pour laisser passer deux femmes qui tiennent des bassines d'eau et des serviettes.

Nous nous installons dans le couloir, assis au sol, sauf Matëus et Arssa qui font les cent pas. Nous entendons des pas lourds et précipités arriver vers nous. C'est Hanahita et Jylo qui ont appris la nouvelle.

– Comment vont-elles ? demande Hanahita encore essoufflée.

– On ne sait pas, le travail vient de commencer, répond le futur père, angoissé.

Sans rien rajouter, ils viennent s'asseoir avec nous. Les minutes passent très lentement. Je n'arrive plus à tenir en place, je me lève et suis les pas de Matëus qui se ronge tous les ongles. Les cris de Lili nous glacent le sang, on se dévisage un par un, ayant tous la même peur et la même question. Est-ce que tout va bien se passer ?

– Ça commence à être long là ! s'énerve Matëus en nous fixant, les yeux sortant des orbites.

– Calme-toi, s'il y avait un problème, elles viendraient nous le dire, le rassure Glenn.

– Amy, Amy !

– Cheyn !?

– Oui, j'ai très peu de temps, qu'est ce qui se passe avec ma sœur ? Je ressens sa souffrance. Il lui est arrivé quelque chose ?

– Non, en fait oui, tu es au courant qu'elle est enceinte ?

– Bien sûr, elle me l'avait dit dans le rêve chelou !

– C'est le jour J, elle accouche !

– Merde, je ne suis pas là pour elle !

– Si, vous êtes unis, elle doit te ressentir au fond elle.

– Je l'espère. Quand ce sera terminé, tu lui diras que je suis très fier d'elle pour la poupée qu'elle va mettre au monde.

– C'est peut-être un garçon.

– Oh non ! C'est moi qui ferai le garçon, elle, ce sont les filles. Chacun son truc.

Il éclate de rire. Il me manque tellement, il réussissait toujours à me faire rigoler et à me détendre même dans les pires moments.

– **Je dois te laisser,** me dit-il avec précipitation.
– **Attends ! Tu reviens bientôt ?**
– **Ça y est, tu es déjà en manque de mon humour ?**
Je peux entendre l'enchantement dans le timbre de sa voix.
– **Juste, ne traîne pas sur la route du retour.**
– **Je ferai au plus vite sœurette, ah oui, et félicite Matëus.**
– **Mais le bébé n'est pas encore né.**
– **Ah non pas pour ça ! Pour réussir à supporter ma sœur.**

Il coupe la communication sur ses rires, fier de sa connerie. J'avoue que je n'ai pas pu m'empêcher de rigoler aussi. Toute ma meute se tourne vers moi et me fixe ahurie. J'étouffe mon ricanement et me racle la gorge.

– C'est Cheyn, il s'inquiétait pour Lili, il venait aux nouvelles.
– Comment il se porte ? m'interroge Glenn tout de suite.
– Il va bien, c'est juste qu'il ressent la douleur de sa sœur, et il est désolé de ne pas être au chevet de celle-ci pour cette épreuve.

Matëus me fait un léger sourire crispé. Je pense que ce n'est pas le bon moment pour faire passer le message de Cheyn.

– Il ne t'a pas dit s'il revenait bientôt, me questionne Jylo les yeux remplis d'espoir.
– Non, mais il m'a dit qu'il fera au plus vite.

Le gamin baisse les yeux et fait une moue triste à Hanahita qui venait de lui prendre la main.

– Rien d'autre ?
– Non, Glenn, il n'avait pas beaucoup de temps.

Nous recommençons nos cent pas, chacun notre tour, lorsqu'une des jeunes femmes se dirige vers nous sans expression. J'essaye de lire sur son visage, elle regarde le sol et se mord la lèvre du bas nerveusement, j'ai un mauvais pressentiment. Matëus fonce sur elle, pendant qu'on se reluque tous, inquiets.

– Vous êtes le mari ? demande-t-elle d'une voix affirmée.
– Oui, il y a un problème ? Je peux venir la voir ?

La nervosité de sa voix se fait clairement entendre, c'est la première fois que je le vois autant désarçonné.

– Je viens vous informer qu'on va devoir les opérer...
– Quoi ! Pourquoi ? coupe Matëus, ne lui laissant pas le temps de s'expliquer.
– Les bébés ne sont pas dans la bonne position, cependant ne vous alarmez pas, nous avons déjà fait ça.
– D'a...d'accord, bégaye Matëus.

CHAPITRE 10

Il ne regarde même plus la jeune femme, il se concentre avec Arssa qui ne doit pas être rassuré non plus.

– J'ai besoin de vous deux, dit-elle en désignant des yeux les deux futurs pères.

– Oui bien sûr, mais on n'y connaît rien.

– Ce n'est pas grave, vous serez juste là pour les rassurer. Elles vous demandent, ne perdons plus de temps. Dépêchons-nous !

Sur ce, ils se hâtent de rejoindre leurs compagnes dans la pièce.

– On peut vraiment leur faire confiance ? s'inquiète Zal.

– Tu ne vas pas recommencer ! répond Isabelle lassée.

– Excusez-moi, mais est-ce qu'il n'y a que moi qui trouve ce groupe étrange ?

On se dévisage tous, assis par terre face à face, le dos appuyé contre les parois.

– Tu les trouves zarbes parce qu'ils sont aimables, qu'ils nous ont accueillis les bras ouverts et pour finir, ils aident notre sœur ? questionne Hanahita du tac au tac.

– Oui, je me méfie des gens trop gentils.

– Tu te méfies de tout le monde, Zal, qu'ils soient gentils, méchants ou autres, rajoute Jylo en riant.

– Oh, c'est bon ! Je ne vous ai rien demandé les gamins, bougonne Zal en mettant la tête entre ses jambes.

On se met tous à rire de lui.

Cependant il n'y a pas que du faux dans ses dires. Moi aussi j'ai le pressentiment qu'ils nous cachent quelque chose. Surtout cet Alexander, pourquoi il n'a jamais parlé de ce qui était arrivé à leur ancien chef, est-ce qu'il serait mouillé dans cette histoire ? Et comment cela se fait que leur nouveau chef n'ait jamais cherché à le savoir, est-ce que lui aussi aurait quelque chose à se reprocher ?

Le temps passe très lentement, ça fait bien deux heures que Lili et Luna sont rentrées dans cette salle. Les cris se succèdent et deviennent de plus en plus forts. Ont-elles été opérées sans anesthésiant ?

Brusquement, il n'y a plus un son, un silence de mort perdure pendant plusieurs secondes interminables. Nous ne bougeons plus, même nos souffles se sont arrêtés pour écouter le moindre bruit, et, subitement nous entendons des cris de bébé. Nos visages s'illuminent de sourires, les yeux fixés sur la salle, nous sommes tous impatients de rencontrer les nouveaux membres de notre famille. Matëus sort et nous rejoint avec le bébé dans les bras.

– Je vous présente Altéha.

Sa voix est pleine de fierté, les larmes pétillent dans ses yeux. Nous allons tous la regarder un par un, elle est magnifique. Ses yeux noirs sont déjà bien ouverts, je peux déjà voir le cercle rouge. Elle a un visage fin bien dessiné avec une petite touffe de cheveux noir corbeau.

– Elle est sublime, dit Glenn en lui tapotant l'épaule.

– Et la maman, comment va-t-elle ? m'inquiété-je.

– Elle va très bien. Elles sont en train de la recoudre. Vous pourrez aller la voir quand elles auront fini.

– J'ai hâte de voir la louvette, rajoute Jylo surexcité.

– Je retourne les rejoindre, revenez en fin de journée, qu'elles se reposent un minimum, nous dit-il, heureux.

Je touche la petite main d'Altéha juste avant qu'il ne reparte vers sa femme. Nous allons rejoindre la salle commune quand Hanahita nous balance d'un ton jovial.

– Il faut fêter ça !

On se sourit.

– Oui, elle a raison, fêtons-le ce soir, ajoute Jylo aussi enthousiaste que cette dernière.

– Très bonne idée, nous devons aller chasser et ramener un vrai festin pour tout le monde, conclut notre chef.

Sans rien rajouter, nous lui faisons signe de la tête et partons en direction de l'extérieur en nous séparant en plusieurs équipes. Glenn, Shugo et moi, nous restons ensemble. Perdue dans mes pensées depuis que j'ai vu Altéha, je ne parle à aucun des deux.

– Il y a un souci ? Tu es très silencieuse depuis que tu as vu la petite, me questionne Shugo.

– Toujours aussi observateur. Ce n'est rien, ne t'inquiète pas.

Je lui fais un léger sourire pour le rassurer.

– Si tu veux parler de ce qui te rend comme ça, je suis là.

– Je sais, soupiré-je. **C'est juste qu'en voyant Altéha, je me suis rendu compte que mon père ne sera plus là pour voir ce moment lorsque je le vivrai à mon tour.**

– Je comprends ta souffrance, mais nous, on sera là. Même si cela n'équivaut pas la présence de ton père, c'est sûr. Tu auras quand même la chance de pouvoir partager ce moment de bonheur avec des gens qui t'aiment.

– Oui, soufflé-je encore avec tristesse.

– Alors, vous faites quoi tous les deux, vous ne venez pas m'aider ? Je me sens un peu seul là, nous dit Glenn en revenant vers nous.

– Oui, pardon.

Je lui attrape la main en lui faisant un sourire amoureux.

CHAPITRE 10

Le soir venu, nous allons tous voir Lili, Luna et leurs bébés. Altéha est dans les bras de sa mère, Matëus à ses côtés, les yeux rivés sur elles. Luna est allongée pas loin d'eux avec Arssa contre elle. Je m'approche pour voir la petite louvette, curieuse de voir à quoi elle ressemble.

– Salut, Luna, Comment tu vas ? lui demandé-je.
– **Bien merci, un peu fatiguée.**
Je cherche sa petite des yeux, je ne la trouve pas.
– **Tu veux voir le bébé ?**
– Oui, où est-elle ?

Elle relève la patte et je peux identifier une petite boule de poils appuyée contre elle. Luna la pousse avec son museau pour la mettre debout et nous la présenter. Sans m'en être rendue compte, j'aperçois toute la meute autour de Arssa et Luna. La louvette se redresse maladroitement sur ses quatre pattes et se déplace en titubant. Elle est trop craquante, sa couleur nous surprend tous. Une fourrure, bleue grise avec des yeux couleur bleu marine. Sous nos regards médusés, Luna fait revenir sa fille vers elle.

– **Avez-vous déjà vu un loup de cette couleur ?** demande Arssa inquiet.
– Non pas vraiment, répond Glenn songeur.
– **Et ce n'est pas normal ?** continue-t-il.
– **Eh ! Notre fille est tout à fait normale !** grogne Luna.
– **Oui bien entendu, mais c'est surprenant quand même,** dit-il en essayant de se rattraper.
– Elle est magnifique et unique, les rassuré-je.
– J'ai déjà un prénom pour elle, rajoute Jylo.
– Ce n'est pas à toi de le choisir ! répond sèchement Hanahita en lui mettant un coup de coude dans les côtes.
– Peut-être quand Altéha sera en mesure de parler, elle acceptera ton idée, lui dit Matëus avec le sourire aux lèvres.

Cette naissance va beaucoup le changer, on peut déjà le remarquer.

– Bon ce soir, c'est la fête pour la naissance, continue Isabelle.
– Ce sera sans les mamans, nous dit la voix d'une femme qui vient de rentrer dans la pièce. Elles ont besoin de récupérer, ajoute-t-elle.

Je me tourne vers la femme de Jeff qui vient vérifier la cicatrisation de ma sœur.

– Je vous remercie pour tout ça, sans vous, on aurait pu les perdre toutes les deux.

Elle me sourit amicalement, en attrapant mon poignet.

– Ce n'est pas grand-chose comparé à votre projet. Vous allez sacrifier vos vies pour qu'on puisse tous vivre enfin en paix. C'est donc la moindre des choses qu'on puisse faire, merci à vous.

Je pose ma main sur la sienne et lui rends son sourire avec un regard déterminé. Entendre enfin des mots de reconnaissance et de confiance me fait vraiment du bien.

Nous passons la soirée à fêter la naissance des petites, viande et alcool à volonté. Tout le monde vient féliciter Matëus et Arssa. Kiba les a complimentés de sa part et celle de son maître, car même pour ça Alexander reste muet. Je vais finir par l'appeler Bernardo le fidèle compagnon de Zorro. Cette image me fait sourire toute seule.

En partant nous coucher, mon fiancé et moi-même décidons de rester quelque mois ici, pour deux raisons : la première, laisser les bébés grandir et se déplacer tous seuls, la deuxième, réussir à convaincre un maximum de personnes de cette meute à nous rejoindre pour la grande bataille.

11. UNE VIE POUR UNE MORT

Plusieurs jours sont passés depuis l'accouchement de Lili et Luna. Les petites ont déjà grandi et ont pris du poids. Les mamans se sont bien remises, elles peuvent se déplacer, mais elles sont encore interdites de sortie pour le moment. Matëus est le plus heureux, il s'occupe très bien de sa fille pour laisser sa femme se reposer au maximum.

Les deux ados s'entendent à merveille avec les jeunes de la meute, ils passent tout leur temps ensemble. Ils s'amusent avec leurs loups dehors sous la surveillance du loup d'Elvis et quand ils sont à l'intérieur, ils jouent aux cartes en pariant des choses comme de la nourriture ou des fringues. Glenn s'est beaucoup rapproché de Jeff et d'Alexander qui ne parle toujours à personne. Celui-ci passe son temps à observer toute notre meute avec Kiba.

Quant à Zal et Zoann, ils n'en démordent pas et restent toujours aussi méfiants face à ce clan. Ils ne se mélangent pas et préfèrent rester avec Isabelle et Thynka quand elles ne sont pas avec Lili ou moi.

Pour ma part, j'essaie de trouver des indices sur ma mère en discutant avec la meute, mais mis à part des rumeurs, je n'ai rien de concret. Je n'ai plus rêvé de ma louve ni de mon passé depuis qu'on est ici. C'est comme si les roches étaient des brouilleurs naturels ou peut-être que cela viendrait d'une personne qui a une capacité qui empêcherait de rêver. J'ai essayé d'en savoir plus sur les dons de chaque personne de cette meute. Mise à part Jeff qui nous a dit qu'il a la capacité de ramollir les roches les plus dures, tous les autres n'ont pas voulu nous en dire plus sur eux. La confiance est dure à s'établir, on dort tous au même endroit, seulement ça ne va pas plus loin. Je comprends leurs craintes, mais si on voulait leur faire du mal, ça ferait longtemps qu'on l'aurait fait. Glenn me demande d'être patiente, les choses viendront avec le temps. Sachant que moi et la patience font deux, cela l'a fait rire à l'instant où il a balancé cette phrase.

Alors j'essaie de profiter de ce calme pour m'entraîner sur le don de Matëus, quand il veut bien lâcher sa fille cinq minutes dans la journée.

– Hé, oh ! Tu es avec moi ? lui dis-je en passant la main devant son visage.

– Oui, pardon, reprenons. On en était où ?

Je souffle d'agacement.

– Matëus, s'il te plaît. Je te demande juste trente minutes par jour pour m'aider à contrôler ta capacité. Ta fille ne va pas s'envoler et en plus avec toutes les mamans poules qu'il y a dans cette meute, elle ne court aucun danger.

Il se gratte l'arrière de sa tête, gêné.

– Oui tu as raison, c'est juste que j'ai tellement peur pour elle.

– Altéha, ne risque rien ici, en plus Arssa les surveille constamment.

– C'est vrai, c'est bon ! Je suis avec toi. Tu as fait beaucoup de progrès, mais ce qu'il te manque, c'est de réussir à imaginer la forme que tu veux faire prendre à la terre. Regarde, je te montre.

Il ferme les yeux une fraction de seconde, et la terre se met à trembler sous nos pieds pour ensuite se soulever. Matëus fait des gestes discrets avec ses doigts et la terre prend forme devant moi, représentant un ours puis un énorme serpent qui remue aussi naturellement qu'un vrai. D'un coup, il me fonce dessus en quelques secondes, j'ai juste le temps de mettre les bras devant mon visage pour me protéger.

– Tu comprends mieux, essaie de faire des formes, dit-il en faisant retomber la terre.

– Tu peux en créer combien en même temps comme ça ?

– Deux, une forme pour chaque main.

– Très bien, je vais essayer.

Je ferme les yeux pour ressentir la terre, contrairement à lui, je suis obligée de les garder fermés pour réussir à la faire se soulever. Une fois fait, j'imagine un petit animal. Pour commencer ; un lapin. Je mets toute mon énergie et remue mes bras dans tous les sens pour réussir à le créer.

– Bien joué ! crie Matëus. Un rat, ce n'est pas facile, me félicite-t-il.

Je laisse tomber toute la terre à ses pieds.

– Pourquoi, tu arrêtes ?

– Parce que ce n'était pas un rat, mais un lapin ! lui répondis-je vexée en croisant les bras sur ma poitrine.

– Ah, mince. Mais ne lâche pas, tu vas finir par y arriver, m'encourage-t-il.

– Mmmh, râlé-je.

– Tu es sûre que ce n'était pas un rat ? me taquine-t-il.
– Non !

Il se met à exploser de rire, je le fusille du regard. Il se racle la gorge en essayant d'arrêter de ricaner.

– Écoute, ma capacité est compliquée, ce n'est pas pareil que les autres. Il faut beaucoup d'entraînement et de persévérance, surtout n'abandonne pas, elle pourrait t'être utile.

– Pourquoi c'est aussi dur ? Je n'ai pas eu à m'entraîner pour celle de Glenn, ni celle d'Isabelle et encore moins celles des autres.

– Parce que ce sont des capacités qui sortent de leurs corps. Elles sont innées, mais la mienne, c'est la manipulation de la terre, cela ne se fait pas juste en la regardant. Il faut réussir à s'harmoniser avec elle, ne faire plus qu'un. Tu t'es déjà entraînée avec un sabre ?

– Non, je ne vois pas le rapport, bougonné-je.

– Le sabre est l'allongement de ton bras, tu ne dois faire qu'un avec lui. Ma capacité, c'est pareil. Entraîne-toi avec un sabre et tu comprendras peut-être mieux mon don.

– Je le trouve où le sabre ?
– Demande à Steeve, il en a plein dans sa chambre.
– Qui est Steeve ?
– C'est celui qui garde l'entrée, me répond-il surpris de ma question.
– Elvis ?!
– De quoi ? …. Ah d'accord !

Il se met à rire quand il comprend le rapprochement du surnom et le style vestimentaire que porte ce dernier.

– Entraine-toi avec lui, il est doué.
– Comment le sais-tu ?
– Tu sais bien que je ne manipule pas que la terre.

Il me fait un clin d'œil et me laisse sur place les bras ballants.

Super alors, il ne me reste plus qu'à attraper Elvis pour lui demander de m'apprendre à manipuler le sabre ! Je ne pensais pas que la capacité de Matëus serait aussi dure à utiliser, mais têtue comme je suis, je n'ai pas dit mon dernier mot.

Ça fait presque deux mois que nous sommes dans cette meute. J'ai de plus en plus de mal à accepter de rester aussi longtemps au même endroit. Aujourd'hui, nous fêtons mon anniversaire, je n'avais franchement pas envie, mais Glenn a insisté et n'en a fait qu'à sa tête. Ils sont tous en train d'arroser ça avec plaisir, pour ma part, je préfère m'isoler en fin de soirée. C'est trop dur, les souvenirs de mon dernier anniversaire que j'ai fêté avec mon père me reviennent en pleine face. Toute ma meute a compris et m'a laissée seule dans l'environnement du parc.

J'y suis depuis des heures, en solitaire, jusqu'à ce que j'entende des bruits de pas derrière moi. En me retournant, je remarque Jylo.

– Excuse-moi, mais je préfère être seule.

Le froid laisse échapper de la buée de ma bouche.

– Madame se morfond encore, elle n'a pas mieux à faire !

Je reste scotchée du répondant de l'ado. Quand il se rapproche encore plus près, je comprends à qui j'ai affaire.

– Lojy, ça faisait longtemps.

– À qui le dis-tu ! râle-t-il.

– Si tu es venu pour m'apporter tes mauvaises ondes, tu peux tracer ta route.

– Quel accueil, me dit-il d'un ton offensé.

– Ce n'est pas vraiment le jour.

– Moi qui suis venu pour te souhaiter un bon anniversaire.

Je le reluque de la tête aux pieds.

– Ne te fous pas de moi, comme si c'était important pour toi.

– Ce n'est pas faux, tu as raison, en vrai je m'en tape, rit-il.

– Alors qu'est-ce que tu me veux ? lui répondis-je sur la défensive.

– Je trouve juste que ce n'est pas prudent de rester ici aussi longtemps.

– Je suis d'accord avec toi, cependant on attend que les petites puissent se déplacer toutes seules, car ce serait trop dangereux pour elles.

– Quel choix débile ! me répond-il en se massant la tempe.

– Tu veux qu'on fasse comment ?

– Les laisser ici !

Venant de lui cela ne me surprend plus.

– Il en est hors de question !

– Alors, assumez les futures représailles, me dit-il sinistrement.

– De quoi parles-tu ?

– Tu as oublié que vous êtes recherchés ?!

– Non. Mais on est en sécurité ici pour l'instant. Nous sommes nombreux, elle n'osera pas nous attaquer.

– Pas frontalement c'est sûr, mais elle attendra le moment opportun.

– Pourquoi tu viens me dire ça, à moi ? Va voir Glenn et fous-moi la paix !

– Quand est-ce que tu arrêteras de pleurer sur ton sort et que tu prendras assez de maturité pour comprendre qu'il ne s'agit pas que de toi ?

— Et toi alors ! lui aboyé-je dessus. Tu ne penses pas qu'à ta gueule en essayant de me convaincre de partir ?

— La discussion est terminée !

— Quoi !

Je le regarde frustrée en me rapprochant de lui, je lui attrape le col de son tee-shirt.

— Tu as la manie de mettre tout le monde sur les nerfs, mais là, je ne sais pas ce qui m'empêche de te mettre la raclée que tu mérites, le menacé-je prête à lui écraser mon poing sur sa figure.

— Espèce d'idiote, tu ne sens pas qu'on n'est pas seul ! me chuchote-il en s'échappant rapidement de ma prise.

Je regarde autour de nous et remarque Alexander nous observer dans l'ombre.

— Tu nous veux quoi, Bernardo ? lui dit-il agressivement.

Sans répondre, il se dirige vers nous. Il fixe Lojy curieusement.

— Enchanté, ravi de faire enfin ta connaissance, décroche Alexander s'adressant à Lojy.

Je reste bouche bée. C'est la première fois que je l'entends prononcer une phrase entière.

— De même, Bernardo, dit Lojy

— Mon prénom c'est Alexander.

— Oui, je sais, mais je trouve que la miss qui broie du noir, t'a super bien cerné en te donnant ce surnom.

Il continue à le fixer, intrigué. Je voulais reprendre Lojy sur ce qu'il vient de dire sur moi, mais je suis tellement surprise d'entendre la voix d'Alexander que rien ne sort. Sa voix est grave avec un timbre séducteur, ce qui colle parfaitement à son physique.

— Qu'est-ce que tu me veux ? balance Lojy agacé. Si tu as décidé enfin de faire la conversation, tu t'es trompé de personne, mec !

— C'est juste que je vous ai entendus parler et je voudrais savoir qui est cette personne qui te terrifie autant ? Parce que vu ce que je ressens de toi, il n'y a pas grand-chose qui t'effraie.

Lojy se met face à lui, hérissé par ce qu'il vient d'entendre.

— Non ! Il ne te dira rien tant que toi, tu ne nous raconteras pas ce qui s'est passé avec cette fille.

Il détache les yeux de Lojy pour les poser sur moi. Son regard est sombre, j'aperçois les muscles de sa mâchoire se serrer.

Il tourne les talons d'un coup sans me répondre.

— Tu es sérieux ? Tu as un problème avec moi ou quoi ? me vexé-je de son ignorance.

Lojy se met à rire à gorge déployée.

– Je crois qu'il ne t'aime pas, me dit-il entre deux éclats.
– Purée, ça fait deux mois que j'essaie d'en savoir plus sur lui et la seule personne avec qui il veut parler, c'est celle en qui on n'a pas confiance.
– Ouille, c'était gratuit celle-là ! se vexe-t-il en cessant immédiatement de rigoler.
– Vu comme tu agis, tu t'attends à quoi d'autre ! lui balancé-je.
– Tu as oublié que je vous ai sauvé la vie à plusieurs reprises ?! riposte-t-il.
– Ah, ah, tu nous as sauvés surtout pour te préserver toi, alors ne fais pas genre le héros.
– Moi qui ai épuisé mon énergie de tout un mois pour réussir à avoir une conversation avec toi et aussi pour vous prévenir qu'il est temps de partir d'ici, la prochaine fois, je la garderai pour aller me promener et tuer.
– Depuis quand il te faut autant d'énergie pour apparaître ?
– Depuis qu'on est ici ! Et puis j'en ai marre, j'ai perdu mon temps avec toi je vais profiter du reste de la soirée pour moi, me dit-il blasé.
– Non, attends… Merde !
Je n'ai pas fini ma phrase qu'il s'est envolé.
– **Shugo, tu peux prévenir Glenn que Lojy s'est échappé, je n'ai pas envie de lui courir derrière cette nuit,** l'avertis-je.
– **Pas de souci, on s'en occupe avec Arssa.**
– **Pourquoi Glenn est occupé ?**
– **Non, on va dire qu'il a bien fêté ton anniversaire, il dort sur la table.**
– **Ce n'est pas vrai.**
Je coupe la communication sur les rires de Shugo. Ensuite, je décide d'aller rejoindre Glenn. En y allant, je croise Elvis qui me sourit de toutes ses dents.
– Comment allez-vous, Madame ?
– Ça peut aller, merci.
– C'est votre anniversaire, pourquoi n'êtes-vous pas avec les vôtres ?
– J'ai juste eu besoin d'un peu d'air.
– Demain nous continuons l'entraînement, Madame ?
– Oui avec plaisir, Elvis.
Il hoche la tête et je reprends ma route.
Au cours de notre précédente discussion, je lui avais expliqué pourquoi « Elvis », il a fini par adopter ce surnom, fier de le porter. À la suite de la suggestion de Matëus, je m'entraîne tous les jours au sabre avec lui, mais sans utiliser le don de Glenn, ce qui est assez difficile.

Du coup, j'ai fait un peu plus connaissance avec Elvis. C'est un jeune homme très gentil et un peu trop respectueux à mon goût. Il a grandi dans une meute militaire, des soldats pour sa grande majesté. Après une mission injuste de trop pour lui, il a décidé de partir seul à la recherche d'une autre meute et, c'est là qu'il est tombé sur leur ancien chef. Il l'a ramené ici à l'abri et comme Elvis ne pouvait pas s'empêcher de réagir comme un militaire, il l'a placé à la sécurité de l'entrée avec son loup. Elvis se relais avec un autre type pas très aimable, je n'ai aucune affinité avec cet homme, je ne connais même pas son prénom.

Quand j'arrive dans la salle commune, je trouve Glenn sur la table, endormi la tête couchée sur ses bras. Certains continuent à faire la fête, à rire et à boire. Jeff est complètement bourré et rigole avec sa femme qui n'est pas non plus très lucide. D'un coup Hanahita me fonce dessus.

– Je suis désolée, j'ai perdu de vue Jylo. Il a disparu en une seconde, je ne sais pas où il est, me dit-elle d'un seul trait, affolée.

Je pose ma main sur son épaule pour la calmer.

– Ne t'inquiète pas, Shugo et Arssa sont sur le coup.

Elle pose la main sur sa poitrine et respire profondément.

– Ouf, j'ai eu si peur. Ces derniers temps, Lojy ne se manifestait plus, même Vif n'a pas changé depuis notre arrivée.

– Oh ! Hanahita, tu reviens, on est en pleine partie là, interpelle un jeune.

L'adolescent qui doit avoir dans les seize ans vient lui tirer le bras. Il est assez maigre, beaucoup plus grand qu'elle, le teint très clair.

– Oui, j'arrive, deux minutes, répond-elle.

Il me fait un geste de la main et il repart. Je profite des rapprochements entre les jeunes pour en savoir plus sur eux et leurs parents.

– **Tu veux bien me rendre un service, petite sœur.**

– **Oui, bien entendu.**

– **J'ai remarqué aussi que depuis qu'on est ici, Jylo ou Vif ne peuvent plus se changer autant qu'avant et moi-même, je ne peux plus rêver de ma louve. Donc, si tu as la possibilité renseigne-toi auprès de tes nouveaux amis sur leurs dons et ceux de leurs parents.**

– Oui facile, je me renseigne et je te dis tout.

– Fais ça subtilement, précisé-je.

– **Tu me connais, je sais y faire.**

Elle me fait un clin d'œil et prend la même direction que son ami.

Isabelle et Zal sont ensemble, ils ont tous les deux le sourire aux lèvres, Matëus et Lili câlinent Altéha. Je les observe les uns après les autres, ils ont l'air d'être tous heureux et de passer un très bon moment. Ça me fait du bien de les voir comme cela, cependant les mots de Lojy résonnent dans ma tête, que voulait-il dire en parlant de représailles ? Il sait beaucoup plus de choses que nous au sujet de cette fille, d'où peut-il la connaître ? Je me rapproche de mon fiancé pour le réveiller en douceur.

– Glenn, réveille-toi, viens.
– Humm ! marmonne-t-il en se frottant le visage.

Il me regarde avec des yeux tout petits et se lève en titubant. Je l'attrape autour de la taille pour le soutenir.

– Je crois que j'ai un peu trop bu, me dit-il sans articuler.
– Oui, je pense aussi, répondis-je en riant.
– Excuse-moi, je n'ai pas fait beaucoup attention à toi à cause de l'alcool. Comment tu vas ? s'inquiète-t-il.
– Je vais bien.

Il s'immobilise et me dévisage avec des yeux troubles.

– Non, tu mens. Même si j'ai bu, je peux le voir.
– Ce n'est rien, c'est juste que c'est difficile de fêter mon anniversaire sans mon père. C'est le premier qu'il… Impossible pour moi de finir ma phrase sans avoir les larmes qui montent aux yeux.
– Je suis bête, j'aurai dû penser que ça allait être dur pour toi. Je n'aurai pas dû boire autant.

Je lui souris et le pousse légèrement en avant pour le faire continuer à avancer.

– Tu n'as rien fait de mal, tu en as profité pour t'amuser et tu as bien fait.

Nous arrivons dans notre chambre. Depuis notre arrivée nous avons arrangé notre lit en pierre grâce à Lili. Elle a inséré des feuilles d'arbres dans un grand tissu puis l'a cousu, ce qui nous fait un matelas rembourré. Ça ne paraît pas grand-chose, mais depuis, j'arrive à passer les quatre heures de sommeil agréablement. À ce sujet Glenn avait raison, depuis qu'on est ici, nos nuits se sont largement raccourcies.

Je dépose Glenn de son côté, il me fixe toujours. Son regard me pénètre autant que la première fois.

– Tu es devenue tellement forte, me dit-il fier.
– Je ne trouve pas, lui répondis-je en lui faisant une grimace.
– Tu ne l'as peut-être pas remarqué, mais si on est arrivé jusque-là, c'est grâce à ta force et ta volonté.

Je m'allonge près de lui, je plonge mes yeux dans les siens.

– Si je n'étais pas là, vous ne seriez pas ici à perdre votre temps à chercher une femme qui ressemble plus à une chimère.
– Ne dis pas n'importe quoi, on est ici pour nous aussi. On a tous une raison personnelle. Il me caresse le visage, un frisson me parcourt toute

la colonne vertébrale. Ne l'oublie pas, continue-t-il, ils sont là, parce qu'ils l'ont voulu et non pas parce qu'on les a forcés.

– Oui, lâché-je dans un soupir.

Il se rapproche et m'embrasse tendrement, je ressens une soudaine envie de lui. Je ne sais pas si ça vient du goût de l'alcool ou du fait de ma mélancolie, mais je ne veux plus qu'il s'arrête. Je passe les mains dans ses cheveux en les agrippant fermement, pour l'inciter à poursuivre. Il me saisit tout de suite par la taille et me plaque sur lui d'un geste puissant, en continuant à m'embrasser. Il se redresse sur moi, je sens une chaleur partir du bas de mon ventre et inonder tout mon corps. Nos souffles s'accélèrent au fur et à mesure que nos étreintes se font plus rapides. D'un geste assuré, mon amant m'écarte les jambes avec les siennes, puis colle son bassin au mien. Je peux sentir sa virilité se frotter contre moi. Je lâche un gémissement de plaisir. Je lui déchire son tee-shirt avec mes griffes en lui égratignant légèrement le dos. Un bruit sourd sort entre ses dents, et il m'arrache mon débardeur d'un geste animal. Sa peau chaude se colle contre la mienne, j'aime cette sensation de le sentir se frotter sur tout mon corps. Il me mord légèrement la lèvre inférieure, puis passe sa langue sur mon cou, ce qui me déclenche des frissons. Ensuite, il descend doucement vers ma poitrine, me lèche autour de mon soutien-gorge et me faire frémir de désir. Je veux qu'une seule chose, qu'il l'arrache comme mon débardeur. Cependant lui préfère jouer autour et m'écouter murmurer de supplice. Lorsque, d'un coup, il passe sa langue délicieuse en dessous et joue avec le bout de mon téton ; je lui attrape sauvagement les cheveux en gémissant et en cambrant mes hanches sous son corps pour sentir encore plus son désir envers moi.

– C'est tellement bon, Glenn, murmuré-je.

– Oh, oui, ma chérie ! répond-il essoufflé d'excitation.

Soudain, j'entends un grognement devant notre porte. Je ferme les yeux et continue à savourer le plaisir que me fait découvrir l'homme de ma vie.

– Je t'en prie, ne t'arrête pas, le supplié-je.

– Non, j'ai envie de toi, je veux te faire jouir de plaisir. J'aime t'entendre, ça me donne encore plus envie de te faire hurler, me répond-il entre ses dents en m'enflammant de son regard.

Je tire son visage vers moi afin qu'il soit à mon niveau pour l'embrasser chaleureusement. Nos langues se caressent, ses mains s'agrippent sur mes cuisses pour me serrer encore plus fort contre lui. Je n'en peux plus, je n'attends plus qu'une chose, qu'il me prenne et qu'on ne fasse plus qu'un.

Les grognements se font de plus en plus forts, Shugo est déjà revenu et essaie de nous arrêter dans notre étreinte.

Mais, merde ! Je suis majeur, aujourd'hui ! Même si on n'a pas fait la cérémonie, je m'en fous complètement, tout ce que je veux c'est Glenn et tout son corps.

– Ma Chérie… commence-t-il.

– Oh, non ne t'arrête pas, le coupé-je.

– Tu sais que… c'est mal… me dit-il haletant en se frottant encore plus à moi.

Sa main remonte doucement entre mes cuisses. Lui aussi ne veut plus s'arrêter, il veut la même chose que moi.

– Non, j'ai dix-huit ans.

Il glisse sa main dans mon jean, par-dessus ma culotte. Je sens ses doigts me caresser doucement. Je ne peux m'empêcher de retenir un cri de jouissance tout en penchant mon bassin vers ses doigts.

– Ma chérie, comme j'ai envie de toi ! Comme j'adore t'entendre et te sentir remuer sous mes caresses.

– Alors ne t'arrête pas, Glenn ! lui dis-je en dirigeant sa main à l'intérieur de ma culotte.

D'un coup, il s'immobilise complètement et je comprends que Shugo est rentré dans sa tête pour le stopper.

– Je suis désolé, ma belle. Il enlève doucement sa main et roule sur le côté. Mais tu connais la loi et j'avoue que cette fois-ci je ne pensais pas réussir à me contrôler.

Encore haletante et dans le désir, je le regarde frustrée.

– Pour nous c'est différent, on ne sait pas quand on trouvera ma mère et je n'ai pas envie de fonder une famille tant que l'autre enfoiré est sur le trône.

– Ma chérie, tu sais que je ne passerai pas outre cette loi, grimace-t-il autant dégoûté que moi.

– J'ai eu dix-huit ans !

– La cérémonie avant.

– On crèvera avant ! lui dis-je froidement.

Surpris de mon répondant, il reste silencieux.

– Je vais prendre un bain gelé, cela calmera mes ardeurs.

Je me lève en ramassant un débardeur posé sur le lit et pars à toute vitesse pour ne pas lui laisser le temps de répondre. En remettant la planche qui nous sert de porte, je me retrouve nez à nez avec Shugo.

– **Tu ne peux pas fermer les yeux parfois ?!** l'agressé-je.

– **Non, mon maître m'a donné un ordre.**

– **Pff, tu parles d'un ordre !**

— Amy, ne le prends pas mal. Vous êtes l'exemple de tous ceux qui vont vous suivre, donc, si vous, vous enfreignez les règles, pourquoi eux, les respecteront-ils ?

— Ils ne sont pas obligés de tout savoir.

— C'est sûr, alors vous avez choisi le mauvais endroit, parce qu'on entend tout entre les chambres.

Je deviens toute rouge à ses mots, j'observe autour de nous espérant que personne ne m'ait entendue prendre du plaisir. Je baisse la tête et pars au bain directement.

🐾 🐾 🐾

Encore deux mois ont passé, Altéha marche déjà, elle est presque aussi grande qu'un bébé d'un an. Elle commence à dire quelques mots du genre "mama, papa, miam, dodo, you". On pense qu'elle veut dire loup sur ce dernier mot. Sa louve aussi est devenue beaucoup plus agile et sa couleur bleue est toujours aussi intense. Lili est inquiète pour sa fille parce qu'elle a toujours les extrémités des membres très froides, bien plus que la normale. La femme de Jeff, essaie de la rassurer en lui montrant qu'elle n'en souffre pas du tout, malgré ça, on tourne à tour de rôle pour la réchauffer.

Dans un mois, ce sera sa première leçon de chasse, Matëus et Glenn sont impatients de partager cela avec elle.

Depuis ma soirée d'anniversaire, je n'ai pas revu Lojy, je ne vais pas dire qu'il me manque, mais ça m'angoisse parce qu'à l'instant où on quittera cette grotte il va se rattraper. On va devoir le surveiller toutes les nuits et cela ne m'enchante pas du tout.

Hanahita a pu me donner quelques infos, c'est vrai qu'elle est douée cette ado, enfin ado, c'est un mot qui ne lui convient presque plus elle à bientôt dix-sept ans.

Bref, il y a bien un jeune qui est un brouilleur, malheureusement il ne sait pas gérer sa capacité quand il dort. C'est pour ça que Lojy n'apparaît plus et que moi je ne peux plus entrer en contact avec ma louve en dormant. Cela peut aussi expliquer pourquoi Glenn n'a pas pu intercepter la conversation avec Jeff et une tierce personne, la dernière fois. Ce petit jeune qui n'a que quatorze ans m'intéresse, il pourrait nous être utile pendant le reste de notre route, le temps de trouver ma mère pour bloquer Lojy et aussi d'empêcher les parents de Glenn et mon géniteur de lire nos stratégies le jour où on les combattra. Cependant, sa mère ne veut pas le voir dans cette guerre. Elle ne comprend pas, qu'ils sont déjà en plein dedans et que c'est juste une question de temps avant qu'ils ne viennent les exterminer sous les ordres de mon enfoiré de géniteur. À part lui, peu ont des capacités, ils ne sont pas extraordinaires, mais certains sont forts au combat. Isabelle a beaucoup progressé grâce à eux et elle contrôle de mieux en mieux sa capacité. Sa louve Thynka a fait énormément de progrès aussi, actuellement nous avons tous un bon niveau, mais, est-ce que ce sera suffisant ? Ça, c'est une autre histoire.

Perso, je sais comment me servir d'un sabre et j'ai enfin compris ce que m'avait expliqué Matëus. Aujourd'hui, nous reprenons l'entraînement de son don.
– Tu es prête ! me prévient-il.
– Et toi ? lui répondis-je en le défiant.
Il se met à rire. Vexée, je me métamorphose en une fraction de seconde et lui fonce dessus. Surpris, il se prend mon épaule en plein dans l'estomac.
– D'accord, tu ne rigoles pas, me dit-il en toussant et en reprenant sa respiration.
Je hoche la tête en le défiant toujours. Il se métamorphose tout de suite et le combat commence. Bien entendu, j'ai pris la capacité de Glenn, sinon je n'aurai aucune chance contre lui. Malgré ça, il me tient largement tête, il a encore beaucoup de choses à nous apprendre. Glenn est à son niveau, seulement, c'est bien le seul. Le combat est violent, aucun de nous deux ne retient ses coups. Il m'a déjà déboîté la mâchoire, et moi, je lui ai pété le nez. Lorsque, je m'écarte pour la remettre en place, il en profite pour soulever la terre. Je fais de même et étonnamment je le fais aussi vite que lui. Il crée deux épées qu'il maintient dans chaque main, j'arrive à n'en créer qu'une seule. En quelques coups, il me la brise, la terre tombe en poussière à mes pieds et je me prends un gros coup de pied dans le ventre. Je m'écroule sur les genoux en toussant, énervée.
– Pourquoi je n'y arrive pas !? dis-je frustrée.
– Calme-toi, tu as réussi. Tu as vu la vitesse à laquelle tu as fabriqué ta lame en terre ! Presque aussi vite que moi, me complimente-t-il.
– Peut-être, mais elle n'était pas aussi solide que la tienne !
– C'est avec le temps que tu vas jauger, si elle est trop solide, elle se brisera ou se fendra. Si elle est trop molle, le coup passera à travers. Cependant, sois fière de toi, tu sais contrôler ma terre, il ne te reste plus qu'à t'entraîner pour que ce soit parfait.
Je me calme, il n'a pas tort.

– Tu as raison, je vais m'entraîner seule et je te défierai quand je serai prête.

Il me sourit tendrement.

– C'est ta volonté qui fait de toi une grande guerrière, n'oublie donc jamais ça. Promets-moi de ne jamais baisser les bras quoi qu'il arrive.

Je réponds chaleureusement à son sourire.

– Je te le promets. Merci d'être parmi nous et de nous aider, autant physiquement que psychologiquement. Tu es très important pour chacun d'entre nous.

– Comme vous l'êtes pour moi. Vous avez tous une force incroyable, on arrivera à reprendre le trône et à le donner à qui de droit.

D'un coup, je remarque son regard s'absenter.

– Il y a un souci ? demandé-je.

– Non, juste Altéha qui veut voir son papa.

Il court à toute vitesse vers la grotte, et je remarque Alexander et Kiba me dévisager.

– Je peux vous aider ? leur dis-je d'un ton méprisant.

– **Tu as fait beaucoup de progrès**, me répond Kiba.

– **Ah, merci !**

Je fixe quelques secondes Alexander qui ne bronche pas d'un poil.

– **Ton maître a un souci avec moi ?** finis-je par l'interroger.

– **Non, du tout.**

– **Alors pourquoi il ne me parle pas ?**

– **Il ne parle qu'aux gens qui l'intéressent sur le moment.**

– **Sympathique**, balancé-je ironiquement. **Excuse-moi, mais je vais rejoindre les gens qui ont envie de partager des choses, comme une discussion.**

Tout en leur disant cela, je passe à côté d'eux en jetant un œil mauvais sur Alexander. Ce qui m'irrite encore plus c'est ce qu'il dégage, je ne saisis pas comment il se débrouille pour faire ressentir un aussi grand apaisement en étant aussi énervant.

– Amy, tu yiens ouer avec moi ? me demande la petite.

Juste un mois s'est écoulé et Altéha peut suivre des petites conversations ou même demander des choses simples.

– Après si tu veux, lui répondis-je avec un grand sourire.

– D'ayord.

Elle part en courant vers Arssa et sa louve. Toutes les deux peuvent se déplacer toutes seules et rapidement, leur évolution et leur progression sont incroyables en quatre petites semaines. Matëus et Glenn ont pu leur donner leur première leçon de chasse. Et étonnamment, elles ont sauté toutes les deux dans l'eau glacée pour attraper des poissons sous les yeux apeurés de leurs pères. La petite adore la glace et la neige, elle sort avec sa louve juste pour s'amuser avec pendant des heures. Ses extrémités sont toujours aussi froides, cependant elle ne s'en plaint jamais. Et même quand on essaye de les réchauffer, cela ne fonctionne plus, c'est elle qui nous transmet le froid. Matëus se pose énormément de questions avec Lili, ils s'inquiètent en se demandant si cela ne va pas empirer avec le temps.

Jylo a proposé à Altéha son idée de prénom pour sa louve, elle a adoré et en a sauté de joie puis a embrassé son frère. Ensuite, elle est allée voir sa louve et l'a baptisée Shyva. L'ado, nous a expliqué que ça venait d'un jeu vidéo, que Shyva est une chimère toute bleue dont le pouvoir est la glace.

Pour ma part, j'ai réussi à sympathiser avec une femme. C'est la maman d'un petit garçon qui doit avoir un an de plus que Altéha. Elle a fini par me confier qu'elle appartenait à une meute qui se trouve au Canada dans la taïga. Elle est venue ici parce que son mari avait gagné contre son chef. Sur le coup, elle était terrifiée, néanmoins quand elle a vu que son futur mari avait épargné leur chef, cela l'a rassurée tout de suite et elle l'a suivi avec plaisir sans jamais l'avoir regretté. Cependant, elle garde de temps en temps contact avec son frère et il y a quelques jours, leur meute s'est fait attaquer par les gardes de mon cher géniteur. Ils ont réussi à leur tenir tête, cependant ils ont beaucoup perdu. Mais le plus important dans cette histoire, c'est qu'une femme médecin sous le nom de Luna est venue soigner les blessés et qu'elle y serait encore…

Sans perdre de temps, j'ai donné ces informations à Glenn et nous avons décidé de partir à la fin de la semaine en espérant que certains nous suivront.

La veille de notre départ, nous nous rassemblons tous autour de la table pour faire le point.

– Jeff, il est temps de nous donner une réponse, nous partons demain. Qui souhaite venir avec nous ?

Ce dernier reste sans voix, se frotte la barbe et réfléchit. Quand soudain, c'est Alexander qui nous répond.

– Avant de vous donner une réponse, j'ai une question.

Nous le regardons tous, béats.

– Oh, il parle Bernardo ! réplique Zal.

Tous dans ma meute ont repris le surnom que je lui avais attribué, tout comme celui d'Elvis.

Glenn fait les gros yeux à Zal pendant que la moitié de la meute se met à pouffer.

– Il n'y a que toi qui peux répondre, s'adresse Alexander à Glenn sans prêter attention à la remarque de Zal. Nous ne sommes pas une meute comme les autres, dis-moi ce qui nous différencie.

Quelle question étrange, personnellement, je dirai qu'ils sont comme nous, ils ne mangent pas d'humains. Glenn lui sourit, enjoué.

– C'est simple, je l'ai compris dès le lendemain de notre arrivée et j'ai joué le jeu avec vous.

Je fronce les sourcils à ne rien comprendre, où veut-il en venir ? Tout le monde est pendu à ses lèvres.

– Le chef de cette meute n'est pas Jeff, mais toi.

– Quoi ?? répond Isabelle surprise.

– Comment l'as-tu deviné ? Parce que tu n'as pas pu entrer dans nos têtes, vu notre arme, dit-il tout en montrant du doigt le gamin qui discute non loin avec ses frères.

– Je suis moi-même chef de cette meute depuis mon jeune âge et Jeff a beaucoup à apprendre sur le comportement d'un alpha. On voit qu'il ne prend pas de responsabilité, même s'il est bon acteur. En revanche toi, tu as le même poids que moi sur tes épaules.

Je fixe Matëus qui n'est pas surpris du tout, ni Lili, j'ai compris qu'il l'avait aussi deviné et avait dû partager ça avec sa femme.

– Alors là, j'ai encore moins confiance en eux. Ils nous l'ont fait à l'envers, je n'aime pas ça ! râle Zal, puis il se lève et part dehors avec Zoann.

– Bonne déduction, alors j'ai décidé de vous suivre.

Jeff et sa femme surpris se retournent vers lui.

– Tu ne vas pas abandonner ta meute ? questionne Jeff.

– Non, j'ai profité de ces longs mois aussi pour t'observer et, tu peux prendre ma place jusqu'à ce que je revienne.

– Non, c'est une trop grosse responsabilité. Je refuse ! s'emporte-t-il.

Alexander se rapproche de Jeff qui s'était levé de la table.

– Tu n'as pas le choix, c'est un ordre !

La femme de Jeff prend la main de son mari.

– Tu as les épaules pour le faire et tu n'es pas tout seul, je suis là.

Il lui sourit timidement.

– Si, c'est un ordre, je n'ai pas le choix, j'accepte. Il prend effet quand ?

– De suite ! répond Alexander.

– Très bien, alors ma première décision en tant que chef, c'est qu'on sera là aussi le jour de la grande bataille, vous pourrez compter sur nous.

Je n'en reviens pas comme les choses ont tourné. Enfin nous avons nos premiers hommes prêts à suivre Glenn. J'ai envie de sauter de joie, mais je me retiens pour faire bonne figure. De plus, nous avons deux nouveaux compagnons, Alexander et Kiba pour nous aider dans notre pèlerinage.

Matëus, excédé, se lève pour arrêter Altéha qui tourne en courant autour de la table.

– Arrête, petite chipie.

– J'ai soif, papa ! J'ai soif, papa ! J'ai soif, papa !

– Ouuiii ! Calme-toi, je vais te servir, lui répond-il fatigué.

Altéha est surexcitée depuis qu'elle sait qu'on va partir au Canada.

Son père lui tend de l'eau fraîche, elle boit goulûment en aspergeant son petit débardeur, ce qui nous fait éclater de rire son père et moi. À l'instant où il récupère le verre fait en pierre, celui-ci lui échappe et tombe avec un bruit lourd. Nous le regardons tous, étonnés.

– Ça ne va pas mon chéri ? s'inquiète tout de suite Lili en le rejoignant en une fraction de seconde et en ramassant le verre.

– Heu... Oui pardon, j'ai cru que... Non ce n'est rien.

Il nous fait un sourire hésitant et s'éloigne en partant dehors.

On a tous compris qu'il s'est passé quelque chose. Je décide de le rejoindre pour en savoir plus pendant que Lili essaie de calmer sa fille qui est devenue une vraie pile électrique. Quand j'arrive devant l'entrée ce n'est pas Elvis qui garde, mais l'autre type qui ne décroche même pas un bonjour à mon passage. Je rejoins Matëus à l'odeur, il est assis sur le bord d'une petite falaise à admirer les étoiles et la lune qui éclairent le ciel. Il se retourne quand j'arrive derrière lui.

– Je peux m'asseoir ? demandé-je gentiment.

– Oui.

Il est assis, les pieds dans le vide, il reste pris dans ses pensées.

– Ça ne va pas ? me soucié-je.

– Si, très bien.

– Que s'est-il passé tout à l'heure ?

– Oh ça, rien du tout, me dit-il en levant la main en l'air et en la laissant retomber sur sa cuisse.

– Pourtant ça donnait l'impression d'une communication surprise.

— Amy, s'il te plaît, n'insiste pas ! Je t'ai dit, ce n'est rien, ok ? dit-il d'un ton beaucoup plus sec.
— OK.

Je saisis qu'il ne dira rien, je me lève et le laisse seul. Au moment où nous nous couchons, il revient avec toujours ce visage inquiet et part directement dans sa chambre sans dire un mot.

La nuit venue, je décide de le surveiller. J'ai expliqué à Glenn pourquoi je dormirai ce soir dans la grande salle, cachée dans un coin le dos tourné pour que Matëus ne fasse pas attention à moi. Très souvent les jeunes s'endorment dans cette pièce donc il ne fera pas gaffe à mon odeur s'il sort. Je ne sais pas pourquoi, mais mon pressentiment me dit qu'il va se passer quelque chose de terrible cette nuit. J'ai une énorme boule dans l'estomac qui m'a envahie quand j'ai croisé le regard de Matëus.

Il n'a fallu qu'une heure pour que je le vois se faufiler avec Arssa à l'extérieur de la grotte. Je commence à les suivre avec une très longue distance, j'ai de la chance, le vent souffle face à moi, ils n'ont aucune chance de me repérer si je laisse un écart suffisant entre eux et moi. Il va assez vite, j'ai du mal à les talonner, j'espère ne pas les perdre. Ils se dirigent vers la mer du côté où nous sommes arrivés, il y a six mois. Mais où vont-ils, ils nous abandonnent ? Plusieurs kilomètres passent. Sans réfléchir, j'accélère un peu plus en prenant le risque qu'Arssa finisse par me repérer.

Deux longues heures plus tard, j'arrive dans un nouveau parc. Ils ne laissent aucune trace derrière eux, je ne me fis qu'à mon odorat lorsque soudain l'odeur s'arrête au milieu d'une végétation remplie de neige. Je tourne sur moi-même pour essayer de reprendre la piste, seulement la senteur revient sur mes pas. Est-ce qu'ils ont fait demi-tour ?

— Pourquoi tu me suis ? me demande-t-il soudain.

Je sursaute en levant la tête, ils se trouvent tous les deux perchés sur une branche. C'est lorsque Arssa me rejoint et reprend sa forme initiale que je comprends que Matëus a dû le porter pour monter aussi haut avec lui.

— Où vas-tu ? demandé-je.
— Ça ne te regarde pas ! me répond-il méchamment.
— Tu nous laisses tomber ?
— Parce que tu crois que je serai parti sans ma femme et ma fille ?!

Je me trouve bête sur le coup. C'est vrai qu'il ne serait jamais sauvé sans elles.

— Alors où tu vas ? insisté-je.

Il saute de l'arbre à son tour en faisant une roulade pour atténuer le choc.

— Rentre, c'est un problème que je dois régler seul.

Cela ne lui ressemble pas du tout, ce qui m'angoisse encore plus.

— **Je ne suis pas d'accord avec toi, ce serait mieux qu'on y retourne tous ensemble.**

— La ferme, Arssa ! crie Matëus.

— Retourner, où ?

— Nulle part ! répond-il crûment.

— **Au moyen Orient,** avoue Arssa.

— Je ne t'ai pas donné l'ordre de te la fermer ?! s'énerve mon frère.

— **J'obéis aux ordres qui ne représentent pas un danger pour nous, mais si c'est le cas, je ne t'écouterai pas.**

Je reste pantoise de l'arrogance d'Arssa, cela m'inquiète encore plus. C'est donc qu'un danger existe réellement.

— Matëus, raconte-moi ! Où pars-tu comme ça ?

Il réfléchit un moment, je suppose qu'il parle avec son loup qui essaye de le convaincre de tout me dire.

— D'accord, soupire-t-il. Dans la soirée, j'ai reçu un message de Lilou. La meute a été attaquée, mais elle a réussi à se sauver avec sa louve. Je dois la retrouver et aller voir ce qui s'est passé avec mon ancienne meute, aucun ne répond.

— Et Lilou, où est-elle ?

— Je ne sais pas exactement, elle est toujours en fuite.

— Comment ça, toujours, ça fait combien de temps ?

— Des semaines ou peut-être des mois.

— Comment ça peut-être et pourquoi ce n'est que maintenant qu'elle te prévient ?

— C'est une enfant, tu sais très bien comme c'est dur de communiquer avec des loups qui ne sont pas dans la même meute. Je pense qu'elle a fini par y arriver parce que je vivais avec eux avant.

— Mais pourquoi toi ? Il y a Isa, Zal ou Hanahita.

— Justement parce qu'elle sait que je suis le seul à pouvoir la retrouver.

— Alors, tu pars comme un voleur, sans rien dire à personne, même pas à ta femme.

— Je...

— Non ! Le coupé-je. Tu n'as aucune excuse, c'est toi qui me faisais la morale et maintenant tu fais tout le contraire ! m'énervé-je de plus en plus.

– Tu as ta mère à retrouver et cela devient urgent pour Jylo et même pour toi. Je ne vais pas vous faire perdre du temps, je récupère Lilou et je vous retrouverai.

– Et je dis quoi à Lili et à Altéha ?

– La vérité !

– Alors là, ne compte pas sur moi ! Lili m'en voudra de t'avoir laissé partir tout seul. Alors tu rentres avec moi et on va chercher la petite tous ensemble.

– **Elle a raison, Matëus,** m'aide Arssa.

– Oh ! Toi, le lâche, fous-moi la paix ! s'acharne Matëus sur son loup.

– Ce n'est pas un lâche ! Et si vous ne reveniez jamais, que vous tombiez sur plus forts ou plus nombreux que vous ?!

Matëus lève les yeux en l'air et fait les cent pas, quant à Arssa il est à côté de moi, prêt à faire demi-tour.

– Tu perdrais ta fille et ta femme par entêtement ?

– Elles ne risquent rien avec vous.

– Tu ne le sais pas ! m'opposé-je à lui.

– Oh, je tombe en pleine prise de tête entre frère et sœur, dit soudain une voix féminine au-dessus de nous.

Tout à notre discussion, nous n'avons plus fait attention à notre entourage. Elle s'installe entre nous deux et fait face à Matëus. C'est encore elle !

– Qui es-tu ? lui demandé-je.

– Mais oui, la louve solitaire ! Tu as souvent du monde autour de toi pour une solitaire, ricane-t-elle.

Elle ne se retourne même pas pour me parler.

– Réponds à sa question ! insiste Matëus.

– Votre pire cauchemar ! lui répond-elle du tac au tac.

– Tu as fait une erreur, on est trois contre toi !

– Ah, oui ! Tu crois ça, rigole-t-elle. C'est vous qui faites une erreur. Vous n'auriez pas dû sortir de votre trou seulement qu'à trois !

À peine finit-elle sa phrase que Matëus se fait encercler par cinq autres personnes avec leurs loups. Mon cœur s'accélère, Arssa se met devant son maître prêt à le défendre. Je ferme les yeux pour essayer de rentrer en contact avec ma meute, mais impossible. Je fixe Matëus pour essayer de savoir s'il les a prévenus, mais quand il me dit non discrètement de la tête, je comprends que lui aussi n'y arrive pas. Cela doit être le jeune qui doit brouiller les communications à l'intérieur de la grotte. La fille et ses cinq hommes de main sont tous autour de mon frère et de son loup, c'est lui qu'ils veulent. Soudain, il se baisse et fait un cercle de mur haut de dix mètres en me laissant à l'extérieur. Je saisis tout de suite ce qu'il essaie de faire. Il sait qu'on a aucune chance contre eux et il veut me sauver la vie. Je cours pour me mettre de son côté, je ferme les yeux et me concentre sur la terre. Quand c'est fait, j'envoie des boules de terres sur son mur en criant comme une dingue.

– Matëus, ouvre-moi ! Je peux t'aider !

Ma terre n'est pas assez solide et n'égratigne même pas son mur.

– Oh que c'est mignon, mais c'est inutile, quand tu seras mort on s'occupera d'elle, ricane-t-elle de l'intérieur.

Je bondis et m'agrippe sur son mur pour passer par-dessus. Seulement Matëus a compris et le referme aussi. Je saute au sol et continue à frapper le mur de toutes mes forces, mes poings se mettent à saigner.

D'un coup un morceau de mur s'abaisse pour que je puisse le voir.

– Va-t'en ! m'ordonne-t-il.

– Non, pas sans toi !

– Amy, on ne pourra pas survivre. J'ai besoin que tu passes un message à Lili et à ma fille.

– Non ! Je vais t'aider et on va les tuer ! persisté-je.

– Tiens, tiens, c'est intéressant, c'est toi Amy ? interroge la fille.

Je tourne mon regard rempli de haine sur cette garce.

– Oui et alors ? lui craché-je.

– Tu avais une copine au Japon qui tenait beaucoup à toi. Comment elle s'appelait déjà… attends, je réfléchis. Un genre de Miko quelque chose comme ça.

– Mariko ! répondis-je surprise.

– Oui, voilà, merci c'est ça. Elle était délicieuse, elle m'a bien calée deux jours.

À ses mots, mes yeux s'écarquillent, je ne peux pas la croire.

– Tu… tu… as tué Mariko ?! arrivé-je à prononcer sous le choc.

– J'ai… j'ai tué Mariko, rigole-t-elle en se moquant de moi. Oui, qu'est-ce que tu ne comprends pas dans ce que je t'ai dit ?

Je ne réagis plus pendant quelques secondes du au contrecoup de ses paroles, puis la haine reprend le dessus.

– Je vais te tuer, pourquoi elle ? Pourquoi l'avoir tuée ?

– Elle s'est trouvée au mauvais endroit, je suis allée vous chercher au Japon. Quand je suis arrivée chez Glenn, elle était là. J'ai donc commencé par la questionner et elle m'a dit qu'elle venait trois fois par semaine voir si tu ne revenais pas. Ce n'est pas mimi ?! Puis quand j'ai compris qu'elle ne savait rien sur vous, je l'ai mangée en la partageant avec ma louve. Si on regarde bien c'est un peu à cause de toi, qu'elle est morte ! ajoute-t-elle avec mesquinerie.

– Je vais te massacrer, je vais te le faire payer ! hurlé-je.

Au moment où je dis ça, je saute à l'intérieur du mur avec mon poing recouvert de terre, prête à lui défigurer la tronche. Quand je me prends une boule de terre dans la figure qui me fait reculer de deux mètres.

– Pourquoi Matëus ? Laisse-moi la tuer ! m'énervé-je remplie de haine.

– On ne fait pas le poids !

– Qu'est-ce que tu en sais ?

– Amy, dégage de là ! Dis à ma femme et ma fille que je les aime et que je suis désolé d'avoir été aussi bête, en espérant qu'elles me pardonneront.

– Pour moi aussi et rajoute à Luna que j'ai commencé à savoir ce que c'était le bonheur au moment où j'ai croisé son regard, rajoute Arssa.

– Et qu'on continuera à les protéger, finit mon frère.

– Nooooon !!! Sortez de là !!! Courons ensemble, allons les rejoindre, leur crié-je dessus.

– Amy !!! Merde !! me crie-t-il à son tour. Tu n'es plus une gamine, alors fais ce que je te dis ! Il me fixe droit dans les yeux, je peux voir les larmes qu'il retient. Je t'en prie Amy, continue-t-il d'une voix suppliante et douce. Tu dois survivre, va leur passer le message.

Je regarde partout perdue, ne sachant plus quoi faire.

– Je ne peux pas t'abandonner, commencé-je à pleurer.

– Tu n'as pas le choix, il me tend la main, je l'attrape et je sens un objet entre ses doigts. C'est pour Altéha, donne-lui. Puis il m'essuie une larme sur la joue. Il est temps, cours... Cours, allez COURS ! hurle-t-il sur son dernier mot.

– Cela ne servira à rien, nous la rattraperons, dit-elle au moment que Matëus referme le mur.

Sans plus diverger, je me mets à courir en les laissant derrière moi. J'entends qu'ils se défendent au départ, plus je m'éloigne et plus je culpabilise. Je dois faire demi-tour. Non ! Si je fais ça et que je meurs ils auraient donné leur vie pour rien. En courant le plus vite possible, je n'arrête pas de pleurer et de voir les visages de Mariko, de Matëus et de Arssa. J'ai tellement peur d'annoncer la nouvelle aux autres. Comment va réagir Lili, rancunière comme elle l'est ? Elle ne lui pardonnera jamais, elle va le détester et il ne mérite pas ça.

C'est la seule erreur qu'il ait faite depuis qu'il est avec nous et il la paye de sa vie. Et puis, je ne peux pas m'empêcher de penser que si je ne l'avais pas stoppé, il aurait pu s'échapper. Tout est ma faute, Chyru, mon père, Mariko et maintenant Matëus et Arssa. Mes larmes coulent tellement que je ne vois presque plus rien.

CHAPITRE II

Quand je me rends compte que je ne suis plus très loin de la grotte, je me mets à hurler de rage, de tristesse, les poings fermés, les veines apparentes.

Je suis enfin devant l'entrée, je crie un dernier coup et entre, les joues remplies de larmes en regardant l'objet qu'il m'a confié. C'est magnifique, Altéha va l'adorer !

12. UNE VÉRITÉ CACHÉE

Je croise rapidement le garde qui ne fait même pas attention à mon état d'affolement et de tristesse. Je suis dans la grande salle, les deux ados qui s'y trouvent se réveillent en sursaut et m'observent étrangement. Je dois ressembler à une folle, mais je m'en fous complètement. Je suis essoufflée, mes larmes continuent à ruisseler, je n'arrive plus à réfléchir. J'ai les visages de Matëus et d'Arssa gravés dans mon esprit. Comment vais-je leur dire, comment y arriver... ?

– Amy ? m'appelle Zal.
– Zal ! Tu viens d'où ? m'inquiété-je.
– J'étais dehors puis je t'ai entendue hurler. Qu'est ce qui te prend ?
– Je... je...

Je n'arrive pas à parler, en plus les deux ados continuent à me dévisager, ce qui me gêne de plus en plus.

– Amy, dis-moi. Tu me fais peur, la dernière fois que je t'ai vue aussi dévastée, c'était à la mort de ton père, me dit-il d'une voix douce avec lenteur pour être sûr que je comprenne chacun de ses mots.

Mes yeux se baladent de partout, mon souffle ne s'est toujours pas calmé.

– Matëus...
– Quoi ? Matëus ?
– Il... il... est...
– Il est quoi ? s'impatiente-t-il.
– Mort ! clamé-je.
– De quoi ? Comment ça, mort ?! Qu'est-ce que tu racontes !? crie-t-il.

Je n'ai pas eu le temps de lui dire doucement que toute ma meute est autour de moi, y compris Alexander et Jeff.

– Ma chérie, tu viens d'où et pourquoi es-tu dans cet état ? m'interroge mon compagnon en me prenant dans ses bras.

Je croise les yeux de Lili qui se rend compte que son mari n'est pas là.

– Où est mon mari ? panique-t-elle.
– Je ne… sais pas… comment vous le dire, pleuré-je
– Nous dire quoi ! s'impatiente Lili anxieuse.
– Matëus, il… est mort.

Je baisse les yeux en leur disant cette nouvelle horrible que je n'arrive toujours pas à réaliser.

– Je ne te crois pas ! me balance Lili.

Elle se concentre pour essayer de rentrer en communication avec lui. Ses yeux se relèvent sur moi quand elle ne reçoit aucune réponse.

– Attends, ma chérie raconte-nous ce qui s'est passé.

Impossible pour moi de dire la vérité à Lili, elle ne lui pardonnerait jamais.

– C'est ma faute, Glenn fronce les sourcils quand je prononce ces trois petits mots. Je suis allée prendre l'air dehors et j'ai senti une odeur que je connaissais, alors j'ai commencé à la suivre. Je peux voir la colère monter dans les yeux de tout le monde. Matëus et Arssa m'ont suivie, quand ils m'ont rattrapée pour me faire rentrer, nous avons été attaqués par la fille et ses sous-fifres. Il a réussi à me séparer d'eux en faisant un mur de terre de plusieurs mètres. Il m'a forcée à me sauver…

– Et tu l'as laissé seul contre eux ?! s'emporte Lili.

– Il ne m'a pas laissé le choix, lui répondis-je honteuse, je n'arrive plus à la regarder dans les yeux.

– Partons, vite le retrouver ! dit-elle en demandant à une femme de la meute de surveiller sa fille qui dort encore.

– Ils sont morts, Lili, insisté-je en pleurant.

– Tant que je n'ai pas vu leurs corps, pour moi, ils seront toujours vivants ! me foudroie-t-elle.

– **Pour moi aussi !** rajoute Luna.

– Allons-y tous ensemble, décide Glenn.

Toute la meute me fixe et attend que je leur montre le chemin. Les jambes tremblantes, je leur tourne le dos et nous partons en direction de Matëus et d'Arssa. On reste sur nos gardes au cas où la fille reviendrait à l'attaque.

Au bout de deux heures, nous voici sur les lieux, ce que je ne voulais absolument pas voir est devant moi.

– NOOOOON !

Les cris de Lili me percent de toute part, je ne pourrai jamais oublier ses hurlements de souffrance. Elle court vers le corps de son mari, enfin ce qu'il en reste. Luna se met à hurler à mort à côté du corps d'Arssa. Ils les ont démembrés, le sang recouvre la neige. Glenn rapproche tous les membres de notre frère et d'Arssa, je m'effondre en vomissant.

– Il manque leurs têtes, pleure Lili.
– Non, ils les ont brûlées un peu plus loin, répond Isabelle doucement.
– Comment tu sais ça, toi ? crache Lili
– C'est leur façon de procéder, je suis désolée Lili et Luna.
– Tu n'as pas à t'excuser, je n'en dirai pas autant de tout le monde ! grogne Luna.
– Je… Luna… je… essayé-je de parler.
– Ferme-la ! me crie Lili.
– Tout le monde se calme ! ordonne Shugo.

Étonnée que ce soit Shugo qui mette le holà, je cherche Glenn des yeux, il a disparu.
– Où est Glenn ? m'inquiété-je tout de suite.
– Dommage que tu ne te sois pas inquiétée comme ça pour Matëus, me remballe Hanahita.

C'est là, que je remarque que la haine déborde de leurs yeux à tous, et qu'elle m'est destinée. Ai-je vraiment bien fait de leur cacher la vérité ? Maintenant que c'est fait, je ne peux plus faire marche arrière.
– Glenn est en train de préparer des branches pour leurs corps, me dit Shugo tristement.

Je souffle un grand coup en essuyant mes larmes et me dirige vers ma sœur qui pleure sur le corps de son défunt mari.
– Lili… je…
– Non, la ferme ! Ne me parle pas ! me coupe-t-elle.
– C'est juste que Matëus m'a confié ceci avant… Je laisse ma phrase en suspens.
– Avant que tu te sauves comme une lâche ! rage Luna.
– Je ne suis pas une lâche ! me défendis-je.
– Ah bon et tu appelles ça comment ? continue-t-elle.

La colère m'envahit, à cet instant, je suis prête à la charger, Lili me stoppe.
– Montre-moi ce qu'il t'a confié ! me dit-elle avec mépris.

Je lève ma main fermée devant ses yeux et je l'ouvre. Un collier en or avec un pendentif se balance, accroché à mon doigt. Elle me l'arrache violemment puis le serre fort contre sa poitrine. Ses larmes redoublent d'intensité.
– Il l'avait préparé pour l'anniversaire d'un an d'Altéha, on devait lui offrir ensemble, dit-elle à tout le monde en ouvrant le pendentif.

À l'intérieur se trouvent deux petites photos, une d'elle et Matëus et une autre de leur fille. Elle le referme en le serrant fort dans sa main et en me fixant pleine de haine.

CHAPITRE 12

– Tu n'as plus qu'à vivre en sachant que tu as enlevé un père à sa fille avant même qu'elle puisse réellement le connaître, me dit-elle avec une fureur que je n'ai jamais vue.

Je baisse les yeux, je ressens tous les regards haineux posés sur moi. Ne pouvant plus supporter cette atmosphère, je fuis en prenant mes jambes à mon cou. Je croise Glenn qui ne cherche même pas à m'arrêter, son regard à lui aussi est différent.

En racontant ce mensonge, je n'ai pas pensé à tout ça, je voulais juste que Lili n'en veuille pas à Matëus. Il faudra que je sois forte pour supporter toute cette amertume et qu'ils finissent par me pardonner un jour.

Je me dirige sur une falaise, de cet endroit, je peux observer le brasier caresser le ciel. Cette odeur qui malgré moi devient familière se propage dans la nature. Je m'autorise à verser pour la dernière fois des larmes pour Matëus, Arssa et Mariko. Quand mes yeux ne peuvent plus sortir une seule larme, je retourne à la grotte sachant que je ne serai plus la bienvenue. Heureusement que nous partons aujourd'hui pour le Canada, je pourrai plus facilement m'isoler par rapport à leur souffrance et leur colère.

Une fois à l'intérieur, un silence pesant règne, tous les regards se braquent sur moi. Lili est avec Altéha, voyant les yeux de la gamine rouges et bouffis, je comprends que sa mère lui a déjà annoncé la triste nouvelle. J'aimerais aller la voir, la réconforter et lui parler de son père. Lui dire à quel point il était indispensable pour la meute et combien de fois il nous a sauvés grâce à ses analyses et sa manipulation.

D'un coup Glenn me fonce dessus, le regard noir.

– Dehors, maintenant !

Sa voix est dure et tranchante. J'exécute sans broncher. Une fois à l'extérieur, il m'attrape le bras pour me stopper.

– Tu as dit toute la vérité ?

De la méchanceté ressort dans sa demande, ce qui me brise le cœur.

– Que veux-tu dire ? lui répondis-je hésitante et tremblante.

– Ma question est simple, tu as vraiment mis Matëus et Arssa en danger ?

Je prends une grande inspiration et fixe le fond de ses yeux qui sont devenus bien rouges depuis sa question.

– Oui ! Tout ce que j'ai dit est vrai !

Cette fois, je n'hésite pas en insistant sur chaque mot. Il regarde de partout comme un fou, les poings fermés.

– Je ne te crois pas ! Tu n'as pas pu être aussi stupide ! crie-t-il essoufflé de colère en faisant des allers-retours sur place.

— Je te dis la vérité ! insisté-je assez calme pour qu'il me croie.

Ça me fait mal de lui mentir surtout quand je constate la souffrance que je suis en train de lui infliger. Mais je ne peux pas le lui révéler, il voudra prendre ma défense et terminera par dire la vérité à Lili et Luna. J'espère qu'il finira par me pardonner. Je lui attrape la main pour le réconforter, il la retire tout de suite.

— Ne me touche pas ! Je... Désolé !

Il tourne les talons et me laisse seule, je ravale mes larmes et le suis dans la grotte.

— Bon, je sais qu'on passe un moment très difficile, mais nous devons continuer. J'attends toute ma meute dans une heure en dehors de la grotte, ordonne-t-il à tout le monde.

— Je ne viendrai pas ! répond Lili froidement.

— Si ! s'énerve Glenn.

— Non et ma fille non plus ! Je ne partagerai pas mon voyage avec elle ! rajoute-elle en hochant la tête vers moi.

— Alors ton mari sera mort pour rien ! lui balancé-je sans me démonter.

Un silence s'installe puis d'un coup, je me sens projetée à deux mètres et m'écrase sur la paroi. Lili m'empoigne la gorge et me la serre le plus fort possible tout en me foutant des claques. Je ne me défends pas et la laisse se défouler, lorsque Glenn intervient et nous sépare.

— C'est bon, tu t'es défoulée ?! Ça va mieux ? lui dis-je en remettant mes habits en place.

— Tu te fous de moi en plus ? crie-t-elle.

Son visage est déformé par la haine.

— Non, je suis sincère, tu veux encore me cogner ! Alors, viens dehors, mais cette fois-ci, je ne me laisserai pas faire !

Mon regard est aussi déterminé que ma voix, elle hésite puis retourne vers sa fille.

— Donc comme je disais, je vous attends dans cinquante minutes à l'extérieur et c'est un ordre !!!

— **Amy qu'est-ce que tu as fait ?** me demande Cheyn d'une voix tourmentée.

— **Tu es au courant ?**

— **Bien sûr ! J'ai ressenti la douleur de ma sœur, j'ai cru qu'elle était en train de mourir.**

— **Je... Je...suis désolée**, essayé-je de m'excuser pitoyablement.

— **Tu peux l'être, lorsque je vous retrouverai, je saurai le fin mot de cette histoire.**

— **Tu reviens quand ?**

CHAPITRE 12

– On se rejoint au Canada à la taïga.
– D'accord !
– Tu ne sais pas mentir, on est à des milliers de kilomètres et pourtant j'entends à ta voix que tu caches quelque chose.
– Cheyn, je ne dissimule rien ! C'est vous qui espérez ça pour que ce soit plus facile à accepter.
– Tu ne l'aurais jamais laissé, si c'était toi qui avais été en faute ! Alors arrête de te foutre de ma tronche, bordel ! s'emporte-t-il.

Je reste surprise de sa déduction. Il me connaît mieux que je l'aurais cru et peut-être une fois le choc passé, ils finiront tous par avoir le même avis et Lili finira par douter de mon histoire.

– Pense ce que tu veux ! conclus-je.

Sans lui laisser le temps de répondre, je coupe la discussion.

Je vais dans ma chambre rassembler toutes mes affaires sans un mot et pars dehors les attendre. Plusieurs minutes plus tard, Hanahita et Jylo me rejoignent. Ils se mettent dans un coin avec Hazia et Vif, aucun des deux ne me parlent ni ne me regardent.

– Amy, Jylo veut que tu saches que tu n'es pas seule même si pour l'instant il n'arrive pas à te le dire lui-même, m'avoue Vif.

Je regarde le loup, il cligne des paupières pour compatir à ma souffrance.

– Merci, Vif. Comment se fait-il que tu ne m'en veux pas comme les autres ?
– À quoi cela servirait, cela ne ramènera pas Arssa et Matëus. Nous les loups, nous ressentons plus ta souffrance que les hommes et nous savons que tu subis encore plus que nous, mise à part Lili et Luna bien entendu.
– Je ne sais pas quoi dire.
– Reste patiente, ils te pardonneront avec le temps.
– Sauf Lili et Luna.
– Tu pourrais être étonnée, le temps guérit et pardonne tout. Sois patiente.
– Oui, ce n'est pas vraiment une de mes qualités. Mais j'ai de forts doutes quant au pardon de ma sœur et sa louve.
– Aie confiance, mais surtout n'oublie pas, les loups te comprennent, donc tu n'es pas seule.
– Merci, ça me fait tu bien de l'entendre.
– Je rejoins Vif, même si ma maîtresse t'en veut aujourd'hui. Je n'ai pas oublié que tu l'as sauvée et elle aussi finira par se le rappeler une fois que sa colère aura disparue, me rassure Hazia à son tour.

– Je suis étonnée de toi. Je pensais que tu rejoindrais l'avis de Hanahita.

– **Tu oublies qu'on est plus sage et plus pacifique que vous**, m'explique-t-elle.

– **En effet.**

Tous les autres arrivent au même moment, ce qui coupe notre conversation. J'observe chaque loup, ils inclinent la tête chacun leur tour, sauf Luna, pour me faire comprendre qu'ils sont du même avis que Vif et Hazia. Ils ont dû partager la conversation entre eux en excluant Luna.

– Nous avons un peu de route à parcourir, donc je compte sur vous pour que ça se passe comme d'habitude, dit mon fiancé sèchement.

– Cela ne sera plus comme avant ! l'agresse Lili.

– Ce n'est pas ce que je voulais dire. Je sais que ça va être dur, mais comme on disait à Amy quand elle a perdu son père, nous devons continuer pour réussir à les venger, pour qu'ils ne soient pas morts en vain.

Lili se retourne vers moi et me fusille du regard.

– Il n'est pas mort par notre faute contrairement à mon mari ! rage-t-elle.

Je ressens tout de suite la colère monter en moi, je vais la pulvériser.

– **Ne relève pas, ce n'est pas elle qui parle, mais la haine. Rappelle-toi au début de votre rencontre, c'était pareil et après elle s'est adoucie.**

– **Oui, peut-être Shugo. Néanmoins, je ne pourrai pas supporter ces remarques tous les jours.**

– **Cela ira mieux,** me répond-il confiant.

– Ça suffit, je ne veux plus rien entendre ! calme Glenn avant que ça finisse mal, et il reprend. Normalement, en deux semaines on y serait arrivé, mais avec Altéha, on fera plus de pauses donc comptez bien trois semaines. Allez, on décolle !

Toute la meute hoche la tête et nous voilà sur la route. Le plus étrange c'est de voir Alexander remplacer Matëus au côté de Glenn. Sommes-nous tous si facilement remplaçables ? J'ai un pincement au cœur. Avec tout ça, je n'ai pas pu parler de la petite Lilou, j'ai l'impression de l'abandonner. La culpabilité me ronge, mais qu'est-ce que j'ai fait !? Pour protéger Matëus, j'ai peut-être tué Lilou, comment faire pour parler d'elle sans que personne ne se doute de quelque chose ?

Nous faisons déjà une pause au bout de quelques heures seulement, car Altéha et Shyva ne tiennent plus debout. Nous savons tous que cela allait se passer comme ça. Mais pour certains, s'arrêter déjà les rend nerveux, sachant que l'autre sadique et ses sous-fifres peuvent nous suivre de près. Et vu notre entente actuelle, ils nous réduiraient en charpie très facilement.

Je n'arrive pas à enlever la petite Lilou de ma tête, elle a besoin de nous. Je réfléchis à comment parler d'elle sans éveiller les soupçons sur l'histoire avec Matëus. Ils ne me croiront jamais si je dis que c'est moi qu'elle a contacté et ils chercheront le fin mot de tout ça, il faut que je trouve autre chose et vite. Je reste dans mon coin, à l'écart de toute ma meute, Jylo de temps en temps me fait des petits sourires timides. Ce n'est pas grand-chose, cependant cela me fait du bien de savoir qu'il y en a au moins un qui n'est pas contre moi.

– **Comment te sens-tu ?** me questionne Kiba d'une voix douce.

– **C'est la pêche, ça ne se voit pas.**

Je lui fais un sourire forcé en le laissant retomber la seconde suivante.

– **Je me doute que cela va être difficile pour toi, mais ça ira mieux avec les autres. Il faut juste qu'ils digèrent leur colère.**

– **Si tu le dis !** lui répondis-je peu convaincue.

– **Quand un être cher meurt, il faut un fautif pour pouvoir se défouler dessus.**

– **Oui, mais là, je suis la fautive. C'est ça la différence.**

Il se rapproche de moi et s'assied sans prêter attention à tous les autres qui le regardent méchamment.

– **Que ce soit toi ou lui qui soit parti, cela ne change rien, c'est ta faute parce que tu es celle qui a survécu. Si c'était toi qui étais morte, aujourd'hui c'est Matëus qui serait à ta place.**

– **Au moins, il aurait sa femme et sa fille à ses côtés, moi je n'ai plus personne, même Glenn ne me parle plus.**

Tout en disant ça, je ramasse une petite pierre et la lance le plus loin possible au-dessus de la tête de tous mes frères et sœurs, ce qui leur fait détourner les yeux sur autre chose que Kiba et moi.

– **Tu ne peux pas le savoir. Je ne te demande pas d'imaginer autrement la situation parce que c'est fait, on ne peut changer le passé. Matëus est mort…**

– **Et Mariko aussi !**

Ces trois mots m'échappent comme la larme qui coule sur ma joue droite. Je me dépêche de l'essuyer avant que quelqu'un ne la voie. Lorsque je regarde autour de moi, je remarque que tous les loups me fixent et Glenn aussi.

– **Pourquoi tu ne nous l'as pas dit !** me dit Glenn surpris.

Tous les regards se braquent sur nous deux.

– **Ça change quoi ! Et pourquoi tu écoutes les conversations, je pensais que tu ne ferais plus ce genre de chose ?** m'énervé-je.

– **Mais de quoi vous parler tous les deux ?** questionne Isabelle.

– Ça ne vous regarde aucunement ! lâché-je en les fixant tous les uns après les autres.

– **Tu n'arranges pas la situation en réagissant comme ça,** dit Shugo calmement.

– Je n'ai rien écouté, c'est Shugo qui a partagé votre conversation avec moi pour me faire comprendre à quel point tu te sentais mal, m'explique mon chéri toujours sous le choc de ce qu'il vient d'apprendre.

– C'est elle qui tue mon mari et c'est elle qui se sent mal, mais quelle rigolade, me balance Lili avec dégoût.

– Ferme-la ! Là, tu vas trop loin ! Elle n'a pas tué Matëus ! s'énerve Jylo.

Lili comme moi, restons atterrées par le répondant du gamin.

– Et apparemment notre frère n'est pas le seul que nous avons perdu ce jour-là, ajoute Glenn.

– De quoi parles-tu ? demande Hanahita anxieuse.

– Mariko est morte aussi sous les griffes de cette fille, répond Glenn attristé.

– Qui est Mariko, l'une des nôtres ? demande Zal, perdu.

– Non, vous ne la connaissiez pas. C'était une amie d'Amy, elle y tenait beaucoup.

Leurs yeux se braquent encore vers moi, mais cette fois-ci avec de la peine sauf Lili bien sûr.

– Amy, comment elle… ? Jylo n'arrive même pas à finir sa phrase.

– Aucune importance ! répondis-je froidement.

– Si c'est important, insiste Isabelle en se rapprochant de moi.

– Non ! Il y a quelques minutes, vous me haïssiez tous et maintenant vous avez pitié de moi ! Je n'ai pas besoin de votre charité ! grogné-je en me levant.

– Ce n'est pas de la pitié, mais de la compassion, dit-elle en essayant de me calmer.

– C'est justement pour ça que je ne voulais pas vous le dire. Je ne veux pas de votre "compassion", rajouté-je en insistant fortement sur ce mot.

– **Je ne te comprends pas, pourquoi tu réagis comme ça ?** demande Shugo.

– **Toi, qui es si malin en faisant écouter la conversation à ton maître, tu n'as qu'à trouver la réponse à ta question tout seul !** le remballé-je.

Je pars sans leur laisser le temps de répondre. Je m'assieds plus loin, j'ai un mélange de sentiments qui m'empêche de bien réfléchir. Je ne voulais pas le leur dire, je voulais qu'ils me pardonnent parce qu'ils en ont envie et pas par pitié.

– Je suis désolé pour ton amie, me dit Glenn qui m'a talonnée.

Je le fixe, ses yeux paraissent sincères.

– Merci ! répondis-je sèchement.

– Et je voudrais m'excuser aussi de mon comportement depuis la mort de notre frère. J'aurai dû te soutenir et te réconforter, être proche de toi et au lieu de ça, j'ai réagi comme un gros con, égoïste.

– J'aurai réagi de la même manière à ta place, grimacé-je de tristesse.

– Non, justement.

Il se rapproche et me tend la main, je la regarde quelques secondes et l'attrape. Il me tire dans ses bras.

– Si tu as besoin de parler, de m'expliquer comment tout cela est arrivé, n'hésite surtout pas, je suis là.

Si j'avais eu les paupières fermées, ses mots m'auraient fait du bien, mais ses yeux, son regard ont changé envers moi. Je ne préfère pas relever et lui souris.

– Merci, j'y penserai, terminé-je.

Il me relâche aussitôt et repart vers les autres, quelque chose s'est éteint entre nous depuis que Matëus est mort. J'ai reconnu de la déception dans ses yeux et rien ne me fait plus mal que de décevoir l'homme que j'aime. Malheureusement, maintenant je vais devoir apprendre à vivre avec. Peut-être avec le temps, je pourrai lui dire la vérité et il me comprendra enfin, ou alors, pire, il m'en voudra parce qu'à ne rien dire, j'ai laissé Lilou en danger.

– Je comprends très bien ce que tu es en train de vivre, me déclare Kiba qui est resté aux pieds de son maître.

– Tu nous as encore mis sur écoute, Kiba ?!

– Non !

– Comment peux-tu le comprendre ?! Tu sais ce que c'est que de vivre comme un paria dans sa propre meute et de décevoir la personne qui partage ta vie ?

– Oui, ce n'est pas pour rien que mon maître ne parle plus. Nous avons été jugés pendant des mois pour la mort de notre ancien chef.

– Que s'est-il passé ?

– La même chose que pour toi et Matëus, rien de plus.

– Tu connais cette fille ?

– Connaître, c'est un grand mot, mais j'ai vu une partie de son grand pouvoir.

– C'est quoi ?

– Elle aspire ton âme !

– Quelle horreur ! Mais ça veut dire que toutes les âmes sont coincées en elle ?
– Je ne sais pas.
– Mais qui est-elle ?
– Quoi ? Vous ne la connaissez pas ?
– Non ! Pourquoi toi, oui ?

D'un coup, un silence s'installe entre nous pendant plusieurs secondes. Je cherche Kiba des yeux, quand je l'aperçois, il a l'air en pleine conversation avec quelqu'un d'autre.

– Kiba, alors ? insisté-je.
– C'est le bras droit de ton père.
– Quoi c'est tout ! Ça, merci je m'en doutais.

Il coupe direct la discussion, je saisis tout de suite qu'il me cache quelque chose, mais quoi ?

– Aller, on repart !

Nous avançons jusqu'à la nuit et nous nous arrêtons dans un endroit isolé. Lili et Isabelle ont porté Altéha à tour de rôle pour qu'on puisse avancer plus vite et plus loin. Tout au long de la route Glenn est resté à mes côtés, même s'il n'a pas décroché un mot à l'exception de "tu vas bien" toutes les trente minutes. Préférant rester seule, je m'éloigne de mes frères et sœurs, Glenn et Shugo viennent s'installer avec moi. Sans trop nous parler, nous allons nous coucher. Comme d'habitude, Glenn et son loup seront de garde. Je tourne plusieurs fois dans la couchette de fortune avant de finir par sombrer.

Je me réveille dans la forêt de bambous. Je reste assise le visage sans expression en attendant ma louve tout en restant prudente pour le cas où Zolta le loup de mon père me découvre avant elle.

– Amy, enfin !

Je lui cours dessus et la serre de toutes mes forces dans mes bras, sans pouvoir retenir mes larmes.

– Que se passe-t-il ? s'inquiète Tenshi quand elle remarque les énormes perles qui s'écoulent de mes yeux.
– J'ai fait une terrible bêtise.
– Explique-moi tout.

Sans rien lui cacher, je lui raconte la vraie histoire et le mensonge que j'ai raconté à ma famille.

– Mais pour quelle raison as-tu menti ? me demande-t-elle surprise.

– Pour protéger mon frère et son loup. Je ne voulais pas que sa femme ou sa louve leur en veuillent.
– Seulement tu n'as pas pensé aux conséquences pour toi.
– Non, mais il y a pire que ça et je ne sais pas comment faire.
– Quoi donc ? se soucie-t-elle.
– J'ai laissé cette petite derrière. Je ne sais pas comment leur dire qu'elle est en danger, puisque j'ai menti.
– En effet, ce n'est pas très malin de ta part, m'accable-t-elle.
– Je culpabilise assez comme ça, pas besoin d'en rajouter. Tu es la seule à qui j'ai dit la vérité. J'aurais aimé du réconfort.
– Je...

D'un coup un bruit de pas se fait entendre, nous tournons la tête toutes les deux vers cet endroit.

– Purée, jamais, il ne peut nous laisser en paix ! m'énervé-je.
– Non, on est en guerre. On n'a ni le temps de s'apitoyer sur notre sort ni de se réconforter.
– Facile à dire, mon père, Chyru, Mariko, et maintenant mon frère.
– Justement cela doit te booster et pas l'inverse. Il faut que tu sois forte Amy. Tu peux compter sur moi pour te secouer quand tu en auras besoin, mais si tu veux quelqu'un pour se lamenter avec toi, tu te trompes de personne.

Je souffle un grand coup, elle a raison, il faut que je me reprenne au plus vite.

– Et la petite ? l'interrogé-je.

Les pas avancent progressivement vers nous, ce qui précipite notre échange.

– Donne-moi son nom !
– Mais je pensais qu'on ne devait pas donner de prénom ?
– Tu veux la sauver ?
– Oui ! Elle s'appelle Lilou.
– Ok, maintenant debout !

Elle me saute dessus.

Je me réveille, toujours les yeux embrumés de mon rêve. Tout le monde dort encore, sauf bien sûr Lojy et Vif qui ne sont plus là. Même Glenn et Shugo se sont assoupis, sans doute trop épuisés du choc de la mort de notre frère. Je me lève et pars à leur recherche, au bout d'une heure, sans aucune piste, je retourne pour prévenir Glenn. Mais à ma grande surprise, à mon retour ils sont couchés et dorment profondément. Au moins, ils n'ont pas fait de conneries, enfin, je l'espère. Ne pouvant plus pioncer, je me suis éloignée pour réaliser ce que je fais à chaque passage dans un nouvel endroit : graver ma phrase sur un tronc.

Au petit matin, nous repartons sans un mot. Nous avons déjà eu de la tension, mais jamais à ce point, j'ai peur que ce soit difficile de revivre comme avant.

Déjà plus de deux semaines ont passé, nous sommes à un jour de notre arrivée. L'atmosphère est toujours aussi électrique, Lili a formellement interdit à Altéha de m'adresser la parole. Les autres ne me parlent pas non plus, il n'y a que les loups qui me tiennent compagnie et prennent le temps de savoir comment je me sens. Glenn reste près de moi avec Shugo, cependant la froideur qui se dégage de mon fiancé est très difficile à supporter et a installé un malaise insoutenable. Cheyn a averti sa sœur jumelle qu'il a pris la route avec sa femme pour nous rejoindre au Canada. Depuis notre dernière conversation, il ne s'adresse plus du tout à moi, venant de lui c'est assez dur, lui qui pardonne tout, qui trouve toujours le mot pour faire rire. J'ai peur de le revoir sans le sourire, avec un regard rempli de haine comme tous les autres. Et sa femme, notre nouvelle sœur, que va-t-elle penser de moi ? Sans me connaître, elle me jugera de lâche tout de suite et n'aura aucune confiance en moi, ce qui est compréhensif.

Nous nous arrêtons à la fin de soirée, c'est la dernière nuit que nous allons passer sur la route, demain nous devrions arriver enfin vers la meute. À la différence des autres fois, ils nous attendent, la jeune maman avait averti son frère de notre arrivée.
Comme tous les soirs, je m'écarte pour dormir loin des autres. Avant de me reposer, je pars faire un petit tour pour écrire ma phrase sur un rocher. Une fois terminé, je m'y appuie dessus et ferme les yeux. Je pense à Matëus et toutes les choses qu'il a pu nous apprendre. Soudain la terre se met à vibrer sous mes pieds. Lorsque j'ouvre les yeux, je me retrouve face à lui.
– Mat… Matëus ?
Il se trouve à quelques mètres de moi, immobile. Dans l'obscurité, je ne vois ni ses yeux ni ses habits, tout est sombre.

CHAPITRE 12

– Tu ne peux pas être là ! Je t'ai vu, elle t'a tué !

Aucune réponse et surtout aucune réaction.

– Réponds-moi ! dis-je commençant à pleurer.

J'avance d'un pas, il fait de même, je m'arrête immédiatement.

– À quoi tu joues ? susurré-je apeurée.

D'un coup je me souviens de ce que m'a dit Kiba, serait-il possible que ce soit son âme qui se trouve en face de moi ?

J'avance sans hésiter, mon frère m'imite. Lorsque je suis assez proche, mes mains se mettent à trembler, mes jambes à flageoler. Je me laisse tomber à genoux et mon frère ; ma projection de moi-même fait pareil. J'ai juste réussi à faire un clone de terre en pensant fortement à lui. Voilà pourquoi, je ne voyais ni ses yeux, ni ses habits, c'est juste de la foutue terre. D'un geste violent, je le détruis en une nuée de poussière. Je reste quelques minutes dans cette position, j'attrape toute la terre qui s'éparpille dans mes mains. Je la regarde se faufiler entre mes doigts puis recommence à la ramasser tout en pleurant.

– Je suis tellement désolée mon frère. Pardon, je n'aurai jamais dû te laisser tomber. Pourquoi, toi ? Tu m'avais dit que tu ne nous abandonnerais pas !

– Amy ?

En me relevant, j'essuie mes larmes et reste dos à Hanahita.

– Que me veux-tu ? répondis-je agressivement.

– Juste m'assurer que tu te portes bien.

– C'est ça ! Surtout voir si je ne suis pas partie à la chasse d'une autre odeur !

– Non, il y a Alexander et Kiba pour te surveiller. Moi, je suis vraiment venue m'assurer que tu allais bien.

Surprise, je me retourne et dévisage la gamine qui ressemble de plus en plus à une femme. Son visage s'est beaucoup plus affiné, pourtant avec la route qu'on fait depuis un moment, nos traits se sont plus affirmés et plus creusés. Sans nous en rendre compte, nos physiques se transforment en guerriers, il est loin le temps de la bande de gamins avec des sourires d'anges.

– Je vais bien, merci, répondis-je assez sèchement et gênée.

– C'est pour ça que je te retrouve à genoux en pleure avec de la terre partout sur toi.

Comme une coupable, je baisse les yeux vers mon pantalon poussiéreux.

– Je vous ai déjà dit que je ne voulais pas de votre pitié ! lui dis-je en me tapotant pour enlever la terre sur mes habits.

– Je pensais que tu me connaissais mieux que ça, s'énerve-t-elle. Je n'ai aucune pitié, pour personne. Si je suis là, ce n'est pas parce que ton amie humaine est morte, mais parce que ma sœur qui m'a sauvée la vie et que j'ai appris à aimer souffre bien plus que moi et elle, n'a personne à qui le dire ou à qui le confier, contrairement à moi.

– Je...

– Je n'ai pas fini ! me coupe-t-elle. Oui, nos regards ont changé vis-à-vis de toi et encore oui, on va avoir du mal à accepter ton erreur envers Matëus ; cependant tu seras notre reine. Celle qui nous mènera à la victoire de cette guerre et qui nous rendra la liberté. Donc je pense que tu as assez prouvé ta force et ta loyauté jusqu'à maintenant. Sans toi, nous ne serions plus en vie aujourd'hui.

Elle m'a fixée tout au long de son discours puis elle baisse le regard quelques secondes, respire profondément et le relève.

– Je te pardonne, me dit-elle avec sincérité.

Les larmes me montent aux yeux, je serre la mâchoire pour les retenir. Je ne pensais pas que ces trois petits mots pouvaient me soulager et m'enlever un poids énorme. Je reste sans voix, ne sachant pas quoi lui répondre. Elle me sourit tendrement et s'en va.

– Merci, Hanahita, chuchoté-je tristement.

Elle me fait un geste de la main sans s'arrêter. Un léger sourire se dessine sur mon visage, quelque chose qui n'existait plus depuis plusieurs semaines. Je pars me coucher le cœur un peu plus léger.

– Bonjour petite fille, comment tu t'appelles ?

Je fixe cet homme que je ne connais pas du tout, Luna est à mes côtés et elle attend que je réponde à sa question.

– Amy, Monsieur.

Je ne comprends pas ce que je fais là, et d'où je viens ? Il n'y a que le visage de Luna qui me paraît familier.

– Non, appelle-moi Mats.

– D'accord Monsieur, Mats.

Il se met à rire à pleines dents, il a un visage très gentil, ses yeux bleus brillent avec plein d'amour.

– Mon ange, nous allons vivre ici maintenant.

– Pourquoi ? Nous vivions où avant ?

Je vois les deux adultes se fixer, l'homme avec interrogation et Luna avec peur.

– Nulle part, ici c'est ta maison et lui, c'est ton papa.

CHAPITRE 12

Les yeux de l'homme s'écarquillent de surprise.
– Pourquoi je ne m'en souviens pas ?
– Tu as fait une mauvaise chute et tu as oublié certaines choses, mais tu verras ça reviendra.
L'homme, enfin plutôt, mon papa attrape le bras de Luna et l'entraîne vers une autre pièce pour discuter. Je les observe ; aux gestes de Luna, je saisis que la conversation est mouvementée.

– Amy, debout !
Je me réveille en sursaut, je me frotte le visage.
– Ça y est, la princesse est debout, allez, rejoins-moi, je suis à trois cents mètres au nord.
– Lojy ! Pff, franchement tu es la dernière personne à qui je veux parler.
– Je pensais que comme maintenant tu fais partie du même club que moi, tu serais plus disponible.
– De quel club parles-tu ?
– Des parias ! dit-il en riant.
– Je ne suis pas comme toi !
– Si tu le crois, c'est bien.
– Je vais dormir encore un peu, bonne nuit Lojy.
Je sais au fond de moi qu'il faut que je le surveille, mais honnêtement je m'en fous un peu de ce qu'il peut faire maintenant.
– **Et si je te dis que je ne crois pas un mot de ton histoire sur Matëus !**
Je réfléchis un instant, est-ce du bluff pour attirer encore mon attention ou sait-il quelque chose ? Comment il aurait pu savoir la vérité ?
– J'arrive ! lui dis-je d'un ton désinvolte.

À peine dix minutes plus tard, je me retrouve face à lui et à Vif, assis sur un rocher les yeux rivés sur les étoiles. J'ai dû éviter de passer sur le parcours de Shugo qui est en train de faire sa ronde pour ne pas l'avoir aussi sur le dos.
– Viens t'asseoir à mes côtés, me dit-il innocemment.
– Je ne suis pas venue admirer les étoiles avec toi ! Alors, donne-moi ta version pour que je te prouve que tu as tort.
Il baisse le regard vers moi, il me transperce entièrement, ce qui me rend tout de suite nerveuse.

– Déjà, si c'est moi qui avais tort, tu ne serais pas venue pour t'en assurer et tout faire pour essayer de me convaincre avec ton mensonge, et franchement, tu le vis comment de savoir que Lilou est en danger ?
Je reste estomaquée, comment est-il au courant ?
– Je ne vois pas de quoi tu parles, me défendis-je.
– Tu vois qu'on se ressemble tous les deux.
– Pas du tout !
– On n'a peut-être pas les mêmes raisons de laisser mourir les gens, mais tu abandonnes bien une enfant en danger en fermant les yeux.
– Je ne sais toujours pas de quoi tu parles ! m'énervé-je.
Comment l'a-t-il su ? Si je le lui demande, cela confirmera ses dires.
– Ah, oui en effet, on ne se ressemble pas. Moi au moins j'assume et j'ai le courage de l'admettre contrairement à toi. Tu me déçois, dire que je te croyais la plus franche de la meute.
– Je m'en tape complètement de te décevoir !
– Et les autres, comment vont-ils réagir quand ils vont apprendre pour Lilou et le mensonge que tu leur as servi ? sourit-il.
– Qu'est-ce que tu veux ? Pourquoi fais-tu ça ?
– Je veux la vérité et pourquoi, pour te montrer que j'ai toujours une longueur d'avance sur toi !
– Ah oui ! Alors apprends que Lilou va très bien et qu'elle est en sécurité.

Il fronce les sourcils surpris en essayant de savoir si ce que je viens de lui dire n'est pas un bobard. J'espère tellement fort que ma mère et ma louve l'ont retrouvée que du coup il ne voie aucun soupçon de mensonge.

– Merci à ta mère, elle t'a encore sauvée sur ce coup, mais sache que tu n'as pas encore vu le dessous de l'iceberg.
– Tu veux dire quoi par-là ?
– Que tu vas devoir te préparer à connaître des non-dits qui risquent de te dévaster.

Il se lève en se rapprochant de moi, la couleur bordeaux de ses yeux perce les miens, je ne perçois aucun doute dans ses pupilles sombres.

– De quoi es-tu au courant ? chuchoté-je hésitante.
– Ne te fais pas de souci, tu sauras tout en temps et en heure ! me sourit-il.

Il sait qu'il a l'avantage et le dessus. Soudain Vif saute sur moi, je mets les bras devant mon visage pour me protéger. Quand je m'aperçois que le choc n'arrive pas, je les retire, ils ont disparu tous les deux.

– Merde ! Je me suis fait avoir ! tapé-je du pied.

CHAPITRE 12

Je repars au camp et remarque Jylo et Vif endormis comme des bébés. Je retourne m'allonger inquiète, comment a-t-il su pour Lilou, comment peut-il être au courant de ce qui s'est passé ? Et que sait-il sur moi que je ne soupçonne pas moi-même ? Je voudrais me convaincre qu'il ne me raconte que des conneries, mais ce n'est pas un menteur. Il est peut-être sociopathe ou même psychopathe sur les bords, néanmoins il est loin d'être mythomane. Je ferme les yeux et espère que les rêves de mon passé continueront à resurgir et que j'apprendrai peut-être ce qu'il me cache.

Le lendemain matin, nous repartons, Hanahita est restée proche de moi avec Hazia, Jylo et Vif. Ce dernier ne me parle toujours pas, par peur des réactions de Lili et Luna, contrairement à Hanahita qui se contrefout du tempérament de ma sœur, même si elle se la met à dos.

J'ai du mal à tenir en place, je voudrais avancer plus vite, mais nous économisons nos forces au cas où nous retomberions sur la garce. Je vais peut-être enfin voir ma mère, avoir des réponses à toutes mes questions et elle va pouvoir nous aider pour cette guerre. Comment vais-je réagir ? Est-ce que je vais lui courir dans les bras ? Ou je lui en voudrai au point de ne pas réussir à lui parler parce qu'elle nous a abandonnés, mon père et moi ? Je ne pourrai le savoir qu'une fois devant elle !

Quelques heures plus tard, nous voilà arrivés à Taïga, nous nous arrêtons devant un magasin avec un store banne rouge. On se dévisage tous sans rien comprendre, les loups très nerveux sont aux pieds de leur maître.

– Glenn qu'est-ce qu'on fait là ? demande Luna inquiète, qui protège sa louvette entre ses pattes.

Les regards des humains nous assaillent de toute part, nos loups sont en danger dans cette ville.

– Amy, tu es sûre que ton amie nous a bien dit de venir ici ? demande mon fiancé soucieux.

– Oui, elle m'a certifié que son frère nous retrouvera à cet endroit. Peut-être ne va-t-il pas tarder ou avons-nous mis trop de temps ?

– Quelle super nouvelle, on doit se fier à Amy et à une femme qu'on ne connaît qu'à peine ! balance Lili froidement.

– À ce que je sache, on ne te l'a pas caché en partant, ce n'est pas maintenant que cela ne te convient plus qu'il faut mettre la faute sur Amy, me défend Hanahita.

– Ne commencez pas ! Vous ne voyez pas que vous attirez encore plus l'attention, nous stoppe tout de suite Glenn avant qu'on s'emballe encore plus et vu le regard noir que Lili lance à Hanahita, c'est loin d'être fini.

– **Merci d'avoir pris ma défense**, dis-je discrètement à Hanahita.

– **Ce n'est pas moi, mais un message de ma louve qui m'a demandé de le dire à voix haute.**

Je regarde Hazia et baisse légèrement la tête pour la remercier, elle en fait de même.

– **Nous ne devons pas rester ici, Glenn. C'est dangereux pour nous, le regard que portent les hommes sur nous ne m'inspire rien de bon,** dit Shugo apeuré.

– Je sais bien, mais on a rendez-vous ici, attendons encore un peu.

– Excusez-moi, jeune homme.

Nous nous retournons tous vers un homme d'une cinquantaine d'années qui ne quitte pas nos loups des yeux.

– Je suis le propriétaire du magasin et je peux peut-être vous aider.

– Non, on attend juste une personne ! répond Zal sèchement.

Isabelle lui met un coup de coude dans les côtes et montre nos loups des yeux pour lui faire comprendre de fermer sa bouche, afin de ne pas nous mettre en danger.

– Très bien, seulement vous faites peur à mes clients en restant avec tous ces loups devant la vitrine, dit-il doucement avec méfiance en regardant Zal.

– On ne restera pas longtemps, affirme Glenn.

– Je comprends bien, mais vous ne pouvez pas l'attendre un peu plus loin, insiste le vendeur.

Subitement Alexander se place devant lui, bien plus imposant que l'homme, je n'arrive même plus à le voir derrière notre frère. Sans dire un seul mot, le propriétaire repart dans sa boutique avec un sourire.

– Comment tu as fait, tu es un sorcier ou quoi ? questionne Zal.

Alexander se tourne vers Zal, nous attendons tous une réponse et comme d'habitude, il nous toise sans rien dire et se remet au côté de Kiba.

Quelques minutes plus tard, nous sommes tous en stress, Altéha commence à s'agiter en disant qu'elle a faim et en voyant sa louvette sauter sur place, on peut comprendre qu'elle aussi est affamée. Lili et Luna essayent de les calmer sans grand succès.

CHAPITRE 12

– J'ai faim, j'ai faim ! crie la gamine attirant encore plus l'attention.
– Oui je sais, ma chérie, mais il faut attendre encore un peu, explique Lili doucement.
– Mais il y a du manger ici.

En disant ça, elle pointe du doigt les humains qui passent assez loin de nous. Un froid s'installe à ces mots, c'est horrible d'entendre cela dans la bouche d'une toute petite fille. Isabelle se rapproche d'Altéha en voyant Lili complètement dépassée.

– On ne peut pas les manger les gens qui sont autour de nous, déclare Isa.
– Ah bon, pourquoi ? Demande la gamine innocemment.

Isa se met à genoux et lui attrape les mains.

– Parce qu'ils ne sont pas de la nourriture, ce sont des gens presque comme nous et il faut apprendre à vivre avec eux.

Je suis ravie d'entendre que ma sœur voit les choses comme nous maintenant, cependant, vu la bouille d'Altéha, elle ne comprend toujours pas.

– Ce sont des animaux.
– Non, Altéha ! Ce sont des hommes, lui affirme Isabelle plus directement.
– J'ai faim, je veux manger ! insiste-t-elle en commençant un caprice.
– Tu dois attendre, ma chérie, explique sa mère gentiment.
– Non ! J'ai faim, j'ai faim, j'ai faim, j'ai faim ! pleurniche-t-elle.

Pour la deuxième fois, Alexander se déplace et attrape la gamine par-dessous les bras, Lili surprise ne s'y oppose pas et le regarde faire. Altéha le dévisage sans rien dire, il la maintient quelques secondes contre sa poitrine. Elle paraît minuscule contre lui, il pourrait la briser comme une brindille s'il le souhaitait, puis d'un coup, la gamine s'endort.

– Comment as-tu réussi ça ? D'habitude il y a que mon mari qui arrivait à la calmer, demande Lili les larmes aux yeux.

Alexander lui rend sa fille et retourne se caler dans son coin sans rien dire encore une fois.

– C'est quoi ta capacité ? lui demandé-je.

Il hausse les épaules, énervée, je me dirige vers lui pour savoir ce qu'il nous cache. Lorsqu'un couple aux yeux familiers, nous observe sur le trottoir d'en face.

– Enfin, on croyait que vous n'alliez jamais venir, nous balance le jeune homme avec un sourire radieux en se rapprochant de nous.
– Pardon ! On attend depuis une heure ! marmonne Zal.

Nous levons les yeux au ciel de sa réflexion, il est vraiment impossible.

– Nous venons depuis une semaine, trois fois par jour à cet endroit. Vous en avez mis du temps, continue le jeune homme.

– C'est qu'on est avec une enfant qui n'a pas encore fini sa croissance accélérée, explique Glenn.

– Alors finalement, vous avez fait vite ! rigole la jeune femme.

– Et si on bougeait et qu'on continuait cette conversation sur le chemin de votre tanière, suggère Zal.

– Bien sûr, partons maintenant, nous avons encore un peu de route.

– C'est où exactement ? demande Glenn.

– Mamquam Mountain, nous arriverons très tôt le matin en marchant tranquillement.

– Alors ne perdons pas de temps, ajoute Isabelle avec un grand sourire.

Lorsque nous sortons enfin de la ville, nous nous détendons un peu et faisons mieux connaissance. Ne pouvant plus attendre, je saute sur le couple pour en savoir plus.

– Vous avez été attaqués, il y a quelques semaines ?

– Oui, on a eu quelques pertes, mais on a tenu bon, me répond le jeune homme.

– Une femme est venue vous soigner, après ça ?

– Une femme ?

Ils s'interrogent tous les deux du regard. Qu'ils ne me disent pas que c'est déjà trop tard.

– Pourquoi cette question ? m'interroge-t-il.

– C'est ma mère et je la recherche depuis très longtemps.

– Tu es la fille de Luna ? répond la jeune femme surprise.

– Vous vous rappelez d'elle, elle est donc toujours au village ?! lui dis-je pleine d'espoir.

– On la connaît tous...

– Oui de réputation, je sais ! le coupé-je frustrée.

Je souffle un coup, désespérée.

– Et si tu nous laissais parler, me dit froidement la jeune femme. Quand nous sommes partis, elle était toujours là, mais je sais qu'elle devait s'en aller aujourd'hui.

– Vous ne lui avez pas dit que vous deviez aller chercher une meute ?

– Non, pourquoi on l'aurait fait ? On ne savait pas que vous la cherchiez.

– Alors, il faut aller plus vite ! dis-je bien plus fort, pour que tout le monde m'entende.

CHÀPITRE 12

– Tu as raison ma chérie, on n'aura peut-être pas deux fois la même chance. Alexander, tu prends Altéha dans tes bras et Zal tu t'occupes de Shyva.

Ils obéissent tout de suite, puis Glenn m'attrape aussi et on se met tous à courir le plus rapidement possible.

13. LA CROISÉE DU DESTIN

Nous arrivons dans leur meute au milieu de la nuit, bien que nous ayons couru le plus vite possible, nous sommes frustrés du temps qu'on a mis. Glenn pensait fortement arriver plus tôt, mais c'était sans compter sur certains qui ont traîné juste pour me faire rager. Prenant sur moi, j'ai serré les dents pour ne pas mettre un gros coup de pied dans le cul de Lili. Elle n'a rien trouvé de mieux que de ralentir pour se venger, ce qu'elle ne comprend pas c'est qu'elle met toute la meute en danger en réagissant comme cela. C'est Shugo qui a réussi à me contenir tout du long en me faisant penser aux bons moments que j'ai passé avec ma sœur avant que cette tragédie n'arrive.

Nous avons dû gravir des falaises enneigées pour découvrir une sorte de grotte primitive qui s'enfonce dans les profondeurs de la terre. Le choc, quand nous rentrons dedans, c'est vraiment style homme des cavernes, la meute de Jeff à côté d'eux ressemble à un palace royal. Il y a qu'un immense gouffre où ils s'entassent les uns sur les autres. Pas de pièce intime pour dormir ou même se laver. Ma meute observe avec horreur leur façon de vivre et personne ne parle. Je suis toujours étonnée de voir des êtres supérieurs aux humains vivre comme au temps de la préhistoire, cela vient-il de l'animal qu'on a en nous qui nous ferait vivre de cette sorte ?

– Bonsoir, je suis vraiment désolé de vous accueillir dans ce genre d'endroit. Malheureusement, nous avons dû nous sauver de notre ancien foyer à cause de l'homme à la balafre, mais vous devez le savoir, ma sœur a dû vous prévenir.

Enfin, nous rencontrons le frère de la jeune maman qui appartient à la meute de Jeff. Il n'est pas très grand de taille et assez sec, ses cheveux mi-longs tombent sur ses joues. Les cernes sous ses yeux fatigués font ressortir le liseré rouge de ses pupilles.

CHAPITRE 13

— Il n'y a pas de mal, nous comprenons vos difficultés, rassure Glenn tout de suite.

L'homme lui fait un sourire et vient lui serrer la main.

— Je m'appelle Briac. Je suis le bras droit de notre chef.

— Moi, c'est Glenn et voici Hanahita, elle le salue de la main. Puis Lili, Altéha, Isabelle, Amy, Zal, Jylo et Alexander l'ancien chef de la meute de ta sœur. Puis nous attendons un autre frère, Cheyn avec sa femme.

— Oui nous sommes déjà au courant, nous leur avons donné le même point de rendez-vous que vous.

Je n'écoute que d'une oreille ce qui se raconte, je cherche de partout la trace de ma mère ou de ma louve dans l'immense grotte.

— L'endroit où vous faites attendre vos invités n'est pas trop dangereux ? reproche Zal.

— Non, pas du tout, les Canadiens ne font aucun mal aux loups, rassure Briac avec un sourire.

— Mouais, répond Zal pas vraiment convaincu.

— Votre chef s'appelle comment ? demande Isabelle plus par politesse que par curiosité.

— Ici tout le monde l'appelle chef.

Encore un qui se prend pour Dieu, pensais-je. Ne pouvant plus tenir, tant pis pour la politesse.

— Où est la femme qui est venue soigner vos blessés ?

Il me fixe, surpris de ma demande.

— De quelle femme parles-tu ?

— Tu sais bien Briac, Luna, la femme médecin, m'aide le jeune homme qui nous a amenés jusqu'ici.

Briac se met à sourire nerveusement.

— Mon frère, je ne sais pas de qui vous parlez. Personne n'est venu nous soigner, nous n'avons eu que deux pertes, mais aucun blessé.

Le couple se fixe quelques secondes, ne comprenant rien.

— C'est sa fille, il n'y a pas besoin de leur mentir, insiste la jeune femme.

— Mais de quoi vous parler ? Il n'y a pas eu de soigneuse dans ces lieux, sinon, je m'en serai souvenu quand même.

— Ce n'est pas vrai, m'énervé-je. On l'a encore loupée !

— Pourquoi, ne se souvient-il pas d'elle ? me questionne le jeune homme angoissé.

— Parce que l'un des hommes qui l'accompagne à la capacité d'effacer la mémoire et nous sommes arrivés encore trop tard, désespéré-je.

— Donc aucun d'eux ne se souvient qu'elle est venue nous aider ?

— Non, répond Glenn désarçonné.

Encore une fois, nous sommes tous déçus.

— Nous devons arrêter de lui courir derrière, cela ne sert à rien, à part mourir les uns après les autres, balance Lili entre ses dents.

— Nous avons besoin d'elle, lui dit Glenn calmement.

— En quoi ?! s'énerve notre sœur.

— Pour Jylo, pour commencer, à moins que tu te foutes de son problème ! lui craché-je à la figure.

C'en est trop, je ne peux plus fermer la bouche, son égoïsme me rend folle de rage.

— Avant que tu arrives dans notre meute, Jylo allait très bien, c'est toi qui as tout déclenché. Les gens meurent autour de toi à cause de ton égoïsme ! me reproche-t-elle.

Moi, égoïste, c'est l'hôpital qui se fout de la charité.

— C'est toi l'égocentrique. Tant que les morts ne touchaient pas ta petite personne, tout allait bien, mais maintenant que tu as perdu un être cher, tu m'en rends responsable en faisant tout pour nous retarder ! Tu nous mets tous en danger en réagissant de la sorte, Jylo a besoin de ma mère et nous aussi, si on veut avoir une chance de reprendre notre place sur le trône.

Elle se met à rire comme une folle.

— C'est moi qui vous mets en danger ! Mais quelle blague ! Tu as tué mon mari, ton amie Mariko, ton père et Chyru. Tout ce qui nous arrive est ta faute ! Je ne te voudrai jamais comme reine parce qu'on mourra tous avec toi sur le trône ! Tu serais pire que ton vrai père !

Je reste quelques secondes sous le choc de ses paroles comme tous les autres. Glenn reprend plus vite ses esprits que moi. D'un coup, il l'attrape par la gorge et la plaque contre la roche. Luna voulant la défendre, a essayé de lui sauter dessus, mais Shugo s'est interposé en lui attrapant le cou avec ses crocs. Lili arrive à peine à respirer, ses yeux sont exorbités, elle cherche de l'air. La petite Altéha s'énerve et crie sur Glenn en le frappant avec ses minuscules poings.

— Lâche, maman ! crie-t-elle.

Lorsque je fixe Glenn, il ne se contrôle plus du tout. Ses yeux rouge sang sont déterminés. Au moment où nous voulons l'arrêter, la gamine se remet à hurler et soudain un énorme morceau de glace se forme au-dessus de la tête de mon compagnon.

— Attention ! l'avertit Isabelle.

Cependant Glenn n'entend rien et continue à presser la gorge de notre sœur comme un citron. Isa utilise sa capacité pour faire exploser le glacier juste avant qu'il ne s'écrase sur lui. Il la lâche au moment de l'explosion en se protégeant avec son bras des petits morceaux de glace

CHAPITRE 13

aiguisés comme des rasoirs. Shugo lâche aussi sa prise et se retrouve face à Shyva qui est d'un bleu encore plus intense que d'habitude. Nos regards se braquent tous sur Altéha qui a les yeux d'un bleu brillant. La meute que nous venons de rejoindre, reste là sans bouger.

– Altéha, calme-toi, dit Hanahita gentiment en s'approchant d'elle.

– Non ! Vous voulez tuer, ma maman !

Son apparence et même sa voix ont changé, on dirait qu'elle a pris dix ans.

– Non, c'est juste une dispute, tempère Isabelle pour la calmer.

– Menteuse ! Toi ! dit-elle en me montrant du doigt, tu as tué mon papa et maintenant tu veux tuer ma maman !

Ces mots m'arrachent littéralement le cœur, une larme coule le long de ma joue, elle se transforme tout de suite en glace.

Soudain des pics de glace flottent autour de la gamine, pointés dans ma direction.

– Ne fais pas ça ! lui ordonné-je en mettant ma main devant.

– Et pourquoi je ne le ferai pas ?

– Parce que nous sommes tous ensemble, de la même meute, lui expliqué-je le plus doucement possible.

Elle tourne le regard vers sa mère qui est encore à terre et qui essaye de reprendre son souffle ; et vu le temps qu'elle met à se rétablir, je saisis que Glenn n'y est pas allé de main morte et qu'il a dû lui écraser la trachée. Altéha me regarde à nouveau avec les yeux encore plus bleus que tout à l'heure. Je comprends tout de suite qu'elle ne va pas arrêter son geste. Je ferme les yeux un centième de seconde pour me concentrer sur le pouvoir de Matëus en espérant réussir à former la terre assez compacte pour arrêter ces lames de glace.

Jylo lui saute dessus pour essayer de la maîtriser, mais elle arrive à l'esquiver de justesse ; il lui donne par la même occasion le feu vert pour lancer ses armes contre moi malgré lui. La terre se met à gronder et se soulève devant moi. J'entends la glace se briser sur mon mur et quand il me semble que c'est fini, j'entends Glenn crier :

– Amy, derrière toi !

J'ai à peine le temps de tourner les yeux qu'une lame de glace s'immobilise à quelques millimètres de mon regard.

– Papa ?

– Matëus ?

– Chéri ?

Quand j'observe le prolongement de la lame, j'identifie Matëus, mais pas l'homme fait de chair et d'os, non, celui que j'arrive à créer sans le vouloir. Ils finissent tous par comprendre que ce n'est qu'une représentation de lui en terre. Altéha se met à pleurer en se réfugiant dans les bras de sa mère qui me fusille de ses yeux rouges.

– Comment oses-tu utiliser ses pouvoirs et le créer lui, en plus ! m'aboie-t-elle encore la voix enrouée.

– Je ne fais pas exprès, je suis désolée, dis-je d'un ton affolé.

– Depuis quand tu t'amuses à faire ce genre de chose, c'est un peu morbide, ajoute Zal.

– Je vous l'ai dit, ça ne vient pas de moi !

– C'est ça, tu vas me dire que mon mari se métamorphose grâce au don de terre que tu lui as volé.

– Je ne sais pas ! Je vous assure !

– **Ça ne choque personne ce qu'elle a fait la petite ? Ou il y a que moi !** dit Shugo.

– **Oui, c'est quoi ce don de fou !** rajoute Kiba.

– Voilà aussi pourquoi nous avons besoin d'une personne comme la mère d'Amy, elle nous aidera à comprendre tout ça ! répond Glenn désemparé.

Le sujet qu'il remet sur le tapis augmente à nouveau la tension qui règne. Alexander qui n'a pas dit un mot et qui est resté spectateur se met au milieu de nous tous, puis nous regarde un par un. Quand il arrive à moi, je ressens un apaisement total, comme si tout cela n'avait pas eu lieu. Je remarque que tout le monde s'est enfin calmé. Tous nos yeux sont devenus noirs même ceux de la petite. Étrangement, quand elle utilise son don, ses pupilles deviennent bleus et non rouges. Elle n'a même pas un an en âge humain et pourtant elle a déjà un don exceptionnel. Nous avons remarqué qu'elle est beaucoup plus avancée que les autres, mais de là à réussir à utiliser sa capacité avant ses six ans est exceptionnelle ! Au moins nous sommes fixés, c'est une surdouée.

Tu as fait une sacrée guerrière Matëus, pensais-je. Dommage que tu ne sois plus là pour la voir.

– C'est mouvementé dans votre meute, dit Briac décontracté. Avec les capacités qu'on vient de voir, on comprend pourquoi.

– Comment ça ? questionne Glenn tout de suite.

L'homme nous fixe tous avec un petit sourire.

– Quoi, vous ne savez pas ?

– On ne sait pas quoi ? insiste Zal hérissé qu'il ne crache pas le morceau.

– Plus il y a de capacités et plus la meute est instable, un peu comme un volcan, un jour ou l'autre ça explose.

– Mais pourquoi ? demande Isabelle.

— Je suppose que ça vient de la tension avec vos loups. Vous avez oublié que nous sommes aussi des animaux et qu'on cherche donc toujours à être les plus forts. Je pense qu'inconsciemment nous ressentons la frustration de nos loups de ne pouvoir être au-dessus du chef, les capacités les rendent plus confiants, plus forts et ça dérape.

On se fixe tous, comme des imbéciles. Bien sûr qu'on le savait, mais pourquoi tout nous échappe maintenant ? Tout ça ne vient pas que de la mort de Matëus.

— C'est Matëus qui arrivait à garder le contrôle sur notre meute, il nous manipulait pour maintenir la hiérarchie entre nous sans qu'on le remarque, nous explique Shugo.

Nous baissons tous les yeux, honteux, nous avons déshonoré notre frère en réagissant de la sorte.

— C'est pour cette raison aussi que je suis venu avec vous, dit Alexander d'un ton séducteur.

— Pourquoi tu te sens aussi fort que lui ?! crache Lili comme un venin.

— Ce n'est pas ce que j'ai dit, lui répond-il toujours sur le même ton.

— Alors ferme-la ! Finalement c'est mieux quand tu ne parles pas ! rajoute-elle.

La mâchoire d'Alexander se serre puis il ferme les yeux.

— Tu ne devrais pas lui parler de la sorte, avertit Kiba.

— Pour qui il se prend pour dire de telles choses, il ne parle jamais et quand il l'ouvre, c'est pour dire des conneries, continue-t-elle.

— Et moi je te dis que c'est le moment pour toi de te taire !

— Comment oses-tu, toi, un loup, me parler comme ça ! Reste à ta place, sale cabot ! s'énerve Lili.

Sans qu'on ait le temps de comprendre, subitement une rage nous inonde tous, même la meute qu'on a rejointe.

— Alexander, je t'en prie il faut que tu te reprennes, ils vont finir par s'entre-tuer, dit Kiba à son maître.

— De quoi parles-tu ? m'inquiété-je.

Les membres de la meute qui nous ont accueillis si gentiment commencent à se battre entre eux. Comme tous les autres, j'essaie de contrôler ma haine qui s'accentue.

— Sors de là maintenant Alexander ! crie Kiba.

Sans réfléchir, il écoute son loup et se met à courir pour fuir la grotte. Une fois parti, notre haine s'estompe petit à petit. Sauf bien sûr celle de Lili à mon égard.

— Kiba c'est quoi ce bordel ? demandé-je soucieuse.

— La capacité d'Alexander, me répond-il en baissant la tête.

— C'est un sorcier ce mec, je le savais, s'affole Zal.

– La ferme ! lui crie dessus Isabelle.
– C'est quoi sa capacité exactement ? demande Glenn.
– **Les émotions, il peut les manipuler, enfin plutôt il essaye de le faire.**
– Sois un peu plus précis ! insiste Hanahita.
– **Il arrive à transmettre ses émotions, quand il est calme, il apaise les gens autour de lui, mais quand il s'énerve, voilà ce qui arrive. C'est une des raisons pour laquelle il parle rarement aux gens et qu'il ne se mélange pas avec les autres.**
– Il a dit que c'était pour ça qu'il est venu avec nous, il peut nous calmer instantanément si cela va trop loin, comprend Glenn.
– **Oui, c'est ce qu'il fait depuis qu'on est parti de notre meute et je peux vous dire que cela lui a pris énormément d'énergie, vous n'êtes pas faciles.**
– S'il sait faire ça, pourquoi ne pas faire disparaître notre chagrin pour Matéus ? l'interrogé-je intriguée.
– D'habitude ce n'est pas mon rôle d'expliquer son don, cependant comme tu peux prendre sa capacité et faire en sorte de l'utiliser dans ce but, il vaut mieux que je t'avertisse. Il ne l'utilise pas de cette façon parce qu'il vous fera juste oublier votre chagrin tant qu'il est à vos côtés. Seulement, il suffit qu'il ne soit pas là pour que le chagrin revienne vous hanter. Et comme vous n'aurez pas pu faire votre deuil, cela risque d'empirer la situation au lieu de l'arranger. **Comprends-tu ?**
– Oui, très bien, répondis-je songeuse.
– En gros, il ne sait pas la contrôler, c'est un vrai danger ! On ne peut lui faire confiance ! reproche Zal.
– Nous aussi, on apprend toujours à contrôler nos capacités, rassure Glenn.

J'observe tous les gens présents dans la grotte, ils sont tous déboussolés par ce qui vient de se passer et se présentent des excuses à tour de rôle.

– Le plus dangereux serait que la voleuse de pouvoir le touche ! crache Lili à mon égard.
– Stop, tu la fermes, Lili ! rugit Glenn. Tout ce qui se passe est ta faute, si tu manques encore une fois de respect à ma femme, je t'arrache la tête.

Les mots sont sortis entre ses dents acérées, les sourcils froncés avec un regard de tueur qui montre qu'il ne ment pas. Elle baisse les yeux tout de suite et ne répond pas, même si on remarque que cela lui coûte de ne pas pouvoir se rebeller.

Je me dirige vers la sortie pendant que Glenn présente ses excuses à Briac.

CHAPITRE 13

– Où vas-tu ? me questionne Kiba.

– Je vais aller voir Alexander.

– Non, ne le prend pas mal. Mais vu les émotions que tu dégages depuis des semaines, tu ne l'aideras pas, bien au contraire. Je vais y aller, moi, je sais maîtriser mes émotions depuis qu'il a développé cette capacité.

Sans rien ajouter, il part à foulée rapide vers l'extérieur rejoindre son maître.

Au moins je viens de comprendre comment il a su pour Lojy, je ne veux même pas imaginer les émotions qu'il a dû ressentir à son égard. Ça a dû être dur pour lui de rester stoïque face à toute la haine qu'il dégage. Je décide de m'asseoir près de Jylo et Hanahita qui discutent du don que Altéha nous a fait découvrir.

– Depuis quand utilises-tu Matëus comme une arme ? questionne Shugo discrètement.

– Une nuit, je pensais à lui et à tout ce qu'il nous avait enseigné. Combien il nous avait rendus bien plus forts, puis d'un coup, il est apparu.

– Tu ne le contrôles vraiment pas ?

– Non, je pense que comme il ne quitte jamais mon esprit, je dois le faire apparaître sans m'en rendre compte.

– Est-ce que tu nous caches quelque chose ? m'interroge-t-il sérieusement.

– Pourquoi cette question ? me défendis-je.

– Tu culpabilises tellement que tu le fais exister à travers son don, je me demandais si tu ne nous cachais pas quelque chose de bien pire que ce que tu nous as raconté ?

Je baisse les yeux, ébranlée. Si lui commence à s'en rendre compte, c'est juste une question de temps pour que Glenn comprenne que j'ai menti à tous et que j'ai laissé Lilou en danger.

– J'ai sa mort sur la conscience, comment veux-tu ne pas culpabiliser ?! lui répondis-je avec ténacité en fixant ses yeux vert bouteille pour effacer tous ses doutes.

– Oui, tu as raison. Quelle question idiote.

Il baisse la tête pour se faire pardonner de ces accusations infondées et la honte me submerge encore plus.

Me sentant observée, je préfère sortir de la grotte et me rafraîchir à l'air glacial. Je sens tout de suite l'odeur de lavande d'Alexander sur ma droite, ne voulant pas le déranger, je me dirige à l'opposé. Je n'entends que les bruits de mes pas sur la neige, un petit vent léger soulève les mèches de cheveux que j'ai laissées devant mon visage. Je distingue une falaise au loin et prends cette direction, pour grimper sur le point le plus haut afin de profiter encore mieux de la vue. Quelques minutes plus tard, je me dresse à l'extrémité de la falaise. L'horizon me laisse encore une fois sans voix. Une couche épaisse de blanc recouvre tout l'environnement. Grâce à mes yeux, j'arrive à apercevoir les petits lapins à queue blanche qui se camouflent des prédateurs. Malgré ma légère faim, je préfère les regarder jouer dans la neige que de leur courir derrière. Le soleil commence à se lever doucement, il se reflète sur la neige en laissant une légère couleur jaune orange brillante.

Altéha, me revient dans l'esprit, son don est impressionnant, d'où vient-il ? Lili utilise la capacité de la création et Matëus c'était la terre, alors pourquoi elle se trouve avec la glace ? C'est tellement compliqué. Sa phrase aussi me hante "tu as tué mon papa". C'est comme ça qu'elle me voit avec ses yeux de petite fille. Je ne peux même pas lui en vouloir, j'ai abandonné mon frère, c'est comme si je l'avais tué, elle a raison. Je suis étonnée de Glenn, il a pris ma défense face à Lili, pourtant son regard n'a toujours pas changé envers moi, je peux remarquer cette noirceur au fond de ses iris.

– Ma chérie.
– Glenn !

Perdue dans mes pensées, je ne l'ai même pas entendu venir me rejoindre.

– Tu vas bien ? se soucie-t-il.
– Oui, lui répondis-je avec un sourire forcé.
– Tu n'as pas besoin de me mentir, me sourit-il en grimaçant.

Je détourne mon regard sur la vue interminable et m'y perds un instant.

– Ma Chérie, tu veux bien ?
– Pardon ? Je veux bien quoi ?
– Qu'on discute un peu.

Je lui fais signe de la main pour accepter sa demande, il se met à côté de moi et fixe aussi l'horizon. Un silence gêné s'installe entre nous, je comprends qu'il cherche ses mots, mais pour me dire quoi ?

– Ma belle, j'aimerais savoir ce qui s'est passé dans la grotte ?
– Je me suis défendue contre un pouvoir dangereux.
– Pourquoi Matëus, depuis quand t'amuses-tu à le faire apparaître ?
– Toi non plus, tu ne me crois pas quand je dis que je ne le fais pas exprès !

Après tout il aurait raison de ne plus me croire, vu les mensonges ou les choses que je leur cache depuis notre départ.

– Très bien, je te crois.

Je le fixe surprise, il me sourit détendu.

– Je ne pensais pas que tu me croirais aussi vite.

C'est lui maintenant qui me regarde, interloqué.

– Pourquoi donc ?

– Tu es différent depuis la mort de Matëus, je vois dans tes yeux que tu m'en veux.

Son regard s'attriste d'un coup et il détourne ses yeux vers le vide.

– Non, je ne t'en veux pas. J'ai des doutes sur ce que tu nous as raconté. Tu ne peux pas me mentir et je n'ai pas encore compris pourquoi tu l'as fait ? Néanmoins, je sais que ça ne sert à rien de te le demander, tu ne diras rien. Voilà ce que tu vois dans mon regard ; le doute.

Il me connaît vraiment bien, je saisis mieux les questions de Shugo. Il a dû ressentir les soupçons de son maître.

– Je te remercie de ne pas insister, lui répondis-je honteuse, les yeux rivés sur mes chaussures de ville.

– Tu me diras un jour la vérité ? me supplie-t-il.

– Je ne pense pas.

Il souffle puis m'embrasse sur le front.

– Comme tu le souhaites.

Puis il saute de la falaise, une fois en bas, il me regarde.

– Alors, tu comptes rester toute la journée là-haut, allez, viens chasser.

Étonnée de ce revirement de situation, je hausse les épaules et saute pour le rejoindre. Nous passons un moment agréable, nous parlons de l'épisode d'avoir loupé ma mère de si peu. Cependant, il est plein d'espoir en sachant que nous nous rapprochons et que la prochaine fois ce sera la bonne. J'apprécie mieux sa présence même si je ressens toujours que ses doutes nous éloignent, ce que je peux comprendre. S'il apprenait que j'ai mis en danger Lilou afin de protéger l'amour de Lili pour Matëus, il ne me le pardonnera jamais et ce ne sera pas le seul. Je pense à Hanahita qui m'a pardonnée la première et à Isabelle pour qui Lilou est l'enfant de leur tribu, celle qui prendra la relève. Et puis, qu'est-il arrivé à leur meute ? Sont-ils tous morts ? L'angoisse commence à grandir dans ma poitrine.

Quand nous revenons à la grotte, je suis dans le même état que lorsque j'en suis partie. Notre meute s'est mise dans un coin, Alexander et Kiba sont revenus eux aussi. À l'instant où je les rejoins, je me sens brusquement apaisée. Maintenant, on sait tous d'où ça vient, d'un côté ce n'est pas plus mal quand je vois Altéha jouer avec Jylo. Je souris timidement à Alexander, il baisse la tête immédiatement. Je reconnais ce sentiment de honte, c'est celui que j'ai depuis plusieurs semaines. Tous épuisés, nous décidons de dormir quelques heures. Lili prend Altéha dans ses bras en me lorgnant. Elles s'endorment presque immédiatement, je ne peux m'empêcher de fixer la petite.

– Pourquoi la regardes-tu comme ça ?! me grogne Luna.

– Je trouve qu'elle ressemble de plus en plus à son père. Elle a son physique, mais le caractère de sa mère.

– Regarde ailleurs ! s'énerve-t-elle.

– Luna, je me suis excusée, répondis-je désespérée.

– On n'en veut pas de tes excuses et reste loin d'Altéha. Tu as peut-être eu le don de Matëus, mais tu n'auras pas celui de la petite.

– Mais, je m'en fous de son pouvoir ! Seulement je suis la seule qui pourrait l'entraîner à utiliser son don sans blesser quelqu'un. J'ai eu un très bon maître.

– Dans tes rêves !

Je soupire et me tourne face à la paroi. Je ferme les yeux puis m'endors instantanément malgré la tension de la nuit et du début de journée. Merci à Alexander, car c'est grâce à lui.

***

J'ouvre difficilement les yeux, une lumière m'éblouit. Petit à petit, je m'y habitue et finis par les ouvrir en grand. C'est la forêt de bambous, je fais un petit tour sur moi-même, soudain je fais un bond en arrière de stupeur.

– Amy c'est moi ! Tu ne me reconnais pas ? me dit Tenshi.

J'appuie mes mains sur mes genoux en reprenant mon souffle.

– Désolée, j'étais concentrée sur ma vue et j'ai oublié tous mes autres sens.

– Il faut que tu travailles sur ça.

– Oui, je n'y avais pas pensé, râlé-je avec sarcasme.

Elle cligne des yeux, surprise de mon répondant. Sans le vouloir, Tenshi a touché une corde sensible, j'ai perdu mon père à cause de cette faiblesse.

– Je ne voulais pas te vexer, s'excuse-t-elle.

– Non, c'est à moi de me faire pardonner, je sais que tu as raison. Mais je suis assez de mauvaise humeur.

– Alors, j'ai une nouvelle qui te rendra peut-être le sourire.

– Ah, oui ?

– Ta mère a retrouvé Lilou, elles sont ensemble à ce moment même.

Un poids énorme disparaît, mon sourire remonte le long de mes lèvres.

CHÀPITRE 13

– Elle n'est pas blessée ?
– **Non, juste apeurée et sous le choc.**
– Que lui est-il arrivé ?
– **Elle te le racontera elle-même.**
– En parlant de ça, nous avons manqué ma mère de peu, de quelques heures ou peut-être même de quelques minutes.
– **Oh ! Vous vous trouvez à cet endroit !**
– Oui !
– **Je vais me réveiller et lui passer le message. Avec un peu de chance, elle pourra revenir sur ses pas.**
– Tu n'es pas avec elle ?
– **Non, trop risqué avec le monde qui vous cherche. On commence à parler de vous partout.**
– C'est une bonne nouvelle.
– **Pas vraiment, la rumeur vous suit aussi.**
– De quelle rumeur parles-tu ?
– **La loi que vous souhaitez faire passer.**
– La loi de ne plus manger les humains ? Et il est où le problème ?
– **Oui, le souci c'est que certains ne l'acceptent pas. Faites attention à vos arrières.**
– Oui, on sait se défendre.
– **Je n'en doute pas, cependant votre entente est moindre depuis la mort d'un de vos membres, vous n'êtes plus aussi puissants.**
– On y travaille.
– **Dis-leur la vérité, ça ira plus vite.**
– Non ! Et je t'interdis d'évoquer ce sujet.
– **Comme tu le souhaites, maîtresse.**
– Amy ? Amy ? Amy ?

Ma louve disparaît doucement devant mes yeux, J'essaie d'aller vers elle pour la serrer dans mes bras, mais trop tard.

🐾 🐾 🐾

– Amy, réveille-toi !

Je reconnais la voix méprisante de Lojy. Ce n'est pas vrai, il va me faire le coup à chaque fois ! Le fait-il exprès pour me faire chier ?

– Amyyyyyy ?
– QUOI ! crié-je dans mon esprit.
– **Eh ben, tu as été dure à réveiller.**
– J'étais occupée !

Il se met à rire. Je me relève et me rends compte qu'il n'est plus là, mais Vif dort encore.

– Où es-tu ? le questionné-je.
– **Sur la falaise, là où tu te trouvais, il y a quelques heures.**
– J'arrive, râlé-je.

Un petit moment après, je suis au bord de la falaise derrière lui. Une envie me traverse l'esprit. Je m'imagine en train de le pousser dans le vide, quel bonheur cela me procurerait de le faire, même si je sais que je ne lui ferai pas une seule égratignure.

– Tu as fini de gamberger !

Je sursaute, est-ce qu'il a compris ce que j'avais dans la tête ?

– Tu me veux quoi, encore ?
– Juste ta compagnie, dit-il en souriant comme un psychopathe.
– Je retourne me coucher.
– Alors tu n'as toujours pas envie de te libérer et de me dire la vérité.
– Je l'ai dite ! m'énervé-je.
– Menteuse ! Pourquoi tu caches réellement ce qui s'est passé ? Tout te retombe sur la tête et vu la capacité de la gamine, il vaut mieux ne pas se la mettre à dos.

Je revois Jylo s'amuser avec elle et comme il est proche d'elle depuis sa naissance, et je prends soudain conscience du pouvoir qu'il a sur Jylo.

– Vu ton regard, tu commences à voir jusqu'où je peux manipuler Jylo. À ton avis pourquoi il ne te parle plus ? Ce n'est pas l'envie qui lui manque.
– C'est toi qui fais ça ?

Il me sourit, fier de lui.

– Mais pourquoi ?
– Pour l'éloigner petit à petit de toi.
– Pour quelle raison ?
– Je te pensais plus futée, tu me déçois.

D'un coup, je percute ce qu'il essaie de faire.

– Tu n'y arriveras pas ! me défendis-je
– Si, en plus, sans le vouloir tu m'aides en racontant des mensonges. Tu ne peux pas imaginer la déception qu'il a ressenti à ton égard.

Je baisse les yeux, honteuse. Cependant, je réalise tout de suite ce qu'il essaye encore de faire.

– Ça ne marchera pas ! Je sais qu'il tient à moi autant qu'au début. Je ne le laisserai pas tomber et ma mère te fera disparaître.

Il rigole à pleines dents.

– Je suis une partie de lui, si tu veux me voir disparaître, il faut tuer Jylo.
– Il doit y avoir un autre moyen !

– Non, il n'y en a aucun, dit-il fier de lui.
– Si tu n'as plus rien à me dire, je retourne me coucher.
– Pourquoi ne veux-tu pas me dire la vérité sur ce qui s'est passé avec Matëus et Arssa ?
– Je te l'ai déjà dite ! m'emporté-je.
Pourquoi est-il si sûr que je mens ?
– Ça te soulagerait d'en parler avec quelqu'un.
J'émets un rire sarcastique.
– Si j'ai besoin d'en parler, ce ne sera pas avec toi !
– Pourtant, je suis celui qui te comprendrait le mieux.
– Je ne crois pas.
– Quand tu l'auras enfin accepté, tu te rendras compte qu'on se ressemble beaucoup.
– Je ne suis pas un monstre comme toi, je ne vis pas par intérêt.
– Tu en es sûre ? Pourtant, j'ai de forts doutes que tu aies caché la vérité pour protéger Lili, mais que tu aies plutôt peur que les autres sachent que tu as laissé Lilou en danger.
– Comment peux-tu savoir tout ça ? lâché-je sans réfléchir.
– À ton avis ?

Il me fixe droit dans les yeux sans ciller, quand soudain, je percute. Quand j'ai annoncé la mort de Matëus, il manquait à l'appel. Dans l'horreur de cette nuit, je ne m'en suis pas rendu compte. Même si au fond de moi, je ne veux pas y croire.

– Tu...
– Ouiiii... rajoute Lojy en se frottant les mains.
– Tu étais présent ?

J'écarquille les yeux quand je vois ses lèvres monter pour me faire un grand sourire.

– Tu en as mis du temps pour comprendre ! Tu n'as pas la science infuse, se moque-t-il.
– Comment as-tu pu les laisser mourir ?! dis-je avec fureur.

Je sens la chaleur me monter au visage.

– J'ai fait comme toi !
– Tous les deux, on aurait pu les arrêter ! crié-je.
– Non, on serait morts avec eux, me répond-il calmement.
– Tu ne peux pas le savoir !
– Si, justement, je le sais. Et puis, vaut mieux eux que nous, rigole-t-il.

Dans une fureur incontrôlable, je lui cours dessus. Il m'esquive tranquillement, je me rattrape à quelques centimètres du bord de la falaise et il se met à rire encore plus fort.

– Tu vois bien, tu n'arrives même pas à me toucher, alors avec eux tu n'aurais eu aucune chance.

– Haaaaaa !

Je crie de toutes mes forces, pour enlever toute la frustration qui est en moi.

– Tu gaspilles ton énergie pour rien.

Je me rapproche de lui à quelques centimètres de son visage.

– Je te jure que je trouverai un moyen de te tuer !

– Quand tu veux, tiens-moi au courant.

Puis, en une fraction de seconde, il part droit vers la grotte. Énervée, comme une dingue, je tape des poings sur le sol, ma force brise un morceau de roche qui s'écroule plusieurs mètres plus bas en faisant trembler la terre.

Un instant après, je suis toujours à genoux. Les larmes dégoulinent sur tout mon visage quand soudain, je ressens une douceur et un apaisement effaçant ma fureur.

– Merci, Alexander, dis-je sans me retourner vers lui.

– J'ai croisé Lojy, toujours autant mouvementées ses émotions.

Étonnée de sa phrase, je lui fais face. C'est la première fois qu'il s'adresse directement à moi.

– En effet !

– Je ne serai pas tous les jours-là pour enlever ta culpabilité. Avant que ta meute puisse te pardonner, il faudrait d'abord que tu te pardonnes à toi-même.

Je rigole, surpris de ma réaction, il me fixe comme une tarée.

– Cela serait le genre de phrases que me sortirait Matëus, finis-je par lui dire une fois calmée.

– Ah !

Il baisse les yeux vers le sol.

– Pourquoi nous avoir caché ton don, pour mieux nous manipuler ?

– Non, tu te méprends. Sachant la dangerosité que je pouvais apporter, si vous aviez connu ma capacité, il y aurait eu très peu d'espoir que je sois là aujourd'hui avec vous.

– Tu nous as très mal jugés, bien au contraire. On aurait vu d'abord l'aide que tu aurais pu nous apporter, surtout pour Jylo.

Il sourit légèrement, c'est là que je me rends compte que je ne l'ai jamais vu rire.

– Je ne sais pas comment vous êtes parvenus jusqu'ici en n'ayant perdu qu'un seul membre. Vous ne mesurez pas le danger.

CHAPITRE 13

– Je ne sais pas comment je dois le prendre ? le reluqué-je de la tête aux pieds.

– Prends-le comme tu le souhaites.

Je n'arrive pas du tout à le cerner, sa voix est calme, ni arrogante, ni agressive, cependant ses mots sont durs et blessants. Je reste sereine, pourtant ses propos auraient dû m'énerver, je pense que cela vient de sa capacité. Désorientée et légèrement apeurée, je préfère rejoindre les autres à la grotte sans rien ajouter.

Finalement j'aime mieux quand il ne me parle pas. En m'éloignant de lui, petit à petit la culpabilité et la fureur reviennent à la charge. Il a raison, son don est vraiment dangereux, comment se fait-il qu'on ne se soit pas rendu compte du pouvoir qu'il avait sur nous ? Sa capacité est effrayante ! Peut-on lui faire confiance ? Est-ce que l'apaisement qu'il nous procure n'est pas un leurre pour nous empêcher de voir qui il est vraiment ? Sans oublier que son chef est mort et personne ne connaît la vérité sur ce qui s'est réellement passé, à part lui et son loup. Pourquoi tenait-il à ce point à nous accompagner ? Finalement le plus sensé dans le groupe est Zal, bien qu'Alexander exerce son don sur lui, sa méfiance des gens est bien plus forte. Alexander ne nous paraît pas plus fort que n'importe lequel d'entre nous, cependant est-ce que ce ne serait pas lui qui nous montrerait cette image ?

En rentrant dans la grotte, toute ma meute est endormie, même Jylo. En cherchant je ne vois pas Kiba, pourtant je n'ai pas senti sa présence près de son maître, peut-il la cacher avec des émotions ? Je n'arriverai plus à dormir avec toutes ces questions et décide d'aller parler à Briac qui se trouve au fond de la grotte. Je me rapproche de lui doucement, je sens tous les regards braquer sur moi quand ils m'aperçoivent.

– Briac, où est votre chef ?

– Il attend votre frère. Heuu… Cheyn, c'est ça ?

– Oui, c'est bien ça. Vous êtes au complet là ?

Je les fixe un par un, ils sont six et je trouve que c'est très peu pour avoir réussi à tenir tête aux gardes de mon… ce monstre.

– Pratiquement, notre chef est parti avec une seule personne.

– Comment avez-vous survécu à leur attaque avec si peu de membres ?

– On a eu beaucoup de chance, ils nous ont sous-estimés.

Il regarde sa meute qui nous écoute d'une oreille attentive.

– C'est rare, cela ne lui ressemble pas de faire une telle erreur, c'est quoi votre secret ?

– Nous avions une arme.

– Vous aviez ? Vous ne l'avez plus ?

– Non, il prend une grande inspiration et reprend. Un membre de notre équipe avait la capacité de se faire exploser. Lorsque nous avons compris que nous étions tous perdus, il les a provoqués pour qu'ils le suivent et une fois loin de nous, il a fait ses adieux et il s'est fait exploser. Grâce à cela nous avons pu prendre le dessus et nous nous sommes sauvés.

– Je suis désolée. Vous avez tout perdu à cause de ce monstre sans pitié.

C'est en disant ces mots que je remarque qu'il n'y a pas d'enfant dans leur meute.

– Non, pas tout, nous sommes en vie.

– Vous voulez vous venger ?

Il fronce les sourcils.

– Comment ?

– Nous cherchons des gens pour se rebeller contre lui. Glenn est le prince, donc, le roi de notre monde et nous voulons retrouver notre place.

Il réfléchit un petit moment, j'entends des chuchotis autour de nous depuis que j'ai annoncé qui était Glenn.

– Alors, c'est le fils de Toan qui se trouve parmi nous.

– Oui, mais il n'est pas comme eux. On veut faire changer les choses.

– Vous l'ignorez peut-être, mais sa tête est mise à prix.

Je fais un pas en arrière de stupeur.

– Non, ne craignez rien avec nous, cependant faites attention à qui vous donnez vos informations.

– C'est quoi la récompense ?

– La paix.

Je le fixe, voyant que je ne comprends pas où il veut en venir, il m'explique.

– Si une personne dénonce Glenn et qu'il l'attrape grâce à elle, il donnera comme récompense la tranquillité à lui et toute sa meute, avec la promesse qu'il ne les attaquerait plus.

– Ah, oui ! Il y en a beaucoup qui pourraient nous trahir au lieu de se battre contre lui, m'inquiété-je.

– Et pour ta réponse de tout à l'heure, je ne suis que le bras droit, c'est à notre chef qu'il faut le proposer. Je lui en toucherai deux mots.

Il me fait un clin d'œil et un sourire malicieux puis il retourne à ses occupations en me laissant en plan.

Je vais vers les miens sans trop savoir quoi penser de cette conversation. Doit-on s'inquiéter ?

CHAPITRE 13

Kiba rentre avec Alexander et mon inquiétude s'envole. J'essaie de m'y cramponner comme je peux pour ne pas oublier la menace qui peut peser sur nos têtes, mais sa capacité est bien plus forte. La seule chose que j'avais dans l'esprit était de réveiller Glenn afin de lui en parler pour rester sur nos gardes. Mais maintenant, je suis assise près de lui, le fixant en me disant qu'il n'y a plus de quoi s'alarmer, je lui en parlerai un autre jour.

Trois jours sont passés très lentement, la bonne nouvelle c'est que Cheyn est sur le point d'arriver avec sa nouvelle femme. Lili fait les cent pas avec Altéha derrière elle. Ne voulant pas gâcher la joie qu'ils auront tous à se retrouver, je reste à l'écart. Alexander et Kiba, quant à eux, ont préféré partir chasser. Toute cette excitation les rendait fous. Depuis la conversation que j'ai eue avec Briac, c'est la première fois qu'il n'est pas collé à nous. D'un coup l'angoisse, les mots du bras droit me reviennent en pleine face. Il faut que je parle impérativement à Glenn avant que l'autre ne me refasse oublier l'urgence de cette horrible nouvelle. Je me précipite vers eux quand j'entends une voix familière.

– Oh, la famille, comme vous m'avez manqué !

Son ton jovial fait du bien à entendre.

– Mon frère ! crie Lili

Elle lui court dessus, Altéha reste derrière, intimidée de rencontrer pour la première fois son oncle, si c'est bien le mot juste qui détermine la situation de la famille chez eux. Ils sont tous autour de Cheyn, contents de le revoir, la honte m'empêche de me rapprocher de lui. Il prend la petite dans ses bras, il pourrait la briser. Sa musculature est encore plus imposante qu'à son départ ou peut-être que c'est le fait de ne pas l'avoir vu depuis longtemps qui me donne cette impression. Il claque l'épaule de Jylo et lui fait faire un bond d'un mètre, il attrape ensuite la main que Glenn lui tend et le tire vers lui pour le prendre dans les bras en lui tapotant l'épaule. Je remarque ses lèvres remuer discrètement vers l'oreille de mon fiancé. Quand son regard se braque sur moi, son sourire retombe immédiatement. Une boule se forme dans mon estomac, son regard s'est durci à l'instant où il l'a planté dans le mien. Je n'ai pas pu m'empêcher de baisser les yeux.

– Tu ne viens pas me dire bonjour, sœurette !

Je relève la tête, surprise, son sourire est revenu. Gênée, je me dirige vers lui. Le regard que Lili me lance est tellement méchant que je peux le sentir, même le dos tourné.

– Salut, Cheyn, lui dis-je à un mètre de lui.
– Ne fais pas la timide avec moi, allez, approche.
– Non, je ne préfère pas te toucher.
– Oui, elle veut garder le don de mon mari, vu qu'il n'est plus là, par sa faute ! Elle pourrait le perdre pour toujours, si elle touche quelqu'un d'autre ! crache Lili.
– Lili, ne recommence pas ! s'énerve Glenn.
– Que s'est-il passé, sœurette ? me questionne Cheyn gentiment.
– Rien de plus de ce qu'on t'a raconté, en le fixant droit dans les yeux pour qu'il ne se doute de rien.
– Elle s'est échappée comme une lâche ! Tu crois quoi ? rajoute Lili.
– Tu aurais voulu que je meure avec lui ?! hurlé-je.
– Non, que tu meures à sa place, parce que lui ne t'aurait jamais abandonnée !
– Lili ! Comment peux-tu être aussi méchante ? Tu n'étais pas là quand c'est arrivé, tu ne sais pas comment ça s'est passé et comment toi, tu aurais réagi à sa place, répond Cheyn choqué.

Je me sens enfin épaulée et ça me fait du bien d'entendre ce genre de phrase.

– Si c'était moi, je n'aurai pas laissé Matëus !
– Ah, tu en es sûre, même pas pour ta fille ? lui balance Cheyn avec assurance.

Elle reste sans voix à réfléchir, ne voyant pas de réponse ; il continue :
– J'ai aussi quelqu'un à vous présenter.

On regarde tout autour, mis à part une petite femme toute mince derrière lui, nous ne voyons personne d'autre.

– Où est ta femme ? demande Jylo.
– Ici !

Il montre la femme du doigt. On braque tous nos regards sur la toute petite femme, sans un mot, nous la reluquons.

– **Glenn, normalement, il ne devrait pas être avec une femme qui aurait des points en commun avec lui ?** demandé-je ébahie.
– **Oui, mais là, je ne sais pas quoi dire.**

C'est Isabelle qui réagit en premier.
– Bienvenue dans notre meute, dit-elle en la serrant dans ses bras.
– Merci !

Elle a une toute petite voix très enfantine. Zal n'a pas pu se retenir de rire et de l'ouvrir.

– Il n'y a pas un problème, c'est tout le contraire de toi ?
– Non, ne crois pas ça, rit Cheyn.
– Excuse-moi, je sais que l'amour rend aveugle, mais pas au point de ne pas voir la différence entre elle et toi.
– Il se moque de moi, le nain ? balance d'un coup la femme de Cheyn.

Nous sommes tous surpris, nous mettons nos mains devant la bouche pour cacher le sourire moqueur qui s'accroche à nos lèvres.

– C'est moi que tu traites de nain ? Tu as vu ta taille ! s'emporte Zal vexé.
– Je suis une femme, cela ne choque pas, mais pour un homme, ça craint. Cela ne casse pas un peu ta virilité ? le provoque-t-elle.
– Tu devrais calmer ta femme et lui mettre une muselière parce que ça pourrait mal finir, dit Zal à Cheyn, énervé.
– C'est toi qui as commencé à la chercher, maintenant débrouille-toi avec elle, rigole Cheyn.

Zal hésite devant elle.

– Oh, je m'en doutais, il n'y a pas que la taille qui est petite chez toi.

On se met tous à exploser de rire. Notre frère rageur lui fonce dessus, puis sans qu'on le comprenne, il se fait dégager à plusieurs mètres.

– Comment ? demande Glenn aussi surpris que nous tous.

Cheyn s'approche de sa femme tout en rigolant et la tape de toutes ses forces. Il recule sur deux mètres bien qu'il freine avec ses pieds. Nous les regardons toujours sans comprendre.

– Elle a un bouclier physique, toutes les attaques rebondissent sur elle et sont renvoyées sur l'agresseur.
– Ah oui, finalement vous vous êtes bien trouvés tous les deux, sourit Isabelle.

Cheyn attrape la main de sa femme en lui caressant la joue. Zal revient vers nous sans se vanter de ce qui vient de se passer.

– Bonjour, tu dois être le chef ? demande Glenn à un homme d'un âge avancé qui vient de nous rejoindre.

Il rigole de toutes ses dents.

– Non ! C'est moi, chef, beau gosse.

On tourne les yeux vers une femme très sexy, les cheveux d'un noir corbeau dégradé avec un pantalon en cuir et un mini-haut qui laisse voir la musculature de ses abdominaux. Tout de suite je pense à Zal qui ne pourra pas encore s'empêcher d'ouvrir sa bouche.

– Une femme chef ! rigole Zal.
– Quand tu m'as dit qu'il avait un souci avec les femmes mon nounours, tu n'avais pas exagéré, remarque la femme de Cheyn.
– Mon nounours ? reprend Hanahita en rigolant.

Cheyn dévisage les gamins qui se foutent de lui.

– Pourquoi ça te pose un problème ? répond la cheffe à Zal.

– Je doute qu'une femme ait les épaules assez solides pour tenir ce rôle, répond Zal dans toute sa splendeur.

– Tu n'as toujours pas compris la leçon, le nain, balance l'épouse de Cheyn.

Je commence vraiment à adorer sa femme.

– Je ne t'ai pas sonné, toi ! Sans ta capacité, je t'aurai fait mordre la poussière, réplique-t-il pour garder une certaine dignité.

– Ça tombe bien, moi je n'en ai aucune, répond la Cheffe.

Il se sent piégé tout à coup, cependant sa fierté d'homme prend le dessus et fonce sur elle.

Le combat commence et deux secondes plus tard, Zal est par terre en train de bouffer la poussière. La cheffe le maintient au sol avec son pied en lui écrasant la tête.

– La prochaine fois que tu t'attaques à un chef, pose-toi la question de savoir pourquoi il a été nommé ainsi.

Elle le laisse se relever, il secoue ses habits et en gardant son aplomb, il répond :

– Je t'ai laissée gagner !

On rigole tous, sauf bien sûr Zal qui part en direction de la grotte avec Zoann qui lui, n'a pas participé à cette humiliation.

– Rentrons aussi, propose la Cheffe.

J'attrape le bras de mon fiancé pour le retenir afin de pouvoir lui dire que sa tête est mise à prix.

Sur le coup, il ne réagit pas, surpris et réalisant le danger existant autour de nous.

– Ça devient de plus en plus risqué, dès qu'on aura d'autres informations sur ta mère, on partira de cette meute.

Je hoche la tête pour affirmer mon accord.

– Viens, on rejoint les autres.

– Non, je préfère me promener encore un peu.

– D'accord, mais ne reste pas longtemps toute seule.

Je le laisse partir, j'ai besoin encore d'une dose d'air pur avant de m'enfermer dans ce trou sinistre.

Je me dirige un peu plus vers la végétation recouverte de coton. Quand soudain, une odeur familière me titille le nez. En restant vigilante, j'essaie de distinguer cette senteur. Quand je me rapproche suffisamment, j'identifie le parfum de la fraise. Ce n'est pas possible, est-ce que ça pourrait être elle ?

CHAPITRE 13

Sans réfléchir, je fonce pour la rattraper, quelques minutes plus tard, je suis derrière son dos. Elle se fige sous le bruit de mes pas puis se retourne doucement.

– Lilou !? C'est bien toi !
– Amy !!! crie-t-elle de joie.

Elle court vers moi, les larmes aux yeux. Je voudrais la prendre dans mes bras, mais je la stoppe un pas avant.

– Tu vas bien ? m'assuré-je.
– Oui, très bien. Où sont les autres ? me demande-t-elle tout affolée.
– Ils ne sont pas loin. Mais, attends !!!

Soudain, les paroles de ma louve me reviennent. Si Lilou est là, ça veut dire que ma…

– Amy, mon ange, c'est bien toi ?!

La voix harmonieuse vient de derrière moi, pas besoin de me retourner pour savoir à qui elle appartient, je la reconnais instantanément, est-ce que le destin nous a enfin aidées à nous croiser ?

14. LES RÉPONSES

– Amy, mon ange, c'est bien toi ?

Je me retourne tout doucement, pensant que c'est mon imagination qui me joue un tour. Je n'arrive pas à croire à la voix que j'entends.

– Ma... man ! bégayé-je.

Oui, c'est bien elle ! Elle est là, me fixant de ses yeux noirs et rouges. On se regarde toutes les deux avec le même air ahuri, sans bouger, pendant une ou deux secondes qui paraissent une éternité, comme si on avait mis la scène au ralenti.

– Tu es magnifique, ma fille ! me dit-elle les yeux pétillants.

Mon cœur bat tellement fort dans ma poitrine que j'ai l'impression qu'il va en sortir, le battement résonne jusqu'à mes oreilles. Je sens un liquide chaud couler le long de ma joue droite gelée par ce temps hivernal. Je l'observe sans rien dire, elle retient ses larmes aux bords de ses yeux. Le son de sa voix me donne tout de suite le sentiment de sécurité que j'avais perdu étant enfant.

La petite fait la girouette entre ma mère et moi, ne sachant pas comment je pourrais réagir. Tout à coup, une euphorie se déclenche en moi, ne pouvant la contenir, je fonce le plus rapidement dans les bras de ma mère. Je ressens tout de suite son amour, ses inquiétudes et sa peur.

– Je... n'arrive pas à croire que tu sois bien là, bafouillé-je.

Elle s'extirpe doucement de mes bras pour m'attraper le visage de ses deux mains et me fixer de son regard rempli d'amour et de regrets.

– Je suis là maintenant, mon ange, me sourit-elle.

Elle caresse mes cicatrices et elle me resserre encore dans ses bras. Lorsque je me rends compte de la bêtise que je venais de faire, j'ai perdu à tout jamais le don de Matéus. Je me laisse aller à toutes mes émotions et me mets à pleurer à chaudes larmes.

– Chut, ça va aller, me dit-elle avec la voix d'une maman bienveillante.

– Je n'y croyais plus, dis-je entre deux pleurs.

Je m'écarte pour la regarder, peur d'être en train de rêver.

CHAPITRE 14

– Ta louve m'a dit que tu étais ici, nous avons fait demi-tour tout de suite.

Lilou se met à côté de nous avec un sourire timide. J'essuie mes larmes avec ma manche.

– Je suis désolée, Lilou. Nous ne sommes pas venus t'aider.

Je baisse le regard, honteuse d'avoir laissé une enfant livrée à son propre sort dans ce monde impitoyable.

– Si, grâce à toi, ta mère m'a retrouvée.

– Je suis tellement soulagée de te savoir en vie. Où est le reste de ta meute, tes parents et Mamie ?

Elle se perd dans ses pensées et les larmes se mettent à couler sur son petit visage d'enfant.

– Ils sont tous morts, me répond-elle en prenant une grande inspiration.

– Qui les a tués ?

– La fille ! Elle est revenue après votre départ. Bien qu'elle n'ait pas eu la preuve qu'on vous avait aidés. Elle les a tués un à un ! Mamie m'avait cachée plus loin et avait camouflé mon odeur quand mon père l'a avertie de son retour. Il était tombé nez à nez sur un des éclaireurs de cette fille.

– Pourquoi ne se sont-ils pas sauvés aussi ?

– Ils ne voulaient pas vivre en fuyant toute leur vie. Ils savaient qu'elle finirait par les retrouver et avaient espoir de réussir à les convaincre qu'on ne vous avait pas vus. Après avoir attendu plusieurs jours, je suis retournée dans ma meute et je les ai tous vus morts. Ils étaient tous mutilés sans leurs têtes. Ne sachant pas quoi faire, je me suis mise à courir sans m'arrêter en espérant vous retrouver, et j'ai réussi à envoyer un message à Matëus. Je l'ai attendu pendant plusieurs jours au même endroit toute seule, mais il n'est jamais venu.

– Matëus est mort en voulant te rejoindre.

J'ai essayé de dire cette nouvelle avec le plus de tact possible, mais le choc qui apparaît sur son visage est le même que si je l'avais balancée de but en blanc.

– C'est ma faute s'il est mort ! culpabilise-t-elle.

– Non, pas du tout ! Ne pense surtout pas ça !

– Les autres doivent me haïr, surtout Lili, s'inquiète-t-elle tout de suite.

– Je ne leur ai pas dit.

Ma mère et Lilou me dévisagent attendant la suite de l'explication.

– Je leur ai raconter que j'étais fautive, j'étais partie sur une odeur, que Matëus m'avait suivie, puis que nous sommes tombés dans un piège.

– Pourquoi avoir dit une telle chose, mon ange ? m'interroge ma mère en fronçant les sourcils.

– Pour préserver l'amour de ma sœur. Je ne voulais pas qu'elle maudisse Matëus pour son erreur. Voilà pourquoi nous ne sommes pas venus à ta recherche, ils ne sont pas au courant.

– Donc ils doivent tous t'en vouloir, comprend Lilou tout de suite.

– Ça pourrait être pire, réponds-je en grimaçant.

Ma mère me dévisage attristée en imaginant ce que j'endure depuis plusieurs semaines.

– Comment tu le vis ? Ça doit être difficile de prendre tout cela sur toi sans pouvoir en parler à personne.

– Si, j'ai quelqu'un, ma louve, dis-je en souriant. Et maintenant je vous ai aussi.

– Tu veux dire que nous devons leur mentir également, s'étonne Lilou.

– Non, pas leur mentir, mais ne pas leur en parler.

Elles hésitent un instant puis finissent par accepter en comprenant la tristesse qu'elles pourront amener à Lili si elle apprenait la vérité.

– Et si on allait les rejoindre, je suis pressée de rencontrer mon beau-fils, essaie de relativiser ma mère.

– Je vois que ma louve t'a tout raconté. Tu le connais déjà, maman. C'est Glenn.

– Oh !

D'un coup, elle rigole.

– Pourquoi ris-tu ? la regardé-je, interloquée.

– Je me rappelle juste, quand vous étiez petits, vous ne vous entendiez pas tous les deux.

– Je ne peux pas te le dire, on m'a effacé la mémoire ! maugréé-je.

– Oui, ne m'en veux pas, mon ange. J'ai fait ça pour ta sécurité.

Sa voix est sincère et brisée. Je prends une grande inspiration et remarque que Lilou a du mal à tenir sur ses jambes.

– Nous devrions y aller, où sont vos louves ?

Je ne me rends compte que maintenant qu'elles manquent à l'appel.

– Pas loin, me répond ma mère.

Elle se concentre un instant puis un homme que je reconnais sort de sa cachette avec les loups.

– Je te présente Rob.

– Tu n'as pas changé de style, toujours cette barbe de trois jours.

Il me regarde surpris.

– Tu ne peux pas te souvenir de moi, me répond-il désarçonné.

CHAPITRE 14

– Mes souvenirs refont surface dans mes rêves et je t'ai vu dans l'un d'eux.
– Depuis quand te reviennent-ils ? me questionne ma mère.
– Ça a commencé quelque mois après la mort de mon père. Tu te souviens maman, celui à qui tu m'as laissée sans l'avertir du danger qu'il courait, lui reproché-je.
– Oui, ta louve m'a appris cette triste nouvelle. Je suis tellement…
– Stop, la coupé-je. On en reparlera plus tard, on a tout le temps maintenant.
– Oui, je l'espère, mon ange.

J'observe la louve de ma mère, elle ressemble beaucoup à la mienne quand elle est en mode gentille. Le loup de Rob ressemble à tous ceux qu'on aperçoit dans le monde des humains à part sa grande taille bien évidemment. Celle de Lilou a à peine grandi, même cette dernière n'a pas spécialement bougé depuis notre départ. Sa capacité est vraiment spéciale. Comment pourra-t-elle trouver un homme s'il vieillit deux fois plus vite qu'elle ?

Nous arrivons devant la grotte. Avant de rentrer, je n'ai pu m'empêcher de leur dire :
– **Surtout pas un mot sur Matëus, vous n'êtes au courant de rien.**
– **Oui, on ne te trahira pas**, m'affirme Lilou.

À l'extérieur nous entendons Cheyn rigoler, parler, ce qui me fait sourire. Comme ils vont être encore plus heureux de découvrir ma mère ! Sauf peut-être Zal, Isabelle et Hanahita, lorsqu'ils vont voir Lilou et vont comprendre qu'il y a eu un problème dans leur ancienne meute. Je prends une grande inspiration et nous rentrons tous ensemble.

Sur le moment, personne ne fait attention, puis le brouhaha s'arrête et un silence pesant s'installe.
– J'ai une bonne nouvelle à vous annoncer.

Avant même que je commence ma phrase, tous les yeux étaient déjà rivés sur ma mère.
– Madame, Luna ! crie Lili.
– J'hallucine, c'est bien toi, Luna ? demande Glenn en se frottant les yeux tellement il n'y croit pas.

Ma mère sourit, contente de tous les voir.
– Oui les enfants, c'est bien moi ! Comme je suis heureuse de vous retrouver tous, sains et saufs.

Lili lui court dans les bras, Glenn plus pudique la salue.
– Oh, mon gendre, ne fait pas le timide, vient embrasser ta belle-mère.

Il approche et la serre dans les bras.

— Comme vous avez grandi, les enfants. Mais qui c'est que je vois derrière ?

Elle tend le cou le plus haut possible. Jylo sort de son coin sombre.

— Oh, je suis ravie de te voir parmi la meute de Glenn, dit-elle en souriant à Jylo.

— Maman, tu le connais ? dis-je surprise.

— En même temps, qui ne connaît-elle pas ! marmonne Zal.

— Ah, Zal, je te reconnais bien là, rigole ma mère en lui tapotant le bras.

— C'est super de savoir qu'une personne te connaît, mais que toi non, râle-il.

— Bref, tu as rencontré Jylo à quel endroit ? relancé-je.

— C'est moi qui ai dirigé Glenn vers lui, tu n'as pas reconnu ma voix ? demande-elle à ce dernier.

— Non, ton frère a dû effacer un peu trop ma mémoire dans le temps, répond mon fiancé avec reproche.

— Il y a pu avoir des effets secondaires, s'excuse Rob à sa façon.

— Ouais en effet, répond Hanahita avec aplomb.

— Hé, tu es la gamine qu'on n'a pas réussi à attraper ! reconnaît Rob.

— Heureusement, c'est un peu grâce à elle qu'on a pu retrouver votre trace, répondis-je avec mépris.

— Tu peux m'aider, Madame Luna ? demande gentiment Jylo.

— On verra bien mon garçon, répond ma mère en se rapprochant de lui.

— Lilou ? Que fais-tu là ? demande Isabelle qui vient de l'apercevoir cachée derrière Rob.

— C'est dame Luna qui est venue à mon secours, dit-elle d'une toute petite voix triste.

— Et où sont les autres ? interroge Zal soucieux.

— Je... je n'ai pas pu, essaye-t-elle de répondre.

— Accouche ! crie Zal.

Elle se met à pleurer.

— Tu es vraiment un con quand tu t'y mets, défendis-je Lilou.

— Votre ancienne meute s'est fait attaquer, Lilou est la seule survivante, explique ma mère sans mettre de gants.

Un silence de mort s'installe après cette révélation, la tristesse peut se lire sur tous les visages de la meute.

— D'abord Matëus et maintenant eux ! crache Zal entre ses dents.

— Je ne peux pas croire qu'ils soient tous morts, Mamie, Nina... marmonne Isabelle tout bas.

CHAPITRE 14

— C'est encore cette fille qui les a tués ? s'emporte Lili.
— Oui, répond Lilou en chuchotant.
— Purée, mais qui est cette gonzesse dont vous parlez tous ? demande la femme de Cheyn.
— La pire des garces, répond Zal.
— Et toi, qui es-tu ? interroge ma mère.
— Ce n'est pas possible ! Une personne que tu ne connais pas ?! rajoute Zal, qui s'est vite remis de la nouvelle, un peu trop à mon goût.
— Je suis Ava, je viens d'Australie et ma louve c'est Nayati.

Sa louve est plus petite que Hazia, ses poils sont roux et noirs. Ses yeux sont de couleur caramel. Au premier regard, comme sa maîtresse, je la trouve faiblarde, à vérifier ce qu'elle vaut dans un combat.

— Je comprends mieux d'où vient ce petit accent, enchantée, moi c'est Luna la mère d'Amy et ma louve c'est Jiane, lui sourit-elle.

Cheyn la prend dans ses bras, fier de montrer l'amour qu'il porte à sa femme.

Soudain nous ressentons tous un apaisement !! Plus de tristesse, ni d'énervement juste la sérénité.

— Je reconnais cette sensation, dit ma mère d'un ton soucieux.

Elle fixe l'entrée de la grotte quand Alexander et Kiba y pénètrent.

— Je savais bien que je connaissais cette capacité. Je suis surprise de te trouver ici, Alexander, continue ma mère.

— Bonjour Dame Luna, ça faisait longtemps, répond-il de son ton séducteur.

Nous les dévisageons atterrés. Alexander se gratte l'arrière de la tête, gêné de tous ces regards.

— Quand je vous dis qu'elle connaît tout le monde ! Ça devrait plus surprendre qu'elle ne connaisse pas une personne plutôt que l'inverse, plaisante Zal.

— Je fais équipe avec votre fille, dit-il en grimaçant.

— J'espère que tu ne t'amuses pas trop avec ses émotions ? avertit ma mère.

— Non, je les canalise, enfin, j'essaye plutôt.

— Oui, parce que pour l'instant, on ne va pas dire que c'est un grand succès, marmonne Isabelle.

— Et où en sont les travaux de ton père ? demande Rob.

J'avais complètement oublié sa présence, j'ai légèrement sursauté au son de sa voix. Quand j'aperçois tous les autres se tourner vers lui et le regarder de la tête aux pieds, sauf ma mère, je saisis que je ne suis pas la seule à l'avoir zappé.

— Il est mort ! lui répond-il d'un ton dur et sec pour clore le sujet.

Alexander paraît de plus en plus gêné et nous commençons tous à le ressentir. Que nous cache-t-il ?

— Pourquoi deviens-tu aussi nerveux ? interroge Glenn.

— Pour rien ! Il m'a fait juste rappeler des mauvais souvenirs ! se défend-il très mal.

— Oh, tu ne leur as pas dit ? questionne ma mère.

— Dame Luna, ce n'est peut-être pas le moment.

Il regarde partout autour de lui afin de lui faire comprendre qu'il y a trop de monde.

— Tu n'as pas tort, mais il faudra leur dire qui tu es, insiste-t-elle.

— Pourquoi, qui est-il ? s'affole Zal.

— On vous expliquera ça chez nous, rassure ma mère. Et pour Jylo, on trouvera une solution là-bas. Nous ne pouvons pas nous exposer devant une meute étrangère surtout que certains chercheront vos faiblesses pour les divulguer à l'ennemi.

Subitement, les propos de Briac concernant Glenn me reviennent en mémoire. Je hoche la tête pour lui montrer que je suis d'accord.

— Du coup, nous partons quand ? demande Cheyn.

— Le plus tôt possible, le temps de nous reposer un peu, Lilou en a besoin, répond-elle avec une voix douce.

— Merci, Dame Luna, dit Lilou.

— Ah ! crie ma mère, surprise. À qui appartient cette petite louve bleue ?

Elle vient juste de la remarquer, cette dernière se cachait sous sa mère.

— À ma fille ! répond Lili sur la défensive.

— Elle est incroyable, c'est rare de voir des loups aussi bleus. Ta fille maîtrise le vent ? l'interroge-t-elle émerveillée.

— Non, la glace, répond Altéha d'une petite voix assurée.

— Tu es magnifique et tu as une capacité très rare, j'ai hâte de voir cela, lui sourit-elle.

— Bah, ne le soyez pas trop non plus, balance Jylo.

— Ah, pourquoi donc ?

— Trop puissante et dangereuse, répond Isabelle.

— C'est normal, elle a développé sa capacité en avance.

— Tu n'as pas l'air surprise de voir une enfant aussi jeune avec déjà un don, remarque Glenn.

— Non, elle vient de perdre son père. Cela fait ressortir souvent les capacités bien avant l'âge. Il suffit d'un choc émotionnel pour que les enfants soient en avance et vu le monde dans lequel on vit, ils sont tous précoces. Mais cela amène aussi de gros problèmes et beaucoup de blessés. Ils ne savent pas contrôler leur don et encore moins l'utiliser quand ils le désirent. Il faudra l'entraîner au plus vite pour éviter une catastrophe, explique ma mère.

Je fixe la louve Luna, elle me zieute rapidement et comprend que j'avais raison. Pas besoin de le relever, celle-ci a fait immédiatement le rapprochement avec notre discussion.

— Bon, ce n'est pas que je veuille casser l'ambiance, mais Lilou s'endort debout, rigole Cheyn en la montrant du menton.

Et sans exagérer, elle s'endort littéralement debout. Isabelle la prend dans ses bras, sa petite louve la suit en titubant aussi de fatigue. Puis elle l'allonge et à l'instant où elle se relève, la petite lui accroche le bras et la fixe. Isabelle hoche la tête et se couche près d'elle.

— Nous allons pioncer nous aussi. On a plus de retenue que Lilou, mais on est dans le même état qu'elle, nous explique Cheyn en bâillant.

— C'est vrai, vous venez de loin tous les deux. Dame Luna et Rob vous devriez aussi en profiter pour vous reposer, suggère Glenn.

— Pas besoin de me le dire deux fois, répond Rob.

— Volontiers, dit ma mère en allant vers nos affaires.

Ils se dirigent près de Lilou et d'Isabelle, je les suis. Une fois qu'ils sont allongés, je fixe ma mère, j'ai encore du mal à croire qu'elle soit enfin parmi nous.

— Je me doute que tu as beaucoup de questions à me poser, ma fille.

— Des tonnes !

— On en parlera sur la route, promis.

Elle me sourit tendrement. Bien qu'elle soit là, je n'arrive toujours pas à savoir si je lui en veux de m'avoir abandonnée en cachant ma vraie nature. Je me laisserai du temps pour en juger une fois qu'elle m'aura tout expliqué.

— **Amy, on a un souci !** me prévient Shugo.

— **Quoi encore, ne me dis pas que c'est Lojy ?**

— **Non ! Alexander a ressenti des émotions malsaines venant de Briac.**

— **Je ne le sens pas ce mec depuis qu'on est arrivé, il nous regarde comme des proies. Je vais prévenir notre parano, il le surveillera. Si Briac remarque Alexander lui tourner autour, connaissant sa capacité, il va comprendre qu'on se doute de quelque chose.**

— **Oh ! C'est moi le parano !?** demande Zal.

— **Oups !**

— **J'aurai dû te dire que tout le monde est connecté, sauf les dormeurs,** me dit Shugo en rigolant.

— **Elle n'a pas tort, la preuve, tu t'es reconnu tout de suite,** rajoute Jylo.

– Je ne t'ai pas déjà dit de te la fermer, gamin ! s'énerve notre frère.

– Bouclez-la ! Zal, tu vas surveiller Briac. Alexander, reste assez proche pour continuer à ressentir ses émotions sans te faire repérer. S'il y a du changement, contactez-nous. On part chasser, on continue à réagir comme d'habitude, ordonne Glenn.

– Donc, je peux mettre une tarte au gamin ! insiste Zal.

– Il faudrait déjà que tu nous attrapes, se moque Jylo.

– Pas de souci !

Soudain, Zoann attrape Vif par la nuque en traître. Vif se met à couiner et Jylo à hurler, ce qui réveille certains et attire tous les regards.

– Glenn, c'est comme ça que tu gères ta meute ? questionne ma mère, mal réveillée.

– Désolé dame Luna, je vais arranger ça tout de suite.

– Bien !

– **Tout le monde dehors sauf Zal et Alexander !** dit mon fiancé en haussant le ton.

Dehors, nous retrouvons la Cheffe, elle donne quelques directives à deux hommes de sa meute puis nous salue de la tête en retournant dans la tanière.

– Glenn, tu penses qu'ils nous trahiraient ? me soucié-je.

– Vu la récompense, c'est possible. Isabelle et Thynka, allez-vous faire copines avec la cheffe.

– Tu es sûr que tu demandes à la bonne personne, hésite Isabelle.

– C'est un ordre !

Puis il coupe la communication. Isa la tête baissée et Thynka la queue entre les pattes s'exécutent.

Deux bonnes heures plus tard, Kiba nous contacte :

– **Mon maître ressent une sorte de nervosité et d'impatience chez Briac. Zal questionne les membres de leur meute en les agaçant et Briac se sent de plus en plus irrité.**

– Qui n'irrite-t-il pas ce gars ! balance Jylo.

Jylo change beaucoup ces derniers temps et devient de plus en plus provocant, surtout avec Zal. Je me demande si Lojy n'y est pas pour quelque chose.

– On va devoir réveiller tout le monde et partir, cela sent la trahison à plein nez. Ma chérie, va chercher tous les dormeurs sans attirer l'attention, on ne sait pas qui est dans le complot. Alexander, Kiba sortez maintenant, ensuite Zal et Zoann, dites tout haut que vous partez chasser. On vous attend à un kilomètre au nord.

CHAPITRE 14

– **Très bien !** Répondons-nous tous en même temps.

Glenn m'embrasse tendrement.

– Fais attention à toi. Shugo reste avec elle.

Je me dirige vers la grotte tranquillement, sans me retourner, en croisant Zal et Zoann, il me fait un clin d'œil en passant. Je me rapproche d'abord de ma mère.

– Maman, réveille-toi, chuchoté-je à son oreille.

Elle se lève en alerte, voyant que Briac nous observe, je décide de faire la niaise.

– Oh, pardon je t'ai encore réveillée ! criai-je pour que les autres sortent aussi de leur sommeil. Je suis confuse, je n'ai pas vu la queue de ta louve.

– **Que se passe-t-il, ma fille ?**

Rob et Lilou ouvrent enfin les yeux, quant à Cheyn et Ava, ils avaient rejoint Lili et Altéha il y a déjà une bonne heure pour faire plus ample connaissance avec la petite et rattraper le temps perdu.

– C'est super, maintenant vous êtes tous réveillés, on part chasser tous ensemble.

– Tu as vu le bordel que tu fais gamine, c'est normal qu'on soit tous debout ! s'énerve Rob.

Je profite qu'il râle pour prévenir ma mère.

– **Trahison !**

Ses yeux s'écarquillent légèrement puis elle se reprend vite.

– Oh, ça va le grincheux. Depuis le temps que je n'ai pas vu ma fille, on peut diminuer notre temps de sommeil afin d'être avec elle pour chasser.

J'ai réussi à transmettre aussi le message à Rob, il n'a aucune réaction, limite, je me demande s'il l'a bien reçu.

– Bon, je te pardonne si tu m'attrapes un bon petit lapin pour commencer, dit Rob en rentrant dans le jeu.

– Ça marche, Lilou, je vais avoir besoin de toi.

Ne préférant pas l'avertir du danger qui nous attend, je continue ma comédie.

– Heuu, je ne suis pas une très bonne chasseuse, tu te trompes de personne, répond-elle gênée.

– Tu te sous-estimes, Lilou, insiste ma mère.

– Non, tu as bien vu ! C'est toi qui chassais avec ma louve pour m'apporter la nourriture.

Tout à coup, elle s'arrête de parler et une lumière lui traverse l'œil. Elle a dû comprendre notre scène de théâtre déplorable. En attendant, ma mère rassemble les affaires de tous nos camarades discrètement pendant que Rob se promène vers les membres de la meute innocemment et va effacer leur mémoire. Je le regarde faire, il a juste à les toucher quelques secondes pour qu'ils aient tous un regard perdu. Il s'approche de Briac, il ne reste plus que lui.

– Ah, j'ai compris, crie Lilou surexcitée, ce qui éveille les soupçons de Briac. Vous me faites une blague ou une surprise !

– Tu es vraiment naïve ma pauvre enfant, dit ma mère entre ses dents.

– De quoi ? répond-elle surprise.

Quand je remarque Rob toucher Briac, je donne le feu vert.

– **C'est bon, un kilomètre au nord !** Dépêchons-nous !

– Mais vous faites quoi ? interroge Lilou qui ne comprend toujours pas.

– Prends le plus d'affaires possible et cours. On t'expliquera plus tard, lui répondis-je en lui donnant son petit sac rose.

Nous nous partageons le reste du poids à nous trois. Les loups et Shugo ont déjà décampé avec Lilou.

À la sortie de la grotte nous tombons nez à nez avec la Cheffe, sa louve puis Isabelle et Thynka. Nous restons figés à nous contempler avec un air abasourdi. Mince, sérieux, on a oublié notre sœur et sa louve, comment on a pu faire une telle erreur ?

– **Il ne te manque pas quelqu'un ?** questionné-je Glenn avec sarcasme.

– Oh ! Isabelle et Thynka ! réagit-il de sa bêtise.

– **Oui et la cheffe qui se trouve devant nous.**

– **On revient !**

– **Non, évitons une guerre de meute,** ajoute ma mère sûre d'elle. **On va se débrouiller.**

– Vous faites quoi avec toutes les affaires ? demande la Cheffe aux aguets.

Lorsque je remarque le mécontentement dans les yeux d'Isabelle, je devine que Glenn lui à tout expliqué.

– Nous partons ! répond ma mère.

Rob se rapproche discrètement de la Cheffe pour essayer de la toucher, mais elle le remarque immédiatement.

– Toi, reste où tu es !

Elle se baisse en mode défensif et sa louve se place devant elle pour la protéger.

– On ne veut pas d'histoire, laisse-nous passer, dit ma mère d'un ton détendu.

– Pourquoi vous fuyez comme des voleurs ?

– On ne se sauve pas, on retourne chez nous, explique-t-elle toujours sur le même ton.
– Ce n'est pas l'impression que vous donnez en agissant de la sorte ! Que cachez-vous ?
– Rien du tout ! m'énervé-je.
Le temps passe et la fille sera ici à tout moment avec ses compagnons. Nous devons partir au plus vite.
Comme si Rob avait lu dans mes pensées, il lui saute dessus. Elle réussit à s'esquiver grâce à sa louve qui le repousse violemment. Puis dans le même élan, elle attrape Isabelle avec les bras autour du cou, prête à lui arracher la tête.
– Ne bougez plus ou je la tue ! crie-t-elle.
Elle fait un geste de tête à sa louve en direction de la grotte.
– **Si elle voit tous les autres membres de sa meute en état de légumes, elle va tuer Isabelle, il faut agir,** propose Rob.
– **Oui, mais si on tente, elle la tue aussi. On est coincé,** maugrée ma mère impuissante.
Venu de nulle part, d'un coup Alexander frappe la Cheffe qui lâche notre sœur en tombant sur les fesses.
– D'où tu sors toi ?! Je ne t'ai pas senti, ni même vu ! dit-elle surprise.
Tout comme elle nous restons sans voix, personne ne l'avait remarqué jusqu'à ce qu'il la frappe.
– Pourtant, depuis quelques minutes j'étais juste à ta droite, lui répond-il en lui mettant un gros coup de poing qui l'assomme.
Sa louve revient à ce moment et Rob a juste le temps de les toucher toutes les deux.
– Bien joué, Alexander. Tu te trouvais où en réalité ? demande ma mère.
– Je ne comprends pas, j'ai dit la vérité. J'étais ici !
Il montre l'endroit avec sa main. Et s'il dit vrai, en effet, on aurait dû tous le voir, vraiment de plus en plus bizarre, ce gars.
– Allez, fini de parler, allons rejoindre les autres ! dit Rob.
– Sans déconner, vous m'avez oubliée ?! décroche Isabelle.
– On est navré, dans le stress et la précipitation, on a zappé que tu étais avec la Cheffe, m'excusé-je minablement.
– Comment avez-vous pu me zapper ? Il faut peut-être que je devienne comme Zal pour attirer votre attention.
– Ce qui veut dire ? demande ma mère.
– Agaçante et parano, en gros faire chier mon monde.
J'explose de rire, ma mère, Rob et même Thynka se mettent aussi à rigoler.

— Non, on en a assez d'un comme lui sinon, on se pendrait de désespoir.

Je lui fais le geste de la corde autour du cou en tirant la langue. Elle me fixe puis ne pouvant plus se retenir, elle se met aussi à pouffer. Heureusement qu'on n'a pas fait cette erreur avec Hanahita, elle nous en aurait voulu jusqu'à la fin de notre vie.

Enfin, nous rejoignons les autres, Lilou est arrivée aussi au bon endroit grâce à la louve de ma mère, Jiane, au loup de Rob, Nadzar et de Shugo.

Je me rends compte qu'on n'a pas vraiment eu le temps de faire connaissance avec leurs gardiens. Je ne connais même pas encore le prénom de la louve de Lilou.

— Bon, où va-t-on maintenant ? demande Cheyn, ce qui me sort de mes pensées.

— Nous allons en Angleterre, répond ma mère toute fière.

— C'est une blague ! On va devoir encore traverser cette foutue mer ? râle Zal.

— Ça va aller, puis cette fois on ne tournera pas en rond, on a juste à suivre les guides, dit Isa afin de tenter de calmer notre frère.

— Il eut été préférable qu'on le sache avant de partir d'Italie. Ça nous aurait fait gagner du temps, même beaucoup de temps, continue-t-il de râler.

— On ne serait pas tombés sur la meute de Jeff, et Alexander ne serait pas avec nous, lui dis-je positivement.

— En tout cas mon mari serait toujours là ! me foudroie Lili.

— Bon, ne commençons pas les enfants...

— On n'est plus des enfants, Rob ! s'énerve Zal.

— Si, il a raison, vous vous comportez comme des gamins. Vous êtes sûrs que vous allez à la guerre ? interroge ma mère.

On baisse tous les yeux, personne n'ose lui répondre. Elle a un caractère incroyable. C'est le genre de femme que tout le monde écoute sans broncher lorsqu'elle l'ouvre.

— Heureusement que vos loups sont proches de vous sinon vous seriez tous morts sans eux. Il faut vous réveiller, la récréation est terminée et quand vous aurez compris ça, vous aurez peut-être moins de défunts autour de vous.

En prononçant cette dernière phrase elle bloque le regard sur Lili, celle-ci tourne les yeux vers sa fille.

— Il est temps de partir à moins que vous vouliez refaire les présentations avec l'ennemi, renchérit Rob.

CHAPITRE 14

Sans plus un mot, nous suivons ma mère et Rob, la marche risque d'être longue surtout pour Altéha et Shyva. Par moments, j'entends Zal marmonner des mots à l'intention de Zoann. Le connaissant, il doit encore lui ordonner de rester sur ses gardes puis de se méfier de Rob et d'Alexander. C'est quand je constate Zoann se placer tout proche de Kiba et Nadzar que je réalise que j'ai visé juste.

– Je suis désolée pour tout à l'heure, Amy, me dit la petite.

Les grands yeux de Lilou me supplient de lui pardonner.

– Pourquoi t'excuses-tu ?

– Je n'avais pas compris dans la grotte, j'aurais pu vous mettre tous en danger.

– Ne dis pas de sottises, tu ne le savais pas. Personne ne te fait de reproche.

Je lui souris tendrement, malgré ça elle continue à culpabiliser.

– Je ne sais pas à quoi je peux vous servir dans cette guerre. J'arrive à peine à chasser.

Le souci vient de sa capacité, personne ne la prend au sérieux, elle ressemble toujours à une petite fille de six ans. C'est tellement dur d'imaginer qu'elle en a le double.

– Tu échanges avec ta louve ? lui demandé-je.

– Pas vraiment, grimace-t-elle.

– C'est ton erreur, sache que tu n'es jamais toute seule. C'est ce qui m'a frappée quand tu m'as raconté ton histoire. Tu ne parlais que de toi, et à quel point tu étais abandonnée, livrée à toi-même, pourtant ce n'était pas le cas. Comment s'appelle ta louve ?

– Je n'ai pas trouvé de nom, Mamie et Maman m'ont toujours dit qu'ils sont là justes pour nous protéger et nous garder en vie.

– Non, ta louve est bien plus que cela, c'est une partie de toi. Plus tu seras proche d'elle, plus tu seras forte.

– Ah, c'est pour ça que Matëus était aussi fort ? me questionne-t-elle naïvement.

Juste prononcer le prénom de notre frère fait réagir tout de suite Lili et sa louve.

– Oui, il avait une complicité incroyable avec Arssa. Ils échangeaient tout le temps, bien plus que n'importe qui. Le plus impressionnant c'est qu'ils arrivaient à le cacher à tout le monde, j'espère prendre exemple sur lui avec ma louve.

– Woouaah !! Je veux faire comme eux aussi ! dit-elle avec enthousiasme.

– Alors, commence par trouver le bon nom pour ta louve.

– Je m'y mets tout de suite.

Joviale, elle ralentit le pas pour se trouver au même niveau que sa louve.

Je souris mélancoliquement, levant les yeux au ciel en pensant à Matëus. Tu n'es plus là, pourtant tu arrives encore à influencer les gens. Tu m'épateras toujours !

– Tu vas bien, ma chérie ? me sort mon fiancé de mes songes.

– Oui, mieux depuis qu'on a retrouvé ma mère.

– Moi aussi, elle va nous aider à devenir plus forts, dit-il avec un grand sourire.

– Tu as l'air très confiant.

– Il peut l'être, tu as vu comment elle vous a remis en place en quelques phrases, nous coupe Cheyn.

– Tu te trompes, comment elle "nous" a remis en place, précisé-je.

– Je ne me sentais pas concerné et toi ma belle ? me répond Cheyn en se retournant vers Ava.

– Moi non plus, elle s'adressait bien à vous, répond Ava avec complicité.

Ils s'esclaffent en chœur.

– Purée, on a deux Cheyn maintenant, râle Glenn.

– Viens, ma crème, on va embêter les deux ados, propose Cheyn à sa moitié.

– Ils sont trop mignons ces deux-là, répond-elle en regardant Jylo et Hanahita.

– C'est ce que je n'arrête pas de leur dire.

Puis ils partent en riant.

– Pauvre Jylo et pauvre Hanahita, dis-je en souriant.

– Je crois que s'ils les font trop chier, Lojy se vengera par la suite, rigole Isabelle.

– C'est même sûr, ils ne savent pas dans quoi ils mettent les pieds avec Lojy, me soucié-je.

– **Bonjour Amy, enfin ravie de te retrouver,** me coupe Jiane.

– **De même,** dis-je en souriant.

– **Qui est Lojy ?** me questionne-t-elle en ayant écouté notre conversation.

– C'est le double de Jylo.

– **Il s'est manifesté, il y a combien de temps ?**

– Il s'est vraiment réveillé quand je suis apparue dans la vie de Jylo.

– **Intéressant.**

– **Tu connais Lojy, tu as déjà eu affaire à lui ?** lui demandé-je.

CHAPITRE 14

– Oui, ta mère avait réussi à le bloquer et toi tu lui as rendu sa liberté. Tu n'as pas la capacité de ta mère ?

– Non, j'ai déjà essayé en voulant soigner Isabelle sans succès. J'ai hérité que celui de mon épouvantable géniteur.

– Vous avez vécu beaucoup de choses depuis que vous êtes à notre recherche.

– Oui beaucoup trop pour certains.

Je tourne mon regard vers ma sœur Lili et Luna.

– Tu devrais lui dire la vérité.

– Surtout pas, je n'ai pas réussi à sauver Matëus, il faut que j'arrive à sauver sa réputation.

– Tu es trop gentille, tu vas devoir t'endurcir.

– Ne te méprends pas sur ma gentillesse. Je ne la donne pas à tout le monde et je me suis endurcie avec tous les morts qu'il y a eu autour de moi.

Je peux l'entendre soupirer dans mon crâne.

– Ce n'est pas fini, malheureusement, me dit-elle tristement.

– Que veux-tu dire ?

– Demande à ta mère, moi je n'ai pas le droit de t'en dire plus.

– Très bien ! lui réponds-je les poings fermés et les dents serrées.

J'accélère pour rattraper ma mère et Rob. Glenn et Isabelle qui sont en pleine conversation et qui n'ont pas suivi mon échange avec Jiane, m'observent surpris.

– Maman, je crois qu'on est assez loin maintenant pour répondre à mes questions.

Rob écarquille les yeux et commence à essayer de s'esquiver.

– Alors là, toi, tu vas nulle part ! Tu es dans les confidences aussi ! dis-je en lui attrapant le poignet pour le retenir.

– Tu n'aurais pas dû me toucher, tu vas effacer la mémoire de tout le monde sans faire gaffe, me prévient-il.

– Quelle capacité horrible ! m'énervé-je.

Plus le temps avance et plus j'ai l'impression d'avoir une malédiction entre mes mains. Moi qui, au début me réjouissais d'avoir ce don !

– Attends, ma fille.

Ma mère m'attrape la main sans la lâcher en me souriant.

– Ça ne suffira pas ! lui dis-je.

Le plus proche est Alexander, je m'oriente vers lui, lorsque Kiba me barre la route.

– À quoi tu joues ? lui demandé-je sèchement.

– **Non, pas la capacité de mon maître, tu es une bombe d'émotions, tu vas tous nous tuer**, m'explique-t-il, nerveusement.

– Comment ça, cela ne suffit pas ? s'étonne Rob en repensant à ce que je venais de dire.

– Merci pour ta confiance ! expiré-je.

Zoann a pris ça pour une attaque et fonce sur Kiba.

– Stop ! Zoann, il ne m'attaque pas ! m'interposé-je entre eux.

– Pourquoi ça ne suffit pas ? insiste Rob à mon égard en parlant plus fort.

– Fermez-la ! C'est tout le temps comme ça votre meute ? On vous entend à cent kilomètres à la ronde ! C'est normal que vous vous fassiez attaquer en permanence ! dit ma mère excédée.

– **Tu imagines ce qu'il endure mon maître, tous les jours,** rajoute Kiba.

– C'est à lui de gérer tout ça ! répond-elle.

Ma mère s'arrête et tout le monde fait de même.

– **Je te demande pardon ?** s'indigne Kiba interloqué.

– Tu as très bien compris. Elle se retourne vers Alexander pour lui parler directement. Depuis tout ce temps, tu n'as pas travaillé ta capacité, tu n'arrives pas à gérer les émotions des autres.

– Pas toutes en même temps ! s'excuse-t-il.

– Alors c'est le moment, le long du trajet tu vas t'entraîner à le faire. Ton père serait déçu d'entendre cela, dit-elle sans tact.

– Son père ? répète Glenn.

– Oui, son père est l'homme qui faisait des recherches sur nos capacités et qui cherchait des réponses. Ce même homme qui s'est fait éjecter par ton père, Glenn.

Tous estomaqués par cette nouvelle, nous n'arrivons plus à lâcher Alexander des yeux. Il détourne le regard vers Kiba.

– Pourquoi tu nous as caché que le chef qui est mort dans ta meute était ton père ? demande Glenn.

– Oui, pourquoi ? insiste Zal au-dessus de l'épaule de Glenn.

– Ça change quoi de le savoir ou pas ? Oui, je suis bien son fils, j'ai juste eu le temps de fuir avec lui avant que ton père ne donne l'ordre de le tuer. Tu m'aurais accepté dans ta meute en sachant ça ?

– Non ! répond Zal à la place de Glenn.

– Tu aurais pu me faire confiance ? continue Alexander, il y a combien de personnes qui souhaitent ta mort pour se venger de ton père ?

– Non, aucune confiance, répond Zal.

– Ferme-la, Zal ! crions-nous tous en chœur.

– Oui, je t'aurai laissé une chance, comme je l'ai fait pour Matëus, Hanahita, Isabelle et Zal.

– Je ne savais pas, répond-il embarrassé.

CHAPITRE 14

– Repartons à zéro ! propose Glenn en lui tendant la main.
– Pff, souffle Zal.
– Ça marche ! répond Alexander soulagé.
– Maintenant que les choses sont claires, tu as des infos pour nous que ton père t'aurait laissées ou dites ? interroge Cheyn avec culot.

On le lorgne tous.

– Quoi ? Ne me dites pas que vous ne vous posez pas la même question ? se défend-il de nos regards.
– Effectivement, j'ai ça, acquiesce Alexander.

Il enlève son sac à dos et en sort un cahier bleu tout corné.

– Ce sont les écrits de mon père sur ce qu'il a pu constater des capacités. Certains d'entre nous sont cités et je l'ai complété un peu avec des informations sur la fille. Mais, je ne le confie qu'au roi.
– Quoi !!! crient Cheyn, Ava et Zal.
– Tiens, garde-le à l'abri, il ne faut pas qu'il tombe entre de mauvaises mains, dit Alexander en tendant le cahier à Glenn.

Mon fiancé l'attrape et hoche la tête. Je constate que finalement on peut faire confiance à Alexander. Avec tout ça, je n'ai toujours pas touché quelqu'un. Je tends mon bras à Glenn, peur de l'attraper moi-même et d'effacer sa mémoire.

– Glenn s'il te plaît.

Il me prend la main et dépose un baiser sur celle-ci.

– Ah oui, c'est vrai ! Comment se fait-il qu'il faille que deux personnes te touchent, ma fille ? Je connaissais ta capacité, mais pas pour ça, m'interroge ma mère.
– Je peux cumuler deux capacités, à la différence de mon géniteur et que cela soit physique ou psychique.
– Tu es bien plus forte que lui ! s'esclaffe Rob.
– Oui, les vieux loups avaient raison, ajoute ma mère les yeux pétillants.
– Les vieux loups ? Qu'est-ce qu'ils ont à voir avec tout ça ? demande mon fiancé.

Nous reprenons la marche, Lilou, sa louve, Altéha et Shyva ont pu se reposer un peu.

– Il y a bien longtemps, quand je suis tombée enceinte, ils sont venus me voir pour m'annoncer que tu seras celle qui mettra un terme au règne de ton père et qu'il ne devra surtout pas apprendre ton existence.
– Deux minutes, tu parles de prophétie ? interroge Glenn.
– Oui, Amy sera la seule à pouvoir tuer l'homme à la balafre, mais elle devra perdre un être cher à ses yeux, le jour de la bataille. Voilà ma fille pourquoi je t'ai cachée chez Mats, je ne voulais pas un tel avenir pour

toi. Je t'ai quittée quand je suis retombée sur ton père, car je ne souhaitais pas le conduire à toi. Je suis restée un moment dans la meute pour sauver le plus d'enfants possible et dès que j'ai pu je me suis échappée avec Rob et un autre ami dans la direction opposée de toi et Mats.

– Je ne crois pas à ces trucs et pourquoi je serai la seule à pouvoir le tuer ? Il est comme nous tous ! l'interrogé-je.

– Ton père n'est pas comme les autres ?

– Pourquoi ?

Ses yeux naviguent entre les miens, de droite à gauche.

– Le prénom de ton père est Vali !

Glenn serre les dents et s'immobilise.

– Et ça devrait me dire qui il est ? demandé-je sans comprendre la peur dans les yeux de certains.

– C'est le fils de Loki, ma chérie.

– Vous n'apprenez plus rien à l'école, ajoute Rob.

– Vous parlez du dieu, Loki ? Son fils, Vali ?! C'est une mauvaise blague, dit Zal à moitié hystérique.

– Mon père est un dieu ? répété-je pour essayer de m'en convaincre.

– Oui et….

– Non, chut maman, j'ai besoin déjà de croire en tout ça et de l'accepter pour entendre la suite, la coupé-je en lui tournant le dos.

– Je n'aurai pas dû lui cacher tout cela, j'ai fait une grave erreur, dit-elle à Glenn.

– En effet, oui ! lui répond-il sèchement.

Elle attendait du réconfort auprès de mon fiancé, mais c'est mal le connaître. On paraît tous comme des gamins à nous disputer toutes les cinq minutes, mais quand ça devient sérieux, on n'est plus les mêmes et on assume nos actes. C'est ce que nous a appris Matëus et nous ne le décevrons plus.

En fin de journée, nous nous arrêtons pour passer la première nuit de notre long périple. Je suis restée à gamberger dans mon coin toutes ces heures à essayer d'accepter cette histoire. Tous les regards de ma meute se braquent sur moi chacun leur tour. Ils ont tous le mêmes air, accusateur, peur et pitié. Ma mère ne pouvant plus se tenir à l'écart me rejoint et s'assoit sur la terre humide et froide.

– Il faut qu'on en parle, mon ange.

– Qu'on parle de quoi, que je suis la petite fille de Loki ?! dis-je avec sarcasme.

CHAPITRE 14

— Tu n'es pas que ça, moi, ta mère, je suis une descendante directe d'Asena. Ma fille, tu es une pure déesse, voilà pourquoi les vieux loups sont venus me prévenir.

— Qui sont ces vieux loups à la fin ? Vous parlez d'eux comme des prophètes, ils sortent d'où ?

— Ce sont les dieux qui les ont choisis, ils ont toujours été là depuis notre existence. Ils sont trois, un aussi blanc que la neige a été choisi par Asena, un autre noir comme les ténèbres a été choisi par Fenrir, le demi-frère de Vali, enfin le dernier à moitié blanc et noir est celui qui tranche entre les deux, mais personne ne sait par qui il a été choisi.

— Alors tout cela est réel, ils existent vraiment ?

Toute la meute nous écoute d'une oreille, Lili me jette des regards encore plus noirs qu'avant. J'imagine qu'elle croit que c'est peut-être moi qui me suis débarrassée de Matëus. Maintenant c'est sûr, sachant qui sont mes ancêtres, la meute n'aura plus confiance en moi.

— Oui et tu es la seule capable de l'arrêter.

— En perdant un être cher, encore, soupiré-je.

— J'ai tout fait pour éviter cela, mais ça n'a fait qu'aggraver les choses. On ne peut pas aller à l'encontre d'une prophétie.

— Que fait-il ici ? Pourquoi être venu sur terre, ce n'est pas sa place ?

— Son histoire est assez triste. Le dieu Balder, le second fils d'Odin a été tué par Loki. Odin a voulu venger la mort de son fils en punissant les deux enfants de Loki. Il les a capturés tous les trois et les a enfermés dans une grotte. Puis, Odin a transformé Vali en loup enragé. Ne pouvant plus se contrôler, celui-ci a égorgé son propre frère Narfi. Et pour terminer, Odin a pris les entrailles de ce dernier et a attaché Loki avec. Vali est resté dans cette forme jusqu'à ce qu'il vienne sur Terre et qu'il puisse diviser son corps et celui du loup enragé.

— Et maintenant, il nous fait sa crise d'une enfance traumatisante et fait ressortir toute sa haine sur nous, balance Cheyn.

— En fait, il a juste besoin d'un psy et d'une bonne fessée, ajoute Ava.

On rit tous ensemble, je suis vraiment contente qu'ils soient là tous les deux. Ils arrivent toujours à faire redescendre les tensions.

— Tu ne seras pas toute seule, on sera là pour y parvenir, ma chérie, me rassure mon compagnon en me prenant la main.

— Oui, moi aussi, si on ne m'oublie pas, ajoute Isabelle en rigolant.

— On essayera, taquine Zal.

— Comment stopper un dieu ? m'inquiété-je

— Mon cahier pourrait nous aider, me répond Alexander avec sa voix séductrice.

Glenn sort le cahier de son sac, l'ouvre et nous commençons à le lire ma mère, mon fiancé et moi.

15. LES RECHERCHES

J'ai commencé ces écrits après avoir parlé au roi Toan. Comme il ne me croyait pas, j'ai voulu laisser une trace de toutes mes découvertes et de tous mes ressentis.

Les nouvelles générations ne sont pas comme nous, je le constate grâce à ma capacité. Ils sont bien plus puissants, plus endurants, mais il n'y a pas que ça ! Ils ont un pouvoir qui sommeille en eux, mais impossible de le discerner !

Je n'arrive pas à déterminer avec exactitude ce qui les différencie de nous. Il faut que je continue à les observer pour comprendre. Ma capacité de voir les dons n'est peut-être pas assez puissante pour deviner ce qui les rend si différents.

Voici la liste de mes premiers cobayes :

CHAPITRE 15

- Ineasse

- Glenn

- Cheyn

- Lili

- Alexander

- Kimi

- Théo

Comme point commun, ils ont tous une capacité et une tache noire en eux.
À ce jour, je les épie tous les sept, sans relâche.

Leur présentation :

Ineasse, le grand frère de Glenn, dont la capacité à contrôler la pluie est impressionnante. Quand je le fixe avec mes yeux, je vois cette tache noire cachée au fond de son âme. Serait-ce possible que ça vienne des ténèbres qui le consument petit à petit ?
Non ! Ce n'est pas ça, ma capacité ne peut pas faire une telle chose. Elle me sert juste à remarquer si les louveteaux auront une capacité ou non.

Il faut que je continue à chercher...

La capacité de Glenn concerne les arts martiaux. Ce n'est pas très rare comme don, mais très pratique dans notre monde.

Au combat Glenn écrase son grand frère sans forcer, cependant lorsque Ineasse utilise sa capacité, Glenn n'a plus la moindre chance contre lui. Ce que j'ai pu observer, c'est que la tache de Glenn grandit et évolue plus vite que celle d'Ineasse.

Maintenant je suis certain que cela ne vient pas des ténèbres, puisque cet enfant est un ange. Il souhaite aider toutes les personnes qu'il rencontre, même les humains. Quel étrange enfant !

Lili, sa capacité n'est pas exceptionnelle. Créer des choses ne va pas l'aider à se défendre. Pauvre petite, déjà qu'elle souffre de la maltraitance de ses parents parce qu'elle est née quelques secondes avant son frère jumeau, ce n'est pas sa capacité qui la sauvera. Cependant, elle fait partie de mon expérience parce qu'elle aussi possède cette particularité de la tache sombre en elle.

CHAPITRE 15

Cheyn, le frère jumeau de Lili est un enfant avec un physique imposant. Il fait le double des enfants de son âge. Sa capacité est plutôt étonnante, lorsqu'il lit un livre, il peut réussir à reproduire ce qu'il a lu. Cependant sa faiblesse c'est qu'il est limité, il ne peut enregistrer qu'un livre à la fois. Ce qui me plaît dans son caractère, c'est sa joie. Son sourire ne le quitte jamais.

Kimi, très grande de taille, discrète et fille unique. Ses parents sont très fiers d'elle. Elle excelle dans les combats grâce à sa capacité de pouvoir rendre les gens aveugles ou sourds et même les deux à la fois. Elle aide la meute à utiliser leurs autres sens, l'odorat, le toucher et l'hypersensibilité que l'on ressent avec les vibrations de la terre lorsqu'on se déplace. Ce que j'ai pu observer sur sa tache, c'est qu'elle est légèrement différente des autres, on dirait qu'elle est entourée d'un fil blanc. À moi de savoir pourquoi elle a cette différence et si cela change quelque chose par rapport aux autres.

Alexander, mon fils ! Lui aussi a cette tache, sa capacité peut devenir une arme dangereuse. Il peut jouer avec les émotions des meutes et aussi des humains. Cependant, sa faiblesse est de se laisser emporter par ses sautes d'humeur et les communiquer aux autres. Ce qui a déclenché plusieurs fois des combats atroces. Par crainte la meute s'écarte de lui.

Et le dernier est Théo. Il ne paye pas de mine, petit et rachitique, néanmoins sa capacité est la force. Je suis sidéré de voir un enfant déjà plus fort que ses parents. Teigneux et capricieux, il mène ses parents à la baguette. De tous ces enfants, c'est celui qui m'a le plus choqué. D'une part, la tache s'est développée en grande partie dans tout son corps, d'autre part, ses parents n'ont aucune capacité. Alors, comment peut-il, lui, en avoir une ? Malheureusement, le père se pose la même question et brutalise sa femme à chaque fois qu'il en a l'occasion dans le dos de son fils.

Les premiers tests :

J'ai enfermé les enfants sans leurs loups, chacun leur tour, dans une grotte pour analyser s'ils arrivaient à en sortir tout seuls et comment ils utilisaient leurs capacités à leur avantage.

CHAPITRE 15

Ineasse a utilisé sa capacité en faisant pleuvoir à l'extérieur de la grotte et s'en est servi pour deux raisons. La première : entendre l'eau tomber pour le guider vers la sortie. Puis la deuxième : ramollir la terre en faisant glisser l'énorme rocher avec lequel j'avais bouché l'entrée. Après avoir réussi à le décaler, Ineasse s'est extirpé facilement.

Glenn est resté bien plus longtemps que son frère. Il a tourné en rond pendant un moment, jusqu'à ce qu'il réussisse à communiquer avec son loup par télépathie, une grande première pour lui. Celui-ci s'est mis devant l'entrée à hurler à la mort afin de conduire son maître devant le rocher. En quelques coups bien placés, il a réussi à le fragiliser et à le briser, puis il est sorti fier de lui.

Pour Lili, voyant qu'elle n'arrivait pas à progresser, j'ai mis son jumeau Cheyn pour l'aider. À deux, ils ont réussi. Lili a été la plus appliquée pour retrouver leur route. Elle a flairé mon odeur quand je suis venu déposer son frère. Et Cheyn a réussi à faire basculer le rocher, grâce à sa lecture de la veille qui avait pour sujet la gravité.

Pour Kimi ça a été le pire de ses cauchemars. Avoir la capacité de rendre aveugle et sourd la rend très forte. Mais quand cela a été son tour de ne rien voir, elle a été tétanisée immédiatement. Après de nombreuses heures de cris, elle a développé les yeux nocturnes qu'on a bien plus tard. Ensuite, elle est sortie par un autre endroit qu'aucun des enfants n'avait pu voir jusqu'à maintenant.

Alexander est resté des jours à tourner en rond, j'ai dû le faire sortir. Il a une endurance incroyable et ne baisse jamais les bras. Cependant depuis ce jour-là, il parle moins avec ses frères et sœurs comme si une partie de lui était restée dans cette grotte.

Théo a choisi la force brute comme d'habitude. Il a tapé dans la roche jusqu'à ce qu'il se soit trouvé à l'extérieur. Il n'a même pas réfléchi à une autre solution qui aurait pu être moins fatigante.
Conclusion :

Leur tache a évolué sauf celle de Kimi. Même Alexander qui a échoué au test, s'est développé. Les mettre donc dans des situations difficiles les font mûrir et développer leurs aptitudes plus rapidement. Mais aussi cela permet d'agrandir leur tache sombre.

J'ai continué avec eux de nombreuses autres expériences, le changement est grandissant comme celui de leur tache.

Je me suis plus intéressé à Kimi et à Théo. Celle de Kimi n'évolue pas depuis le début et celle de Théo l'a entièrement envahi. C'est à ce moment-là, grâce à ce petit, que j'ai tout compris.

Normalement il n'aurait pas dû avoir de capacité puisqu'elles sont héréditaires, mais cette nouvelle génération a changé cette règle. Maintenant, les capacités peuvent apparaître grâce à cette ombre. Elle vient de l'âme, des chocs émotionnels. Je dois les analyser avec beaucoup plus de concentration pour découvrir quelle capacité ils cachent involontairement en plus de la leur.

Quelle idée stupide j'ai eu ! N'arrivant pas à déceler leurs nouvelles capacités, je suis allé en parler au roi Toan. Maintenant, je dois le fuir, ainsi que ses gardes pour nous sauver mon fils et moi. Ils veulent me tuer pour effacer toute trace de mes recherches.

J'ai vu de la peur dans les yeux de notre roi, il est effrayé qu'un de ses fils le découvre et le tue pour prendre le pouvoir. Le petit Glenn était présent lors de mon échange avec son père. Pourvu qu'il comprenne ce que j'ai expliqué et qu'il essaye de trouver le moyen de faire ressortir leur nouvelle capacité.

Cela fait plusieurs jours qu'avec mon fils, nous nous cachons sous leurs nez. Ils ne perdent pas de temps à nous chercher autour de chez eux persuadés de nous retrouver à travers le monde. Mon fils Alexander a beaucoup progressé sur sa capacité et arrive à cacher nos émotions et à tromper les gardes, du coup, je peux continuer mes recherches à distance.

La meute a changé depuis une semaine, un homme hors du commun, avec une balafre, a repris le contrôle en détrônant le roi et la reine. Sa capacité est unique et sans appel, il imite toutes les capacités des gens, juste en les touchant. Ne pouvant pas agir pour les aider, je reste impuissant à les regarder souffrir et mourir pour certains.

CHAPITRE 15

Plusieurs semaines sont passées depuis que cet homme a pris le pouvoir. Sa femme, la soigneuse de la meute est tout son contraire, elle s'est enfuie du jour au lendemain abandonnant tous ses frères et sœurs. Cependant, elle est revenue un moment après avec une fillette qui elle aussi a une tache noire. Je l'observe, déçu de ne pas pouvoir faire d'expériences sur elle. Trop jeune pour avoir une capacité, je n'arrive pas à découvrir celle qu'elle aura plus tard. Il faudrait attendre encore un an pour que j'arrive à la déceler, mais mon instinct me dit qu'elle est différente. Son aura développe une grande puissance. Pourquoi l'homme à la balafre la traite comme une moins que rien ? Ce n'est pas logique.

Cette fillette n'est pas restée assez longtemps dans la meute pour pouvoir plus l'analyser. La soigneuse s'est encore sauvée avec la petite à ses côtés. On peut la voir revenir de temps en temps mais sans l'enfant.

N'arrivant pas à découvrir leurs capacités cachées, une idée m'a traversé l'esprit. Mais cela va nous condamner par la suite à fuir toute notre vie mon fils et moi.

J'ai remarqué que la tache de mon fils s'est développée et subitement il a hérité de mon don pour lire les capacités. Je lui ai demandé de se concentrer sur les enfants que j'analysais depuis des mois. Sa capacité, bien plus forte que la mienne, lui a fait découvrir d'autres informations. Mais à cause de ça, il n'a pas pu tromper les gardes en même temps et on a dû se sauver avec précipitation.

Leurs nouvelles capacités inconnues :

Ineasse : Changer la pluie d'eau en pluie d'acide.

Glenn : Une endurance infatigable grâce la capacité d'aspirer les énergies des autres en continu.

Lili : Pourra deviner les caractéristiques de tous les loups. (Poids, taille, force, etc.) Elle sera liée à la nouvelle capacité de son frère jumeau.

Cheyn : Pourra se transformer en vrai loup et pourra tromper ses ennemis grâce à sa sœur. Elle pourra lui donner le plus petit détail du loup en question. Et il pourra peut-être même arriver à parler par télépathie avec le maître du loup.

CHAPITRE 15

Kimi : N'arrivera à rien d'autre, sa tache ne pourra jamais évoluer à cause de ce fil blanc qui la bloque. Peut-être une malformation même si chez nous cela n'existe pas. Avec ces nouvelles générations, on ne sait pas à quoi nous attendre.

Alexander : Il a pu développer ma capacité, mais ne peut pas s'analyser lui-même. Je n'en saurai pas plus sur lui pour le moment.

Théo : Il n'aura rien d'autre. Il l'a déjà trouvé sa capacité, c'est la force qu'il n'aurait pas dû avoir sans cette tache sombre.

La plus grande surprise que mon fils ait pu me dévoiler est sur la fillette. Une nuit où il n'y avait pas de gardes, il avait pris le risque de l'analyser quelques secondes avant qu'elle ne disparaisse définitivement.

La fillette : Elle aura le don d'imiter les capacités, comme l'homme à la balafre. Ce qui me fait croire qu'ils sont parents. Cependant contrairement à lui, elle pourra utiliser toutes ces capacités quand elle le souhaitera. Elle les gardera comme un code-barres dans son subconscient. J'espère que j'aurai l'honneur de la rencontrer.

Nous avons beaucoup voyagé jusqu'à ce qu'on tombe sur une petite meute qui venait de perdre leur chef. J'ai pu m'imposer, grâce à ma capacité, je leur ai fait découvrir les dons de leurs enfants. Alexander m'a aidé en les influençant avec des émotions de confiance pour qu'ils me nomment leur nouveau chef.

Les années passèrent... et j'ai découvert Jeff. Sa capacité est de ramollir toutes les roches et il a pu nous construire notre nouvelle maison. Ce qui est étrange c'est que lui aussi a cette tache sombre, pourtant il a dix ans de plus que tous ceux chez qui j'ai pu remarquer cette différence. Après plusieurs tentatives, mon fils a fini par découvrir sa nouvelle capacité cachée.

Jeff : pourra faire vivre les roches, réaliser des monstres de pierre comme par exemple des Golems.

Des mois plus tard, nous avons eu l'honneur d'avoir un nouveau membre après une naissance dans la meute. J'ai pu apercevoir une capacité chez le bébé une fois qu'il a grandi, c'est un brouilleur télépathique. Lui aussi a cette fameuse tache sombre. Mon fils a pu découvrir son nouveau don sans problème.

Raffi : En plus de son brouilleur, il pourra faire de la télékinésie.

Ce que j'ai pu déduire de toutes ces recherches c'est que les capacités ne viendraient pas seulement que des parents, mais aussi de l'environnement. Je l'ai compris grâce à Raffi. Son père avait comme capacité un cri perçant, pourtant son fils est devenu un brouilleur. Sa mère n'ayant aucune capacité, j'ai cherché d'où cela pouvait lui venir. Lorsque Jeff m'a dit que les roches tout autour de nous déclenchaient naturellement des ondes et brouillaient tous les instruments électroniques, j'ai enfin fait le rapprochement. Donc un enfant peut hériter de ses parents, mais aussi de l'endroit où il est né, sans oublier l'influence de la tache sombre de son âme. Voilà sans doute d'où vient cette nouvelle génération.

Depuis peu de temps une jeune fille tourne autour de notre camp sans réussir à le trouver. Néanmoins, elle s'en rapproche de plus en plus. Avec mon fils, nous allons essayer de l'éloigner de notre meute. Alexander peut ressentir la mort tout autour d'elle. Nous avons compris qu'elle ne cherche pas de nouveaux amis, mais qu'elle est là dans un but bien précis.

La fille : Elle a le pouvoir d'aspirer les âmes et pourra les utiliser comme des armes avec leurs forces et leurs capacités. Mon père s'est sacrifié pour avoir ces informations.

Glenn referme le cahier en tournant les pages blanches jusqu'à ce qu'on tombe sur un petit texte écrit tout à la fin :

Mon fils, j'ai dû utiliser toute mon énergie pour réussir à lire en toi. Tu as une incroyable capacité.

Alexander : *Ta capacité est cachée, comme toi tu pourras le devenir !*
Continue mes recherches, il n'y a que toi qui pourras réussir. Ton père qui t'aime.

Nous regardons Alexander, tous les trois choqués par toutes les informations qu'il nous a offertes.

16. UNE RÉVÉLATION INSOUPÇONNÉE

Tout au long de la route nous avons discuté de nos nouvelles capacités et comment faire pour réussir à les utiliser. En lisant, j'ai fait le rapprochement avec la capacité qu'a utilisé mon géniteur contre moi. Au moins nous savons que cette Kimi se trouve avec lui. Et c'est aussi pour ça que je n'entendais pas ses déplacements lorsqu'il m'avait attaquée.

Nous avons pu mieux comprendre aussi l'endurance de Glenn quand nous avons traversé le monde. Sa capacité a dû apparaître à la mort de mon père sans qu'il ne s'en rende compte. Alexander est sûr qu'avec de l'entraînement, il pourra réussir à voir l'énergie que l'on développe et s'en servir autant qu'il le souhaite, peut-être même la partager.

Cheyn a du mal à croire qu'il pourra entièrement se métamorphoser en loup. Lili, toujours en état de deuil, n'a pas vraiment réagi à sa future capacité. Zal et Hanahita n'ont aucune capacité, même cachée, ce qui fait râler notre Zal. À notre grande surprise, Isabelle en a une, mais il faudra plus de temps pour qu'Alexander sache laquelle. Quant à Lilou, ce dernier a pu lui dire que sa capacité va se développer sous peu et qu'elle devra vite apprendre à la contrôler. Elle pourra faire rajeunir ou vieillir les loups jusqu'à leurs disparitions ou leurs morts, juste en les touchant.

Pour Jylo c'est plus compliqué, Alexander n'a vu la tache noire que lorsque c'est Lojy qui est conscient et il la contrôle déjà, c'est à notre frère de réussir à savoir la capacité qui dissimule.

Altéha aussi aura le droit à un autre don, mais sa tache est encore trop minuscule, donc impossible de le savoir pour l'instant...

Le plus dur, c'est pour Alexander qui n'a pas compris ce qu'a écrit son père et ne saisit pas sa capacité cachée, en sachant qu'il en possède déjà deux.

CHAPITRE 16

Nous avons mis presque trois mois pour arriver en Angleterre. Tout au long du parcours, Alexander et Kiba sont restés en contact avec la meute de Jeff, inquiets par le fait que la fille puisse les retrouver et les tuer. Mais étrangement, elle ne s'est toujours pas approchée d'eux. Est-ce qu'elle est plus concentrée sur notre piste ? Où peut-être, Matëus a réussi à la blesser et elle a dû se replier.

La sensation de se sentir en permanence épié ou suivi est horrible. On a tous dépassé l'épuisement, je n'imaginais pas qu'il fut possible d'arriver à continuer d'avancer dans un état de léthargie. Nos cernes sont tellement énormes qu'on pourrait les confondre avec des coquards, nos loups sont dans le même état ; au ralenti.

Bien entendu celui qui se porte le mieux est toujours le même, Glenn. Mon fiancé a voulu essayer de partager de l'énergie, mais vu notre fatigue, cela a été sans succès. On se demande si finalement, il n'a pas fait l'inverse. Alexander lui a conseillé de réussir d'abord à voir la couleur de l'énergie, mais impatient de vouloir absolument nous venir en aide, il a fini par craquer et passer trop vite à l'étape suivante.

Au fur et à mesure de notre deuil, la colère de la mort de Matëus a commencé à diminuer au sein du groupe. Je ressens toujours de l'amertume à mon égard, ce qui est tout à fait légitime, accepter est une chose, mais pardonner en est une autre.

Lili ne m'adresse plus du tout la parole, finalement je préférais l'entendre m'envoyer des piques que de vivre dans son indifférence.

Le plus étrange dans notre voyage a été Lojy, il ne s'est pas manifesté une seule fois. Sans doute conscient de la présence de ma mère, il a préféré rester terré. Jylo en a profité pour poser toutes ses questions à ma mère, comment elle l'a rencontré, et d'où il vient ?

Sa meute habite au Royaume-Uni, ils ont fait appel à elle quand ils se sont rendu compte des changements de personnalité de Jylo. N'arrivant pas à contrôler une de ses identités, ils l'ont priée de le soigner. Ma mère leur a expliqué que ce n'était pas une maladie, ils n'ont rien voulu savoir et l'ont suppliée de l'emmener. Attristée qu'ils réagissent comme ça, elle s'est sentie obligée de le faire, sachant qu'une fois qu'elle aurait le dos tourné, ils auraient été capables du pire. Sur le trajet, elle a eu à faire à Lojy, elle a profité de cette occasion pour se concentrer sur sa capacité et avait réussi à le bloquer. Lorsque Jylo est revenu à lui, Rob lui a effacé la mémoire. Au moment qu'ils ont pris la décision de le ramener à sa meute, son autre frère a ressenti la tribu de Glenn. Finalement ma mère a changé d'avis et a préféré le confier à mon fiancé. Pour elle, la meute de Jylo ne le méritait plus.

Depuis qu'il a entendu son histoire, il s'est renfermé sur lui-même. Dès qu'un des membres souhaite lui en parler, il lui fait comprendre gentiment qu'il n'en a pas envie. À partir de là, nous l'avons laissé en paix. Ma mère m'a dit qu'elle s'occupera de lui une fois que nous serons arrivés.

Nous voilà à Dering Woods, les battements de mon cœur s'accélèrent progressivement jusqu'à dépasser le rythme de mes pas. L'excitation de voir enfin ma louve dans le monde réel me redonne l'énergie que je ne pensais plus avoir. Nous avons traversé plusieurs champs avant d'atterrir dans la forêt. Je ne la trouve pas très grande, comparée à d'autres dans lesquelles nous avions pu nous réfugier. Il y a beaucoup de broussailles, les arbres sont assez écartés les uns aux autres, avec de petits chemins de terre que nous devons traverser rapidement.

– Comment arrivez-vous à vous cacher dans cet environnement ? demandé-je à ma mère, en sentant et en entendant tous les promeneurs.

– C'est très simple, nous nous déplaçons à chaque fois et nous avons un homme qui a la capacité de cacher notre présence aux autres meutes, me répond-elle tout en me laissant passer devant elle.

– On n'avait aucune chance de vous trouver entre Rob qui nous rend amnésiques et l'autre qui arrive à dissimuler votre présence, rajoute Zal.

– Non, c'est sûr, j'ai su m'entourer des bonnes personnes, dit-elle, en souriant gentiment à Rob qui le lui rend instantanément.

– Tu te sers des gens comme tu as utilisé mon père, lui balancé-je énervée par ses propos.

– Ma fille, je…

– Tu as eu au moins des sentiments pour lui ou était-il juste tombé au bon moment ? la coupé-je frustrée.

– J'avais énormément de respect pour lui.

– Lui, était amoureux de toi, il a souffert toute sa vie de ta disparition. As-tu pensé une seule fois à lui, comment il pouvait le vivre ?

– Ta mère a fait ce qu'elle devait faire pour te protéger ! rétorque Rob.

– Ronald, je ne t'ai pas sonné ? me défendis-je en lui balançant le surnom du clown de McDo, il me fait toujours penser à lui avec ses sourcils en forme de M.

Il se rapproche tout près au point de sentir son haleine chaude et se fige devant moi. Glenn instantanément se retrouve à mes côtés.

– Écoute gamine, sache que je ne suis pas ton pote et tu dois rester à ta place ! Tu n'as aucun droit de juger ce qu'a fait ta mère. N'oublie

CHAPITRE 16

jamais une chose, ce que tu vis depuis plus d'un an, elle, elle le vit depuis que ton géniteur a débarqué. Pendant que tu faisais ta petite vie tranquille, ta mère essayait de survivre, et de réparer les erreurs que l'autre bouffon laissait derrière lui. Même les pires cauchemars que tu as faits sont de doux rêves comparés à la vie de ta mère !

Il s'écarte de moi et hausse la voix :

– Vous pensez avoir vécu le pire ?! Parce que là, vous êtes encore loin du compte, alors si pour certains c'est trop dur, vous pouvez vous barrer et aller vous plaindre dans les jupons de vos mères ? s'énerve-t-il.

Je fixe Lili en pensant que c'est la phrase qu'elle attendait pour prendre ses jambes à son cou. Je peux la voir hésiter, son regard se pose sur Cheyn, et le voyant très sûr de lui, elle reprend un regard déterminé.

– Personne ? Alors maintenant allons rejoindre votre nouveau frère et la louve d'Amy, nous dit-il souriant avec une voix enjouée.

Je reste pantoise devant ce changement d'humeur, ma mère remarque la tête que je tire.

– Il n'est pas méchant, on a vécu des choses difficiles.

Je fais un hochement de tête ne sachant pas quoi lui répondre. J'ai toujours les yeux rivés sur Rob qui a repris la route en discutant à voix haute avec Nadzar. Pourquoi il ne discute pas avec lui en télépathie comme on le fait tous ? Il est assez excentrique et lunatique, j'ai du mal à croire que ma mère a pu le supporter pendant toutes ces années.

Nous sommes tous presque à la queue leu leu avec Rob qui ouvre la marche et Lili qui la ferme.

Soudain Rob s'immobilise sans prévenir.

– Nous, on s'arrête là, c'est à toi de jouer, gamine, me dit Rob avec un clin d'œil.

– Qui, moi !? répondis-je surprise.

– Oui, tu n'as pas rêvé de ta louve pendant ces trois derniers mois. Du coup, j'ai décidé de ne pas la prévenir de notre venue et notre frère qui est à ses côtés joue le jeu aussi, ajoute ma mère calmement avec le sourire.

– La super surprise que tu vas lui faire ! s'émerveille Isabelle.

Je lève les yeux au ciel, depuis qu'on a retrouvé ma mère, je ne sais pas si c'est moi qui deviens de plus en plus négative ou si c'est elle qui devient de plus en plus optimiste. Trois mois qu'elle m'a pris la tête en me parlant de tout ce qu'elle trouvait joli, autour de nous, si elle pouvait être aussi joyeuse quand on lui dit que c'est l'heure de l'entraînement ce serait génial.

– Comment je fais pour la trouver ? demandé-je.

— Gamine, ferme les yeux et concentre-toi, elle n'est plus très loin. Tu devrais ressentir son énergie, m'explique-t-il avec un immense sourire et en m'ébouriffant les cheveux.

Je le toise, fatiguée qu'il nous traite comme des enfants, je me recoiffe et ferme les yeux. Je sens tous les regards braqués sur moi, je me concentre pour exclure les énergies de tous mes frères, mes sœurs et celle de ma mère.

Ça y est ! Une connexion se met en place, nos énergies sont identiques, j'arrive même à sentir le parfum de jasmin qu'elle dégage.

— C'est bon, je l'ai trouvée ! dis-je confiante.
— Tu attends quoi ? Le déluge ? rigole Cheyn.
— Allez, fonce ! rajoute Rob.
— Très bien, j'y vais, répondis-je anxieuse.

Je frotte mon pantalon pour essayer de le défroisser un peu et réajuste mon sous-pull avec nervosité.

— Tu ne vas pas à un entretien de boulot, se moque Ava.

Je roule des yeux en direction du couple qui se fend la poire de leur connerie.

— Ma chérie, on t'attend ici…
— Heu non, coupe Rob. Perso, je vais rejoindre notre frère, après si vous voulez rester ici, pas de souci, dit-il le plus naturellement possible.

Ma mère se tape le front, désespérée des réponses de Rob.

— Amy mon ange, tu n'as pas besoin d'être nerveuse, vous n'allez faire qu'une seule et même personne, il n'y a donc pas de raison que ça se passe mal.
— Merci, maman, dis-je un peu plus rassurée.

Je m'élance, les poings fermés, le cœur battant à deux mille à l'heure. Concentrée sur l'odeur de ma louve, je prends appui pour courir quand soudain :

— Gamine ! m'interrompe Rob.

Je stoppe net, presque à me casser la figure, je me retourne vers lui agacée.

— Fais juste attention où tu poses tes pieds. Je pense que je vous l'ai assez répété, mais il y a des plantes qu'il faut respecter.
— Ce n'est pas vrai Rob, tu l'as coupée dans son élan, là ! s'exclame Glenn.
— Oups ! Mais c'est très important ! insiste-t-il.
— Je pense qu'on a compris, tu nous as fait chier pendant trois mois avec ça ! marmonne Zal.

Je les laisse se prendre le chou, je fais un hochement de tête à mon chéri et je disparais de leur vue. Lorsque je me trouve assez loin d'eux, je remarque quelque chose d'inattendu ; le silence. Je m'arrête un instant pour en profiter, quel bonheur !

Je me relance à la recherche de ma louve, il ne reste plus que quelques mètres. Normalement, elle devrait commencer à me sentir aussi, même si elle ne sait pas que je suis là. Je la vois enfin, elle relève la gueule vers moi et s'immobilise un instant. Elle est encore plus magnifique et imposante que dans mes rêves. Sa couleur blanche la fait briller au milieu de toute cette végétation. Sans m'en rendre compte, mes larmes coulent le long de mes joues. Subitement, elle court vers moi, et en une fraction de seconde, elle se retrouve face à moi.

– Ce n'est pas un rêve, tu es bien là ? questionne-t-elle émue.

– Oui, nous avons enfin réussi à te retrouver !

Elle me saute dessus comme dans nos rêves. Ses yeux s'écarquillent quand elle remarque que je suis toujours présente. Elle s'écarte de moi, confuse, puis je la serre fort dans mes bras. Soudain, je sens une sensation de force et d'énergie m'envahir entièrement, comme si on m'avait rendue une chose inconnue qui m'avait toujours manquée dans mon existence.

– **Je suis enfin heureuse maintenant !** me dit-elle.

– Moi aussi, je me sens enfin entière.

– **Et si on allait voir la différence en allant chasser ?**

Toute la fatigue a disparu comme si Tenshi m'avait reboostée en un éclair.

– Oui, je veux voir ma véritable vitesse et puissance.

– **On fait un défi, celle qui ramène le plus de renards !**

Alors c'est ça d'avoir son loup, une complicité immédiate comme si on avait toujours vécu ensemble.

– Je relève ton défi !

Je n'ai pas fini ma phrase qu'elle s'est déjà envolée, mais à la différence des autres fois, j'ai pu la suivre des yeux sans aucun souci.

– Tricheuse ! crié-je pleine de joie.

Je pars derrière elle, ma vitesse est incroyable. J'ai l'impression de voler, mes pieds frôlent à peine le sol. Je m'amuse à slalomer entre les arbres. Ma louve est proche de moi et je peux voir dans son regard bleu dragée qu'elle s'éclate, elle aussi. Je fais un bon de cinq mètres sans forcer en m'accrochant sur un arbre pour mieux observer les animaux.

– **Tu triches aussi !** déclare-t-elle.

– **Non, tu n'as pas donné de règles !**

On se met à rire ensemble.

Au bout de trois heures de chasse, exténuées, nous rentrons vers notre meute avec une réserve de renards.

— **Je pense qu'on a un peu trop exagéré, on doit apprendre à mieux gérer notre énergie,** me dit-elle essoufflée.

— Tu dis ça parce que tu as perdu ! la nargué-je.

— **Tu en as eu un de plus que moi et tu as triché, tu as profité de la hauteur des arbres pour les localiser plus loin.**

— Tu avais l'avantage de connaître les lieux, je n'ai pas triché, mais je me suis adaptée, nuance.

On se met à rire aux éclats, quelle joie de partager cela. Toute la colère et la tristesse se sont évaporées. J'avais vraiment l'impression d'être une fleur qui ne s'ouvrait jamais, mais aujourd'hui, c'est comme si on m'avait rajouté de l'engrais et je suis devenue la plus belle fleur que personne n'ait jamais vue. Je souris tellement que j'en ai mal à la mâchoire.

— Tu vas faire la connaissance des autres, surtout de Shugo ! lui dis-je en faisant un clin d'œil.

— **Alors, voilà d'où vient mon prénom "Shugo Tenshi" c'est superbe.**

— Tu vas voir, nous sommes une meute impressionnante. Nous avons des informations sur des capacités cachées.

— **Ah, oui ! Très intéressant. Et pour ta sœur qui a perdu son mari, lui as-tu dit la vérité ?**

Mon sourire retombe instantanément, le petit nuage sur lequel je flottais vient de s'effacer et la chute est brutale.

— Elles s'appellent Lili et Luna, non je ne leur ai rien dit et tu n'as pas à leur dire non plus, ordonné-je.

— **Je resterai silencieuse tant que ce ne sera pas dangereux pour toi.**

— Très bien, conclus-je.

Nous arrivons enfin vers les autres, Shugo court vers elle et lui fait un câlin avec la tête. Ma louve est légèrement plus grande que Shugo, jusqu'à ce qu'elle adapte sa taille à la sienne.

— **Bonjour à vous tous, regardez, nous ne venons pas les pattes vides,** dit Tenshi.

Je me rapproche de Glenn, en observant Shugo qui ne la lâche plus.

— **Maintenant, on verra qui arrivera à garder le contrôle !** balancé-je à Shugo en introduisant Glenn dans la conversation.

— **Très marrant, Amy, ce que tu oublies c'est que nous sommes beaucoup plus sages que vous. On ne réagit pas avec nos émotions, on sait les maîtriser,** me répond calmement Shugo, sûr de lui.

Quant à Glenn, il n'arrive plus à s'arrêter de rire.

CHAPITRE 16

– Oui, on verra bien si tu seras toujours derrière notre porte pour nous arrêter ou si tu seras dans le même état que Glenn !

Mouché, il ne répond pas, je crois que c'est la première fois qu'il ne trouve pas ses mots.

Ma louve fait connaissance avec tous les gens de ma meute jusqu'à ce qu'elle arrive devant Lili et Luna, ne sachant pas comment elles vont réagir, je suis prête à intervenir au cas où…

Luna la salue et part avec Shyva. Quant à Lili, c'est différent, elles se regardent longtemps dans les yeux en se parlant sans doute par télépathie. Lorsque je veux entrer dans leur tête à leur insu, un homme aussi grand que Rob se met face à moi et me bouche la vue. Énervée, je le fixe méchamment.

– On dirait que je viens me présenter au mauvais moment, me dit-il en souriant.

Avec son grand sourire, ses yeux sont tellement tirés que je ne distingue pas ses pupilles. D'origine asiatique, ses cheveux retombent sur son grand front et ses joues. Il a plutôt un visage sympathique et il est plus jeune que ma mère et Rob, il doit être un peu plus vieux qu'Isabelle.

Bien qu'il voie qu'il me dérange, il continue :

– Je suppose que tu es Amy, ta mère m'a dit que tu ne fais jamais bonne impression à la première rencontre.

Sympa ! Et qui veux-tu que je sois ? Je suis la dernière à être arrivée, si aucune des autres ne s'est présentée en mon nom, il ne reste plus que moi.

– Tu me cherches ? lui demandé-je agressivement.

Il met ses mains devant lui comme pour temporiser la situation avec toujours son sourire de niais.

– Non, du tout ! J'essaie juste de te détendre un peu, apparemment, c'est loupé.

– En effet ! répondis-je toujours aussi sec.

Est-ce qu'il fait exprès d'être stupide ou bien au contraire, m'a-t-il vue très tendue quand Tenshi s'est approchée de Lili ?

– Bref, moi c'est Batbayr, cela signifie pour les Mongoles, grande joie.

– Bat, quoi ? froncé-je les sourcils.

– Tout le monde m'appelle Bayr, c'est plus simple. Du coup, ça ne fait que "joie", ça me représente bien.

Son sourire ne le quitte pas tout au long de notre conversation.

– Et mon loup, c'est Jaiko.

– Oh, et son nom aussi a une signification particulière, genre le loup au maître le plus heureux du monde ?! dis-je avec sarcasme.

– Non, ça ne veut rien dire en particulier, me répond-il en réfléchissant.

Il n'a pas vu que je me foutais de lui ? Il a l'air vraiment simplet celui-ci, ma mère a dû rester avec lui juste pour sa capacité.

– Pourquoi me dévisages-tu comme cela ? me demande-t-il d'un coup.
– Pour rien, tu m'excuses, je dois parler à ma mère.
– Tu es toute pardonnée.

Il se baisse en balançant le bras vers la direction où je dois m'en aller.

Lili et Tenshi ont fini leur conversation et à cause de l'autre abruti, je n'ai pas pu savoir de quoi elles ont parlé.

Je vais vers ma mère en me demandant comment ma louve a pu supporter des mecs aussi tordus pendant toutes ces années. Ma mère parle avec Jiane et Rob, ils s'interrompent à mon arrivée.

– Désolée de vous couper, mais je viens m'informer au sujet de Jylo. Quand va-t-on bloquer Lojy ?
– Justement, on était en train d'en parler, et on a décidé de ne pas le bloquer, mais de laisser Jylo et Lojy travailler en équipe.
– Quoi, mais vous êtes fous ! dis-je en écarquillant les yeux.
– Non, ils ont raison ! répond Alexander.

Je sursaute à sa voix.

– Mais d'où sors-tu, toi ? lui demandé-je énervée d'avoir été surprise aussi facilement.

Je crois que Jylo avait raison quand il a dit que j'étais trop distraite, maintenant que ma louve est avec moi, je n'ai plus d'excuses pour me faire avoir aussi bêtement.

– J'étais là, quelle drôle de question, sourit-il en me montrant l'emplacement qui se trouve à un mètre derrière moi.

Quand je regarde les visages de ma mère et Rob, je remarque qu'ils sont aussi surpris que moi.

– **Il craint ta mère, il a peur qu'elle le bloque une fois de plus, donc il se cache, mais si on arrive à le faire réapparaître, on pourra passer un accord avec lui,** m'explique Jiane.

– Ce n'est plus le même qu'à votre époque, il a grandi, il devient un homme. Si vous ne l'aviez pas remarqué, il a beaucoup plus de force. Comment pouvez-vous être tous sûrs, que toi, maman tu arriveras à le contrôler ?

– On ne le sait pas, c'est pour ça qu'il faut essayer, me répond Rob.
– Maman, s'il te plaît n'écoute pas Ronald, c'est trop dangereux.
– J'ai dit quoi tout à l'heure, gamine ! Reste à ta place !

Tout à coup, les yeux de Rob deviennent rouges et menaçants. Son charisme est tellement fort qu'il m'aplatit juste avec son regard.

CHAPITRE 16

– Demain nous allons nous occuper de Jylo, j'aurai besoin d'Alexander pour calmer sa rage, de toi ma fille, parce que tu es celle qu'il écoute le plus et de toi Rob, au cas où cela tournerait mal.

– Avec plaisir, répond Rob en souriant.

Son expression a encore changé, il est impossible à cerner. On ne sait jamais quand il va s'énerver, ça peut-être d'une seconde à l'autre.

– Allons-nous nous reposer, peut-être que Lojy nous fera sa visite cette nuit, conclut ma mère avec autorité, ce qui nous fait tous taire.

Comme presque toutes les meutes qu'on a rencontrées, un camp de fortune nous servira de refuge.

Lili et sa fille se mettent à l'écart, cela me fait de plus en plus mal de la voir s'isoler de nous. Je prends mon courage à deux mains et décide d'aller lui parler.

– Lili ?

Elle se fige un centième de seconde puis continue à s'occuper de sa fille comme si je n'existais pas.

– Je souhaite que tu saches que tu n'es pas seule, ta famille est autour de toi.

Toujours pas de réponse.

– Dis-moi Amy, tu préfères dormir de ce côté ou bien de l'autre ? me coupe Bayr, toujours avec ce sourire niais accroché au visage.

– Tu ne vois pas que je suis en train de parler !

Il se tient dos à Lili et face à moi.

– Non, je suis tellement concentré pour que vous vous sentiez bien ici que je n'ai pas fait attention.

Ses yeux sont toujours aussi rétrécis et je n'ai pas encore vu une seule fois ses pupilles depuis notre arrivée.

– Peux-tu nous laisser du coup, insisté-je en voyant qu'il ne bouge pas.

Subitement, son sourire s'efface, ses yeux s'agrandissent se tournant légèrement vers Lili, et en une fraction de seconde il se trouve derrière elle.

– À ta place, je n'y penserai même pas, dit-il d'une voix sinistre à l'oreille de ma sœur.

Le regard de Lili rempli de haine me foudroie, je reste les bras ballants sans comprendre ce qui vient de se produire. Bayr retient le poignet de ma sœur avec sa main.

– Qu'est ce qui se passe ? demandé-je complètement perdue.

Lili se retourne vers sa fille en se retirant de la prise de Bayr d'un geste sec et s'en va de son côté.

– Alors, tu préfères quel côté, me dit-il en ayant retrouvé son sourire.
– Je... je ne sais pas, peu importe, lui répondis-je toujours déboussolée par ce qui vient de se produire.
– Très bien, alors je vous laisse le temps de choisir.

Il part en me laissant scotchée par son intervention surprenante. Que vient-il de se passer ? Lili me voulait-elle du mal et l'a-t-il senti ? Il n'est peut-être pas si bébête que je le pensais. Tout son visage s'est transformé dans l'action, il s'est complètement refermé... Et cette vitesse, c'était surprenant !

– Ça ne va pas ? s'inquiète ma louve.

Elle a dû sentir ma montée d'adrénaline au moment de la réaction de Bayr.

– **Qui est ce gars ?**

Je fais un hochement de la tête vers Bayr pour lui montrer de qui je parle.

– **Il est très gentil, toujours en train de se soucier des autres, mais il ne faut pas se fier au sourire qu'il a en permanence sur les lèvres. Il paraît un peu bêta, néanmoins il est très intelligent et très observateur. Il arrive à déterminer la menace juste en regardant son ennemi, et il sera prêt à attaquer avant même que l'autre n'ait eu le temps de réagir.**

– Waouh ! Impressionnant.

– **Grâce à ça, il nous a souvent sauvés ! Il lit dans les yeux, plusieurs fois, il s'est mis dos aux ennemis sachant qu'ils ne l'attaqueraient pas.**

– Et il ne se trompe jamais ?

– **Je ne l'ai encore jamais vu se leurrer.**

Comment fait-il une telle chose ? Je ne le lâche pas des yeux puis je remarque que son loup Jaiko est toujours à l'écart à observer les gestes de tout le monde. Il doit avoir le même genre de communication avec lui que Matëus et Arssa. Le plus dur à accepter, c'est que cela veut bien dire que Lili était prête à m'attaquer tout à l'heure.

– Ma chérie, Tenshi, venez vous coucher.

Glenn m'a préparé un petit coin douillet avec ce qu'il a trouvé dans les alentours.

– Oui, j'arrive ! lui répondis-je puis je communique en télépathie avec ma louve. **Va discuter avec Kiba, essaye de savoir si Alexander a déjà ressenti de la haine chez Lili envers moi, au point de vouloir me tuer.**

– **Il n'y a pas besoin de lire dans les émotions pour sentir qu'elle t'en veut à mort.**

CHAPITRE 16

— Oui, mais je voudrais savoir si elle est capable de passer à l'acte.
— Très bien, je vais m'en charger.
— Merci Tenshi.

En passant, je la caresse entre les oreilles puis je rejoins Glenn pour enfin me coucher.

La nuit se passe sans problème, Lojy ne s'est toujours pas manifesté, mais un truc me perturbe depuis plusieurs jours, si Rob a effacé la mémoire de Jylo, comment Lojy peut-il se souvenir de lui et de ce qu'il lui a fait ?

Au réveil, ma mère ne perd pas de temps, elle annonce notre projet puis demande aux autres de ne pas intervenir et de rester à l'écart. C'est assez dur pour Glenn de savoir que je pourrais être en danger sans qu'il soit proche de moi. Rob débarque avec un chapeau de cow-boy ridicule, on le regarde tous en riant.

— Quoi ?! demande-t-il étonné.
— C'est quoi ce chapeau ?! se moquent Cheyn et sa femme.
— C'est mon chapeau fétiche, je l'avais oublié ici, répond-il.
— Bon, fini les enfantillages, on y va ! nous reprend ma mère qui avait perdu toute notre attention à cause de Rob et de son chapeau.

Nous nous éloignons plus loin et je garde mes questions pour moi. Jylo est nerveux et n'a pas très envie de faire apparaître le monstre qui comate en lui en ce moment. Ma mère lui fait face, Alexander est plus en retrait quant à Rob et moi nous nous trouvons sur chacun de ses côtés. Tous nos loups nous ont encerclés au cas où Lojy ou Vif essayerait de fuir. Ma mère pose sa main sur son front en rassurant Jylo d'un sourire. Elle ferme les yeux et se concentre pour essayer de faire sortir Lojy de sa cachette. Les pupilles de mon petit frère passent du rouge au bordeaux en alternance. Ma mère subit énormément, sa louve Jiane s'est placée tout proche d'elle pour lui fournir encore plus d'énergie. La main gauche de ma mère est sur le front de mon petit frère et la droite sur l'épaule de Jiane. On peut voir la sueur couler le long de son visage, un combat intérieur se passe devant nos yeux. Quand soudain :

— Merde qu'est-ce que tu me veux la vieille ?! crie Lojy de colère.
— Te parler, lui répond-elle calmement.
— Tu n'as pas deviné que si je ne sors plus, c'est que je n'ai pas envie de voir ta gueule.

Je ressens tous de suite l'apaisement qu'Alexander essaye d'envoyer à Lojy.

– Oh ! Bernardo arrête ça ! Tu ne peux pas contenir autant de haine ! dit-il en écartant les bras pour montrer qu'il domine la situation.

Bien qu'il essaie de déstabiliser Alexander, ce dernier double la dose, Kiba s'est aussi mis à ses côtés pour lui donner plus d'énergie.

– Comment va la petite déesse ?! me demande-t-il avec un sourire.

Je tourne la tête vers lui.

– Très bien ! répondis-je avec méfiance.

– Tu n'as pas réfléchi un peu à ce que je t'ai dit ? Parce que je pense que tu es prête à entendre ce qu'on te cache.

– De quoi parles-tu ? lui demandé-je.

– Laisse tomber Amy, il essaie de t'embrouiller, m'avertit ma mère.

Je remarque un échange de regards entre Rob et elle.

– Bon, que me veux-tu la vieille ?

– Je voudrais passer un marché avec toi !

– Ça c'est intéressant, quand vous en arrivez là, c'est que vous êtes en position de faiblesse.

Rob se met à exploser de rire.

– Toujours avec ce chapeau ridicule ! Déjà que tu es laid, tu en rajoutes une couche ! se moque Lojy.

– Tes provocations ne marcheront pas, petit con !

Rob comme à son habitude passe du rire à l'énervement en quelques secondes puis reprend son sourire.

– Vous m'ennuyez, je vais me dégourdir les jambes.

– Tu restes là ! impose ma mère

– Sinon quoi ? provoque Lojy.

Et en un centième de seconde, le voilà qui fuit avec un large sourire, mais, étonnamment, cette fois-ci, je peux le suivre des yeux. Avec ma louve, on lui emboîte le pas, mais n'étant pas aussi rapide que lui, je n'arrive pas encore à le rattraper. Il en joue et se marre de me voir peiner à le poursuivre.

– Il faudra que tu t'entraînes encore un peu, me nargue-t-il.

D'un coup Vif me dépasse et se met au côté de Lojy.

– Hé, merde ! Je savais que c'était une mauvaise idée ! râlé-je.

Subitement, Lojy est projeté au sol avec une force incroyable, comme s'il avait percuté un mur.

– Besoin d'un coup de main ? me demande Bayr avec une main dans la poche et son sourire habituel.

Lojy, énervé de s'être fait avoir, se relève et saute sur Bayr qui évite ses attaques. Pourtant Lojy est bien plus rapide que lui, comment fait-il ?

CHAPITRE 16

J'observe Bayr, il a le même regard qu'hier avec Lili, noir et froid. Son sourire s'est décroché des lèvres ; son charme est envoûtant quand il se bat. Lojy est rempli d'une rage que je n'ai jamais vue, son visage tout rond est déformé par la fureur.

— Je vais te buter ! sa voix est rauque et essoufflée de colère.

Bayr ne répond pas, Vif rejoint le combat lorsque Jaiko surgit et s'interpose entre son maître et Vif. Les autres arrivent tous à ce moment-là. Lojy est encerclé, ne pouvant pas tous nous vaincre, il se calme avec l'aide d'Alexander, qui lui, transpire beaucoup à puiser toute son énergie pour en faire ressortir un semblant d'apaisement.

— C'est bon, on ne peut plus s'amuser ou quoi ? balance Lojy d'un air je-m'en-foutiste. C'est quoi votre marché ?

— Je te propose d'accepter Jylo et de faire équipe avec lui, répond ma mère.

Mon petit frère explose de rire.

— Et pourquoi ferai-je ça ?

— Pour trouver un équilibre et pouvoir vous entraider.

— Et pourquoi ferai-je ça ? insiste-t-il.

Ma mère fronce les sourcils.

— Tant pis, tu aurais pu vivre plus libre gamin, mais j'effacerai encore une fois ta mémoire et Luna te bloquera encore.

— À vos risques et péril ! nargue-t-il Rob.

— Comment ça ? Pourquoi dis-tu cela ? m'inquiété-je.

— Il bluffe, dit Rob.

— Demandez à votre expert d'émotions si je bluffe, avant qu'il ne fasse une syncope.

Alexander nous dit non de la tête, son teint a viré au blanc aspirine, Lojy a raison, à tout moment il peut s'évanouir. Je ne veux même pas imaginer tout ce qu'il peut ressentir de lui.

— Sérieux, ça ne vous étonne pas, que je me souvienne de vous ?

Ma mère dévisage Rob et j'ai l'impression de voir la peur dans ses yeux.

— Moi, j'ai une autre proposition à vous faire, dit-il enjoué.

On constate que la situation lui plaît.

— J'accepte votre marché si la vieille finit par dire la vérité à Amy.

— Quelle vérité ? m'inquiété-je en regardant ma mère.

— Rien du tout, il ment ! répond-elle aussi sec.

— Lojy est peut-être un sociopathe…

— Hé ! crie Lojy.

— Un psychopathe… continué-je.

— Merci pour ces compliments, répond-il fier.

– Mais pas un menteur ! crié-je.
– Ça devient intéressant ! ricane Lojy.
– Que me caches-tu, maman !
– Efface-lui la mémoire, ordonne-elle à l'attention de Rob.
– Il n'en est pas question !
Je me mets entre Rob et Lojy.
– Oooh, c'est trop mignon, c'est la première fois qu'on me défend, j'en suis tout ému, dit Lojy d'une voix grotesque.
– Alexander, arrête de faire agir ta capacité sur Lojy ! ordonné-je bien plus sévèrement que je ne l'imaginais, et dis-moi quelle émotion tu ressens de ma mère.
– Je... hésite-il.
– C'est un ordre ! m'énervé-je.
Il tempère immédiatement.
– De la culpabilité, de la honte envers toi. Elle te cache bien quelque chose.
Lojy applaudit, tout joyeux de la merde qu'il vient de foutre.
– Dis-moi ce que tu caches ? Je ne comprendrai pas que tu refuses, si cela peut aider Jylo à progresser et avoir Lojy de notre côté.
– Il ne tiendra pas parole, même après mes aveux, il continuera à bouffer ton frère.
Je fixe Lojy, il a le sourire jusqu'aux oreilles.
– Il la respectera sinon, c'est moi qui le bloquerai à vie avec mes propres mains et tant pis s'il faut tout réapprendre à Jylo.
Ma voix est dure et déterminée, le sourire de Lojy redescend brusquement. Il a compris que je ne mentais pas et que je le ferai sans hésiter. J'ai toujours été la seule à lever la main sur lui quand il le fallait. Il avale difficilement sa salive et je vois une légère lueur de peur lui traverser le regard, mais il se reprend rapidement.
– Alors, Luna tu ne veux pas nous aider ? provoque Lojy.
Ma mère paraît complètement désemparée, que peut-elle me cacher d'aussi horrible pour en arriver à hésiter à sauver Jylo ?
– Maman ! Tu es la soigneuse, tu n'as pas le droit de tergiverser ! m'emporté-je.
– Oui, pourquoi tortiller du cul, allez, balance tout ! se régale Lojy.
– Très bien, souffle-t-elle. Je ne voulais pas que tu l'apprennes ainsi. Je voulais te protéger, en réalité je ne souhaitais pas que tu le saches. Cependant je savais bien qu'un jour ça allait arriver, mais je ne me doutais pas que Lojy me ferait cracher le morceau.
– Ouiiii !!! rajoute Lojy en se frottant les mains.

CHAPITRE 16

– La fille qui vous poursuit depuis le Japon est… ta petite sœur ! dit-elle en baissant les yeux.

– Hé, ouais ! Tu as une vraie petite sœur, ce n'est pas extra ça, rigole Lojy.

Cette nouvelle m'assomme complètement, mes pupilles tournent dans tous les sens. Je ressens exactement la même chose que lorsque Glenn m'avait annoncé qui était mon père.

– Ma fille, je ne voulais pas que tu l'apprennes de cette façon et…

– Tais-toi ! lui dis-je entre mes dents.

Lojy se régale à voir ce spectacle, il jubile. Je regarde Alexander qui baisse les yeux.

– **Tu le savais aussi !** dis-je avec agressivité.

– **Oui, mais ce n'était pas à nous de te le dévoiler**, répond Kiba à la place de son maître.

– **Bien entendu, il n'y a plus personne pour annoncer les mauvaises nouvelles !** répondis-je déçue.

– **On n'a pas à s'excuser, on n'y est pour rien.**

Je ne réponds plus, je ne sais vraiment pas comment le prendre. D'un côté je les comprends et de l'autre, je me sens trahie. Je ferme les yeux pour essayer de me reprendre.

– **Je suis tellement navrée ma fille, essaye de me pardonner.**

– **On en reparlera, mais pour l'instant c'est Jylo le plus important.**

– **Il faut que tu saches…**

– **Je t'ai dit qu'on en reparlera !** m'agacé-je.

– **Luna, écoute ta fille, elle a raison,** ajoute Jiane bien plus calme que sa maîtresse.

– Lojy, maintenant à toi de tenir parole ! lui dis-je avec arrogance.

– Quoi, c'est tout ? Tu ne vas pas lui en vouloir, tu ne veux pas l'étriper de t'avoir caché que la fille qui a tué Matëus, Mariko et la meute de Lilou est ta petite sœur ? insiste-t-il sur chaque prénom pour me mettre en colère.

– Tiens ta parole ou je t'efface à tout jamais ! Sans supprimer ces souvenirs, pour que tu gardes le goût amer de te rappeler que tu aurais pu avoir ta liberté et qu'elle t'est passée sous le nez !

– Tu n'es vraiment pas marrante comme meuf, tu me déçois ! maugrée-t-il.

Il ferme les yeux puis quand il les réouvre, on peut distinguer un œil noir avec un cercle rouge et l'autre avec un cercle bordeaux. Quant à Vif il a exactement le même résultat que son maître, une pupille jaune et l'autre bordeaux.

– Amy tu as réussi !!! crie joyeusement Jylo. Je peux avoir accès à tous ces souvenirs et… Oh ! Mince ! Ça c'est dur.

Il vient d'apprendre la nouvelle de ma petite sœur, je baisse les yeux, honteuse d'avoir une frangine comme elle.

– Mais tu as menti ! me dit-il avec rage.

Je fronce les sourcils sans comprendre de quoi il parle.

– Matëus, il est mort par…

– Non, ferme là !

Alexander me fixe, brisé.

– Je sentais que tu cachais quelque chose sur sa mort, la culpabilité t'a trahie depuis longtemps. Je ne serai pas celui qui te jugera quoique tu aies fait ! dit Alexander.

– Elle n'a rien fait, bien au contraire. C'est Matëus qui s'est sauvé, elle a voulu l'en empêcher, quand la fille, enfin sa sœur, les a pris par surprise. Matëus l'a bloquée avec un mur de terre, elle n'a pas eu d'autre choix que de se sauver. Lojy était là aussi, il a caché l'odeur d'Amy pour que la fille ne la suive pas jusqu'à la grotte.

– Ne dites rien à Lili, ça pourrait la détruire ! les supplié-je.

Alors Lojy m'a protégée cette nuit-là, c'est pour cette raison qu'on est plus tombé sur elle après ça ! C'est dur à l'avouer, mais on lui doit encore notre survie…

– Elle l'est déjà ! me balance Alexander.

– Ça pourrait être encore pire ! insisté-je.

– Bon, vos émotions me donnent la gerbe ! Vous avez fini !

On se retourne vers Jylo surpris.

– Ce n'est pas moi, c'est Lojy ! se défend Jylo confus.

– On va devoir s'y habituer à ça, dit Bayr amusé.

– Et alors moi, avoir deux pensées différentes, cela va être dur au début.

– Oh ça va, moi je décide et toi tu écoutes, comme ça c'est réglé ! suggère Lojy.

C'est vraiment étrange d'entendre Jylo se parler à lui-même.

– Ça, je ne crois pas ! Tu vas rester à ta place et la fermer ! s'énerve Jylo.

– C'était à prévoir, il va devoir se battre mentalement pour être plus fort que Lojy, explique ma mère toujours mal à l'aise.

– Et comment peut-il être plus fort que lui ? demande Alexander intrigué.

– Simple, l'entraînement ! répond Rob qui s'éloigne de nous.

– Plus il s'entraînera physiquement, plus il sera fort mentalement, ajoute ma mère.

CHAPITRE 16

— Cela sera un combat sans fin, réplique Jylo conscient de ce qui l'attend.

Nous prenons le chemin du camp, quand je remarque Rob accroupi et Bayr à le consoler.

— Qu'est ce qui se passe ? leur demandé-je par curiosité.

— Vous avez piétiné des plantes importantes, chouine Rob.

Mais c'est une blague, il se fout de nous !

— Regarde, il y en a plein d'autres autour, le console Bayr.

Je souffle un coup et poursuis ma route. Ils sortent d'où ces gars, on dirait des personnages de mangas.

Je retourne seule au camp, Tenshi a essayé de me parler, je l'ai bloquée immédiatement. Bien entendu, la nouvelle de ma sœur a déjà fait le tour de la meute. Lorsque je me pointe devant tout le monde, je suis dévisagée avec insistance. Préférant être seule pour digérer cette annonce, je m'isole, assez loin de tous ces regards, assise sur une branche en hauteur pour ne pas être embêtée par des randonneurs ou autre.

Je repense à cette fille, ma petite sœur. Comment ma mère a-t-elle pu me cacher une telle chose ? Elle a tué mon amie et mon frère puis la famille de Lilou. Je repense à notre première rencontre dans la forêt en Italie au milieu des flammes et à Lojy venu à mon secours. Il savait depuis notre première rencontre qu'elle était ma sœur, pourtant il ne m'a rien dit. Il avait tout prévu, il voulait briser le lien entre ma mère et moi, et pour l'instant il a réussi. C'est vraiment une ordure !

— Tu vas rester longtemps ici, gamine ?

— Rob, tu m'as fait peur ! Je ne t'ai pas entendu.

Je le domine en haut de mon arbre, il grimpe rapidement pour s'asseoir tout proche de moi en faisant attention à ne pas me toucher.

— Oui, je me suis isolée, j'avais vraiment besoin d'être seule.

Je le fixe en me demandant ce qu'il fout là.

— Tu vas faire ta crise d'ado longtemps ? me répond-il sans avoir écouté un traître mot de ce que je venais de prononcer.

— Tu es venu m'emmerder ?! m'irrité-je.

— Oh, fais attention à ton langage, gamine ! En fait, je ne sais même pas pourquoi je suis venu, tu n'es pas encore assez mature pour comprendre les choses des grands, s'énerve-t-il.

— Je ne t'ai rien demandé ! rétorqué-je.

— Au lieu de te morfondre, va parler à ta mère et découvre le fin mot de cette histoire, réagis comme une grande personne, me sourit-il.

— Tes sautes d'humeur sont fatigantes.

– Et toi, tu crois que tu n'épuises personne à te la jouer solo. Ta louve ressent ta souffrance et Alexander aussi. Tu mines le moral de tout le monde.

– Sauf le tien apparemment ! râlé-je.

– Sur ce, gamine ! conclut-il.

Il prend son chapeau de cow-boy dans la main et baisse la tête pour me saluer comme au Far West puis il saute.

– C'est ça, va rejoindre tes plantes ! marmonné-je assez bas pour qu'il ne m'entende pas.

Il a réussi à m'énerver, je saute aussi de l'arbre et rejoins ma mère d'un pas décidé, les poings fermés à me faire rentrer les ongles sous la peau. Je me plante au milieu de ma meute, je fixe cette dernière occupée avec Jylo.

– Qui est-elle ? criéi-je devant tout le monde.

Un silence s'installe immédiatement en attendant la réponse de ma mère.

– On peut en discuter en tête à tête, si tu le veux bien, me répond-elle gentiment.

– Non ! dis-je sèchement.

– Enfin, ça va donner ! s'excite Lojy.

– Désolé, dit Jylo gêné. J'ai encore un peu de mal à le contenir.

– Très bien, ma fille comme tu le souhaites.

Ses yeux sont remplis de tristesse, Rob me toise sévèrement.

Ce n'est pas ce qu'il voulait ? Je ne le comprendrai jamais celui-là.

– Ta petite sœur s'appelle Ameria et sa louve Senka. Elles ont trois ans de moins que toi.

– Comment as-tu pu procréer avec ce monstre, j'avais déjà du mal à comprendre pour moi, mais deux fois ?

– La deuxième fois, disons que je n'ai pas vraiment eu le choix, dit-elle en baissant les yeux, honteuse.

Je serre encore plus fort les poings jusqu'à me faire saigner.

– Pourquoi ne pas l'avoir sauvée, comme tu as fait pour moi ?

– Parce qu'elle est différente depuis son plus jeune âge. Elle est née avec tout le côté de son père. Déjà petite, elle aimait faire souffrir les gens. J'ai essayé de la raisonner, seulement elle n'écoutait que lui.

– Elle sait donc qui tu es ? demandé-je sans avoir calmé mon ton.

– Oui, soupire-t-elle.

– Mais bien sûr, elle n'est pas au courant de mon existence.

– Non, je ne voulais pas te mettre en danger.

– Et maintenant elle tue tout le monde et elle pourra utiliser les âmes contre nous, lui reproché-je.

CHAPITRE 16

– Je n'ai pas pu la tuer quand elle n'était encore qu'une enfant, elle reste ma fille, se justifie-t-elle.

– Tel père, telle fille ! balance Lili avec arrogance.

J'ai une soudaine envie de lui défoncer son joli petit minois. Mais d'un coup, je commence à m'adoucir contre mon gré.

– Alexander ! lui crié-je dessus de toutes mes forces. Ma colère est justifiée, pourquoi me l'enlèves-tu ?

– **Parce que ta mère est juste une victime de plus de ton père, tu ne peux pas lui en vouloir,** me dit Kiba.

– Oh, laisse-la se défouler qu'on rigole un peu, blague Lojy.

– Jylo, fait fermer le clapet à ce petit con ! rouspète Rob.

– Navré, s'excuse Jylo maladroitement.

Je respire profondément et commence à détendre mes poings. Ma mère paraît mal à l'aise et abattue.

– **Amy, mets-toi à sa place quelques instants. Imagine ce qu'elle a vécu. Toi, elle a dû te laisser à un humain pour te protéger et elle a dû abandonner son autre enfant parce qu'elle est aussi sombre que votre paternel,** m'explique Shugo.

– **Oui, c'est ce que j'essaie de faire !** Je respire un grand coup. On la tuera elle aussi ! affirmé-je.

Ma mère fixe mon regard pour juger si je suis sincère.

– On peut peut-être encore la sauver, propose ma mère d'une voix attristée.

– Non, maman ! Son cas est déjà perdu et j'espère que tu ne te mettras pas au travers de ma route le jour que cela arrivera.

Elle baisse les yeux quelques secondes puis les relève en me fixant.

– Non, j'accepterai ton choix, répond-elle abattue.

– Alors c'est une histoire réglée, Ameria fait partie de nos ennemis et on vengera nos morts ! ordonné-je.

– Ouais ! crièrent Cheyn et Ava en même temps.

– Il nous faut un endroit où on pourra préparer notre armée sans être dérangés, dit Glenn tout aussi déterminé que le reste de notre meute.

– J'ai un lieu, Les Sentinelles, dit ma mère, puis elle se tourne vers son frère. Rob, tu sais ce que tu dois faire.

– Oui, Luna ! Je pars tout de suite, lui répond-il sérieusement.

En un instant, il s'en va avec Nadzar.

– Où vont-ils ? demande Hanahita.

– Ils filent sur l'île des Sentinelles, ils vont les prévenir de votre venue. Demain, vous partirez sur ses traces. Quant à moi, j'irai rassembler le plus de monde possible pour nous préparer à la guerre. Ils vous rejoindront là-bas.

– Ça y est nous y sommes enfin ! dis-je avec conviction.
– Surtout prenez votre temps pour vous entraîner et trouver la meilleure stratégie, vous n'aurez pas de deuxième chance. Quand ton père découvrira ton don, il comprendra qui tu es et il n'hésitera pas à te tuer ! Nous conseille-t-elle puis son regard me quitte et se tourne vers mon frère. Alexander, j'ai compris ce qu'a écrit ton père à ton égard, je l'ai saisi quand tu es venu nous parler pour Jylo.
– Ah oui ! s'exclame-t-il.
– Oui, en fait ce n'est pas une nouvelle capacité, c'est plutôt un complément de celle que tu as déjà. Grâce au don que tu as de manipuler les émotions, tu peux réussir à te faire oublier et te cacher derrière l'ombre de tes frères et sœurs. C'est la raison pour laquelle parfois on ne te remarque qu'au moment où tu parles ou que tu agis. Tu n'as plus qu'à t'entraîner sur cette capacité.
– Merci Luna, je n'aurai jamais trouvé sans toi, dit-il tout content.
– C'est la moindre des choses que je puisse faire, dit-elle avec culpabilité. Maintenant nous devons nous reposer, demain Bayr vous amènera sur l'île.
– Et toi, maman, tu vas partir toute seule ? me soucié-je.
– Oui, au départ, puis Rob me rejoindra quand vous serez arrivés et en sécurité. Il m'aidera à redonner la mémoire aux meutes à qui j'ai porté secours. Ils ne pourront pas refuser de nous rendre ce service à leur tour.
– Très bonne idée, Luna, sourit Bayr.
– Je compte sur toi pour les amener sains et saufs, ils sont notre dernier espoir.
– Bien entendu, Luna, c'est évident.
Sans un mot, elle s'en va avec Jiane dans la forêt.
La journée défile rapidement, nous avons parlé stratégie, Glenn forme déjà des groupes en fonction des aptitudes de chacun.
Je n'ai pas revu ma mère et Jiane de la journée, et encore sous la colère, je n'ai pas cherché à la contacter.

Ce que nous imaginions depuis un an commence enfin à prendre forme. Même si la peur se lit sur tous nos visages, nous sommes plus que jamais déterminés à en finir avec l'homme à la balafre…

17. LES SENTINELLES

$\mathcal{R}$éveillée de bonne heure par Jylo et Lojy qui s'affrontent mentalement, je décide de partir faire mon tai-chi, ma louve m'a suivie pour regarder mes mouvements. Une fois la séance terminée, on peut ressentir la détente que nous apporte ce sport à toutes les deux.

— **On va devoir s'entraîner ensemble pour coordonner nos mouvements,** me suggère Tenshi.

— Je ne pense qu'à ça depuis que je sais que j'ai une louve.

— **On ne s'en est pas trop mal sorties la dernière fois, mais on n'aura pas toujours la même chance.**

Je touche mes trois cicatrices à l'œil. Elles me laissent un goût amer en pensant à ce qui aurait pu nous arriver si cela s'était produit dans la réalité.

— Oui, tu as raison.

— **J'ai discuté avec Kiba, il m'a bien certifié que Lili te voue une haine profonde. La noirceur qu'elle a en elle pourrait lui donner des envies de te faire du mal.**

— Comment lui faire comprendre qu'elle se trompe d'ennemi ?

— **En lui disant la vérité !**

— Je ne peux pas.

— **Mais pourquoi à la fin ? Je comprends que tu ne veuilles pas qu'elle soit déçue par son mari, mais là tu risques de mourir de ses mains pour protéger Matëus.**

— Tu n'as pas connu Matëus, il nous a tellement aidés. Il était fort et sage, il nous a permis de progresser, on a survécu à la meute d'Afzal grâce à lui. Et la nuit de sa mort, il m'a encore sauvée.

— **Je l'entends très bien et c'est ça que Lili, Luna, Altéha et Shyva retiendront d'eux. Cependant, elles doivent le savoir, il est mort par sa faute et pas de la tienne.**

— Tu n'étais pas là, cette nuit-là. Tu ne peux pas réaliser à quel point, il regrettait d'avoir fait cette erreur. Je suis souvent partie sur une piste, mais il était toujours là pour me retenir, et sans le savoir il m'a peut-être sauvée à plusieurs reprises. Et puis, je me souviendrai toujours de cette phrase qu'Arssa m'avait dite lors d'un de nos d'entraînements : "J'ai hâte de te voir avec ta louve". Il ne pourra jamais le découvrir !

– Je ne savais pas tout ça. J'aurai voulu moi aussi connaître ceux qui vous ont aidés et faits grandir. Seulement je t'ai dit que je n'avouerai rien tant qu'il n'y a pas de danger pour toi, cependant aujourd'hui ce n'est plus le cas.

– Tu n'as aucun droit d'aller à l'encontre de ce que je t'ordonne.

– **Sauf si ma maîtresse est en danger.**

Sa phrase me fait revoir Arssa cette nuit qui avait dit la même chose à Matëus.

– Rien ne prouve que je le sois, me braqué-je.

– Ce que m'a raconté Kiba me suffit, insiste-t-elle.

– Pas moi ! Apprends qu'on ne s'arrête pas sur des hypothèses, garde tes forces pour nos vrais ennemis. Ne réagis pas comme notre sœur, laisse le temps faire les choses.

– **Très bien comme tu le souhaites, cependant si elle t'attaque je la tuerai sans hésiter.**

– Ça n'arrivera pas et ne nous créons pas plus d'ennemis qu'on en a déjà.

– **De qui parles-tu ?**

– Altéha, elle sera redoutable, il vaut mieux l'avoir de notre côté et ce n'est pas en tuant sa mère qu'on y arrivera.

– **À ce point,** s'étonne-t-elle.

Je ferme les yeux et repense à la scène de notre arrivée au Canada pour que Tenshi puisse la voir à travers mon esprit.

– Et comme tu peux voir, je suis très bien entourée, la rassuré-je.

Elle abaisse sa gueule pour me montrer son accord.

– **Ma chérie, ta mère ne va pas tarder à partir. Elle t'attend pour te dire au revoir,** nous interrompt Glenn.

Je soupire profondément.

– **Tu devrais lui pardonner. N'oublie pas qu'elle a fait tout ça pour te protéger même si les choses ont dérapé, néanmoins elle ne pouvait pas le savoir.**

– **On arrive, merci Glenn.**

Je ne réponds pas à ma louve, pas besoin de lui dire ce que je pense, elle doit ressentir que ces paroles m'ont touchée.

Une fois au camp je remarque qu'ils sont tous prêts à partir.

– Maman, surtout fais attention à toi, dis-je timidement.

Elle me regarde avec tristesse, Jiane est à ses pieds face à Tenshi.

— J'aurais voulu passer plus de temps avec toi, ces trois mois ont été les plus beaux de ma vie.

Je prends ses mots comme une baffe. Quelle idiote j'ai été, au lieu de profiter d'elle à fond, je suis restée avec mes rancœurs puériles. Je comprends enfin ce que voulait me dire Rob.

Je soupire encore une fois, mais pas pour les mêmes raisons que tout à l'heure.

— Pardon, j'ai été aveuglée par ma colère et je n'ai pas compris à quel point je gâchais le peu de temps que nous passions ensemble. Je le regrette tant ! dis-je les larmes aux yeux.

— Non, ma fille ne t'excuse pas. Ta réaction est normale. On rattrapera le temps perdu quand tout cela sera fini, me répond-elle en se rapprochant de moi.

— Promis ?

Je lui tends mon petit doigt.

— Promis, mon ange ! Répond-elle en me l'attrapant, puis me tire vers elle et me serre dans ses bras.

Depuis notre rencontre au Canada, cela ne s'était plus reproduit. Une larme s'écoule sans que je puisse la retenir.

Elle dit au revoir aux autres membres de la meute et reste discuter un petit moment avec Lili.

— **Jiane, prend soin d'elle, ramène-la moi entière**, m'adressé-je à la louve de ma mère.

— **Tu peux compter sur moi et toi survis pour qu'on puisse faire plus ample connaissance.**

— **Ça ne sera pas facile, mais je ferai de mon mieux.**

— **Il y a plutôt intérêt, je ne veux pas perdre un autre enfant.**

— **Compte sur moi !** répondis-je en la caressant.

La conversation avec Jiane, m'a fait mal et m'a fait comprendre que si nous tuons Ameria, c'est une sœur que je perdrai, mais pour elle ce sera son enfant… Qu'y a-t-il de plus dur dans ce monde que de perdre un enfant ?

Je les regarde toutes les deux s'éloigner comme des louves solitaires. Et j'aperçois le poids énorme qu'elles portent sur leurs épaules. Ma mère se retourne une dernière fois avant de disparaître derrière les arbres. Pourvu que tout se passe bien et qu'elles nous rejoignent le plus tôt possible.

— Amy, nous, c'est par là qu'on part, me dit Bayr avec toujours le même sourire.

Il le fait exprès à chaque fois de se coller à moi pour me parler !

— Oui, merci, râlé-je en faisant demi-tour.

CHAPITRE 17

– Tu n'as pas l'air contente, quelque chose t'ennuie, me demande-t-il.

– À ton avis ! m'agacé-je de ses questions plus nulles les unes que les autres.

– Si je te le demande c'est que je ne sais pas.

– Ma mère part seule de son côté avec sa louve, c'est normal que je sois ennuyée, m'énervé-je après lui.

– Et du coup tu t'en prends à tes frères et sœurs, ce qui te paraît logique.

– Je... je, merde ! réponds-je frustrée de son raisonnement.

Il me sourit encore plus et va prendre ses affaires posées à côté des pattes de Jaiko.

J'ai saisi ce qu'il a voulu me faire comprendre et cela m'a encore plus énervée d'avoir été bernée aussi facilement.

– Au fait, où se trouve cette île ? demande Cheyn.

– Dans le golfe du Bengale, répond Bayr en mettant son sac sur les épaules.

– Quoi !!! Non mais là, j'en ai marre ! On ne peut pas laisser nos loups y aller seuls et prendre l'avion sans eux, bougonne Zal.

Tous les loups se mettent à lui grogner dessus.

– Ça va, vous savez que je rigole, se rattrape-t-il, comme il peut.

La route sera encore très longue, mais cette fois notre destination sera la dernière avant l'affrontement, enfin, je l'espère. Altéha et Shyva ont bien grandi, mais restent encore jeunes, nous devrons aller à leur rythme.

Alexander a contacté la meute de Jeff pour leur donner le point de rassemblement. Ils sont toujours engagés, ce qui est rassurant, en espérant qu'ils ne se feront pas attaquer sur la route. Avec Bayr, nous sommes plus en sécurité, aucune meute ne peut nous tomber dessus par surprise.

Nous allons traverser encore de nombreux pays, Belgique, Allemagne, Tchéquie, Slovaquie, Ukraine, Géorgie, Azerbaïdjan, Iran, Pakistan, Inde et traverser le Golfe du Bengale pour arriver à notre destination. Glenn aimerait le faire en un mois, mais avec la petite cela paraît impossible à réaliser. Du coup, il s'entraîne en continu pour voir la couleur de nos énergies, il pense que s'il réussit à le faire, il pourra les répartir afin qu'on avance tous au même rythme.

Pour Altéha, par rapport à sa capacité, c'est un peu plus compliqué, bien entendu sa mère refuse que je l'aide et pour l'instant la gamine n'arrive plus à l'utiliser. J'espère que Lili finira par comprendre que je suis la mieux placée pour entraîner sa fille grâce à ce que Matéus m'a appris.

Voilà quelques jours que nous sommes partis, nous arrivons à peine en Allemagne. Nous n'avons croisé aucune meute, on n'a même pas eu besoin de changer de trajectoire pour les éviter. Bayr trouve cela étrange et malgré son beau sourire, on peut ressentir qu'il a quelques doutes. Alexander est plus concentré sur Jylo afin de l'aider à mieux contrôler son démon, du coup nous ressentons moins sa capacité sur nous.

– Sérieux qu'est-ce qu'on rame ! Personne n'a eu l'idée de laisser la dépressive et la gamine à l'arrière, balance Lojy.

Enfin, il essaye, pauvre Alexander, il doit morfler avec les émotions de Lojy.

– Ce n'est pas moi, se défend tout de suite Jylo.

– On le sait, on voit la différence, rassure Hanahita qui l'aide et ne le lâche pas d'une semelle.

– Lojy, quand vas-tu comprendre qu'on ne laisse personne derrière, lui dis-je lasse de ses réflexions.

– Ah ! Pourtant tu as laissé Matëus derrière toi, alors j'avais pensé que c'était une nouvelle règle de la meute, rigole-t-il.

Lili et Altéha me fixent avec leurs yeux noirs remplis de haine.

– Ferme-la ! m'emporté-je.

– Amy, désolé j'ai encore un peu de mal à le faire taire. Il fait ça pour vous provoquer et empirer la situation. S'il te plaît, ne l'écoute pas, essaie de temporiser Jylo… qui s'ensuit d'un rire démoniaque…

– Alexander, tu ne peux pas l'aider à mieux se contrôler ? demande Glenn.

– Non, c'est à lui de devenir plus fort, tout ce que je peux faire c'est calmer la haine que Lojy possède au fond de lui afin qu'il ne bouffe pas Jylo.

– La route risque d'être vraiment longue, râle Zal.

– Tu rigoles, entre un schizophrène, désolée Jylo ce n'est pas contre toi, et une qui souhaite la mort d'Amy, et tous les autres qui doivent découvrir leurs nouvelles capacités, comment peux-tu dire qu'on va s'ennuyer ? plaisante Ava.

Nous la regardons tous avec des yeux dubitatifs sauf Cheyn qui est plié de rire.

– Elle a raison, il vaut mieux le prendre au second degré, c'est mieux que la tête que vous tirez tous, renchérit Cheyn.

– Parce que vous trouvez ça marrant que mon mari, le père de ma fille, se soit fait tuer ?! s'énerve Lili outrée par leur discours.

CHAPITRE 17

– Ce n'est pas ce qu'on a dit, mais rester dans ton état d'esprit ne le fera pas revenir, et tu empoisonnes ta gamine en réagissant de la sorte, explique Ava calmement.

– Pour qui te prends-tu pour me faire la morale ? Tu ne l'as même pas connu ! rage Lili.

– Je me prends pour ta sœur et je te dis tout simplement la vérité, après si tu ne souhaites pas l'entendre…

– Ma belle, laisse-la ! supplie Cheyn ne voulant pas se retrouver au milieu des deux femmes.

– Pourquoi ne la laisses-tu pas finir sa phrase ? provoque Lili.

– Pour ton bien ! lui répond Cheyn sèchement.

– Allez, on se détend, chacun reprend sa place et continuons à avancer dans le calme étant donné que vous ne savez pas vous parler normalement, intervient Bayr avec son grand sourire.

Nous reprenons notre chemin, Lili a les yeux braqués sur le dos d'Ava, à priori, elle n'a pas supporté cette petite mise au point.

– **Glenn, nous ressemblons de plus en plus à des étrangers. Plus personne ne peut se parler sans s'énerver ou se reprocher des choses. Même les loups ne parlent plus, ils se sont effacés d'eux-mêmes, ils ne supportent plus cette atmosphère. Ça va mal finir si cela continue,** m'inquiété-je.

– Oui j'ai vu, ma chérie. Je ne pensais pas que Matëus en faisait autant pour nous. Il faut qu'Alexander arrive à être plus performant avec son don pour calmer la tension qui existe entre nous.

– Cela ne va rien changer, il faut que ça vienne de nous et pas d'une émotion inventée.

– Oui, ma maîtresse a raison, c'est à toi d'arranger ça, ajoute ma louve.

– **Comment ?** nous questionne-t-il surpris.

– Matëus n'avait aucune capacité pour nous guider ou nous cerner, il a appris à faire ça avec le temps, explique Shugo.

– Je ne suis pas Matëus, rétorque mon fiancé.

– **Non, mais tu es notre alpha et notre futur roi, c'est donc à toi de trouver une solution,** renchérit Yowi.

– C'est facile à dire ! se frustre-t-il.

– **On ne t'a pas dit que ça allait être simple,** dit Nayati la louve d'Ava.

– Il y a deux minutes, tu ne disais pas, ma chérie qu'ils ne parlaient plus du tout, ceux-là ? me dit-il en me fixant.

On peut entendre tous les loups rire ensemble, j'ai même cru discerner Luna, quels sons agréables.

– Si tu veux mon avis, je pense qu'il nous manque de l'entraînement. Cela nous défoulerait et pourrait enlever ce trop-plein d'énergie, propose Kiba.

Tous les loups se retrouvent autour de nous, sauf Luna et Shyva. Ça devait faire un moment qu'ils devaient attendre une telle conversation pour enfin se confier.

– Je ne sais pas Kiba, cela peut devenir un vrai carnage entre Lili, Lojy et Altéha, hésite Glenn.

– Oui, tu as raison, il vaut mieux attendre le jour du combat, ironise Jaiko.

– Oh, tu parles, enchanté ! lui dis-je avec un sourire.

– Oui, c'est juste que je suis très renfermé, je préfère observer que jaser.

– C'est ça Glenn ! s'écrie d'un coup Hazia. Il faudrait que Kiba et Jaiko fassent équipe avec leurs maîtres pour observer la meute pendant l'entraînement. Ils s'apercevront qu'il y a un problème et pourront l'éviter à temps.

– Oui et en plus, Alexander s'entraînera sur sa capacité à se dissimuler entre nous, rajouté-je pleine de motivation.

– J'ai bien entendu et je trouve que c'est une bonne idée, cependant je préférerais commencer l'entraînement sur l'île au cas où on se blesserait, ce qui pourrait nous handicaper par la suite, répond Glenn moins motivé.

– On s'en fout des blessés, on les tue et puis c'est tout ! rigole Lojy.

– Depuis quand il nous écoute lui ? demande Thynka.

– Depuis le début bande d'imbéciles, Vif m'a ouvert son esprit !

– Finalement, on va commencer l'entraînement plus tôt, il faut que Jylo le maîtrise une fois pour toutes, s'agace Glenn.

– L'espoir fait vivre, comme on dit, se moque Lojy.

– Jylo, merde ! Fait quelque chose ou tu vas t'en prendre une ! m'énervé-je.

Il me fixe surpris ne comprenant pas pourquoi je viens l'agresser.

– Oh, il fait ce qu'il peut Amy, ce n'est pas facile pour lui, défend Hanahita tout de suite.

– C'est vrai, pardonne-moi, petit frère, me rendant compte qu'il n'y est pour rien.

– Il n'y a pas de mal, je comprends. Je le supporte tout le temps, je sais qu'il peut rendre les gens dingues.

Nous continuons la marche sans échanger pour le moment.

CHAPITRE 17

Le lendemain après avoir récupéré des forces, Glenn ordonne à Alexander, Bayr et leurs loups de surveiller le groupe pendant quelques jours et de lui faire un rapport en fin de journée. Cela lui permettra de savoir qui pourra combattre avec qui sans que ça finisse en bain de sang, et peut-être retrouver notre complicité petit à petit.

Nous arrivons en Ukraine avec toujours cette tension très vive. Glenn a pu réussir à faire des équipes pour qu'on puisse se défouler et s'entraîner. Pour l'instant, il ne nous a pas jugés à travers nos capacités, mais par l'entente afin que l'on puisse progresser.

En continuant notre trajet, Glenn forme les équipes :

– On commencera deux par deux, parce que vu notre entente, il est préférable de ne pas trop en demander. Cheyn tu te mettras avec ta sœur Lili pour essayer de trouver votre capacité cachée. Ava tu seras avec Hanahita, cette dernière n'a pas de capacité, cependant elle est très souple et fluide pour le combat, elle pourra te surprendre et fera travailler ton bouclier. Jylo tu seras avec Isabelle, comme elle se motive difficilement sur les combats, Lojy pourra la pousser dans ses retranchements, ça la fera travailler sa capacité afin qu'elle soit plus rapide. Lilou tu seras avec moi, je t'apprendrai les bases du combat. Amy tu seras avec Zal, comme il n'a aucune capacité, ça t'entraînera à essayer de faire ressortir tous les dons que tu as touché. Quant à Alexander et Bayr vous resterez en observation, s'il y a le moindre doute sur une mauvaise intention d'un de nos frères ou sœurs, vous stopperez le combat. Alexander, tu essayeras de travailler sur ta capacité pour devenir l'ombre de n'importe lequel d'entre nous et arriver à être invisible quand tu nous observeras. Des questions ?

– Oui, une !

– Je t'écoute, Cheyn.

– On commence quand ? dit-il tout excité.

– Dès demain.

– Cool ! répond-il en chœur avec sa femme en se tapant dans la main.

Personne ne s'oppose aux duos définis par mon fiancé, c'est déjà un bon début, enfin, sauf Zal, mais chez lui c'est une habitude.

– Amy ? m'interpelle la petite.

– Oui, Lilou, il y a un souci ?
– Non, c'est juste pour te dire que j'ai trouvé le nom de ma louve.
– Oh ! Et alors ?
La petite louve se place près de nous.
– C'est Taktama, ça veut dire discrète en arabe, me dit-elle toute fière.
– C'est très joli, ça lui va à ravir.

En plus c'est vrai, sa louve est très discrète, on ne l'entend jamais. Ses poils et ses yeux marron foncé se marient très bien avec le décor des forêts. Sur tous les points elle est vraiment silencieuse. Je me rappelle encore quand elle avait les yeux rouge sang. Quand elle s'est retrouvée seule, elle a dû privilégier la chasse d'animaux, beaucoup moins dangereuse pour elle et sa maîtresse. Puis ma mère a dû lui faire continuer ce régime alimentaire.

– **Merci, Amy. Je m'inquiète un peu pour le combat avec Shugo et Glenn,** dit Taktama d'une toute petite voix timide.
– Ne t'inquiète pas, c'est le meilleur prof de combat.
– **Tu dis ça parce que c'est ton chéri.**
On se met à rire toutes les trois.
– Non, c'est sa capacité. Il vous apprendra à vous battre et à vous défendre.
– Tu vois Taktama, tu n'as pas de soucis à te faire, nous avons de la chance de les avoir rencontrés.
– **Oui, tu as sans doute raison,** répond-elle hésitante.
– On pourra venger notre famille, me sourit la petite Lilou.
– Avant cela, il faudra bien vous entraîner.
– **Bien sûr Amy et je veillerai à ce que ma maîtresse soit prête.**
– Très bien Taktama.
– **Merci d'avoir ouvert les yeux de ma maîtresse afin qu'elle se rende compte qu'on n'est pas là que pour les sauver, mais bien plus que ça, on a aussi des sentiments et on peut devenir des amis.**
– Il n'y a pas de quoi, je suis ravie d'avoir pu vous rapprocher toutes les deux.

À la fin de la journée, nous nous arrêtons non loin de la frontière de la Géorgie. Glenn a entrevu pendant une minute ou deux la couleur de notre énergie. Sans grand étonnement la couleur est rouge et il a pu analyser que Altéha et Lilou en possèdent beaucoup moins que nous tous.

Durant la soirée, Cheyn s'est rapproché de sa sœur jumelle et on a pu remarquer sur le visage de cette dernière le bien que cela lui fait.

Le matin, on se met tous par deux, comme nous a ordonné mon fiancé. Zal et Zoann sont motivés face à Tenshi et moi, nous sommes concentrés, aucun de nous ne sous-estime l'autre.

– Alors, c'est quand vous voulez ! On ne va pas y passer la journée, provoque Zal.

Je fais un signe de tête à ma louve, en une seconde nous nous croisons en courant. Zoann réagit plus vite que son maître et me bloque le passage en laissant Tenshi sur place.

– **Il est rapide !** me dit-elle.

– **Reste sur tes gardes, Zoann a anticipé notre jeu.**

– Tu ne pensais pas que cela allait être aussi facile ! se moque Zal.

Zoann me charge pendant que Zal fonce sur Tenshi. On les esquive toutes les deux puis en un bond et en tournoyant, nous échangeons de place. Ma vitesse est bien plus rapide que la leur, mais je dois essayer de trouver le moyen d'utiliser la capacité d'une personne que je n'ai pas touchée depuis longtemps. Je réfléchis un instant, cela me déconcentre, et je me prends une grosse droite de Zal.

– Le combat se passe ici ! s'énerve-t-il.

– Je sais, merci ! lui répondis-je en essuyant le sang qui coule le long de ma lèvre inférieure déjà presque cicatrisée.

J'observe Tenshi, nos mouvements sont complètement désordonnés comparé à ceux de Zal et Zoann. Si on continue comme ça, on va se prendre une bonne raclée. Il faut que j'augmente ma vitesse, il faut que je prenne la capacité de Lojy, mais surtout pas celle de Jylo. Ils nous chargent sans répit, plus ils nous cognent plus je me répète les mêmes mots dans ma tête : plus vite, plus vite, plus vite. J'esquive presque tout : plus vite, encore plus vite. Il ne me touche plus du tout.

– Pluuuuus vite !!! crié-je.

D'un coup Zal n'arrive plus à suivre le rythme. J'enchaîne les coups, à tel point qu'il n'a même pas le temps de sentir le premier que je lui ai déjà envoyé le deuxième. Soudain, Zoann réussit à se débloquer de ma louve pour attraper mon bras entre ses crocs. Je le cogne de mon autre poing. Cependant si ma vitesse est incroyable, ma force est ridicule. Ma louve vient à mon secours, elle saute sur le dos de Zoann en lui enfonçant ses griffes. Zal n'a pas pu s'empêcher de lâcher un cri. Sa colère prend le dessus, il envoie un énorme coup de pied dans la gueule de Tenshi, ce qui fait dégager les deux loups en arrachant une grosse partie de chair de mon bras. Je hurle de douleur, la colère me submerge aussi.

Ma concentration dépasse une limite que je n'ai jamais franchie. Je ferme les yeux, mon corps s'abaisse vers le sol, mes mains touchent la terre, et en un instant, je suis accrochée à Zal et le mitraille de coups de tête et de poings.

– **Tenshi** ! hurlé-je.

– **J'arrive.**

Ma louve, bien plus rapide que Zoann, arrive derrière moi. Je fais un salto arrière et la laisse se jeter sur Zal en arrêtant ses crocs au niveau de la gorge. Pendant que Tenshi coince mon frère, je retombe sur Zoann en mettant mes griffes sous sa gorge.

– Le combat est terminé ! dit Alexander soudainement.

– Aaah ! crié-je surprise en lui balançant un coup de poing dans la tronche. Désolée je ne t'ai pas vu, c'est partie tout seul.

Il se masse la mâchoire en me lorgnant.

– Il n'y a pas de mal. En tout cas très beau combat pour des louves qui n'ont pas grandi ensemble.

Je regarde mon bras et le vois se cicatriser petit à petit, je ne sens même plus la douleur, juste un léger chatouillis.

– Contente de l'apprendre.

Je fais un clin d'œil à ma louve.

– Ta vitesse a augmenté durant le combat jusqu'à atteindre celle de Lojy. As-tu réussi à retrouver sa capacité ?

– Oui, mais ça a été très long, j'en ai pris des coups avant d'y arriver.

– **Laisse-toi un peu de temps et cela te viendra naturellement,** m'assure Tenshi.

– Bravo les filles, vous avez eu une sacrée chance ! nous dit Zal, légèrement déçu de s'être fait avoir.

Je souris discrètement de sa mauvaise foi.

– J'ai pu remarquer, continue-t-il, que ta cicatrice a commencé à rougir quand ta vitesse a augmenté. Cela voudrait peut-être dire que cela te prend beaucoup d'énergie, me prévient-il, assez inquiet.

Je touche mes marques en fronçant les sourcils.

– Pourtant, je ne me sens pas du tout fatiguée.

Il hausse les épaules, puis va caresser Zoann.

Tous les autres ont fini aussi leur combat. Glenn est très satisfait de nous tous. On n'en fera pas plus par jour afin de garder de l'énergie pour la route. Alexander a pu découvrir la capacité cachée d'Isabelle pendant son combat contre Jylo, elle pourra déclencher des éclairs sur les gens.

CHAPITRE 17

Deux semaines sont passées et nous avons fait la moitié de la route. Glenn réussit à apercevoir nos énergies, il s'entraîne maintenant à les répartir et non à les aspirer, ce qu'il n'arrive toujours pas à faire. Lili est plus souriante avec Cheyn, Lilou, Isabelle et Jylo. Les combats font du bien à tout le monde et nous améliorent, jour après jour. Isabelle a réussi à lancer un léger éclair sur la tronche de Jylo ou plutôt celle de Lojy qui l'avait énervée.

Lili a réussi à utiliser sa capacité à découvrir les caractéristiques des loups, avec beaucoup moins d'efforts que nous. Mais Cheyn n'arrive toujours pas à se métamorphoser complètement, ce qui l'agace légèrement. Quant à Alexander, il nous surprend tous, même les fameux Bayr et Jaiko. Moi, je me bats toujours pour réussir à faire apparaître les capacités des gens avec qui j'ai eu un contact. J'arrive à faire ressortir facilement celle de ma mère, ce qui nous aide à soigner les loups pour une cicatrisation instantanée, mais à chaque fois ma cicatrice s'illumine et me prend une énergie incroyable. Glenn a pu le constater en direct, mais grâce à ma louve, je récupère assez vite, cependant pas assez si un combat devait durer plusieurs heures. Lilou a enfin sa capacité complète et doit se concentrer sans cesse pour ne pas rajeunir ou vieillir nos loups et nous par la même occasion. Malgré son jeune âge, elle le contrôle plutôt assez bien. Elle a trouvé une super complicité avec Taktama et elle s'améliore au combat. Son apparence de petite fille va lui servir, les ennemis qui ne la connaissent pas pourraient la voir comme une enfant sans défense et ils se feraient vite avoir sous l'effet de la surprise. Glenn lui apprend des coups pour vite neutraliser ses assaillants.

Nous arrivons en Iran, Alexander nous donne des nouvelles de Jeff et pour eux aussi le trajet se passe très bien. Cependant contrairement à nous, ils ont croisé plusieurs meutes qui les ont accueillis avec plaisir.

Nous longeons la côte en évitant les petits villages et les villageois. Notre nombre et tous nos loups ne passeraient certainement pas inaperçus…

Glenn nous ordonne de nous arrêter un petit moment, il a aperçu le manque d'énergie d'Altéha et de Shyva même si on les épargne pour les combats, leurs petites tailles ne permettent pas d'avoir autant d'énergie que nous. Mon fiancé a pu constater que Cheyn et Ava sont ceux qui en ont le plus.

Nous nous mettons tous à l'ombre en cercle et les loups sont aux aguets, lorsque soudain une meute d'à peu près notre nombre nous tombe dessus et vu leurs têtes aussi étonnées que les nôtres, ils ne s'attendaient pas à nous trouver ici. Je dévisage Bayr pour comprendre pourquoi il ne nous a pas avertis. Comme d'habitude, il me sourit et fait un haussement d'épaules.

– Alors ça, c'est une chance incroyable de tomber sur vous !
Cette voix je la reconnais tout de suite !
– Ameria !
– Quelle chance de cocu tu devrais dire ! balance Lojy.
– Oh, vous connaissez mon prénom, je deviens célèbre, rigole-t-elle.

Les hommes et femmes de sa meute analysent comme nous, la quantité d'adversaires. Nous avons un léger avantage. La tension est palpable chez tout le monde. Je pose les yeux sur la louve d'Ameria, elle aussi comme la mienne est différente des autres, ses yeux sont tout blancs, on ne discerne pas ses pupilles de ses iris, même si son pelage noir corbeau les fait ressortir, on a l'impression qu'il n'y a aucune âme en elle.

– Ameria, écoute-moi.
Je me rapproche d'elle, Glenn me retient par la main.
– **Ne t'en fais pas**, rassuré-je mon compagnon. **Bayr, je te laisse agir si tu vois le moindre danger.**
– Nous ne sommes pas des ennemies, continué-je.
Je mets les mains en l'air en geste de paix.
– Tu te fous de moi, elle a tué Matëus ! s'écrie Lili.
– On est quoi alors ? rigole Ameria.
– Nous sommes sœurs, pas une sœur de la même meute. Tu es ma véritable petite sœur, nous avons le même père et la même mère.
– **Tu es folle, ma chérie ! Si elle le dit à ton père, il fera tout pour te tuer.**
– **Oui, mais si elle arrive à la mettre de notre côté, ce sera une force en plus,** explique Tenshi.
– **Amy s'il te plaît reste loin d'elle, je ne ressens que du mauvais,** me prévient Alexander. **Je leur fais naître des doutes et de la peur pour les tenir à l'écart, mais je ne sais pas combien de temps je pourrai tenir.**
– Moi, ta petite sœur, quelle blague ! me répond-elle avec mépris.
– Regarde bien, je vais te le prouver.

Je lance une décharge sur un arbre, tout le monde se met sur ses gardes.

— Et je dois comprendre quoi ? me demande-t-elle en regardant ses ongles.
— La dernière fois, tu m'as vu utiliser quel pouvoir ?
— La terre ! dit-elle en me fixant.

Elle écarquille les yeux et comprend ma capacité, la même que celle de notre père.

— Alors c'est vrai, tu es ma grande sœur, me dit-elle d'une voix émue.
— **Amy je ne la sens pas, recule !** me met en garde Alexander.
— Oui, nous pouvons nous unir, toi, maman et moi puis changer ce monde horrible.
— Toi, maman, et… moi, me dit-elle remplie d'émotion.

Je me rapproche encore plus de ma petite sœur en écartant mes bras pour vouloir la serrer. Sa louve Senka se positionne prête à bondir, ses yeux ont changé, un cercle noir s'agrandit pour envahir ses pupilles, comme feraient les ténèbres qui absorberaient la lumière et en quelques secondes, il ne reste plus qu'un liseré blanc autour de ses iris.

— Oui, toutes les six avec nos louves.

Brusquement, Ameria change son regard et un sourire narquois apparaît sur son visage. Bayr se trouve déjà derrière elle et l'attrape autour du cou.

— Tu as lu dans mon jeu, bien avant mon imbécile de sœur, dit-elle à l'intention de Bayr. Tu as vraiment cru que ton histoire allait me faire pleurer, et tu serais prête à oublier qui j'ai tué ?! Tu es vraiment naïve, pauvre idiote ! me crache-t-elle.

Puis elle se met à rire bien que Bayr la tienne. Je ne vois pas une ombre de peur dans son regard.

— Tu te jouais de moi ! Pourquoi fais-tu ça ?
— Parce que ça me plaît, j'aime voir souffrir les gens et sentir leur dernier souffle de vie s'enfuir de leur corps.
— Sale garce ! crie Lili.
— Je ne te permets pas de me manquer de respect, pétasse ! crache-t-elle.
— On va avoir droit à un crêpage de chignon, rigole Lojy.

En une fraction de seconde, elle se libère facilement de Bayr, cependant Alexander qui se cachait dans l'ombre de celui-ci apparaît juste à ses côtés, et lui met une gauche qui la couche au sol.

— Ça, c'est pour Matëus ! balance Alexander avec le cœur.

Elle relève la tête, surprise de le voir, sa meute se poste en attaque.

— Non ! ordonne-t-elle à sa meute.

Elle se relève pendant que Bayr et Alexander se placent devant moi pour me protéger.

– Et si on en finissait maintenant, propose Lili.

– Si vous le souhaitez, mais vous allez encore pleurer vos pertes, à moins que tout le monde ne meure, ricane-t-elle.

Ameria tourne légèrement les yeux vers un membre de son clan qui fait un geste de la main gauche, et Bayr vole à plusieurs mètres en hauteur pour s'écraser avec force, le sol tremble sous le choc. Je me précipite vers lui. Il tousse en crachant du sang.

– Le prochain ce sera un loup, dit-elle amusée.

– Qu'on la bute, cette garce ! On attend quoi là ! s'énerve Lili.

– Elle a raison, allons taper du loup. Ça me démange de plus en plus, rajoute Cheyn en grognant.

– Non, Lili, Cheyn restez à vos places ! ordonne Glenn qui depuis le début analyse la force de chacun.

– Toi, je t'ai dit de me respecter ! dit Ameria à l'intention de Lili.

Elle tourne encore une fois les yeux vers l'homme et Luna vole d'une hauteur incroyable au point de la voir diminuer. Et on comprend que vu l'altitude, s'il la faisait retomber avec la même force que Bayr, Luna pourrait y rester.

Ameria continue à rire en voyant nos peurs dans nos yeux. Soudain Altéha se met à hurler, ses yeux deviennent d'un bleu étincelant. Tous les regards se braquent sur elle.

– Qu'est-ce qu'elle nous fait la petite, un caprice ! plaisante Ameria.

J'agrippe Bayr et nous reculons de la meute ennemie, lorsqu'elle nous voit faire ça, son sourire retombe. Des centaines de lames de glace sont pointées droit sur eux, le visage de la petite transpire de rage et en un mouvement de tête, toutes les lames se dirigent sur nos assaillants.

Je profite de ce moment :

– **Glenn, Shugo, Tenshi !**

Sans besoin d'explication, nos loups nous propulsent vers Luna afin de l'attraper et retenir sa chute. Mais le poids de la louve et la force de l'apesanteur nous font retomber trop vite. Cheyn et Ava comprennent qu'on risque de se blesser en atterrissant, ils attendent le bon moment et sautent à leur tour pour nous aider à atterrir en douceur. Une fois à terre, nous profitons toujours de l'attaque d'Altéha pour fuir aussi loin que nous pouvons. Bayr a déjà récupéré et il camoufle notre présence immédiatement. Quand nous nous retrouvons assez loin de nos assaillants, nos loups partent dans différents endroits pour tromper l'ennemi sur nos odeurs et nous allons nous réfugier des kilomètres plus loin à Kashpel Park.

Lili fonce sur Glenn sans prévenir.

CHAPITRE 17

— Pourquoi n'a-t-on pas profité de l'occasion pour tous les tuer !? s'énerve-t-elle en le poussant.

— Parce que nous étions trop faibles ! temporise-t-il.

— On était bien plus nombreux qu'eux ! rajoute Cheyn déçu de n'avoir pas pu se battre.

— Le nombre ne fait pas la puissance, explique Glenn en s'imposant face à eux.

— Pour une fois, il ne dit pas que des conneries, il devient sage et réfléchi, balance Lojy.

— Que veux-tu dire ? lui demandé-je.

— Je crois que Lojy essaye de vous dire, c'est que juste Ameria et Senka pouvaient tous nous tuer, explique Jylo.

— Ce n'est pas possible, elles ne sont pas fortes au point d'anéantir toute la meute ! s'affole Isabelle.

— Cc n'est qu'une gamine ! rajoute Zal.

— Si, Glenn et Lojy ont bien raison. Elle ne sait pas cncore qu'elle peut utiliser les âmes qu'elle a arrachées, mais ce n'est qu'une question de temps. Cela peut arriver à n'importe quel moment. Sa force vient de sa cruauté, si vous trouvez Lojy ignoble, sachez que c'est un enfant de chœur à côté d'elle, explique Alexander très sérieux.

— Hé, je ne te permets pas de m'insulter ! Je préférais quand tu ne parlais pas ! râle Lojy.

— Bref, continue Alexander sans répondre à Lojy. Elle ne ressent rien du tout pour son entourage, ils peuvent mourir devant ses yeux, elle ne bougera pas le petit doigt. En fait, c'est une sociopathe ! Vous avez tous cru au cinéma qu'elle a servi à Amy, mais elle ne connaît pas du tout les sentiments de peine, d'amour, de culpabilité, de souffrance, de peur, etc... Ta mère a eu raison de la laisser avec ton père, c'est un monstre !

— Et en quoi ça la rend plus forte que nous ? demande Hanahita proche de Jylo.

— Je viens de vous l'expliquer, elle sera sans pitié avec vous, mais aussi avec ses acolytes. Elle pourrait les sacrifier juste pour réussir à tuer l'un d'entre nous.

— En gros, si elle a un kamikaze dans le groupe, elle nous fera tous exploser même si sa meute en pâtit, termine Glenn.

Lili souffle, hérissée de n'avoir pas pu se venger, Altéha s'endort presque dans ses bras, ne sachant pas gérer sa capacité, elle a tout donné en une seule fois.

— On se vengera, Lili je te le promets. Elle paiera ! lui dis-je avec conviction.

– Tu es sûre, pourtant tu étais prête à ce qu'elle se joigne à nous, malgré ce qu'elle a fait.

– **Vu sa force, il est préférable de l'avoir avec nous que contre nous**, me défend Tenshi.

– Je ne suis pas d'accord, elle mérite juste de mourir en souffrant ! répond ma sœur amère.

– J'ai fait ça pour ma mère et Jiane, ce sont leurs filles. Tu réussirais à tuer ta fille parce qu'elle est devenue mauvaise ? lui demandé-je.

Elle hoqueta à mes mots en regardant Altéha.

– Jamais !

– Alors ne m'en veux pas d'avoir essayé, mais maintenant je sais à quoi m'en tenir. C'est peine perdue, on n'aura pas le choix.

Glenn m'attrape la main pour me faire sentir son soutien. Je lui souris tendrement.

– Allez ne traînons pas et reprenons la route ! conclut Bayr toujours avec son sourire.

Cheyn prend Altéha dans les bras de Lili pour la soulager et nous repartons au calme dans nos pensées.

En arrivant au Pakistan, Glenn modifie les groupes sauf Lili et Cheyn qui doivent réussir à coordonner leurs capacités. Isabelle se retrouve avec Lilou, maintenant qu'Isa gère très bien ses deux capacités, elles vont pouvoir se perfectionner au face-à-face.

Ava se mettra avec Jylo, pour voir si elle peut réussir à gérer deux personnalités différentes en se protégeant. Alexander a enfin pu voir que la capacité cachée d'Ava qui est juste une amélioration de celle qu'elle a déjà, elle pourra offrir un bouclier à plusieurs personnes. Cependant pour cela, il faut qu'elle sache déjà s'en servir correctement pour elle.

Glenn fait un duo avec Zal, il va l'entraîner à devenir meilleur au combat à défaut pour ce dernier de n'avoir aucune capacité.

Quant à moi, je me retrouve avec Hanahita, j'ai hâte de voir les progrès qu'elle a pu faire. Même si elle n'a aucune capacité, sa souplesse de serpent est vraiment impressionnante. Dans le combat avec Afzal, je me rappelle qu'elle avait donné du fil à retordre à notre Cheyn.

– Allez, on s'arrête tous ici, six heures de repos max !

Glenn a changé depuis la mort de Matëus, il est plus distant et plus froid avec nous tous.

– Oui, chef, dit Cheyn en riant.

CHAPITRE 17

Cela fait sourire tout le monde sauf Glenn et Lili.
– Shugo, qu'est-ce qui se passe avec Glenn ? m'inquiété-je.
– Il prend trop les responsabilités sur lui, je pense qu'il s'en veut de la mort de Matëus. Pour la première fois, j'ai du mal à interpréter ce qu'il ressent. Il change beaucoup, mais s'il possède toujours le même tempérament, je pense qu'il doit avoir des remords de ne pas avoir écouté tes doutes. Il se dit peut-être que s'il était resté lui aussi dans la grande salle, Matëus serait peut-être encore en vie. Après comme je te l'ai dit, ce ne sont que des suppositions.
– D'accord, merci. Je vais m'en assurer. Glenn, on part chasser ? lui proposé-je innocemment.
– Je ne pense pas que ce soit une bonne idée de nous séparer, se méfie-il.
– On ne va pas loin, et ils peuvent nous contacter s'il y a un problème.
– **On pourra survivre une heure sans toi,** m'aide Tenshi.
– D'accord très bien, me dit-il en souriant.

Nous marchons tranquillement, nous sommes tous les deux, pourtant, j'ai l'impression d'être toute seule. Son corps est là, mais pas sa tête.
– Je suis sûre que j'arriverai au tronc d'arbre mort avant toi, le défié-je.
– Quoi celui-là ?
Il me montre de son menton celui qui se trouve à même pas un kilomètre.
– Tu rigoles, je parle de celui qui est proche de la ferme abandonnée.
Il hésite puis je retrouve son regard de défi.
– Pourquoi pas ! À trois ! Un...deux...
Je ne lui laisse pas le temps de dire trois que je décampe à toute vitesse en rigolant.
– Eh tricheuse ! crie-t-il.
Que ça fait du bien, je ris aux éclats jusqu'à m'en faire pleurer. Du coup, il me rattrape facilement. Quand il voit mon visage, il ne peut s'empêcher de s'esclaffer aussi. Au final, personne ne franchit l'arrivée, nous sommes écroulés au sol à rigoler comme deux fous.
– Ça faisait longtemps que je n'avais pas ri comme ça ! me dit mon compagnon en s'asseyant.
– Oui, ce sont les nerfs qui lâchent, de temps en temps cela fait du bien.
Il se retourne vers moi et me sourit.
– Il faut qu'on parle ! rajouté-je en m'asseyant aussi.
– Je t'écoute.

– Je sais que tu te sens responsable de nous puisque tu es notre chef, et que tu te sens coupable de la mort de notre frère. Néanmoins, tu recommences à te renfermer et je pense que Matëus serait très déçu de voir le travail qu'il a fait sur toi être anéanti aussi vite.

Il repousse une mèche de cheveux sur l'arrière de mon oreille.

– Oui tu as raison, je me sens responsable de vous, mais pas de vos actes. Je ne me renferme pas, j'essaie d'être un bon alpha. Comme tout le monde je fais mon deuil à ma manière, je ne ferai pas les mêmes erreurs que j'ai pu faire avec Ineasse. Alors, arrête de t'en soucier. Bientôt nous serons très nombreux, je n'ai pas le droit de montrer la moindre faiblesse. Beaucoup ne vont pas forcément s'entendre et s'ils n'ont personne à craindre, ce sera le bronx.

Je lui souris, rassurée d'entendre cela, il ne s'en veut pas du tout contrairement à moi. Quel sacré boulot Matëus a réussi à faire avec Glenn, finalement, des deux c'est moi qui vais le plus mal.

– Je suis apaisée, tu deviens de plus en plus mature.

Il me fait un clin d'œil.

– Et toi, tu ne veux toujours pas me dire la vérité, cela pourrait te libérer.

– Nous devrions retrouver les autres, dis-je en faisant exprès de ne pas lui répondre.

Je me lève et repars vers la meute. Il me suit sans me poser plus de questions et continue à respecter mon choix.

Ils se rassemblent tous pour manger, personnellement, trop fatiguée, je suis partie me coucher directement le ventre vide.

Le lendemain matin me voilà devant Hanahita et Hazia, sachant que j'ai la capacité de Glenn, elle est très concentrée. Leur souplesse nous empêche de réussir à les attraper, elles passent de Tenshi à moi sans aucune difficulté. Ma louve est aussi perdue que moi. Je ne fais que me protéger et n'arrive pas à la toucher, épuisée du fait que je n'ai rien mangé, j'ai plus de mal à trouver sa faiblesse. Une haine m'envahit et j'essaye de l'électrocuter, mais au lieu de lancer une décharge, c'est la terre qui se met à gronder sous les pattes de Hazia, et en une seconde elle se retrouve dans un gouffre, prise au piège, qui se referme sur elle. Alexander et Bayr interviennent et la sortent avant qu'elle ne soit complètement écrasée. Hanahita est au sol et crache une grosse quantité de sang. Tétanisée par ce que je viens de faire, je ne réagis plus.

CHAPITRE 17

– Amy, qu'est-ce que tu as fait ?! gueule Isabelle.

Ils sont tous autour de Hanahita.

– Je... je n'ai pas voulu faire ça ! essayé-je d'articuler.

– Vous vous attendiez à quoi ! N'oubliez pas qui est sa famille, crache Lili avec son air méprisant.

– J'ai voulu utiliser la capacité d'Isabelle et non celle de Matëus.

– Quand on ne sait pas se servir d'un don, on reste à sa place ! continue Lili de m'enfoncer.

– Ma chérie, viens la soigner dépêche-toi !

– Je... je ne... sais pas si je pourrai, bégayé-je tremblante.

– Calme-toi déjà, respire profondément, je vais t'aider, me dit Alexander calmement.

Soudain, je ressens un apaisement immédiat, mes mains arrêtent de trembler. Je me rapproche de Hazia qui a du mal à respirer. Hanahita continue à cracher du sang, je me penche et pose les mains sur le corps de la louve en fermant les yeux. Des picotements se font sentir sur mes avant-bras puis sur mes mains. Je donne toute mon énergie pour soigner la louve.

– C'est bon ma chérie, elles vont mieux. Tu peux arrêter, tu n'as presque plus d'énergie.

Ma cicatrice me brûle et vu les regards tournés vers moi, je comprends qu'elle doit s'illuminer comme un sapin de noël. Je me relève avec difficulté, Hanahita est déjà debout.

– Je suis vraiment désolée, Hanahita. Ce n'est pas ce que je voulais faire, dis-je pleine de regrets.

– La prochaine fois, prends des forces en mangeant et ce genre de choses ne t'arrivera pas, maugrée-t-elle.

Je baisse les yeux, consternée, subitement la tête me tourne et je me sens partir en arrière. Glenn me rattrape juste avant que ma tête ne tape au sol.

– Tenshi, s'il te plaît, viens près de moi ! ordonne Glenn gentiment.

Il pose une main sur elle et l'autre sur moi et je ressens l'énergie me revenir.

– Ça suffira, dit-il sèchement.

Je me relève surprise.

– Comment as-tu fait ? le questionné-je.

– J'ai remarqué que j'arrive plus facilement à manipuler l'énergie en touchant les gens. Les entraînements sont terminés jusqu'à ce qu'on arrive à destination !

Toute la meute râle.

– Glenn, n'arrête pas ça à cause de moi ! On en a tous besoin, le supplié-je.
– Ce n'est pas qu'à cause de toi. Depuis qu'on a croisé Ameria, Alexander et Bayr se sont aperçus d'un changement dans nos combats, ils sont plus hargneux. Donc, je le répète, on arrête là l'entraînement.
– Très bien, accepté-je déçue.

Une fois tous remis, nous reprenons la route, sous une tension en dents de scie.

Dix jours plus tard, nous voilà arrivés sur l'île des Sentinelles, juste une simple plage et deux Pygmées nous accueillent. Glenn lève les mains pour leur montrer qu'on vient en amis.
– Nous venons de la part de Luna et Rob ! dit Glenn, bien fort pour que toutes les autres personnes qui seraient cachées puissent l'entendre.

Aucun d'eux ne réagit.
– Est-ce que Rob est parmi vous ? insiste Glenn.

Toujours aucune réaction, ils ne bougent pas d'un pouce. On se dévisage tous en décidant d'avancer tout doucement. D'un coup, nous sentons des picotements dans tout le corps, avec l'impression de traverser quelque chose d'invisible, puis nous tombons devant un endroit magnifique.
– On vient de passer dans "une illusion", nous explique Bayr.
– Alors tout ce qu'on voit de la mer est faux ? demande Jylo impressionné comme nous tous.
– C'est ça, sourit-il.

Une meute se trouve face à nous, de superbes cabanes sont construites dans les arbres, des pontons permettent de passer d'une à l'autre. Nous sommes tous en admiration devant ce lieu incroyable, lorsque subitement nous ressentons une piqûre sur la nuque. Je pose ma main pour savoir ce que c'est, mais quand je n'y trouve rien, je comprends qu'ils ont touché nos loups. Ma vue se brouille et nous tombons dans un sommeil profond chacun notre tour...

18. LES RENFORTS ATTENDUS

Je me réveille groggy dans une immense pièce imbibée de soleil. Je ne peux bouger aucun membre. Allongée sur le dos, je balade les yeux de droite à gauche. Du peu que j'arrive à apercevoir, cette cabane a l'air immense. Le plafond est à moitié ouvert sur la nature, je sens l'humidité me coller à la peau. J'entends deux hommes parler, je crois reconnaître Rob.

– Pourquoi les avez-vous drogués ?
– On ne savait pas que c'était eux, on ne les a pas sentis arriver, ils ont débarqué d'un coup.
– Évidemment, imbécile ! Je vous avais dit qu'il y en avait un qui pouvait cacher leur présence et cela ne vous a pas fait tilt !
– Ah ! Tu nous as dit ça ?
– Vous n'écoutez jamais quand on vous parle dans cette meute ?! s'emporte-il. Quand vont-ils se réveiller ? dit-il plus calmement.

C'est sûr c'est bien lui, je reconnais ses changements d'humeur.

– Ils doivent déjà s'éveiller, mais il leur faudra plusieurs heures avant que leurs corps s'en remettent complètement.
– Plusieurs heures ? Hé les gars, il faut que vous sortiez de votre île de temps en temps, ça vous ferait du bien, vous serez moins nerveux.
– On est très bien ici ! Et arrête de faire trop le malin. D'accord, on a fait une erreur, mais il n'y a pas mort d'homme.
– Encore heureux ! pouffe-t-il.

Étrangement, j'ai voulu rire, mais mes lèvres n'ont pas bougé, un son niais en est sorti.

– Ah ! Il y en a un qui s'est réveillé.

J'entends des pas avancer et s'arrêter quelques instants puis repartir. Jusqu'à ce que Rob se tienne de toute sa hauteur au-dessus de moi.

– Oh, gamine ! Tu te sens bien ?
– Mhumm ! essayé-je de parler.
– Hein ?

– Mmnume !
– Articule gamine, on ne comprend rien !
– Ffff !

Même souffler, je n'y arrive pas correctement.

– Laisse tomber, tous les muscles sont tétanisés, il lui faudra un peu de temps avant de pouvoir parler.

L'autre homme se tient à côté de Rob, il le dépasse d'au moins de deux têtes, quelle grandeur impressionnante ! La couleur de sa peau est tout aussi choquante. C'est le premier de notre race que je vois aussi foncé, un marron chocolat. Ses cheveux sont coupés genre coupe au bol, comme dans les années quatre-vingt. De grands yeux expressifs, de la peinture blanche à travers le visage, habillé juste d'un pagne, on a bien à faire à des autochtones.

– Profites-en pour te reposer, gamine.
– Mneume !

C'est chiant leur truc, je ne peux même pas dire ce que je pense.

– Finalement, c'est pas mal votre drogue le sauvage, rigole Rob.
– Oui, surtout pour les petites rebelles ! acquiesce l'autochtone à la plaisanterie de Rob.

Puis il s'écarte laissant un rayon de soleil me frapper directement dans les yeux et me forçant à les refermer.

Les heures passent et nous commençons enfin à retrouver nos facultés. À moitié assise, j'observe un peu mieux autour de nous. Tous les autres sont dans la même situation que moi. Nous ne sommes pas vraiment dans une cabane, tout est ouvert, je peux observer tout leur village. Nous nous trouvons au centre d'un immense abri en bois. Leur meute nous dévisage tous un par un.

– Salut ! dit Cheyn en voulant, je suppose, faire un geste de la main, ce qui donne juste un levé de bras désespéré.
– Oh, les gamins, comment vous vous sentez ?

Rob vient de faire son apparition au côté de l'homme de tout à l'heure.

– Comme des zombies, répond Zal mal réveillé.
– Bientôt vous ne ressentirez plus les effets, nous dit l'autochtone.
– Quel accueil de merde ! râle Lojy.
– Pourquoi nous avoir fait ça ? demande Glenn la tête entre ses jambes.
– On n'avait pas compris que c'était vous, répond l'homme en se grattant l'arrière du crâne.
– Qui serai assez fou pour venir ici !? balance Jylo.

– Les humains nous laissent peut-être tranquilles, mais ceux de notre race essaient de venir voler nos terres.

– Vous êtes combien ? interroge toujours mon compagnon.

– Une bonne vingtaine sans compter les enfants.

– Aïe ma tête ! se plaint Althéa.

– Vous étiez obligés de faire ça aussi à l'enfant ? s'énerve Lili.

– Comme je vous ai dit, on ne savait pas qui vous étiez.

– Ça ne vous arrive jamais de vous excuser ! continue-t-elle en s'emportant.

– Pourquoi ? Je n'ai pas à m'excuser, j'ai fait ce qu'il y avait à faire pour protéger ma meute. Vous n'auriez pas fait de même ?

– Le plus souvent, on discute avant d'attaquer, répond Isabelle.

– Et vous êtes toujours en vie !? s'étonne l'homme.

– Ils ont une chance incroyable, elle paraît surnaturelle, rigole Lojy.

L'autochtone se met à rire.

– Il est bizarre ce gamin, il a deux façons de s'exprimer.

Il le pointe du doigt pour être sûr qu'on sache de qui il veut parler.

– Tu n'as pas idée, mon cher ami, répond Rob.

Il se rapproche de Jylo et de Vif pour les examiner chacun leur tour.

– Tu es médecin ? demande Jylo gentiment.

– Heuu non !

– Alors dégage tes sales pattes, je ne supporte pas qu'on me tripote, grogne Lojy.

– Fascinant, je n'ai jamais vu un dédoublement de personnalité chez nous.

– Oh, ferme-la, tu me donnes mal à la tronche ! provoque Lojy.

– Ce n'est pas exactement ça, ils sont deux personnes différentes, c'est la capacité de Jylo, explique Bayr en souriant.

– Encore mieux, je n'ai jamais entendu parler de cela, continue l'homme, impressionné.

– Tu veux un autographe, mec ! blague Lojy.

– Tu peux arrêter de me reluquer de cette sorte, je n'aime pas et Lojy non plus. Si tu ne veux pas avoir la tête collée à tes pieds tu devrais faire comme si on n'existait pas.

– C'est une menace ?! s'énerve l'homme en reculant.

– Non, ne te méprend pas. Il t'avertit c'est tout, sourit Bayr.

– Ils ne leur manquent pas une case aux membres de cette meute ? demande l'homme à Rob.

– Tu n'as pas idée, donc il est préférable de ne pas nous prendre à la légère, répond Glenn en relevant la tête tout en le défiant.

– On vous accepte dans notre île, mais ne prenez pas trop confiance.

CHAPITRE 18

Glenn arrive à se lever difficilement, on le fixe tous dubitatifs, nous, nous n'arrivons même pas à lever un bras sans une force incroyable. Il se rapproche doucement de l'homme.

– On n'est pas venu ici pour passer des vacances, mais pour nous préparer à une guerre, celle qui changera notre monde.

L'homme le domine de plus de deux têtes, mais Glenn ne se dégonfle pas et continue :

– Donc si notre façon d'être ne vous convient pas ou si tu continues de dévisager un de nos membres, on vous dégagera de chez vous ! Peut-être qu'en voyant ce qui se passe à l'extérieur, vous nous prendrez un peu plus au sérieux et vous nous aiderez au lieu de nous droguer, finit Glenn avec fermeté.

– Tu dois être le chef de cette meute ?

L'homme lui tend la main, Glenn le scrute surpris, puis la lui serre avec méfiance.

– Nous serons là pour vous aider, notre prince.

Quel revirement de situation, cela ne m'étonnerait pas que ça vienne d'Alexander.

– **Qu'est-ce que tu as fait ?** lui demandé-je directement.

– **Rien du tout, je suis trop faible pour utiliser ma capacité.**

Donc, si ce n'est pas lui, c'est… Je tourne mon regard énervé vers Rob.

– **Pourquoi regardes-tu mon maître de cette façon ?** me demande Nadzar.

– **C'est un coup monté, tout ça vient de ton maître ? La drogue ? Nous provoquer ?**

– **Qu'est-ce qui te fait dire cela ?**

– **Que je suis fatiguée qu'on me réponde par une autre question, alors parle !**

– **Oui, il voulait vérifier si vous étiez prêts et si vous trouveriez le courage de vous rebeller malgré la drogue.**

– C'est bon, on a réussi ton test ! annoncé-je spontanément à Rob.

– Toujours aussi rusée, gamine.

Il toise son loup en même temps. Toute la meute nous fixe sans rien comprendre.

– Tout ça vient du cerveau de Rob pour voir si on était capables de réagir, même drogués et si on allait se rebeller, expliqué-je à ma meute.

– Je te reconnais bien là, dit Bayr avec un grand sourire.

Ses muscles de la mâchoire doivent être figés, car même avec la drogue, il arrive à garder son sourire en permanence, je ne vois pas d'autre explication.

– Quelle ordure ! râle Zal.

– Je trouve cela pas mal, mais la prochaine fois que tu t'amuses à me refaire ça, je t'arrache la carotide avec les dents ! avertit Lojy.

– Je suis d'accord avec lui pour une fois, rajoute Jylo.

Glenn met une grosse droite à Rob de toutes ses forces. Ne le pensant pas capable d'une telle prouesse à cause de la drogue, il ne l'a pas vu venir. Sa tête pivote sous l'effet de la puissance et il reste quelques secondes sans réagir. Il se retourne face à Glenn les yeux brûlants de rage, ses pupilles deviennent rouge sang.

– Ah, oui, j'ai oublié de te prévenir, mon frère, mais ils ont beaucoup progressé durant le voyage, Glenn arrive à prendre les énergies des autres autant qu'il le souhaite, rigole Bayr.

Rob se masse le menton, toujours avec son regard meurtrier.

– Merci, Bayr de me le dire que maintenant, je me doute que ce n'est pas vraiment un oubli. Eh, gamin, s'adresse-t-il à Glenn, tu peux bien être notre prince, cela ne m'empêchera pas de te foutre une bonne raclée la prochaine fois que tu poseras la main sur moi, menace Rob.

– Alors, prépare-toi, parce que j'ai l'impression que ce sera pour bientôt ! le défie Glenn sans baisser les yeux une seule fois.

– J'ai hâte de voir ça, rigole-t-il.

Il me rend folle avec ses changements d'humeur. Glenn revient s'asseoir près de moi, des gouttes de transpiration coulent le long de son visage. Il a dû lutter avec son corps pour réussir à faire ces quelques efforts.

L'autochtone et Rob satisfaits d'eux, nous laissent nous reposer et reprendre des forces.

Une heure plus tard, des gens de leur meute nous apportent à manger. Maintenant nous arrivons à nous déplacer sans trop forcer. Les femmes sont seins nus avec un pagne ainsi que les hommes et les enfants sont vêtus comme les adultes. Jylo est très gêné de leur nudité et tourne les yeux à chaque fois qu'une femme passe à ses côtés. Je me demande si Lojy est du même avis, mais vu qu'il n'y a pas l'air d'avoir un combat interne, c'est qu'il ne doit pas faire le fier non plus. Souvent on oublie qu'il a le même âge que lui, il paraît tellement plus mature que Jylo. C'est sans doute de Lojy que lui vient sa maturité précoce.

Ils nous ont peut-être bien piégés avec leur test débile, cependant les yeux de leurs loups et leur pelage me rassurent. Ils sont comme nous et ne mangent que des animaux, enfin, une meute qui nous comprendra.

Après avoir bien mangé, nous sommes terrassés par une grosse fatigue due à la drogue.

– Reposez-vous bien. Demain sera une journée comme vous n'avez jamais eu, rigole Rob.
– Tu ne dois pas rejoindre ma mère ? lui demandé-je.
– Si, je pars dès que vous serez endormis, ne t'inquiète pas gamine, elle va très bien, me rassure-t-il.

À cause de leur machin, je ne peux plus communiquer avec ma mère et Alexander ne peut plus le faire avec Jeff.

– Tu veux dire quoi par une journée comme on n'en a jamais eu ? s'affole Zal.
– Oh, tu verras, je ne vais pas vous gâcher la surprise, se réjouit-il.
– Vous n'avez pas intérêt à redonner de la drogue à ma fille ou je vous tuerai un à un ! prévient Lili haineuse.
– Mais, non.

Il répond d'un ton désinvolte, en balayant l'air avec sa main devant son visage puis nous tourne le dos.

– Hé ! interpelle Glenn.

Rob se retourne, mon compagnon se lève en le fixant droit dans les yeux.

– Ramène-nous du monde et revenez au plus vite, on a besoin de vous aussi !
– Compte sur moi, je protégerai Luna jusqu'à ma mort et on vous ramènera une armée. Mais, ce sera à toi d'en faire des soldats remplis de hargne.

Glenn hoche la tête, les yeux animés de puissance et de confiance. Rob lui rend son hochement avec un bref sourire, puis s'en va avec un geste de la main.

Je devrais être rassurée de savoir qu'il part aider ma mère, mais un mauvais pressentiment me ronge au fin fond de mon estomac, ou cela vient peut-être de cette foutue drogue qui me torture encore.

Au petit matin, nous nous levons en même temps que le soleil. Enfin nous allons tous beaucoup mieux et décidons de nous promener pour visiter ce petit village. À part la pièce où nous avons dormi, toutes les autres se trouvent en hauteur. Tous les arbres des alentours sont envahis de toutes petites cabanes arrondies ressemblant à des ruches. Les autochtones sautent pour y accéder ou en redescendre, même les loups se sont adaptés et font des bons incroyables, comme je n'en ai jamais vu jusqu'à maintenant. Tout le peuple est grand, même les femmes. Ils nous dépassent tous d'au moins une tête pour les plus grands d'entre nous. Ils sont très maigres et ont tous la même coupe de cheveux, coupe au bol pour les hommes, et coupe garçon pour les femmes. On se retrouve sous un énorme arbre avec une grande cabane peinte en rouge. Nous sommes ébahis devant ce refuge lorsqu'une femme saute de la petite terrasse pour nous rejoindre.

– Bonjour et bienvenue chez nous.

Sa voix est directe et stricte.

– Merci, répondis-je, gênée par ses seins complètement à l'air.

De loin, ça ne me dérangeait pas, cependant une fois devant, j'ai du mal à ne regarder que ses yeux. Tous les autres sont aussi perturbés que moi, la plupart fixent le sol pendant que d'autres continuent à admirer les supers structures de leurs habitations.

– Je suis Aka la femme de notre chef, Choa.

– Moi, c'est Amy la femme de notre chef, Glenn, lui répondis-je en me concentrant fortement sur ses yeux.

– Nous sommes toutes les deux, femmes d'alphas, on va très bien s'entendre, au moins je pourrai enfin me confier à quelqu'un.

– Je ne comprends pas, pourquoi tu ne pouvais pas avant ? la questionné-je.

– Parce qu'on ne se fait pas copine avec les femmes de la meute. Il faut qu'elles me voient comme une souveraine et non pas comme une amie.

– Copine, amie ? Vous ne vous voyez pas comme des sœurs et frères ?

– Non, pourquoi vous, oui ?

– Oui, nous nous distinguons comme cela, nous sommes tous de la même meute, du coup nous sommes égaux.

Elle écarquille les yeux, surprise de mes propos.

– C'est bizarre d'entendre ça, surtout venant de notre future reine. On est loin d'être à ton égal. Quand vous serez sur le trône, nous vous devrons le respect et l'obéissance, mais en attendant on a le même statut.

– Nous ne percevons pas les choses ainsi, je te respecterai autant que tu me respectes, répondis-je naturellement.

– Vous êtes étranges les gens de l'extérieur, rigole-t-elle en mettant la main devant sa bouche.

– Depuis combien de temps vivez-vous isolés du monde ? demande Glenn les yeux rivés vers le sol.

– Depuis toujours, à ce que je sache, répond-elle en se frottant le menton avec les doigts.

– Et vous n'avez pas de vrais frères et sœurs ? questionne Cheyn qui la fixe droit dans les yeux.

– Non, nous n'enfantons qu'une seule fois et si malheureusement il y a un accident, nous le tuons à la naissance. Cela évite des problèmes de hiérarchie et de guerres inutiles.

Nous restons choqués de ce qu'elle vient de nous avouer. Ce sont vraiment des sauvages, comment peut-on être capable de tuer des bébés ? Plus aucun de nous ne sait quoi répondre face à cette cruauté.

– Je vais devoir reprendre mes activités, mais je crois que Choa vous attend un peu plus loin, dit-elle en souriant.

Pas gênée le moins du monde, elle fait comme si elle venait de nous annoncer la météo.

– Heuu… Très bien, ne le faisons pas attendre alors, finis-je par réussir à dire tout en essayant de faire abstraction.

– Hâte de te revoir Amy, j'ai été ravie de faire ta connaissance.

– De même, répondis-je en faisant un sourire forcé.

Puis elle saute pour retourner dans sa demeure.

Nous nous mettons à la recherche de Choa dans un silence macabre, ne sachant pas quoi penser de cet horrible aveu.

Quelques mètres plus loin, Zal finit par le briser.

– Vous êtes sûr qu'on est en sécurité ici ? Parce que perso, des gens qui arrivent à tuer des nouveau-nés me font penser qu'ils sont capables du pire.

– C'est leur façon de vivre, ce n'est pas à nous d'en juger, répond Isabelle.

– Parce que tu les défends, tu es d'accord avec ce genre de choses ? s'étonne Lili.

– Ce n'est pas ce que j'ai dit, seulement de quel droit peut-on porter un jugement sur les méthodes à diriger leur meute ? Cela ne veut pas dire qu'ils sont méchants pour autant.

– Isabelle n'a pas tort, nous ne sommes pas chez nous. Nous avons aucun droit de changer leur façon de faire si cela leur convient, ajoute Glenn fermement.

– Pourvu que ma femme ne soit pas ici, supplie Zal. Je veux des wagons d'enfants.

– Avec une tronche pareille, il ne vaut mieux pas, plutôt pourvu qu'elle soit ici, cela rendrait service à notre race, explose de rire Lojy.

– Ferme-la, petit con ! s'énerve Zal vexé.

Cheyn et Ava sont pliés de rire, tout comme Lojy, ce qui nous change les idées tout de suite.

Quelques minutes plus tard, nous tombons sur Choa, il est assis en tailleur avec d'autres membres de sa meute. Ne voulant pas les déranger, de loin nous les observons préparer de la mixture en marmonnant des incantations.

– C'est une secte ! Nous sommes tombés sur une foutue secte ! s'affole Zal.

– Pas forcément, Zal, calme-toi, apaise Isabelle.

– Alors dis-moi ce qu'ils font ? demande-t-il en les montrant de la main.

– Ils convoquent le diable pour qu'il te possède et te dévore de l'intérieur, balance Lojy en prenant une voix ténébreuse et en agitant les doigts devant le visage de Zal.

– Arrêtez, tous les deux ! s'énerve Glenn.

Zal profite quand même pour mettre une pichenette derrière la tête de Jylo.

– Oh, ce n'est pas moi. Pourquoi c'est toujours moi qui prends ? se révolte Jylo.

– Les mots sortent de ta bouche, du coup, on a envie de te frapper, répond Zal avec un léger sourire sur ses lèvres.

– Vous le frappez trop tard, à chaque connerie qu'il dit il me laisse la place et c'est moi qui trinque, boude Jylo.

– C'est vrai, lâchez-le un peu et mettez-vous à sa place cinq minutes. C'est très dur pour lui, défend Hanahita.

– Merci, petite princesse !

Nous regardons Jylo surpris.

– De rien, Lojy ! Vous voyez quand vous êtes sympas, il peut l'être aussi.

Toujours déroutés d'avoir entendu Lojy dire merci, nous restons sans voix.

– Quoi ? questionne Hanahita, sous nos regards insistants passants d'elle à Lojy.

– **Oui, c'est bien ça ! Ils nous l'ont joué discret depuis un moment, mais Alexander ressent de l'amour entre eux,** nous annonce Kiba.

– Ce n'est pas vrai ! Depuis quand ? leur demandé-je tout excitée.

– Ça ne vous regarde pas ! coupe court Hanahita.

– Mais ce n'est pas possible, ce sont encore des gamins ! s'écrie Zal.

– N'importe quoi, dans quatre mois j'aurais dix-huit ans, s'emporte Hanahita.

– C'est toi, le con qui est vieux et qui n'a pas encore de femme, se moque Lojy.

– Putain, je vais me le faire, le merdeux ! rage Zal.

CHAPITRE 18

— Et comment ça se passe entre Lojy et Jylo, vous l'aimez tous les deux ? questionne Ava.

— Ouais, c'est chacun son tour. Un bisou pour Jylo et un bisou pour Lojy, explose de rire Cheyn.

— C'est bon, lâchez-nous ! rugit Hanahita.

— Enfin vous voilà ! Venez nous rejoindre, nous dit Choa qui vient de nous apercevoir au loin.

Nous approchons tous, méfiants avec nos loups à nos côtés qui sont aussi prudents que nous.

— Asseyez-vous, on ne va pas vous mordre, rigole Choa accompagné de ses acolytes.

— Quelle blague ! Je vais mettre du temps à m'en remettre, se moque Lojy.

Les rires s'arrêtent immédiatement et la meute nous toise.

— **Quelquefois il faudrait que tu apprennes à la fermer !** dis-je à Lojy.

— **Si c'est que parfois, je peux peut-être essayer,** ricane-t-il.

Je le regarde méchamment, il me fait un clin d'œil avec un sourire satisfait de lui.

Nous nous asseyons autour d'eux en cercle, Zal pas du tout rassuré, regarde de partout.

— Ne le prenez pas mal, mais si c'est pour faire des choses occultes, ce n'est pas mon truc, dit Zal d'un ton peu assuré.

La meute se met à rire à pleines dents.

— Non, nous ne pratiquons pas ce genre de chose, répond Choa en riant toujours.

Il se gratte la gorge puis reprend son sérieux rapidement.

— Nous allons vous offrir quelque chose qui n'a pas de valeur, mais qui vous aidera dans votre mission. Les mineurs doivent s'en aller, ceci est beaucoup trop puissant pour leurs jeunes corps.

Il nous montre en même temps plusieurs bols disposés devant lui contenant une mixture verdâtre.

Lilou, Altéha, Jylo et Hanahita se lèvent pour s'en aller quand Choa les arrête.

— Attendez, je n'ai pas de doute sur les petites, mais vous deux, je pense que vous avez plus de seize ans.

Hanahita regarde Jylo puis répond :

— Bien sûr !

— Donc vous êtes majeurs, chez nous à seize ans nous ne sommes plus des enfants, mais des adultes.

Hanahita hausse les épaules et retourne s'asseoir avec Jylo.

– Lilou, je te confie Altéha, s'il y a un souci, appelle-moi de suite, prévient Lili.

– Oui, je n'y manquerai pas. Je ferai attention à elle comme si ma vie en dépendait, répond Lilou avec dynamisme, fière de la confiance que Lili lui accorde.

Puis elles s'en vont avec leurs louves.

– Bien, commençons !

Ses acolytes qui ne sont que des hommes, nous donnent chacun un bol. Une fois dans nos mains nous les regardons tous avec une sale grimace.

– Vous ne voulez pas qu'on avale ça ? s'inquiète Zal.

– Non, il veut que tu te le fourres dans le cul ! se marre Lojy.

Au moment où Zal va pour se lever, le chef lui pose une main sur une épaule.

– Si, vous devez tout boire en une seule fois.

– On pourrait savoir de quoi il s'agit ? demande Glenn aussi peu rassuré que nous.

– Non, buvez et vous comprendrez, insiste Choa.

– Très bien, répond Bayr avec son sourire.

En une seconde, il avale le contenu, nous le dévisageons pour analyser ce que ça va lui faire.

– Ce n'est pas si mauvais, dit-il au Chef.

Choa lui sourit amicalement. Ne voyant aucun danger, nous le buvons tous et franchement Bayr avait raison, cela à plutôt bon goût.

Le chef se lève avec tous les autres.

– Où allez-vous ? Vous ne restez pas avec nous ? demande Isabelle.

– Non, il y a une meute qui vient d'arriver. Je vais les accueillir.

– C'est Jeff ! prévient Alexander.

– Oui, on vient de m'indiquer ce genre de prénom.

– Ne les piquez pas, ils sont avec nous, alerte Glenn.

– Ah ! répond le chef gêné. C'est trop tard ! renchérit-il.

– Ce n'est pas vrai, dit Glenn en se frottant le front et en secouant la tête de droite à gauche.

– Et nous, on fait quoi ? questionne Zal.

– Rien, vous restez ici et vous attendez.

– On attend quoi ? continue Lili.

– Que ça agisse, répond-il le plus naturellement possible.

Il tourne les talons et disparaît à toute vitesse avec les autres.

– Qu'est-ce qui doit agir ? s'angoisse Hanahita.

– Je vous ai dit qu'on n'aurait pas dû leur faire confiance ! continue Zal.

– Ça y est, le parano refait des siennes ! provoque Lojy.
– Ça ne doit pas être dramatique, allongez-vous, fermez les yeux dit Glenn calmement. Puis fermez-la une bonne fois pour toutes ! ordonne-t-il sévèrement cette fois-ci.
Nous faisons ce qu'il nous a dicté sans rien rajouter.

Un petit moment passe, rien n'arrive, j'ouvre les yeux doucement pour espionner les autres, lorsque soudain, Ameria se trouve à quelques centimètres de mon visage. Je m'aide de mes bras pour reculer, affolée.
– Que fais-tu ici ? demandé-je paniquée.
Je cherche des yeux ma meute qui est allongée et ne bouge pas du tout.
– Hé ! Levez-vous, vite ! Il y a Ameria ! leur crié-je.
Aucune réaction, ma petite sœur m'observe avec un rictus pervers. Je regarde autour de moi pour repérer ma louve, ne la trouvant pas, je panique de plus en plus.
– Pourquoi vous ne vous réveillez pas ! continué-je à gueuler sur eux.
– Ils ne peuvent pas t'entendre, me répond Ameria d'une voix sinistre.
Est-ce que la meute dont parlait Choa tout à l'heure n'était pas celle d'Ameria ? Aurait-elle tué toute la tribu de celui-ci ? Je me déplace doucement, sur mes gardes vers Shugo et Glenn, lorsque je découvre une image qui me pétrifie. Leurs têtes sont séparées de leur corps. Du sang coule encore doucement de leurs enveloppes charnelles. Je peux sentir encore la chaleur se dégager de leur peau.
– Tu... tu n'as pas fait ça ? chuchoté-je horrifiée.
Elle se met à rire, sans s'arrêter, elle est comme possédée. Je cours vers les autres, ils sont tous dans le même état que mon fiancé.
– Pourquoi ! Mais pourquoi ? m'écrié-je le cœur au bord des lèvres.
– Et pourquoi pas ! dit-elle d'une voix enjouée.
Une fureur me remplit entièrement, une folie meurtrière méconnue jusqu'à aujourd'hui prend la place de la raison.
– Je vais te tuer ! hurlé-je en postillonnant de rage. Je vais t'arracher le cœur !
Je lui saute dessus, elle disparaît littéralement devant moi. Puis elle se remet à rire dans mon dos.
– Tu ne pourras jamais me tuer, je suis bien plus forte que toi !
Je me retourne en faisant un bond encore plus vite que tout à l'heure. Elle s'évapore une fois de plus pour se retrouver une seconde fois derrière moi.
– **Tenshi, où es-tu ? Tous les autres sont morts !**

Aucune réponse, pourquoi je n'arrive pas à communiquer avec elle ?
– Qu'est-ce que tu as fait de ma louve ? m'affolé-je.

Elle continue à ricaner sans me répondre, j'en deviens folle. Je lui bondis encore une fois dessus et elle disparaît pour la troisième fois.
– Arrête de rire ! lui craché-je férocement.

Son ricanement, je l'entends de plus en plus fort dans ma tête, jusqu'à n'entendre que ça. Je m'accroupis en pleurant et en hurlant, je me bouche les oreilles avec les mains, mais cela ne sert à rien. Son maudit rire passe par-dessus tout. Comment la vaincre si je n'arrive même pas à la toucher ? Comment venger les miens ?

– **Amy, pourquoi combats-tu ?**
– **Matëus ?** Je lève la tête et le cherche de partout. **Où es-tu ?**
– **Pourquoi combats-tu ?**

Je referme les yeux me concentrant sur sa voix qui me soulage des rires incessants de ma petite sœur.

– **Pour tuer celle qui t'a assassiné sans pitié !**
– **Pourquoi combats-tu ?**
– **Pour venger tous les autres !**
– **Amy ! Pourquoi combats-tu ?**
– **Je t'ai dit pourquoi ! Pour…**

Tout à coup, je comprends sa question et me souviens du discours qu'il m'avait tenu. Je respire un bon coup.

– **Pour notre liberté et rendre la justice pour tous ceux de notre race.**
– **Ouvre les yeux et combats-la maintenant !**

La folie meurtrière s'efface pour laisser place à la détermination. J'ouvre grand les paupières, mes larmes disparaissent et mon regard change. Ce n'est plus une furie qu'elle a en face d'elle, mais une déesse prête à sauver l'honneur de sa meute et se débarrasser d'une pourriture pour libérer l'âme de ses frères et sœurs d'armes.

Ses railleries cessent instantanément dès qu'elle croise mon nouveau regard.

– Tu es morte ! dis-je d'une voix ferme en articulant lentement.

En un centième de seconde, je suis devant Ameria. Surprise, elle a juste le temps de lever un sourcil que mon bras transperce sa poitrine. Ma main dégoulinante de sang tient son cœur chaud avec encore des légers battements.

– Tu ne rigoles plus ? lui balancé-je avec un énorme sourire.

D'un coup sec, je retire mon bras de sa poitrine sans lâcher son cœur. Ma petite sœur baisse les yeux pour voir son organe vital dans la paume de ma main droite. Son regard s'affole en se rendant compte qu'elle va mourir incessamment. Je serre son cœur entre mes doigts, le sang

CHAPITRE 18

dégouline jusqu'au sol. Puis d'un coup sec, je mords dedans, les yeux d'Ameria se révulsent et elle tombe de tout son long en s'écrasant sur la terre ferme.

Soudain, je me sens propulsée dans une obscurité totale, pour enfin me réveiller en panique à côté de mes compagnons, sains et saufs. Tout cela n'était qu'un cauchemar ? Un haut-le-cœur me surprend, les nausées m'envahissent et je me vide complètement juste à côté. Au même moment je vois mes frères et sœurs faire de même. Nous n'arrivons même pas à nous parler, nous suons de partout, des gouttes de transpiration coulent sur nos visages. J'ai une fièvre intense, les vomissements continuent, pourtant malgré ça, je suis tellement heureuse de les voir tous bien vivants !

Purée que nous ont-ils fait boire ? Nos loups sont proches de nous, inquiets, ne sachant pas quoi faire. Tenshi a sans doute essayé de me parler, mais impossible de l'entendre dans mon état. Des douleurs musculaires apparaissent me déclenchant des crampes horribles. Vu la tronche des autres, ils vivent le même calvaire. Nous subissons pendant bien deux heures avant que les vomissements et les douleurs ne se calment enfin.

– C'est quoi cette horreur qu'ils nous ont fait boire ? demande Lili les cheveux couvrant presque tout son visage.

– On dirait une autre drogue, j'ai fait un cauchemar terrifiant et je me suis réveillée quand j'ai repris le contrôle de celui-ci, explique Isabelle encore en haleine.

– Oui, moi aussi, dit Hanahita recroquevillée sur elle-même.

– Je pense qu'on a tous vécu la même chose, réalise Glenn aussi mal que nous tous.

– Pourquoi nous ont-ils fait un truc pareil ? interroge Jylo.

– Je ne sais pas, mais il faut se dire qu'ils doivent avoir une bonne raison, répond Bayr toujours souriant.

– Ça ne t'arrive jamais de faire la gueule ? lui demandé-je grognon.

– Pourquoi, tu préfères les gens qui tirent la tronche à longueur de journée ? me questionne-t-il.

– Bien sûr que non ! Mais les gens qui sourient tout le temps m'irritent tout autant, râlé-je.

– Il faudra que tu t'y habitues, me nargue-t-il en forçant encore plus sur ses lèvres pour me faire un plus grand sourire.

Étrangement, je n'ai pas envie de m'énerver, surtout après avoir cru qu'ils étaient tous morts, je pense que je pourrai supporter tous leurs défauts. Un rictus que je n'arrive pas à contrôler s'étire sur mes lèvres.

– Tu es plus jolie avec un sourire, me dit-il.

Tous les regards se braquent sur moi, gênée je baisse les yeux immédiatement.

Les loups tournent autour de nous, mais nous ne pouvons toujours pas les entendre.

– Shugo, va chercher Choa, exige mon fiancé.

Sans traîner, il part à sa recherche avec Tenshi.

Je m'allonge sur le dos et regarde le ciel bleu, pas l'ombre d'un nuage, cependant je remarque que le soleil est bien plus bas que lorsque nous avons bu leur mixture. Combien de temps avons-nous sombré ?

L'image de mes compagnons morts se répète en boucle dans mon esprit. Je tourne les yeux et les regarde un par un.

Cheyn, le gros gamin qui a toujours le sens de l'humour quand il le faut. Très combatif, souvent irréfléchi et fonceur, le bourrin de la meute, il ne baisse jamais les bras même quand tout est perdu.

Sa femme Ava est son portrait craché, elle est peut-être même pire que lui sur le plan de l'humour, souvent maladroite, elle ne mâche pas ses mots. De les voir tous les deux me fait sourire, ils se taquinent à longueur de journée. Du coup, Cheyn nous embête beaucoup moins.

Zal est le râleur de la meute et le souffre-douleur de Lojy. Notre groupe serait vide sans ses remarques, il nous aide à nous remettre très souvent en question. Son côté parano n'est pas forcément un défaut et il se trompe rarement, il faut juste se méfier, car il ne cible pas souvent la bonne personne ou le bon moment. Dans tous les cas, même s'il a encore du mal à voir des femmes prendre le contrôle, il gère mieux son machisme.

Bayr, alors lui, est aussi étrange que Rob. Son sourire d'imbécile cache une force incroyable. Sa capacité mélangée à un sens parfait de l'observation fait de lui un membre extrêmement fort. Je n'aimerais pas l'avoir contre moi, même si, il a eu une faille quand Ameria s'est retrouvée devant nous.

Lili, ma première sœur. Son caractère de peste la rend forte, sa froideur donne l'impression qu'elle pourrait te tuer juste en te regardant. C'est une femme intimidante, elle en impose, et ne parle pas pour rien. Il faut faire très attention à son sens de la manipulation, c'est tellement discret, qu'à part Matëus, personne ne s'en était aperçu. Notre complicité me manque et me rend triste, cela me fatigue de voir ses yeux ternes.

Isabelle est une personne douce et attentionnée. Elle cherche toujours à calmer les gens et nous apporter tout ce dont nous avons besoin. Je n'arrive pas à comprendre comment elle peut être aussi fainéante à s'entraîner, et être aussi dévouée pour nous tous. Elle court dans tous les sens juste pour nous satisfaire. Lorsque nous avons une douleur musculaire, c'est la première à nous faire des massages "spéciaux Isa". En revanche, elle est loin d'être naïve, très à l'écoute, elle sait cerner le faux du vrai.

Mon fiancé est celui qui a le plus évolué, physiquement et mentalement. Son calme est devenu impressionnant, il ne panique plus et réfléchit comme un alpha. Je ne vois plus de peur dans ses yeux, mais de la combativité. Son charisme est devenu plus imposant, rien qu'avec son regard, on peut comprendre jusqu'où il est capable d'aller, il n'a aucune limite. Malheureusement mon mensonge a créé une distance et des doutes, je peux le lire dans ses yeux.

Hanahita est la rancunière du groupe, elle m'en veut encore pour l'incident lors de notre entraînement, je peux le sentir dans son comportement et sa froideur. Pour qu'elle se retrouve avec Jylo comme compagnon montre sa force de caractère intérieure. En la regardant si proche de Jylo je comprends pourquoi elle est sa partenaire. Sa ténacité saura temporiser Jylo et Lojy. Avec moi, elle est la seule à avoir su les cerner et à ne pas en avoir peur. Même si elle est petite de taille, sa fougue naturelle peut faire baisser les yeux à plus d'un.

Jylo et Lojy, c'est deux-là, sont exceptionnels, ce sont peut-être les seuls à posséder cette capacité étrange. Jylo est un ado naïf et plein d'amour, mais il est très malin. Lojy est son opposé, trop de rancœur, mais peu de compassion pour les autres. Il n'y a que son intérêt qui compte. Seulement depuis qu'ils ne font qu'un, les deux changent, on constate que Jylo prend l'assurance de Lojy et ce dernier prend les émotions de Jylo.

Et pour terminer, Alexander, le muet. On peut tous voir que les émotions qu'il subit tous les jours le torturent, mais il essaie de les contrôler et il arrive de plus en plus à les contenir. Même si sa capacité fait peur à plus d'un, nous avons énormément besoin de lui. Nous nous serions tous entre-tués sans lui. Il n'est pas Matëus, c'est sûr, cependant je pense avec le temps, il nous aidera bien plus.

Notre meute n'est pas encore à sa puissance maximale, il faut qu'on apprenne à ne faire plus qu'un. Pour ça, il faudra qu'on réapprenne à se faire confiance les uns les autres, sans avoir le moindre doute.

– Alors, vous avez réussi à survivre, rigole Choa.

On se tourne tous vers lui.

– Ça te fait rire, c'est quoi cette merde que tu nous as fait boire ? s'énerve Zal.

– Déjà c'est sûr que ce n'était pas une potion pour rendre plus beau, tu as toujours ta sale face, se moque Lojy.

— Oh ! Le merdeux, quand vas-tu me lâcher ?! Ça va mal finir, je vais te faire bouffer chaque moquerie que tu m'as faite.

— Quand tu arrêteras de râler pour un rien et de me tendre des perches à longueur de journée.

Il se met à rire à gorge déployée. On peut remarquer Zal rager de son côté sans savoir quoi répondre.

— Bon, intervient Choa, Bayr va vous expliquer.

— Pourquoi Bayr ? questionne Isabelle.

Celui-ci fait un geste de la main pour s'excuser de ce qu'il va nous annoncer en souriant.

— Je suis dans le coup depuis le début. Je connais cette meute et aussi cette mixture. C'est un coup monté de Rob, il savait que vous ne boiriez jamais ça de vous-même, sauf si quelqu'un le faisait avant et devant vous. Même si je ne voulais pas revivre ça, mais comme on dit ça en valait le coup.

— Vous nous avez bien eus, on ne s'est douté de rien du tout, dit Glenn, admiratif de leur prouesse.

— Cette mixture c'est un secret de cette meute, personne ne vous dira jamais ce qu'elle contient, mais elle apporte beaucoup. Elle élimine toutes les toxines et les choses néfastes qu'on garde dans notre corps, ce qui changera notre énergie qui sera plus pure.

— Oui, c'est vrai elle a changé, elle est plus flamboyante, affirme Glenn en nous regardant tous.

Choa sourit, fier de sa mixture secrète.

— Mais il n'y a pas que ça, continue Bayr. Qui a réussi à vaincre son adversaire ?

Je lève la main, Jylo, Hanahita, Ava, Isabelle et Alexander aussi. Je ne suis pas surprise pour Lili, vu la haine qu'elle traîne, ni pour Zal. Mais je n'arrive pas à croire que Cheyn et Glenn n'aient pas compris comment le vaincre.

— Ce n'est pas mal ! s'exclame Bayr. Vous avez dû remarquer très vite mon sens de l'observation est impressionnant, cela n'est pas seulement dû qu'à moi.

J'en étais sûre ! Son loup lui communique tout ce qu'il voit, mais quelle rapidité !

— Est-ce que vous avez entendu parler de la réussite à ne faire qu'un avec son loup, à tel point qu'on peut voir à travers ses yeux ? nous demande-t-il.

— Oui, Matëus nous en avait parlé à la fin d'un de nos combats, répond Glenn.

Mais Zal, Isabelle et Hanahita ne voient pas du tout de quoi il parle.

– Voilà à quoi sert aussi cette mixture, ceux qui ont réussi à abattre leur adversaire sont ceux qui ont pu remplacer leur haine, leur colère par une tout autre détermination, bonne et non obscure. Vous vous rapprochez enfin, à ne faire plus qu'un avec votre loup qui est d'une sagesse exemplaire. Quand vous y arrivez, plus besoin pour votre loup de vous dire ce qu'il voit, vous le voyez en même temps que lui et comme vous avez pu le juger, il augmente votre vitesse de réaction. Néanmoins pour y parvenir, il vous reste à vous entraîner, pour certains le processus se déclenche assez vite, mais pour d'autres non.

– Et le merdeux a réussi à le faire avec un démon en lui, s'étonne Zal.

Jylo tourne son visage vers Zal et quelque chose de surprenant se passe.

– Ton visage Jylo, il change ! lui dis-je interloquée.

Le côté de son œil bordeaux qui est le côté de Lojy, devient sévère et un croc pousse comme s'il se métamorphosait, mais seulement à moitié.

Il se touche le côté gauche du visage avec la main droite.

– Je ne le sens plus du tout, s'étonne-t-il.

– On va tous ressembler à ça ? s'affole Zal.

– Mais non, du con ! C'est mon visage à moi que vous voyez, explique Lojy.

– Mais pourquoi ressort-il comme ça ? demande Isabelle.

– Ça doit venir de leur mixture, dans notre cauchemar, Lojy et moi avions deux corps séparés. À force de se prendre des dérouillées, on a compris qu'on ne pouvait pas y arriver chacun de notre côté, du coup on s'est entraidés. On s'est découvert une complicité et on s'est accepté l'un comme l'autre. À tel point que maintenant on partage notre visage.

– Au moins, ça va aider Hanahita à savoir à qui elle veut faire le bisou, balance Cheyn.

– Je n'aurai pas dit mieux, mon Musclor, rigole Ava.

– Vous allez nous foutre la paix à la fin, se vexe Hanahita.

– Non, c'est encore mieux que ça, on a enfin un visage sur lequel frapper maintenant, dit Zal en craquant ses doigts.

– Touche-moi et je te refais le portrait, cela ne te fera pas de mal, menace Lojy.

Glenn se pince l'arête du nez, fatigué de leur chamaillerie.

– Et pour ceux qui ont échoué, ils ne pourront jamais ne faire qu'un avec leur loup ? s'inquiète Glenn.

– Si, mais il faudra attendre plusieurs semaines pour reboire cette mixture afin que le corps puisse le supporter, rassure Choa.

– Alors, je recommencerai ! affirme-t-il, sûr de lui.

– Heu, perso je ne suis pas sûr de vouloir retenter ça, hésite Zal.

– Vous ferez comme vous le souhaitez, acquiesce Choa. Vous voulez peut-être voir vos amis maintenant, ils sont réveillés.

Alexander se relève le premier difficilement, Kiba l'aide à se tenir à peu près debout.

– Combien de temps a duré cette expérience, demandé-je à Choa.

– Vous avez été inconscients six heures et vous avez mis deux à trois heures pour vous en remettre péniblement.

Je me lève au moment où il me répond, et comme Alexander et les autres, je m'appuie sur ma louve pour ne pas m'effondrer de fatigue.

– Aussi longtemps ! Pourtant j'ai l'impression que mon combat n'a duré que quelques minutes.

– La perception entre le rêve et la réalité n'a rien à voir, tu as déjà dû le remarquer quand tu dors la nuit.

– Oui, évidemment.

Nous avançons pendant qu'il me fait un cours sur le sommeil. Un instant plus tard nous débarquons tant bien que mal dans la salle centrale. La meute de Jeff est réveillée et peut parler, cependant ils n'arrivent pas trop à bouger. Alexander accélère le pas jusqu'à Jeff.

– Comment vas-tu ? Pas de soucis sur le trajet ?

– Je me suis déjà senti mieux ! blague-t-il. Et non, aucun problème tout s'est très bien passé.

J'observe ceux qui sont venus avec lui, je reconnais tout de suite Elvis qui me fait signe de la tête, cela me fait plaisir de le revoir. Il y a aussi le gamin qui brouille la télépathie, et sa mère. Je suis ravie qu'elle ait finalement changé d'avis. Trois copains au jeune sont là aussi, quand Jylo et Hanahita les voient, ils leur sautent dessus. Je suis étonnée de voir le gars qui faisait le tour de garde avec Elvis, son côté froid et sa façon de ne jamais dire bonjour me donnaient l'impression qu'il ne nous appréciait pas du tout. J'aperçois que la femme de Jeff est plus fatiguée que les autres, je me rapproche d'elle et lui attrape la main.

– Tu vas bien ? me soucié-je.

– Oui, mais je déteste les drogues qui nous empêchent d'utiliser notre force.

– Ça me rassure de vous voir tous ici.

– Et nous alors, sourit-elle. Quand nous sommes arrivés, que vous n'étiez pas là, et qu'en plus, impossible de vous joindre depuis plusieurs heures, on a cru que vous étiez morts.

Je lui serre la main encore plus fort pour lui montrer que tout va bien.

– Oui, le repas ! s'exclame un des jeunes avec enthousiasme.

CHAPITRE 18

Lorsque je me retourne j'aperçois Lilou et Altéha, accompagnées de jeunes femmes avec plusieurs gibiers entre leurs griffes. Les vêtements des petites sont tachés de sang. Leurs louves sont à leurs côtés.

– C'est vous qui avez chassé pour la meute de Jeff ? demande Lili en serrant sa fille dans les bras.

– Oui, on a aidé un peu. On s'ennuyait quand une dame nous a demandé de venir chasser avec elle. Mais j'ai bien surveillé Altéha, répond Lilou fière d'elle.

– Merci, Lilou et bravo à toutes les deux, félicite Lili.

Les deux gamines lui font un grand sourire, toutes contentes d'elles.

Le visage de Lili a changé depuis la mixture, elle a peut-être vu la même chose que moi, ce qui a légèrement calmé sa haine.

– Écoutez-moi tous, commence Glenn. Nous sommes déjà deux meutes pour affronter l'homme à la balafre et ses bouffons. Nous ne sommes pas encore assez nombreux et pas assez entraînés pour les vaincre. Donc, dès demain quand vous irez mieux, on cherchera les aptitudes de chacun et nous ferons plusieurs groupes. La soigneuse et un de ses frères sont en quête pour nous trouver encore plus de personnes. Nous ne sommes pas loin de changer enfin les choses, nous allons construire un nouveau monde pour nous. Et surtout, nous allons pouvoir vivre en paix. C'est normal d'avoir peur, mais je vous aiderai à transformer cette crainte en force ! Si vous vous pensez trop faibles, je vous prouverai que vous avez tort ! La confiance et la détermination sont notre puissance et on va tous les massacrer !

– Ouais !!! nous crions tous en même temps.

En quelques phrases Glenn a réussi à les motiver à fond. Il est fait pour ça, c'est dans ses gênes ! Quel grand roi, il fera !

J'observe l'impact de ses paroles sur les membres des meutes. Ils ont tous les yeux qui pétillent en le fixant, ils admirent mon fiancé. Je suis fière de l'homme qu'il devient. Nous allons et nous devons réussir !

Nous nous rassemblons pour partager notre repas tous ensemble dans un climat de bonne entente. Enfin, j'aperçois même Lili sourire sincèrement, ce que je n'ai pas vu depuis plusieurs mois.

Après avoir bien mangé, nous allons nous coucher. Demain sera une journée intense…

19. COALITION

Au petit jour, nous voilà tous debout. Glenn a peu dormi trop soucieux de ce qu'il doit faire dans les jours ou même les mois à venir. Toujours la même question se répète en boucle, allons-nous être à la hauteur ? On se rend compte que nous ne sommes pas dans un jeu et que des gens vont mourir. Des proches, des adolescents, des parents vont donner leur vie pour qu'on puisse reprendre le trône et changer les choses. Aujourd'hui nous avons le sourire, l'entente se passe très bien entre nous. L'avantage c'est qu'on se connaissait déjà, mais comment cela va-t-il se passer quand d'autres vont venir ? Des chefs de meute bien plus vieux et plus expérimentés que mon fiancé, vont-ils l'écouter ou faudra-t-il se battre à plusieurs reprises pour montrer ce qu'on vaut ?

Ne se sentant pas du tout concernée, la meute de Choa qui est hors du monde, ne participera pas à la guerre. Ils ont préféré se tenir à l'écart, ils nous prêtent juste le terrain pour nous préparer, néanmoins, ils le font à contrecœur. Choa doit la vie de son fils à ma mère, ça a été la seule, avec Bayr et Rob, à avoir eu le droit de côtoyer cette meute. Rob ne voyant aucun danger pour la sécurité de ma mère ne leur avait pas effacé la mémoire. Voilà pourquoi on a eu une telle facilité à se faire accepter.

La nuit a été pénible pour moi aussi, je me suis demandé de quoi avait pu rêver Glenn et pourquoi il avait échoué ? Pour ma part, heureusement que Matëus était là pour m'indiquer mon erreur, parce que je n'aurai pas réussi non plus.

Nous prenons la direction d'une plage cachée par une illusion. La meute est en permanence surveillée par les humains. Comme ils vivent en dehors de la société et de la technologie de nos jours, ils éveillent la curiosité des hommes. Au moindre geste de leur part, ils sont tout de suite analysés.

Je profite du trajet pour questionner Jylo.

– Peux-tu m'expliquer ton cauchemar ?

CHAPITRE 19

— Oui, avec plaisir. Cela me fera du bien d'en parler. Sur le coup je pensais que la mixture n'avait pas fait effet, alors j'ai ouvert les yeux et je me suis trouvé nez à nez avec Lojy aussi perdu que moi.

— À quoi ressemblait-il ? le coupé-je.

— Pourquoi Glenn ne t'intéresse plus, petite coquine ? me sourit Lojy de sa moitié de visage.

Je lève les yeux au ciel.

— Comme tu le vois là, il est en permanence métamorphosé, comme s'il n'a pas d'apparence humaine, m'explique Jylo.

Je dévisage Lojy qui me scrute de son œil bordeaux.

— Et ensuite…

— Nous nous sommes retrouvés devant Ghassan, celui qui m'effrayait le plus, parce qu'il pouvait faire ressortir Lojy sans que je puisse faire quelque chose.

— Ghassan, je comprends. Sa capacité était horrible surtout de la façon dont il l'utilisait.

— Il nous frappait chacun notre tour, continue-t-il. Lojy essayait de l'attraper de son côté sans pouvoir le toucher. Ghassan disparaissait à chaque fois. C'est à l'instant où j'ai percuté Lojy, après avoir pris un nouveau coup que nous avons ressenti une plus grande puissance. Sans se parler, nous n'avons fait plus qu'un et nous avons pu affronter ma grande peur. Je ne sentais plus la haine de Lojy, mais une complicité de combattant. Notre vitesse s'est décuplée et nous avons arraché son cœur. Pour je ne sais quelle raison, j'ai mordu dedans, puis je me suis réveillé. Depuis ce cauchemar, je ne me bats plus contre Lojy, nous ne faisons plus qu'un dans un seul corps et nous nous acceptons.

— Personne ne vous a aidés, vous n'avez pas entendu une voix d'un proche pour vous souffler ce que vous deviez faire ?

Il me reluque, étonné de ma question.

— Non, comme je t'ai dit, c'est vraiment un pur hasard si on a compris. Si on ne s'était pas touchés, on n'aurait pas saisi et on aurait échoué.

— Hé, ouais, nous, on a besoin de personne, on est trop fort ! rajoute Lojy.

— Jylo peut-être, mais toi, tu as besoin de nous et du corps de Jylo, sans quoi, tu n'existerais pas.

— Faux ! Je n'ai plus besoin de la moindre personne dans cette meute. Grâce à ta mère, j'existe pour de bon et ce n'est plus le corps de Jylo, c'est notre corps à tous les deux.

Je regarde l'œil de Jylo pour voir s'il dit vrai, il baisse la tête pour certifier ces dires.

— Alors pourquoi tu ne te débarrasses pas de nous et tu ne fuis pas ?

Son œil se dirige vers Hanahita qui est partie rejoindre Isabelle pour nous laisser discuter tranquillement.

— J'ai un compte à régler pour elle et je ne pourrai pas y arriver qu'avec Jylo.

— Vous êtes amoureux tous les deux de la même personne, grimacé-je.

— Bien sûr, même si on est deux identités différentes, on a le même cerveau et nous ressentons le même amour pour elle, reprend Jylo.

— C'est assez bizarre quand même, froncé-je les sourcils.

— On ne t'a rien demandé, me dit Lojy froidement.

Nous arrivons à ce moment sur la plage, je remarque que Glenn me cherche des yeux. Je me précipite à ses côtés, ils sont tous attroupés en face de nous.

— Nous voilà tous réunis et nous sommes au total vingt-deux, donc quarante-quatre avec nos loups, commence Glenn.

— Vingt-trois ! coupe Lojy.

— Allez, accordons vingt-deux et demi, pour la moitié de l'homme que tu es, se moque Zal.

Glenn fronce les sourcils à leur égard et poursuit.

— Pour commencer, on va faire deux groupes, ceux qui ont des capacités viennent du côté d'Amy, et ceux qui n'en ont pas, viennent de mon côté.

Les deux groupes se font dans le silence et rapidement. Glenn se retrouve avec un groupe de huit personnes et moi de douze. Satisfait de nous rendre compte que la majorité possède une capacité.

— Nous allons nous distinguer comme à l'armée. Je serai votre général, Amy sera votre capitaine. Comme elle peut s'adapter à n'importe quel poste, elle saura vous conseiller. J'aimerais que la meute de Jeff se présente à nous, et m'explique ses aptitudes pour que je puisse savoir où vous mettre.

— Jeff, chef de la meute, capacité je peux modeler toutes les roches, niveau combat dans la moyenne.

— Très bien Jeff, répond Glenn d'un air satisfait en croisant les doigts et en balançant ses pouces d'avant en arrière.

Ça faisait longtemps que je ne l'avais pas vu faire cela, maintenant, il arrive à réfléchir en même temps qu'on lui donne les infos.

— Steeve, alias Elvis, mon général. Aucune capacité, combat avec une arme blanche, plus précisément avec n'importe quelle épée, mon général.

— Tu peux m'appeler Glenn, précise-t-il.

CHAPITRE 19

– Très bien général, Glenn !

Lorsqu'il va pour le reprendre une deuxième fois, je lui fais non de la tête. Il comprend que c'est peine perdue et tourne son regard vers la meute.

– Mary, la femme de Jeff. Aucune capacité, niveau combat fort. Je sais faire bien plus que les premiers soins, je peux remettre un homme blessé debout rapidement pour reprendre le combat.

– Merci, Mary.

– Raffi, capacité brouilleur télépathique, niveau combat faible, cela sera mon tout premier combat réel. Âge, quinze ans.

– Bien, ne te fais pas de souci, Raffi. Tu sauras au moins te défendre un minimum, rassure Glenn.

– Ben, aucune capacité, combat en apprentissage avec des armes blanches.

– Quel âge as-tu ? lui demandé-je.

– Quatorze ans !

Je le fixe des pieds à la tête, il a l'âge de Jylo quand je l'ai rencontré pour la première fois. Il a encore la bouille infantile. Sa mèche de devant est assez longue, elle lui tombe devant l'œil droit, ce qui le fait secouer la tête pour la replacer toutes les deux secondes. Il est taillé tout en longueur, assez sec, on peut voir ses muscles d'ado ressortir sur ses bras nus.

– Nino, aucune capacité...

– Faux ! coupe Alexander. Il a une capacité cachée, c'est juste qu'il ne l'a pas encore trouvée.

Tout le monde le regarde, Jeff et sa meute ne comprennent rien.

– Et tu sais laquelle ? demande Glenn.

– Oui, j'ai eu le temps de l'observer quand on était dans la meute, il a la capacité des armes blanches. Il sera dix fois plus fort et plus rapide que Steeve.

– Intéressant, merci Alex, répond Glenn satisfait. Nino, poursuis, nous t'écoutons.

– Heuu...

Il est complètement perdu parce qu'il vient d'apprendre.

– J'attends, Nino ! dit Glenn plus sèchement.

– Oui ! se reprend-il tout de suite. Nino, future capacité armes blanches. Niveau combat bon, en formation avec Ben. Âge, seize ans.

Son assurance est plus importante que celle de son frère de meute, Ben. Ils ont la même coupe, mais lui, met sa mèche à l'arrière, elle est moins gênante. Il est légèrement plus grand et plus large. Il ressemble un peu plus à un jeune homme.

– Merci, Nino. Il en reste trois.
– Redje, aucune capacité, en formation auprès de Mary. Combat mauvais. Âge douze ans.
– Très bien, Redje.

Il y a presque deux ans, j'aurai sursauté en entendant douze ans, mais quand je vois Altéha au milieu de tous ces hommes et de ces femmes et comment elle sait déjà se défendre, je sais qu'ils sont tous capables de se battre et j'ai confiance en Glenn.

– Zali, mère de Raffi. Aucune capacité. En apprentissage médical auprès de Mary. Niveau combat moyen, je pense.

Sa voix est tremblante et hésitante, même son fils a plus d'assurance qu'elle. Leur ressemblance n'est pas frappante, Raffi a dû tout prendre de son défunt père. Plus petite que son fils, maigre comme un bâton. Elle me donne l'impression d'être dépressive. A-t-elle fait le deuil de son mari ? Ses yeux cernés et ses traits fatigués montrent que ce n'est pas le cas.

– Détends-toi, Zali, je ne vous ferai pas aller au front en sachant que vous êtes en formation médicale.

– Merci, génér… Glenn, rectifia-t-elle.

– Jo ! Je ne peux discuter que par télépathie. On nous a arraché la langue à mon loup et à moi.

Mince, alors c'est pour cela qu'il ne disait jamais bonjour, quelle idiote. Confuse, je baisse le regard.

– Capacité trouble la vision, combat assez bon. Âge la quarantaine.

Je comprends tout juste maintenant que le côté froid qu'il dégage vient de ses expériences de vie qui ont dû être difficiles. A-t-il perdu ses enfants et sa femme ou n'a-t-il jamais rencontré sa moitié ? En plus de ne plus avoir de langue on peut apercevoir le début d'une cicatrice verticale qui part de son cou. Je devine un coup de griffe, cette cicatrice ressemble beaucoup à celle de Cheyn qui, elle, est horizontale. Cheveux attachés en chignon, rasé de près, environ un mètre quatre-vingt-dix, il dépasse toute sa meute. À part son visage, son cou et ses mains nous ne voyons pas un morceau de peau, camouflée par ses habits larges. Comment fait-il pour ne pas avoir chaud sous ce soleil intense ?

– Parfait, on a tout le monde. Voici les équipes auxquelles vous appartiendrez et les lieutenants de chaque division, en espérant que d'autres personnes nous rejoindront. Certains seront sur plusieurs équipes et devront s'entraîner dans chacun d'eux. Le premier lieutenant dans le groupe soin médical est Mary. Elle lui fait un hochement de la tête. Avec toi, tu auras Zali et Redje.

CHAPITRE 19

Les deux membres de la meute se mettent aux côtés de leur lieutenant.

– En attaque armée : le lieutenant sera Steeve. Tu seras avec Nino et Ben.

– Bien, mon général Glenn, répond Elvis dans la tonalité d'un soldat.

– En attaque psychique : le lieutenant sera Alexander et tu auras Raffi.

Alexander observe nerveusement tout le monde. Être lieutenant lui sera difficile, il faudra parler et échanger, ce qui n'est pas son fort.

– Ensuite, en attaque éloignée : le lieutenant sera Isabelle et tu seras avec Altéha.

Isabelle fière, incline la tête vers mon fiancé.

– En défense éloignée : le lieutenant sera Ava, ton groupe sera complété par Isabelle, Alexander et Jo.

– On sera le meilleur groupe, dit Ava en défiant son mari.

– Ne va pas trop vite, ma belle, répond Cheyn en lui faisant un clin d'œil.

– Ensuite, reprend Glenn. En défense rapprochée : le lieutenant sera Cheyn, tu seras avec Ava, Altéha et Jeff.

– Tu n'auras pas intérêt à démonter mon groupe pour que le tien soit meilleur, dit Cheyn à sa femme, pliée de rire.

– Le groupe suivant n'en est pas encore vraiment un, cependant j'espère que d'autres nous rejoindront. En soutien arme : lieutenant Lili et pour l'instant tu es seule.

Elle baisse la tête en donnant l'impression que ça lui va très bien.

– Dernier groupe le plus chargé, attaque rapprochée : le lieutenant sera Bayr, ton équipe se compose de Cheyn, Lili, Lilou, Jylo, Lojy, Jeff, Zal, Hanahita puis moi-même et je serai à tes côtés pour t'épauler.

– Tu m'as oubliée ? demandé-je.

– Non, tu seras sur tous les flans, à toi de t'organiser pour pouvoir trouver ta place dans chaque division. Ta capacité ne me permet pas de te mettre dans un groupe précis.

– Ça me va, répondis-je satisfaite.

Je pourrai m'entraîner avec tout le monde et obtenir de nouvelles capacités, que demander de plus !

– Moi, non, s'impose Lili. Je ne veux pas qu'elle s'entraîne avec ma fille. C'est un danger ! Je ne veux pas qu'il lui arrive la même chose qu'à Hanahita et Hazia.

Glenn gonfle la poitrine, son regard change de tout au tout, le liseré rouge dans ses yeux devient plus large.

– Lili ! prononce-t-il avec dureté. On va devoir faire une guerre, ta fille malgré son jeune âge à une capacité extrêmement forte. Elle sera en face d'hommes et de femmes qui essayeront de la tuer sans pitié. Ce qu'Amy lui apprendra en la défiant pourra lui sauver la vie. Cependant si tu n'es pas d'accord avec mes ordres, tu peux partir avec elle. Personne ne te retient ici !

Lili cherche le soutien de son frère jumeau en le regardant, il baisse les yeux en accord avec Glenn. Se sentant seule, elle ne sait plus quoi répondre et hésite.

– Maman, ça ira et Amy saura bien m'apprendre. N'oublie pas, c'est une élève de mon papa.

Surprise par la petite, je la regarde bouche bée, les larmes aux yeux.

– Très bien ! Mais si je sens le moindre danger… d'un coup Lili tourne son regard sombre vers moi. Je te tue de mes propres griffes ! Termine-t-elle.

Ne voulant pas la provoquer, je préfère ne pas lui répondre, cependant je ne baisse pas les yeux pour autant.

– Est-ce que d'autres personnes veulent s'opposer à mes directives ?!

– Non, mon général ! hurlent-ils tous en chœur, sauf Elvis qui rajoute Glenn, ce qui nous fait tous sourire.

– On a trouvé encore plus con que Zal ! rigole Lojy.

– Jeff, Raffi et Nino vous viendrez me voir, dicte Glenn sans relever la remarque de Lojy. Lili et Cheyn trouvez-vous aussi du temps pour travailler sur votre capacité en commun. Les autres à l'entraînement !

Je les laisse rejoindre leurs groupes respectifs, en attendant je prends contact avec ma mère.

– Salut, comment ça se passe de votre côté ?

– Bonjour, très bien mon ange. Nous avons déjà vu deux meutes qui ont certifié qu'elles viendront vous rejoindre. J'espère qu'ils tiendront parole. Et vous le test s'est bien passé ?

– Tu étais au courant ?

– Bien sûr, moi aussi, je l'ai fait.

– Et tu ne fais plus qu'un avec Jiane comme Bayr ?

– Non, je n'ai pas pris le temps de chercher à savoir comment réussir le test.

– Tu l'as loupé ?! Pour quelle raison ?

– Je ne l'ai fait qu'une seule fois et je n'ai pas compris comment vaincre mon pire ennemi !

– Qui était-il ?

– Ton grand-père. C'était un monstre, ta grand-mère et moi étions à sa disposition. Il nous brutalisait souvent.

Je reste sous le choc d'entendre parler de mes grands-parents, et de savoir que mon grand-père était un enfoiré.

– Ils sont morts ?

CHAPITRE 19

— Oui, ton père a tué ton grand-père en me défendant, ta grand-mère a voulu se venger et il l'a assassinée aussi.

— Quelle horreur !

— Je te l'ai dit mon ange, j'ai mon histoire aussi et elle a été difficile.

— J'ai hâte que tout cela s'arrête.

— On y arrivera mon ange, et grâce à toi, en plus. Allez, je dois te laisser, entraînez-vous bien et surtout ne vous précipitez pas. Vous n'aurez qu'une seule chance.

— Oui, maman, à très vite.

— Je t'aime ma fille, je suis fière de toi !

Elle coupe le contact avant même que je puisse lui répondre : **Moi aussi, je t'aime maman.**

— **Ne t'inquiète pas, elle le sait**, me rassure Tenshi qui a suivi notre conversation.

— Je n'ai pas été sympa avec elle durant les mois qu'on a passés ensemble. Je m'en veux et j'ai peur qu'on n'ait pas d'autres occasions.

— **Ne pense pas à de telles choses, tout ira bien.**

— J'ai peur d'avoir commis une grave erreur Tenshi, et j'ai cette boule dans l'estomac qui ne me quitte pas depuis que Rob est parti. Malheureusement je me rappelle la dernière fois que je l'ai eue, c'était avec Matëus.

— **Quelle erreur as-tu faite ? C'est de l'inquiétude que tu ressens, rien d'autre, je suis bien placée pour le savoir.**

— Ameria sait maintenant qui je suis et elle voudra retrouver notre mère pour lui demander de rendre des comptes. Je me demande même si ce n'est pas pour ça que la meute de Jeff ne l'a pas croisée. J'ai peur que sans Bayr à leurs côtés pour camoufler leur présence, elle les retrouve plus facilement.

— **Si c'est le cas, elle ne fera aucun mal à ta mère, car ton père ne souhaite pas sa mort.**

— Non, c'est bien pire que ça, il la veut à ses côtés.

— **Arrête de te faire du mouron, pour l'instant ils vont bien. Et quand ils auront fini leur mission, ils rentreront. Rob ne laissera pas ta mère en danger. On ne dirait pas au premier abord, mais il est fort et doué. Elle a du souci à se faire face à lui.**

— Espérons que tu dises vrai.

— **Allez, avec quel groupe souhaites-tu t'entraîner ?** change-t-elle exprès de sujet.

J'observe les équipes une à une, Glenn a fini de parler aux trois qui ont repris leurs places. Quand je pose mes yeux sur le groupe de Mary qui explique les premiers gestes de secours à son unité, je me sens tout de suite attirée par elle. Avec le don de ma mère, je pourrai leur enseigner diverses choses qu'ils pourront réaliser sans forcément posséder la capacité de soigneuse.

– Ça ne vous dérange pas si je viens vous donner des conseils ? leur proposé-je hésitante.

– Non, bien au contraire. La fille d'une grande soigneuse vient nous donner de son temps. On est tout ouïe, répond Mary gentiment.

Je lui serre la main pour la remercier et me mets entre les trois apprentis qui ont soif de connaissance. Je leur fais exécuter des simulations de différentes blessures tout en les rapprochant de certains entraînements des groupes pour qu'ils apprennent à rester concentrés quoi qu'il arrive. Leurs loups se tiennent à différents endroits pour les avertir du moindre danger et pour les défendre. Tenshi leur explique le rôle qu'ils doivent tenir tout au long d'une guerre ou d'une attaque. Les stratégies : savoir se cacher et observer et surtout être très complices avec leurs maîtres afin d'avoir la meilleure communication possible. Avec Tenshi, nous restons la matinée avec ce groupe, ce qui m'a permis de mieux connaître Zali et sa louve Ama puis le jeune Redje et son loup Elros.

Comme je pensais, Zali n'a pas fait le deuil du père de Raffi, bien qu'Ama se porte mieux qu'elle, et essaie de la relever de sa dépression, celle-ci reste inconsolable. C'est Raffi qui a insisté pour participer à la guerre afin de pouvoir venger son père. Ne voulant pas perdre le deuxième homme le plus important de sa vie, elle l'a suivi en espérant pouvoir le protéger. Elle ne fait plus du tout attention à sa personne, ses cheveux coupés par ses soins ne sont pas bien égalisés, elle avait essayé, m'a-t-elle dit de faire un carré plongeant afin d'être plus jolie aux yeux de son fils. Malheureusement, cela a donné l'effet inverse. Je lui ai parlé de Lili et lui ai précisé qu'elle avait aussi perdu son mari. Je lui ai conseillée de se rapprocher de ma sœur, d'une part, parce qu'elle pourrait la comprendre et d'autre part, pour ses mains magiques qui pourraient faire des miracles sur son physique. Ce n'est pas parce qu'on prépare une guerre qu'on doit se négliger. Personnellement depuis que Lili m'en veut, elle ne s'occupe plus de mes cheveux et ils commencent à être beaucoup trop longs pour faire des combats, je dois les coiffer en chignon la plupart du temps.

La vie du jeune Redje est moins éprouvante, ses deux parents sont restés au camp. Trop peureux pour y participer et n'ayant aucune capacité, ils ont trouvé stupide et suicidaire d'affronter la royauté. Redje, les trouvant lâches s'est fâché, puis il est parti sans même leur dire au revoir. Avec Elros qui lui, a gardé contact avec eux, on a essayé de lui faire entendre raison pour qu'il conserve un lien avec ses parents ; il pourrait le

CHAPITRE 19

regretter s'ils venaient à disparaître du jour au lendemain. Bien qu'il soit mignon, il est aussi très têtu et ne veut pas leur pardonner. Il essaie par tous les moyens de cacher sa peur, mais en réalité la guerre le terrifie et il ne souhaite pas se retrouver au milieu d'un combat. C'est pour cela qu'il s'est lancé dans le médical, il pourra aider sans être tétanisé devant son ennemi.

Après cette bonne matinée, Glenn donne l'ordre de se reposer et d'aller manger, pour ceux qui en ont besoin. À l'instant où je décide de rejoindre Glenn pour savoir comment s'est passé leur entraînement, j'aperçois Zali rejoindre timidement Lili. Quand je les vois toutes les deux rire, je comprends qu'elles vont bien s'entendre et pourront s'entraider dans leurs moments difficiles.

– Je présume que c'est toi qui les as rapprochées toutes les deux, me demande Cheyn décontracté.

– Oui, elle passe par la même souffrance.

– C'est une très bonne idée, pourvu que Lili n'apprenne pas que ça vient de toi, sinon, elle va l'envoyer balader comme un vieux torchon.

– Tu crois qu'elle serait capable de lui faire ça, lui dis-je étonnée.

– Une peste restera toujours une peste, rigole-t-il en partant rejoindre Ava.

Je détourne vite le regard pour que Lili ne se méfie pas de mon initiative en espérant que Zali ne vendra pas la mèche.

Je retrouve Glenn qui est en train de parler à Lilou et Taktama afin de les rassurer sur l'attaque qu'elles ont réalisée tout à l'heure. Je les laisse finir leur échange, puis Lilou me sourit de toutes ses petites dents et part avec Altéha rejoindre le groupe de chasse.

– Comment s'est passée la matinée avec le groupe médical ? enchaîne Glenn tout de suite après avoir fini avec la gamine.

– Très bien, ils en veulent et ont soif d'apprendre.

– Bien, c'est rassurant. Tu as pu les aider ?

– Oui, avec Tenshi nous avons fait plusieurs scénarios pour voir leur réactivité.

– Et le jeune, il suit ?

– Oui, c'est un passionné. Il apprend très vite de ses erreurs. Et toi comment s'est passé le groupe d'attaque rapprochée ?

– Difficile, me dit-il en grimaçant.

Il me prend la main et nous nous dirigeons vers le bord de mer loin de toute oreille.

– Zal et Lojy se sont défoulés l'un contre l'autre. Cheyn voulant faire mieux que sa femme qui a tenu son groupe de défense rapprochée, n'a pas arrêté de la défier. Hanahita défendait en permanence Jylo, et Lilou avait peur de tout. Bref, une horreur.

— Ah oui, ça complique les choses s'ils ne prennent pas l'entraînement au sérieux. Et leurs loups n'ont pas réussi à leur faire entendre raison ?

— Non, même eux étaient impuissants.

— Il faudrait leur montrer qu'un combat est sérieux et qu'à la moindre faute ou faiblesse ils peuvent perdre la vie.

Glenn épuisé se frotte les yeux en soufflant.

— Prends un peu de mon énergie, je n'en ai pas encore gaspillé aujourd'hui. J'ai un trop-plein, je vais exploser si ça continue.

Il me remercie et m'embrasse tendrement puis en profite pour reprendre la vitalité dont il a besoin.

— Ne te fais pas de souci, ils vont se mettre au boulot. Laisse-leur le temps de prendre leurs marques et d'apprendre à se connaître.

— Oui, sans doute. C'est juste que je suis inquiet, la guerre approche et j'ai l'impression d'être leur moniteur de vacances, râle-t-il.

— On n'a pas de date de rendez-vous avec la guerre, on la fera quand on sera tous prêts.

— Justement c'est ça qui me fait peur, maintenant ton père doit connaître ton existence, il va te chercher partout et il pourrait nous trouver bien plus vite que nous le pensons.

— On est en sécurité ici, qui oserait nous attaquer chez les Sentinelles. Avec eux, on est une soixantaine sans parler des loups.

— Un fou rempli de haine par exemple.

Je soupire, je sais qu'il a raison. Nous sommes en sécurité tant que personne ne sait qu'on est ici, mais pour combien de temps ? Une semaine, un mois, un an ?

— Écoute, bouge-les ! Il me regarde surpris du revirement de mes propos. Fonce leur dedans, blesse-les s'il le faut, mais qu'ils réagissent, peu importe la méthode ou qu'ils te détestent. Tu te souviens de l'entraînement de Matëus, il nous mettait à bout et il s'en foutait qu'on ne l'aimait pas. Tout ce qu'il voulait c'était nous rendre plus forts et qu'on survive. Prends exemple sur lui, tu es le général, pas leur frère ou leur pote.

— Merci, ma chérie, c'est ce que j'avais besoin d'entendre.

Nous nous asseyons sur le sable chaud et contemplons les vagues s'échouer sur le bord.

— C'était quoi ton cauchemar ? lui demandé-je d'un coup.

Il souffle et ferme les yeux quelques secondes.

— J'étais contre ma mère, dès que son regard s'est posé sur moi, une haine immense m'a submergé. Je ne voulais qu'une seule chose, qu'elle

CHAPITRE 19

paye pour le mal qu'elle avait fait à notre famille et à moi. Mais elle n'arrêtait pas de me rabâcher toujours la même phrase, en boucle "tu es un incapable, heureusement que ton frère est là !" Elle me rendait dingue et je n'ai pas pu la toucher une seule fois. J'ai terminé par terre, épuisé.

Ses yeux figés sur les vagues, je pouvais remarquer qu'il revivait son cauchemar en même temps qu'il me le racontait.

– Personne ne t'a conseillé de la façon dont tu devais t'y prendre ?
– Non, j'étais tout seul, pourquoi tu étais avec quelqu'un ?
– Pas vraiment, il n'était pas là physiquement, mais je pouvais l'entendre dans ma tête. Et en une seule phrase, répétée plusieurs fois, il m'a fait comprendre ce que je faisais mal.
– Qui c'était ? me demande-t-il en me regardant droit dans les yeux.
– Matëus ! chuchoté-je comme si son prénom était devenu tabou.
– Pourquoi, lui ?
– Je ne sais pas, à chaque fois que je me sens triste, en danger, ou remplie de haine, il apparaît comme par magie, réponds-je en souriant tristement.
– Tu as demandé à d'autres de notre meute s'ils ont eu aussi la même expérience que toi ?
– Je n'ai demandé qu'à Jylo et tout comme toi, il s'est débrouillé seul, enfin seul, c'est vite dit !
– Oui, quel phénomène celui-là, rigole-t-il avec moi.

Sachant qu'on n'aura pas plus de réponse et ne voulant pas nous creuser la tête sur ces cauchemars, nous décidons de nous reposer sur le sable. Glenn leur a donné rendez-vous dans une heure trente pour continuer l'entraînement.

Une heure plus tard, les voilà tous revenus et à l'heure. Au moins ils sont tous ponctuels, c'est déjà énorme. Cette fois, je me dirige vers le groupe de soutien psychique, me demandant comment ils font pour s'entraîner ?

– Ça ne vous dérange pas si je viens un peu avec vous ?
– **Non, du tout, me répond Kiba.**
– Ne me dis pas que c'est toi qui parles à la place d'Alexander ?
– Si !

Je fixe son maître avec des gros yeux.

– Tu es le lieutenant de ce groupe, si Glenn avait voulu que ce soit ton loup, il l'aurait choisi lui ! Alors tu m'enlèves ce handicap et tu parles à ton soldat, lieutenant ! m'emporté-je vers la fin.

Tous les autres se retournent pour nous fixer, Glenn les remet tous au travail immédiatement.

Alexander, encore plus gêné, ne répond pas.
- Lieutenant, Alexander je te parle ! insisté-je.
- Oui, répond-il enfin, tout doucement.
- Veux-tu bien reprendre l'entraînement ?
- Oui, je peux.

Cette fois-ci il y avait un peu plus de détermination dans sa voix. Il m'explique que ce matin, il était avec le lieutenant Ava dans le groupe de défense éloignée et que Raffi avait profité de s'entraîner en attaque rapprochée avec Glenn et le lieutenant Bayr. Ce gamin n'a pas froid aux yeux, il donne même l'impression de n'avoir peur de rien. Pourtant, si je me souviens bien, il avait dit avoir un niveau faible au combat. Pourquoi ne dégage-t-il aucune crainte ?

L'entraînement d'Alexander est simple et amusant. Pendant que les autres sont en plein exercice, Raffi brouille la communication entre un maître et son loup. Complètement perdu, il se prend plein de coups. Quant à Alexander, il apparaît n'importe où dans un groupe et attaque la personne qu'il souhaite. Ça les entraîne, et il fait progresser l'anticipation des autres. J'ai essayé leurs capacités. Celle d'Alexander est très dure à contrôler, ressentir les émotions de tout le monde m'a beaucoup perturbée. Cependant j'ai compris pourquoi le jeune Raffi donne l'impression de ne ressentir aucune peur. En réalité, il est complètement inconscient et ne se rend jamais compte du danger. C'est son loup Amlach qui l'avertit à chaque fois qu'il y a un risque. Je comprends pourquoi Zali se fait tant de souci pour son fils.

Sa peau très blanche fait ressortir ses sourcils très prononcés et ses cheveux coiffés façon pétard. À côté d'Alexander, il paraît mince et petit, mais à mes côtés on peut tout de suite voir qu'il est grand et musclé pour un gamin de son âge. Son visage carré lui donne l'allure d'un militaire.

En fin d'après-midi, Glenn donne l'ordre de fin d'entraînement et explique qu'il faut respecter ces horaires. Dorénavant, ce sera comme ça tous les jours.

Zali rejoint tout de suite Lili avec sa louve Ama qui s'entend très bien avec Luna. Les voir toutes les deux comme ça me fait ressentir des émotions contradictoires. En premier, je suis heureuse pour elles et espère que leur entente les aidera à aller mieux, ensuite, j'éprouve un brin de jalousie, je me revois passer des bons moments avec Lili et Luna et cela me manque terriblement. Même si je m'entends bien avec les femmes des meutes, ce n'est pas pareil. Elle était ma toute première sœur et on est passé par des évènements remplis d'émotion. J'ai du mal à croire que tout cela soit terminé. Elles passent à côté de moi, mais Lili et Luna ne

CHAPITRE 19

font pas attention à ma présence. Je les regarde s'éloigner toutes les quatre.

— Ça pue l'envieuse à plein nez ! balance Lojy qui m'épie depuis tout à l'heure.

— Et toi tu pues la merde à force de la chercher ! m'énervé-je en me dirigeant vers la végétation.

Je reste un temps seule, j'avertis Glenn et Tenshi pour qu'ils ne me dérangent pas. Sachant que j'ai toujours eu besoin de solitude par moment, ils ne se posent pas de question et l'acceptent sans problème. Je m'arrête dans un petit coin de paradis, une petite rivière coule à travers une végétation dense. Un rocher est situé juste à un endroit parfait comme si on l'avait posé exprès. J'y écris ma phrase habituelle et m'assieds en regardant l'eau suivre son cours.

Je rejoins les meutes en fin de soirée, Glenn m'a gardé de la viande pour être sûr que je m'entraîne avec le ventre plein demain. Vu ce qui s'est passé la dernière fois, je ne vais pas faire la têtue et mange avec appétit. La plupart ronflent déjà, certains n'ont pas du tout l'habitude de se donner autant physiquement. On remarque que notre meute est plus rodée que celle de Jeff. Je discute un peu des entraînements avec mon compagnon. Apparemment l'après-midi s'était un peu mieux passé, mais ils sont encore loin d'être des soldats. Il me félicite pour l'attitude que j'ai eue par rapport à Alexander. Il a vu tout de suite un changement sur celui-ci après le remontage de bretelles. Nous nous endormons plus ou moins contents de l'entraînement.

Au matin, nous avons déjà tous repris les exercices et j'ai rejoint le groupe d'attaque armée. Toujours égal à lui-même, Elvis est très discipliné, mais pas autant que ses deux soldats, Ben et Nino. Je les surnomme Tic et Tac, ils sont inséparables, toujours collés. Ben, alias Tic a perdu ses parents très jeunes et ce sont ceux de Nino qui l'ont éduqué et lui ont tout appris. Il est de nature très timide, mais s'ouvre davantage quand Nino, plus extraverti, est proche de lui. Son loup Rolf est très attentif envers son maître et le surveille constamment. La mèche devant son œil me stresse, le voir bouger la tête pour la remettre en place à chaque fois me rend dingue. Je crois que je vais la lui couper pendant son sommeil. À part ça, il a plutôt un bon niveau au sabre, Elvis a fait du bon boulot. Nino donc alias Tac, est plus foufou. Hyperactif, il ne tient jamais en place et n'aime pas rester longtemps sur une même action. Sa capacité n'est pas encore apparue, mais vu la vitesse à laquelle il s'adapte, il ne doit pas en être loin. Sa voix est assez roque et parle très vite en mangeant plusieurs de ses mots, très sympathique et sociable. Il m'a expliqué que ses parents n'ont pas voulu venir afin de protéger le reste de la meute au cas où ils se feraient attaquer durant leur absence. Je trouve ce choix judicieux en sachant qu'il y a encore des enfants. Lui et son loup Lars sont en contact trois fois par jour avec leurs parents. Ben et Rolf sont sous la responsabilité de Nino, ses parents les aiment autant que lui et Lars. Chez tous les jeunes à qui j'ai parlé, j'ai pu ressentir la peine d'avoir été séparé de leurs géniteurs, même le petit Redje qui ne veut pas l'avouer.

L'après-midi, je passe dans le groupe de défense éloignée, je me rapproche du lieutenant Ava en essayant d'utiliser la capacité d'Alexander. Je pense être l'abri, cachée dans l'ombre d'un de ses soldats, lorsque je me prends un sacré coup de décharge.
– Aïe ! crié-je planquée derrière Jo.
– Tu pensais qu'on ne t'avait pas vue, rigole Ava.
– Je croyais oui, j'espérais avoir réussi à utiliser la capacité d'Alexander.
– Bah, c'est loupé complet, dit Ava en continuant à rire.
– Mais tu as raison, continue à t'exercer, m'encourage Isabelle.
– Tu viens t'entraîner avec nous ? me demande Ava qui avait repris plus ou moins son sérieux.
– Oui.
– Super ! s'écrie-t-elle en se retournant vers Cheyn qui souffle, dégoûté.
Je la regarde en inclinant la tête sur le côté.
– J'avais parié avec lui que tu viendrais dans mon groupe avant d'aller dans le sien.
– Et tu as gagné quoi ? lui demandé-je vraiment curieuse.
– Un massage ce soir et qu'il chasse pour moi pendant deux jours, dit-elle en sautant sur place d'excitation.
– Super ! Contente de t'avoir fait gagner !
En le disant, je fais signe à Cheyn en mettant le pouce vers le bas, puis nous rigolons ensemble.
Glenn nous entend et fronce les sourcils.
– **Amy vous êtes en plein entraînement,** me reprend Tenshi gentiment.
– **C'est juste que c'est dur de rester sérieuse avec Ava.**

CHAPITRE 19

Elle me grogne dessus ; oui c'est vrai, je suis d'accord avec elle, c'est une excuse bidon.

Ava se reprend immédiatement et commence le combat contre Isabelle et moi je défie Jo. Lorsqu'il me trouble la vue, un flash me revient en pleine face et revois mon père se vider de son sang allongé sur le sol. Je rentre dans une crise de panique, Ava et Isabelle arrêtent leur combat pour me venir en aide.

– Je suis navré, je ne pensais pas te faire réagir comme ça, s'excuse Jo dépassé.

– Ce n'est… pas ta… faute, rassure-toi, lui dis-je entre deux souffles.

Pendant quelques secondes, Isa me détend grâce à son électricité.

– Merci, je vais mieux.

Je me remets face à Jo qui retient sa capacité, ne me sentant pas prête à revivre ça. Tout en combattant, nous prenons aussi le temps de mieux nous connaître. Son histoire est triste comme pour tout le monde ici, mais c'est lui qui m'a le plus touchée. N'ayant plus rien à perdre, il s'est lancé dans ce projet de guerre.

À l'époque tout lui souriait, c'était l'ancien chef d'une petite meute, sa femme et ses deux filles le rendaient heureux dans sa vie quotidienne, mais aussi en tant qu'alpha. Toutes les trois étaient toujours là pour l'épauler et lui donner de bons conseils. Jusqu'au jour où il a tout perdu jusqu'à sa langue. Pour sécuriser sa petite meute souvent attaquée, il a signé avec le diable, même si sa famille lui conseillait de ne pas le faire. Seulement voilà, il avait trop peur et a accepté d'avoir la sécurité de la royauté contre sa soumission. Tout se passait très bien, jusqu'au jour où on lui a donné l'ordre de se mettre à la recherche d'enfants qui se seraient sauvés, et de les tuer. Ne pouvant pas accomplir une telle chose, il a refusé, malheureusement, on ne conteste jamais Sa Majesté. Pour le punir d'avoir désobéi, ils se sont pointés dans la petite meute, ont tué tout le monde devant ses yeux et lui ont arraché sa langue et celle de son loup. Cependant pour lui, la plus horrible des punitions, c'est de l'avoir laissé en vie après avoir vu ses filles et sa femme se faire arracher la tête sans même pouvoir intervenir. C'est en arrivant ici qu'il a compris que les enfants qu'il devait tuer à cette époque était nous, ce qui le réconforte c'est le fait de ne pas nous avoir assassinés et de pouvoir aujourd'hui nous aider. Son loup Ek est très abîmé, de près on peut apercevoir les nombreuses cicatrices sur tout son corps. Il a remarqué mon insistance à l'observer sur toutes les coutures, à la limite de l'impolitesse. Du coup, Ek m'a expliqué qu'après avoir perdu tout leur monde, ils sont partis se défouler sur tous les soldats qu'ils pouvaient croiser en espérant qu'il y en aurait un qui finirait par leur donner le coup de grâce et leur rendre enfin, la paix. C'est un homme vraiment extraordinaire, je m'en veux de l'avoir mal jugé au départ.

Cet après-midi, je me lance dans le groupe attaque éloignée, avec le lieutenant Isabelle. Je suis ravie de retrouver Altéha même si sa mère ne me lâche pas de son regard noir. Pour l'instant, ni Isabelle ni moi ne nous entraînons, on cherche à faire ressortir le pouvoir de la petite selon sa volonté et ce n'est pas gagné.
– Altéha, il faut que tu te concentres sur la glace. Essaye d'y penser fortement, explique Isabelle depuis une heure.
– Pff, je n'arrive pas ! maronne-t-elle de sa petite voix.
– Tu permets, Isa ? lui demandé-je agacée.
Elle hésite en voyant les yeux grossir de Lili.
– Je ne sais pas si...
– Tu veux qu'elle sache se servir de sa capacité ou tu veux qu'elle meure !? lui dis-je sèchement en cachant le regard de Lili.
– D'accord, mais vas-y doucement, insiste-t-elle sur le dernier mot.
– Je vais essayer, lui dis-je en souriant tout en montrant mes crocs. Altéha, tu m'écoutes maintenant. Tu n'es plus un bébé, n'est-ce pas ?
– Non, je suis une grande !
– Les grands savent se servir de leur capacité, alors toi aussi tu peux y arriver.
– Carrément ! me répond-elle avec spontanéité.
– Pense à quelque chose ou quelqu'un que tu détestes !
– Je déteste la fille qui a fait du mal à Luna !
Ses yeux commencent à changer de couleur et deviennent de plus en plus bleus comme ceux de Shyva à ses côtés.
– Je la déteste aussi parce que ma maman est toujours triste maintenant !
– C'est bien, continue.
– Je la hais parce qu'elle a tué mon papa ! Et parce que tout le monde t'en veut à cause d'elle ! crie-t-elle.
D'un coup, une trentaine de lames entourent son petit visage meurtri.
– Tu ressens le sentiment que tu as en toi ?
– Oui !
– C'est ça qui déclenche ta capacité, maintenant tu sais comment la faire apparaître. Seulement il faut que tu arrives à la modérer et t'en servir correctement.
– D'accord.

CHAPITRE 19

Je cherche des yeux une personne contre qui je pourrai me venger aujourd'hui. Quand j'ai ma petite idée, je reprends.

– Tu vas viser quelqu'un. Par pur hasard, je choisis... Lojy !

– Par pur hasard, c'est ça, ouais ! me balance Isabelle qui a vu clair dans mon jeu.

– Mais je risque de le blesser, il se bat contre Zal.

– Justement cela fait partie de l'entraînement, il faut rester sur ses gardes en permanence même pendant un combat.

– Ah, d'accord, tu as raison.

Je ne peux pas m'empêcher de rire intérieurement.

Elle se concentre et envoie deux lames dans sa direction. Suivies des vingt-huit autres !

– Heuu, Altéha tu as fait un peu fort, deux suffisaient largement.

– Je n'ai pas réussi à retenir les autres, dit-elle toute penaude.

Nous regardons les lames se diriger droit sur Jylo, Lojy. Sans pouvoir faire grand-chose, à part le prévenir, néanmoins je veux vraiment voir comment il s'en sortirait si cela arrivait en plein milieu d'un vrai combat. Les deux premières arrivent droit derrière sa tête, en quelques secondes il les arrête en les attrapant dans chaque main puis esquive toutes les autres. Je reste bluffée, comment a-t-il su, quelqu'un l'aurait-il averti ? Ses yeux se posent sur moi avec un sourire narquois.

– **Bien tenté, mais si vous voulez me toucher il faudrait agir plus vite !**

– **Qui te l'a dit ?** lui demandé-je surprise.

– **Personne, je l'ai vu dans le regard de Vif !**

Je n'arrive pas à y croire, il a réussi à ne faire plus qu'un avec son loup.

– **Je te l'ai déjà dit, j'ai toujours une longueur d'avance sur vous !** ricane-t-il.

Sans répondre, je me retourne le visage tendu.

– Il est trop fort, il a réussi son entraînement ! s'exclame Altéha.

– Mouais, lui répondis-je frustrée.

– Pourquoi tu n'es pas contente, alors ?

– Oh, si je le suis, me rattrapé-je en souriant.

Nous finissons l'entraînement de l'après-midi en exerçant Altéha à se tempérer et c'est loin d'être facile.

Les jours suivants, nous progressons tous ensemble et nous prenons confiance les uns envers les autres. Cheyn et Lili continuent à s'entraîner après nous, tous les soirs, afin de faire ressortir la capacité de celui-ci.

Moi, je continue à tourner entre tous les groupes, j'ai obtenu les capacités de tout le monde sauf celle d'Altéha, respectant le souhait de sa mère.

Un soir où nous sommes tous ensemble, je vois Lili et Zali discuter toutes les deux et Lili reprendre la coupe de cheveux de celle-ci. Une énorme jalousie m'atteint, je regrette presque de les avoir fait se rapprocher. Ma complicité avec ma sœur me manque terriblement, je me ronge les ongles des pouces en les entendant se marrer. Je savais que porter ce secret tous les jours serait un poids énorme sur mes épaules, cependant je n'aurai jamais pensé que la douleur de perdre la relation avec ma sœur serait si intense.

– **Arrête de te faire souffrir toute seule et dis-lui la vérité,** me conseille gentiment ma louve qui ressent mes émotions.

– **Non, ce ne serait pas correct pour Matëus.**

– **Pense aussi à toi, tu te tortures toute seule.**

– **Je peux le supporter.**

– **Moi, non,** avoue-t-elle péniblement.

– **Il le faudra !** lui répondis-je plus sèchement que je ne l'aurais souhaité.

Elle ne me répond plus et s'éloigne vers Shugo.

La fatigue de ces entraînements se lit sur tous nos visages, et nos nerfs sont aussi mis à rude épreuve. Même si on s'entend tous plutôt bien, il faut arriver à se supporter. La meute de Jeff a fait l'épreuve de la mixture hier et ils ont encore du mal en s'en remettre, très peu ont réussi. Jeff a refusé de nous dire qui avait échoué préférant garder cela pour eux. Même si on a fait une alliance et qu'on a confiance les uns envers les autres, on reste deux meutes différentes et nous ne partageons pas tous nos secrets.

Depuis plusieurs jours, je n'ai plus de nouvelles de ma mère et de Rob. Elle m'avait prévenue de ce détail, comme ils ne se reposent pas beaucoup, ils gardent toute leur énergie pour se déplacer plus vite.

CHAPITRE 19

Après un nouveau jour d'entraînement, nous allons chasser avec Glenn malgré le peu de force qui nous reste. Je cours après des animaux lorsque soudain Rob me contacte.

– **Amy, je suis désolé, mais ne m'en veux pas !**

Mon cœur s'accélère en entendant ces mots, une peur soudaine me bouffe l'estomac.

– De quoi ! Que se passe-t-il ? paniqué-je.

– Écoute bien, ce sont mes dernières paroles. Ta petite sœur a réussi à enlever ta mère et va la ramener vivante auprès de Vali. Pour moi, c'est déjà trop tard, tu diras à Bayr que maintenant il est le capitaine du navire et que je compte sur lui.

– Non ! Où es-tu ? On vient te chercher ! m'affolé-je.

– C'est trop tard, tu es la seule à pouvoir sauver ta mère avec la meute. Je compte sur toi, gamine.

– Vous avez pu prévenir beaucoup de monde pour nous rejoindre ?

– ...

– Rob ?!

– ...

Je comprends tout de suite ce que signifie ce silence... Rob est mort !

20. EMBUSCADE

Mes jambes me lâchent littéralement, me laissant tomber à genoux sur le sol humide. Les larmes coulent en ruisseau sur mes joues, les mains posées sur ma poitrine, le souffle court. Tous les sentiments se mélangent, la haine, la colère, la tristesse, la peur. À mes côtés, ma louve n'arrive plus à dire le moindre mot. Shugo ayant senti la détresse de Tenshi avertit Glenn et ils se précipitent vers nous et nous trouvent dans un état déplorable.

– Ma chérie, qu'est-ce qui se passe ? Se soucie mon fiancé.

Je relève les yeux vers lui, en secouant la tête de droite à gauche. Une grimace traverse mon visage, impossible d'aligner une simple phrase.

– C'est ta mère ? Elle est… pense-t-il au pire.

Je lui dis non de la tête toujours en larmes, il tend la main pour m'aider à me relever. Je l'agrippe faiblement puis il me tire vers lui. Je tombe dans ses bras, il me serre fort en essayant de me calmer en me caressant le dos. Je prends une grande inspiration et réussis enfin à lui dire ce que je viens d'apprendre. Ma louve toujours sous le choc de la mort de Rob ne réagit pas.

– C'est peut-être un piège, ils l'ont capturé aussi et l'ont forcé à dire ça pour nous faire sortir.

– **Non !** se réveille Tenshi aux paroles de Glenn. **Il est bien plus fort que ça, même sous la torture, il ne nous aurait jamais trahis. S'il nous a fait cette annonce à Amy et à moi, c'est qu'il est réellement mort. Il a donné sa vie pour nous protéger ainsi qu'à Luna. Ameria a dû comprendre très vite qu'il ne divulguerait rien sur nous, alors elle s'est débarrassée de lui.**

– Je le savais, je l'ai ressenti comme pour Matéus. Je n'aurai pas dû le laisser partir.

– Arrête, ma chérie. Ne te flagelle pas, tu n'y es pour rien. Il savait très bien les risques qu'il courait en faisant cette mission. Mais c'est à nous maintenant d'assurer, afin qu'il ne soit pas mort en vain.

Je renifle et essuie mes larmes du revers de la manche.

— Tu as raison, ça ne sert à rien de pleurer. Il faut qu'on continue à progresser pour lui et pour tous les autres.

Glenn me sourit tendrement. Tenshi relève aussi le museau et se reprend, en se mettant dans une posture de combattante.

— T'a-t-il dit s'il avait pu voir assez de meutes ? me demande Glenn assez gêné, vu les circonstances.

— Non, il n'a pas eu le temps. Il faudra se contenter du nombre qu'on est. En nous entraînant encore plus dur, nous avons toujours notre chance.

— Oui, bien dit, ma chérie. Cependant il faut savoir si on en parle aux autres.

— **Oui, il le faut !** répond Shugo sûr de lui.

— Cela pourrait les démotiver d'être dans l'incertitude d'avoir des renforts, et la mort de Rob pourrait leur faire perdre espoir.

Je réfléchis en pesant le pour et le contre.

— **Oui, mais cela peut faire l'inverse aussi,** répond Tenshi en accord avec Shugo.

— Il serait plus judicieux de leur dire, Glenn. S'ils l'apprennent par autrui, c'est là qu'on risque de les perdre.

Glenn se gratte la tête face à ce dilemme. Après mûre réflexion, il prend la décision d'avouer l'horrible vérité, quitte à perdre encore du monde. Il demande juste qu'on attende demain matin, pour qu'il l'annonce lui-même avant l'entraînement.

Aucun de nous n'a faim depuis que nous avons appris cette tragédie, nous préférons rentrer en essayant de cacher notre visage attristé pour que personne ne se doute de rien. Au moment où nous les rejoignons, ils ont tous le sourire et discutent avec joie des progrès qu'ils ont réussi à faire. Au fond de nous, nous savons que ce n'est pas suffisant, mais en l'occurrence cela l'est encore moins maintenant. Alexander nous fixe chacun notre tour. C'est facile de le cacher sur notre visage, néanmoins nos émotions nous trahissent.

— **Quelque chose s'est passé depuis votre balade ?** s'inquiète Kiba.

On se fixe Glenn et moi puis nous baissons les yeux vers nos loups.

— **J'en parlerai demain,** répond Glenn.

— **Vu vos émotions, ça n'a pas l'air d'être une bonne nouvelle,** insiste Kiba.

— **Demain, je t'ai dit !** réplique Glenn plus sèchement.

Kiba se retourne vers son maître et n'ajoute plus rien. Alexander scrute Tenshi avec un regard triste et compatissant. Bien que Glenn n'ait rien dévoilé, notre frère a compris par lui-même ce qui est arrivé.

Après une nuit difficile, à m'inquiéter pour ma mère qui doit vivre un cauchemar avec Vali, nous nous retrouvons tous sur la plage d'entraînement. Glenn les a tous conviés pour leur annoncer la triste nouvelle. Je peux voir la tension qu'il a en lui, les muscles de la mâchoire serrée, le regard fuyant, il cherche encore les mots les plus justes, pour ne pas faire fuir les membres.

– Nous avons appris hier une très mauvaise nouvelle. Ne voulant pas la cacher, j'ai décidé de vous en faire part ce matin. N'en tenez donc pas rigueur à Amy, Tenshi et Shugo de ne pas vous en avoir parlé avant.

Glenn fait une pause, prend une grande inspiration et se lance :

– Hier, Rob nous a contactés pour nous prévenir que la mère d'Amy s'était fait kidnapper par la fille du roi Vali, à l'heure où je vous parle, elle doit être déjà à ses côtés.

Un brouhaha se déclenche dans les meutes empêchant Glenn de terminer.

– Où est Rob ? hurle très fort Bayr afin de se faire entendre.

Je m'avance en prenant place devant Glenn, voulant lui annoncer moi-même la nouvelle. Tout le monde se tait afin de m'écouter.

– Il s'est sacrifié pour essayer d'empêcher le kidnapping de ma mère et pour nous protéger en ne divulguant rien sur nous. Je suis vraiment désolée Bayr, il m'a dit de t'informer que c'est à toi maintenant de reprendre le navire.

Son sourire ne se relâche pas, même après cette annonce.

– Il a fait ce qu'il devait accomplir, je suis fier de lui, me répond-il les larmes aux yeux.

– Et les autres meutes, elles viendront quand même ? Ils ont pu les avertir ? demande Jeff inquiet.

Je me remets à ma place et laisse Glenn reprendre la suite.

– Nous n'en savons rien du tout, ils ont très bien pu réussir ou carrément pas. D'après les dernières nouvelles qu'avait eu Amy avant celle-ci, ils avaient pu voir quatre meutes. Néanmoins vont-elles nous rejoindre ? On ne peut pas le savoir pour l'instant.

– Comment voulez-vous qu'on arrive à en finir avec Vali, sa meute et tous ceux qui sont avec lui, s'il n'y a que nous pour y mettre un terme ? interroge Mary.

– Il faut qu'on devienne encore plus forts ! Comme je l'ai déjà dit aux miens, ce n'est pas le nombre qui est important, mais la puissance !

CHAPITRE 20

– Je ne veux pas te contredire mon général Glenn, cependant s'ils sont plus d'une centaine, sans compter leurs loups, et nous une petite vingtaine, je doute qu'on arrive à les vaincre, même si on devient encore plus puissants, explique Elvis.

– Je comprends vos peurs, vos angoisses et vos doutes. Seulement nous ne savons pas si quelqu'un va venir nous aider. Nous n'avons pas le droit d'abandonner pour nos défunts ! Ils ont donné leurs vies pour qu'on puisse affronter nos ennemis et gagner cette guerre ! Alors ceux qui pensent que ce n'est pas suffisant pour rester et continuer à se battre, peuvent rentrer ! Je ne force personne, mais pensez à tous les proches que vous avez perdus à cause de l'homme à la balafre, non ! Appelons un loup un loup, à cause de Vali. Nous ne devons plus nous cacher derrière nos peurs, les choses ont changé ! Vous avez un roi et une déesse devant les yeux, ce sera la dernière chance de vous venger !

Un silence interminable s'installe quand Glenn finit son incroyable discours, j'en ai la chair de poule. S'ils partent après ça, nous n'aurons rien à regretter, nous avons tout donné.

– On va les tuer ces bâtards ! crie Lojy.

– Ouais ! hurlons-nous tous en chœur.

À ressentir cette force commune, j'en ai presque les larmes aux yeux. Je souris à Glenn qui reprend son souffle, enfin plus détendu.

– Bravo, tu es un vrai roi ! le félicité-je.

– Grâce à toi, ma chérie.

Il m'attrape la main et la baise.

– Aller à l'entraînement, les feignasses, motive Cheyn remonté à bloc.

On a bien fait de leur dire la vérité, ils auront plus confiance en nous et leur motivation sera encore plus forte.

La journée passe à toute vitesse, toutes les meutes ont participé à fond. Personne ne s'est plaint et ils ont tous été encore plus appliqués. Nous avons enfin des vrais soldats, pendant l'entraînement, plus de ricanements ni de chouineurs. Ils se sont donnés à deux cents pour cent !

Le soir en rentrant au camp, nous avons informé Choa et sa femme Aka de la mauvaise nouvelle et ils ont pris le temps de chasser pour nous, afin qu'on puisse se reposer ce soir. Bien que cette meute ait des pratiques différentes de la nôtre, elle est attentionnée et touchante. Souvent les enfants viennent voir nos entraînements et essaient de faire comme nous. Même si tous les jours, ils se font gronder par leurs mères, ils continuent à venir nous observer.

Choa a décrété que ce soir nous mangeons tous ensemble pour honorer Rob et son loup. Soudain, en plein repas, il se lève au milieu de nous tous et un silence s'installe brusquement.

– Partageons notre eau et notre repas pour un vieil ami qui s'est sacrifié pour une juste cause. Rob était un homme très gentil malgré ses sautes d'humeur à répétition. Quand on avait appris à mieux le connaître, on se rendait compte qu'il était très intelligent. Il arrivait à nous remettre en question en glissant une petite phrase innocente dans la conversation. Paix à ton âme, mon ami !

– Paix à ton âme, Rob ! s'exclament-ils tous en même temps, en buvant le contenu de leur verre.

Je retiens mes larmes tout en les accompagnant. Si Rob était là, il aurait sorti une phrase du genre : oh, gamine, tu gâches le moral de tout le monde ! Le sourire me monte aux lèvres en l'imaginant.

La soirée a tourné autour de Rob et de toutes ses anecdotes. On a ri plusieurs fois en se remémorant les conneries qu'il a pu faire. Ma mère en a supporté beaucoup, quel courage elle a eu de vivre avec lui !

Nous allons nous coucher assez tard, complètement crevés.

– On est attaqué !!!
– On est attaqué !!!

J'ouvre les paupières difficilement, encore épuisée. On se dévisage tous, les yeux à moitié collés.

– Qu'est-ce qui se passe ? demande Altéha en se frottant le visage.
– Vite, tous debout, on est attaqué ! crie Choa paniqué.

On se lève tous en alerte.

– Qui sont-ils ? interroge Glenn.
– On ne sait pas encore, mais ils ont réussi à pénétrer dans notre territoire sans qu'on s'en aperçoive.
– Finalement peut-être que votre Rob a parlé avec l'espoir de garder la vie sauve, balance Jeff.

– **Non, il n'aurait jamais fait une telle chose. Dis encore une seule fois du mal de lui et je te bouffe !** grogne Tenshi.

– On se calme ! Pour l'instant on ne sait pas qui nous attaque et on s'en tape ! Maintenant on se bouge et allons défendre le territoire. Altéha et Lilou vous restez ici, en sécurité. Vous n'êtes pas encore prêtes, les autres, on se déploie !

– Oui, mon général, répondons-nous tous.

CHAPITRE 20

Je fais un hochement de la tête à Glenn et nous rejoignons les groupes. J'attrape Mary, Zali et Redje et les emmène dans un endroit reculé, puis communique à tous les alliés le lieu des soins. Tenshi a pris sa couleur noire d'attaque et ses yeux rouges perçants, puis elle place les loups de cette équipe pour qu'ils puissent les protéger au cas où des ennemis les repéreraient. Ensuite, je rejoins Raffi et lui donne l'ordre de brouiller toutes les télépathies des ennemis. Alexander se déplace rapidement entre tous les alliés tout en essayant avec sa capacité de trouver le chef ennemi. Pour l'instant Tenshi et moi nous ne sommes tombés sur aucun assaillant, je continue à me balader de groupe en groupe pour leur rappeler où est leur place. Isabelle reste avec la défense éloignée et attend de savoir où se trouvent les ennemis pour leur envoyer des éclairs sur la tronche. Je m'avance plus près et me retrouve dans le groupe des attaques rapprochées. En avant, Glenn combat avec un homme. Le groupe des défenses rapprochées soutient l'équipe de Glenn. Je repère un petit nombre d'ennemis se glisser dans l'ombre de la nuit.

– **Isa, à trente mètres sur notre gauche !** l'informé-je.

Une seconde après, un éclair frappe le sol et grille les assaillants vivants. L'intensité de la foudre nous a éclairés quelques instants et j'ai cru voir un visage familier. Avec Tenshi, nous coupons le champ de bataille pour nous rapprocher de cet homme. Nous devons éviter plusieurs ennemis, jusqu'au moment où je me prends un coup de sabre à travers l'épaule me faisant hurler de douleur.

– Pousse-toi capitaine Amy, il est pour moi ! s'excite Elvis qui a l'air de se régaler.

Je continue à courir le plus vite possible.

– **Sœurette, baisse-toi !**

Sans réfléchir, je me couche au sol, un loup inconnu me saute par-dessus et attaque une femme.

– Mais qu'est-ce qui te prends, Bina ! crie-t-elle désemparée.

Je saisis que Cheyn a réussi à activer sa capacité cachée, Lili se maintient derrière lui et l'informe de toutes les caractéristiques des loups ennemis autour de nous.

Je me relève et j'arrive enfin devant l'homme, des éclairs frappent par ci et par là, et d'un coup je vois distinctement son visage.

– Oscar !!! hoqueté-je en reculant de lui.

– Surprise, sale peste ! me sourit-il de toutes ses dents.

Scotchée, il arrive à me mettre une bonne droite qui me couche au sol. Tenshi lui saute dessus, mais avant qu'elle le touche, elle se fait percuter par le loup d'Oscar.

– **Glenn, notre ennemi est Oscar !** lui dévoilé-je avec précipitation.

– Putain, l'enfoiré ! Il a tenu parole ! Laisse-le moi, je veux le tuer de mes propres griffes, me répond-il énervé.

Je me relève en évitant la deuxième attaque d'Oscar et je donne un coup de pied dans le flanc de son loup.

– Salope, tu ne perds rien pour attendre ! me crache-t-il.

– Ton combat n'est pas contre moi, mais contre lui !

Je me décale sur le côté pour qu'il puisse voir Glenn et Shugo s'approcher d'eux.

Le frère d'Oscar apparaît sur sa droite, comment Tobias a pu savoir que ce dernier était mal barré ? Ils ne peuvent plus communiquer entre eux, Oscar n'aurait pas pu appeler au secours. Je pense tout de suite au gamin.

– Raffi, tu vas bien ? m'inquiété-je tout de suite.

– Je suis en mauvaise posture, il y en a deux qui m'ont repéré.

Je réfléchis rapidement et ne pouvant pas laisser Glenn seul contre les deux frères, je cherche une personne pour secourir Raffi.

– C'est qui le prochain ! Venez tous, vous n'avez aucune chance bande de merdes !!! crie Lojy au milieu du champ de bataille complètement recouvert de sang.

– Lojy ! Ici ! l'interpellé-je.

– Oh, tu m'appelles déjà à la rescousse, plaisante-t-il.

En disant ça, il saute comme un animal sauvage sur le frère d'Oscar.

Je lève les yeux et me concentre sur la capacité de Lojy pour augmenter ma vitesse, afin de rejoindre Raffi tout en essayant de ne pas marcher sur les corps des loups et des humains. J'aperçois beaucoup de cadavres de la meute de Choa. Nous allons devoir honorer beaucoup de morts si on sort vivants de cette embuscade. Lorsque j'arrive, je vois Raffi couché sur le corps d'une personne en pleurs, puis un homme et son loup prêts à le tuer. Sans réfléchir, je bondis sur le dos de cet homme et Tenshi fait de même sur le loup. Au même instant, nous arrachons la carotide de ces derniers avec les dents. Ils tombent raides morts et je cours vers Raffi.

– Tu es blessé ? m'abaissé-je vers lui en m'essuyant la bouche pour enlever le sang de l'homme qui dégoulinait sur mon menton.

– Non, mais ma mère, elle…

Il se met à pleurer encore plus sans pouvoir finir sa phrase. Je le pousse pour vérifier le pouls de sa mère, elle est toujours en vie, sa louve est mal en point. Je constate des morsures partout sur le corps.

Je peux voir deux autres cadavres d'hommes et deux de loups proches d'elle.

– Ta mère est encore en vie, amène-la vite au soin médical, rassuré-je le garçon rempli de larmes, en posant ma main sur son épaule.

CHAPITRE 20

— Je ne peux pas porter les deux ! s'affole-t-il.
— Ok, je vais…
— **Amy, au secours !** m'interrompt la petite terrifiée.
— **Lilou ! Qu'est ce qui se passe ?**
— **Il y a des hommes et femmes, Altéha a essayé de les arrêter, mais elle a trop peur et n'arrive pas à utiliser sa capacité. Je ne pourrai pas tous les retenir.**
— **J'arrive !**
Je me concentre sur Redje.
— **Viens aider Raffi à porter Ama jusqu'à vous !**
— **Tu veux que je vienne sur le champ de bataille ?**
— **Tu n'as pas à réfléchir, ton frère a besoin de toi ! Alors fonce !**
— **À vos ordres, capitaine.**
— **Raffi, il faut que tu restes fort, Redje arrive pour t'aider.**
— **Mais, toi !**
— **Je ne peux pas.**

Je cours vers Lilou et Altéha tout en priant et en espérant que ça ne soit pas trop tard. La capacité de Lojy est vraiment un avantage et pourtant, j'ai l'impression que je ne vais pas encore assez vite. Même Tenshi a du mal à tenir le rythme, mais sachant ce que risquent les gamines, elle ne me dit rien. Plus j'avance et moins j'aperçois de corps. Pourvu que j'arrive à temps ; tiens le coup Lilou !

Je suis enfin aux camps, tout paraît calme comparé à la plage. Soudain, j'entends un cri aigu qui me glace le sang. À l'instant où je rentre dans notre lieu de repos, j'aperçois un homme arracher la tête de Lilou qui roule jusqu'à mes pieds, les yeux encore ouverts. Son corps sans vie tombe en aspergeant du sang partout. Je ne suis pas arrivée à temps ! Shyva utilise son bouclier pour se protéger de deux autres femmes, celui-ci les propulse contre les poutres de l'abri. En tapant dessus, elles se mettent à cracher du sang et sont sonnées un léger instant. Je suis comme paralysée, mon regard fait des va-et-vient entre le corps et la tête de Lilou. Sa louve Taktama ne bouge plus, son regard change, puis elle s'en va dans les ténèbres de la nuit. Je vois deux cadavres au sol, un homme avec son loup. Le visage de celui-ci ressemble à une momie et je comprends que Lilou a réussi à en abattre un avant de mourir.

— À ton tour, gamine, marmonne l'homme sans cœur.

Shyva, ayant utilisé le bouclier, est étendue au sol ne pouvant plus bouger.

— Amy, aide-moi ! me supplie Altéha en pleurant.

Je peux tous les carboniser avec la capacité d'Isa, mais je pourrai blesser Altéha et Shyva, et puis j'ai envie de leur faire payer ce qu'ils viennent de faire à Lilou. Je cours vers l'homme qui se retourne en suivant le regard de la petite. En sautant, je lui mets une grosse patate, ce qui lui fait perdre équilibre, mais il se ressaisit vite. Je prends la capacité de Glenn et esquive toutes ses attaques les unes après les autres. Avec ma rage, mes contre-attaques sont de plus en plus fortes, son loup le voyant en mauvaise posture m'attaque et me maintient le mollet avec ses crocs. Il me perce le muscle, ce qui me fait lâcher un cri de douleur. Ne pouvant plus bouger, l'homme profite pour me bombarder de coups comme un punching-ball.

– Tu n'aurais pas dû venir seule ! Rigole-t-il.

– Qui t'a dit que je l'étais ?! répondis-je avec un sourire sadique.

Il me fixe surpris et en un instant ma louve cachée dans la nuit lui arrache la tête. Je mets un gros coup de pied dans la gueule du loup, il me lâche, néanmoins même si je sais que son maître est mort et qu'il repartira dans son milieu naturel comme tous les autres loups, je reste sans pitié et ne peux pas m'empêcher de le tuer. Je l'attrape par la queue et le fais tourner jusqu'à ce que j'entende sa colonne vertébrale craquer. Puis je le relâche en l'air et il retombe dans un bruit sourd à l'extérieur en brisant une poutre au passage. Je n'ai pas le temps de me ressaisir que les deux femmes et leurs louves nous attaquent. Nous sommes en mauvaise posture, elles sont bien entraînées, savent se battre et se défendre, nous ne tiendrons pas longtemps comme ça.

– Altéha utilise ta capacité ! arrivé-je à lui dire entre deux coups.

– **Je n'y arrive pas. J'ai… j'ai trop peur**, bégaye-t-elle, en cachant son petit visage entre ses mains.

La gamine arrive à peine à aligner deux phrases, elle est complètement traumatisée.

– **Si tu ne le fais pas, on va finir comme Lilou.**

D'un coup, l'une d'elles arrive à me mettre à genoux pendant que l'autre me maintient les bras en arrière. Au moment où je sens ma dernière heure arrivée, Altéha se précipite sur moi et m'agrippe avec ses petits bras en les suppliant de ne pas me tuer.

– Dégage, gamine, dit-elle en lui mettant une baffe.

Le coup est tellement violent que cela fait décoller Altéha.

– Tu n'aurais pas dû poser les mains sur elle ! la menacé-je.

– Pourquoi tu peux faire quoi ? Vous êtes coincées toi et ta louve !

Elles se mettent à ricaner, se pensant en position de force.

– **Merci pour ta confiance Altéha, prends ta louve et mets-toi à l'abri. Tenshi surtout reste au sol.**

Je me concentre sur la capacité de la petite, mais comme c'est la première fois que je l'utilise, il me faut un peu de temps. Alors pour en gagner, je brouille la vue de celle qui est en face de moi. Elle loupe son coup et frappe sa sœur.

— Putain, mais qu'est-ce que tu fous ! gueule la femme qui me tient.

— Je ne sais pas, tout à coup je ne vois presque plus rien !

Ça y est, je tiens la capacité de la petite.

— Klassi, tue la louve ! ordonne la fille qui me maintient.

— Haaaaaa !!! crié-je.

— Qu'est-ce qui lui arrive à cette folle ? me dit l'une d'entre elles en me balançant un coup de poing.

Subitement des lames de glace se forment autour de moi.

— C'est quoi ce truc !! panique celle qui est devant moi.

Je ferme les yeux et fais partir les lames dans tous les sens. J'entends les filles hurler de douleur puis leurs louves couiner. La jeune me lâche et je tombe en avant, exténuée. Je sens ma cicatrice me brûler, cette capacité aspire trop d'énergie. Altéha revient me chercher et m'aide à m'asseoir.

— Elles sont mortes ? lui demandé-je.

— Je vais voir, dit-elle d'une toute petite voix.

J'attends qu'elle fasse le tour en essayant de reprendre un peu de force.

— Je crois que tu les as toutes eues ! se réjouit-elle.

— Ouf ! Viens m'aider à me relever, il y a encore du monde à tuer.

À l'instant où elle se dirige vers moi, l'une des filles l'attrape, prête à lui casser la nuque.

— Non ! hurlé-je désemparée.

J'essaie de me lever, mais la fatigue m'en empêche et je retombe à quatre pattes au sol. La jeune se met à sourire en voyant qu'elle pourra tuer la petite sans que personne ne puisse la stopper. Seulement, elle avait juste oublié un énorme détail, ma louve. Tenshi lui attrape la nuque entre les crocs, j'entends sa colonne vertébrale se briser puis elle tire un coup sec. La fille fait des soubresauts en levant les yeux au ciel et elle tombe raide. Tenshi balance l'autre moitié de la colonne vertébrale sur son cadavre. La louve de l'assaillante se relève et, comme Taktama, part vers la vie sauvage.

Altéha, encore sous le choc, vient vers moi toute tremblante et essaye de me relever, mais avec sa petite taille et son peu de force, elle n'y parvient pas.

— Prends de mon énergie avec la capacité de Glenn, me suggère-t-elle.

— Tu en es sûre ?

— Oui, je ne peux rien faire, mais toi, tu peux encore sauver des gens.

Sans hésiter, je visualise sa vitalité et pose ma main sur elle puis ma louve se colle à moi.

– Prends aussi un peu de la mienne.

Je la remercie en hochant la tête et j'aspire juste ce qu'il faut afin de pouvoir me déplacer et me battre. Ma louve reprend sa couleur blanche c'est là qu'on remarque tout le sang sur son pelage. Une fois debout, je cours vers Shyva, l'attrape dans mes bras et mets Altéha sur mon dos puis nous repartons en direction de la plage. Je ne pourrai plus les laisser seules, elles ne sont en sécurité nulle part. Quand nous quittons le camp, je croise Lili qui a dû être prévenue par Altéha. Je m'arrête immédiatement et lui rends sa fille et Shyva.

– Où est Lilou ? me demande-t-elle en la cherchant des yeux.

Je lui dis non de la tête. Elle comprend tout de suite et se concentre sur sa petite pour savoir si elle n'a rien.

Altéha lui raconte en grandes lignes comment je les ai sauvées, subitement Lili ne réagit pas du tout comme je l'aurais pensé. Elle se retourne vers moi et me fonce dessus puis me fout une baffe. Estomaquée, je ne dis rien, je me touche juste la joue toute chaude de sa claque.

– Je t'ai interdit de lui prendre sa capacité ! s'énerve-t-elle.

– Je l'ai sauvée, si je n'avais pas fait ça, on serait morte ! lui dis-je crûment.

– Je m'en fous, tu n'avais pas assez du don de mon défunt mari, il fallait que tu prennes aussi celui de ma fille ! Que vas-tu faire maintenant que tu l'as, tu vas la laisser mourir comme tu l'as fait pour Matëus ? Continue-t-elle presque hystérique.

– Je n'en peux plus ! Matëus est mort par sa faute ! avoue Tenshi.

Je fixe ma louve d'un regard foudroyant.

– Quoi ! C'est quoi cette histoire ?

Je baisse les yeux, dans un mutisme total.

– De quoi parle ta louve ? crie Lili.

– On a besoin d'aide, ici ! nous coupe Glenn.

Lorsque je vais pour rejoindre les autres, Lili m'attrape le bras.

– Tu as intérêt de tout me dire après la bataille !

Je m'enlève de son emprise d'un geste brusque et toujours sans répondre, je cours vers le champ de bataille et au même instant, ma louve reprend sa couleur noire. On arrive dans le groupe des défenses éloignées, Jo et son loup Ek se font tuer sous mes yeux.

– Non ! hurlé-je en fonçant sur leurs assaillants.

Tenshi est toujours derrière moi, nous faisons une combinaison comme celle de Hanahita et Hazia, que j'avais observées lorsqu'elles s'étaient entraînées contre Jylo. Ma louve se met à courir droit sur eux, je prends de l'élan et m'appuie sur son dos pour foncer dans les airs avec une force incroyable. Les deux hommes n'ont pas eu le temps de réagir que mes griffes se plantent dans leurs cous et les traversent au point que leurs têtes tombent, sauf celle de celui sur ma gauche qui elle est restée à moitié attachée à son corps. Encore debout, ma louve le finit en le tirant par les pieds et le secoue jusqu'à ce que sa tête s'envole. Sans nous arrêter, je me dirige vers Isabelle avec une idée derrière la tête pour stopper tout ça, si ça marche. Je croise Tic et Tac qui se débrouillent comme des pros avec leurs sabres. Quand enfin, je vois Isabelle, je lui fais des signes de la main en l'interpellant. Elle se retourne et me sourit, contente de me voir. Subitement, son sourire s'efface quand Oscar lui transperce le ventre avec ses griffes. Folle de rage, je me mets à hurler et m'immobilise. La terre se met à trembler sous nos pieds et tout autour de nous. Oscar et son loup qui s'acharnaient sur Thynka et Isa tombent dans un trou d'une telle profondeur qu'ils ne peuvent pas fuir. Je pars les voir et les fixe de toute ma hauteur. Comme des fourmis prisent au piège, Oscar cherche comment remonter. Et à chaque fois qu'il s'accroche au bord pour en sortir, la terre s'effrite en l'enterrant un peu plus.

– Glenn n'a pas réussi à t'avoir, mais moi, si !

Contente de le tuer, je souris. Et je referme le poing, la terre m'obéit et les parois s'écrasent l'une contre l'autre en pulvérisant Oscar et son loup.

– Ce tombeau sera votre tombeau, dit Lojy en éclatant de rire. Je rêvais de la dire celle-là !

Je ne sais pas ce qui me surprend le plus, si c'est qu'il arrive à plaisanter malgré la situation ou bien qu'il connaisse la réplique d'un tel film.

– Tu crois que c'est le moment de rire ! m'énervé-je.

– Oui, justement, moi ça me fait du bien, réplique Jylo en défendant son jumeau diabolique.

Ce dernier change à force de côtoyer ce psychopathe pourvu qu'il ne devienne pas comme lui et qu'il ne perde pas son côté innocent.

Isabelle se lève avec des blessures superficielles, je me précipite vers elle.

– Tu ne souffres pas trop ? m'inquiété-je.

– Non, mais je n'ai presque plus d'énergie.

– Pareil, ajoute Ava, venue s'assurer de la santé d'Isa.

J'observe l'horizon et à travers l'illusion, le soleil commence à se lever.

– C'est normal, cela fait au moins deux heures que nous donnons tout. Il faut en finir une bonne fois pour toutes.

– Oui, mais comment ? Combien sont-ils encore ? Ça ne s'arrête pas, on dirait qu'ils se multiplient, et nous, on est de plus en plus fatigués. Et puis, la meute de Choa ne sait pas se défendre, on se demande comment ils ont tenu aussi longtemps ? constate Isabelle.

– Il n'y a plus d'ennemi derrière nous, il faut regrouper nos frères et sœurs ici. Je vais utiliser la capacité de Matëus en faisant une vague de sable pour les envoyer dans la mer et toi tu n'auras plus qu'à les griller.

– C'est du sable et pas de la terre que tu as devant toi, Amy ! me fait réaliser Isa.

– Et ce n'est pas pareil ? lui demandé-je en me grattant la tête.

– Bah, non ! rigole Ava. Le sable est fait de grains de roche, c'est comme si tu disais qu'une mobylette était une moto.

C'est là, où je me rends compte de la chance qu'on a eue de se trouver sur la terre quand Oscar a attaqué Isa et Thynka et d'avoir donc pu utiliser la capacité de Matëus. Sinon, elles seraient mortes toutes les deux et moi, comme une idiote, je n'aurai pas compris pourquoi la capacité n'avait pas marché. Bon, il faut que je me reprenne et que je ne pense pas au pire.

– Mais oui, alors, c'est Jeff qu'il nous faut ! Il est où ?

– Il est sur les fronts de la défense rapprochée et de l'attaque en même temps, me répond Jylo.

– Et toi, qu'est-ce que tu fous aussi loin des combats ?

– Vif avait ressenti Ek en danger, du coup, je suis venu l'aider, mais je suis arrivé trop tard.

J'avais oublié que Vif ressentait plus les choses que les autres loups.

– Tu ne l'as pas la capacité de Jeff ? me demande Isabelle.

– Si, mais je ne la maîtrise pas bien, c'est comme celle de Matëus ou d'Altéha. Il faut que je m'entraîne pour les utiliser, sinon, je risque de blesser mon entourage ou de faire un flop ou même de me vider de toute mon énergie.

– Ah, en effet, c'est trop dangereux, réalise Ava.

Je me concentre sur Jeff et le contacte :

– Jeff, te reste-t-il assez d'énergie pour réussir à lever tout le sable comme une sorte de raz-de-marée ?

– C'est possible, mais avec l'aide de Glenn, s'il arrive à m'en donner un peu, ça devrait le faire.

– Super !!! dis-je contente de mon idée.

– Reviens avec Glenn.

– Nous ne pouvons pas nous échapper, cela laisserait un trou sur notre défense, m'avertit Glenn à qui j'ai ouvert à la conversation en cours.

– Je m'occupe de ça ! Venez ! insisté-je.
– **On te fait confiance !** me répond mon fiancé.
Je reviens vers mes frères et sœurs qui m'entourent et leur explique la situation.
– Jylo, Ava allez remplacer Glenn et Jeff !
– À vos ordres ! me répondent-ils ensemble puis ils décampent.
Je me concentre sur toutes les meutes amicales pour les prévenir de notre plan.
– **Écoutez-moi tous attentivement, dans une minute ou deux, nous allons utiliser deux capacités qui devraient tuer tous nos ennemis d'un coup, mais vous succomberez aussi si vous restez dans les parages. Alors, à mon signal, vous déguerpissez le plus vite possible loin du sable et de l'eau.**
Glenn et Jeff nous rejoignent à l'instant où je finis mon annonce. Mon fiancé se met au travail tout de suite, sans me demander ce que j'ai en tête, en me faisant confiance. Shugo, Thynka et Minas le loup de Jeff se rassemblent autour de Glenn pour offrir leurs énergies. Sans prendre de pincettes, il en aspire le plus possible et les transmet à l'intéressé. Quant à Tenshi, elle se réserve pour nous donner son énergie à Isabelle et à moi. Quand Jeff est prêt, le temps qu'il se concentre pour rassembler le plus de sable possible, Glenn refait son opération avec nous. Cela nous a pris plusieurs minutes. Nous sommes entièrement ressourcés, Glenn nous a transmis la sienne aussi, convaincu de la performance de mon plan. N'ayant plus d'énergie non plus, ma louve est redevenue blanche.
– Pourvu que ça marche, sinon, on sera mal, nous dit Glenn complètement vidé.
– Ça va marcher, on n'a pas le choix ! lui répondis-je avec assurance.
Je ferme les yeux et me concentre sur tout le monde.
– **C'est le moment ! Fuyez !**
– **Oui mon capitaine !** répondirent-ils tous ensemble.
Nous patientons quelques secondes pour leur laisser le temps de se replier.
– Maintenant, Jeff ! lui ordonné-je.
– C'est trop tôt, s'inquiète Isabelle.
– Non, sur le coup ils vont se demander pourquoi nous nous replions, mais si on met plus longtemps à agir, ils vont comprendre qu'il y a un piège et vont se disperser ! Alors vas-y, c'est un ordre ! Finis-je par crier sur Jeff.
Sans réfléchir, il lève les deux bras en l'air et le sable réagit immédiatement. Une montagne de sable se soulève devant nous et dans un mouvement de bras, une immense onde déferlante fonce droit vers la mer.

Ceux qui ne seront pas enterrés vivants seront repoussés vers l'océan. Jeff avance vers le sable, pose sa main dessus et pousse un cri de rage. Un bruit sourd arrive à nos oreilles puis le sable se durcit comme du béton. C'est sûr que ceux qui ont été enterrés n'ont aucune chance de survivre à cela. Je regarde Isabelle pour voir si elle est prête, elle hoche la tête et j'attrape sa main pour mélanger nos énergies afin d'être encore plus puissantes. Nous fermons les yeux et imaginons le plus gros éclair que personne n'ait jamais vu. Je lève la main vers le ciel en fronçant les sourcils et nous ouvrons les yeux en même temps. D'un coup, un éclair gigantesque traverse le ciel jusqu'à la mer en nous éclairant comme en plein jour. À l'impact, nous entendons les loups et les gens hurler, puis il s'ensuit un silence de mort. Nous retombons toutes les deux à genoux, exténuées. Nous avons tout donné, on n'a plus aucune énergie, pourvu que cela ait marché et qu'ils soient tous morts. Dans notre état, on ne pourrait plus combattre, et Glenn n'ayant plus de jus, ne pourrait pas non plus partager de l'énergie. Les quelques minutes qui suivent, la peur au ventre, nous entendons enfin nos frères et sœurs hurler de joie. Nous avons réussi, mais avec combien de pertes ?!

Le jour se lève enfin et nous fait découvrir tous ces corps-morts tout autour de nous. Quel spectacle horrible, certains sont démembrés, d'autres ont les entrailles à l'air. Nous constatons la sauvagerie de ce combat, à combien de victimes se résume cet affrontement ? Et avons-nous perdu beaucoup de nos frères et sœurs ? La réponse me terrifie, il y en a beaucoup que je n'ai pas aperçu depuis que cela a commencé, Zal, Bayr, Hanahita, Mary, Alexander... Je n'arrive pas à comprendre qu'on se soit fait avoir aussi facilement, surtout de la part d'Oscar et Tobias. Pourquoi Bayr ne les a pas sentis arriver ? C'est comme pour Ameria, est-ce que sa capacité aurait des failles ?

Choa nous rejoint, énervé et triste.

– La moitié de ma meute est morte, on n'a jamais connu une pareille tuerie !

Il n'arrive plus à retenir ses larmes et se lâche devant nous.

– On est tellement désolés, Choa, répond Glenn difficilement.

– D'où viennent-ils et pourquoi nous attaquer ?

– C'est à cause de nous. Nous connaissons le chef de cette meute et nous avons eu une altercation qu'il a mal vécue. Il avait juré de se venger, mais je suis surpris qu'il ait trouvé autant de monde pour faire une telle armée. Et je ne sais pas comment ils ont réussi à nous retrouver.

– Moi, je peux répondre à une de tes questions, intervient Elvis sorti de nulle part.

Son apparence fait peur à voir, son loup est blessé un peu partout et tient à peine debout.

– J'ai reconnu un des membres de nos ennemis, il était avec moi dans la garde de Vali, réussit-il à nous dire avant de s'effondrer par terre.

Choa se précipite sur lui pour vérifier son pouls et nous dit oui avec la tête pour nous garantir qu'il vit toujours.

– Je vais l'emmener au groupe médical, il me faudrait un coup de main pour porter son loup. Bilius et moi avons été blessés.

En disant cela, il se tourne et nous voyons une énorme morsure sur son omoplate.

– On va s'en charger, dit Nino qui arrivait avec Ben, encore plein d'énergie.

Tic attrape Elvis, et Tac se charge de Borlas puis ils filent à toute vitesse.

Glenn arrive enfin à se relever, les quelques minutes de la présence des gamins lui ont suffi pour reprendre des forces.

J'aperçois Bayr et Jaiko qui nous rejoignent en boitant. Rassurée de les voir vivants.

– On a réussi à les tuer ! dit-il toujours en souriant.

– Oui, mais tout le monde ne s'en est pas sorti, malheureusement, répond tristement Choa.

– Pourquoi tu ne nous as pas prévenus qu'ils arrivaient ? lui balancé-je rageuse.

– Parce qu'il devait y avoir une personne comme moi dans leur meute, tout simplement, me répond Bayr, décontracté.

– Vous êtes nombreux à avoir cette capacité ?

– À ce que j'ai vu, on est trois. Un qui est venu ici, un avec Ameria et moi.

– Et tu ne nous le dis que maintenant ? dis-je interloquée.

– Tu ne me poses la question que maintenant, me répond-il du tac au tac.

Je bous de l'intérieur, parfois j'ai vraiment du mal à accepter ses réflexions !

– Nous devrions nous rassembler vers la salle de repos et les blessés vers le médical, propose Choa.

Tout en accord avec lui, Glenn m'aide à me soutenir, Choa aide Isabelle, et Bayr s'occupe de Jeff. En marchant jusqu'à là-bas, je scrute chaque corps pour vérifier que ce n'est pas un de ceux des nôtres qui manquent encore à l'appel. L'état de certains cadavres est tel, qu'ils sont impossibles à identifier tant ils sont déchiquetés. Et plus le soleil se lève et plus la température augmente, ce qui dégage un début d'odeur répugnante, un mélange de fer et de putréfaction. Normalement les humains ne le sentent pas encore, mais nous avec notre odorat surdéveloppé, cela nous monte plus vite au nez ; j'en ai des haut-le-cœur à plusieurs reprises.

Nous arrivons dans la salle de repos, le corps et la tête de Lilou ne s'y trouvent plus, mais les taches de sang sur le bois apparaissent toujours, comme pour me faire rappeler l'horreur que j'ai vécue ici. Altéha et Lili sont dans un coin, essayant de récupérer. Alexander, Ava, Cheyn, Zal, Tic et Tac s'y trouvent aussi, assis à se reposer. Tout est calme, on devrait être heureux de cette victoire, mais le goût amer de nos proches qui ne s'en sont pas sortis nous coupe toute envie de se réjouir. Jylo débarque comme un dingue et brise ce silence macabre.

– Où est Hanahita ? demande-t-il affolé.

– Elle n'est pas ici, tu as essayé de la contacter ? répond Zal

– Ah, oui, merci ! Heureusement que tu es là, je n'y aurai pas pensé tout seul. On n'est pas tous aussi cons que toi ! s'énerve Lojy.

– Tu l'as cherchée vers la plage ? lui suggéré-je.

– Oui, j'ai cherché partout à moins qu'elle se soit fait enterrer par votre sable.

Mes yeux s'écarquillent à ses mots, non, je n'aurai pas donné l'ordre trop tôt ! Est-ce qu'Isabelle avait raison ?

– Non, ce n'est pas possible, le rassuré-je en voulant me rassurer moi-même.

– Si c'est le cas, il n'y aura plus rien qui m'empêchera de vous tuer un par un ! dit-il d'une voix hargneuse.

– Jylo, tu ne peux pas le laisser dire des trucs aussi horribles, lui dis-je choquée de ses propos.

– En réalité, je ne suis pas trop d'accord sur la façon qu'il le dit, mais je comprends pourquoi, répond Jylo d'un ton glacial.

– Nous allons la chercher avec toi, elle a dû perdre connaissance quelque part, positive Glenn.

– Je n'ai pas besoin de vous ! Mais je vous jure que si je ne la retrouve pas, attendez-vous à tous crever ! crache Lojy.

Puis il s'en va à toute vitesse. Je me dégage de Glenn pour pouvoir partir.

– Où vas-tu ? me demande-t-il.

– Je vais chercher Hanahita.

– Surtout pas, tu n'en as pas la force.

J'allais objecter quand nous sommes interrompus par Aka la femme de Choa.

CHAPITRE 20

– Je viens vous avertir qu'un homme de notre meute a trouvé une jeune fille inconsciente avec sa louve. Elle a les deux pattes broyées par le sable.

Je lâche un cri de stupeur. Si Isabelle ne m'avait pas interrompue quand j'ai donné l'ordre à Jeff et que je n'avais pas pris le temps de lui expliquer, Hanahita serait morte écrasée par le sable.

– Mary a beaucoup de mal à soigner tous les blessés. Surtout les plus graves, nous dit-elle avant de repartir vers sa meute.

– Tous ceux qui ont un peu d'énergie viennent auprès de moi, Amy doit sauver des vies, ordonne Glenn.

Tic et Tac et leur loup se placent sans réfléchir aux côtés de Glenn et moi. En quelques minutes, je me sens boostée à fond.

– Préviens Jylo pour Hanahita, j'y vais sans perdre une minute, dis-je à Glenn.

Puis je me retourne et fonce. Quand j'arrive sur les lieux, je me rends compte du travail qui m'attend. Mary est complètement dépassée, elle est seule à essayer de soigner les blessés. Plus loin, je remarque Raffi en pleurs, auprès de Zali. Je vais vers lui, en évitant les personnes éparpillées un peu partout.

– Raffi, ne me dit pas que ta mère est morte ?

– Non, mais Mary ne peut pas la soigner, me dit-il entre deux pleurs.

– Ne t'en fais pas, je vais le faire, moi, répondis-je en souriant tendrement.

Je me penche vers Ama et place mes mains sur elle. Un petit moment après, elles reprennent connaissance doucement.

– Maman !

Raffi lui saute au cou, toujours en larmes.

– Arrête de sangloter, elle est sauvée, le rassuré-je.

– Ce n'est pas pour ça que je pleure, mais pour Redje.

– Pourquoi, où est-il ?

C'est vrai ça, pourquoi il n'est pas là à épauler Mary ?

– Quand il est venu m'aider à porter ma mère et Ama, il est tombé mort devant Mary d'un seul coup. On a compris tout de suite que son loup avait dû être tué.

Je mets les mains devant ma bouche, choquée. Ce gamin n'avait que douze ans, bon sang ! Je n'ai pas le temps de me ressaisir que Mary m'appelle pour sauver Elvis qui se trouve entre la vie et la mort, lui aussi. Zali allant mieux, propose de nous aider et soigne les blessures légères. En attendant, je pose mes mains sur Borlas, son état est vraiment critique, c'était moins une pour qu'il y passe aussi.

– Elle est où ? crie Jylo.

– Ta copine se trouve allongée là-bas, répond gentiment Mary.

Sans la remercier, Jylo se précipite vers Hanahita.

Avec des gouttes de transpiration, je termine de guérir Borlas. Bien que Glenn m'ait transmis l'énergie des deux ados et de leur loup, cela ne suffit pas à tous les soigner. Je pars voir Hanahita, c'est la troisième la plus gravement touchée. Jylo allongé près d'elle me regarde inquiet.

– Je vais la soigner, Jylo.

– Tu as plutôt intérêt ! répond Lojy brutalement.

Je respire un grand coup pour éviter de lui en mettre une et pose mes mains sur Hazia. Au fur et à mesure que je m'occupe d'elle, je sens ma cicatrice me brûler. Je fronce les sourcils et puise jusqu'à finalement réussir à régénérer entièrement ses pattes. Hanahita se relève enfin et serre Jylo dans ses bras en me remerciant.

Je m'assois au sol, épuisée, quand Mary m'interpelle pour la seconde fois.

– On a besoin de toi, il va mourir si tu ne le soignes pas.

Je me relève difficilement et m'approche du nouveau patient. C'est un enfant, il doit avoir six ans tout au plus. Son louveteau et lui ont le ventre ouvert, Mary est obligée de maintenir les entrailles à l'intérieur. Comment vais-je réussir, je n'ai plus assez de jus pour les remettre sur pied ? Cependant, il est inconcevable que je les laisse crever. Je pose mes mains sur la large blessure du louveteau et utilise ma capacité au-delà de ma limite. Ma cicatrice me ronge tout l'œil, ce qui me force à le plisser. La tête commence à me tourner dangereusement, je la secoue comme pour me maintenir éveillée. Je marmonne des petits mots au fond de ma gorge pour m'encourager. Sans pouvoir me contrôler, un cri de douleur m'échappe, Mary inquiète me dévisage.

– Arrête-toi Amy. Ta cicatrice est en train de se rouvrir, du sang en coule. Tu n'as plus d'énergie, tu vas y rester !

– Non, nous devons le sauver ! insisté-je.

– Tu ne peux pas secourir tout le monde.

– Il y a eu assez de morts ! lui crié-je dessus.

Elle continue à me fixer avec un regard impuissant.

– Chyru, mon père, Matëus, Mariko, Rob, Lilou, Jo, Redje et tous les autres dont je ne connais même pas les noms ! m'énervé-je.

Mary agrippe mon poignet.

– Tu en as assez fait, ne force pas plus. Tu as évité l'hémorragie. Je vais le recoudre et il faudra qu'il guérisse tout seul.

– Non, il peut avoir une infection si tu le recouds comme ça.

– Ma chérie, arrête, intervient mon fiancé qui a dû être prévenu par Tenshi.

CHAPITRE 20

Je vois les mains de Glenn se poser sur les miennes qui sont maculées de sang.

– Je ne peux pas le laisser comme ça !

– Tu as fait ce qu'il fallait, Mary va très bien s'occuper de lui.

Celle-ci me fait un geste de la tête pour confirmer.

– D'accord, capitulé-je.

Je me relève doucement quand soudain la tête me tourne et que ma vue se brouille avec de multiples petites taches noires. J'essaie de résister le plus longtemps possible jusqu'à ce que tout mon corps me lâche et je perds connaissance.

21. LE DÉSESPOIR

J'ouvre les yeux dans la salle de repos avec un mal de tête horrible. Je reste à fixer les poutres au-dessus de moi et j'essaye de me remémorer tout ce qui s'est passé. J'ai du mal à croire à la mort de Lilou, de Jo et de Redje. Tout ça pourrait-il n'être qu'un simple cauchemar ? J'entends une respiration juste à mes côtés, je bascule la tête et aperçois Lili qui me regarde. Je dois encore rêver, je ne vois pas d'autre explication à sa présence à mon chevet.

– Tu vas un peu mieux ? me demande-t-elle d'une voix gentille.
– Je rêve ou quoi ? maugréé-je.
– Non, mais je comprends que tu te poses la question, vu mon changement d'attitude.

Je me relève sur les coudes péniblement et ma vue se braque sur les taches de sang. Je me laisse retomber dégoûtée, ça aussi ce n'était pas un cauchemar.

– Je suppose que tu attends des explications ? lui dis-je en soupirant.
– Oui ! Ta louve n'a pas voulu m'en dire plus et pourtant, j'ai vraiment essayé de lui tirer les vers du nez.

J'aurais bien eu de la peine pour Tenshi, néanmoins c'est elle qui a craché le morceau, donc bien fait, en espérant que Lili lui a fait regretter d'avoir trop parlé.

Je me frotte le front en soupirant une deuxième fois et m'assieds pour faire face à Lili qui attend patiemment l'histoire. Je lui raconte tout, dans le moindre détail, au point où j'en suis, je n'ai plus rien à lui cacher.

Elle reste silencieuse un long moment, je me prépare pour une deuxième baffe. Glenn est assis plus loin et se repose avec Shugo et Tenshi, c'est là que je remarque qu'il fait nuit. J'ai dû dormir toute la journée.

– Je n'arrive pas à croire que tu avais laissé Lilou en danger juste pour que je n'en veuille pas à mon défunt mari, finit-elle par me dire.
– Oui, je n'avais pas pensé à elle sur le coup, mais à toi et ta rancune. Je ne voulais pas que tu salisses le nom de Matëus par colère.

CHAPITRE 21

– Qu'est-ce que tu peux être idiote parfois !
– Ah, merci, lui répondis-je sèchement.
En même temps, je m'attendais à pire comme réaction et elle n'est même pas agressive dans son intonation.
– Comment veux-tu que je haïsse l'homme que j'aime même s'il est fautif ? Je n'en reviens pas que tu aies enduré tout ça, juste pour préserver mon amour pour lui. Je n'arrive pas à savoir si je dois te remercier ou t'en vouloir dans cette histoire.
– Franchement, moi non plus, grimacé-je.
Je suis surprise de constater que tout le monde dort à poing fermé et qu'elle est restée à mon chevet durant une partie de la nuit.
Cette fois-ci, c'est elle qui laisse échapper un soupir.
– Si j'ai fait cela, c'est pour toi et Altéha. Je ne voulais pas que vous croyiez qu'il ne pensait pas à vous quand il avait pris cette décision stupide. Il a juste eu peur pour Lilou et voulait la sauver. Si ça se trouve, il serait toujours en vie si je ne l'avais pas retenu.
– Ne sois pas bête !
Décidément une fois idiote maintenant bête, je vais finir par y croire.
– Ça aurait été bien pire, continue-t-elle, il aurait pu se faire tuer tout seul sans aucun témoin. On l'aurait cherché pendant je ne sais combien de temps avec toujours l'espoir de le retrouver en vie. Tu imagines l'horreur et le tourment dans lesquels on aurait vécu, Altéha et moi.
Je baisse les yeux, consciente de ce qu'elle vient de me dire.
– Allez, tu devrais te reposer encore un peu, tu as failli mourir ce matin, heureusement que Glenn a cette capacité. Sinon, on aurait pu te compter dans les victimes de cette bataille.
Elle me dit tout cela en se levant pour rejoindre Altéha.
– Attends, on est de nouveau sœurs ? m'inquiété-je.
– On l'a toujours été, me répond-elle avec un sourire complice.
Je me rallonge, le cœur un peu plus léger. Finalement, j'ai peut-être été bête de lui avoir caché la vérité, cependant j'ai encore des doutes quant à la façon dont elle l'aurait pris sur le moment.
– J'étais sûr que tu nous mentais, sœurette.
Mes yeux se posent sur Cheyn qui me gratifie d'un sourire franc.
– Tu es au courant aussi ?
– On l'est tous, ta louve nous a dit que tu n'y étais pour rien.
– Même à Glenn ?
– Bien sûr et tout comme moi, il n'a pas été surpris.
– Je te remercie pour ta confiance.
– Ce n'est pas de la confiance, c'est juste que je te connais bien plus que tu le penses.
Nous rigolons puis il me souhaite une bonne nuit.

Je tourne et me retourne sans arriver à trouver le sommeil, je décide de me lever et de faire un tour. Je me dirige vers la plage, il n'y a plus aucun corps sur le sol, tout a été nettoyé, il ne reste que cette odeur de sang qui persiste et qui me fait comprendre que tout est bien arrivé. Au milieu de la plage, il y a deux énormes montagnes de cendres encore chaudes avec des ossements. J'en déduis qu'il doit y avoir un tas pour les ennemis et un pour nos frères et sœurs. Je reste immobile à les fixer en me demandant où se trouve Lilou, Jo et Redje. Les larmes coulent le long de mes joues sans que je puisse les contrôler. Je me force à ne pas penser à leur histoire pour éviter de m'effondrer complètement.

— C'est celui de gauche.

Je sursaute à la voix de Jylo, et tourne le visage essayant de cacher mes larmes.

— À gauche parce que c'est du côté du cœur, m'explique-t-il en se mettant à mes côtés sans me regarder.

Je fixe le tas qu'il vient de m'évoquer le cœur brisé ne sachant pas quoi lui répondre.

— On n'a pas pu t'attendre parce que ça commençait à sentir trop fort.

— Je comprends, vous avez bien fait, lui répondis-je dans un malaise étouffant.

— Je voudrais m'excuser pour mon comportement de ce matin. J'ai eu tellement peur pour Hanahita et Hazia, je sais que ce n'est pas une excuse pour vous avoir menacés, mais je voulais que tu le saches.

Je me mets face à lui et lui attrape les épaules, son œil couleur bordeaux est fermé.

— Je ne t'en veux pas du tout Jylo, un pétage de plomb peut arriver à n'importe qui, surtout quand on croit qu'on a perdu une personne qu'on aime. Cependant la prochaine fois que Lojy me menace, je lui crève l'œil, dis-je en souriant comme une psychopathe.

— Heu, ça veut dire que tu nous excuses ? hésite-il perdu.

Je le lâche et soupire.

— Bien sûr. Ce qu'on vit actuellement est tellement dur, ce serait vraiment con de te faire la tête pour une parole maladroite. Tu ne penses pas ?

— Si, tu as raison. Les meutes sont dévastées, plus personne n'a d'espoir de vaincre Vali et toute sa clique.

— À vrai dire moi non plus, je commence à baisser les bras.

— Non, pas toi ! Tu n'as pas le droit de dire ça ! Et tous ceux qui sont morts, tu les oublies ? s'emporte-t-il.

CHAPITRE 21

– Évidemment que non, mais regarde, on n'est plus assez nombreux. Et combien de morts va-t-il y avoir encore pour qu'on comprenne qu'il est bien plus fort que nous ?
– Venant de toi, ça me choque ! Tu ne voulais pas venger Mats et tous les autres !
– Je ne sais plus quoi penser.
– Apparemment tu devrais arrêter de réfléchir si c'est pour sortir des choses aussi débiles ! s'énerve-t-il.
Décidément, c'est la nuit de tous les compliments.
Il tourne les talons, énervé contre moi. J'aurais voulu le retenir, mais à quoi bon. Je ne pourrai pas lui dire ce qu'il voudrait entendre.

Je passe le reste de la nuit à cueillir des fleurs et à les planter dans le sable autour de nos morts. J'observe le soleil se lever en me demandant comment peut-on continuer à vivre comme si de rien n'était, alors que tant de personnes sont mortes ?
Je me dirige vers la salle de repos, le visage attristé. Ceux qui sont là sont tous en deuil, le regard dans le vide sans parler. Dans chaque meute, nous avons perdu un frère ou une sœur. Cependant celui qui attire mon attention est Jeff, il a une mine encore plus déplorable que les autres. Je me doute qu'en tant que chef, il vit la situation plus douloureusement. Il doit se sentir d'autant plus responsable, Glenn a déjà vécu ce sentiment lourd à porter. Je vais m'asseoir à ses côtés, il est tellement perdu dans ses pensées qu'il ne fait pas attention à moi. C'est son loup Minas qui pousse son bras pour le faire réagir.
– Bonjour Amy, désolé, je ne t'avais pas vue.
Je lui souris gentiment.
– Ce n'est pas grave. C'est une question stupide, mais comment vas-tu ?
– Comme un peu tout le monde ici. Il me fait une grimace de tristesse. Je souhaite te remercier d'avoir sauvé Steeve et Zali.
– Non, tu n'as pas à me remercier, ce que j'ai fait est tout à fait normal. Tu en aurais fait autant si tu avais pu.
– Sans doute, mais tu as mis ta vie en danger pour sauver le plus de monde possible. Tu es une héroïne pour nous tous.
– Je ne me vois pas du tout comme ça.
Il me sourit tendrement, mais je peux lire dans son regard que quelque chose l'embête.
– Qu'est ce qui se passe, tu ne dis pas tout ?

— J'ai dû prévenir les parents de Redje, comme tu peux le deviner, ils l'ont très mal pris. Ils ont décidé de quitter la meute et m'en veulent terriblement, mais comment les blâmer ? Je les comprends.

Pas un moment je n'avais imaginé ce qu'il subissait face à la responsabilité de ce jeune garçon.

— Ce n'est pas ta faute, il avait pris sa décision de lui-même. Il savait ce qui pouvait lui arriver. Et à vrai dire, j'ai ma part de responsabilité, c'est moi qui l'ai envoyé sur le champ de bataille sachant qu'il n'était pas prêt. J'étais coincée entre le fait d'aider Raffi à porter sa mère ou sauver Lilou et Altéha. Malheureusement, même ça, j'ai échoué.

— Tu as pris la meilleure décision sur le coup, personne ne t'en tient rigueur. On ne sait pas comment nous, on aurait réagi à ta place. Et tu as secouru Altéha.

— Contre deux morts. Est-ce que c'est juste ?

— Si ça se trouve cette petite en sauvera le triple, une vie sauve peut parvenir à secourir dix autres derrière, donc ne regrette pas le choix que tu as fait. Et puis tu ne pouvais pas savoir que Raffi et Redje étaient en danger, mais tu savais que c'était le cas pour les petites. J'aurai sans doute fait comme toi.

Je me mets à rire doucement, il me fixe, étonné.

— Pourquoi ris-tu ? me demande-t-il.

— Je suis venue vers toi pour te remonter le moral et finalement, c'est toi qui le fais.

Il se met à rigoler aussi, les autres nous regardent comme des extraterrestres.

— Ça m'a fait aussi du bien de parler et je vais essayer de ne pas trop culpabiliser, la tristesse est déjà assez lourde à porter, m'avoue-t-il les larmes aux yeux.

Je lui tapote l'épaule et me relève pour aller reprendre l'air.

— **Tu te sens mieux, on dirait ?** me questionne ma louve qui m'a suivie dehors.

— Oui, merci Tenshi.

— **Tu as été complètement inconsciente hier, tu aurais pu te tuer et moi je serai retournée à la vie sauvage. Réfléchis donc un peu !**

— Décidément vous allez tous me traiter de débile, c'est la nouvelle tendance ou quoi ?!

— **Peut-être parce qu'en ce moment, c'est un peu le cas !**

— Tenshi ne dépasse pas les limites, tu me dois respect et dévouement !

— **Oui, mais ma franchise aussi quand tu nous mets en danger.**

— Je devais sauver ce petit garçon, tu peux le comprendre, ça ! m'emporté-je.

CHAPITRE 21

– Et toi, tu peux comprendre que ta vie est bien plus importante que celle de ce petit. C'est toi qui dois stopper Vali, pas lui.

– C'est impossible de l'arrêter, tout le monde meurt ! Ouvre les yeux Tenshi, c'est terminé ! dis-je en écartant les bras.

– Et ta mère, tu vas la laisser dans les griffes de ton père ?

– Ne dit pas mon père ! Mon vrai père est mort au Japon des mains de Vali tout comme les autres ! Et pour ma mère, c'est déjà foutu !

– Tu n'as pas le droit de baisser les bras ! insiste-elle.

– Merde ! J'en ai marre qu'on me dise cela, comme si tout reposait sur moi !

– C'est le cas. Tu es la prophétie, c'est à toi d'amener l'armée jusqu'à la victoire.

– Pour avoir encore du sang sur les mains et voir mes frères et sœurs tomber au combat les uns après les autres sans pouvoir faire quelque chose.

– Oui, il y aura d'autres morts, mais c'est pour qu'on soit libre, Amy. Si tu décides d'abandonner maintenant, tous ceux qui ont donné leur vie hier l'auront fait pour rien. Tu pourrais continuer à vivre en voyant mourir des meutes parce qu'elles n'ont pas voulu rejoindre Vali ?

– Peut-être ! Et je ne veux pas perdre un autre être cher !

Elle se met à me grogner dessus lorsque Glenn et Shugo arrivent.

– Qu'est ce qui se passe ? demande Glenn.

– Rien ! râlé-je

– **Elle veut baisser les bras !** balance ma louve.

– Amy, c'est vrai ? s'étonne-t-il.

– Oui !

– Pourquoi ?

– Tu es aveugle ou quoi ? Regarde tous les morts d'hier et nous nous sommes battus simplement contre Oscar et Tobias. Alors imagine si ça avait été contre Vali, on n'aurait eu aucune chance, et encore moins aujourd'hui sans Redje, Jo et Lilou.

– Ma chérie, ce sont des soldats de Vali qu'on a combattus hier. Sinon, Oscar et Tobias n'auraient jamais réussi une telle prouesse.

– Je pensais vraiment qu'on avait notre chance, mais par rapport à ce qui s'est passé, j'ai compris qu'on n'était pas à leur niveau. Et, on n'est plus assez nombreux. Surtout, ne me sors pas ta phrase ; c'est la puissance qui compte !

Il sourit quand je lui balance ça.

– Je suis d'accord avec toi, mais j'ai une bonne nouvelle. Je voulais te le dire demain matin avant l'entraînement, mais vu ton désespoir, il vaut mieux que je t'en informe maintenant. Choa et sa meute ont décidé de nous aider et faire partie de la guerre.

– Alors eux, ils changent d'avis quand c'est trop tard ! rigolé-je jaune.

– Non, ce n'est pas trop tard, on peut encore s'entraîner et devenir plus forts.

– Je crois que tu n'as pas bien observé tes troupes. Ils ont tous baissé les bras, aucun d'eux ne veut continuer cette guerre qui est un véritable suicide.

– Tu ne peux pas penser comme ça.

J'allais répondre, quand Choa énervé me coupe la parole.

– Alors, tu vas m'expliquer, où est-ce que tu t'es crue, à taguer des écrits sur tout ce que tu veux ? Petite idiote !

Purée, décidément ça continue, c'est ma journée.

– Bonjour Choa, moi aussi je suis heureuse de te voir en forme, dis-je avec sarcasme.

– Ne te fous pas de moi ! maugrée-t-il.

On se retrouve nez à nez. Tenshi essaie de s'interposer entre nous.

– Calme-toi, Choa. Explique-moi ce qui se passe, temporise Glenn.

– Je suis allé dans mon lieu de repos et j'ai vu une phrase gravée signée Amy sur mon rocher.

– Ah ! Excuse-la. Elle ne savait pas que c'était un lieu important pour toi.

– Bah, en réalité, je me suis quand même posé la question. C'était trop parfait pour que ce soit la nature qui ait placé les choses de cette façon, répondis-je embêtée.

– N'aggrave pas la situation s'il te plaît, ma chérie.

– Cette roche est sacrée pour moi, comment peut-on faire maintenant pour arranger les choses ? demande-t-il en croisant les bras.

– Tu n'as qu'à la gratter avec tes griffes et puis le tour est joué le vieux, balance Lojy, sorti de nulle part.

Il devait nous écouter depuis le début.

– Ce serait un affront ! se vexe Choa.

– L'affront est déjà fait, donc au point où tu en es, répond Lojy avec désinvolture.

– Choa, je suis navré. Amy ne l'a pas fait exprès, elle écrit cette phrase depuis l'Italie, pour elle, c'est un hommage à son père adoptif. Tu peux le comprendre ? s'excuse mon compagnon à ma place.

– Depuis l'Italie ? demande Choa perplexe.

– Oui, donc tu vois qu'elle ne voulait pas blasphémer…

– L'Italie ? répète Choa.

– Oui c'est bien ça, donc, on est désolé pour ta roche.

CHAPITRE 21

– On s'en fout de cette satanée roche ! dit Choa soudainement.
On le regarde, béats.
– Enfin, il y en a un qui a compris ? rigole Lojy.
– Quelle bande de demeurés ! nous insulte Choa.
Encore, mais ce n'est pas possible, ils se sont passé le mot.
– Je ne te permets pas de nous manquer de respect, s'énerve Glenn.
– Je ne vous manque pas de respect, mais je constate ! Vous les avez guidés jusqu'ici ! Ils avaient juste à suivre les gravures et vos traces.
Glenn et moi, on se regarde comme des cons et là, c'est effectivement le bon terme.
– Attends, toi, tu le savais et tu ne nous as pas prévenus ? demande Glenn à Lojy en remarquant ce qu'il a dit après coup.
– Si, j'ai averti Amy à plusieurs reprises, se défend Lojy.
– Non ! C'est faux ! m'opposé-je tout de suite.
– Si, je t'ai dit que vous n'êtes en sécurité nulle part, et qu'on vous trouvera à chaque fois.
– Et ça, elle devait le comprendre ? répond Choa.
– Bah, oui avec un peu de jugeote.
– Tu es très mal tombé parce qu'aujourd'hui, tout le monde m'a fait comprendre que je suis très loin d'être une intellectuelle.
– Ils n'ont pas tort apparemment, se moque Lojy.
– Ferme-la ! m'énervé-je.
– Et toi, Jylo, tu ne pouvais pas nous le dire, demande Glenn plus calme.
– Je n'étais pas au courant, il arrive à me cacher certaines informations.
– Bon, on sait maintenant comment ils ont fait pour nous retrouver, dit Choa en me lorgnant.
Je baisse les yeux, désemparée. Alors, tout ce qui est arrivé hier serait ma faute. Et si Oscar a réussi à remonter jusqu'à nous de cette façon, ce n'est juste qu'une question de temps pour que Ameria le découvre aussi.
– **Non, Amy ne commence pas à culpabiliser. Tu ne pouvais pas savoir qu'Oscar pourrait se servir de ça pour nous retrouver.**
– Merci, Shugo d'essayer de me remonter le moral, mais j'ai vraiment fait n'importe quoi. À cause de moi, il y a eu des morts et Ameria risque de nous retrouver par le même biais.
– **Non, Oscar était au courant que tu gravais cette phrase à chaque endroit où tu passais. Il devait nous suivre depuis l'Italie. Pour Ameria c'est différent, elle ne le sait pas.**
– C'est comme si je lui avais indiqué la route avec des flèches. J'ai fait le petit Poucet. Ils ont tous raison, je suis vraiment idiote.

Et comment peux-tu savoir si Oscar ne leur a pas dit où nous nous trouvons ?

– Arrête, de t'enfoncer ne t'aidera pas. Maintenant c'est fait, on ne peut pas revenir en arrière. Et je sais qu'Oscar n'a rien dit parce que sinon Vali aurait envoyé plus de soldats avec Ameria pour nous attaquer. Oscar avait un compte à régler avec Glenn et pensait pouvoir le résoudre hier. Il s'est juste servi des hommes de Vali pour essayer de nous tuer. Ne te fais donc pas de soucis pour ça. S'il était au courant, on aurait déjà été attaqué et on serait tous morts.

Je me relâche avec un énorme soupir.

– C'est tout ce que ça te fait, de savoir qu'ils sont venus par ta faute ?! m'agresse Choa.

– Et que veux-tu qu'elle fasse ? Elle ne peut plus changer ce qui est arrivé, défend mon chéri.

– Elle pourrait commencer par s'excuser !

– M'excuser de quoi ? D'avoir guidé un fou jusqu'ici sans le vouloir, alors qu'il voulait se venger de Glenn ! m'emporté-je.

– Donc pour toi, tu n'es pas en faute ?! s'étonne Choa.

– Non, je ne suis pas responsable des actes et des décisions des autres.

Ils restent tous sans voix, ne sachant pas quoi répondre. Je fais comme si cela ne me touchait pas, mais au fond de moi, la culpabilité me ronge entièrement. Glenn finit par se ressaisir.

– Cette info, elle restera entre nous. Les meutes n'ont pas besoin de le savoir ! ordonne Glenn sèchement.

– Tu veux leur cacher comment ils nous ont trouvés ? demande Choa.

– Oui ! répond-il crûment.

– Et s'ils demandent, on leur dit quoi ?

– Bah, tout sauf ça ! Il est un peu simplet, lui ou c'est moi ?! se moque Lojy.

– Toi, le merdeux, fait gaffe ! menace Choa.

– Choa, fais comme nous, ignore-le. Et pour répondre à ta question, tu les envoies vers moi et je me débrouillerai, termine Glenn.

N'arrivant plus à faire semblant d'être forte, je les laisse sur place et pars vers l'endroit où nous gardons nos blessés. J'ai hâte de voir le petit garçon et de savoir comment il se porte. J'accélère mes pas, Tenshi me suit de près sans dire un mot.

Heureuse de constater qu'il y a moins de monde à attendre des soins. Le visage de Mary est encore marqué par la fatigue bien que Zali l'aide de son mieux et que sa louve Finna ne la lâche pas.

– Bonjour, Mary.

– Oh, bonjour Amy. Que fais-tu là ? Tu devrais te reposer.

CHAPITRE 21

Son regard est fuyant comme si ça la gênait que je sois venue.

– Non, je me sens beaucoup mieux. Je viens voir l'enfant, savoir s'il se remet bien.

– J'ai une nouvelle difficile à t'avouer, me dit-elle en baissant les yeux vers Finna.

À cet instant, je cherche le petit garçon du regard. J'aperçois un couple en pleurs penché sur un corps.

– Il n'a pas passé la nuit, la blessure s'est infectée, ce qui a déclenché une septicémie. Et son jeune cœur n'a pas tenu le coup.

– Je le savais ! Je te l'avais dit que si j'arrêtais, il risquait de mourir ! Pourquoi vous ne m'avez pas écoutée ?

– Tu allais périr !

– Pourquoi ma vie serait plus importante que la sienne ?! Il n'avait même pas six ans ! m'enflammé-je sur Mary.

Tous les regards se braquent sur nous, dont ceux des parents du jeune gamin.

– Amy, tu es notre déesse, ta vie passera avant n'importe laquelle d'entre nous.

– Je ne suis pas d'accord ! Vous êtes tout aussi importants que moi, sans vous, je ne pourrai pas vaincre Vali et ce garçon aussi aurait pu nous aider ! Il faisait partie de nos alliés !

– Nos vies peuvent être remplacées, mais toi, tu es unique. Si on te perd, personne ne pourra te succéder.

J'ai envie de hurler face à l'injustice, je ne vois pas les choses de la même manière.

– Excusez-nous, Madame Amy !

La maman de l'enfant tient la main de son compagnon toute tremblante. Elle s'adresse à moi avec les yeux remplis de larmes.

– Appelle-moi juste Amy, dis-je d'une voix douce.

– Je viens te remercier pour ce que tu as fait pour mon enfant.

Elle ironise, elle a bien compris qu'il est décédé ?

– Je n'ai pas réussi à le sauver, je ne vois pas pourquoi tu me remercies.

– Parce que tu as failli mourir en essayant de le secourir. Tu as tout donné pour un enfant que tu ne connaissais même pas. Il y a très peu de gens comme toi.

– Je suis tellement navrée de ne pas avoir réussi…

– On le sait, me coupe le père en me tendant la main.

Je la serre, gênée et triste. Je retiens mes larmes en serrant des dents parce que je ne sais pas pendant combien de temps elles vont couler si je lâche les vannes.

– Vous pourrez compter sur nous pour la guerre, nous en ferons partie, certifie le père, avec un regard déterminé.

Ils repartent lentement rejoindre le corps de leur fils.

– **Tu saisis pourquoi tu n'as pas le droit de baisser les bras ? Beaucoup comptent sur toi pour les conduire à la victoire,** me dit Tenshi au bon moment.

– Oui, capitulé-je. Mary, excuse-moi de m'être emportée sur toi.

– Je comprends la raison qui te met dans cet état et franchement, je préfère ça, qu'à une cheffe qui se fout du sort de ses frères et sœurs.

Elle me sourit de toutes ses dents.

– Si tu veux bien, continue-t-elle, tu pourrais m'aider à soigner les derniers patients.

– Avec plaisir, je ne supporte plus de ne rien faire.

Je relève les manches de mon sous-pull et me mets tout de suite au travail. Le reste de la journée passe beaucoup plus vite. J'ai pu soigner toutes les petites blessures qui auraient pu s'infecter par la suite. L'atmosphère humide de cette île n'aide pas à la cicatrisation.

Le soir, Choa a organisé une célébration pour nos morts, en espérant que ce sera la dernière pour un moment. Nos regards tristes se croisent, fuyants pour certains. Nous avons très peu d'appétit.

Choa se lève et s'installe au centre, comme il l'avait fait pour Rob.

– Nous n'oublierons jamais cette nuit horrible pendant laquelle nous avons tant perdu. Nos frères et sœurs se sont battus jusqu'à donner leurs vies pour sauver nos enfants et notre territoire. Ils resteront des héros à nos yeux ! Nous avons beaucoup à reconstruire, mais ce n'est pas la première fois ! Nous sommes des guerriers, et nous n'avons pas le droit de baisser les bras ne serait-ce que pour eux !

Nous levons les verres à son hommage touchant. La soirée se passe dans un calme de deuil, personne n'ose sourire ou parler trop fort. Le malaise est trop pesant, nous préférons écourter la célébration et partons nous coucher sans aucun échange. J'espérais que Glenn me parle de mon mensonge, mais il doit avoir autre chose de plus important dans la tête.

Au petit matin, nous sommes tous sur la plage, celle sur laquelle nous avons combattu. J'imagine les corps se décomposer sous nos pieds, coincés à plusieurs mètres.

CHAPITRE 21

Ils attendent que Glenn parle, on peut lire le désespoir dans les yeux de beaucoup.

– Je vous ai conviés pour vous annoncer que la meute de Choa fera partie de notre entraînement dans quelques jours. Ils participeront à la guerre.

Aucune réaction n'apparaît.

– Et tu peux nous dire comment nous allons faire pour battre Vali avec si peu de personnes, questionne Jeff.

– Tu n'as pas entendu que la meute de Choa sera parmi nous ? répond mon compagnon plus sèchement.

– Si, mais ils ne savent ni se battre ni même se défendre ! C'est comme si nous étions toujours seuls.

– Je ne suis pas d'accord avec toi, nous allons les entraîner aussi.

– Et si entre-temps, avant qu'ils ne sachent se battre, d'autres ennemis viennent nous tuer ? s'inquiète Elvis.

– Nous ferons ce qu'il faut et je ne pense pas que d'autres viendront. Oscar et Tobias avaient un compte à régler avec moi.

– Comment nous ont-ils trouvés ? demande Raffi.

– On ne le sait pas, nous cherchons encore, répond Glenn sans hésiter.

Je baisse les yeux, comment arrive-t-il à leur mentir aussi facilement ?

– J'ai décidé de partir avec toute ma meute ! déclare Jeff.

Surprise, je le fixe mécontente.

– Tu ne peux pas abandonner maintenant ! s'emporte Glenn.

– Nous ne pourrons pas y arriver ! Si nous restons ici, Vali finira par le savoir et nous tuera tous. On n'est pas assez nombreux, nous ne pourrons pas leur tenir tête, continue-t-il.

– Ah, voilà ! Alors il faut qu'il nous arrive un mauvais coup pour que vous abandonniez. Mais vous vous attendiez à quoi dans cette guerre ? Vous croyez que vos ennemis vont hésiter parce que vous êtes une femme, un ado ou même un enfant. Vous vous croyiez dans une colonie de vacances où c'est le premier à attraper la queue du loup. Oui, il y a des morts et oui il y en aura d'autres, je ne vous ai pas menti, vous saviez dans quoi vous alliez mettre les pieds ! s'exclame Glenn avec fermeté.

– Tu n'arriveras pas à me faire changer d'avis, ma décision est prise, Glenn.

Un froid s'installe au milieu des troupes.

– Je ne t'empêcherai pas de partir, mais laisse-nous du temps.

– Combien ?

– Deux semaines.

– Pourquoi ? Cela ne changera rien à ma décision.

– Pour au moins m'aider à entraîner la tribu de Choa.

Il réfléchit un instant en tournant les yeux vers sa meute.

– Très bien, mais je le fais pour Amy parce que je lui dois la vie de Zali et Steeve.

– Merci, Jeff, dis-je gênée en sachant que leurs vies ont été en danger à cause de ma bêtise.

Peut-être Glenn a finalement eu raison de ne pas le leur dire, sinon on aurait perdu une meute. Néanmoins, il a juste gagné du temps, Jeff a l'air vraiment déterminé à partir.

Nous commençons l'entraînement sans aucune motivation. Même si les loups essayent de raisonner leurs maîtres, rien n'y fait. Ils se battent tous sans envie ni combativité. Je suis avec Altéha et Isabelle quand nous entendons Zal et Jeff se disputer sévèrement. Je pars les voir pour essayer de les calmer.

– Tu es un lâche, nous laisser tomber comme ça ! aboie Zal.

– Je ne t'ai rien demandé ! Et c'est mon choix, si je préfère rester en vie avec ma meute ! répond Jeff.

– Tu n'as rien compris, tu vas crever si tu quittes cette île et tu condamnes tous ceux qui t'accompagneront par la même occasion.

– Qu'est-ce que tu en sais ? Si nous restons cachés, on aura notre chance.

Tout le monde se trouve autour d'eux à les écouter.

– Waouh ! Quelle chance de vivre enterrés dans un trou à rat, c'est ça que tu veux offrir à ta meute ? Les pauvres, je les plains.

Alexander se concentre et essaie de les calmer tous les deux comme il peut.

– Au moins on sera en vie ! crie Jeff.

– Non, du con ! Ils vont tous crever parce que Vali vous cherchera et réussira à vous trouver. Sache qu'il y arrivera et là, il vous arrachera la tête un par un ! L'avantage c'est que vous serez déjà enterrés dans votre grotte, il n'y aura pas besoin de bruler vos corps, ironise Zal.

– Tu vas beaucoup trop loin ! rage Jeff en serrant les dents.

Je regarde Alexander qui me fait signe de la tête, il n'arrive pas à les calmer tant la tension est forte. Avec Glenn, nous décidons d'intervenir puis de les séparer avant que ça n'aille plus loin et qu'une bataille de meutes s'installe.

– Ça suffit ! Zal tu n'as pas à juger le choix de Jeff ! dit Glenn, calmement.

CHAPITRE 21

– Mais ils vont mourir, Glenn. Je ne peux pas fermer les yeux en voyant un chef prendre une aussi mauvaise décision, insiste Zal les yeux exorbités de frustration.

– Ce n'est pas à toi d'affirmer qu'il fait une erreur ou non.

– Ce con, il va tuer des ados ! crie Zal.

Je suis étonnée de sa réaction, cela ne lui ressemble pas de réagir de la sorte. Se serait-il attaché aux gamins ?

– Tu dépasses les limites ! s'énerve Jeff.

D'un coup, un bruit sourd se fait entendre autour de nous, je reconnais tout de suite cette résonance.

– Dégagez de là ! hurlé-je à tout le monde.

Sans réfléchir, ils m'écoutent tous, sauf Zal et Zoann qui ont les pieds et pattes coincés dans le sable. Un énorme golem de sable se place devant Zal et Zoann prêt à les aplatir. Je cours droit sur eux pour essayer de les protéger. J'utilise un bouclier de glace pour stopper l'énorme poing du titan. En un coup il le brise et enchaîne avec un autre, je saute sur Zal et Zoann pour les couvrir en fermant les yeux. Soudain au lieu de ressentir le poing nous écraser comme des insectes, je sens le sable me chatouiller la nuque. Je me retourne pour regarder ce qui a arrêté l'énorme Golem. Je reste bouche bée devant ce que je vois. Encore, lui !

– Papa ! crie Altéha de joie.

Je ferme les yeux, déçue de savoir que ce n'est qu'une représentation, sans avoir fait attention, on se trouve à la frontière du sable et de la terre. Je bouge légèrement les doigts pour articuler le Matëus comme une marionnette et mettre en miettes le golem. Matëus disparaît aussitôt que le monstre de sable est détruit. Je tourne les yeux vers Lili en m'excusant, elle baisse son regard sans rien dire. Glenn maîtrise Jeff et arrête l'entraînement pour aujourd'hui.

Lili reste sur la plage avec Altéha pour qu'elle puisse s'amuser dans l'eau avec les poissons. Évitant que le malaise revienne entre nous, je préfère aller la voir et discuter avec elle, quitte à me reprendre une gifle.

– Lili, je suis désolée pour ce qui vient d'arriver. Je ne fais pas exprès, à chaque fois, il apparaît tout seul.

Elle surveille sa fille et Shyva dans l'eau, aucune émotion ne se dégage d'elle.

– Ne t'excuse pas, j'ai l'impression que Matëus est devenu ton ange gardien. Je sais que tu ne le fais pas exprès, ton expression de visage à chaque fois montre que tu es aussi surprise que nous.

– Tu ne m'en veux pas, alors ?

Elle sourit sincèrement, un sourire que je n'ai pas vu depuis longtemps.

– Non, pas du tout. Quel bel hommage tu lui fais à chaque fois qu'il apparaît pour te sauver la vie !

– J'ai eu peur que tu le prennes mal.

– Rassure-toi, j'ai ouvert les yeux depuis la nuit de l'attaque. Sans toi ma fille serait morte. Tu as ma gratitude à vie.

D'un coup, elle me tire vers elle et me serre dans les bras en me chuchotant, merci. Une larme coule sur ma joue droite, je l'essuie quand elle me relâche.

– Ça te dit de faire une petite plongée, me propose-t-elle.

– Je ne sais pas, je devrais peut-être rejoindre Glenn pour voir ce qui se passe avec Jeff.

– Oh, il se débrouillera bien tout seul. Allez, ça va te faire du bien.

Tout en disant ça, elle se met en sous-vêtements. Je hoche les épaules et me jette à l'eau aussi. Nous jouons deux bonnes heures avec les louves et Altéha. Les voir rire et jouer comme ça me fait du bien et nous partageons un super moment.

Quand nous retournons dans la salle de repos, nous retrouvons tous les autres avec une mine épouvantable. Zal se rapproche de moi avec Zoann.

– Merci de nous avoir sortis de là.

– Il n'y a pas de quoi, mais la prochaine fois, ne te mêle pas des choses qui ne te regardent pas.

– Tu acceptes la décision de Jeff ? dit-il outré.

– Non, ce n'est pas ce que j'ai dit, mais c'est son choix, on ne peut aller à son encontre.

– Pff, foutaise ! s'énerve-t-il.

– Pourquoi réagis-tu comme ça ?

– Il va mettre sa meute en danger.

– Et ? insisté-je en sachant qu'il y a autre chose.

– Tu te fous que ces jeunes meurent à cause de lui !

– Non, mais pourquoi toi, tu t'en fais autant pour eux ?

Il baisse les yeux mal à l'aise.

– C'est Tic et Tac, je les adore ces ados. Ils me font penser à des jeunes de la meute d'Afzal.

– Je l'entends très bien, seulement, le traiter de con ne le fera pas changer d'avis, bien au contraire.

– Donc, on ne fait rien !

– Je n'ai pas dit ça, Glenn a déjà réussi à retarder son départ. Il pourrait changer d'avis entre-temps.

– Ce n'est pas l'impression qu'il donne.

– On fera avec, dis-je pour clôturer la conversation.

Il me tourne le dos en râlant comme toujours. Je cherche Glenn et Jeff, ne les voyant pas, je contacte Shugo.

– **Où êtes-vous ?**
– **Nous marchons tranquillement, Glenn calme Jeff.**
– **Et ça marche ?**
– **Plus au moins, à cause de Zal, il a failli partir demain. Cependant Glenn a réussi à le convaincre de rester après des heures de discussion.**
– **Quel diplomate, à chaque fois, je suis admirative de sa patience.**
– **Nous n'allons pas tarder à rentrer.**
– **Très bien.**

Avant qu'ils ne rentrent, je ferais bien de pousser Zal à s'excuser auprès de Jeff. Je le lui glisse doucement à l'oreille.

– Alors là, tu rêves ! s'exclame-t-il, attirant l'attention vers nous.
– Pense à Ben et Nino, si tu ne le fais pas, Jeff ne tiendra pas les deux semaines et cela le poussera à partir.
– Je lui ai dit la vérité, c'est un con. Je n'ai pas à m'excuser !
– Comme tu veux, après tu ne diras pas que tu t'en veux quand ils partiront, lui dis-je en m'éloignant de lui.

Il hausse les épaules, énervé.

Le soleil couché, Glenn et Jeff rentrent enfin. Sans un mot, ils se séparent, chacun de son côté, pour s'allonger. Je fais les gros yeux à Zal pour l'inciter à se faire pardonner. Il souffle, mais capitule, tout le monde les regarde, curieux de savoir comment cela va finir. Finalement Zal lui tend la main et Jeff accepte de la lui serrer. Puis Zal retourne dans son coin.

– **Tu es contente !** me dit-il.
– **Oui et toi ?**
– **Pff !**

Il se tourne pour ne plus me regarder.

– **Comment s'est passée la discussion avec Jeff ?** demandé-je à mon fiancé.
– Longue, et à cause de Zal, il était prêt à disparaître demain.
– Il t'a dit pourquoi il a pris cette décision ?
– Vaguement, il vit très mal la mort de Jo et Redje. Il se pensait en sécurité ici, il a l'impression qu'on lui a menti. Pour lui, être un bon chef c'est de mettre sa meute en sécurité.
– Il sait qu'elle ne le sera jamais s'il décide de s'installer seule ?

– Non, Jeff se croit à l'abri dans sa grotte. Il estime qu'ils ne viendront jamais les chercher là-bas.

– Zal a raison, il est vraiment con.

– Tu sais, la peur peut amener des réflexions stupides.

– Et tu as une idée pour le faire changer d'avis ?

– Oui et non. Jeff ne changera pas d'opinion, mais sa meute peut se révolter contre sa décision. Et n'oublie pas qu'Alexander était leur ancien chef. Si on arrive à convaincre celui-ci de s'opposer à Jeff, les autres suivront leur premier alpha.

– Bien trouvé.

– Oui, mais faut-il encore réussir.

– Si c'est pour sauver son ancienne meute, il le fera, dis-je avec assurance.

– Ça me fait plaisir de te revoir comme cela, ma chérie.

Je rougis à ces mots.

– Il me fallait un électrochoc.

– Et ça été quoi ?

– Les parents du gamin, ils m'ont ouvert les yeux.

– Oui, j'ai appris pour ce pauvre garçon. C'est dur d'admettre la mort d'un si jeune enfant à cause de quelque chose qu'il n'a même pas compris.

– Oui, mais ils le paieront. Je te promets qu'ils souffriront pour chaque goutte de sang qu'ils ont fait couler.

– Je n'en doute pas.

Il m'embrasse tendrement. J'arrête notre baiser pour le regarder droit dans les yeux. Les doutes qui pouvaient perturber son amour pour moi ont enfin disparus.

– Tu ne me parles pas de mon mensonge à propos de Matëus ?

– Non, pas besoin. J'ai compris pourquoi tu as raisonné de cette façon.

– Tu ne m'en veux pas à cause de Lilou ?

– Pas du tout, parce que tu as réussi à trouver une autre solution, qui nous a évité en plus de nous mettre en danger. Tu sais, c'est quand j'ai vu ta mère avec Lilou que j'ai compris ce qui était réellement arrivé. C'est pour cela que je te répétais souvent de m'avouer la vérité.

Je soupire de soulagement.

– Finalement Tenshi a bien fait de cracher le morceau.

– Tu devrais l'écouter plus souvent, elle est ta guide. Elle ne cherche que ton bien, les loups sont souvent de bons conseils.

– Oui, je le comprends de plus en plus.

CHAPITRE 21

Je caresse Tenshi allongée au côté de Shugo, elle relève la tête et cligne les paupières de ses yeux bleu dragée. Je m'allonge face à elle en la fixant et m'endors sereine quelques minutes plus tard dans le calme.

Voilà deux jours que nous nous entraînons. La meute de Choa ne devrait plus tarder à participer aux entraînements avec nous. Bien que certains s'y soient mis sérieusement, d'autres ne trouvent pas encore l'envie et n'arrivent pas à surpasser notre bataille. J'espère que l'arrivée de Choa fera changer l'humeur sinistre de nos entraînements. Personnellement j'essaie aussi de m'y remettre, cela est très difficile surtout quand on peut remarquer l'absence continuelle de nos frères et sœurs pendant les exercices. Ils laissent un vide énorme, spécialement pour ceux qui avaient créé des combinaisons d'attaque avec eux.

Jeff n'a toujours pas changé d'avis, Glenn a mis son plan en route et a entamé la discussion avec Alexander. Ce dernier n'aime pas trop son idée, mais sachant qu'il pourrait sauver des vies en acceptant, il réfléchit sérieusement à sa proposition.

Notre meute garde espoir que Jeff change d'avis et le sollicite souvent pour qu'il réalise à quel point il est important pour nous tous.

22. UNE AIDE INESPÉRÉE

Une semaine est passée depuis la décision de Jeff. L'angoisse qu'il ne change pas d'avis est toujours bien présente. Choa et sa meute sont enfin là, nous avons beaucoup de travail avec eux. Glenn leur apprend les bases avant de les mettre dans les groupes qui leur conviendront. Aucun d'eux n'a de capacité et les femmes sont interdites de combat. Choa les a autorisées juste à participer aux soins. Mon compagnon a beaucoup parlementé avec lui pour le faire changer d'avis afin qu'elles apprennent au moins à se défendre au cas où elles se feraient attaquer. Il n'y a rien à faire, pour lui, une femme n'a pas sa place dans une guerre, bien entendu Zal est tout à fait d'accord avec lui.

Par conséquent, tous les soirs, je leur donne rendez-vous sur la plage avec Lili, Isabelle, Hanahita et Ava, puis nous les entraînons en secret. Nous avons instauré ce rituel en faisant croire que les femmes s'offrent un petit plaisir entre elles, en allant se baigner et se défouler. Seulement, même en travaillant tous les soirs, le résultat n'est pas aussi bon avec un jour entier d'entraînement, d'autant plus qu'avec mes sœurs, nous sommes déjà fatiguées de notre journée quand nous leur apprenons à se défendre.

Aujourd'hui, je me trouve dans le groupe d'Elvis avec Tic et Tac. J'essaye de les bouger un peu en les défiant. Comme ils ne savent pas s'ils vont rester, ils ne se donnent plus la peine de forcer.

– Bouge Nino, je vais te trouer la peau si tu ne réponds pas avec plus de hargne.

– Pff, tu m'fatigues, Amy ! me répond-il avec fainéantise.

– Tu crois que ta capacité va venir avec ce genre de comportement ?!

– À quoi bon, puisqu'on va partir.

– Même si tu pars, tu devrais te donner à fond, parce qu'il y a des risques que votre meute se fasse attaquer par les gardes de Vali. Et si tu arrives à défendre tes parents, tu n'en serais pas fier ?

CHAPITRE 22

– Pourtant c'n'est pas ce que vous pensez, vous nous voyez déjà dead !

Je suis atterrée par ce qu'il vient de me balancer.

– Ce n'est pas ce qu'on voulait dire, on essaie de dissuader Jeff de nous quitter. Et on a peur pour vous, sachant que vous allez vous retrouver tout seuls.

– À vrai dire, j'ai pas envie de partir. Ça m'plairais de rester avec votre meute, seulement ce serait vu comme une trahison. J'peux pas faire ça à mes parents.

Je dois me concentrer à chaque fois quand il me parle, j'ai un peu de mal à le suivre, il n'articule pas et mange pas mal de mots.

– Oui, en effet c'est une situation compliquée. Sois patient, on pourra peut-être changer les choses.

– Pff, c'est trop chiant !

En me disant cela, il balance son épée à mes pieds.

– Oh ! Tu vas où là ?!

– J'me casse !

Je soulève l'épée avec mon pied la faisant voler au-dessus de ma tête. Quand elle retombe j'envoie un coup de pied dans le manche, droit sur lui. De dos, s'il ne réagit pas, il risque de la sentir passer. Brusquement, il se met en cavalier et la rattrape sans même la regarder. Il tourne ses yeux vers moi, le rouge de ses pupilles s'est élargi et il me fonce dessus. J'esquive de justesse la lame qui me coupe légèrement le bras. Tenshi a ressenti le danger, elle a déjà changé de couleur pour s'attaquer à Lars. Subitement Nino a adopté une autre attitude, son regard est beaucoup plus sérieux et ses gestes s'accélèrent rapidement. J'ai de plus en plus de mal à suivre son épée des yeux et j'arrive de moins en moins à le bloquer avec la mienne. J'évite encore un coup de justesse, elle frôle ma joue droite laissant quelques gouttes de sang au passage. Je suis forcée d'utiliser la capacité d'Altéha et me créer une épée de glace pour réussir à évincer ses attaques. Son expression est de plus en plus meurtrière, c'est là que je comprends enfin pourquoi il est dans cet état. Soudain, il brise l'épée de glace et me transperce l'épaule, ce qui me faire hurler de douleur. Elvis et Ben viennent l'interrompre, il m'aurait tuée sans pitié. Effrayé, Glenn arrive comme un fou prêt à me défendre quand je le stoppe dans sa lancée.

– Non, ce n'est rien !

– Il voulait te tuer ! me dit-il interloqué.

– C'est comme pour Altéha et Jeff. Sa capacité vient de se déclencher et il ne peut plus se contrôler.

On perçoit la haine à travers les traits du visage de Nino, ils ont besoin d'être quatre pour les maintenir, lui et son loup.

– Voilà pourquoi, je n'arrive jamais à apaiser leurs émotions à ce moment-là, dit Alexander sorti de nulle part, ce qui me fait sursauter.

Nino se calme doucement, ses frères le relâchent et Glenn part avec lui en confiant son poste à Jeff. Le connaissant, il aurait préféré choisir Bayr, mais il faut que Jeff se sente le plus indispensable possible pour l'inciter à rester. Une fois que j'ai cicatrisé, je continue à m'entraîner avec Elvis et Ben. Étrangement la prouesse de Nino pousse ses frères à être plus appliqués. Ils ne voudraient pas qu'il devienne plus fort qu'eux, bien que cela soit déjà le cas.

Toute l'après-midi se passe sans Glenn, malheureusement Jeff est beaucoup moins patient que mon compagnon, il s'est énervé plusieurs fois sur Choa et sa meute. Pourtant ils ne sont pas si nombreux. Au début, cinq hommes sont venus dont le père du petit garçon. Ensuite deux jours plus tard, cinq autres les ont rejoints. Ils ont tous, plus ou moins, le même degré de performance, en les comparant, ils ont le même niveau que la pauvre Lilou.

L'entraînement se termine et j'aperçois un soulagement sur plusieurs visages. Comment réussir à redonner le goût des exercices à tout le monde ? Ils ne croient ni en eux, ni en leurs frères et sœurs, ce qui amène beaucoup de discorde, et certains préfèrent même s'entraîner seuls de leur côté.

Le soir venu, les dix femmes sont au rendez-vous et à l'heure. Étonnamment, elles sont plus motivées que les meutes de la journée et s'entendent beaucoup mieux. Petit à petit, je fais connaissance avec elles, Inda est la mère de l'enfant. Avec la colère qui l'anime, elle est très combattante et elle est la porte-parole des femmes de ce groupe.

Ce qui m'a le plus surprise, c'est que la femme de Choa n'est pas parmi nous, malgré mon insistance qu'elle contribue au soin. J'ai pu avoir des explications : Choa n'accepte pas qu'elle participe car s'il meurt au combat, elle doit pouvoir reprendre la suite du commandement de la meute.

Isabelle entraîne Nati qui comprend assez vite et a fait beaucoup de progrès depuis le début, une fois qu'elle a enregistré le mouvement, elle l'explique aux autres, puis nous vérifions qu'elles ont toutes bien assimilé.

CHAPITRE 22

En réalité, c'est mon moment préféré de la journée. Cela change de découvrir leur envie d'apprendre à se battre, même Isabelle qui est fainéante adore leur enseigner les bons gestes.

– Si les autres pouvaient être comme ça ! me dit Hanahita.

– Oui, quel gâchis, entre ceux qui n'ont plus l'envie de s'entraîner et elles à qui on ne peut accorder que deux heures par jour.

– Il faudrait que les femmes leur mettent des raclées pour les secouer, rigole Lili.

– Même s'ils ne s'entraînent pas, elles ne leur arrivent pas à la cheville.

– On est aussi nul ! se vexe une des femmes qui m'a entendue.

– Stella, ne le prends pas mal, mais en effet votre niveau est vraiment très bas. Ce n'est pas votre faute, vous apprenez comme vous pouvez, dis-je essayant de me rattraper.

Stella a très mauvais caractère, elle s'emporte pour un oui ou pour un non. C'est la seule sans mari qui est venue apprendre à se battre.

– Alors pourquoi nous encourager à continuer ? demande Inda.

Les dix femmes nous font face, mécontentes.

– Pour vous sauver la vie et celle de vos enfants, si vous vous faites attaquer. Est-ce que cela vous suffit comme explication ?

– Oui, mon capitaine ! me répondent-elles ensemble.

– À moins que ça vous dérange et nous arrêtons notre entraînement, proposé-je afin de leur faire comprendre de la chance qu'elles ont.

– Non, mon capitaine !

– Alors, on se bouge les miches, espèces de feignasse ! ordonne ma sœur.

– Oui, lieutenant Ava !

C'est plus fort qu'elle, la journée, c'est Cheyn qui mène ses troupes de cette façon et le soir, c'est elle. Fière d'elle, Ava me fait un signe avec le pouce et un clin d'œil.

– Allez, on se donne ! Vous voulez vous battre contre nous ? On va vous bouger nous ! continue-t-elle dans sa lancée.

– Non, lieutenant, Ava !

On peut voir qu'elle jubile de sa notoriété et en tire parti. Dans son groupe de défense éloignée, elle n'en profite pas autant car elle se trouve avec Isa et Alex qui sont très appliqués et sérieux.

Le plus regrettable, c'est qu'on ne peut pas savoir si l'une d'entre elles a des capacités cachées, même en étant vraiment subtiles avec Alexander, il comprendra ce qu'on complote dans le dos de tout le monde. Impossible pour nous de prendre le risque de le lui demander. Nous espérons que cela apparaîtra tout seul.

Après l'entraînement intensif, nous faisons un bon plongeon dans l'océan. Déjà pour nous rincer de la transpiration et aussi pour nous rendre plus crédibles aux yeux des autres en rentrant trempées.

Deux jours plus tard, Nino a bien plus de motivation à s'entraîner et c'est lui qui remue son groupe. La découverte de sa capacité cachée lui donne une facilité au sabre qui l'amuse et pousse Elvis et Ben à faire pareil. Comme on dit, l'élève a dépassé le maître. Avec Glenn nous nous sommes demandé s'il n'était pas préférable de le mettre lieutenant à la place d'Elvis. Seulement, quand nous l'avons entendu parler avec Ben, nous l'avons trouvé encore trop immature pour tenir ce rôle. Cette division n'a plus besoin de moi pour se motiver. Je pars dans le groupe de soin, Mary est complètement déconnectée depuis que son mari, Jeff a décidé de partir. Zali, quant à elle, est devenue moins fébrile depuis qu'elle a sauvé son fils et a pu tuer deux ennemis toute seule. Cette dernière se sent plus forte et plus en confiance. Lili avait fait des merveilles avec ses cheveux, elle avait bien repris son carré plongeant. Après ça, elle n'a eu que des compliments de son fils, on peut même lire l'admiration dans ses yeux.

– Alors les filles, on traîne ?

Je les surprends en train de rêvasser en fixant la mer.

– Non, du tout. J'attends que ces dames finissent leurs bandages.

Le petit trio est devenu un groupe de douze femmes. J'observe leur travail, très bien pour certaines et un vrai désastre pour d'autres. J'hésite entre exploser de rire ou me mettre en colère. C'est la tête de Mary qui me fait partir dans un fou rire quand elle reste pantoise devant une des femmes. Le scénario était que la patiente avait une blessure à la tête et elles devaient mettre un bandage ferme pour qu'elle puisse reprendre le combat sans être dérangée. La jeune fille, Maé, l'avait posé en œuf de pâque, Mary démotivée ne l'a même pas reprise. Du coup, je refais moi-même le bandage avec Maé pendant que Mary simule une nouvelle blessure. En revanche ce que je remarque tout de suite c'est qu'on manquera de bandes au cas où on se ferait à nouveau attaquer. Je laisse Maé se débrouiller pour parler avec Mary.

– Tu en es où dans le stock médical ?

– Je ne sais pas, j'ai presque tout utilisé dans la dernière attaque.

– Pourquoi ne pas l'avoir dit ? halluciné-je.

CHAPITRE 22

— Vous avez annoncé que nous ne devrions plus avoir d'attaque, à quoi vont-ils donc nous servir ?

— Mais n'importe quoi, Mary ! Si on se blesse pendant l'entraînement ?

— Tu es là ! me répond-elle détachée.

— Non ! Je ne suis pas d'accord ! Si c'est moi qui suis blessée et que je n'arrive pas à me soigner ou que je ne sois pas là ?

— De toute façon, on s'en va bientôt, du coup, vous en aurez assez !

Ma main me brûle tellement que j'ai envie de lui foutre une baffe pour la réveiller.

— Alors, toi, qui m'as fait comprendre de ne pas baisser les bras, aujourd'hui tu fais tout l'inverse.

— Je ne les aurais pas baissés si je pouvais rester ici à me battre, mais mon Jeff ne veut pas en démordre. Tout le temps il sort la même phrase ; on n'est pas assez nombreux ! l'imite-t-elle.

C'est la deuxième de la meute de Jeff qui avoue ne pas vouloir fuir. Cependant ce qu'elle vient de me déclarer m'ouvre les yeux. Il sera impossible de faire changer d'avis à Jeff. S'il n'écoute même pas sa moitié, pourquoi nous écouterait-il ? Je lui prends la main amicalement.

— S'il te plaît, fais le plus d'efforts possible, comme si tu restais nous aider. Nous, de notre côté, on travaille pour que Jeff réalise sa bêtise.

Elle me sourit et finit par accepter.

Je pars voir Glenn pour l'informer que je ferai un inventaire des produits de soins afin de savoir lesquels vont nous manquer.

— Vous vous ravitaillez où ? demande Glenn à Choa qui est essoufflé de l'entraînement.

— Nous sommes en lien permanent avec un homme solitaire qui vit en Thaïlande.

— C'est un humain ? s'étonne Glenn.

— Non, il fait partie de notre race, mais il vit seul parmi les humains.

— Tout seul, il n'appartient pas à une meute ?

— Je ne connais pas trop sa vie, des rumeurs disent qu'il en avait une jadis, mais qu'il l'a quittée pour vivre isolé.

— Est-ce possible qu'il nous délivre de la marchandise si on te fait une liste ?

— Oui sans problème. Vous avez utilisé tout le stock qu'on avait ? questionne-t-il.

— Pratiquement. L'attaque a fait beaucoup de blessés.

— Je sais, me répond-il encore haletant.

Je le reluque de la tête aux pieds, quelque chose ne va pas. Pourquoi est-il toujours fatigué ? Il aurait déjà dû récupérer !

– Pourquoi tu me regardes comme ça ? me demande Choa sèchement.

– Il y a un problème ? me questionne Glenn.

– Oui, je pense ! Pourquoi es-tu toujours essoufflé ? m'adressé-je à Choa.

– Parce que l'entraînement m'épuise beaucoup, répond-il avec un sourire, mal à l'aise.

Je cherche son loup des yeux, il se dissimule derrière tous les autres.

– Que caches-tu ? insisté-je.

– Je ne comprends pas de quoi tu parles ! élude-t-il la question.

Malgré sa grande taille, je continue à le défier du regard.

– Tenshi, attaque Bilius ! ordonné-je.

– Je te l'interdis ! se révolte-t-il.

– Personne ne peut m'interdire quoi que ce soit ! Tu ne l'as pas encore compris ça ! lui criéje dessus.

Nous entendons Choa et Bilius hurler en même temps, pourtant ma louve avait juste bloqué son loup au sol. Je me plante devant Choa sur la pointe des pieds et lui touche le front.

– Tu es bouillant ! m'exclamé-je.

– Ce n'est rien du tout. C'est un coup de chaud !

– **C'est l'épaule gauche, ça sent le pus à plein museau**, m'informe Tenshi.

– Tourne-toi ! Montre-moi ton bandage.

Je n'ai jamais compris pourquoi, il n'a jamais voulu que je le soigne.

– Il n'y a presque plus rien, la blessure met juste du temps à cicatriser.

– Choa montre ta plaie à Amy, c'est un ordre ! s'impatiente Glenn.

– Tu n'as pas d'ordre à me donner ! se défend Choa.

– Tu as voulu suivre notre discipline, ici c'est moi qui commande, tu es au même rang que tous les autres !

Glenn est obligé de lever les yeux pour lui parler. Choa, coincé entre son rôle de chef de meute et l'autorité de mon fiancé, hésite. Vu son regard, ça doit être la première fois qu'on lui tient tête de cette façon.

– Oh, tu ne vas pas faire le bébé ! se moque Lojy en lui arrachant le pansement d'un coup sec.

– Hé ! Toi, tu vas mal finir ! s'énerve Choa.

– Beurk, vu ta plaie, c'est toi qui vas finir ta vie avant la mienne, dit Lojy avec dégoût.

Je me place derrière lui et aperçois la morsure complètement infectée. Il a du pus partout, elle a viré au jaune verdâtre et l'odeur est horrible.

CHAPITRE 22

— C'est en train de pourrir ! Tu es conscient que tu peux en mourir ? l'avertis-je.

— Non, ça cicatrisera tout seul !

Énervée devant son inconscience, je demande à Bilius de venir vers moi. Il arrive doucement en boitant, de le voir comme ça me fait mal au cœur. Je saute pour attraper la nuque de Choa et avec rage, je le force à se baisser pour regarder la plaie de son loup.

— Alors, il va guérir tout seul ?! crié-je.

Il me repousse d'un coup sec, honteux de se faire dominer aussi facilement devant ses hommes.

— On a connu pire, me répond-il sûr de lui en croisant ses bras.

— Dégage ! Va crever plus loin ! Parce que je ne veux pas voir ça ! m'énervé-je en lui montrant du doigt la direction du camp.

— **Je souhaite que tu me soignes, Amy,** me demande Bilius d'une voix faible.

— Au moins ton loup est plus intelligent que toi !

Je me penche vers Bilius pour lui prodiguer les soins dont ils ont besoin lui et son maître au plus vite. Soudain je me prends un coup de pied dans le visage.

— Je ne veux pas le soin d'une sorcière ! crie Choa.

Glenn lui attrape le bras et lui fait une clé sans forcer. Infecté comme il est, il ne peut même pas se défendre. Je me masse la mâchoire et lui balance :

— Tu te vengeras sur moi quand je t'aurai soigné, si tu veux. Parce que là, ce serait trop facile de te faire bouffer du sable.

Je remets mes mains sur Bilius en fermant les yeux, et le soigne pendant plusieurs minutes. Son sang a commencé à être infecté, il n'allait pas tarder à y rester.

— **Je te remercie Amy,** me dit Bilius.

À l'instant où j'allais lui répondre, je remarque une ombre gigantesque se former dans mon dos. Je me retourne doucement, et vois Glenn suspendu au bras de Choa. Quelle puissance impressionnante !

— Alexander, tu ne te serais pas trompé sur lui ? crié-je.

Mon frère l'analyse tranquillement.

— Ne te dépêche pas surtout, dit Glenn toujours suspendu à son bras comme un koala.

— Difficile à dire, en effet, j'ai l'impression de voir quelque chose. Il faut que je reste plus longtemps avec eux pour savoir si c'est une capacité cachée.

— On ne t'a pas demandé de raconter ta vie, balance Jylo.

Les yeux de Choa deviennent comme ceux de Nino. Cheyn s'interpose entre moi et le géant.

– Il n'a pas un peu grandi, demande Hanahita qui paraît encore plus ridicule à ses côtés.

Glenn le lâche, impossible pour lui de le contenir. Choa envoie un énorme poing dans ma direction, c'est Cheyn qui le stoppe avec un bras tout en s'enfonçant légèrement dans le sable.

– Hé, calme-toi, mon grand. On est là pour t'aider, essaie Cheyn de le raisonner.

Un grognement sort à travers les dents de Choa et il lance son deuxième poing. Cheyn arrive à l'immobiliser une fois de plus.

– Je n'ai pas vu quelqu'un d'aussi fort depuis Afzal, dit-il presque en blaguant.

Cheyn, cette fois-ci lui envoie un retour, Choa n'essaie même pas de l'arrêter et se prend le poing dans la mâchoire. On dirait que mon frère a tapé dans un mur, Choa ne bouge pas d'un millième de millimètre. Haineux, il regarde Cheyn et le soulève facilement avec une main en le dégageant à plusieurs mètres. Jeff intervient avec Bayr, ils se placent devant moi. Je n'ai toujours pas réagi tellement il m'impressionne. À la limite, le golem m'effrayait moins que Choa. Bayr attire son attention pendant que Jeff fait apparaître son monstre de sable. Il réussit facilement à éviter les coups sans prendre le risque de contre-attaquer, sachant qu'il ne pourrait rien faire à Choa. Cheyn est le plus fort d'entre nous, alors si lui ne l'a pas fait bouger, Bayr n'a aucune chance. Contre toute attente, Bilius n'attaque personne et essaie de calmer son maître. Le Golem se met face à Choa, qui le prend tout de suite en ennemi.

– Bon, je crois qu'il a bien une capacité cachée ! déclare Alexander.

– Non ! Sans déconner, on ne l'avait pas remarqué ! ironise Lojy.

– Laissez-le moi ! crie Cheyn en revenant à toute vitesse.

À tour de rôle Cheyn et le golem frappent Choa jusqu'à ce qu'il s'écroule, épuisé.

– Il n'a presque plus d'énergie, nous informe Glenn.

On le voit reprendre sa grandeur naturelle.

– Il avait bien grandi, dit Hanahita.

Glenn, comme à chaque fois qu'une capacité se déclenche, le raccompagne au camp. Nous restons nous entraîner jusqu'à la fin de l'heure.

Comme tous les soirs, nous faisons des exercices aux femmes, tout se passe bien jusqu'à ce que Aka la femme de Choa débarque sur la plage avec un rythme de pas rapide.

– Tu as changé d'avis, tu viens t'entraîner avec nous ? demande Hanahita.

CHAPITRE 22

C'est bien la première fois que je la vois ici se mélanger avec sa meute. Le plus souvent, elle reste enfermer dans sa cabane, ou en rares occasions, elle fait passer des messages.

– Comment as-tu osé ? s'énerve Aka à mon attention.
– De quoi parles-tu ?

Elle se met face à moi. Ava, Lili et Hanahita restent à mes côtés pendant qu'Isabelle surveille les mouvements des femmes. Je la fixe, dubitative. Avec le temps nous avons pris l'habitude de leur nudité et cela ne me gêne plus du tout.

– Tu as soigné mon mari, pour qui vous prenez-vous avec ton compagnon pour décider à sa place ?!
– Il était en train de mourir et c'est Bilius qui m'a demandé lorsqu'il a compris qu'il ne pourrait pas se soigner tout seul.
– Il n'en voulait pas de ta sorcellerie dans ses veines, me dit-elle avec mépris.

Je ne comprends rien, ils ont pourtant fait soigner leur fils par cette même capacité. C'est là, que je percute un détail auquel je n'avais pas fait attention jusqu'à maintenant. Où est leur fils ? Aucun des hommes ne s'est présenté comme tel.

– C'était pour son bien que j'aie fait ça.

Subitement, je me retrouve dans un noir total. Telle est l'obscurité que je n'arrive même pas à regarder mes mains que j'agite devant mon visage. Je tourne sur moi-même en cherchant la moindre lumière et ne comprends pas où je me trouve. La panique s'installe de plus en plus, j'ouvre la bouche pour hurler, mais aucun son n'en sort. Mon souffle s'accélère de peur, je me déplace doucement en mettant les mains devant moi pour le cas où je me taperais les pieds dans quelque chose que je ne verrai pas. Un silence atroce persiste, je n'entends que les battements de mon cœur et ma respiration, cela me rend folle. Je n'arrive même pas à savoir si j'avance ou si je fais du surplace. Je m'accroupis sur moi-même, la tête entre les genoux en fermant les yeux. En me balançant en avant et en arrière, je me calme doucement. Mon cerveau commence à réfléchir et à comprendre ce qui se passe. C'est Aka qui fait les illusions et je suis en plein dedans. Voilà, pourquoi Choa ne veut pas qu'elle participe à la guerre, sans elle, la meute serait en péril. Maintenant que j'ai compris, je m'assieds en tailleur et attends qu'elle m'enlève cette illusion. Quelle capacité dangereuse, dans ma situation je pourrai me faire mal toute seule en paniquant ou être vulnérable aux attaques ennemies. Sachant que mes sœurs sont autour de moi, je leur fais confiance pour me défendre. Quelques minutes passent, très longues pour moi et j'aperçois le voile noir s'estomper petit à petit pour me retrouver enfin assise sur le sable.

– Amy ! Oh, Amy, réveille-toi ! hurle Ava dans mes oreilles.
– Ne crie pas, je t'entends.
– Enfin ! Quelle trouille tu nous as faite, d'un coup.
Je cherche de partout, aucune trace d'Aka.
– Où est-elle ?
– Elle est partie depuis que tu as commencé à faire des choses bizarres. Tu peux nous dire ce qui t'est arrivé, on aurait dit une somnambule, rigole Ava.
– Elle m'a envoyé une illusion, c'est elle qui les met en place pour protéger sa meute. Elle est vraiment douée !
– Comment tu te sens ? s'inquiète Isabelle qui est venue à mes côtés.
– Très bien, elle ne m'a pas fait de mal. Pourtant elle aurait pu me faire vivre l'enfer.
– Elle t'a juste prévenue, c'était un avertissement. La prochaine fois elle ne sera pas aussi gentille, répond Lili.
Je regarde mes mains encore sous le choc de sa capacité qui me fascine.
– Je voudrais avoir ce don !
– Non, là, tu rêves, personne ne la touche cette femme, même pour faire un câlin. Elle est encore plus protégée que les présidents au milieu d'une pandémie, plaisante Ava.
Ce qui déclenche les hilarités de toutes les femmes.
– Qui vous a dit de rigoler ! Allez, on se remet au boulot et plus vite que ça ! ordonne Ava.
C'est elle qui fait rire la galerie et elle les engueule derrière.
Bref, avec tout ça, je n'ai pas compris pourquoi Aka s'est énervée. J'ai sauvé son mari et elle m'en veut de l'avoir fait. Elle voulait qu'il meure ou quoi ? Ils sont vraiment étranges ici.

Dans la soirée, je pars me promener avec Glenn sous les étoiles scintillantes pour essayer de comprendre Choa et Aka.
– Donc, tu es en train de m'expliquer que, pour eux, la capacité de soin est de la magie qui corrompt l'esprit de celui qui le reçoit ? demandé-je.
– C'est exactement ça.
– C'est complètement débile, ils ont soigné leur fils par ce biais.
– Justement ! me dit mon fiancé en claquant des mains.
– Que lui est-il arrivé ?
– Il est parti de la meute, très peu de temps après s'être fait soigner. Pour eux, c'est ta mère qui l'a poussé à le faire et elle le contrôlerait à distance.

– Pourquoi alors avoir accepté que je soigne le reste de sa meute ?
– En réalité, il ne le voulait pas, il l'a su trop tard et nous en voulait déjà pour ça.
– Et il est quand même venu s'entraîner avec nous ? Ce gars n'a pas du tout de logique, froncé-je des sourcils.
– Oh, si ! Il est venu juste pour nous surveiller et voir si on ne contrôle pas sa meute.

Je tape la paume de ma main sur mon front.
– N'importe quoi ! soupiré-je. Leur fils s'est barré parce qu'il voulait voir autre chose que cette île et je le comprends.
– Bien entendu, seulement pour eux, c'est plus facile d'accepter que le problème vienne de ta mère.
– Du coup, il continuera l'entraînement ?
– Oui, il veut être le plus proche de nous, afin de surveiller s'il ressent une soudaine envie de fuir. Ce qui confirmerait que ça vient bien de la capacité.
– Aïe, ils vont être déçus ! Ils vont très mal le vivre.
– Oui, ils vont comprendre que la décision venait bien de leur fils.

Nous continuons notre petite balade, main dans la main pendant une heure ou deux en parlant de tout et de rien. Puis nous allons nous coucher.

Nous sommes le jour précédant le départ de la meute de Jeff. Bien qu'on ait tout mis en œuvre, il n'a toujours pas changé d'avis. À la fin de notre entraînement quotidien, Alexander s'opposera à lui pour que ceux de sa meute puissent faire le choix de rester s'ils le souhaitent. La matinée s'est plutôt bien passée, Glenn a enfin fini d'apprendre les bases à la meute de Choa. Dans les jours à venir, il les dispersera dans les groupes.

Je passe l'après-midi dans celui du soutien psychique avec Alexander et Raffi. L'ado qui ne montrait pas le doute d'une peur a complètement changé. Depuis l'attaque, il est traumatisé par le fait d'avoir vu Redje tomber mort sans prévenir devant ses yeux. Alexander lui envoie des émotions de courage pour qu'il se sente plus confiant, mais dès qu'il entend un bruit plus fort qu'un autre, il sursaute et tremble.

– Raffi, il faut absolument que tu te reprennes.
– J'essaie, je t'assure, Amy. Mais j'ai peur de voir une autre personne mourir d'un coup.

– Cela n'arrive que pendant un combat, là, tu ne risques rien. Et il faut que tu deviennes plus fort pour protéger tes proches.

– Je voudrais bien, mais je revois en boucle Redje s'écrouler.

– Tu ne voudrais pas que ça arrive à un autre ?

Il me dit non de la tête.

– Alors, il faut que tu deviennes plus puissant. Tu as une capacité importante et celle qui est cachée est incroyable. Tu pourrais aider beaucoup grâce à elle.

– Elle ne veut pas sortir.

– C'est normal, elle n'apparaîtra pas si tu restes coincé avec cette peur.

– Ce n'est pas ma faute ! s'emporte-t-il.

Il faut que je trouve une solution pour le débloquer. Je le laisse s'entraîner sur sa capacité à brouiller les autres.

– **Jylo, j'ai besoin de toi.**

– **Pour quoi, au juste ?** me demande-t-il méfiant.

– **Il faudrait que Lojy et toi vous attaquiez Raffi pour le réveiller. Je pense que si sa capacité cachée ressort, il reprendra confiance en lui.**

– Oh, trop cool, on nous demande de cogner les gens maintenant ! rigole Lojy.

– Oui, mais mollo quand même, il est vraiment coincé.

– On va te le décoincer, le merdeux ! ricane Lojy.

En une seconde, Jylo fonce sur Raffi sans lui laisser le temps de réagir.

– **Heureusement que je vous ai dit doucement,** leur dis-je en levant les yeux au ciel.

– **Tu veux qu'on le décoince ou non ?** demande Jylo.

– **Oui, mais retiens un peu Lojy,** le supplié-je presque.

Raffi a reculé de plusieurs mètres, plié en deux par la douleur.

– Mais tu es fou, pourquoi tu m'attaques ? demande-t-il perdu, à Jylo.

Il ne lui répond pas et lui sourit froidement. Il commence à courir rapidement autour de lui en mettant des claques dans la tête. L'ado n'arrive pas à le suivre et prend chacun de ses coups.

– Arrête, Jylo ! commence à s'énerver Raffi.

Les meutes se demandent de ce qui arrive à Jylo. Je les rassure d'un geste discret de la main.

Jylo continue sans s'arrêter une seconde, à la place du gamin j'aurais déjà fracassé sa tête.

– Jylo ! crie Raffi.

– **Ne vous arrêtez pas, il ne va pas tarder à craquer !** les encouragé-je.

CHAPITRE 22

J'ai à peine fini ma phrase que l'ado se met à hurler de fureur. Et en un geste de la main, il immobilise Jylo, coincé les pieds dans le vide, la couleur de son visage commençant à changer. Quand je détaille Raffi, je vois à quel point sa main est tendue dans le vide et combien ses doigts se serrent de plus en plus, et je comprends ce qu'il fait endurer à Jylo. Je fonce sur l'ado pour le stopper, mais de son autre main, il m'immobilise aussi. Je sens une force invisible qui m'étrangle et me serre le cou de plus en plus fort. Jylo a viré au bleu et les vaisseaux de ses yeux pètent les uns après les autres.

Tenshi et Vif leur sautent dessus, mais c'était sans compter Lars qui défend son maître et les arrête. Ça commence à devenir dangereux, Jylo a perdu connaissance. Alexander et Kiba arrivent à neutraliser Raffi. Nous tombons comme deux sacs à patate sur le sable, je me maintiens la gorge en reprenant mon souffle. Jylo reprend conscience en toussant.

– C'est la dernière fois que je t'aide, me dit Jylo la voix encore enrouée.

– Je crois que je ne chercherai plus à faire ressortir les capacités. Cela devient trop dangereux.

– Ma chérie, comment tu vas ? s'affole Glenn quand il me voit, encore au sol, reprendre mon souffle.

– Ça va, je n'ai rien.

– Oui, moi aussi je vais bien merci de t'inquiéter, balance Lojy.

– Tu as une femme maintenant pour s'occuper de toi, le remballe Glenn juste quand Hanahita arrive et aide Jylo à se relever.

– Bon, voilà un autre qui a déclenché sa capacité ! dis-je fière de moi.

– Pardon, je n'ai pas voulu vous attaquer, se réveille Raffi.

– Il a encore de l'énergie ? m'étonné-je.

Glenn l'observe.

– Oui, il n'en a utilisé que la moitié.

– Super, bravo, Raffi ! le félicité-je.

L'ado surpris de ma réaction, ne sait pas quoi répondre.

– Ce n'est rien, le rassuré-je. Tu te sens de continuer l'entraînement ?

– Heu, oui je crois.

– Et ta peur, elle est toujours présente ?

Il réfléchit un instant en se caressant les cheveux.

– Je crois que non, sourit-il, heureux.

Mon plan a marché, la capacité l'a sorti de son traumatisme. Nous reprenons en faisant des exercices de télékinésie, sans trop forcer.

À la fin de l'entraînement, la tension se fait sentir entre notre meute et celle de Jeff. C'est à Alexander de jouer, et même s'il n'aime pas ce qui va se dérouler, il sait qu'il le fait pour le bien de son ancienne meute.

Au moment où on se regroupe pour rejoindre le camp, Alexander se lance :

– Jeff, je m'oppose à toi, je ne veux pas que tu amènes la meute avec toi demain.

Jeff réagit tout de suite.

– Je te demande pardon ?

– Oui, tu as bien entendu, je veux que le clan reste ici. Si toi, tu veux t'en aller, pars, mais sans eux.

– Tu n'as plus aucun droit sur eux depuis que tu m'as nommé chef, s'énerve-t-il.

– Justement, c'est pour ça que je te dis que je m'oppose à toi. Je te lance un défi d'alpha ! Je veux récupérer ma place.

– C'est trop tard, tu n'as pas le droit de revenir en arrière ! se braque-t-il.

– Si je te bats, j'ai tous les droits, dit Alex avec assurance.

Un grognement sort de la gorge de Jeff et il se met en position de défense.

À l'instant où Alexander va se battre contre Jeff, un membre de la meute de Choa se met à hurler :

– Homme en vue !

Nous nous retournons tous vers la mer et nous voyons un homme seul avec son loup sortir des flots. Choa et Glenn sont déjà en alerte et se précipitent vers eux.

– Je viens en paix ! crie l'homme, les mains en l'air.

– Qui êtes-vous ? demande Choa agressivement.

– Je viens de la part de Luna et Rob, déclare-t-il en s'immobilisant à un mètre de nous.

Nous sommes tous rassemblés à le dévisager.

– Vous venez nous aider ? interroge Glenn.

– Oui !

Jeff se met à exploser de rire.

– Ah, oui, ça change tout avec lui. Quels renforts extraordinaires ! ironise-t-il.

– Qu'avec moi, c'est sûr que cela ne va pas trop le faire, je ne suis qu'un messager.

– Le messager de qui ? s'étonne Zal.

– Pour éviter que vous pensiez être attaqués, je suis venu seul vous prévenir que nous venons vous prêter main-forte.

CHAPITRE 22

— Mais qui nous ? demande Glenn.

D'un coup l'homme et son loup hurlent à la mort en nous faisant sursauter. Et en quelques secondes, nous apercevons plusieurs femmes, hommes et adolescents sortir de l'eau chacun à leur tour. Ils sont au moins une trentaine. On peut comprendre qu'il s'agit de plusieurs meutes différentes, leurs habits et leurs couleurs de peau sont variés. On reste tous sans voix, un sourire béat accroché aux lèvres.

— Ouais ! explosent de joie plusieurs d'entre nous.

— Ma mère et Rob ont finalement réussi, déclaré-je folle de joie.

— Vous tombez tous à pique, les accueille Glenn.

Ils s'approchent tous, aussi heureux que nous de les voir.

— Désolé, on a mis un peu de temps pour venir, mais les soldats de Vali sont partout et essayent de tuer les rebelles.

— Alors, maintenant c'est le nom qu'ils nous donnent ! sourit Glenn.

— Du coup, Jeff tu n'as plus de raison de fuir ? demande Zal.

Il lui sourit avant de répondre.

— Non, en effet, je n'ai plus aucune raison. On reste ! s'exclame-t-il.

Pour crier notre joie, nous hurlons tous à la mort.

Nous voilà une bonne soixantaine de guerriers, l'espoir est revenu en même temps que ces nouvelles recrues. Le plus dur reste à venir, mais nous pouvons dire maintenant que nous sommes enfin une armée !

Prends garde Vali la prochaine fois qu'on se verra, c'est toi qui crèveras !

À suivre...

Les personnages :

Meute du Japon :

– **Glenn**, alpha, loup : **Shugo**, capacité : arts martiaux. Capacité cachée : aspire les énergies et peut les partager à sa meute.
– **Amy**, compagne de Glenn, louve : **Tenshi**, capacité : peut copier deux capacités de tout type. Capacité cachée : Enregistre toutes les capacités et peut les utiliser comme elle le souhaite.
– **Cheyn**, jumeau de Lili, loup : **Yowi**, capacité : peut réaliser tout ce qu'il lit. Capacité cachée : Peut se transformer en n'importe quel loup, lié à la capacité cachée de Lili.
– **Lili**, jumelle de Cheyn, compagne de Matëus et mère de Altéha, louve : **Luna**, capacité : L'art et la création. Capacité cachée : trouve toutes les caractéristiques de tous les loups, liée à la capacité cachée de Cheyn.
– **Jylo**, compagnon de Hanahita, adopté par Glenn, loup : **Vif**, capacité : Une deuxième personnalité dans son corps. Capacité cachée : aucune.
– **Lojy**, deuxième personnalité de Jylo, loup : **Vif en sauvage**, capacité : vitesse. Capacité cachée : inconnue.
– **Altéha**, fille de Lili et Matëus, louve : **Shyva**, capacité : la glace. Capacité cachée : inconnue.

Meute du Moyen-Orient :

– **Afzal**, alpha, mort dans l'affrontement contre Glenn la meute du Japon.
– **Ghassan**, bras droit, mort dans l'affrontement contre Glenn la meute du Japon.

– **Matëus**, compagnon de Lili et père de Altéha, loup : **Arssa**, capacité : Manipulation de la terre. Rejoint la meute du Japon. Mort en défendant Amy contre Ameria.

– **Hanahita**, compagne de Jylo, louve : **Hazia**. Aucune capacité. Rejoint la meute du Japon. Capacité cachée : aucune.

– **Zal**, loup : **Zoann**. Aucune capacité. Rejoint la meute du Japon. Capacité cachée : aucune.

– **Isabelle**, louve : **Thynka**. Capacité : Envoi des décharges. Rejoint la meute du Japon. Capacité cachée : lance des éclairs.

– **Mamie**, grand-mère de Lilou et mère de Nina. Louve : **inconnue**. Capacité : vieillit deux fois moins vite. Capacité cachée : aucune. Tuée par Ameria.

– **Nina**, mère de Lilou. Louve : **inconnue**. Capacité : aucune. Tuée par Ameria.

– Le mari de Nina, nom : **inconnu**. Loup : **inconnu**. Capacité : aucune. Tué par Ameria.

– **Lilou** fille de Nina et petite fille de Mamie. Louve : **Taktama**. Capacité : vieillit deux fois moins vite. Capacité cachée : fait vieillir ou rajeunir les loups avec plusieurs contacts physiques. Tuée par la meute d'Oscar.

Humains :

– **Mats**, père adoptif d'Amy, mort en protégeant sa fille.
– **Mariko**, meilleure amie d'Amy. Tuée par Ameria.
– **Chyru**, amoureux d'Amy, mort en la protégeant durant la confrontation de meute.
– **Koji**, père de Chyru.

Meute de l'Italie :

– **Tobias**, loup : **inconnu**, capacité : aucune. Mort lors de l'attaque des sentinelles.
– **Oscar**, loup : **inconnu**, capacité : aucune, particularité : soigne avec les plantes. Tué par Amy lors de l'attaque des sentinelles.

Meute de la Patagonie :

– **Jeff**, remplaçant Alpha, compagne Mary, loup : **Minas**, capacité : ramollie les roches. Capacité cachée : peut créer des golems en roche. Rejoint la meute du Japon chez les sentinelles.

– **Mary**, compagnon Jeff, loup : **Finna**, capacité : aucune, capacité cachée : aucune. Rejoint la meute du Japon chez les sentinelles.

– **Alexander**, alias **Bernardo** premier Alpha, loup : **Kiba**, Capacité : manipulation des émotions sur les meutes et humains. Capacité cachée : découvre les capacités et arrive à se cacher derrière l'ombre de ses frères et sœurs pour attaquer par surprise. Rejoint la meute du Japon.

– **Raffi**, fils de Zali, loup : **Amlach**, capacité : brouilleur télépathie. Capacité cachée : télékinésie. Rejoint la meute du Japon chez les sentinelles.

– **Zali**, mère de Raffi, loup : **Ama**, capacité : aucune. Capacité cachée : aucune. Rejoint la meute du Japon chez les sentinelles.

– **Ben**, alias **Tic**, adopté par les parents de Nino, loup : **Rolf**, capacité : aucune. Capacité cachée : aucune. Rejoint la meute du Japon chez les sentinelles.

– **Nino**, alias **Tac** loup : **Lars**, capacité : aucune. Capacité cachée : Arme blanche. Rejoint la meute du Japon chez les sentinelles.

– **Redje**, loup : **Elros**, capacité aucune. Capacité cachée : aucune. Rejoint la meute du Japon chez les sentinelles. Tué par le biais de son loup lors de l'attaque d'Oscar.

– **Jo**, loup : **Ek**, capacité : brouille la vue. Capacité cachée : aucune. Rejoint la meute du Japon chez les sentinelles. Tué lors de l'attaque d'Oscar.

– **Steeve**, alias **Elvis**, loup : **Borlas**, capacité : aucune. Capacité cachée : aucune. Rejoint la meute du Japon chez les sentinelles.

Meute du Taïga :

– **La cheffe**, louve : **inconnue**, capacité : aucune.
– **Briac**, loup : **inconnu**, capacité : inconnue.

Meute Australie :

– **Ava**, compagne de Cheyn, louve : **Nayati**, capacité : bouclier physique. Capacité cachée : partage de bouclier. Rejoint la meute du Japon au Taïga.

Meute Angleterre :

– **Luna**, mère d'Amy, louve : **Jiane**, capacité : soigneuse. Capacité cachée : aucune.
– **Rob**, alias Ronald, loup : **Nadzar**, capacité : efface la mémoire. Capacité cachée : aucune. Tué par Ameria en défendant Luna.
– **Batbayr**, alias **Bayr**, loup : **Jaiko**, capacité : repère les meutes proches et camoufle sa meute. Capacité cachée : aucune.

Meute des sentinelles :

– **Choa**, Alpha, compagne Aka, loup : **Bilius**, capacité : aucune. Capacité cachée : Force et grandis. C'est lié à la meute du Japon.
– **Aka**, compagnon Choa, louve : **inconnue**, capacité : illusion. Capacité cachée : aucune.
– **Stella**, louve : **inconnue**, capacité : inconnue. Liée avec la meute du Japon.
– **Nati**, louve : **inconnue**, capacité : inconnue. Liée avec la meute du Japon.
– **Inda**, louve : **inconnue**, capacité : inconnue. Liée avec la meute du Japon.
– **Maé**, louve : **inconnue**, capacité : inconnue. Liée avec la meute du Japon.

Meute de la Chine :

– **Vali**, Père d'Amy et d'Ameria, loup : **Zolta**, capacité : peut copier une capacité de type physique. Fils du dieu Loki.
– **Kimi**, louve : **inconnue**, capacité : rend aveugle et sourd.
– **Toan**, père de Glenn, loup : **inconnu**, capacité : aspire l'énergie avec contact jusqu'à la mort.
– **Alaia**, mère de Glenn, loup : **inconnu**, capacité : peut rendre fou avec son regard pendant cinq minutes.

– **Ineasse**, frère de Glenn, loup : **Varko**, capacité : manipulation de la pluie. Capacité cachée : Pluie acide. Tué par Glenn.

– **Ameria**, sœur d'Amy, parents Vali et Luna, louve : **Senka**, capacité : aspire les âmes par contact sur quelqu'un de mourant. Capacité cachée : peut utiliser les âmes pour les combats.

Mes remerciements

Je voudrai tout d'abord remercier mon Papa, tes encouragements et ta confiance en moi m'ont toujours poussée à progresser, ton écoute m'a beaucoup aidée.

Merci aussi à ma belle-mère, Joëlle, c'est grâce à toi que mes romans ont vu le jour. Sans toi cette histoire serait restée au fond de mon tiroir. Et surtout merci pour ta patience d'avoir relu tout mon roman avec moi pour vérifier les dernières erreurs.

Bien sûr, je remercie mon chéri Ludo, tu es présent pour répondre à mes questions, ce qui parfois a pu te rendre fou. Ta patience et ta tolérance sont énormes face aux heures interminables que je passe sur mon PC.

Mon fils Kenji, toi qui crois en moi et qui se montre enthousiaste dès que je termine un chapitre. Merci mon ange, sans toi, mes histoires auraient été fade.

Mes frères, Boris et Brice, vous n'êtes pas trop présent dans la construction de mon roman, mais vous êtes là pour me partager vos encouragements et votre aide dès que vous le pouvez, merci mes grands frères.

Un grand merci à ma première lectrice, Séverine qui découvre l'histoire au fur et à mesure et qui me partage son ressenti et ses émotions. Mon roman, sans toi, ne serait pas ce qu'il est aujourd'hui.

Maintenant place à mes deux bêtas extraordinaires. Aby, un grand merci d'avoir réussi à jongler entre ta vie personnelle, professionnelle et mon roman. Tu as fait un travail incroyable et ton aide a été d'un énorme secours. Je suis heureuse de t'avoir rencontrée et j'espère qu'un jour on aura la chance de se voir en vrai.

Angie, alias Angiflash, alors pour toi, un énorme merci aussi, ta patience est inépuisable, je suis sûre que parfois, tu en avais marre de toutes mes questions, mais tu as toujours répondu et grâce à toi j'ai beaucoup progressé. On aura peut-être une chance un jour de se croiser dans un salon.

Jeannine qui m'a proposé son aide pour les corrections de mon roman, tu en as eu du courage vu mes problèmes de dyslexie et de dysorthographie. Mais tu as tenu parole, merci à toi pour ton aide qui m'a apporté un texte plus fluide.

Fred, un gars super qui a travaillé sur ma couverture et sur les dessins à l'intérieur avec l'aide de Sa femme, Marina. Merci pour avoir mis votre cœur et votre professionnalisme dans mon bébé. Sans déconner si vous avez besoin d'un graphiste, pensez à eux, ils sont super, très gentils, compréhensifs et feront tout pour que votre couverture soit à votre goût, même si pour cela ils doivent recommencer cent fois.

Et bien entendu merci à Didier qui m'a fait rencontrer Jeannine et Fred, sans lui j'aurai loupé des gens extras et mon roman ne ressemblerait pas à celui-ci.

Mes derniers remerciements vont pour mes lecteurs et oui, sans vous, je n'écrirai plus. Merci de vos encouragements, vos petits messages qui me touchent à chaque fois et qui me poussent à écrire toujours mieux, à vous donner toujours plus pour vous remplir d'émotions.

BIOGRAPHIE

Bonniaud julie née le 14 mars 1987 à Digne les Bains. La petite dernière de sa fratrie. Elle a souvent déménagé lui permettant de connaître beaucoup de régions françaises. Grâce à cela elle s'est construit un monde imaginaire qui la suit encore aujourd'hui. La lecture et l'écriture sont devenus une véritable passion dès son jeune âge, Julie utilise aussi le dessin et l'art-thérapie pour s'évader dans son monde. Son premier roman Eclipse tome 1 Eveil a vu le jour en juillet 2020. Très rêveuse, elle a encore beaucoup de futurs romans à vous faire découvrir.

Table des matières

LES PERSONNAGES 11

PROLOGUE 13

1. LE MOYEN-ORIENT 15

2. LA CÉRÉMONIE 35

3. L'ITALIE 57

4. CONFIDENCES 77

5. LE MAL D'ISABELLE 99

6. UN NOUVEL ALLIÉ 121

7. LA FORCE DE LA NATURE 141

8. CHEMINEMENT VERS UNE NOUVELLE TERRE 161

9. CHEMINEMENT VERS UNE NOUVELLE TERRE 183

10. UN NOUVEAU SOUFFLE D'ESPOIR 203

11. UNE VIE POUR UNE MORT 223

12. UNE VÉRITÉ CACHÉE 245

13. LA CROISÉE DU DESTIN 269

14. LES RÉPONSES 291

15. LES RECHERCHES 313

16. UNE RÉVÉLATION INSOUPÇONNÉE 329

17. LES SENTINELLES 351

18. LES RENFORTS ATTENDUS 373

19. COALITION 393

20. EMBUSCADE 413

21. LE DÉSESPOIR 435

22. UNE AIDE INESPÉRÉE 453

Les personnages 469

Mes remerciements 475

BIOGRAPHIE 477

ME CONTACTER

Mail : Juken8711@gmail.com

Blog : https://bonniaud-julie-son-univers.hubside.fr

Facebook : eclipsebonniaudjulie

Instagram : Kenju8711

Wattpad : @JulieBonniaud

Dépôt légal : Mai 2021

Printed in Poland
by Amazon Fulfillment
Poland Sp. z o.o., Wrocław